デカルトからベイトソンへ

世界の再魔術化

モリス・バーマン
柴田元幸訳

The Reenchantment of the World

Morris Berman

文藝春秋

デカルトからベイトソンへ

——世界の再魔術化

三人の友に――
マイケル・クリスプ
デイヴィッド・クーブリン
ジョン・トロッター

紹　介

これからお読みいただくのは、アメリカの新しい対抗文化的知性、モリス・バーマンによる、シンプルで力強い近代科学糾弾のパフォーマンスである。原題は *The Reenchantment of the World*。近代のやせ細った意味において“enchant”というのは、魔法にかける、あるいは魅了する、となる。妖精が魔法の杖をひと振りすると、世界がキラキラキラッと輝いて……という子供ダマシのイメージに、この言葉は堕ちてしまっている。フランス人は、英米人が「ハッピー」と言う気安さで、「アンシャンテ」（enchanté）を口にする。

モリスが込めた意味は、もっとずっとパワフルである。人の心が、「科学的」（＝主体客体分裂的）に再編されていく過程で色あせていった、隠喩的で、演劇的で、肉感的で、世界と一体化した知を取り戻そう——それが本書の熱い呼びかけだ。

前半の第四章までは、世界の脱魔術化（disenchantment）の進展過程がつづられる。ユダヤ一神教の成立は、どのように偏向した人間精神の登場を意味したのか。古代ギリシャにおいて、世界に「のめって」いくホメロス的知が、どのようにして世界を「突き放す」プラトン的理性へと醒めていったのか。「宗教改革」と呼ばれる、西欧精神の体系的な様変りのなかで、錬金術的な知がどのような変質を余儀なくされていったか。デカルトとベーコン、ガリレオとニュートンによって固められたリアリティのなかで、近代人はどのようにゆがんだ日常を生きる羽目になってしまったのか。

シンプルで、力強い、胸いっぱいのシャウトを近代の心根に対して浴びせたあと、本書後半は「明日の形而上学」の模索に当てられている。その中心はグレゴリー・ベイトソンの思想の総括的な紹介だ。ベイトソンの業績は、日本でもさまざまな分野で積極的に紹介されてきた。しかし、彼の脱領域的な思考の全体像をこれだけ解りやすく説いた本が日本語で出るのは初めてのことだ。それも、原書の生きのよさをリズミカルに運ぶ「柴田元幸訳」で。これは祝福するしかない。

特に爽やかなのは、モリスがベイトソン思想の「価値」に焦点を当てながらも、そこに帰依することなく、ベイトソンの彼方に、いかにもアメリカ人らしいストレートな未来像を結んでいるところだ。もちろん、語りが熱っぽい分だけ、直球が走っている分だけ、荒れ球も多いかなという印象はある。「いまさら、デカルト批判？　またあの図式で？　ニッポンの現代思想は、もっとずっと先を行ってるみたいよ」という反応もあるに違いない。しかしモリスが繰り出しているのは、相手に先んじ、魅惑の差異をつけることで売るという、ポストモダンの商業論理に乗った言説ではない。二、三年で乗りこえられる「ニューウェーブ」ではなく、もっとゆったりとした時のうねりの中に彼は身をおいている。たとえて言うならブルース・スプリングスティーン。六〇年代の心を、その明るい反抗精神を、挫折も屈曲も吹っ飛ばす元気をもって叩きつける。そこに、この本のうれしさがある。

〈六〇年代〉に何が起こったのか——ということの答えが出るまでには、これから先何十年かの時の経過が必要だろう。というのも、それが、〈科学革命期〉に何が起こったかとか、〈宗教革命〉とは何だったのか、というのとたぶん同じ規模を持つ問題だからだ。しかし、時代を直接生きた僕らにも、確信を持っていえることがある。それは、あの時代に、「魅力的な生のテクスチャー」というものが様変わりしたということだ。

つまり僕らの〈ハート〉が変わった。

Everybody's got a hungry heart, everybody's got a hungry heart …

(Bruce Springsteen)

ちょうどロックンロールが生まれたころから、アメリカでは本屋の棚にもたくさんのカルト・フィギュアが現れて、無数の若きハングリー・ハートを誘ってきた。ギンズバーグ、ケルアック、スナイダー。キージー、ヴォネガット、ブローティガン。マクルーハンとバッキー・フラー。ライヒ、マルクーゼ、ノーマン・ブラウン、R・D・レイン。ヘッセ、トールキン、ハインライン。トマス・ピンチョン。西洋文明の全体に向けられたパラノイアじみた弾劾があり、古代と東洋とインディオとイルカと魔術と宇宙の彼方への濃厚な誘いがあった。ウスペンスキー、アラン・ワッツ、ジョン・リリー、カスタネダ……。

カルト・ライターズ隆盛の背景には、僕らの〈無意識〉が、時の深層において組み替わってきて、時の表層をつくる社会的現実との間に亀裂を生んだということがあるのだろう。新しい情感と欲望と嫌悪を抱えた僕らが、代わり映えのしない日常を生きつづけなくてはならないとき、僕らのハートは飢える。飢えたハートは、みずみずしいファンタジーとロマンを求める。ファンタジーとロマンは、現実の中で試され、淘汰されて、しだいに新しい〈時〉を動かす現実性を身につけていく。順番を間違えてはいけない。時の深層で起こるハートの飢えが、思考と行動を誘発し、それが時の表層を変えて、時代の変化を完結させるのだ。

〈近代〉の成立にしても、そうだったのではないだろうか。まず「冒険」への、ワケのワカラナイ野心が現れた。マルコ・ポーロとヴァスコ・ダ＝ガマとコロンブス。それに続いて、カルヴァンらが人々の飢えたハートを導いた。ベーコンとデカルトの出現は、だいぶ後になってから。〈知〉に先行して、〈情〉の変革があった。

〈六〇年代〉とは、より大きな〈時〉のシステム変革の引金を引く、熱情の時代だったのではないか。だとしたら、あの時代、アホラシクも単純な、近代機械文明の一切を「悪」と見るようなヴィジョンが横行したとしても、苦笑したり軽蔑のため息をもらしたりする必要は全然ない。思いは、単純であっていい。重要なのは、それがシンシアな思いであることだ。心の底——時の深み——から得られるハートの情報に、しっかり聴き耳を立てること。その上で、僕らの生の実感からはずれない、より精練された世界認識を、時間をかけて育んでいけばいい。

モリスがこの本で挑んでいるのは、まさにそれなのだと思う。〈六〇年代〉の熱情を導き入れる精緻な知の体系として、彼はベイトソンをもってきた。その選択に、ハートの底から賛意を表したい。

この本が語りつむぐ〈近代〉は、単色にして単純である。洗練された読者の趣味には合わないものであるかもしれない。でも、どうだろう。あなたの子供が、学校でガリレオの物語を学び、それと一緒に中世の人たちに対する軽蔑を身につけるとき、その深いレベルでの認識論的学習を、あなたは解きほぐしてあげることができるだろうか。それどころか、あなた自身のなかにも、やっぱり同じ思いがデーンと居座っていて、あなたが軽やかに唱えるポストモダンな言説なんかものともせずに、あなたの日常を支配しているのと違うだろうか。

要するに、学説をもって、近代を抜けることはできない。世界を“reenchant”するには、それだけの術が必要だ。最初の段落で、「近代科学糾弾のパフォーマンス」と書いたのは、そういう気持ちを込めてのことである。「リアリティ」というものが、暗黙のうちに僕達自身が描き上げる図柄なのだということ。それを語っている僕達の足元をさらって進む物語なのだということ。この、知識としては新鮮みのないことを、いつも新しく胸に叩き続けていくことが、新しい図柄と新しい物語を生きるために、必要だと思う。

佐藤良明

神と哲学はこれまで、平和に共存することができなかった。だが神がいなくなったいま、哲学はひとりで生きのこれるだろうか？　神という敵が消滅してしまえば、形而上学も科学の科学であることをやめて、論理学、心理学、人類学、歴史学、経済学、言語学に身をおとしめるのでは？　かつて哲学は広大な領土を占有していた。だが今日では、まだ実験科学が手にかけていない、日に日に小さくなっていく領域を相手にしているにすぎないのだ。論理学者たちの言うことを信じるならば、いまや形而上学とは、思考のなかの非科学的な残りかすでしかない。要するに、言語におけるひとにぎりの誤りでしかないのだ。ギリシャ文明の時代、形而上学は、神々に対する批判としてはじまった。同じように、これから先、人類が形而上学的な思考の必要を感じるとすれば、明日の形而上学は、科学に対する批判としてはじまるだろう。そこでは、ギリシャ哲学が問うたのと同じさまざまな問いが問われることだろう。だが違うことは、あらゆる科学が生まれる前の地点からではなく、科学が終わった地点から探究がはじまるだろう、ということだ。

オクタビオ・パス『交流』

本書は国文社から一九八九年に出版されたものの復刊です。復刊にあたり、訳文に修正をほどこしました。

目次

謝辞

この本の草稿の一部もしくは全体を読んで、意味深い批判や提案を与えてくれた人たちは数知れない。特に名を記すとすれば、ポール・ライアン、キャロリン・マーチャント（カリフォルニア大バークレー校）、フレデリック・フェレ（ディキンソン大）、W・デイヴィッド・ルイス（オーバーン大）の面々。言うまでもなく、この本の最終的な内容についてこれらの方々が全員同意しているわけではない。事実あるいは解釈の誤りがあるとすれば、それは全面的に私の責任である。また直接に原稿を読んで下さった人々以外にも、その生きざまを通して私という人間を揺り動かし、ひいてはこの本で論じることになったさまざまな問題に対する私の思考を明晰にしてくれた友人たちもいる。ビル・ウィリアムズ、ジャック・ロンドン、デイヴィッド・クーブリン、ディアドリー・ランド。彼らとの長年にわたる交流のなかで、私自身の現実観も大きく変わることになった。彼らに私がいかに多くを負っているか、それをこの場で感謝の言葉として述べることは、私にとって大きな喜びである。

私の最良の読者でありもっとも近しい友人であるマイケル・クリスプに対しては、どれほど言葉を尽くして感謝しても十分ではないだろう。彼は、鋭い洞察と絶えざる根気をもって本書の草稿を読み、適切な意見を聞かせてくれた。特に第三章は、魔術の伝統をめぐって彼とたびたび交わした議論なしでは決して書けなかった。論理の運びや議論の展開についてマイケルの助けを借りたことも一度や二度ではなかった。本書の献辞に彼の名を記すことによって、その熱意と寛大さに少しでも報いることができればと思う。

また、編集を担当して下さったコーネル大学出版局ジョン・アッカーマン氏にお礼を申し上げる。仕上げの段階で原稿が大きく改善されたのは、氏の熱心な編集作業のおかげである。

私の論は、カール・ユング、ウィルヘルム・ライヒ、そしてグレゴリー・ベイトソンをはじめ、何人もの思想家の思想に依拠し、あるいはそれらを展開させているが、私としては、特定の哲学上の学派の思考の枠組に従ったつもりはない。とはいえこの本も時代の産物として、ある明確な考え方を反映している点は否定すべくもない。すなわち、現在誰もがその「気配」を感じはじめているホーリズム〔全体論〕の世界観が、本書をおおっている。私の見解が、多くの点においてR・D・レイン、セオドア・ローザク、フィリップ・スレイターらのそれと共通していることに、読者は気づかれることだろう。彼らの著作をくまなく読んだわけではないが、いろいろな意味で、私の住む精神宇宙が、彼ら諸先輩のものと変わらないという自覚または自負はある。彼らはみな、科学がこれまでとはまったく違った役割を演じる、真に人間的な文化の誕生を願った。その願いはまさに私自身のものである。

モリス・バーマン

サンフランシスコにて

序章

近代のランドスケープ

いずこを見ても、自分のものでもない生を他人に生きさせることにかまけ、自分自身の本当の生をすこしも省みない人々ばかり——死を恐れ、生を憎む人々。

ウィリアム・モリス『ユートピアだより』(一八九一)

私は、自分の専攻する科学史の知識をもとに、現代の混迷する状況が何に由来するのか、一般の人々にも分かりやすく読んでもらえる本が書けないかと数年前から考えてきた。西洋工業社会の生のあり方には、きわめて本源的な問題が潜んでいる。三年前に書き上げた『社会変革と科学的組織』(1)に取り組んでいたときも、この問題は私に大きくのしかかっていたのだが、学術書のなかでこの種の問題を扱うのにはどうしても限界があった。そのうえ前著は、今日我々が抱える諸問題の根が、社会的・経済的因子にあるという考えのもとに書き進められたものだった。その過程で、私の議論に認識論の次元がゴッソリ抜け落ちていることを意識させられることになったのである。誤りの源は世界観全体なのではないか。そんな思いが、書き進むうちに次第に明らかな輪郭を結んできたのだ。増大するエントロピー、混沌のなかにさまよい込んだテクノロジーと経済、日々侵されていく生態系。そんななかで、我々の心は、解体と崩壊への道を歩んでいるように見える。こうした事態を正面から論じるには、単なる社会学的・経済学的視点からでは到底無理だろう。

本書の野心は、十六世紀から現代に至る時代をひとつの全体として捉え、人々に意識されることなくその基盤に横たわっている形而上学的前提を引き出して、それとわたり合うことにある。といっても、精神ないし意識というものを、独立した実体として扱おうというのではない。生の物質的な面と精神的な面とは、分かちがたくより合わさっている。ただ、議論を明快にするために、それぞれの側面を別個に取り出すということも止むをえないだろう。本書では、両者の分離しがたい結びつきをできるかぎり強調するつもりだけれども、焦点はひとまず、人間精神の変容という点に当てられる。というのも、歴史を歩む文明にとっても、人生を歩むひとりの人間にとっても、深く大きくかかわってくるのが、同じく「意味」の問題だからだ。事実と価値とが乖離した近代にあって、我々の生は「意味」を——哲学的・宗教的に突き詰めたものとしての「意味」を——失ってしまった。そして、この意味喪失の根が十六・十七世紀の科学革命にあるというのが私の論点である。そのことの必然的関係を解き明かすことが本書の試みである。

科学革命前夜まで、西洋の人々も驚きと魅惑に満ちた世界を生きていた。これを「魔法にかかった世界」(enchanted world)と表現してもいいだろう。醒めた意識が見据えるのとは異質の、不思議な生命力をたたえた世界への畏怖と共感。

岩も木も川も雲もみな生き物として、人々をある種の安らぎのなかに包んでいた。前近代の宇宙は、何よりもまず帰属の場としてあったのである。人間は疎外された観察者ではなく、宇宙の一部として、宇宙のドラマに直接参加する存在だった。個人の運命と宇宙全体の運命とが分かちがたく結びつき、この結びつきが人生の隅々にまで意味を与えたのである。このような意識のあり方を「参加する意識」と呼ぶことにしよう。自分を包む環境世界と融合し同一化しようとする意識。この、精神の全体性へ向かっていく方向を、西洋世界は見失って久しい。参加する意識の大いなる体系としては、のちに見る錬金術が、結局最後のものとなったのである。

近代という時代は、その精神面に焦点を合わせるなら、しだいに「魔法」が解けていく物語として語ることができる。十六世紀以降、現象界から「精神」なるものがみるみる追放されていった。近代科学は、少なくとも理論レベルでは、すべてを物体と運動に還元して説明する。科学史で言うところの「機械論哲学」である。二十世紀になって量子力学や、あるいはより最近の生態学的研究から、この考え方に疑問がつきつけられてはいるが、しかし、それらの展開も、対象を思考者と切り離す思考法そのものに有効な打撃を与えるには至っていない。醒めた思考、参加しない思考、見るものと見られるものとを断固区別する思考は現在も圧倒的に推し進められているのだ。科学的意識とは、自己を世界から疎外する意識である。自然への参入ではなく、自然との分離に向かう意識である。主体と客体とがつねに対立し、自分が自分の経験の外側に置かれる結果、まわりの世界から「私」が締め出される。この世界観の行き着くところが完全な物象化の感覚であることは避けられないだろう。すべてが単なるもの――私と向かい合って存在する冷ややかなもの――と化す。そしてついには私自身も、他の何からも分離した一個の粒子のようになって、一様に無意味な世界のなかに収まることになる。世界は私の行為とは無関係に成り立ち、私のことなど気にもかけずにめぐり続ける。世界に帰属しているという感覚は消滅し、ストレスとフラストレーションの毎日が結果する。

問題は我々の日常生活に深く食い込んでいる。ジャコビーの言う「集団管理とむき出しの暴力性[2]」がどのようにして我々の社会をおおうようになったかということも、根本においては我々が魔法から醒めてしまったことと大いに関係していると思う。今世紀初頭に一握りの知識人が囚われていた疎外感・無力感を、いまでは街を歩くふつうの人々がそれぞれに抱え持っているようだ。感覚をマヒさせるばかりの仕事。薄っぺらな人間関係。茶番としか思えない政治。伝統的価値観の崩壊によって生じた空虚のなかで、我々にあるものといえば、狂信的な信仰復興運動、統一教会への集団改宗、そして、ドラッグ、テレビ、精神安定剤によってすべてを忘れてしまおうとする姿勢である。あるいはまた、いまや国民的脅迫観念と化した、精神療法の泥沼の追求。何百万ものアメリカ人が、価値観の喪失と文化の崩壊を感じながら、自分の生を建て直そうともがいているのだ。憂鬱症が標準的な精神状態である時代。

社会全体をおおっている歪みが、一番歴然とした形で現れているのは、意味ある仕事を人々に与える力が産業経済に欠けているという事実かもしれない。かつてハーバート・マルクーゼは、アメリカのブルーカラーとホワイトカラーの人間をひっくるめて「一次元的人間」と形容した。「物的生産のすべてが技術の問題に回収されるとき、ひとつの文化全体が変容を余儀なくされる。ひとつの歴史的全体、ひとつの『世界』の誕生を、それは意味する」。これに続けてマルクーゼは、もはや自己の疎外という言い方も成り立たない、なぜなら疎外されるべき自己がすでに体制に売り渡され、体制と完全に一体化しているからだと述べた。自分の所有する商品によって自分を識別する人々。我々は我々が所有するところのものになってしまった。こうマルクーゼは結論した(3)。

たしかに説得力のある議論である。日曜日になるとほとんどセクシュアルと言うべき手つきで、丹念に愛車を洗っている隣人の姿は、誰にもなじみのものだろう。そうした自己と所有物のおめでたい一体化の関係を、マルクーゼは「ハッピー・コンシャスネス」という言い方で語った。しかし、それが本当に「ハッピー」な意識かと言えば、そんなはずはない。そのことは中流階級と労働者階級の意識調査にも明らかに出ている。たとえば、あらゆる階層に属する何百人ものアメリカ人へのインタピューを肉声のまま収めたスタッズ・ターケルの本を読めば、彼らが日々の仕事にどれだけの空虚さを感じているかがひしひしと伝わってくる。文書のタイプ。ファイルの作成。保険金の集金。駐車場の管理。生活保護希望者への面接。そうした仕事に明け暮れる毎日は、意味の空白がポッカリと不気味な口を開けている。彼らは(ターケルの言葉を借用すれば)、ディケンズの世界ではなくベケットの世界に住む人間たちなのだ。(4) もうひとつ、セネットとコブの調査研究を見ると、こちらはマルクーゼの議論が端的に誤りであることを衝いている。人々の消費行動は、ただ考えなしに、米国的生き方に自己を同化させるためのものではない。そうではなく、自分自身に対して抱いている不安を、ものの所有によって埋めようとするがゆえの行動なのだというのが彼らの結論である。彼らの見解は、消費主義体制に巻き込まれた心のパラドックスを捉えている。体制から受ける心の苦痛を和らげようとすることが――体制の心理的呪縛から自由になろうとするあがきが――体制を活気づけてしまうという閉塞状況を。(5)

そしてまた、テクノロジーと官僚主義の思考法が我々の心の隅々にまで押し寄せてきているという現実がある。そんななかで、体制から自由でいるなどということは、とてつもなく困難なことになっているのだ。(6) アメリカの企業の、将来有望と目されたエリートは、入社と同時に徹底した教育を施される。いかにして他人を説き伏せるか、対人関係を円滑に乗りこなすか、相手のボディ・ランゲージを読みとるか。こうして形作られる精神の枠組が、プライベートな生活をも規定せずにいるのは難しい。つきあう友人の選択にも、出世への損得勘定がどうしても絡んでくる。結婚相手にしても同じだろう。社交術に長けた妻は「財産」であり、そうでない妻は「負債」である。性行為までもが、直接の愛と快楽によってではなく、目的達成の価値尺度で計られるようになる。テクニックを駆使し、あらかじめ設定された目的を遂げて相手の是認を得るという、一種のプロジェクトになりさがる。友情や恋愛の世界までもが、技巧と管理の心性に牛耳られたとしたら、息抜きの場をいったいどこに求めたらいいのだろう。カミイェーリの言う「不安と神経症による社会の封印」が不可避のものとして訪れるほかないのだろうか。(7)

これら精神内部の光景を詳しく描き出すことが、抑圧的な体制のはたらきを解明していく、なによりの方法だろう。現にひとつの成果が精神医学の領域から上がってきている。R・D・レインが解き明かしたのは、精神が分裂し、にせの自己が姿を現すという現象が、いま述べてきたような閉塞状況に追い詰められた自己が最後に繰り出す自衛の策だという点だった。この研究は、精神分裂病の研究という題目のもとに進められたものだが、結果的に日常生活一般にはびこる精神の病理を描き出すものとなった(8)。我々はふだん、他人との一般的な関わりを、図1に示したような相互作用の図式で捉えていると思う。この図で、自己と他者とは直接的な関わりを保っている。じかに接した同士であるから、たがいの認識は現実に根ざし、行為は安定した意味を持ち、自己はたしかな、生きた実体として捉えられているはずである（本書で言う「魔法にかかった」状態というのがこれだ）。ところが現実はどうだろう。こうした直接的人間関係が、いま現実にどこまで可能だろうか。いったい何人の人が、あなたをひとつの「全体」として見てくれているだろう。我々のうち何人が、自分自身を丸ごとの全体として捉えているだろう。社会から振り当てられた役割を演じ、こみ入った相互作用の儀式とゲームのなかをさまよいながら、偽りの自己をせっせと紡ぎだしているのが現実ではないだろうか。

図2に描いたのは、レインの言う「ひき裂かれた自己」の姿である。「奥深く」に引きこもった自己が、生命を失って（生の魔術を解かれて）機械のように動く身体としての自分が演じる他者との関わりを、まるで科学的観察者のように冷ややかに見ている。そんなにせものの自己が捉えた世界がリアルであろうはずはなく、行為から意味が抜け落ちることも必然である。仕事のなかでも、「恋」と呼ぶものにあるときさえも、空想の世界に引きこもり、偽りの自己を始動させては、日常生活を構成する儀式の連続をこなしていく。この自己分裂のプロセスは二歳にしてはじまり、幼稚園・小学校を通して強化され、荒涼たる高校生活においてはずみをつけられ、社会に出てからはもはや日常の現実そのものになる(9)。会社の重役であれ医者であれレストランのウェイターであれ、誰も彼もが演技し他者を操作しようとする。そうやって自分が操作されることを食い止めようとするのだ。しかしレインの言うとおり、本来の意図が自己の保護であっても、他者との意味ある関わりから身を引くことで、結局は自己自身が窒息することになる。そして自己が撤退するにつれて、まわりの世界は当然手応えを欠いた、非現実的な空間となり、それがさらに内への逃走を加速する。この悪循環のなかで、実存的な自責の思いにかられる人も多いだろう。しかし逃げ込む自己をとがめだてることは、自己の分裂をさらに深めることでしかない。まさに自分のインチキさに呪われたとしか言いようのない状況への陥落。それもみな本当の自分を偽ったから――という自責の声をかき消すために、人々はドラッグとアルコールとスポーツ番組にすがりつく。状況とまともに向

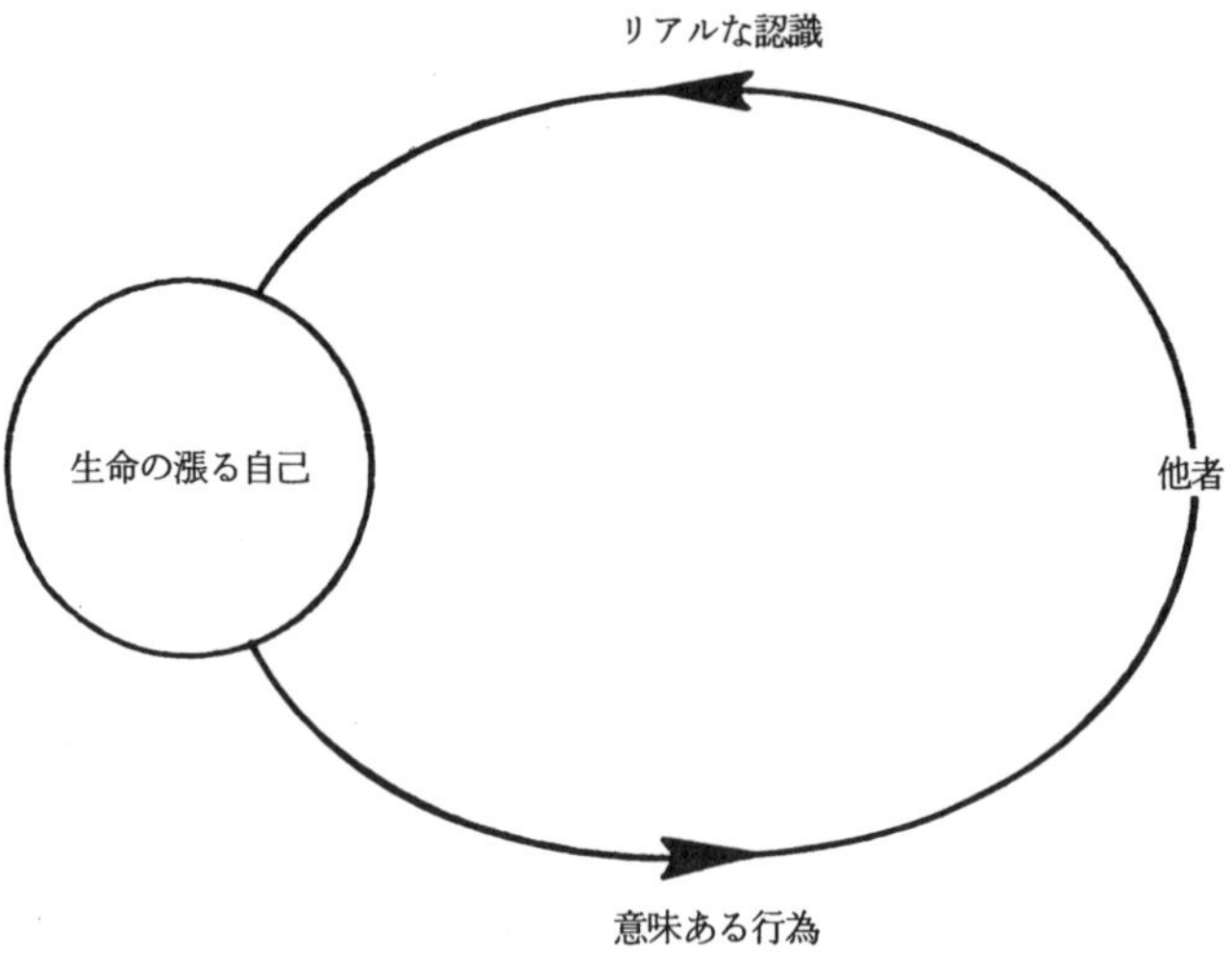

図1　R・D・レインによる、健全な人間関係の図式化（『ひき裂かれた自己』より）

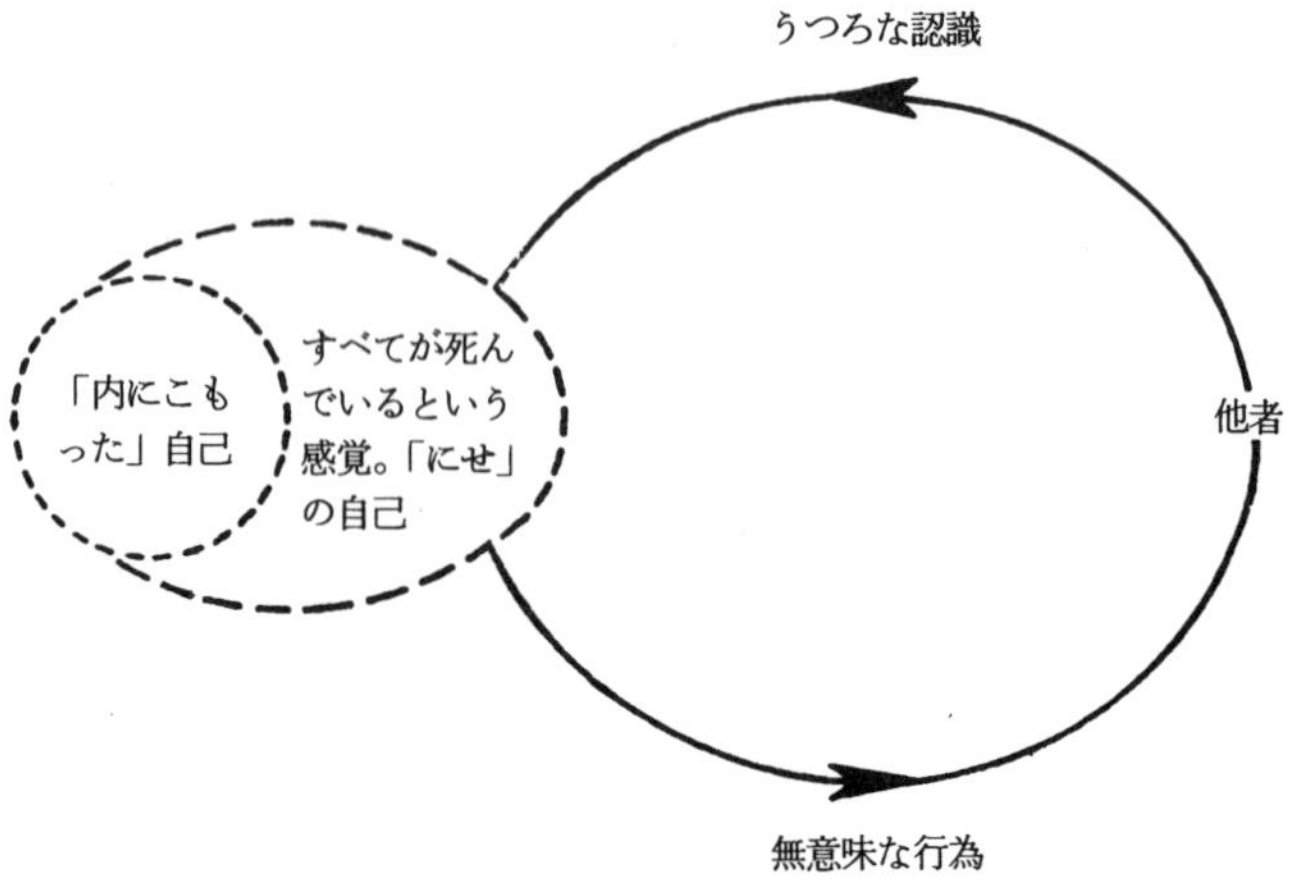

図2　R・D・レインによる、分裂病的人間関係の図式化（『ひき裂かれた自己』より）

かい合うのを避けられるなら何でもよいのだ。しかし、薬によるまやかしはいつか効果を失う。そのとき残るのは、自分で自分を裏切った恐ろしさと、生の操作に「成功」したことの空しさばかりだろう。

アメリカだけを見ても、こうした状況を反映する統計はまさに驚くべきものである。七歳から十歳の年齢における自殺率は現在きわめて高い。一九六六—七六年の十年間にティーンエイジャーの自殺は三倍に増加していて、現在では一日に三十人の割合である。アメリカの精神病院の入院患者の半数以上は二十一歳未満である。一九七七年、西海岸に住む九—十一歳の子供を対象とした調査によれば、ほぼ半数はアルコールを常用し、毎日酔って登校する子供も非常に多いという。ウィスコンシン精神病院のダロルド・トレファート博士によれば、いまや何百万の青少年が「自分に何が起きるかという不安ではなく、自分に何も起きないのではないかという不安にとり憑かれ、空虚さ、無意味さにさいなまれている」そうだ。一九七一—二年の政府の公式報告によれば、アメリカには四百万の分裂病者、四百万の重度の情緒障害児、九百万のアルコール中毒患者、一千万の憂鬱症患者が存在している。七〇年代初頭のある報告によれば、当時二千五百万の成人が精神安定剤バリアムを使用していた。一九八〇年の食品医薬品局の調査によれば、アメリカ人は一年に五十億錠の割合でベンゾジアアゼピン（バリアムなどの精神安定剤）を服用している。ピーター・シュラッグとダイアン・ディヴォキーの『落ち着きのない子供の神話』（一九七五）によれば、何十万ものアメリカの子供たちが現在学校で薬漬けにされている。三十—六十歳のアメリカの女性の四分の一は、医者に処方箋をもらって向精神薬を常用している。『コスモポリタン』をはじめとする大衆向けの雑誌には、憂鬱症に悩む人々に、精神病院へ行って薬物治療やショック療法を受けるよう勧めている記事が数多く見られる。できるだけ早く仕事に復帰できるように、というわけだ。ある政治学者はこう書いている——「人間のエンジンが完全に壊れてしまうのを防ぐために、薬はいまやなくてはならない潤滑油、精神病院は必要不可決の整備工場となっている(10)」。

こうした傾向はアメリカにとどまるものではない。たとえば、蒸溜酒の消費量が世界でもっとも多いのはポーランドとソ連である。フランスにおける自殺率は増加する一方であり、西ドイツの自殺率は一九六六年から七六年の間に二倍になった。[11] 都市の狂気といえば誰でもロサンゼルスとピッツバーグを思い浮かべるが、二十世紀後半に入ってからレニングラード、ストックホルム、ミラノ、フランクフルトなどの都市においても「窮乏指数」（国民の生活実感を指数にしたもの）が着実に上昇している。アメリカが「大いなる破綻」の先駆けであるとしても、他の工業国もすぐそこまで来ているのだ。

本書の主張は、これら鬱積する諸問題が、戦後の欧米社会がたまたま被った不運として片づけられない次元を持つ、という点にある。インフレ、植民地の喪失といった、二十世紀後半に特有の諸問題と結びつけて事足れりとしていられるような小さな異常ではないのだ。我々が現在まのあたりにしているのは、幾世紀も前から続いているひとつの論理体系の必然的結果である。その論理の破綻の姿である。といって私は、科学に諸悪の根源を押しつけようというのではない。原因と結果を単純に糸でつないで、それで歴史を説明するようなやり方には、あまり説得力がないと思う。私が言いたいのは、科学的世界観と、病める現代社会、集団管理、そしてここで述べたもろもろの状況とが、たがいに密接に結びついているということである。西洋工業諸国においては、科学的世界観こそが我々の意識であり、それは、ルネッサンスから現代にかけての、近代の生活様式の発展と不可分に結びついている。科学と、我々の生活様式は、たがいに補強しあってきた。工業国家が大きな歪みを露呈し、全面的に破綻しかねない状況に至ったいま、科学的世界観がきびしく批判されるようになってきているのも、むしろ当然と言ってよいだろう。

この視点に立つとき、私がこれから論じるさまざまな変容とその破綻、そしておぼろげに見える解決策、それらはまさに途方もなく大きな広がりを持つことになる。だが、問題を抽象的理論の次元で片づけてはなるまい。このような根本的なレベルでの変容は、大統領選挙、緊急立法といった、ふつう我々が重要だと考えている事柄よりも、はるかに直接的に、日常生活の隅々まで巻き込んで進展するものなのだ。人類の歴史において、これまでにも急激な変容が個々人の生活に大きな影響を与えた時期があった。そのもっとも新しい例はルネッサンス期だろう。こうした時代においては、個人の生はいかなる意味を持つのか、という難問が表面化し、人々は意味ということそれ自体の意味を問うようになる。そしてどうやら、こうした時代にあっては、つねに狂気の発生率が増加するものであるらしい。いや正確には、狂気とみなされる状態の発生率が増加すると言うべきだろう。[12] なぜなら、時代の価値観は我々（いわゆる「知識人」のみならず、我々すべて）をひとつにまとめているのであり、その価値観が崩れはじめるとき、それによって生きている個々人もまた崩れざるをえないからだ。歴史上、憂鬱症や精神病が急激に増加したもっとも新しい例は十六・十七世紀である（当時それらは「メランコリア」と呼ばれた）。この時代には、神による救済という考えが次第に維持しがたいものになっていった。人間の運命に神はそっぽを向けたとすらささやかれはじめた。

こうした不安な状況は、資本主義に向けて新しい精神的枠組が生まれ、実験と数量化とテクノロジーという科学的方法に基づくリアリティの再定義が確立するに及んでようやく安定を取り戻した。だが現在、ふたたび大きな不安状況が生じてきている。そしてそれは、過去において我々の文化が取り入れた核観念――テクノロジーによる環境操作、それに基づく資本の蓄積、それと助長しあった「現世的救済」の概念――がいずれもその終局的段階に達しつつある、ということを意味するように思える。とりわけ近代科学のパラダイムは、十七世紀において宗教的パラダイムがそうだったように、二十世紀後半においてはとうてい維持しがたいものとなってきている。資本主義の破綻も、諸制度をひとしく襲っている機能不全も、目をおおいたくなるような生態系の破壊も、本当に重要な問題を前にしたときの科学的世界観の説明能力の低下も、仕事に対する興味の喪失も、統計に見る憂鬱・不安・精神病の増加も、すべてはみな、ひとつの精神のあり方が確実に崩れさりつつあることの現れなのだ――そう私には思えてならない。十七世紀の人々と同じように、我々もまた、安定した足場を失い、行く先のない漂流を続けているということではないのか。我々もまた、ダンテの『神曲』にあるように、目醒めてみれば暗い森のなかにいたということではないのか。

そこで今日、どうすればふたたび精神と社会の安定を取り戻せるのか。その答えはかなり漠然としたものにならざるをえない。いずれにせよ、科学的世界観は、その本質からして必然的に、世界を生の魔法から解き醒ますものであったのであり、したがって近代という時代は、発生当時から大きな不安を内在させていたのであって、数世紀以上その安定を維持することは、もともときわめて困難だった。これが本書の大前提のひとつである。人類の歴史の九十九パーセント以上にわたって、世界は魔法にかかっていた。人間は自らをその世界の欠かせない一部として見ていたのだ。わずか四百年余りで、こうした認識がすっかり覆され、その結果、人間的経験の連続性、人間精神の全体性が破壊されてしまったのである。それればかりか、地球そのものがいまや破滅の一歩手前まで来てしまった。ふたたび魔法をよみがえらせることにしか、世界の再生はないように感じられる。

ここに近代のディレンマの核がある。我々はもういまや錬金術やアニミズムには戻れない。だがもう一方の道はと言えば、原子炉とコンピューターと遺伝子工学がすべてを牛耳る、陰惨な、すべてが管理された、科学至上主義の世界である。その世界はもうほとんど実現しかけている。そんな世界に吸い込まれつつある我々が、何とか種としての生存を保とうとするなら、何らかの形での全体論的意識――すなわち「参加する意識」――を育み、その新しい意識によって社会・政治形態を新しく組み直していかねばならない。その変化が具体的にどういう形をとって進むか、それは想像するしかない。しかし、いまの我々の生活のあらゆる細部を色濃く染めている生き方が、まったく異質のものに置き換えられていくに違いないという予感が、徐々にではあっても、たしかな手応えとして感じられるように思える。ロバート・ハイルブロナーが思い描いたように、二百年後の人々は、ウォール街やヒューストンのコンピューター・センターを、消滅した文明の興味深い遺跡として訪れるのかもしれない。だがそれまでに、何が本当にリアルなのかということの認識が劇的に変革されていなくてはならない。(13) そのような変革を通過したとき、ちょうど中世のつづれ織りや錬金術の文書に出会った我々がそこにまったく異質の世界観を見出すように、ウォール街やヒューストンの姿を、あるいは十九世紀物理学にも行動療法の実践にも現れている思考形態を前にして、何と奇怪なのだろう、ほとんど理解不能だ、と感じる人間が現れ出ているはずである。

ウィリス・ハーマンは、我々の世界観を「産業時代のパラダイム」と呼んだが、(14) 産業革命は十八世紀後半になってようやく本格化したにすぎない。近代全体のパラダイムを言うのなら、さらに深く、科学革命を探っていかなくてはならないと思う。これを本書では、近代科学の最大の体系的スポークスマンの名をとって「デカルト的パラダイム」と呼ぶ。もちろん、デカルト個人が現代に生きる我々の世界観を打ち立てたということではない。ただ、近代におけるリアリティの定義法というものが、デカルトの描いた科学的プログラムの諸項目にすでに見出されるのである。とすれば、デカルト的パラダイムの本質とその起源を明らかにする作業が、それ以前の魔術的世界観と、その崩壊を招いた歴史的要因のより綿密な分析には欠かせない。そのような思考体験を通して、いまどのようなかたちで、我々がふたたび現実に、魔法に魅せられた世界を取り戻し、宇宙をもう一度我々自身のものにすることができるのかという実践的な問いが成り立つのだと私は信じる。

第一章　近代の科学意識の誕生

現世での生活を大いに利するような知に我々が到達しうることに、私はいささかの疑念も抱いていない。現在学校で教えられている空漠とした哲学に代わって、実際的な哲学が教えられる世の中がやってこようことにも。いま我々が異なった職種の人間の仕事を見てその技術の違いが解るのと同じように、火、水、空気、天空、そして我々を囲む他のすべての物体の本性とふるまいとが知れるようになるとすれば、それらをしかるべき目的のために利用できるようになる。そのとき我々は自然の支配者にして所有者になれるのである。

ルネ・デカルト『方法序説』（一六三七）

リアリティ、すなわち世界の真の姿を知る知り方として、プラトンとアリストテレスに発するふたつの流れが永く西洋思想を支配してきた。感覚データをまやかしとして排し、研ぎすまされた「純粋理性」こそを真理への誘い手と見るか、それとも外界から集めた情報を統合し、普遍化・一般化することをもって「知る」こととするか。前者の立場がプラトンの理性論（rationalism）であり、後者の立場がアリストテレスの経験論（empiricism）である。このふたつは、西洋の知的伝統の二本の流れとして古代ギリシャから中世の全体を下り、ベーコンとデカルトが時代の哲学の両極を形作る十七世紀まで続いた。もっとも、デカルトとベーコンが、相違点よりも共通点の方を多く抱え持っているように、プラトンとアリストテレスも、大きな思想的基盤を共有している。プラトンが『ティマイオス』で語る、質を原理とする有機的な宇宙は、そのままアリストテレスの語る宇宙でもあるのだ。観察された現象の背後に何らかの「形相」（form）を置き、それを「目的論」（teleology）的発想で語っているという点、両者は相等しいのである。もちろんアリストテレスの言う「形相」とは、プラトンの言うような、天界に帰属する何かではない。しかし、たとえばオリンピア競技会の円盤の本質が、その「丸さ」や「重さ」（地球の中心に向かって落ちようとする本来的傾向）などの「形相」にあるという言い方をすれば、両者の近縁性は明らかだろう。この「形相」の形而上学が、中世の全体を支配したのだった。中世を特徴づける「象徴」の世界観も、そこに由来する。ものは決して「ただそれだけのもの」ではなく、つねに非物性的な原理を体現していて、その原理こそがもののリアリティの本源だという捉え方が十七世紀まで延々と続いてきたのである。

ベーコンの『ノヴム・オルガヌム』とデカルトの『方法序説』とは、対極に位置するものではあっても、それまでのギリシャ的・中世的世界観とははっきり異なる新しい特性を共有している。彼らにおいて、理性論と経験論との対立は解消されているのだ。純粋精神が紡ぎだす「知」と、外界の情報を組織した「知」との間には対立すべき何物もないという発見――これがのちにガリレオとニュートンの業績に辿りつく「科学革命」最大の発見なのである。理性論とは要するに、思考の法則がものの法則に一致するという主張にほかならない。経験論とは要するに、ものからのデータに思考を一致させて考えよという主張にほかならない。理性論と経験論とが、このようなダイナミックな関係で結ばれたことが、科学革命の核心をなす出来事だった。そしてそれが可能になった背景には、双方のアプローチがそれぞれ具体的な「道具」に煮つまっていったプロセスがある。デカルトがうち出した道具は、純粋理性の粋、最高の信頼に価する知としての数学だった。ベーコンがうち出したのは、自然をむりやりある状況に追い込んで答えを吐かせる方法、すなわち「実験」だった。「イエス」か「ノー」か言わざるをえなくなる場としての「実験」。この探究法をベーコンは natura vexata（自然を苛む）という言い方で説いている。数学と実験というこのふたつの道具が、見事に合体した姿を、我々はガリレオの業績に見ることができる。斜面にボールを転がし、転がった距離と時間を測定してその比率を計算する。それによって、落下物体がどのように動くかの詳細をつかむことができる。

なぜ動くかではなく、どのように動くか。ここに大きな転換がある。内なる〈理〉と外の〈経験〉との融合、数学と実験の融合と必然的に絡んだ転換である。かつて人間は「なぜ」（why）を問い、その答えを得ることで満足していた。そういう人間にとって、「どのように」（how）は問題にならない。このふたつの問いは、論理的には排除しあうものでなくても、現実には排除しあってきたのである。近代を一望すれば、それは“how”の問いかけが“why”の問いかけを侵食していった時代としてすら見えてくる。二十世紀の我々にとっては、“how”を問うことがすなわち“why”を問うことと等価になっているほどである。

この高い視点からアプローチするとき、『ノヴム・オルガヌム』も『方法序説』もきわめて魅力的な読み物になる。いまでは我々が呼吸する空気のようになっている認識論を、彼らが懸命に引き出そうとしている様子がつぶさに読み取れるのだ。またベーコンとデカルトが、もうひとつの面でも同じ試みに従事していたことも読める。ベーコンは知を力と、真理を有用性と結び合わせた。デカルトは数量化による把握を「確信」とイコールで結び、「普遍数学」としての科学を夢見た。ベーコンの目標を実現するには、言うまでもなく、デカルトの方法が必要になる。厳密な測定（数量化）はことの真偽を決めるうえだけでなく、道路や橋の建設にも威力を発揮するのだ。ここにギリシャからの、もうひとつの訣別が生まれる。十七世紀において、目の前の世界は、ただそれについて思いめぐらす対象としてではなく、それに対して働きかけるべき素材となったのである。静的な思索から、動的な科学への転換。ここに、ファウストとしての近代人が成立する。

このテーマはゲーテの有名な詩劇からさらにずっとさかのぼった、十六世紀末のクリストファー・マーローの戯曲『フォースタス博士』ですでに展開されている。この戯曲のなかで、一五九〇年頃、フォースタス博士は書斎に座って、机上に拡げたアリストテレスの本を退屈そうに眺めている。「論理学の最大の目的は、巧みに論を立てることにすぎぬのか？」彼は自らに問う。「論理の術はこれ以上大きな奇跡を与えてはくれぬのか？　とすればもう読むのはやめだ……」[(1)]いかにあるか、ではなく、いかに為すか、が問題だということ。これが十六世紀ヨーロッパの大いなる発見だった。というか、大いなる決意だった。

「科学革命」の文献で顕著なことは、その思想の担い手たちが、自らの役割を強く意識していたということだ。ベーコンもデカルトも、方法論上の大転換が起こりつつあることを自覚していた。そして、この転換が必然的にどのような方向に進むのかも意識していた。自分たちが新しい流れの先端にいて、おそらくは長い間の安定を崩壊させつつあること、彼らはそれを知っていた。彼らは二人とも、アリストテレスの時代の終りを宣言してはばからなかった。「新しい道具」を意味する『ノヴム・オルガヌム』というベーコンの著作のタイトルも、アリストテレスに対する批判である。中世においては、アリストテレス論理学の集成は『オルガノン』（道具）と呼ばれていたからだ。アリストテレス論理学、特に三段論法はそれまで、リアリティを捉えるための基本的な道具であった。ベーコンやフォースタス博士は、こうした状況に異議を申し立てたのだった。ベーコンは言う。アリストテレス論理学は「自然の巧妙さにとても太刀打ちできるものではなく」、「命題の裏づけにはなっても、もの自体を捉えることはできない」。ゆえに、とベーコンは説く。「古いものの上に新しいものを加え、接ぎ木することによって、諸学における大きな進歩を期待しても無駄である。そうではなく、もっとも深い基礎から建て直しを行わなければならない。さもないと、進歩はすぐに頭打ちになるだろう。同じ円のなかで永遠の堂々めぐりを繰り返すほかなくなるだろう」[(2)]。この循環を抜け出すには、むやみやたらに理性と言葉を振り回すことをやめて、自然を実験にかけ、そこから引き出した頑強なデータを積み上げていくという新しい方法への思い切った転換が必要である。これがベーコンの主張だった。しかし当の本人は、ひとつの科学実験をも行っていない。「データを表にまとめ、そこから一般化を引き出す」という彼の提唱した真理到達法も、概念的に過ぎる。この点から歴史家は、科学的方法がベーコンを通してではなく、ベーコンの周辺において育った、という図を描き上げてきた。(3) だが本当にそうなのだろうか。まず、専門の科学者ならほとんどの人が知っているとおり、真に創造的な研究成果というものは、綿密なデータ収集からではなく、突拍子もない奇想空想が測定と実験の試練を通過して生まれでてくることが多いという点を理解しておかなくてはならない。データさえ集めれば、そこから結果が、まるで引力にでも引かれるように落ちてくると主張するのが、ベーコン主義だと理解するなら、それは現実性を持たない空論だということになりそうである。だがベーコンと経験重視とをイコールで結ぶこのイメージは、実は十九世紀の科学者たちが、経験からの事実に根拠を持たない理論を批判するのにベーコンを援用した名残りにすぎない。十七・十八世紀にはむしろ、真理を有用だとする考え、特に産業にとって有用だとする考えが「ベーコン主義」の意味するところだった。アリストテレス＝スコラ哲学の停滞を打破し、それによって、機械的な、駆動する世界へ旅立つこと、これこそがベーコンの乗り出した企てだった。彼が踏み込んだこの新しい世界は、十六世紀半ばには、考えもつかなかったものである。ベーコンがテクノロジーこそを、新しい認識論の源泉と考えていたことは、数々の文献から明らかだ。(4) 彼が、学問（scholarship）すなわちスコラ哲学の停滞と対比させて、テクノロジーの展開を称揚する一節を引いてみよう。

諸学はその足跡の上にとどまり、ほとんど同じ状態のままにいて、何ら注目すべき増進もしていない。（……）しかるに、自然および経験の光のうちに基礎を持つ機械的技術においては、反対のことが起こるのを我々は見ている。機械的技術は、（……）いわば生命の息吹を吹き込まれたかのように、絶えず活気づき成長しているのである。(5)

ところが当時の自然博物学といえば、厖大なデータの集積以上のものではないとベーコンは言う。化石やら植物やらを記述しただけのものに何の価値があろう——

自然博物学のための自然博物学。これは自然を知るところから哲学体系を組み上げていくことのできる、そういうたしかな情報を与えてくれる自然博物学とは異質のものである。違いはいろいろ挙げられるが、なかでもきわ立っているのはこの点だ——前者は単に自然界のさまざまな種を並べたてるだけで、人間によるメカニカルな策術というものを含まない。我々の生においても、ひとりの人間の性向、その精神と感情の秘かな働きというものは、穏やかな状況においてよりも、困難にもまれているときにこそその姿を明らかにする。自然の秘密にしても同じではあるまいか。悠々と自然の道を歩んでいるときよりも、我々が付きまとい、策術をもってして自然を悩ますときこそ、自然は秘密を明かしてくるのではなかろうか。土台となるべき博物学が、行き当たりばったりの観察から引き上げられ、確固たる計画のもとに遂行されることがなければ、自然哲学の将来に多くは望めない。(6)

人工的な条件のもとにおいてこそ、自然に関する知は得られる。決定的に重要な一節だ。自然に付きまとい、かき乱せ。自然を変貌させようと構わない、とにかく、自然のままにはしておくな。そういう、策に満ちた働きかけによってこそ、はじめて自然を知ることができる。自然を実験にかけ、口を割らせるのだ。人間の策術、すなわちテクノロジーがはじめて哲学のなかに組み入れられたとき、それは「自然の拷問台としての実験」という思想を生んだのだということを、我々は記憶しておくべきである。

むろん十七世紀においても、テクノロジーそのものは決して新しいものではなかった。風車や鋤などの、人工的手段を使って環境を支配するという行為自体は、人間とほとんど同じくらい古い歴史を持っている。だがその支配を哲学のレベルにまで高めたことは、人類の思想史上、前例のないことだった。たとえば中国では、十五世紀ごろにはすでにきわめて洗練されたテクノロジーができあがっていたが、当時の中国人にとって（当時の西洋人にしても同じだろうが）、鉱山技術や火薬の製法を純粋な知と結び合わせるなどとは思いもよらなかっただろう。(7)ましてや、それら策術が純粋な知への王道であるという考えなどは、まったく受けつけなかったにちがいない。この点を踏まえて言えば、ベーコンにはやはり近代科学の祖と言うに足るだけの重みがある。彼自身が実験を行ったか行わなかったかということは大した問題ではない。実験の具体的な進め方は、のちに十七世紀が進行していくなかで徐々に固まっていったわけだが、実験の発想そのもの――テクノロジーによって自然から真理を絞り取るのだという発想――はベーコンの大いなる遺産なのだ。科学はベーコンの「周辺」でではなく、まさにベーコンその人を通して成長したと言うべきである。

ここで問題にしたいのは、自然を「拷問」するときの科学者の精神のあり方である。ベーコンはこの本の序文でいみじくも述べている。「(自然を自然の流儀に任せてはならないのと同様)実験者の精神もその自然な流れに任せてはならない。機械のように、最初の一歩から厳密に導いていかなくてはならない」。機械論的世界観は、それを抱く人の心も機械のように動くことを要求する。自然を拷問する心それ自体が拷問を受ける――と言ったら言いすぎだろうか。

ルネ・デカルトもまた、スコラ哲学の空虚な議論を徹底的に批判したひとりである。自然哲学を組み上げるに足る言説には、一分の疑いもあってはならない、という頑徹な姿勢を彼は貫いた。『ノヴム・オルガヌム』の十七年後に書かれた『方法序説』は、一種の知的自伝にもなっており、自分が学ばされてきた学問がいかに価値のないものだったかが述べてられている。いつまでも古代の知にはりついている当時の知的状況全体への批判であったことは、言うまでもないだろう。彼は言う。私はフランスで望みうる最高の教育を受けたにもかかわらず(イエズス会のセミナリオであるラ・フレーシュ王立学校を彼は卒業している)、絶対の確信を持てることは、何ひとつ学びえなかった。「生まれてこのかた聞かされた理論の数々は、全部まとめて捨て去るのがもっとも建設的なやり方と思えるばかりだ」(8)。要するに、デカルトもベーコン同様、「接ぎ木」や「付け足し」ではなく、一からの出発を目標に掲げたわけである。しかしその出発点は、大きく違っていた。彼にとっては、正しい思考法を身につけることが何より先決であった。自然を調べてデータを収集する作業は、あとでやればいい。正しい思考のメソッドを確立して、それを機械のように厳密に動かすこと。それができていないうちにいくら外界を探っても、確実な知識は手にしえない。ひとまずは外界を遮蔽し、「正しい思考」とはどんな姿をしているのか、それを浮き彫りにするのでなくてはならない。これがデカルトの打ち出した立場だった。

『方法序説』の記述に立ち入ってみよう。デカルトはまず、それまで自分が知っていると思っていたことのすべてを疑問に付すことが必要だったと書いている。なにも懐疑を好むからでも、反抗を信条とするからでもない。知識のすべてがきわめて脆弱な地盤の上に成り立っているという認識から、そうせざるを得なかったというのである。「諸学の基本原理はみな哲学から取られたものだ。しかるに、その元になる哲学自体には、基盤となるたしかな哲学がない」。「目標を確信という点に置いた私にとって、単にそのように思えるということは、誤りであるということとほとんど変わらなくなった」。このように、デカルトにとって、科学的方法の出発点は、健全な懐疑主義であった。なるほど精神は世界を知ることができるだろうけれども、それにはまず、軽々しく信じるのをやめ、中世からのガラクタを捨てなければならない。精神はそうしたガラクタで一杯になってしまっているのだ。「私の目的はひとえに、より確かなものに到達すること、もろい泥や砂を捨て、岩と粘土を選びとることだった」。

しかし、懐疑を探究の方法とすることで、デカルトがさまよい込んだのは、なんとも寒々とした結論だった。確信を置けることが、この世から消えてしまったのである。『第一哲学に関する省察』（一六四一）で彼は、理性の導く世界と、現実の経験世界との間に何のつながりも存在しないのではないかという疑いを表明している。神の善なることを論拠に、その神が、理性によって真理に辿りつけると信じる私の純粋な気持ちを欺くはずがない、と主張してみても、邪悪な悪魔が私の理性を混乱に陥れているという可能性は拭えない。2＋2が5でないと、どうして確信できようか。私が2と2を足す度に、悪魔が介入して、答えが4であると信じ込ませているかもしれないではないか。しかし、もしそうだとしても、ひとつだけたしかに言えることがある。それはだまされているひとりの「私」がここにいるという事実だ。「我思う、故に我あり」。この一言が、すべてを支える確信の原点となった。思惟《しい》することを存在することとイコールで結ぶ哲学の誕生である。

しかし、この原点からはじめて、私以外のことについてどう確信したらいいのか。この点に関し、結局デカルトは、恵み深い神にすがるばかりである。そして神を語る彼の言葉は、惨めなほど説得力に乏しいのだ。ともかく、彼の議論では、恵み深い神が持ち出されることで、もろもろの数学的命題の正しさが一挙に保証される。三角形の和を計算する私の純粋な精神の働きが、正しくあるよう——デカルト自身の言葉で言えば「明晰判明」であるよう——神の恵みがお守りくださるという論理である。外界に関していかに知るかという問題も、この考えの延長線上に求められている。それが「明晰判明」に知られたかどうかということが確信の規準になるのである。それはすなわち、幾何学のモデルの上に得られた知であるかどうかということだ（「明晰」「判明」ということに、デカルトは誰にでも納得の行くような定義を施していないけれども）。要するに、科学を「普遍数学」に持っていくというのが、デカルトの決意だった。数をもって、唯一の確信の手段としたのである。

ここまでで、ベーコンとは対照的なデカルトの姿勢が強調されたかもしれない。ベーコンが五感を頼みにして、データ、実験、機械的操作の術を知の土台と見るのに対し、デカルトはそれらを純粋な精神の明晰さをかき曇らせる異物として、まずは排斥し、幾何学に基盤を持つ知の獲得法を追究した。(9) 外界を知るための第一ステップは、複雑に見える問題をその複雑さのまま記述すること。そうしたら次に、その紛糾して不明瞭な問題を分解し、もっとも単純な構成要素を取り出す。この基本ユニットのレベルでは、明晰判明なるものはすぐさま見て取ることができるだろうから、それをきちんとおさえて、あとは純論理的に問題を再構成していけばよい。このやり方で行けば、複雑に見える問題も、人知による征服が可能である。我々自らがそれを分解し再構成した以上、その問題は我々によって「知られた」のだ。——この方法論はデカルトにとって、探究の果てに掘り当てた金の鉱脈だった。これこそ世界を知る唯一の鍵だと彼は考えた。「幾何学者たちが、あれほど困難な証明問題を、かくも単純明快な論理の連鎖を延々とつないでいくことで解いてしまう、そのやり方を適用することで、およそこの世で知りうることは、すべて知られるのではないだろうか……」(10)

このデカルト的思考体系が、その後どのように人々の意識に食い入り、西洋における意識の歴史を方向づけたかということに思いを馳せるとき、その測り知れない影響力に呆然とするほかはない。たしかにベーコンの影響——知と産業的有用性との結合、「実験」という知のための策術の定着——も、現代の科学思考の根本をなすものではあるが、デカルトの影響はそれをはるかにしのいでいるように思われる。さらに、デカルトの方法論は、ベーコンのそれとは百八十度異なっているかに見えて、テクノロジー推進という点ではしっかりと結託している。というのも、デカルトが描く本質的人間——すなわち思惟する存在——は、純粋に機械的な活動にいそしむのである。この精神的存在は、ひとつのたしかな方法をもって、自分とは切れた外なる世界と向かい合う。そして相手に対し、その方法を何度も何度も機械的に適用し、ついには知りうるべきことのすべてを知ってしまう。しかもその方法自体からして、機械的である。対象をもっとも単純な構成要素に分解してそれぞれを知るという行為をもって、その寄せ集めとしての全体を知ったことにするのだ。部分と全体との関係を、一インチが寄り集まって一フィートになるようなものとして捉えているのである。何回かに分けて測定し、結果を合計して答えとするように、それぞれの知覚の結果を足すことで、対象が知れるという考えだ。分解し、測定し、寄せ集めよ……

ものを知るには最小の単位に分けよというこの思考型は、まさに「原子論」という呼び名がふさわしい。物質的世界を相手にした場合も、知の世界を相手にした場合も、「原子論」は全体を部分の総和として、それ以上でも以下でもないものとして、取り扱う。この見方を土台とした哲学を後世に残したことが、デカルトの最大の業績である。『哲学原理』のなかでデカルトは、明晰判明なる観念の論理的結合の結果として、永遠に作動するよう、神によってネジを巻かれた宇宙像を提示している。「物体」と「運動」の二者からなる、ひとつの巨大な機械としての宇宙だ。霊的なものは神という姿で、ビリヤード台のようなこの宇宙の外側をさまようが、その作動に直接の介入を行うことはない。宇宙の内部の現象は、いかに非物質的に見えるものも、最終的には物質的基盤を持つのだ。たとえば磁力の現象。ふたつの離れた物体がたがいに引き合うのを見ると、何か非物質的な働きが存在しているかに見えるけれども、その背後には必ず物質的作用が存在することが、いつの日か私の方法論によって解明されるはずである——とデカルトは主張する。この哲学が、ベーコンの作り上げたテクノロジーのパラダイムに、強力な歯を装備するものであることは明らかだろう。機械論哲学。思考の数学的基盤。外界を知るための四つのステップ。これらと結びついたとき、環境世界の操作と搾取は、論理的規則性のごときものをまとって進展することになったのである。

ところで、人間存在を純粋な論理思考と同一視し、知りうるべきことのすべてが理性を通して知られるとする考えの根底には、精神と身体、主体と客体とが、根本的に分離したものだという前提がある。思惟するとき、「私」というものが、どうしても外界と向き合って存在するように感じられるのは事実である。私の身体とその働きを「私」が認知するとき、「私」とはいま自分がそれについて考えている身体ではないという感覚が支配する。デカルト的方法を適用することで身体の機械的な働きは知ることができるが、そうやって知られる身体は、つねに私の認識対象としての位置に甘んじ、主体である私に重なることはない。デカルト自身の描いた、客体としての人間像を『人間論』（一六六二）に探ってみよう。そこでは人間の身体の働きのほとんどが、機械的な反射によって作動する噴水装置にたとえられている。精神、すなわち「思惟体」（res cogitans）と身体、すなわち「外延体」（res extensa）とは、まったく違ったカテゴリーに属するとされながらも、その両者の間に、機械的相互作用が存在する。炎の刺激で手が引っ込むという反応を例にとって、デカルトの描く「人間機械」を図3に示してみよう。手が炎に触れると、火の粒子が指を襲い、管状神経のなかの一本の糸を引っぱり、これが脳のなかの「動物霊気」（これは機械的な微粒子と考えられている）を発射する。この霊気が神経を下り、手の筋肉を引っぱるというものである。[11]

この図を見ながら、私は序章で紹介したレインの「にせの自己のシステム」に何とよく似ているのかという、不気味な感覚を禁じえない。分裂病者はしばしば、自分の身体を「他者」「私ではないもの」とみなす。デカルトの図式でも、同じように、脳（内的自己）はからだの各部分を超然と傍観している。相互作用といってもいかにも機械的であり、まるでロボットのようにふるまっている自分を自分が見ているかのようだ。そして、世界のすべてが、これと同じ捉え方で捉えられるのである。知覚と行動のすべてが、〈内＝ここ〉なる私が〈外＝そこ〉なる世界と分離してそれに向き合うという図式で理解されるのだ。これがデカルトの「二元論的パラダイム」なのだが、どうだろう、この二分法は、自己と世界ば

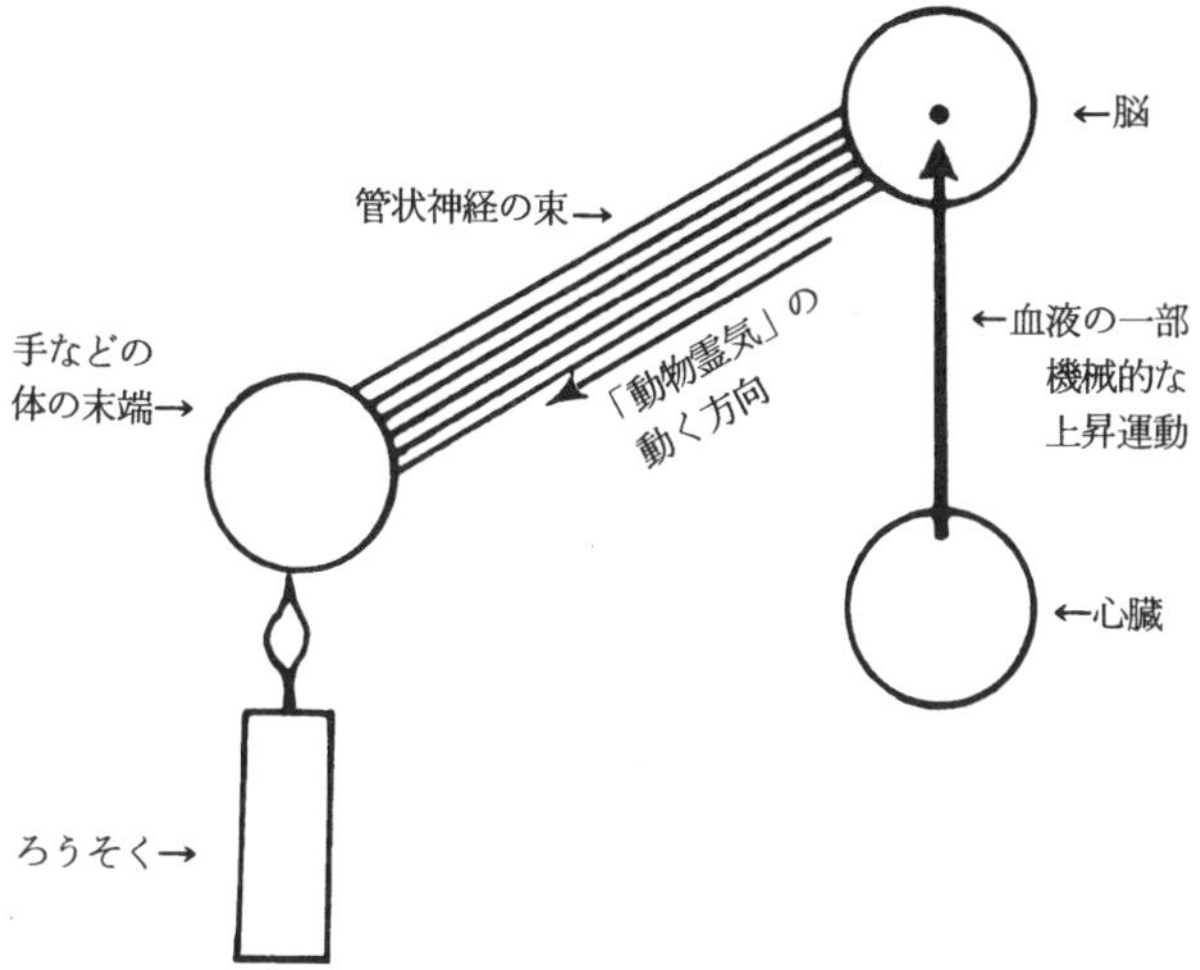

図3　デカルトによる精神／身体の相互作用の図

かりか自己そのものを引き裂く「分裂症的パラダイム」としても見えてこないだろうか。

デカルトが「明晰判明」なる観念を重んじ、幾何学を知の土台に据えたことはまた、アリストテレスの「無矛盾律」を補強し、ほとんど神聖化する役割を果たした。この法則によれば、あるものが同時にAでありかつAでない、ということは不可能である。私がタイプライターの「A」のキーを打つとき（タイプが故障していない限り）、紙に現れるのは「A」であって「B」ではない。私のすぐ脇にある一杯のコーヒーをはかりにのせて、針が五・二四オンスを指したとすれば、このコーヒーの重さは十ポンドでもなければ二グラムでもない。論理法則としてはきわめて明快である。ただし、デカルトは自然のふるまいとそれが我々に知られる知られ方にまで、論理を当てはめようとした。結果として、論理学における無矛盾律が、自然界に押しつけられることになった。自然が矛盾を内包することは許されなくなってしまったのである。

この見解の問題点は、改めて指摘するまでもないだろう。ひとつの反論のしかたとして、ノーマン・O・ブラウンにならい、現実の生は「批判的」(critical)にではなく「弁証法的」(dialectical)に進んでいくことを示すことができる。[12] Aの側に立ってBを否定するのでなく、AB双方のせめぎ合いを心のなかに丸々抱えているのが我々の現実だということである。愛ゆえの憎しみ。それなしでは生きていかれないものに対する恐怖。こうした背反感情の並存は、例外的ではなく我々の情の常である。そんな生の奥深い現実を相手にするのに、批判的な論法が無力であることを露呈しているのが、本来的に弁証法的な「夢」というものに対するデカルトの姿勢である。『第一哲学に関する省察』では、夢が明晰判明でなく、つねに混乱して曖昧なものであること、矛盾に満ち、夢の内部でも外的現実との関わりにおいても一貫性をまるで欠いていることが挙げられている。批判的理性から見ればたしかにそのとおりだろう。夢のなかではただの顔見知りの男が私の父となって登場したり、あるいは私自身が私の父となり、その「父」と「私自身」が口論することすらある。私は明らかに私の父でなく、父が父であると同時に誰かほかの人間であることはできないとすれば、こうした夢は内的一貫性を欠くものである。また、その夢がどれほどありありとリアルであったとしても、目覚めたときに父が三千マイル離れたところにいるのだとすれば、その夢は外的一貫性をも欠くことになる。明晰判明でなく、測定もできない夢というものは、デカルトにとって自然界を構成するものではない。批判的な思考を組み立てる土台とするには、夢の情報はあまりにあやふやなのだ。

以上私が主張してきたのは、デカルトとベーコンにおいてそれぞれ煮つまった理性論と経験論とは、知を形作る一対として、相反的にではなく相補的にはたらくという点である。理性論者デカルトも、実験の意義を無視してはいない。理性の産み出したふたつの仮説の正しさを判定するときには、実験に頼るのがよいと明言している（今日でも生きている考え方だ）。もうひとつ、デカルトの原子論的アプローチと、世界の物質的現実を強調し、定量化によって切り込んでいこうとする姿勢も、ベーコンの思い描いた未来——知識と経済的パワーとが合体した工学的資本主義社会——の実現に向けて強力な後押しをするものだった。ただし、ベーコンの業績とデカルトの業績とが、現実の相において結合するには、この新しい方法論が実際どのように展開するのかを示す具体的な科学研究が必要である。ガリレオとニュートンのもたらしたのは、まさにこの、理性論と経験論の合体の実質的な成果だった。この二人の新しい科学者の関心は、方法論の展開にとどまるものではなかった。二人とも、たしかに純理念的な領域でそれぞれの貢献を果たしてはいるが、世界からもっとも単純な断片（落下する石、プリズムを通過する光線等々）を切り取ってきて、それを新しい方法論で分析するという具体的な仕事にこそ、彼らの真価は発揮された。彼らが打ち込んだのは、ベーコンとデカルトの思い描いた夢を、生きた現実に移植するという仕事だった。

ガリレオは、『ノヴム・オルガヌム』の出版されるまえ、二十年にわたって運動に関する綿密な研究を行っている。そのなかで彼はすでに、ベーコンが実験についての一般論のなかで人工的概念として漠然とほのめかすにとどまった発想を、明確に具体的な形で述べているのだ。[13] 摩擦のない平面、質量を持たない滑車、空気抵抗なしの自由落下——初等物理学の基本であるこれらの「理想状態」は、このイタリアの天才ガリレオ・ガリレイの遺産である。ガリレオと言えば、大衆的には、ピサの斜塔から鉄球を落とした実験で有名だが、実際に彼が行ったのは、落下する物体に関する、これよりもはるかに巧妙な実験だった。そしてそこには、近代科学の主要な研究テーマの多くがすでに含まれている。ガリレオ以前には、大きな物体や密度の高い物体は、軽い物体よりも早く地面に落ちるとされていた。中世の終りまで人々の心を支配していたアリストテレスの目的論的物理学の所産である。ものはなぜ落下するのか。地球の中心が「本来の居場所」だから。なぜ次第に落下速度を速めるのか。旅人が故郷に近づくと足どりを速めるのと同じで、喜びに興奮するから。重い物体は軽い物体より早く落下する。興奮する分量がそれだけ多いから。——これらが、「なぜ」を問う目的論的物理学の答えだった。これに対しガリレオは、とてつもなく重い物体も、限りなく軽い物体も所要落下時間は同一であることを論じ立てたわけである。そして、そのことを彼は、実験というやり方で立証した。しかし、彼の考えには、立証も反証も効かない性格のものが含まれている。それは、落下物体は命なきものであり、ゴール地点も目的もいっさい持たずに運動するという基本的な思考姿勢である。ガリレオが提示した世界観で特筆すべきことは、ものから「それ本来の場所」が消え去ったことだ。宇宙には物体があり、運動がある。あるのはそれだけ。我々はそれを観察し定量化することができる。できるのはそれだけ。宇宙に“why”はない。ものの落ちる理由を問うてはならない。あるのは“how”のみ。物体落下の例では、「どのくらいの時間か」（how much time）と「どのくらいの距離か」（how much distance）の二者しか存在しない……

図4　運動にはかならずしも原動者が必要でないことを証明するガリレオの実験

これは我々の常識となってしまった宇宙観であるだけに、十六世紀の人々にとってどれだけ大胆な、反常識的なものであったかを感じ取るのは、あるいは難しいかもしれない。しかし我々にしても、本当のところは、中世の人々とそんなに違いはしないのではないか。薄皮一枚剝げば、我々もすぐに目的論者に変身するのではないか。ものを手にして、その手を放せば、ものは下に落ちる。そのとき我々は、「下」方向を、ものの自然な、あるべき運動の方向として見てはいまいか。児童の認知発達の研究で知られるスイスの心理学者ジャン・ピアジェによれば、子供は最高七歳くらいまで、アリストテレスの宇宙に生きているという[14]。

「なぜものは床に落ちる?」という問いに、ピアジェの調べた子供たちは、「だって、そこがものの居場所だから」とか、あるいはそれに類する表現で答えている。そして、どうだろう、大人たちにしても、情感のレベルでは、やはりいまもアリストテレス主義者なのではないだろうか。「原動者がなければ運動は存在しない」というアリストテレスの命題を、我々の直感は、「真」とする。「ものは動かさなくては動かない、○か×か」という質問をいきなり浴びせてみれば、たいていの人はとっさに「○!」と答えるに違いない。

この「常識」を、ガリレオは次の実験的方法によって否定した。図4のようにふたつの斜面を合わせて谷を作り、そこにボールを転がす。ボールはBを下ってAを上るが、もとの高さまでは上らない。つぎにAを下りBを上るが、行きつく高さはさらに低くなる。こうして行ったり来たりをくり返し、ついにボールはABの「谷」に落ち着き静止する。だが斜面をよく磨いて、滑らかにすればするほど、ボールが動いている時間は長くなる。ここで摩擦=0という極限状況を考えれば、運動は永久に続くだろう。この点を楯にとって、ガリレオは原動者なき運動の存在を主張したのだが、しかし、この主張は、ひとつ大きな問題を抱えている。摩擦=0の極限状況というのが、現実には決して存在しない

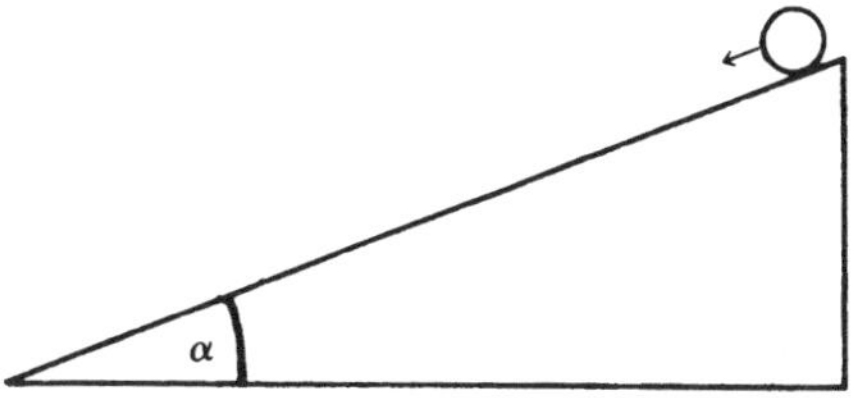

図5　自由落下の法則を得るためのガリレオの実験

のだ。「外力が加わらない限り、物体は等速運動または静止状態を続ける」というのが慣性の法則の説くところだが、しかし、外力は、転がる物体と面との摩擦という形であれ何であれ、現実には必ず加わるものなのである。(15)

現象から、時間と距離とを測定によって抽出し、その比を算出するというこの実験全体が、科学的抽象思考の傑作であることに注目したい。斜塔から鉄球を落としても、落下速度が速すぎて測定はできない。このことは、オランダの物理学者シモン・ステヴィンの一五八六年の自由落下の実験で分かっていた。そこでガリレオは、できるだけ滑らかに、摩擦を少なくした斜面にボールを転がし、重力を「薄める」ことを思いついた。図5において、角αは斜面の傾きの緩急を表す。$\alpha=90$度というひとつの極限状況になったときが、求めている自由落下の状況である。とすれば、たとえば$\alpha=10$度のところで測定した値をもとに推定しても、求める結果は得られるはずだ。こう考えたガリレオは、所要時間を正確に測定する作業にかかった。はじめ使ったのは自分の脈拍であり、のちに使ったのはバケツの底に穴をあけた水時計である。やがて、ひとつの数量的関係が浮かんできた。ボールが転がる距離が、時間の二乗に比例するのである。はじめの一秒に転がった距離の四倍を二秒間で、九倍を三秒間で転がるのだ。そしてその距離と時間とは、物体の重さに左右されない。現代ふうにこれを公式化すれば、$s=kt^2$と書き表すことができる（sは距離、tは時間、kは定数）。

いま見たふたつの実験では、理性論と経験論とが見事に合体した姿を見せてくれる。両者をここまで巧みに融合させたところにガリレオの真骨頂があると言ってよい。データをたずねつつ、データに巻き込まれない。つねに対象である自然から観察者としての自分を分け隔てる。そして自然を単純な構成要素に分け、その本質またはエキス――物体、運動、測定値――を絞り出す。デカルトに直結する、この自然への構え方は、必ずしもガリレオにはじまったものではない（ガリレオ以前については第三章で触れる）。けれども、「参加しない意識」が、ガリレオにおいて、その発展の最終段階を迎えたという言い方は当たっているだろう。

人は事物から身を離してはじめて事物を知るのだとする、こういう思考法にとって、自然が生きているという思いは邪魔物でしかない。自然というものを、我々自身のうつし身ないしは外延者として見てはならない。それは心なき存在であり、したがって「目的」も持っていない。生きた人間に対するときのような、相手のしぐさを細やかに感じそれに合わせていくような態度でのぞむのは馬鹿げている。そんなことでは、自然を支配するのはもとより、自然を「知る」こともおぼつかない……。ガリレオの提唱する新しい科学は、我々が自然の外に踏み出し、自然をものとみなし、量的に把握することを要求する。「自然を知る」とは、自然を操作すべく知るということと等しくなったのだ（ガリレオの関心が弾道学や材料科学など実学にあったのは偶然ではない）。

ガリレオにおける「参加しない意識」の完成と、"why"から"how"への問いの転換が、真理と実益との結びつきを促進しているということに注意しておきたい。たしかにガリレオはベーコンと違って、実益にこそ真理があるという言い方をしてはいないが、自然のプロセスから内在的な目的を剝ぎ取ってしまうとき、ものの価値が、他の何か、他の誰かにとっての価値でしかなくなることは避けられない。ここに、マックス・ウェーバー言うところの「目的合理的」(zweckrational)な態度が現出する。ある目的に沿った、道具としての合理主義だ。科学にあって、真理というものは、根本的に操作性と結ばれている。外界の操作と結びつかない観念は、真理の候補者にもならないのだ。「制御する」ということと同義であるような「知」。オスカー・ココシュカの言う、「単なる道具に堕した理性」が、ここから必然的に現れてくる。[16] 真理＝実益という等式のなかでは、実用性に欠けるもの、利益をもたらさないものは、無意味なものとして排除されるばかり。序章で触れた、現代における事実と価値の分裂の問題も、結局ここに行き当たると思う。中世においては、真理はむしろ「善」と結ばれていたのだ。このトマス・アクィナス的（キリスト教＝アリストテレス的）統合は、十七世紀はじめの数十年で、壊滅的なダメージを受けたわけである。

言うまでもなくガリレオは、自分の方法が単に有益で発見に役立つだけでなく、それが唯一の真理だと考えていた。そして、この認識論的立場ゆえに教会と対立したのである。ガリレオにとって、科学は単なる道具ではなく、真理に至る唯一の道であった。彼は、科学の主張を宗教の主張と分離しておこうと努めたが、結局は無理だった。アリストテレス的世界観に対する教会の信念が、あまりにも根強かったのである。ガリレオは善良なカトリック教徒でもあったので、教会が自分達は絶対に正しいと言い張ることで、自らの信望に取り返しのつかない傷をつけてしまうのではないか、と逆に心配したほどだ。実際、ガリレオの生涯は、教会を科学の味方に引きいれるための長い苦闘と挫折の物語なのである。ベルトルト・ブレヒトの戯曲『ガリレイの生涯』では、科学的方法の抗い難い力というテーマが物語の中心になっている。ブレヒトの描くガリレオは、小石を持って舞台をさまよい、時おりそれを落下させて、五感が与える証拠の力を論じる。彼は友人のサグレドに問う、「もしも誰かが石を落として、石は落ちなかったなどと言おうものなら、人々が黙っているだろうか？　自分の目で見たという証拠は、とても強力なものだ。誰でもやがてはそれに屈することになる」。これにサグレドはこう答えるしかない。「ガリレオ、君がしゃべり出すと僕はもうお手上げだよ」[17]。科学的論理は、歴史の流れに乗った論理でもあった。やがて、他のあらゆる方法論——アニミズムもアリストテレス哲学も法王の布告も——すべては自由で合理的な科学思考の魅惑に屈していくのである。

ニュートンが生まれたのは、ガリレオが死んだのと同じ一六四二年であり、二人の生涯を合わせると十七世紀をおおいつくす。そしてこの間に人間の意識の革命が誕生し、そして完成したといってよい。一七二七年にニュートンが死去するころには、宇宙とは何か、「正しい思考」とはどのような思考か、といった問題について教育のあるヨーロッパ人の見解は、一世紀前とはまるで違ったものになっていた。地球が太陽のまわりを回るのであってその逆ではないこと、すべての事象は運動する原子、すなわち小さな粒から成っていて、数学的に記述することが可能だということ、太陽系とは重力によってまとめ上げられた巨大な機械だということを、人々は信じるようになっていた[18]。実験というものの意味を明確に把握する人たち（少なくとも実験を讃える人たち）、どんな証拠が信用できて、どんな説明が適切なのかについて、新しい考え方を身につけた人たちが、世の中を動かすようになった。彼らは、将来の見通しがつき、出来合いの論理にすべてが収まる世界に住みながらも、その世界を刺激的に感じていた。というのも、ものの操作という立場に立つとき、世界は無限の地平と尽きることのない機会の場として立ち現れてきていたからである。

西欧近代の科学的世界観を代表する人物と言えば、まず思い浮かぶのはアイザック・ニュートン卿だろう。理性論と経験論とを融合し新しい方法を生み出したというだけなら、ガリレオの方が先輩格だが、ガリレオが自説の撤回を強いられ晩年は軟禁状態におかれたのに対し、ニュートンはヨーロッパ中から英雄として讃えられた。もっと重要なのは、理性論と経験論の組織的統合が、ニュートンにおいてひとつの自然哲学体系にまで高められたこと、そしてそれを、ニュートンが（ここがガリレオと違うところだ）西洋の意識全体に刻みつけたことだろう。なにしろニュートンは、かのギリシャ人すら解けなかった天体運動の難問を一挙に解決したのである（もっとも、古代ギリシャ人は自らの達成をもっと肯定的に考えていたが）。十六世紀の人々は、その時代に古典学が華々しく復活したことからも窺えるように、ギリシャをひとつの知の黄金時代と見ていた。古代の宇宙観にたとえ大きな欠陥があろうとも、あんな華やかな時代はもう二度と訪れるまいと考えていた。もちろんベーコンなどは、ギリシャ的な知の全体を葬り去ろうとしたわけだが、そこに時代の声は反映されていなかった。ところがニュートンの出現で、事態は急転した。太陽を中心として厳密な数式にしたがって作動する太陽系の姿が、人々の心を捉えたのである。彼は、宇宙をわずか四つの単純な数式に要約したばかりか、いままで謎とされていたさまざまな事象を説明し、正確に現象を予言し、理論と実験の関係を明らかにし、あまつさえ宇宙全体における神の役割まで考えだしたのである。そして何より大きかったのは、ニュートンの体系が、原子論の豪快な単純さの魅力を押し出していたことだろう。地球も月も、原子でできているというだけではなく、二個の原子と同じようにふるまう。宇宙でもっとも小さいものも、もっとも大きいものも、同一の法則に従う。月と地球との間で起こることも、落下するリンゴと地球との間で起こることも、同じ単純な数式で絡め取れることなのだ。――ほぼ二千年にわたる神秘がこうして解かれた。星の晩に我々を見据える天体も、我々の指の間をすり抜けてゆく砂粒も、ともに神秘を剝ぎ取られた姿で立ち現れるに至ったのである。

一般に『プリンキピア』(原理)と呼ばれるニュートンの主著は、本来は『自然哲学の数学的原理』(一六八六)という手の込んだ題である。[19] これはデカルトの『哲学原理』を意識したタイトルで、「自然」と「数学的」というふたつの語を加えたところに、ニュートンがデカルトをどのように乗り越えようとしたかが明らかである。この著作のなかで彼は、デカルトが展開した自然界に関する仮説を一つ一つ分析にかけ、その誤りを立証している。たとえば、デカルトの有名な説に、宇宙の物質が渦を巻いて回転しているという考えがあるが、ニュートンは、それと対立するケプラーの理論の方が合理的であることを証明してみせた。そして、バケツに液体(水、油、タール)を入れて回し、渦巻の実験をしてみれば、渦巻運動が永続しないのは明らかだ、したがって、デカルトの仮説に従うとすれば、宇宙はとっくに静止しているはずである、と論じた。ただ、最近の研究は、『プリンキピア』以前のニュートンが、デカルトの信奉者であったことを明らかにしている。実際、『プリンキピア』を読んでみると、ひとつの恐ろしい事実に驚かずにはいられない――ニュートンは、デカルトの世界観の一つひとつの細部をことごとく論破することによって、逆にデカルトの世界観を強化しているのだ。デカルトの挙げる事実の誤りと無根拠さを暴きながら、デカルトの根本の思想――世界は物体と運動から成り、数学的法則に従う巨大な機械であるという考え――の正しさを繰り返し読者の胸に叩き込む。『プリンキピア』のこうした仕組みに気づくとき、ニュートンの輝かしい業績の背後に、デカルトの大きな影を感じずにはいられない。科学革命の真の英雄――というか「霊」――は、実はルネ・デカルトだったのだという思いが強まってくるのである。

しかし、ニュートンの勝利も容易に得られたものではない。彼の宇宙観を根底で支えていたのは万有引力の法則だったが、その万有引力ないし重力とはいったい何物なのかという問題が立ちはだかったのである。厳密な数式で表現しただけでは、人々は納得しない。デカルトの信奉者たちは言った。我らの師が、直接の衝撃による運動だけを扱い、後世の科学者が言う遠隔作用を除外したのはまことに賢明であった。ニュートンは重力の作用を述べるだけで、重力そのものを説明していないではないか。たしかに、重力は、ニュートンの体系のなかの一種秘儀的な要素になっている。見ることも聞くことも触れることも匂いをかぐこともできないこの重力なるものは、いったいどこにあると言えるのだろう。デカルトの渦巻が虚構だとすれば、重力も同じではないか。

実はニュートンも、批判を正当と感じたらしく、心のなかでは、この問題に苦しんだ。一六九二年か九三年の初頭、彼は友人のリチャード・ベントリー牧師あての手紙のなかでこう告白している。

物体が本来的・本質的に重力というものを備えており、ある物体が遠隔地点にある別の物体に、何の媒体もなしに力を及ぼすことができるのだ、真空を通してその作用が伝えられるのだという考えには、かなりの無理があります。いやしくも哲学にたずさわるだけの知性を持った者が、そのようなたわごとを信じるとは思えません。きっと重力も、何か、つねにある法則に従ってはたらくものが作り出しているのに違いありません。しかしその何物かが物質的なものか非物質的なものかについては、私は読者の判断に委ねたのです。[20]

だが彼が公的に取った態度は、堂々としたものだった。様相と現実、仮説と実験との間の哲学的関係を、決定的に確立するものだった。『プリンキピア』に「神と自然哲学」と題する章があるが、そのなかの重要な一節を引いてみよう。

これまで我々は、天体の現象と海で起こる現象とを、重力によって説明してきたが、この力が何によって生じるものかという点には触れずに来た。ひとつはっきり言えるのは、それを引き起こすものが、太陽と諸惑星の中心をも貫いているに違いないということだ。(……)だがいままでのところ私は、重力の諸属性の原因を、現象から発見するには至っていない。そして私は決して仮説を立てない。現象から引き出されたのでないものは、すべて仮説と呼んでしかるべきである。形而上的なものであれ形而下的なものであれ、神秘的なものであれ機械論的なものであれ、なべて仮説なるものは、実験哲学には無用とすべきである。[21]

ここでニュートンが、科学革命におけるあのメインテーマを響かせていることはお気づきだろう。私は"why"を問わない。問うのは"how"のみ。重力が何物であるか説明できなくても、それは問題ではない。測定し観察し予測することが現にできるのだから。それが科学者に必要とされるすべてなのだ。測定できない現象は「実験哲学には無用」なのだ。実証主義と呼ばれるこの哲学的姿勢は、さまざまな形で、今日に至るまで近代科学の建前となってきた。[22]

ニュートンの業績として、もうひとつ大きかったのは、一世紀前の哲学者によって徐々に具体化してきた原子論の考え方が、実験という方法的な枠組のなかにしっかりと囲い込まれたということである。このことは、『光学』（一七〇四）にもっとも明らかに現れている。光と色についてのニュートンの研究は、自然現象の正しい分析の、いわば手本になったのだ。ニュートンの立てた問いは、白光が単体なのか複合体なのか、というものだった。デカルトは、白光を単体とみなし、それに何らかの形で変更が加えられてさまざまな色ができると論じていたのだが、これに対しニュートンは、白光とは諸色が寄せ集まり、たがいに打ち消しあってできると考えた。その検証法は、どんなものだったろう。

ニュートンの行った実験を図6に示す。白光をプリズムにあて、それを構成している部分に分割する。そうやって取り出した各部分を一つひとつプリズムにあて、どれもそれ以上分割不可能なことを示す。そして次に実験を逆向きに行う。白色光線をプリズムで分割しておいて、凸レンズを使ってこれを再構成し、白色が得られることを示すのである（図7）。見事な原子論的アプローチと言うべきだろう。ここでは、デカルトの提唱した四つのステップが文字通りそのまま踏襲されている。だが、重力のケースでもそうだったように、デカルトの追従者たちは納得しなかった。光と色とが何であるかという理論がないではないか。こういう現象が起こったことは事実としても、それをいったいどう説明するのか？　この批判に対しニュートンは、またしても実証主義の煙幕の向うに身を隠した。――私が求めるのは法則であり、光学の事実であり、仮説ではない。「赤」とは何かとたずねられたら、私に言えるのは、それがあるひとつの数であること、あるひ

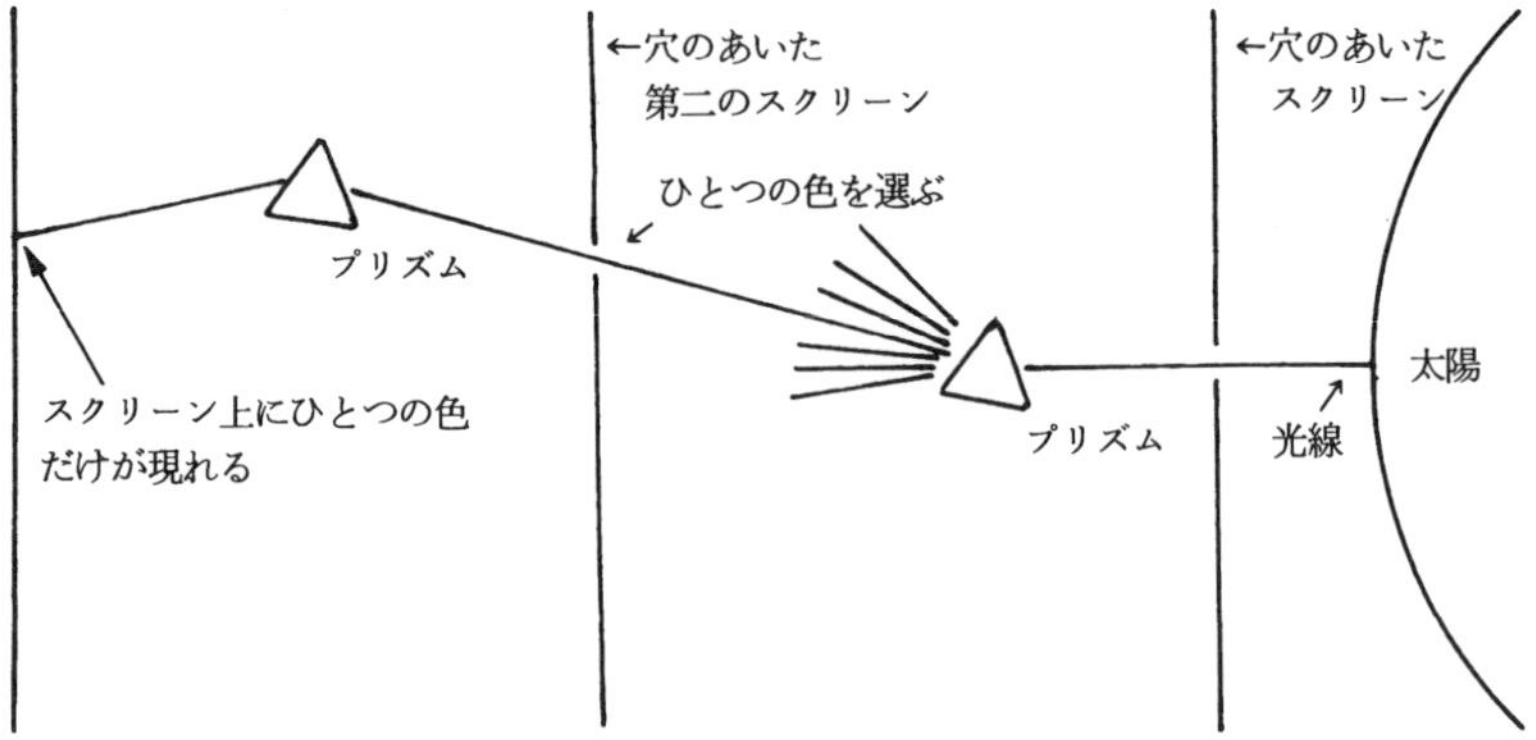

図6　白光から単色光線を取り出すニュートンの実験

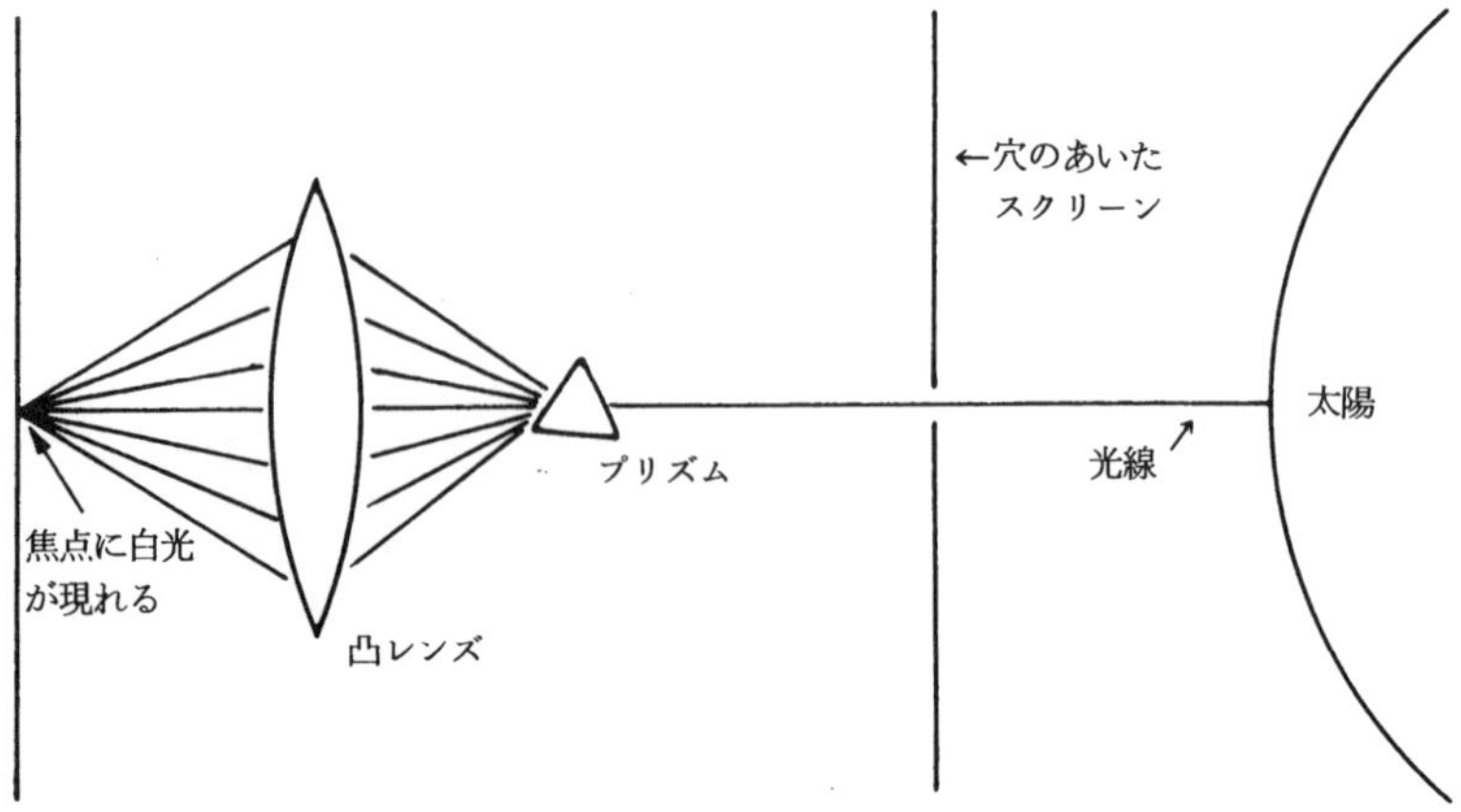

図7　単色光線を白光に再構成するニュートンの実験

とつの屈折度であるということだ。私は赤を数量化した。そしてそれ以上のことをしようとは思わない。

むろん、ニュートンが、光と色の本質について頭を悩まさなかったわけではない。それは重力の場合と同様である。しかし問題は、彼がものの見事に演じ、人々の心をつかんだのが原子論的＝実証的＝実験的な世界へのアプローチだったということ、そしてその方法が、リアリティの把握法として今日なお大きな力をふるっているということだ。分割し、測定し、寄せ集める。"why"の草むらに迷い込むことなくガッチリと"how"を問う。（ガリレオがいみじくも言ったように）対象から身を引き離し、相手を抽象化して捉えること。――「知る」ということは、我々にとってもおおむねそのようなことになってはいないだろうか。日没の西の空に流れる赤い縞模様を見て、崇高な思いをたぎらせることは、誰にもあるだろう。しかし、それが何かをきちんと知ろうと思ったら、感情が告げることに耳を貸してはならない。その赤い色がひとつの数値なのだということ。そしてその点にこそ、リアリティの真の姿があるのだということ。我々にとって「知」とは、そんな信念の上に築かれているのである。

以上、本章では科学革命の道筋を大きく遠景に捉えてきたわけだが、そのなかで見えてきた事柄をここで要約しておこう。まず、十七世紀が進展するなかで、西欧世界がリアリティを捉える新しい方法を打ち出してきたということ。なかでも、特筆すべきは、質から量へ、"why"から"how"への転換である。かつては、生命とそれ自身の目標と目的を持っていると考えられていた宇宙が、（A・N・ホワイトヘッドの言葉を借りれば）「終りなく意味もなくただせわしなく動き回っている、生命なき物体の寄せ集め」に転落したということである。[23] 人々の意識の側を見れば、世界の説明法が根本から変化したということになる。真に存在するかどうかの資格として、数量化の可否が何よりも問題にされるようになった。そして、物体を分解しその構成要素を知ることが、すなわち知ることであると考えるようになった。思考する存在としての自分を自然からひき離し、そうやって自然を抽象化し、原子論的に、数量的に見ていくこと。――これらすべてが、ベーコンの言う科学の真の目標、すなわち「操作」の可能性を大きく拡げたのである。真理とは有用なものだというテクノロジーのパラダイムが、真理を手にすることと世界を意のままに制御することを同義にし、人間が自然に帰属し宇宙との調和の上に存在するという思いをロマンチックな幻想として葬るようになった。一言で言えば、全体論的な思考から支配の思考へ、生態系の永遠のリズムに身を委ねることから目的意識によって世界を管理することへ、の転換である。ノーマン・O・ブラウンの言葉を借りて、「パーソナリティの魔法から商品のフェティシズムへ」と言ってもいい(24)。こうして、十七世紀に生まれた新しい知の道具は、物質界をただ受動的に眺めていたにすぎない中世的人間を、地上に天国を（それが物質的な天国にすぎないということは意に介さずに）築くべく駆り立てられ動き回る人間に、徐々に変えていったのである。

しかし、科学革命が一般に広まるには、産業革命を待たねばならなかった。ベーコンの夢みたテクノロジー社会は、十七世紀はおろか十八世紀に入ってからも始動しなかった。一七六〇年ごろから、ようやく変化のきざしが見えはじめてきたにすぎない。思想なり世界観なりといったものを、真空で生きていられる何かのように扱ったとしたら、それは誤りである。我々はつねに、それを担う人たちが社会的・経済的に、どのような環境に身を置いていたのかを含めて考えなくてはならない。機械論的世界観を真の哲学として受け入れたということと、その世界観の命ずるところに従って世界を変えていくということの間には、ギャップがある。科学とテクノロジーの関係というのは実に複雑であって、デカルト的パラダイムというものをとってみても、その影響が本当に心に迫って感じられるようになったのは、ようやく二十世紀になってからにすぎない。ということは、西洋の歴史における科学革命の意味を理解するためには、この新しい思考法を支えた社会・経済的環境を検討しなければならないということだ。社会学者ピーター・バーガーは言っている。「ある思想が歴史のなかで力を持つかどうかは、それが正しいかどうかで決まるのではない。社会の具体的な流れと結びつくかどうかで決まるのだ(25)」。科学思想も例外ではない。

第二章　近代初期ヨーロッパの意識と社会

そこからは、製造の知と操作の知を高める数々の素晴らしい変化が生じるであろう。その種の知こそ、現代において何よりも求められているものだと思われる。そうした知によって我々は、自然のあらゆる隠れたはたらきを、車輪と機関とばねで動く人工のものを知るのとほとんど同じように、知ることができるようになるだろう。

ロバート・フック『ミクログラフィア』（一六六五）

封建経済が崩壊し、資本主義の社会体制が大きく動きだし、人間関係を大きく変えていく。西欧の科学革命は、こうした社会の一大変化を背景に進行していった。真理が有用性と結びつき、知がテクノロジーに回収されていくなかで、実験、数量化、予測、操作を軸とするこの新しい世界観が完成していった。これが、中世の社会・経済体制の枠組のなかでは成り立ちえない世界観だということを確認していただきたい。第一章で論じた人物たちも、過去の時代には行き場がなかったはずである。現に、十三世紀において、ロジャー・ベーコンやロバート・グローステストが実験的方法の先駆をなす仕事をしているが、彼らは社会から無視されている。こうした点を踏まえて、近代科学というものを考えれば、それが、資本の蓄積を特徴とする世界の精神的枠組であるということが見えてくるだろう。しかも、その枠組は時を経るにつれて堅固になった。ついにはアーネスト・ゲルナーの言うように、工業社会の「認識モード」そのものになっていったのである。(1)

資本主義が近代科学を生み出した、ということではない。意識と社会との関係は、いつの時代も複雑である。あらゆる社会的行動のなかには、何らかの思想や世界観がつねに浸透しており、それを抜きにして、社会を機能的な面からのみ分析するわけには行かない。(2)問題にすべきは、ひとつの構造全体、すなわち歴史的ゲシュタルトである。この章での私の主張は、科学と資本主義がまさにそのようなひとつの全体をなしているということだ。科学が事実を立証し説明する力を持つのも、それらの事実や説明に「調和」したコンテクストがあってのことである。逆に言えば、科学というものもまた、ある特定の時代に適した思考体系にすぎない、ということだ。科学的な知を、文化を超越した絶対の真理とみなす態度から自由になることが必要ということになろう。(3)

この問題を考えるにあたって、まず中世のアリストテレス的世界観と十七世紀的世界観とを比較し、次に、十五・十六世紀の商業革命が封建体制の社会・経済にもたらした変化を検討してみよう(表1)。

中世の世界観でもっともきわ立っているのは、世界が閉じて完結しているという感覚である。人間は宇宙の中心に位置し、宇宙はもっとも外側の天球層に存在する神すなわち第一動者によって閉じられている。アリストテレスの用語で言えば、神のみが真の実在として存在し、他のあらゆる存在は、それぞれの目的を与えられ、部分的に実在し部分的に潜在す

表1　世界観の比較

	中世の世界観	十七世紀の世界観
宇宙	天動説。多数の同心円から成る、水晶にも似た天球層の中心に地球がある。有限の宇宙の一番外側の天球層に、神すなわち第一動者が位置。	地動説。地球は何ら特権的地位を持たない。諸惑星の軌道は太陽の引力によって定められている。宇宙は無限。
説明	形相因・目的因による目的論的説明。神をのぞくすべては生成の過程にあるとする。自然的場、自然的運動という考え方。	物体と運動によってすべてを説明する。このふたつは何らより高度の目的を持たない。物理学的にも哲学的にも原子論。
運動	強制運動にせよ自然運動にせよ原動者が必要。	記述すべきものであって説明すべきものではない。慣性の法則。
物体	連続している。真空は存在しない。	原子から成る。つまり真空の存在を暗示。
時間	円環的、静的。	直線的、前進的。
自然	具体的・質的に理解される。生きた有機的な自然。人は自然を観察し、一般的原理をもとに推論を行う。	抽象的・量的に理解される。死んだ機械的な自然。人は操作（実験）と数学的抽象によって自然を知る。

る。火の目的は上昇すること、土（もの）の目的は下降すること、生物の目的は生殖することである。すべては神の目的に従って動き、存在する。木であれ石であれ自然はすべて有機的であり、生成と腐敗の円環を永遠に回りつづけている。つまりこの世界は最終的には変化のない世界であるが、そこに与えられている目的が、途方もなく豊かな意味をかもし出すのである。事実に価値が重なり、認識が倫理に重なる。「私は何を知っているか?」と「私はいかに生きるべきか?」とは、そこでは同じ問いである。

一方、十七世紀の世界観でまず目につくのは、内在的な意味の欠如だ。E・A・バートが言うように、十七世紀は、宇宙のなかに神を探すことではじまり、宇宙から神を閉め出すことで終わった。[4]ものは目的を持たない。目的などというものは人間中心的な思い込みにすぎない。リアルなのは運動のみ。それは、原子論的・機械論的・量的に記述することができる。というより、記述しなければならない。こうして、自然と我々との関係は根本から変化する。自然と相互的な関係を持っていると考えた中世の人間とは違って、近代人(実存的人間)は、自然を操作し支配し、自らの目的のために自然を使う能力が自分にあると考える。目的のある場を宇宙のなかに与えられていた中世の人間は、自らの意志に全存在をあずける必要はなかった。だが近代人は、自分で自分の目的を見つけねばならない。けれどもその目的が何なのか、何であるべきかは、もはや論理によっては分からない。これは歴史上かつてなかったことである。近代科学は、事実と価値との切り離しの上に成り立っている。何かをどうやったらよいかは分かっても、その何かをすべきかどうか、あるいはそもそも何をしたらよいのか、科学は何も教えてくれない。

また、十七世紀の特徴をなしている、宇宙が開いているという意識も、中世の宇宙観とは対照的である。宇宙はいまや無限であり、運動(変化)は当然の前提であり、時間は直線的に進んでいく。進歩という概念、行動は蓄積されるという意識が、近代ヨーロッパ初期の世界観の特徴なのだ。

最後に、十七世紀にとって「真に」真であるものは、抽象的なものとなった。原子は真だが、運動量や慣性質量と同様に、測定することしかできない。要するに、抽象的に数量化されたものである。そういう存在が「説明」の基盤をなすことになったのだ。こうして、手にとれるたしかなもの、意味あるものが失われ、この時代における鋭敏な精神の持ち主たち――たとえばパスカルやジョン・ダン――は、絶望の淵に追い込まれた。一六一一年、ダンは、こう書いている。「新しい哲学はすべてを疑いに陥れ、分解し、絆を抜き去る」。またパスカルは言う。「無限の空間の沈黙が私を恐怖に落とす」。[5]

周知のように、アリストテレス的世界観が浸透していた文化は、封建経済と宗教的生活をその特徴としていた。食物も手工芸品も、一般に、直接消費され使用されるために作られ、市場のため利益のために作られるのではなかった。ぜいたく品を除けば、商業は狭い地域内で行われるにとどまり、その内容も、現代のような商取引というよりは、むしろ古代ローマ帝国（その衰退から生まれたのが封建制である）の貢税制度に似ていた。十五世紀末まで、船による運搬はすべて海岸沿いに行われていた。遭難を恐れて、陸の見える範囲を出ようとしなかったのである。また中世のギルドは、個人の注文に応じてものを作り、量よりも質を重んじた。ギルド内の技術の秘密は厳重に守られた。大量生産という概念は存在せず、分業もほとんどなかった。基本的に言って、当時の経済は、自己完結した報酬システムだったのである。それは、どこかへ「進んでいる」というようなものではなかった。そもそも、この静的で自己充足した世界には、成長、拡大といった現代的概念はほとんど無縁のものだったのだ。中世においては、政治的にも宗教的にも、意味というものが保証されていた。自然の現象であれ人生の現象であれ、ある現象を説明したければ、その厳然とした説明を教会が与えてくれた。また、社会体制も、直接かつ個人的に理解可能であった。正義にしろ政治にしろ、忠誠と帰属の――領主に対する領臣の、土地に対する農奴の、親方に対する徒弟の――立場から行われた。つまり、この体制には、抽象的要素がほとんどなかった。たとえ中世が、今日の我々から見て、密閉され封印された時代に見えるとしても、また疫病や天災のためにきわめて不安定であったとしても、当時の人々にとっての心理的よりどころとしては、実に頑強な時代だったのである。(6)

だが封建制度は、経済の面では次第に破綻していった。経済的効率から言えば、封建制度は十三世紀においてすでにその頂点に達してしまっていた。農業に大きな資本を投資することもなかったので、生産性にも限界があった。そしてこの限界が社会的緊張を生み、十三世紀にはじまっていた農民の反乱が、階級闘争に発展していった。こうした脅威に対応するために、経済活動の地理的基盤を広げようという大きな流れが生じた。砂糖や小麦を育てるために新しい畑を作り、悪い肉をごまかすための胡椒を人手を経ずに直接確保し、木材を入手する新しい手段を獲得し、漁場をさらに拡大する――こうしたことすべてが、ヨーロッパ文明存続のために必要不可欠だと考えられた。さらに、一四五三年、コンスタンティノープルが陥落し、オスマン＝トルコが東方貿易の主導権を握るようになり、地中海を経由せずに東方に着く海路を発見する必要が生じた。これらの要因が一体となって、帝国主義的な拡張志向を急速に生み出したのである。それとともに、こうした拡張を可能にするような発明が次々になされた。風を制御するのに適した最新型の帆船が作られた。イギリスでは十六世紀に大砲が砲門に据えつけられ、操作が容易になった。古代中国人が発明し花火に使っていた火薬が、兵器産業の土台になった。ベーコンが羅針盤と火薬こそ海を支配する鍵であると主張したのは、こうした世の動きを反映してのことである。羅針盤を利用して作成された最初の地図——ポルトラーニと呼ばれるこれら海図つきの美しい航海マニュアルは、いまでもヨーロッパの主要都市の図書館に保存されている——や新しい地球儀が現れた。沿岸にぴったりくっついた船のイメージ、それは中世の堅固な精神的水平線の、ほぼ完璧なメタファーといってよいが、このイメージの崩壊がはじまった。マゼラン、コロンブス、ヴァスコ・ダ・ガマの時代が訪れたのである。意識が拡張し、領土が拡張するにつれて、中世の閉じられた宇宙は、急速に古めいていったのである。

商業革命と同時に生まれ、商業革命の直接の結果である一連の発展が、封建制度を粉砕し、西欧における資本主義生産体系を確立した。当然、商業の影響は工業にも及んだ。商業革命によって、遠隔貿易の規模が飛躍的に大きくなり、ギルドの親方—徒弟間の個人的関係は破壊された。親方が商品を遠隔地の市場に売ろうとすれば、商人の助けと信用貸しが必要であった。商人はまず、職人の生産物を独占的に販売する権利を手にし、次に原料を買う資金を職人に貸し付けた。やがて職人の借金がかさみ、工房を商人に引き渡さねばならなくなった。こうして商人が商人兼工場主、つまり企業家になったのである。ギルドの親方や職人を破滅させたこのプロセスによって、小作農民も賃金労働者になっていった。十五世紀、イギリスの田舎で「下請制度」(家内工業)が生まれ、特に繊維産業において発展し、資本の投資が都会から地方へと広がるはじまりとなった。農民が布の生産のさまざまの過程に精力を注ぐようになり、その結果、繊維ギルドは滅びた。

さらに、商業革命の結果、貿易によって生じた利益が、農業や工業に投資されるようになった。鉱業、印刷、造船(この仕事に雇われる人間は何千人にも及んだ)、大砲の製造などの産業は、はじめから大きな資本の投下が必要であり、それまでの手工業の狭い世界では不可能だったものである。ある場合には——特に製品が軍事的に有用なときなどは——国家自らが最大の顧客になった。ガリレオがその研究の大半を行ったヴェネチアの大兵器工場をはじめ、国営の兵器工場が大規模な生産センターとなった。また、鉱業と冶金学も近代初期に飛躍的に発展したが、これらも軍事産業と深く関連していた。水力が鉱業に適用され、新型の炉が発明されてはじめて、銃器の鋳造が可能になったのである。揚水、換気、駆動のメカニズムにもさまざまな技術的改良が加えられた。この辺の事情は、ビリングッチオの『火工術《ピロテクニア》』（一五四〇）やアグリコラの『冶金術論《デ・レ・メタリカ》』（一五五六）が詳細に伝えてくれる。一五五〇年以降、産業の発展と商業の拡大は特にイギリスにおいて著しかった。鉄製の大砲の鋳造がはじまり（これはイギリスで青銅が作れなかったせいもある）、紙、火薬、ミョウバン、真鍮、硝石などが生産されるようになった。薪に代わって石炭が使われ、鉱業でも冶金業でもさまざまな新しい技術が導入された。ハンザ同盟の商人たちは繊維市場から閉め出された。

この革命的変化のなかで、中世のキリスト教＝アリストテレス的統合が持ちこたえられる余地はない。この経済上の変容に対応するものとして表1にあらわした十七世紀世界観のさまざまな特徴が現れでてきたのである。地動説が反映しているのは、宇宙は無限であるという意識だけではない。それは、ヨーロッパが他の世界を発見し、その結果ヨーロッパこそ唯一無二の世界であるという感覚が失われたことをも反映しているのである。『天球の回転について』（一五四三）においてコペルニクスは、地理的限界が広がったことが、自分の思考に大きく影響したと述べている。これに伴い、世界を説明する方法も変わっていった。出来事の説明はいまや、生命のない物質の、数学的に記述できる機械的な運動によって与えられた。自然は（人間も含めて）手に入れ変形すべき材料にすぎないものになった。何ものもそれ自体では目的を持たず、価値などというものは——マキャヴェリらがいち早く説いたように——ただの感傷にすぎないのだ。理性はいまや完全に（少なくとも理論上は）道具と化し、目的合理的になったのである。もはや「これはよいものか？」と問うことはできない。ただ「これはうまく行くか？」と問うことができるばかりなのだ。この問いはまさに、商業革命の精神と、生産、予測、操作を重視する姿勢をそのまま反映しているのである。

現在我々は、貨幣経済が完全に支配する社会のなかで暮らしている。我々にとって、金銭的価値はものの唯一の価値になってしまっている。そのため、貨幣によって支配されない時代などというものは、我々には想像することすら難しく、まして貨幣経済の導入が近代ヨーロッパ初期の人々の意識にもたらした大きな影響を理解するとなると、ほとんど不可能に近い。だが、ルネッサンス期の人々から見れば、貨幣と信用取引が突如重視されはじめたことこそが、経済活動におけるもっとも明白な事実だったのだ。たとえばメディチ家のような、個人の手に莫大な額の金が蓄えられることによって、財産はある種の魔性を帯びるようになった。さらに、免罪符がますます売れ、天国に行けるか否かも金次第になり、財産の魔性はいっそう強まった。以前には、救済こそがキリスト教徒の生活の目標であった。その救済が金で買えるようになれば、金が目標となる。こうして金銭がキリスト教の核心にまで入り込み、トマス・アクィナス的統合は破綻するほかなかった。ドイツの社会学者ゲオルク・ジンメルは、貨幣経済が「数字を正確に計算するという理想」を生み、「宇宙を数学的に正確に解釈すること」が「理論における貨幣経済の対応物」となった、と論じている。こうして、世界をひとつの大きな算術問題とみなすようになった社会において、個人と宇宙との間に聖なる関係が存在するなどという考え方は、次第に胡散臭いものに見えてきたのだった。(7)

貨幣は一見、無限に自己増殖していく力を持っているように見える。この見せかけの力が、宇宙は無限であるという、新しい世界観の核をなす考えのひとつの実証であるように思われた。利益こそ資本主義の要である。その利益には際限がない。歴史学者のアルフレート・フォン・マルティンは、こう書いている。

資本主義経済と組織的近代科学は、原理的に無限で終りのないものを求める気持ちの現れである。果てしなく進歩しようとする動的な意志の現れなのだ。これは、経済的にも知的にも閉じられた共同体が崩壊したことから生じる、必然的な結果であった。伝統的な方法にしたがって特権的グループが独占的に運営する閉じた経済が姿を消し、経済の開放に呼応した意識の変化が見られたのである。(8)

個人の意志を強調することは、ルネッサンスの思想、とりわけ商人＝企業家の階級に顕著であるが、それはまた、新し

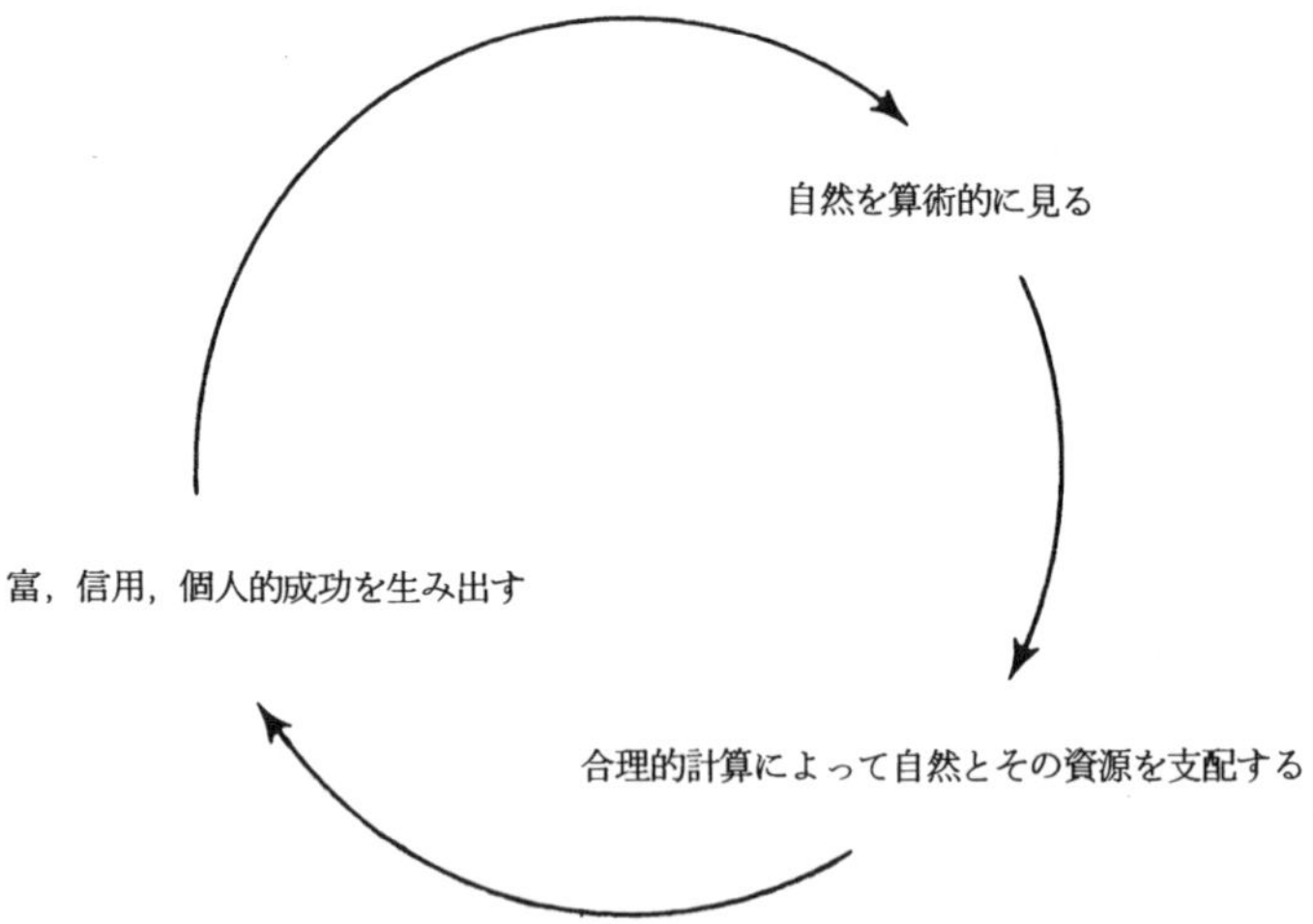

図8　近代ヨーロッパ初期における経済的・科学的生活の新しい円環

い算術的世界観とも明らかに通じるものがあった。企業家たちは、新しい経済体制を通して権力の座に就き、個人の努力を讃えた。彼らは、金銭計算というものを、宇宙全体を理解するための新しい方法としてすら見るようになった。そして彼らは、数量化こそ個人の成功の鍵であると信じた。ものを数字にしてはじめて、自然の法則を合理的に理解し、自然を支配できるようになるのだ、と考えたのである。金銭と、科学的知は（デカルトのようにそれが数学と同一視される場合はなおさら）、いずれも純粋に形式的な、したがって「中性的《ニュートラル》」な性質を持っている。どちらも、手にとって確かめられるような中味を持たず、どんな目的にも応じて曲げることができるのだ。そして、金も科学の知も、いつかはそれ自体が目的になってしまう。こうして、図8に示すような、ひとつの円環が完成したのであった。

　最後に、時間の観念の変化が挙げられる。人間の意識にとって、出来事の連続を知覚する方法、すなわち時間観ほど根本的なものは他にはほとんどないと言ってよい。その時間観までもが、まったく新しいものになったのである。ミルチャ・エリアーデが『永遠回帰の神話』で指摘しているように、近代以前の時間の観念は円環的であった。中世の人々にとって、一生のうちのさまざまな出来事は、季節がめぐるように、規則正しい円環を描いて順番に起きるものだった。直線的に時間が流れるという感覚はこの世界には無縁であり、したがって時間を測定する必要もあまりなかった。だが十三世紀にはすでにこうした状況は変わりつつあった。アルフレート・フォン・マルティンはこう述べている。

時間が絶えず過ぎ去ってゆくものと感じられるようになった。（……）十三世紀以降、イタリアの都市では、時計が一日じゅう時の経過を告げるようになった。時間は短く、ゆえに貴重なものであり、「万物の主人」となるために人は時間を節約し効率的に使わねばならない、という意識が生まれた。こうした態度は、中世には未知のものだった。中世の人々にとって、時間とはあり余るほど豊富なものであって、それを何か貴重なものと見る必要はなかったのである。(9)

時間が過ぎ去ってゆくというこうした新しい強迫観念は、十六世紀においてきわめて顕著になる。「時は金なり」という格言もこの時代に生まれたものだし、懐中時計が発明されたのもこのころである。時はまさに、金と同じように、手のなか、ポケットのなかに持っていられるものになったのだ。時をつかまえ制御しようとする精神こそ、近代科学的世界観を生んだ精神にほかならない。現代の西洋工業国において、この傾向はいまや、およそ常軌を逸したところまで達している。大都市のあちこちの銀行に大きな電光掲示板の時計が掲げられ、光の点滅が時間の経過を一分一分、時には一秒一秒まで告げているのである（ロンドンのピカデリー・サーカスには十分の一秒単位で時を刻む時計がある）。十七世紀以降、時計はまさに宇宙それ自体のメタファーとなっている。(10)

以上のことから、近代ヨーロッパ初期において、科学と資本主義は不可分に一体をなしていた、と言ってよいだろう。直線的時間と機械論的思考の発生。時と金の同一視、時計と世界の秩序の同一視。これらの変化はみなひとつの大きな変容の一部分であり、それぞれがたがいに他の部分を強化したのだ。が、そう断じるにはもっと具体的な例証が必要だろう。

たとえば、これらの相互作用の実例を、ひとりの科学者がその生涯において取り上げた問題、使用した方法、見出した解答などのなかに示してみせるというように。以下私は、科学革命の主人公のひとりであるガリレオを取り上げ、彼の心のなかでこれらさまざまな変化が結晶していった過程を論じてみようと思う。だがガリレオを理解するためにはまず、これまでに挙げたさまざまな変化の、さらにもうひとつの側面を知っておかねばならない。すなわちそれは、十六世紀において、学者と職人との間を仕切る壁が崩れたという事実である。ガリレオをはじめとする多くの科学者が、まったく新たな方向に思索を推し進めることができたのは、この壁が消滅したことによって、それまでにない新しい知的インプットを手にしたからにほかならない。

枢機卿会はガリレオの望遠鏡をのぞくのを拒み、木星の衛星や月の表面のクレーターを見ようとしなかった。この事実は、これまでもさんざん問題にされてきた。だがこの拒絶は、単なる頑固さとか、真理に対する恐怖だけでは説明がつかない。要するに、この時代においては、神学上の論争はむろんのこと、科学上の論争を解決するにも、職人のつくった道具を使うなどということは、特にイタリアでは、理解しがたい領分の混乱と考えられたのだ。真理の探究と道具の製造はまったく別個の営みであり、それぞれに携わる人間の階級もまるで違っていたのである。当時イギリスは、工業生産の成長においてイタリアのはるか先を行っていたが、そのイギリスにおいてでさえ、ベーコンの言う技術と知識の連関は、まだほとんど認識されていなかった。ヴェネチアの兵器工場で弾道運動を研究していたガリレオは、職人の工房にすぎない所で科学的研究を行っていた。手作りの仕掛けを使うことによって、天体運動をよりよく理解できるなどと主張する彼は、十七世紀初頭のイタリアにあって、まさに異端者であった。では、いったいどのようにしてこんな人物が生まれたのだろうか?

職人の仕事を卑しい者の仕事と決めつける強い知的偏見は、十五世紀末にようやく弱まりはじめた。封建経済体制が危機に陥り、その結果、船乗りや技術者も含めた高級職人階級が、かつてないほど大きな社会的流動性を持つようになった。(11) それと同時に、これもあまり前例のないことだったのだが、学者たちがアリストテレスを批判しはじめた。彼らは、進歩しつづけるテクノロジーをその批判の武器に用い、そのなかで、いまや地位の向上した高級職人を「書物のなかにではなく、自然のなかに真理を求める[12]」人間として賞賛したのである。こうして、一五三〇年ごろには小さなしずくにすぎなかったものが、一六〇〇年には怒濤のような奔流となっていた。職人たちが技術書を次々に出版するとともに（そのこと自体、階級制度から見ればきわめて異例であった）、アリストテレス＝スコラ哲学が自然に対しまったく受動的であることを攻撃する方法論的批判が数多く発表された。これらの新しい「機械工学文献」は、日常語で書かれ、商人や実業家の間で広く読まれ、版を重ねることも多かった。こうして、職人、技術者、船乗りたちが出版・学問の世界に突入したことで、歴史家パオロ・ロッシが言うように、「科学者と技術者との協力が可能になり、テクノロジーと科学の相互浸透が可能になった。こうした協力関係と相互浸透こそが、十七世紀の偉大な科学革命の根底にあったのである[13]」。

一般に、職人たちは、自分たちの業績を世間に認めて欲しいと思っただけであり、テクノロジーに基づいた知の理論を探究していたわけではない。ベーコンも含め、テクノロジカルな活動が知の方法を作り出すのだと主張する者もいるにはいたが、彼らにしても、そのような理論と実践の混ぜ合せからいったい何が出てくるのか、実は見当もつかなかったのである。だがともかく一五五〇―一六五〇年にかけて、「発明の論理に関する議論が沸騰し、活発を通り越して単調の域にまで達した」とロッシは述べている[14]。むろん十六世紀において、テクノロジーそれ自体は決して新しいものではなかった。だがテクノロジーが広く普及したこと、そしてそれが認識の一方法であると主張されたことは、明らかに新しい現象だった。こうした状況が、科学者や思想家に影響しないはずがなかった。もはや投石機や水車小屋といった道具にとどまらず、テクノロジーはいまや生産様式に必要不可欠の要素になり、人間の意識のなかでも新しい役割を果たすようになってきた。本章の冒頭に挙げたロバート・フックの一節からも明らかなように、人間の精神のなかで、ひとたびテクノロジーと経済とが結びつくと、精神は機械論的な視点からものを考えるようになり、自然のなかに機械のメカニズムを捜すようになったのだ。思考のプロセス自体が、機械論的・数学的・実験的になった。つまり「科学的」になったのである。個人の精神のなかで、学者と職人がひとつになり、幾何学とテクノロジーがひとつになった。

また、一部の学者が職人の仕事に対する見方を変えた結果、古代の技術者たちが再評価されるようになり、ユークリッド、アルキメデス、ヘロン、ウィトルウィウス、アポロニオス、ディオパントス、パッポス、アリスタルコスといったギリシャ人技術者の著作が十六世紀に相ついで再出版された。それまでは、古い数学が振り返られるとすれば、それは数霊術、ピュタゴラス的な数秘学、あるいはただの算術という観点から問題にされるだけであった。だがいまや、技術者の目によって古代数学が見直されるようになった。こうした流れが、とりわけガリレオにきわめて大きな影響を与えることになったのである。

ガリレオの方法の特徴を復習してみよう。それは、目的論的説明を否定し、「なぜ」ではなく「どのように」を重視する。「理想状態」に基づいてさまざまな物理的変化を法則化し、実験によってその正しさを証明しようとする。そしてそれは、運動をはじめとする物理的変化を数学的に記述することこそが正確さへの鍵であり、真理への鍵である、という信念に基づいている。またこれもすでに見たように、こうした研究にあたって、ガリレオはきわめて実践的なアプローチを用いた。それはまったく技術者のアプローチであると言ってよい。彼の方法は、自然をより正確に捉えるために、自分自身を自然からひき離すことをはっきり前提としていた。これは私が「参加しない意識」と呼んだ態度にほかならない。こうしてみると、ガリレオに固有のものの見方、考え方が、伝統的な学問の枠組の外にあるものの影響から生じたということも、さして驚くには当たるまい。当時イタリアでは、学者／職人という二分法が崩れた結果、テクノロジーの流れのさまざまな側面が一部の学者に浸透しつつあった。多くの大学で教鞭を取ったエリート学者でありながら、ガリレオもこうした新しい流れに直接かかわっていた。ロッシがガリレオを、学問とテクノロジー両伝統の第一人者と呼んでいるのはむろん正しいが、強調すべきなのは、明らかにテクノロジーの伝統の方である(15)。ピサとパドヴァで教職に就き、法王、君主、知的エリートたちとも交友のあったガリレオは、学者の仕事にぴったりの境遇にいた。にもかかわらず彼は、性格的にそうした境遇にあまりなじめなかった。彼が親しくつき合ったのは、船乗り、砲手、職人といった人々であった。彼の師（というか英雄）であるニコロ・タルターリアにしろジョヴァンニ・ベネデッティにしろ、大学教育をまったく受けていない技術者であった。もうひとりの師グィド・ウバルドも、独学で数学を学んでいる。第四の師オスティリオ・リッチは、フィレンツェの「技芸アカデミー」の教授をしていたが、この学校は、新しいタイプの技芸家を続々生み出している場であった。数学者であると同時に技術者でもあったアルキメデスが、ルネッサンスにおいて復活したのは、この四人の先導によるところが大きい。また、タルターリアとベネデッティは、技術的な実地研究に深い関心を示した。タルターリアは弾道学を創始し、一五三一年にヴェロナの兵器工場で直面した色々な問題をきっかけに『新しい科学』（一五三七）を著した。ベネデッティは、早くからコペルニクスを支持し、アリストテレスを真向から批判していた。そして、物体は密度に無関係に同じ速度で落下すると主張した。ベネデッティは、パルマとトリノで宮廷職人をつとめている。このように、十七世紀初頭にあって、ガリレオはきわめてユニークな立場にあった。自らはアカデミックな場のまっただなかにいながら、その一方で、大学の外で発達した新しい機械論をこれら四人から受け継いだのである。

ガリレオの知的先駆者たちについてここで詳しく述べることはできないが、タルターリアについてはぜひとも一言述べておかねばならない。というのも、彼の著作や方法は、ガリレオの方法論を解く上で重要な鍵になるからだ。タルターリアの『新しい科学』は、数学を弾道学に適用した先駆的な例であり、砲弾の軌道を綿密に扱ったものである。彼は、投射物の軌道は不連続であるというアリストテレスの説をはじめて否定した。投射物は曲線を描いて連続的に落下すると主張し、砲身を四十五度にしたとき砲弾はもっとも遠くまで飛ぶことを証明したのも彼が最初である。タルターリアは、アリストテレスに反対して、空気は運動を助けるのではなく運動に抵抗するのだと説いた。つまりタルターリアは、弾道学の実用書のなかで、運動というものの理論的分析を行っているのである。このような理論と実践の結合は、当時ヴェネチアにおいて大きな関心事だった沈没船の引き揚げに関する、タルターリア一五五一年の著作にも同じように見ることができる。彼はこの書の巻末に、アルキメデスの『浮体について』を自ら翻訳して載せている。この著作もまた、単なる技術論文にとどまらず、アリストテレスの落下の法則に対するはじめての真向からの挑戦である。物体の浮力と物体を取り巻く媒体に関するアルキメデスの理論を用いて、アリストテレスの「上」「下」という硬直した二分法を批判しているのだ。

ガリレオはのち、さまざまな点でタルターリアの考えを継承することになる。自然な上昇運動などというものは存在しないことを説いたのも、アルキメデスを用いてアリストテレスを倒したのも、弾道運動（投射体運動）の数学を精密化したのも、すべてタルターリアを継承したものである。そして、タルターリアがその全著作を通して行っているように、ガリレオもまた、技術的実地研究を理論的結論とはっきり結びつけたのである。

ガリレオが技術的問題ともっとも深くかかわったのは、運動の研究に従事していた、いわゆるパドヴァ時代（一五九二―一六一〇）である。職人の工房のような研究所で、ガリレオは数学用の道具を製作した。また個人的に機械学や工学技術を教え、ポンプ、河川の流水規制、要塞建築などに関する実地調査も行っている。最初の著作もこの時期に発表している。「セクター」と呼ばれる軍事用コンパスを扱ったものである。さらに、「温度気圧計」を考案し、工学技術（今日それは「材料科学」と呼ばれるようになっている）の分野でも、物体の抵抗に関する研究に強い関心を示した。たしかにガリレオは、頭のなかでは技術と理論を区別していたが、両者をまったく無関係とする従来の見方からは明らかに離れていた。要するに彼は、たまたまテクノロジーにも関心を持つ科学者ではなく、そもそもその発想や方法自体においてテクノロジーを理論的源泉として用いる科学者だったのである。ガリレオの最後の著作『新科学対話』は、二人の架空の対話者による次のような会話からはじまる。

サルヴィアティ　貴方がたヴェネチア市民の、あの有名な造兵廠での、日々絶え間ない活動は、研究者たちの頭に、思索のための広々とした働き場所を与えているように思われます。わけても機械の工作場が一番でしょう。たえず大勢の職工たちがあらゆる型の器具や機械を運転したり作ったりしていますし、その連中のうちには代々の経験を受継ぎ、また自分自身でも観察をして、ゆきとどいた知識をもち、おまけにそれを上手に説明する技までも心得ている者がおりますから。

サグレド　まったくおっしゃる通りです。私も生来知識にかけては欲の深い方なので、あそこで皆が「親方」と呼んで敬意を表している、人並すぐれた連中の仕事を見るのが楽しみなばっかりによく行ってみますが、あの連中と話しあっていると、なるほどとびっくりすることや、とても玄妙なことや、ほとんど信じられないことなどがやたらに飛びだして来て、そのおかげでそれまで分からなかった問題の解決の鍵を見つけることがよくあります。

『新科学対話』は、投射体の運動を論じ、さらには大砲のための射程距離表まで載せている。そしてガリレオは、大砲を使う砲手にとって、自分の理論がどれだけ役に立つかをしきりに説いている。だが実際はむしろ逆であり、砲手たちが彼の役に立ったのである。

では、運動に関するガリレオの研究において、テクノロジー的思考は具体的にどのような形で現れたのだろうか。ガリレオは、つくることは知の方法であり、自然を操作することは自然を知る鍵であるという、テクノロジーの思想に賛同していた。彼の功績は、このようなタイプの研究が、実際にどのようになされるべきか、その範を示してみせたことにある。投射体運動の分析は、むろん現実の軍事問題から出てきたものだが、と同時に、アリストテレス物理学に対する決定的な打撃でもあった。ものの運動を強制された運動と自然の運動に分けたアリストテレスは、投射体運動は不連続であると説いた（図9）。つまり、強制運動（物体を空中に投げ上げる）と自然運動（落下）から成る、というわけだ。

今日この理論を聞かされた人々はよく、いったいどうしてまともな頭の持ち主がこんなナンセンスを信じたのかと言う。投げ上げられた物体を見れば、こんな軌跡が現実のものではないことはすぐ分かるではないか、と。実際、アリストテレス説が広く受け入れられていたことは、人は自分が見たいものを見るのだというゲシュタルト理論を立証する好例かもしれない。だが、読者の方々で、投げ上げた物体を本当にじっくり見たことのある方は、それほど多くないはずだ。正確にどこが頂点となり、頂点に達した物体がその後どう運動するか、グラフに描いてみたことのある人はもっと少ないだろう。それに、石を投げた人から見れば、石はたしかに、上昇しそして垂直に落下するように見えるものだ。さらに、大砲が長距離攻撃に使われるようになったのは十六世紀末のことであり、長距離の弾道運動などというものはそれまで日常の経験

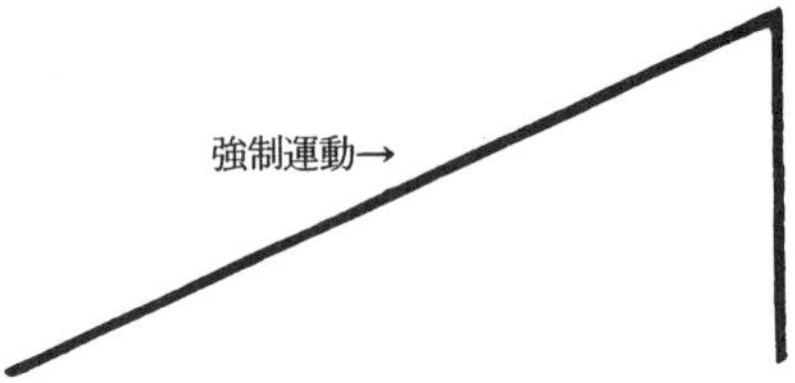

図9　アリストテレスによる投射運動

とは無縁であったことも忘れてはなるまい。一五五六年になっても、大砲の図にグラフを重ねて、砲弾が非連続の軌跡を描いて落ちるのを示した例が見られる（図版1）。質を重んじる近代以前の科学の世界にあって、アリストテレス説は、投射運動の見かけの動きに一致するという限りにおいて、おおよそ「真」だったのである。常設軍隊が生まれ、大砲の重要性が増大するまでは、空気抵抗のためにどのみち現実には決して本当に放物線を描くこともない（このことについてはのちに述べる）砲弾の軌道を、数学的に正確に記述しようなどという関心が生じることもなかったのである。このようにしてみると、一見簡単な「事実」というものが、いかに曖昧で複雑かがよく分かる。どうやら事実とは、人が求めているものに合わせて形成されるものであるようだ。

いずれにせよ、投射運動を綿密に調べれば調べるほど、強制運動と自然運動を二分するアリストテレス説はますます支持しがたいものになってきた。ところで、実際に空中に投げ上げた物体の軌跡をグラフに記録するのは、ガリレオの時代には不可能であった。そこでガリレオは、ここでもまた、大事な要素だけを抽出し、それを実験室の条件に合うように変えた。投射運動とは要するに、自由落下に水平方向の分力が加わったものである——ガリレオはそう考えた。曲線の頂点に達した物体が落下をはじめるのは、重力によるものだが、最初に加えられた水平方向の運動力も、落下後まだある程度残っているはずである。とすれば、軌道は連続的な滑らかなカーヴであるはずであり、アリストテレスの言うように非連続的ではないはずだ。物体は急激に垂直落下するのではなく、垂直運動と水平運動の組合せ（合力）によって、弧を描いて落下するにちがいない、そうガリレオは考えたのである。この弧を数学的に確認するために、ガリレオは次のような実験を行った。まずボールを斜面に転がす。斜面の底からは水平面が続

図版１　ダニエル・サントベック『天文学の諸問題』（1561）における、アリストテレスの投射運動理論。アン・ローナン図版図書館の好意による。

いていて、これが机の端に置いてあるので、ボールはやがて床に落ちる。斜面上でボールを手放す点を色々変えてみると、床に落ちる点もそれぞれ変わってくる。ここから厖大な量のデータ――要するにさまざまな弧の集成である――が得られた。これによってガリレオは、自由落下の法則を用いて、これらの弧を数学的に、放物線として描くことができたのである。こうして彼は、摩擦のない媒体のなかでは、投射体の軌道は完全な放物線を描く、という結論に達したのであった。

この実験は、物体の描く弧を数学的に記述したことにとどまらず、アリストテレス物理学に挑んだという点で重要である。強制運動／自然運動という区別を否定しただけではない。真空は存在しえないというアリストテレスの説（投射運動が維持されるのも、真空が生まれるのを防ぐために周囲の空気が突入し、投射体をさらに前進させるからだと考えられた）に疑問を突きつけ、さらに、自然な運動、自然な場という発想に見られる、アリストテレスの学説の持つ内在的目的という概念をもはっきり否定したのである。そして、この実験のもうひとつの成果として、ガリレオは、運動の垂直方向の要素と水平方向の要素がそれぞれ独立して存在することを発見した。ここからガリレオは、今日ベクトル力学と呼ばれる、力の合成・分解を法則化するに至った。ここでもまた、「目的」ではなく「数量化」が科学的説明の（これを説明と呼べればの話だが）根底にあることが分かるだろう。タルターリアのような技術者がそれまで研究していた軍事的問題が、実験室で行われる人為的実験を通して、数式に変換され、アリストテレス的世界観の根本的見解をくつがえすことになったのだ。こうして、ガリレオの弾道学研究は、アリストテレス物理学を論駁し、世界の本質を探る新しい方法をはじめて実践してみせたのである。

　このように、ガリレオの行った研究は、当時のヨーロッパの思想家の間で少しずつ認識されはじめていた、「理論」と「実践」とのつながりを明快に例証してみせた。それはまた、十六世紀テクノロジー思想において主張はされながら裏づけを欠いていた考えを証明してみせた。それはすなわち、認識と操作、科学的説明と環境の支配とは根本的に結びつきうる、という考えにほかならない。こうしてみると、本章のはじめで述べた、対象を操作し環境を支配しようとする経済体制が発生したことは、科学思想という一見抽象的な領域における発展にとっても、単なる興味深い背景以上のものだったことが分かるだろう。認識、世界の本質《リアリティ》、西洋科学的方法。これらはいずれも、近代ヨーロッパ初期における資本主義の勃興と切り離しては考えられないのである。

　さて、これまで私はゲシュタルト理論の立場から論を進めてきた。事実とは流動的な、理論的枠組によって「作られる」ものであり、その枠組自体もまた、社会・経済的文脈《コンテクスト》との関係から出てくる。科学革命とその方法論もまた、より大きな歴史の流れの一部分であるという視点から私は論じてきた。とすれば、ここで我々は、我々を不安に陥れずにおかないひとつの問いに直面する――世界の本質《リアリティ》は、文化の構築物にすぎないのだろうか？　ガリレオのさまざまな発見は、不動の科学的データなどではなく、ひとつの局部的現象にすぎない世界観の産物以上のものではないのだろうか？　いままでの分析が暗示しているように、もしもその答えがイエスだとすれば、我々は、根底的な相対主義の海をさまよう漂流者ではないか。絶対の真理などはどこにも存在せず、あるのはただ、あなたの真理、わたしの真理、この時の真理、あの場所の真理だけではないのか。知識社会学と一般に呼ばれる学問が示唆しているのは、まさにこのことである。知識と意見、科学とイデオロギーとの間の区別は消滅し、何が正しいかは多数決の問題、「群集心理」の問題にすぎなくなる。[16] 客観的知識がどこにも存在せず、すべての基礎をなす不動の現実という概念も無効であるとすれば、近代科学であれ占星術であれ魔術であれアリストテレス哲学であれマルクス主義であれ、すべては等しく真である、というわけだ。このような結論に至らないための方法はないのだろうか？

この問いに対する私の答えはこうである。根底的相対主義は、序章で触れた「参加する意識」に対して近代科学が採った特異な態度から生じるのである。とすればまず必要なことは、参加する意識とは何かを詳しく検討することだろう。そのためには、知識社会学を頼りに、科学革命の物語における、忘れられた一章に光を当てなければならない。すなわち、オカルトの世界に。

第三章 世界の魔法が解けていく（1）

不思議に見えるものも、本当はただ不思議に見えるだけである。

シモン・ステヴィン

「世界の魔法が解ける」(die Entzauberung der Welt) ――ウェーバーの言葉である。同じことを、シラーはその一世紀前にこう表現している――「自然が神の座からおろされた」(die Entgötterung der Natur)。ともに、精神ないしは魂が、目の前で起こっている現象の世界からしだいに離脱していく過程を衝いた言葉だ。西洋の歴史がそのようなプロセスとして進行してきたことに、社会学者と詩人とが意見を一致させているのである。

近代の世界観のきわ立った特徴として、まず、世界が〈外=そこ〉に、我々の〈内=ここ〉なる精神とはまったく別個に存在するという思いがある。自分たちを取り囲む「もの」は、心なき、生気なき、物質の塊にすぎないという感覚だ。もうひとつ、近代的思考の重要な前提として、世界の不変性ということがある。(ある種の緩慢な進化を除けば)地球はこれまで何千年何万年もほぼ同じ姿を保ってきたのであり、その不変の姿を、人間たちがそれぞれの時代にそれぞれの見方で見てきたのだ、という考えだ。しかもそれらの見方は、ただ時代によって違っているというだけでなく、時代をさかのぼるほど誤りに満ちたものとされる。我々の知識もまだ完璧とはいかないにせよ、残っている数少ない誤りも次第に訂正されてきているのだし、いずれは完全な正確さをもって自然を解明し、アニミズム的思い入れや、形而上学的思い上がりからいっさい自由になるだろう――こんな思いを、近代は常識とした。以前の世界観を劣ったものとして、自分たちはもう卒業した幼稚な世界観として見る。昔の人間は、我々のような高度な科学を持たなかったので、ああいう子供じみた考えに導かれていたけれども、いまや人間の知性は「成熟」したのだ、今世紀に至って、かつての迷信や混乱した思考の山はほぼ完全に捨て去られたのだ、と。(1)

こうした近代の思い込みの構造を解き明かしていくのが、この章の狙いのひとつである。それはしかし思う以上に困難なことだ。ひとつには、我々自身がもはや近代以前の世界観にとけ込めなくなっているからである。話として理解するなら簡単だ。近代科学と資本主義とが歴史的に見て分かちがたく結びついていること、近代科学のものの見方やイデオロギーが、大規模な社会的・経済的変化の一部であること――これらはいままでの議論で大方納得されたことと思う。だがこの科学的姿勢は、日常において我々を駆動している現在進行形の意識なのだ。それを捨て去れば、たちまち「精神異常者」と呼ばれかねない、社会の規範として深く染み込んだものなのである。近代の意識が相対的なものにすぎないと頭で納得することはできたとしても、そのことと、前近代社会の意識のなかに実際に入りこむこととの間には実に大きな隔たりがある。

西洋の意識の歴史のなかで、ひとつ確実に言えることは、魔法から醒める（あるいは「神から醒める」と言いかえてもよい）過程が、紀元前二〇〇〇年以来、継続して進行してきたということである。アニミズムの思考は西洋から排除され続けてきた。このプロセスに最初の弾みをつけたのは（理由は定かでないけれども）ユダヤとギリシャの文化だった。たしかにユダヤにはグノーシス主義の伝統があるものの、ユダヤ思想のより正統的な側面である律法の伝統は、まさにアニミズム的信仰の根絶をその基盤としていた（グノーシスの流れは現在カバラ神秘主義にのみ残存し、正統的律法の伝統は『タルムード』に集大成されている(2)。ユダヤの神ヤーウェは妬み深い神だった――「汝我面《わがおもて》の前に我の外《ほか》何物をも神とすべからず」。そしてユダヤの歴史において、トーテミズムに通じる偶像崇拝はいつの時代でも厳しく禁じられてきた。旧約聖書の物語とは、アスタルテ、バール、金の子牛、その他近隣の「異教」の民族の自然の神々に対し、一神教の神が勝利を収める物語にほかならない。ここに、知識というものは人間と自然との間の隔たりを認識することによって獲得される、という考え方――「参加しない意識」――の萌芽を見ることができる。自己を自然に溶出させるスタイルの聖なる交わりが、無知蒙昧としてばかりでなく邪神崇拝として抑えつけられているのだ。神は人間の心のなかでのみ感じとられる。決して自然のなかに内在してはいない。参加する意識、あるいはオーウェン・バーフィールドの言う「初源的参加」(original participation) を捨てさることこそが、ユダヤ人とヤーウェ神との間に交わされた契約の核心にあった。そしてこの契約こそ、ユダヤ人を「選ばれた」民にし、独自の歴史的使命を与えたものであった(3)。

ギリシャの場合は、話がもう少し複雑である。一口で言えば、ホメーロスの時代とプラトンの時代との間のある時点で、「初源的参加」から離れる方向への大きな認識論的変化が起こり、さまざまな動機の絡まりのなかで脱アニミズムが成し遂げられたということになるだろう。この大きな変化が起きる以前の精神のあり方――主観的な心のプロセスと、（近代人から見た）外的現象とをほとんど区別しないような精神のあり方――は、我々にはなかなか想像が及ばない。だが、『イーリアス』（紀元前九〇〇―八五〇ごろ）の時代に至るまでは、ギリシャ人はまさにそのような精神構造を持っていたように思われるのである。『イーリアス』には、心の内面の状態を表すような言葉がまったくない。たとえば「プシュケー」という言葉は普通「魂」と訳されるが、『イーリアス』のなかでは、文脈から判断して、「血」という意味で使われていると考えなければならない。ところが一世紀かもう少し時代が下り『オデュッセイアー』になると、「プシュケー」は明らかに「魂」の意味が確立している。紀元前六世紀になると、精神と身体の分離、主体と客体の分離が、歴史的事実として認められるようになる。相矛盾した経験の海のただなかにあって、世界との感情的同一化（初源的参加）によって知を得ていたホメーロス的な精神が、それ以前の心のあり方であったとすれば、ソクラテスとプラトンの目論見は、まさにそうした精神の破壊にあった。『ソクラテスの弁明』のなかに、職人たちの学習過程が「まったくの本能」まかせであることに嘆息しているくだりがある。見よう見真似という他者への寄りかかり、そして自分の直感によって進んで行く行き方が、この哲人を嘆かせたのだ。ニーチェの指摘するところでは、この「まったくの本能」という軽蔑語は、ギリシャ合理主義が他のあらゆる認識方法に対して採った態度を要約するものである。ここにニーチェは、ソクラテスの（というより西洋文明全体の）悲劇的転倒を見出している。創造的人間は、本能によって行為し、理性によって自分を抑制するというのがニーチェのテーゼだとすれば、ソクラテスはまさにその逆を行っている。そして、自身は裁かれ処刑されたものの、ソクラテス的な合理的知のあり方は、のちのヘレニズム文化に至って、社会の大勢としての地歩をしっかりと固めたのである。(4)

エリック・ハヴロックによると、プラトンは、ギリシャの詩的伝統に現れるような「参加する意識」を、ひとつの病と考えた。(5)だがこの詩的伝統こそ、紀元前五・六世紀に至るまでのギリシャにおける意識の主要なあり方だったことは疑いない。学び教える行為も、そのような、一種自己催眠的な状態のなかでなされていた。当時詩は多くの聴衆の前で詠じられ、人々は音楽的に――つまり情感を通した積極的な没入によって――それを学んだ。「模倣」とも訳される「ミメーシス」という語は、そもそものような一体化を指す言葉であるのに、プラトンはそれを、語り手の魔力に聴き手が全面的に身を委ねてしまう状態を言い表すのに用いている。プラトンによれば、このプロセスは生理的な変化を聴き手に及ぼす。体を弛緩させ官能的な効果をもたらし、自己が完全に他者のなかに呑みこまれてしまうというのだ。ハヴロックはこう結論する。ホメーロス以前のギリシャ人の生活は、「自己省察のない生活であったが、意識と調和した豊かな無意識を生かすことにおいては、他に比類なきものであった」。

プラトンは詩的伝統とは異なる、より新しい伝統を代表している。それは、出来事を「単に」経験したり模倣したりするのではなく、出来事を分析し分類しようとする伝統である。主体が客体の側に染み出すことがあってはならない、主体の正しい役割は客体を観察し評価することだと説く、この知のあり方は、知るという行為において主体と客体とが融合されるスタイルの知を強く抑制する。詩的伝統においては、学ぶための基本的なプロセスは身体的な経験だったのに対し、「汝自身を知れ」というプラトンの師ソクラテスの格言は、身体的感覚をはっきり否定した知のあり方を掲げたのである。

西洋思想史において、主体／客体の峻別が規範として体系化されたのは、プラトンの著作においてだと言ってよい。ギリシャ人は次第に、自分を、自分の行為とは別個に存在する自律した人格と見るようになった。さまざまに変化する気分の束としてではなく、一個の独立した意識として自分を捉えるようになったのである。プラトンの立場に立つとき、詩の語る経験は、矛盾に満ち一貫性に欠けたものでしかなくなる。それは世界の混沌に引きずられることである。プラトンから見た理想の精神とは、ひとつの中心（自我）を軸に組織された個人のそれであった。個としての人間が、意志によって本能をコントロールし、それによってまた自分を揺るぎない一個の魂として固めるという図式である。こうして理性こそが人格の本質となった。現象から自分を区別し、「私」を同定する理性が、他者の動きやものの動きに魂を同化させていくホメーロス的流動を抜けて支配的な地位に収まったのである。プラトンから見れば、客体を主体と分離して立てることをせず、自分のアイデンティティをすすんで放棄する以前の伝統的態度は、彼の掲げる知を蝕むものでしかない。それは知にとって最大の敵である。ユダヤ人が参加する意識を罪と考えたとすれば、プラトンはそれを病と考えたと言っていいだろう。ハヴロックの言葉を借りれば、プラトン主義とは、根本的に「イメージの言語に代わって概念の言語を標榜する訴え」であったのだ。(6)

むろんプラトンが一夜にして勝利を収めたわけではない。オーウェン・バーフィールドも指摘しているように、初源的参加、概念ではなくイメージを通した知は、科学革命までは西洋の社会のなかに生きていた。中世の人々はつねに、世界を何よりもまず自分たちを包んでいる衣服として捉えていた。ばらばらな事物の寄せあつめと対峙するようにして自分たちが生きているとは考えていなかった。とはいえ、プラトン的世界観の出現が、ミメーシスの伝統に対する大きな打撃だったことはたしかである。この客観主義の攻勢に対抗し、それがいかに貧しいものかを示そうとした流れの中心が、錬金術であり魔術だったのである。

錬金術の言う「ヘルメス的叡智」とは、主体と客体の融合を通してはじめて得られた「真の」知識である。それは、概念を理知のみによって考察するのではなく、心理的・感情的に自らをイメージと同一化することによって得られる。とすれば、これはすでに述べたホメーロスおよびそれ以前のギリシャの基本的な意識のありようと重なってくるだろう。以後中世・ルネッサンスの世界観を分析していくなかで、私は前近代の意識を、ホメーロス以前の意識と、十七世紀ヨーロッパの客観主義との中間に位置するものとして扱っていく。制限はされながらも確固とした生き場所を持っていた参加する意識が、科学革命の到来によって、根絶の運命をたどっていく、というのが私の描く見取図である。決定的転換は科学革命にある。

十六世紀という時代は、それまで教会アリストテレス哲学によって抑えられていたオカルト科学が、華々しく表面に躍り出たという点で、ヨーロッパ思想史にあって特筆すべき時代である。もっとも、オカルト＝錬金術的世界観が、中世の体制的な教会アリストテレス主義と根本から違うものだったかと言うと、そんなことはない。たとえば本来の場所・本来の運動というアリストテレスの教義は、同類はたがいに相知るという、魔術における「共感」の原理の一側面だと言えようし、「家路」につく喜びが、地面に近づくにつれ物体の自由落下の速度を増すという発想も、参加する意識の表現である。さらに言えば、中世の工芸技術にも、錬金術的な姿勢が濃厚である。粉砕、蒸溜などの仕事は、反復的・瞑想的であり、それに携わる者の注意の希薄化を引き起こして、作業する者を意識の変容状態へ誘いやすい。そのような没我的な仕事のスタイルが、ステンドグラス、機織り、能筆、金属細工をはじめとする幾百もの工芸において実践されたことは想像にかたくない。このように中世の生活と思考とは、アニミズム的・ヘルメス的世界観にまだ相当な部分支配されていた。ある程度までは、主客統合の意識として論じることも可能なのである。(7)

ここで、そうした近代科学のそれとは違った意識に共通する特徴に踏み入ってみたい。十六世紀ヨーロッパの認識論的枠組のなかで、「知る」とはどのような精神活動から成っていたのか？　一言で言えば、「相似」を認識すること。それが当時において「知る」ということの内実であった。(8)世界はおびただしい数の相似関係の集まりとして捉えられていたのだ。あらゆる事物は他のあらゆる事物と、共感または反感の関係で結ばれていた。男は女を引きつけ、磁石は鉄を引きつける。油は水を退け、犬は猫を退ける。事物は第一原因たる神によって運動を与えられ、はてしない鎖、はてしない網のなかで混じりあい触れあう。――これはみな『自然の魔法』にデラ・ポルタが書き記しているところだ。大宇宙（マクロコスモス）・小宇宙（ミクロコスモス）というよく知られた錬金術概念も、ものと人間とを対応させる装置にほかならない。大地の岩はその骨として、川はその血管として、森はその髪として、蝉はそのふけとして捉えられる。相似と非相似の無限の網目のなかで、世界は自らを複製し自らを反映する。世界は、神の手になる象形文字のシステム、「書かれたしるしの充満する」開かれた書物として在る。

これらのしるしを解読することが、相似システムにおける対応者を知る鍵であった。当時の言葉で言う「表徴の教理」（doctrine of signatures）である。十六世紀の化学者オスヴァルト・クロルは書いている――「すべての草、植物、樹木、その他大地の臓腑から出てくるものはみな、さながら魔法の書、魔法の表徴なり」。当時の知が、〈占い〉（divination）という形をとったのも、たとえば星々を通して、神の精神が現象界に自らを刻みつけていたからである。ここでの divination という言葉は、文字通りに受けとられなければならない。すなわち、それは神なるもの（the Divine）を見出すこと、この世の現象のうしろにそびえる神の精神に参加することなのである。クロルの述べている例に、クルミが頭の病を予防するということがある。根拠は、人間の脳に似ているから。現在まで続いている手相見や人相見も、手や顔をその人の魂と相似物として見る点、これと同じ知に根ざしている。「目は心の窓」ということわざにも、同じ心性の名残りがうかがえる。

表徴の原理をもっとも明快に説いたひとつの例として、ルネッサンスの偉大な魔術師アグリッパ・フォン・ネッテスハイムの『オカルト哲学について』（一五三三）を挙げることができる。(9) その第三十三章を引いてみよう。

すべての星は独自の本性、特質、特性を有している。それらはそれぞれの星の紋章であり表徴であり、これら紋章と表徴によって、星々は、その光を通してそれらより劣ったものたち、すなわち地水風火の四大元素、石、植物、動物、そしてこれらの諸部分のなかに自らを再現する。それゆえあらゆる自然の事物は、自らのうちにある調和的傾向と、その事物を照らす星によって、それ独自の紋章、表徴を刻みこまれるのである。この紋章、この表徴こそ、その星その調和的傾向を指し示すものであり、それは自らのうちにそれ独自の力を有し、その力は、種的にも類的にも数量的にも同じ事物の他の力とは異なっている。したがって、あらゆる事物は、その表徴をおのれの星によって刻まれ、それ独自の力を得るのである。特に、その事物をもっとも強く支配する星によって。

このような知の体系のなかに、内と外を隔て、ものと心の分離を画す思いは入り込めない。アグリッパによれば、愛を育むには鳩を食べるのがよく、勇気を得るには獅子の心臓を食べるのがよい。浮気女もカリスマ的な男も、磁石と同じ力を持つとされ、(10) ダイヤモンドは磁石を弱め、トパーズは肉欲を弱めるとされた。すべてのものは創造主の刻印を持つのであり、したがって知るとは、その意味の体系に与ること、神なるものを（感覚を通して）共有することにほかならない。アグリッパはこれを、「確固たる参加」という言葉で記している。これはまさに意味に満ちた世界である。これらの「表徴」に応じて、万物はそれ本来の帰属の場を持つのだ。アグリッパは言う――「この世のありとあらゆるもので、世界霊の力をひとかけらも持たぬものはない」。「すべてのものは、完璧なる世界のなかで独自の確固たる場を持っている」。

アグリッパは生前、いかさま師だとか魔法使いだとかの烙印を押された。さきに、魔術やヘルメス学と教会との対立の構図について触れたが、これは異質さゆえの対立ではなく、むしろ似たもの同士の対立だった。ともに「相似」の思考を根底においていたのである。中世の教会は、のちに見るように、その儀式・礼典において魔術の発想を大幅に取り入れていた。ローカルなレベルで一般民衆の支持を得た原動力は、そうした魔術への傾きにあったのであり、だからこそ教会は、ライバルの存在を許さなかったのだと言える。[11] 要は、ヘルメス学にせよ教会アリストテレス学にせよ、前近代的な思考がひとつの知の構造を共有していたということだ。ミシェル・フーコーも説くように、〈占い〉は「知の体系と張り合うものではなく、知の本体に組み込まれたもの」であった。ルネッサンス期に栄えた古典学とヘルメス学、ペトラルカとフィチーノとは、みなひとつの精神宇宙の住人だった。

この精神宇宙が（あえて年代を特定すれば）十六世紀末に崩壊をはじめる。当時書かれたセルバンテスの叙事詩的小説『ドン・キホーテ』は、中世の心と近代の心の隔絶を何よりも雄弁に語っている。[12] ドン・キホーテの冒険とは、世界を解読し、現実そのものをひとつの表徴に変容させようとする冒険である。彼は、相似の意義を疑いはじめた社会にあって、相似を求める遍歴を敢行した。そんな彼のことを社会は「どうしてあの人はまともに現実を見ないのだろう」という目で見る。「ドン・キホーテ的」(quixotic) という言葉は「非現実的」と言うのと同義にすらなった。サンチョ・パンサにはただの床屋の金だらいにすぎないものが、ドン・キホーテにはマンブリーノの兜に見える。サンチョにはただの風車であるものに、ドン・キホーテは巨人を見る。新しく動きだした精神風土のもとでは、これは明らかな「パラノイア」だ。しかし、パラノイアの文字通りの意味は「同類を知る」(para-noia) ということである。心ともの、精神と身体、象徴的な意味と字義通りの意味を、差異づけていくのではなく、ひとつに重ねていく心性。新しい時代はそれに「狂気」のレッテルを貼ったのだ。しかし、一六〇〇年には「類似に錯乱した」パラノイア患者と見えるこの騎士は、ほんの四、五十年前なら典型的な教養人として通ったはずの人物である。王冠が人を王にするというのは、中世の人々にとって自然で厳粛な思いであった。ところがシェイクスピアになると、すでに「法衣が人を僧侶にするのではない」という言葉が登場している。このシェイクスピア的世界にあっては、たとえば霊を呼び出す儀式も力を失っている。「おれは地獄の底から悪霊を呼ぶこともできる」と豪語するグレンダワーに、ホットスパーは何と答えているか（『ヘンリー四世』第一部）――「呼ぶことなら誰だってできるさ。だが呼ばれてやつらは出てくるかな？」

ホットスパーの言葉は、我々がよく知っている世界を指差している。一方グレンダワーはと言えば、彼が奏でるのは、我々の想像力からゴッソリ抜け落ちてしまったかに見える世界――イメージとイメージ、意味と意味とが豊かに響きあう相似の世界――の最後の和音なのだ。これらの和音は、しかし、もはや聞くことができないものなのだろうか。いまなお我々の潜在意識のなかでほのかに響いているものではないだろうか。初源的参加の崩壊について、さらに突っ込んだ議論をする前に、そのような心のあり方を実感としてつかむ努力をする価値はあると思う。

我々が語ってきた「参加」とは、自己の「内側」と「外側」が体験の瞬間において一体化することである。そしてそれは、ホメーロス以前のギリシャ人と、（彼らほどではないにせよ）中世のイギリス人と、今日のアフリカ部族民に共通する知の営為である。といってもそれは、同時に官能的な営為でもある。理知的なものと感覚的なものとをひとつにした、全体的経験なのだ。「官能的知性」という言葉が意味を持つなら、そう言ってもいい。こんな機能が、いま一般の人間にどれだけ残っているだろうか。私に思いつくのは、「肉欲」と「恐怖」だけである。セックスのただなかにあって、「私」は次第に相手のなかに沈み、かき消されていく。オーガズムの瞬間、そのオーガズムを「経験している」私など存在しない。私がイコール、オーガズムなのである。パニックの場合も同じだろう。恐怖が「私」を襲い、私を捉える。その恐怖から、「私」という純粋自我を引き離して考えることには無理がある。あるいは「神秘的」体験と呼ばれるものを想像してもいい。そこでは私は皮膚を越えて、まわりの世界にしみ出ていく。文字通り“out of my mind”（私の心の外に出た＝狂った）の状態に入るのである。精神病的体験というものも、実際これと同じことだろう。これらに共通するのは、内と外、主体と客体、自己と他者とが、境界を貫いて結ばれることだが、初源的参加も、そうした通じ合いの感覚の上に成り立つものである。すなわち、世界の事象のなかに、「私」と本来別者ではない「マナ」（超自然力）や神や世界霊が姿を現している[13]（個々の事象が、それらの神的存在を「表象している」と言っても同じだ）。そのことを体感的に確かめることが初源的参加への鍵なのである。

現代では肉欲と恐怖以外に自他の融一は認めがたいと述べたが、そうした明らかな例以外にも、より微妙な形で、参加する意識が発現しているということはないだろうか。この点については第五章で突っ込んで論じることにするが、現代人にとっても参加する意識は、ごく日常的に現れているのだ（近代以前の人間と違って、その事実に目を向けようとしないだけだ）。私にしても、たったいま、そのことを意識するまでは、タイプのキーを叩くことに没入していた。この文章を書いている「私」というものをまるで感じていなかった。同じことは映画館でもコンサート会場でもテニスコートでも起こる。「私」が、「経験をする主体」なのではなく、経験そのものになる、というのは何も特別なことではなく、私というものの常態なのだ。前近代の人間は、そのことを身をもって感じて生きていたのに、我々は目を背け、私の「すること」を私から引き離し、「私」が自らの行為を外から操る不動のコントロール・センターなのだとくり返し確認しようとする。そうでない、「参加」の心に導かれた行動は、「息抜き」として片づけてしまう。そして、ふだんの生活はひたすら客観的に、（プラトンが理想とした）観察と評価の心をもって邁進するのである。結果として、自分を孤島と見る感覚が現れる。かつて、自分と世界との関係は、胎児と羊水のそれだった。そんな過去の胎内へ回帰するのは無理かもしれない。だが少なくとも、その心のあり方と世界の見方とを想像のなかに引き戻し、それが意味豊かな安らぎの場であったことを感じ取ることはできると思う。

読者の心には、こんな気持ちが起こっているかもしれない。――私の先祖たちは、本当にリアルな世界を捉えていたのか？　我々が生きているのと同じ世界に生きていながら、それを違うふうに（間違って）概念化していたということではないのか？　主客の厳正な分離ということは、人類の知的発展の証であって、それを、まるで古代の主客錯乱的な心性からの堕落であるかのように説くのは、それこそロマンチックな錯乱ではないのか？ 意識の歴史というものをたずねるときの、もっとも基本的な価値判断として振りかかってくる問いである。この問いをまともに引き受けよう。答えはふたつにひとつなのだから、どちらが正しいのか突き詰めてみよう。徐々に衰えながらも、十六世紀末までの認識方法の基本をなしていた初源的参加は、ありもしない世界へ自らを導き入れる手の込んだ自己欺瞞にすぎなかったのか。それともそれは、世界の深い現実をリアルに生きる方法だったのか[14]。この問いに答えるために、参加する意識の範型ともいうべき科学を、すなわち錬金術の知を分析してみることにしよう。

歴史の教科書は、錬金術のことを、鉛を黄金に変える化学物質を発見する試みだとか、人間の生命を無限に延ばす「生命の秘薬」(elixir vitae) を調合する試みだとか記している。こんな不可能な目標のために、膨大な努力が捧げられた。過去二五〇〇年に及ぶ科学史のなかの、哀しく、愚かしいエピソード。これが錬金術に関する通説だろう。近代科学の立場からすれば、どう好意的に見ても、錬金術師の功績は「愚かなる目標を追求するなかで、たまたま有益な薬品や化学物質を発見したこと」でしかない。

通説というものの常であるが、この言い方にも当たっているところはある。黄金という形であれ秘薬という形であれ、「賢者の石」(lapis) を手っとり早く作り出すこと、それはたしかに多くの錬金術師を捉えた目標であった。金もうけ目当ての山師やペテン師を指して「ふいご吹き」なる蔑称が用いられもした。「錬金術師に勝る悪党はいない」と、アグリッパも書いている[15]。が、カール・ユングが収集したような、中世・ルネッサンス期に作られた、錬金術に関する図版を少し丁寧に見れば、山師稼業だけが錬金術だったわけではないことは明らかである[16]。たとえば図版2－6の奇妙な図像は、いったい何を意味しているのだろうか？ 自らの尻尾を飲みこむ緑と赤の蛇。男と女が腰部で結合した両性具有人間《アンドロギュノス》、その背後には一羽の鷲がそびえ、足元には何羽もの鷲の死骸が山になっている。太陽を噛む緑の獅子、その太陽は噛まれてできた傷口から血（実は水銀）を流している。黒い太陽の上に立つ骸骨。地球の向うに長い影を投げる太陽。これらをはじめとするかずかずの錬金術図像には、理解を絶する途方もなさがある。長寿や富を求めるのが目的なら、所詮は説明図に

図版２　統合の象徴ウロボロス。Synosius, Ms. grec 2327, f.279. パリ国立図書館所蔵。

図版３　両性具有者アンドロギュノス。*Aurora consurgens*, Ms. Rh 172，チューリッヒ中央図書館所蔵。

図版４　太陽を呑み込もうとしている獅子。ヴィルヌヴのアルノー『哲学の薔薇園』（1550）より。Ms. 394a, 94a, f.97，ヴァディアーナ市立図書館所蔵。

図版５　黒い太陽――黒化。Ｊ・Ｄ・ミューリウス『改修哲学論』（1662）より。ユング『心理学と錬金術』に転載。

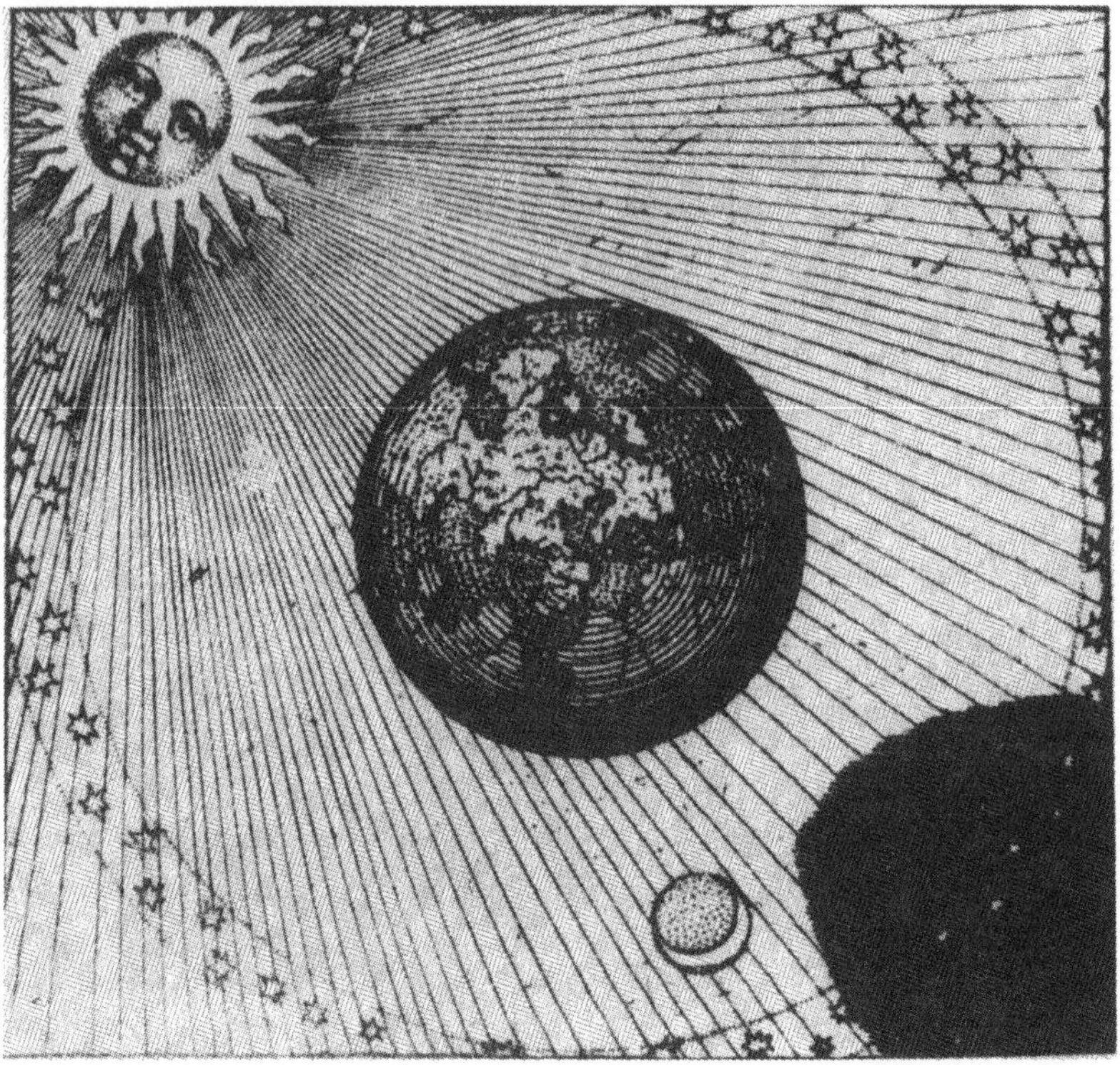

図版６　「太陽とその影が仕事を完成する」。ミハエル・マイヤー『化学の探求』（1687）より。ユング『心理学と錬金術』に転載。

すぎないものに、なぜここまで凝ったりするのだろう。これらの妖しい芸術作品を目にするとき、我々は錬金術を単純な実用論の次元で解釈するわけには行かなくなる。そこにはいったい何が表されているのか。これを知るには、我々にとって未踏の意識領域を探索し、その地図を作成していくことが必要になる。

夢の分析による臨床資料を用いて、錬金術のシンボルをはじめて解読したのは、ユングの業績である。それをもとにユングは、錬金術が何よりもまず、人間の意識下に広がる領土を地図に描き出す試みだったという議論を発展させていった。ユング心理学の中心にあるのは、「個体化」(individuation)という概念である。この「個体化」に向かうプロセスによって、人は自分の「自我」(ego)を超えた〈自己〉(Self)を発見し、これを発展させる。自我とはペルソナ、すなわち日常の社会生活によって要請され作り出された仮面である。人は自我を通して、他人の目から見た自分の姿を知る。したがって、意識のレベルでは自我が生活の中心になる。これに対し〈自己〉は、外から左右されることのない、その人の真の中心であり、これは意識領域と無意識領域を調和させることによって、伸ばしてゆくことができるものである。夢を分析するのは、この調和を生むためのひとつの方法なのだ。夢のシンボルを意識のなかに解き放ち、目覚めた生活に、夢のメッセージを取り込む。そうやって変化した意識がまた無意識に染み込み、夢の内容を変えていく。しかしそうはいっても、夢などという、ふわふわと頼りない、因果関係も無視したでたらめなものを、どうやって分析するのか? ユングは、この点においてまさに錬金術が決定的な役割を果たしうることを発見した。「表徴の原理」が夢の意味を解く大きな鍵になるという発見である。[17]

夢の言語も錬金術の言語も、私がさきに、合理的・科学的思考の特徴である批判的(一義的)理性と対立するものとして定義づけた「弁証法的」(両義的)な理性に従う。[18] すでに見たように、デカルトは、夢が無矛盾の原則を破ることを理由に、信頼してはならないものとして退けた。しかし、夢にはそれ独自のパラダイムがはたらいている。リアリティをまさにパラドックスにおいて見る構え——これを「錬金術的」パラダイムと呼ぼう。たがいに正反対である二者は強く結ばれている。引きよせあうことと反撥しあうことはひとつのことのふたつの側面である。こうした事柄は、直感のレベルで我々みんなが知っていることである。愛と憎しみの同居、恐怖の源と解放の源は等しいということ、無実を激しく主張する者ほど疑わしいということ——こうした、Aであるものが同時にAの逆であるという状況は、日常にあふれている。ユングもフロイトも、そして錬金術師たちも、このことを知っていた。

錬金術のパラダイムから見ると、意味に満ちたイメージからその意味を奪ってしまう批判的理性なるものは愚かしく見える。たとえば、第一章で出した例だが、夢のなかで私が私の父になり、しかもその父と私が口論しているとしよう。批判的理性からすれば、これは論理的・経験的に不可能であって、ゆえに意味がない。しかし問題は、夢から覚めた私が現実として冷たい汗をかいていること、そしてその日一日不安な気持ちに支配されることではないか。私の精神のなかで闘いが起こっているということ、私の望むことと、私のなかに内面化された父が私に望むこととが葛藤しているということを、理屈に合わないとして捨象してしまう方が理屈に合わないだろう。こうしたディレンマを未解決のまま残しておくのは、私自身の全体的統一をそのぶん危うくすることである。精神には、ユングの理論によると、全体性保持に向けての強い傾きがあり、したがって、私がこの葛藤の解決にのり出すまでは、無意識が、同じテーマの夢を次から次へと送りだすことになる。時間と空間の論理的つながりを無視したイメージの連続に私はさらされるわけだ。しかし、かたくなに批判的な心を解いて、それら心の深みからのメッセージにきちんと向かい合うとき、生そのものと同じく弁証法的である夢の知が伝わってくるのである。

錬金術の文書に現れるイメージが、そんなものは見たこともない患者の夢に驚くほど忠実に現れることがあるという発見が、錬金術史・深層心理学の両分野にまたがるユングの功績である。有名な論文「錬金術との関連から見た個人の夢のシンボリズム」〔邦訳題「個体化過程の夢象徴」〕は、一患者の夢を記録しつづけ、ほとんどすべての夢について、その夢のシンボルと明らかに対応する錬金術の図像を示したものである。(19) そして、これとよく似た一連のイメージが、「個体化」のプロセスにある他の患者たちからも得られたことから、ユングは次のような結論に至った。——個体化のプロセスは人間の心のなかに本来的に内在するものである。錬金術師たちは、(それとは知らずに)自分の無意識の変容を記録し、図像を用いてそれを物質世界に投影したのだ、と。彼らの言う黄金も、物質としての金というよりは意識の深みに結ぶイメージとしての「黄金」、つまり禅で言う「悟り」や、西洋神秘思想家たち——ヤーコプ・ベーメ（彼もまた錬金術師であった）、十字架の聖ヨハネ、アヴィラのテレジアら——が記録している神的体験において訪れる、意識の変容状態を言うのである。とすれば、錬金術を、科学の真似事、化学の前身と見るのは誤りだろう。錬金術とは、それ自体で完成した、人間の無意識を体系的に図像化する、西洋最後の壮大な企てだったのである。同じことを、ノーマン・O・ブラウンは「官能的な現実感覚に基づいた科学へ向けての、西洋人最後の試み」と表現している。[20]

錬金術が非科学的だとして退けられるようになったのと、無意識が抑圧されるようになったのとは時を同じくしていることを、ユングは指摘している。科学革命以降の無意識の抑圧こそが、精神疾患の増加、大量殺戮、残虐行為などなど、近代の悲惨のかずかずを生み出している根本的原因だと彼は考えた。[21]ユングによれば、人は自分の人格のなかに、自分が憎みかつ恐れているデーモン（彼はこれを「影」と呼ぶ）を抱えている。これから目をそむけることが、悲惨を生むのだとすれば、救済は、少なくとも個人レベルでは、一人ひとりが赴く精神の旅にかかっているということになる。この旅こそが錬金術の本質であるとユングは理解した。十七世紀の錬金術師で薔薇十字団員のミハエル・マイヤーの言葉に、「太陽とその影が仕事を完成する」というのがあるが（図版6参照）[22]、それは、無意識を抑圧することなく、意識に再導入することで真の〈自己〉をつくることを説いていると解釈できる。

ユングが彼の方法で読み解いた錬金術の図像には、たとえば、図版2に掲げた緑と赤の「ウロボロス」がある。自分の尾を嚙むこの蛇のイメージは、さまざまな形をとってほとんどの文化に現れるものだが、ユングはここに、相対立するものの統一による精神の完成という意味を読み取った。緑は錬金術作業の初期段階を表す色であり、赤（「紅玉色」［rubedo］と呼ばれた）は後期段階の色である。つまりこれは始まりと終り、頭と尻尾、アルファとオメガとの合一の図になっている。ここに〈自己〉という黄金が抽出される。変えられたのは世界ではなく、自分のペルソナだったのだ。T・S・エリオットの詩「リトル・ギディング」も同じ内容を語っている。

さがすのをやめることはないだろう
さがすのをすべてやめるときそれは
さがすのをはじめたところにたどりつき
その場所をはじめて知るときなのだ。

「相似」の理論は、リアリティを弁証法的に捉える。この弁証法的現実は錬金術において、両性具有者アンドロギュノス（図版3）、兄弟の結婚または性的結合などの図によって描かれる。こうした相対立するもの同士の結合こそ、錬金術の蒸溜器のなかで達成されるものだ。そこでは、鉛は黄金への可能性を秘めたものとして、水銀は液体性と金属性を併せ持つものとして、飛び立つ鷲が表徴する揮発性の物質は不揮発性物質（図版下部の死んだ鷲）に、不揮発性の物質は揮発性に転じるものとして存在する。

図版4は、錬金術の仕事のはらむ危険を表している。緑の獅子が、太陽を呑み込もうとしている図である。緑が錬金術作業の初期段階を表すことはすでに述べた。この段階において、無意識の粗野な生命力が解放され、意識は自分が食べられてしまうのではないかという危機感を覚える。「火が強すぎてはならない」という錬金術の格言が、ここで意味を持つ。昇華や蒸溜の作業は、錬金術の他のすべての作業と同じく、緩慢で、きわめて単調だが、これらの作業の進行を速めようとしてはならない。無意識の水を汲もうとする試みには、望む量以上の水を汲みとってしまう危険がつねにつきまとうのだ。意識と無意識を隔てる堤防がいつ決壊し、意識を無意識の洪水のなかに沈めてしまわないとも限らない。こうした現象は、多くの精神科医やヨガや瞑想の行者、あるいはドラッグ（まさに「強すぎる火」）体験者におなじみのものである。[23]この火を浴びた者は、恐れをなして探究から身を引き、あるいは第一歩からやり直すことを余儀なくされる。最悪の場合には、無意識の情報の噴出によって、もはや立ち直れなくなるほどの人格崩壊を招くこともある。[24]

ここで重要な意味を持つのが、錬金術における、「溶解し、しかして凝結せよ」という一句だ。ペルソナの「溶解」が、真の〈自己〉の「凝結」をともなう形で進むこと。だがそうなる保証はない。それどころか、『経験の政治学』でレインも言うように、文化全体がこぞって無意識に蓋をし、個人を薬漬けにして文化が定める「現実」にむりやり引き戻そうとやっきになる現代にあっては、〈自己〉が凝結できる可能性はほとんどないといってよい[25]。図版4からもうかがえるように、中世のように多分に錬金術的性格を含んだ文化においても、「強すぎる火」の危険は強く意識されていた。緑の獅子を「飼い慣らす」こと、あるいはその「四肢を切りとること」は、錬金術作業の欠くべからざる一段階であった。その方法は——現代の物質文明のなかではナンセンスに聞こえるが——硫黄を水銀と接触させるか、あるいは酸に入れて丸一日煮るというものである。この飼い慣らしを怠ると、無意識の噴出、自我の解体、主客の区別の崩壊が結果する。そのとき、ひとすじの閃光が走り、現象世界の向うにひとつの大きな〈精神〉が存在するという確信が訪れるとされるが、この光は、その人の気質や状況次第で天国へ誘いもすれば、地獄へつき落としもするものだ。錬金術の格言にはこう書かれている——「我らの仕事で命を落とした者も少なくない」。

最後に図版5を見てみよう。これは錬金術の第一段階である「黒化」を表す。鉛が溶け、黒い溶解物が現れるこの状態は、「魂の暗い夜」と呼ばれる。ここではペルソナは溶解したが、〈自己〉がまだ地平線上に現れてはいない。図には、自我の死を表す骸骨と、強度の憂鬱を表す黒い太陽が描かれており、「影」が意識的自我の全域をおおっていることが明らかである。レインの『ひき裂かれた自己』には、この「黒い太陽」という言葉を、ある分裂病患者が、自分の世界を表す言葉としてノートに書きつけていた例が紹介されている。しかし、弁証法的＝錬金術的に見れば、この黒い鉛のなかにこそ金塊がある。術に熟達することで、鉛から金への変成が可能になるのだ。『ひき裂かれた自己』の結びで、レインが言うのもそのことだ——「暗い大地の奥底深くにたどり着けるなら、そこに『輝く黄金』が見出されるだろう。いく尋《ひろ》もの海にもぐれるなら、『海の底の真珠』が見出されるだろう[26]」。

錬金術師が自分たちの仕事の精神的側面をはっきり自覚していたことに関して、ユングは鮮やかな証拠を繰り出して論じた。彼の引いている、錬金術師たちの言葉を挙げてみると――「我らの黄金は俗世の黄金にあらず」。「物豊かなれば魂も豊かなり」。ゲルハルト・ドルンという錬金術師は、「汝ら自身を生きたる賢者の石に変成せしめよ！」とさえ言っている。これらの言葉を頼りにユングは、錬金術師たちの工房で「本当に」起こっていたのは、自己実現をめざす精神プロセスであり、そのプロセスが窯や蒸溜器に二次的に「投影」されていたのだ、と主張した。つまり、黄金が現実に生成されたのではなく、目の前にできたものをすすんで黄金と見るような、そういう変容した意識状態が作り出されたというのが、彼の捉え方である。

たしかにこれは説得力のある仮説である。術師たちが作業を進めるなかで、精神の変容をもたらすさまざまなテクニック――瞑想、断食、ヨガ、「胎児的」呼吸、時には呪文――を用いていたことを考えあわせれば、その信憑性はいよいよ高い。アジアを中心に、何千年もの歴史を持つこれらの行は、（我々の言葉で言えば）心のなかの意識と無意識との断絶の解消をめざしている。俗世への執着を離れ、別の次元の現実を見通すことができるところへ、行者を導くための道である。近年の西洋科学も、それらの行が生理学的にもきわめて有効なものだということをようやく見出しつつある。それは心身一元論――「心とは体が為すところのものなり」――の立場に立つとき、ごく自然のこととして理解されるだろう。この点から見るとき、錬金術のリアリティは、その精神的側面にこそあり、物質的側面は術の本質に触れるものでないという考えは、妥当なものに思える。

だが、そう断定したのでは、るつぼや蒸溜器のなかで、実際に進行していたプロセスが、逆に現実からはじき出されてしまう。錬金術師の行動から、我々の説明にうまく引っ掛かる部分を抜きだし、残りを捨ててしまうというのは、現実の錬金術を見据えた理解の方法とは言えないだろう。ユングのアプローチは、結局、物象界は何も変わらなかったが、精神界では変化が起きたとするものであり、これは、外界の不変性を柱とする近代科学の思考法そのものである。錬金術的世界観にあって、心の世界とものの世界は、近代に生きる我々が見るような別個のものとしてあったのだろうか？　魂のなかの出来事がるつぼのなかへ「投影」されるという言い方を許すほど、彼らの世界は主体／客体の二分法に固まっていたのか？「投影」というユング的概念には、錬金術には無縁の、硬直した二分法が前提となっていないか？　錬金術師が明らかに何かをやっていたのだとすれば、そして魔術の目標がすぐれた魔術師になることにあるのだとすれば、ユングの説明も、錬金術の現実から目を背けている点で、教科書的通説と大差ない。彼の引いたドルンらの言葉にしろ、錬金術師たちの言葉として決して典型的なものとは言えない。それらは十六・十七世紀の――すなわち科学革命がものと意識の間に冷徹なクサビを打ちこんでいた時代の――言葉なのだ。錬金術が、そのように精神のメタファーとして捉えられるようになったのは、むしろ錬金術の衰退を意味するのではないか。その歴史の大部分において、錬金術はもっと具体的な文字通りの世界を相手にしていたはずである。とすれば、ユングの説を魅力的に感じる我々の心性そのものが反省の対象になるべきだろう。物を操る技術と聖なる世界へ至る鍛練とがひとつであるような意識、ものを相手に科学することがそのまま神に参与することに通じる意識のなかに、我々は入りこめなくなっているのである。しかしそれでは、錬金術の核心は見えてこない。「投影」というような、近代固有の概念にしがみつくのではなく、錬金術の実際の作業を再現し、物質的レベルで錬金術師が何をしていたかを知ることなしに、本当の理解は得られない。

錬金術は何よりもまずひとつの工芸であった。中世ふうに言えば「秘儀」(mystery)である。はるか古代から、工芸は神聖な行為とみなされていた。ものを創造・改変することは、『創世記』にもあるように、神の最初の業だったのである。鉱石を掘り出しそれを精錬する作業にしても、一種の産婆術として理解された。鉱石は大地の子宮のなかで育つ胎児であり、人間はそれを取り出す手助けをする。だが、自然の様態の変化という、あまりに緩慢な動きに手を貸してそれを速めるというのと、聖なるプロセスに介入しそれを汚すということとの境は、どうあっても明確ではない。そのため、十五世紀に至るまで、新しい炭鉱を開くさいには、宗教的儀式が併せて行われていた。鉱夫たちが断食し祈りを捧げ、しかるべき儀礼を行ったのである。そしてこの産婆術とのメタファーは、錬金術の工房にも生きていた。そこもまた一種の人工的子宮――大地の子宮にとどまるよりも早くその懐胎期間を完了できる場――とされたのである。ミルチャ・エリアーデが指摘したように、錬金術師も鉱山夫も、宇宙のリズムのなかに入り込むことができる、「秘儀に通じた魔術師」だったのだ。それだから、いずれの工芸も、「何らかの入門儀礼を持ち、その教えは世間一般から隠された。本物を『作る』者は、それを作る秘密を『知る』者に等しかったのである」[27]。

錬金術も、太古から存在したこのような考え方に基礎を置く営みであった。自然界では、すべての金属は黄金として生まれでる過程にある。潜在的にはみな黄金である。それが黄金として結実するプロセスに、人間は術をもってかかわり、それを促進することができる。これが錬金術の基本理念だった。したがって、物質の変転に携わるといっても、それは神の真似事をするというのではなく——ヘルメス的伝統には、たしかにそうした考えもひそんではいるが——あくまでもその役割は産婆術にとどまったのである。自然界の変転プロセスに参入し、そのなかの野卑なるものを純粋なものと分け隔てて、鉛の奥深くに眠っている黄金を取りあげること。これこそが、「錬金の術」(spagyric art)と呼ばれるものだった。十三世紀の神秘家マイスター・エックハルトは、「黄金となるまで銅は落着かない」と書いている[28]。この言葉はたしかに、物質的事象の記述としてではなく、精神過程の比喩表現として聞こえてくるけれども、くり返しになるが、錬金術師たちは、そのような区別をせず、ひたすら金を引き出すための反応に取り組んでいた。自然を変革するのだとも、自らを変革するのだとも思うことなしに。

錬金術師たちが実際に行ったのは、どのようなことだったか。錬金術の文書を読んでまず最初に目につくことは、この点に関して意見の一致がほとんど見られないということである。黄金への変成は、純化と溶解と腐蝕と蒸溜と昇華と煆《か》焼《しょう》と凝結によって生じる、とはあるが、これら一連の過程の順序や内容がはっきりしないうえ、どの錬金術師も、これらすべてを用いたというわけではない。用いる鉱石の性質など、さまざまな条件次第で、方法もつねに変化したらしい。合意がみられるのは、きわめて一般的な基本線に関してだけである。それを、ごく図式的に述べてみよう。まず、溶解を司り、ものの活性の源となるものとして水銀がある(事実水銀は、はるか昔からメッキにおける洗い液として、また他の鉱物から金を抽出するのに使われていた)。一方、「緑の獅子」の異名を持つ硫黄は、凝結を司り、新しい形体の生成にかかわる。この両者によって、金属を溶解して「第一質料」(prima materia)にし、この無形の物質を再結晶させる作業が、錬金術だと一応は考えてよいだろう。これを正しい方法で行うことで、黄金が生じるとされるのだ。「溶解し、しかして凝結せよ」とは、物質を混沌――どろどろの原始状態――にいったん還元し、そこから新しいパターンを形づくることとして定式化できる。

もちろん、錬金のわざがこんな単純な話で収まるようなものだったわけではない。一つひとつの作業がきわめてデリケートであり、すこしでも間違えばすべては無に帰した。その上、錬金術の伝統にあっては、この複雑な術をひとりで会得しなくてはならないとされた。師から弟子にそのまま伝えうるような定式化された知識など存在しなかった。全身全霊を込めて術の修練に打ち込むことが要求されたのである。思い通りに行くことが稀で、失敗が原則であるような世界。「溶解し、しかして凝結せよ」というのは、だから理想的に単純化されたひとつの夢であり、その間に腐蝕、蒸溜、昇華、煆焼などのさまざまな作業を各自が入念に差しはさんでいかなくてはならなかったのである。

金属の腐蝕の過程から作業に入ることもあった。それによって腐った卵の匂いを放つ水素硫化物を生じ、つぎにこれを着色するために金属水溶液に浸す。中世には、色や匂いも副次的属性ではなく物質的実体と考えられていたのである。あるいはまた、昇華の過程を通して、混合物から純粋な物質（特に硫黄）を得ることも多かった。これには、長時間の注意の集中を要する気化のプロセスを経て、それをまた一滴一滴液化し純化するプロセスを通らなくてはならない。液化できない金属の場合は、まず煆焼によって溶解可能な酸化物に変え、それを溶かして分離するという方法が取られた(29)。

こうしたプロセスを、精神的・宗教的側面から言い直してみれば、こんな言い方ができるかもしれない。――すべての人格（金属、鉱石）は潜在的には神的（黄金）であり、それらの人格は、過去（鉛）の重みを超越し、その真の姿に到達しようとする。古い現実が腐敗し、私は悪臭を発し体が腐ったような思いを味わう。だが、これらの物体（matter）的変化において、真に重要なもの（what matters）が変化している。古い現実が滅び新しい現実が私を包む。凝り固まっていた私の人格が「溶解」し、新しいパターンが徐々に次第に「凝結」してくる。ひとつのパターンにすがりつく心も鎮められ、以前の私なるパターンは、多のなかのひとつとして見えてくるようになる。頑なな執着心はもみほぐされて、寛容な心が芽生え、この世に本当に存在するのはただ、水銀としてこの世に現れている融合と創造だけなのだという確信が生まれる。水銀（mercury）とは、神の使者メルクリウスである。このメルクリウスの別名が、かのトリックスター「ヘルメス」である。固定的秩序を打破する「いたずら者」を、我々を意識に目覚めさせる「魂の案内人」として評価するこの見方は、ジョークやちょっとした言い違いに真理を覗き見るフロイトの考えと一脈通じるものがある。また水銀は、ガラス的な存在でもある。なかのものを包みながらも隠さず見せる透明な器。私の抱える問題が、そのなかでクリアに浮かびあがる。そしておのずと解けて（＝溶けて）くる（言うまでもなく水銀は偉大な溶解者だ）。「私が捉えようとしている私の生こそ、おのれを捉えようとしている私にほかならない」とR・D・レインが言うとき、彼はこの錬金術的世界に踏み込んでいる。

このように錬金術師は、鉱脈をもとめる鉱夫のように、深く掘り進んでゆく。ひとつの鉱脈はさらにもうひとつの鉱脈につながり、答えがひとつに定まることはない。本質的に多面的な世界。狂わんばかりの流動。自分の生が、自分の人格がそのようなものであるという事実に耐えられないとき、人は神経症に陥る。社会の体制は、その混沌とした流動をひとつの秩序に収め、自己をひとつに同定しないといけないと説くだろう。だが錬金術の伝統にあっては、これは時満たずして硫黄を混ぜ、強引に凝結させた――出産ではなく、堕胎によって取り出した――金属であるにすぎない。「溶解し、しかして凝結せよ」。性急に固めたペルソナは捨てよ。それは型通りの生き方しかもたらさない。固着した制度としての狂気からおのが身を引き剝がせ。自分の生を本当にコントロールしたければ、つくりもののコントロール、「アイデンティティ」、硬くてもろい自我を捨てるがよい。自己をひとつに同定しなくては生きていけないと思う迷いを振り切ること。本当に生きること、黄金を獲得することは、自分自身の本性の命じるところに従って生きることによってのみ成し遂げられるのであり、そのためにはまず魂の死の危険に真向から向きあわなければならないのだ。――錬金術から見れば、これこそがキリストの受難の意味である。キリストが「我は道なり」というとき、それは「あなたは私の受けた試練を自ら経なければならない」という意味なのだ。自分のデーモンと対決できるのは自分しかいない。自分に本当の〈自己〉を与えることができるのは自分をおいてほかにいない[30]。

以上のことはみな、錬金術と無意識の深層との間にたしかなつながりがあることを指し示しているように思われる。現にR・D・レインも、ユング派の分析家ジョン・ペリーも、精神病患者の苦悶する魂から生じるイメージが多くの患者において同一であり、しかもそれが明らかに錬金術的イメージであることを指摘している[31]。とはいっても、錬金術師が、自らをシャーマンやヨガの行者に見立てていたわけではない。彼はあくまでも、物質の本性に関する専門家として自分を見ていたのだ。しかし、これまで述べたような錬金術工房における作業の過程からでは、錬金術の物質的側面については何も分かっていないに等しい。錬金術師がおのれの仕事、つまり黄金の製造を本気で考えていたことは疑いえないとしても、錬金術師は工房で実際に何を行っていたのか?

この問いを前にして我々は壁につきあたる。錬金術の文書に、実際に黄金が製造された例が記録されている以上、その証言を簡単に無視することはできないだろう。あるケースでは、一六六六年、オレンジ公の従医ヘルヴェティウス(ヨハン・フリードリッヒ・シュヴァイツァー)が、鉛が黄金に変成するのを目撃している。そしてこれには、オランダ人の貨幣検質官や著名な銀細工師をはじめとする、何人もの目撃者の証言もある。哲学者スピノザまでもがこの一件に関係しており、目撃者の証言をすこしも疑うことなくある手紙のなかに記している[32]。信じる人は信じるし、信じない人は信じない——結局これはそういう問題なのだろうか。

いや、問題はそこで終わらないと思う。参加する意識のつくり出す世界と、参加しない意識のつくり出す世界とは、相互に翻訳不可能なのだ。とすれば「錬金術師は現実に何をしていたのか?」という問いは、安易には成り立たない。「現実に」(really)という言葉の意味を突き詰めてみるとき、これはまったく的外れな問いだということが見えてくるだろう。我々がその問いで意味しているのはこういうことだ——もしも現代化学の意識を備えた我々が、時空を超えて錬金術の工房に行くことができたら、そこで我々は何をするだろうか? だが「現実に」行われていたのは、錬金術師が行っていたことであり、参加しない意識を持った我々近代人が十四世紀に戻って行うであろうことではない。もしも我々が十四世紀の人間だったなら、我々は、参加する意識をもって錬金術師がしていたことをするはずなのである。「錬金術師は現実に何をしていたのか?」という問いに対して、近代の視点から意味ある答えを得ることはできないのだ。

あるいは、こう言ってもいい。錬金術が行われていた世界にあっては、精神的な出来事と物質的な出来事との間に、明確な境界が存在していなかった。そのようなコンテクストのなかで、たとえば「シンボリズム」という言葉は意味を持ちえない。我々の言う「シンボル」でない事物など、そこには何ひとつ存在せず、あらゆる物質的事象が、それに対応する精神的事象を引き連れて生起するのである。錬金術とは——ふたたび我々の言い方をすれば——双面的な活動だった。一方でそれは、物質の科学として自然の秘密を解明することに携わり、鉱業、染色、ガラス製造、薬品調合などの手続きから成っていた。他方でそれは一種のヨガであり、精神の変容に関する科学だった(33)。ものは意識を持っていたのであり、ものを変成させる術に長じることは、そのまま意識を変容させる術に長じることだった。今日でも、美術、詩、手工芸に、この伝統は生きている。これらの分野においては、美しくつくられたものに、それをつくる者の人格が映しだされるとされている。錬金術師も、ひとりのアーティストとして、彼の無意識との関わりが、その仕事に現れでるような、そういう才能に導かれていたのかもしれない。だがこの解釈は、我々の理解の貧しさを露呈している。「無意識」という言葉は、ユング的なものであれ何であれ、身体から離脱した近代の知が生んだものにほかならない。錬金術師にとっては、魂は——いや物すらが——ひとつだったのであり、「無意識」などというものは存在しなかったのである。近代の精神が、オカルト諸科学を、物質の理解における途方もない混乱として軽蔑するのも、オカルトの世界にあって「もの」とは、我々が目の前にしているものと同じでないということが理解できなくなっているからにすぎない。錬金術師の心は、ものと「向きあって」はいなかった。ものとひとつに「織りあわされて」いたのである。

錬金術師たちにしても、タイムトラベルしてきた我々に、自分のしていることが何であるのか伝えることはできないだろう。彼らの仕事は、我々の言う「非精神的」な方法では(おそらく原子炉における核分裂を例外として)決して成し遂げられない性格のものなのだ。黄金の生成は、単なる物質的な調合をこえた、はるかに大きな仕事の一部だったのである。

逆に言えば、そのようなトータルで全体論的な現実から、物質的エッセンスのみを抽出して取り扱う我々の知が、いかに矮小化してしまったかということでもある。黄金をつくることが何であるのか。それを黄金の「人格《パーソナリティ》」とは何か身をもって知らずして知ることはできない。彼らとは異質の現実を生きる我々にとって、黄金になることと、黄金をつくることとは、決定的に分離してしまっているのだ。

だとしたら結論はひとつしかない。過激に響くかもしれないが、私としては、行き着く結論はこれしかないと思うのだ。――錬金術の時代にあっては、単に人々が、精神的特性をものに付与していただけではなかった。ものが本当に、現実に、精神を持っていたのだ、と。機械論者からの反論は予想できる。「中世の人々が月に人間を送りこむことができたか。我々のテクノロジーがどれだけうまく機能しているかをきちんと見据えれば、その正しさを安易に疑うことはできないはずだ」。しかし、機能するかしないかということで言えば、アニミズム的世界観も、何千年もの間、それを信じる者にとって十分な機能を果たしてきた。我々の祖先は、自分の五感でその形を確かめられるような現実世界を構築してきた。ユングの投影説は、この点の認識が十分でない。科学革命に匹敵する意識の大変革がもう一度起きるとしたら、変革の向う側にいる人々はこう言うだろう――近代の人々は、機械論的な観念を自然に「投影」していた、と。ところが近代の内側に棲む我々は、物体―運動―実験―定量化という概念で固めた世界を、機械になぞらえて見た比喩的な世界像だとは思っていない。むしろ、そのような概念操作に引っ掛かるものだけが「現実」であるとして、残りのものをはねのけているのである。結局は心理的な枠組であるゲシュタルトを、現実の唯一無二の試金石にしているのだ（量子力学は重要な例外である）。こうして、たとえば念力、ＥＳＰ（超感覚的知覚）、心霊治療、その他もろもろの「超常的《パラノーマル》」と呼ばれる経験は非現実的いかがわしさのなかに打ち捨てられる。説明できるものしか説明しないという点では、我々の世界観も、魔術的世界観やアリストテレス的世界観と変わらないのだ。実用論的な立場にたって、ある認識論を別の認識論より優れていると判断することは、原理的に不可能である。感覚的現実に密着した世界像を与えてくれる点では、「初源的参加」の方がすぐれていると言って妥当だろう。

参加への道は、過去の暗闇のなかに失われた進化のパターンを呼び戻し、それを逆向きに生き直すことによってしか取り戻すことができない。「どちらの認識論が上か？」という問い自体が意味をなさなくなるところへ我々自身を送り届けること。それは、不思議の国のアリスのように、ウサギの穴に落ちることだ。鉛が黄金に変成しもする、我々の遠いふるさとへ。いまの我々のままでは、そんな世界を知ることはできない。中世が本当にそんな世界だったかどうかも知ることができないのだ。

異質の現実世界を相手にしたときの近代の思考は、無力さをさらけ出しているのに、それが指摘されることは驚くほど少ない。たとえば魔女の存在を、歴史学や人類学はどう論じてきたか。十六世紀に頻繁に行われた魔女裁判には、単なる集団ヒステリー以上の原因があったとする研究は、正統を名乗る学問からはまず出てこない（我々の子孫は、科学とテクノロジーへの我々の没入が単なる集団ヒステリーではなく、ひとつの生き方であったことを賢明にも理解してくれるだろうか？）。現代において、参加する意識を内側から描いた作品は、ナイジェリアの村の生活を扱ったチヌア・アチェベの『崩れゆく絆』など、いくつか数えられるが、参加する意識の世界に入りこみ、しかもその認識型を近代の言葉で言い表した人物となると、私にはカルロス・カスタネダひとりしか思いつかない[34]。この「オルターナティブ・リアリティ」（もうひとつの別な現実）の議論は、のちにより詳しく進めるとして、ここでは問題が曖昧な処理の許されるものではないということを確認しておきたい。我々には異常としか映らない、このオルターナティブな現実というものは、何十世紀も人間を包んできた集団幻覚だったのか、それとも、まぎれもない現実であったのか、答えはふたつにひとつなのだ。文化人類学者ポール・リースマンは、カスタネダを論じるなかで、この問題に正面から取りくんでいる（リースマンのこの考え方が学問の主流ではないことはつけ加えておくべきだろう）。

我々の社会科学は、他民族の文化や知識を考えるとき、我々の知る「現実」を尺度にして考えがちである。他民族の文化・知識は、社会を成り立たせるために彼らがつくり上げた形式・構造以上のものではなく、それを彼らは我々の知るのと同じ「現実」に押しつけているのだ、そう我々は考えている。しかも、その現実について我々の方が――少なくとも我々の科学者の方が――よく知っている、と思い込んでいることが少なくない。そうした「形式・構造」にすぎないものを我々の知る「現実」そのものとの関係において考察すれば、その民族が「現実」にどのくらい適応しているかが測れるというわけだ。研究対象の民族に心から愛情を持っている文化人類学者でさえ、世界の真のありようについて自分が何かを教わっていると考えることはめったにない。彼らはただ、他民族が世界について持っている概念がどのようなものかを発見しているとしか思っていない。[35]

ここで指摘されていることは、錬金術をはじめ、前近代の思考全般を考えるさいに共通して言えることだろう。これらの対象を扱うとき、我々の論の焦点は、彼らの「意識」に――自分が何をしていると彼らが思っていたかという点に――注がれる。彼らの行為が現実そのものを織り上げていたのだということが、思い上がった近代の視点からは見えなくなっているのだ。しかも、そのように彼らを見る我々自身が、自分が何をしているかということは滅多に意識されない。自分たちの論じ方を、おのれの文化に当てはめて、西洋工業社会を「成り立たせるためにつくられた形式・構造」について論じるということは、ほとんどなされないのである。

旧式の世界を、自分たちのものより劣ったものとして見る我々は、その優越感と引き換えに、過去の世界をまともに知る道を閉ざしてしまっている。デカルト流の分析が芸術の美を「見る」ことはできないのと同じように、参加しない意識も、参加する意識を「見る」ことはできない。「人間はその疑い深さゆえに、神的なものに気づくことができずにいる」――紀元前六世紀のヘラクレイトスのこの言葉は、ことの真実を何よりも的確についているように思える。[36]最終的には価値観の問題に行きあたる。我々の認識方法を形成する上で、価値というものが大きく絡んでいるからだ。我々は、金をどう見るか。おそらく、何かを手にするための手段として見る。この点、我々の価値観は、ギリシャ神話のミダス王のそれと変わらない。錬金術師が金を作ったという話をはじめて耳にする人が好奇や不信の思いを抱くのも、この価値観に導かれてのことだろう。ところが真の錬金術師にとって、黄金は手段ではなく、それ自体が目的としての価値を持っていた。黄金の生成は、彼自身の長い精神修養の頂点だったのであり、そのために彼は沈黙を守ったのである。歴史家シャーウッド・テイラーはこう書いている。

錬金術の物質的目標、すなわち金属の変成は、いまや科学によって現実のものとなった。ウラン原子炉こそ現代における錬金術の器である。だがこの成功は、錬金術師たちがもっとも恐れ警戒していた結果を招くことになった。すなわち、強大な力が、そうした力を授かるにふさわしい精神的修養を経ていない者たちの手中に委ねられることになったのだ。もしも、錬金術においてそうであったように、科学・哲学・宗教が一体となったままでいたならば、我々は今日、こうした恐ろしい問題に直面せずに済んだかもしれない。[37]

十八世紀に入ると、錬金術は機械論的世界観の侵食によって弱体化し、あるいは地下に追われて、薔薇十字団、フリーメイソンといった、いわゆる反啓蒙主義集団のイデオロギーの一部を形成する。文化の表側で、錬金術が最後に檜舞台に立ったのは、英国清教徒革命から共和制期にかけてのことであり（一六四二―六〇）、その最後の偉大な実践者が、ほかならぬアイザック・ニュートンだった（彼は狡猾にも、公的な場では、錬金術との関わりをいっさい匂わしていない）。[38]こののち錬金術は歴史の表舞台から姿を消すことになる。だが錬金術だけでなく、オカルト科学というものが、無意識の地図を描くものである限り、それは歴史を超えて、精神の下層に生き続ける。その意味では錬金術も、（社会的レベルでも個人的レベルでも）いまだ我々とともにある。これから先も、弁証法的理性が我々の精神の深みから抹殺されない限り、ありつづけるだろう。現に、夢のなかや精神病のなかにある心は、[39]錬金術的現実を映しているし、また現代の文化のなかにも、かたちとなって現れてきているものがある。シュルレアリスム芸術がそれだ。シュルレアリスム運動は、二十世紀前半、無意識のイメージを解き放ち、それを積極的に意識にのぼらせることによって、人間を抑圧から解放することをうたった。その作品が、夢や錬金術の図版と、見る人を引き込むような深いレベルでの視覚的つながりを有するように思えるのはそのためだろう。これら三つはいずれも寓話的であり、一見でたらめに事物を並べ、因果律や無矛盾の法則をまるで無視しているようでいて、誰にも覚えがある、奇妙に懐かしい心のありさまを反映し、喚起する。そこから届くメッセージは、知覚と論理から離れた、直感的で神霊的ですらあるものだが、なぜかその伝えるところが我々には「分かる」。それというのも、これが「相似」の原理と「イメージ同士の秘密のつながり」によって、前近代の参加する意識に語りかけてくるからなのだろう。ルネ・マグリットも、「神秘を語ることはできない。神秘に憑かれなくてはならない」と述べている。[40]彼の描いた『説明』(図版7)の雰囲気がきわめて錬金術的であるのも不思議はない。『説明』においては、人参と壜とは、たがいに別物であって、かつ同程度に融合している。サルバドール・ダリの『執拗な記憶』(図版8)では、直線的・機械論的時間が二十世紀の砂漠にあって枯渇し停止しはじめているさまが捉えられている。これらの絵画に用いられている論理やイメージと、図版2〜6において見たものとの近縁性は明らかだろう。

二十世紀になって、錬金術的なものが、文化的レベルで復活してきたことの意味は、のちに検討するとして、ここではまず、そもそもなぜ錬金術が失われたのかという謎の解明を試みたい。これまでの議論のなかで、錬金術的世界観を、ある程度身近なものとして提示することはできたかと思うが、何千年と続いてきた全体論的、オカルト的知の枠組が、近代科学によってあれほど簡単に滅ぼされてしまった理由を、我々はまだ問うていない。長い歴史を持つヘルメス的伝統は、西欧社会では、わずか二百年のうちに――およそ一五〇〇年から一七〇〇年までの変動のなかで――ほとんど完全に崩壊してしまった。その脆さはどこに由来するのか。

問題は、錬金術的伝統が、(我々の目から見て) つねに二面性を抱え持っていたという点にあると思う。魔術とは、霊的なものにかかわりつつ、同時に事物を操作しようとする。D・P・ウォーカーの用語で言えば、「対主的」(subjective) かつ「対物的」(transitive) である。[41]オカルト科学は、錬金術も占星術もカバラも、一方では実利的・俗世的目的の達成をめざし、他方で神との一体化をめざしたのである。このふたつの目的の間には、つねにある種の緊張(敵対関係ではな

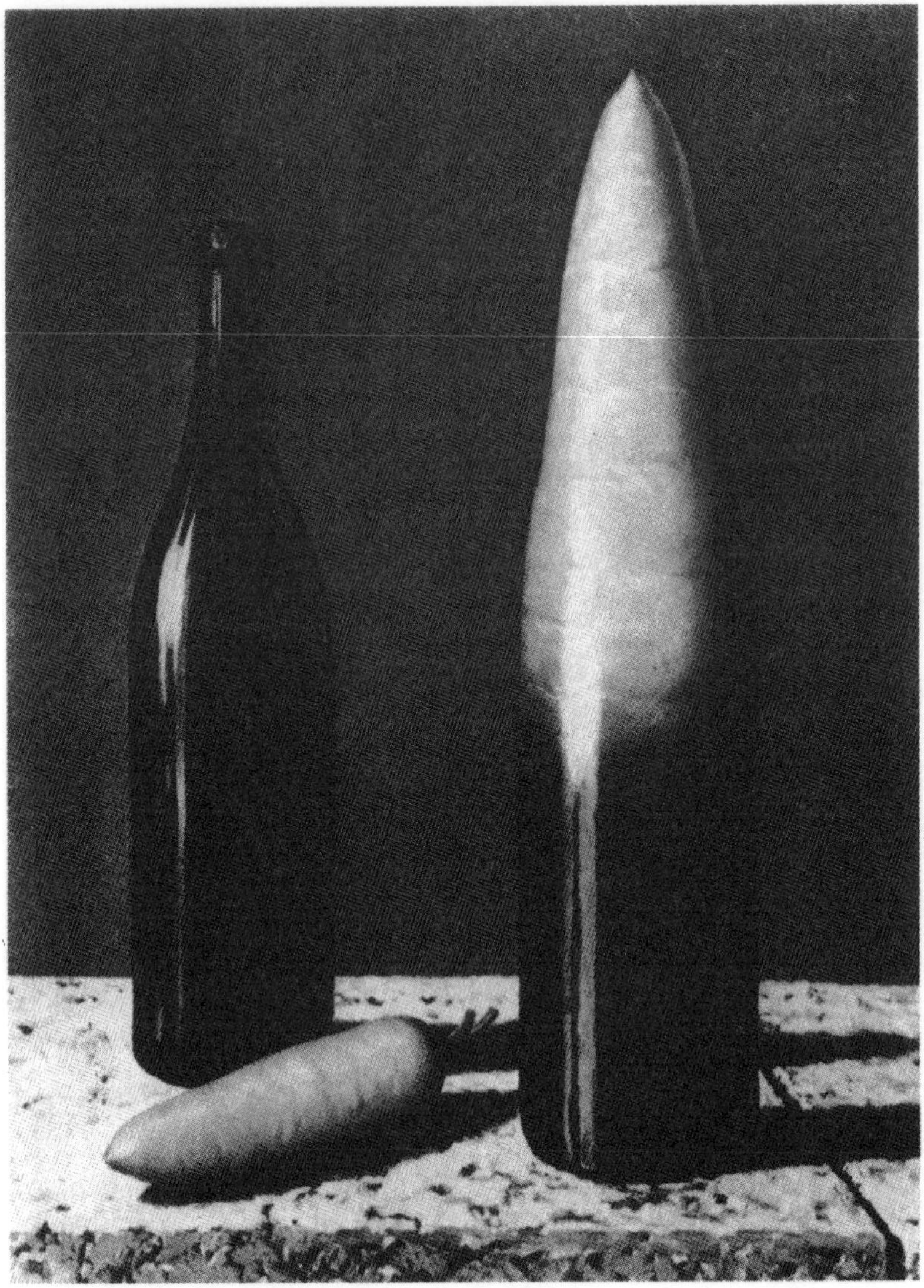

図版７　ルネ・マグリット『説明』（1953）。Copyright © by A.D.A.G.P., Paris, 1989.

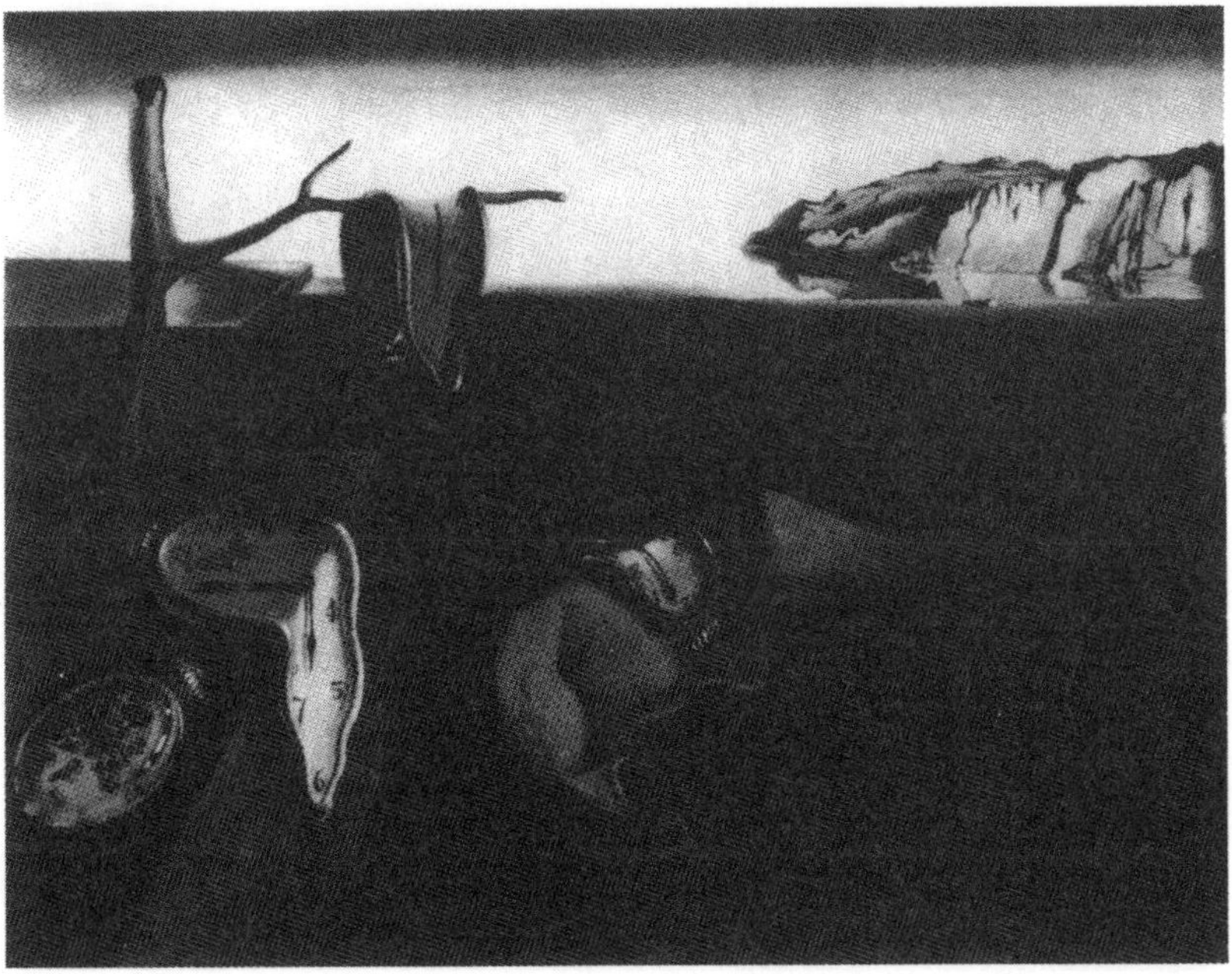

図版８　サルバドール・ダリ『執拗な記憶』(1931)。油彩、カンバス。ニューヨーク近代美術館所蔵。Copyright © DEMART PRO ARTE

い）がはたらいていて、両者はきわめて微妙な生態学的バランスのなかにあった。先に述べた自然の「産婆」という考えにしても、ものの変転にかかわって、自然のテンポを速めようとする以上、どうしても自然本来のリズムに介入しそれを乱すことになる。もちろん、環境に働きかける人間の行為は、すべて介入という側面を持つわけだが、ここで重要なのは、近代以前にはこうした介入が介入としてはっきり自覚されていた、ということである。そして何らかの儀式によって、人間の介入の跡が清められ、子宮に侵入されたことを大地が怒って復讐することのないように取り計らわれた。当時は経済体制が拡大ではなく安定をめざすものだったこともあって、介入といっても、自然との調和のもとになされたのである。そうした精神にあっては「自然の征服」などという考えはまさに言葉の矛盾である。とはいえ、調和をめざす介入と征服をめざす介入とに、質的な違いがあるわけではない。結局のところ程度の問題にすぎないのだ。自然の生成過程に割り込んでいくことの、どこまでが産婆術でありどこからが堕胎なのか？　どの時点で調和の側に傾いている天秤が征服の側に傾くのか？　自給自足の経済下にあり、テクノロジーもそうは広まっておらず、強力な宗教体制のもとで、いまだ生きものとしての自然が支配的だった、「参加」の封建社会で、こんな問いは生まれえなかったろう。そういう状態では、錬金術的伝統は強靭さを持っていたといえる。しかし、十六世紀、十七世紀と加速的に進んだ社会と経済の変革は、術のなかの聖的な要素と物質操作的要素を二手に割かずにはおかなかった。そして後者の要素を、利潤の追求とテクノロジーの進展と現世的救済を軸とする流れのなかに容易に取り込んでいったのである。

ものの操作を、宗教的土台から切り離してしまえば、操作以外の目的にそれが収まることはむずかしいだろう。エリアーデが近代科学を、錬金術師の見た夢の世俗版と呼んだのは卓見である。「自然のすべてを変成し、すべてをエネルギーに変換するまではやまない、工業社会の哀れなプログラム」[42]が、すでに錬金術師の夢のなかにひそんでいたのだ。そしてそのプログラムがひとたび始動すると、もとの錬金術の聖的側面は、何の役にも立たないものとして捨て去られてしまう。自然を支配するという姿勢は、ヘルメス的伝統のなかにもつねに可能性としてひそんでいたけれども、ルネッサンス以前には、秘儀的・聖的枠組が、しっかりとそれを捉えていた。その枠組が弱体化し、そこから自由になったテクノロジー的、目的合理的世界観が、新しいロゴスを始動させることになったのである。

近代から見ると、科学革命の母胎となったのが、魔術だったというのは、容易には信じられないことかもしれない。第二章で述べたように、少なくともフランシス・ベーコン以前には、テクノロジーは理論的・イデオロギー的基盤を持っていなかった。レオナルド・ダ・ヴィンチの時代に至っても、機械は玩具の延長として捉えられていた。力という概念にしても、ヘルメス学的な、宇宙を動かす原動力という捉え方が一般的だったのである。[43] 要するにテクノロジーには、アリストテレス学のライバルになるような、宇宙論哲学としての地位がなかった。中世にあって、体制哲学に対抗することができたのは、魔術だったのである。むろん魔術といってもいろいろあり、魔術的哲学者の唱える思想もそれぞれに違っていた。しかし、自然に対して受動的であるところから脱して、自然を操作・変成することを説いた点で、彼らは共通している。これは、教会アリストテレス主義とはきわ立って異なった点である。十六世紀に（少なくとも英国において）オカルト学の理論と実践が非常に盛り上がった様子は、キース・トマスの著書にあますところなく書かれているが、[44] いまの点からすれば、その理由は明快である。魔術は発展初期段階の資本主義に完璧に調和するものだったのだ。

魔術の伝統に端を発する、自然の支配という発想が、はじめて明確に述べられたのは、おそらくフランチェスコ・ジョルジョの『世界の調和について』（一五二五）においてである。この書物は、テクノロジーについての本ではなく、いささか意外なことだが、数霊術に関するものである。そのなかでジョルジョは、数霊術こそ、環境を「操作し支配する力」を人間に与えてくれるであろう、と力説している。数霊術に発したこの操作と支配の観念が、十六世紀が進むにつれて、しだいに会計学や工学に移行していったことは、想像にかたくない。

数霊術はまた、オカルト科学における、秘伝的な流れと通俗的な流れとの分裂について、格好の実例を提供してくれる。カバラ思想の根本には、（ちょうど我々が電話番号を文字に置き換えて覚えるように）ヘブライ語のアルファベットと数字とを等価にして考える伝統がある。文字の「合計」が同じであるという理由で、意味的な関連のない言葉同士が「等しく」なったりするのだ。そしてまた、しかるべき数の組合せによって神への道が通じる、とも信じられた。たとえばピコ・デラ・ミランドラは、数について瞑想することで、神秘的な恍惚状態が開かれ、神と直接の霊的ふれあいが得られると力説している(45)(ヨガを知る我々にとって、一点への意識の集中が、エクスタシーをもたらすことは容易に理解できる)。重要なのは、こうした霊的なテクニックが、愛情、富、勢力など現世的な目的を達成するための実用の術としても使われたということである。

十六世紀の技術的・経済的展開は、神との一体化や宇宙のハーモニーの希求を、しだいに時代遅れのものとして振り落としていく。流れは実用的・世俗的方向に大きく傾き、そんななかで、ヘブライ文字も魔力を失って、ものを表記するただの記号へと醒めていく。この変化を感じ取るために、十七世紀前半に書かれた二冊の本を覗いてみたい。わずか十年の間をおいて出版された二冊の間に、非常に大きな違いが見られるのだ。その一方はフラッド、もう一方はヨセフ・ソロモン・デルメディゴによるものである。図版9は、ロバート・フラッドによるプトレマイオス宇宙の図だ(一六一九)。ここでは、二十二個のヘブライ文字がそれぞれ、異なった「霊知」を表している。この二十二の霊的存在がそれぞれ、世界精神(Mens)にはじまり地球(terra)にいたる二十二の天球層を支配している(カバラで描かれる人体図でも、これと同じように、しばしばヘブライ文字が、人体の各部分を支配する霊知を表すものとして書き込まれている)。ここでフラッドが推し進めているのは、文字が現実の現象に実際にかかわるという考え方だ。文字は、宇宙や身体の各領域の原型としてある。その文字を、等式にはめこんでいくことで、魔法の実践者にとって、実りある結果がもたらされる。文字は記号にすぎず、自然のなかの物質的実体とは違うのだという考えは、彼らには異質のものだった。

これに対し図版10では、ヘブライ文字がまったく違った形で使われている。これは、ヨセフ・ソロモン・デルメディゴの『エリム』(一六二九)に収められた、工学技術の図だが、ここでは、図中の一つひとつの歯車の名称として文字が用いられている。これらの歯車を使って力を増幅していけば、人力で大地をも動かせる、というわけである。律法博士《ラビ》デルメディゴは、熱心なコペルニクス信奉者であり、パドヴァでガリレオの教えを受け、ユダヤ人学者としてはじめて対数を用い、科学的知識の普及に大きく貢献した人物だった。それは、この一枚の図からもうかがえるところだろう。ただ、こ

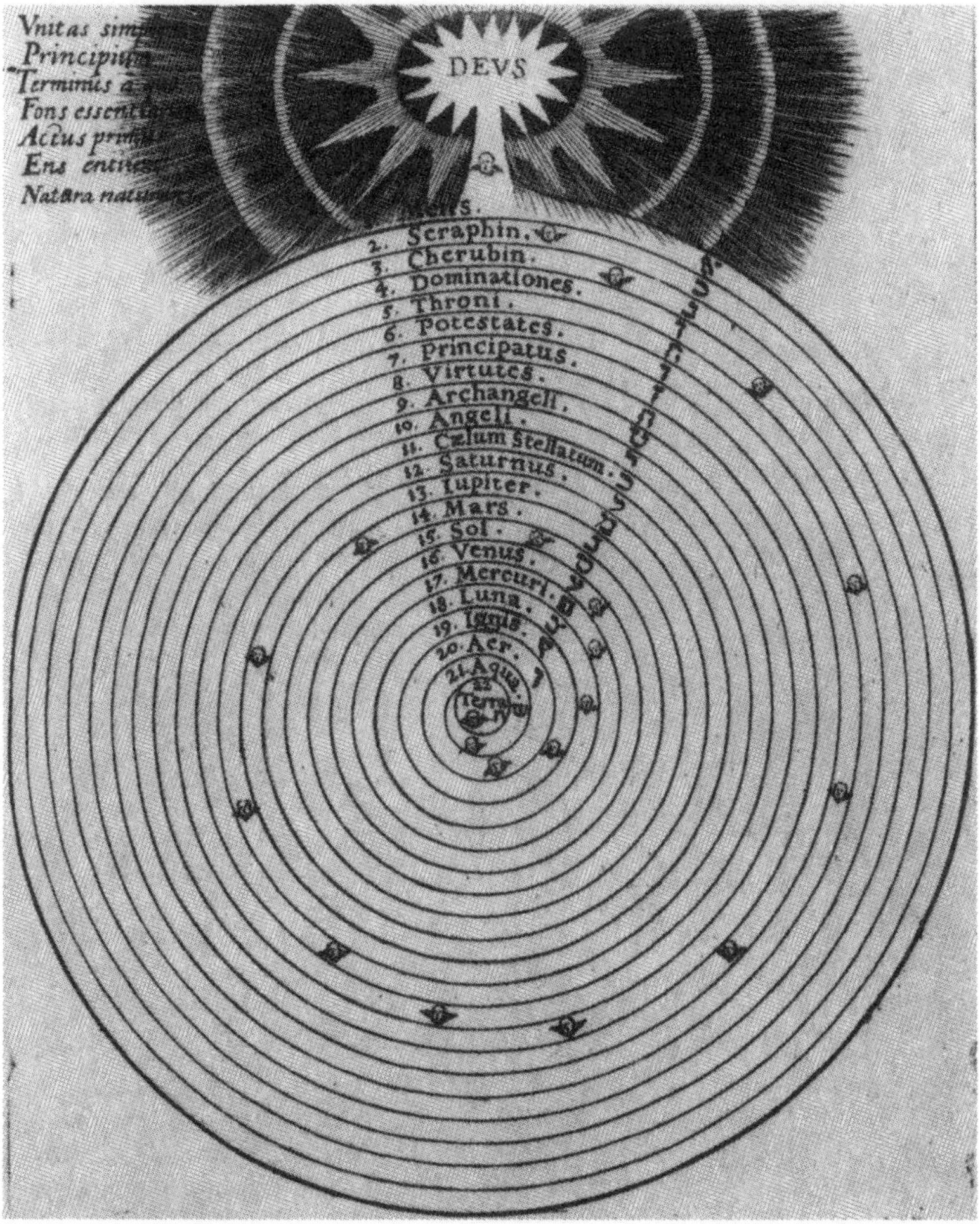

図版9　ロバート・フラッドによるプトレマイオス宇宙（1619)。カリフォルニア大バークレー校、バンクロフト図書館の好意による。

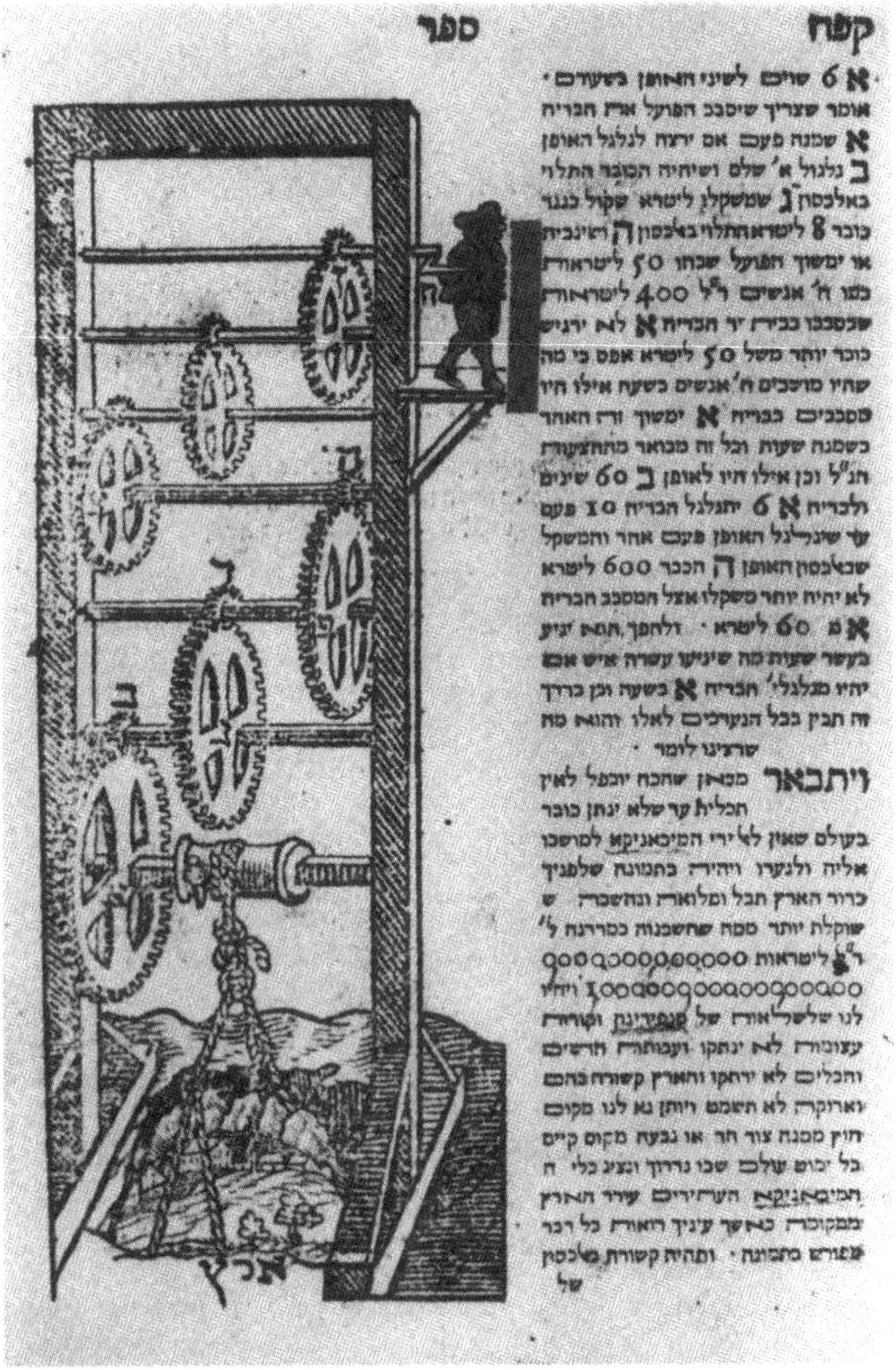

ספר קפח

א 6 שוים לשיני האופן בשערם ·
אומר שצריך שיסבב הפועל את הבריח
א שמנה פעמ אם ירצה לגלגל האופן
ב גלגול א׳ שלם ושיחיה הכבר התלוי
באלכסון ג שמשקלו ליטרא שקול כנגר
כובר 8 לישרא התלוי באלכסון ה ויטנבית
או ימשוך הפועל שכחו 50 לישראות
כמו ח׳ אנשים ר״ל 400 לישראות
שבסבבו כבירו יר הבריח א לא ירגיש
כובר יותר משל 50 לישרא אפס כי מה
שהיו מסבבים ח׳ אנשים בשעה אילו היו
מסבבים בבריח א ימשוך זה האחר
בשמנה שעות וכל זה מבואר מהתצורת
הנ״ל וכן אילו היו לאופן ב 60 שינים
ולבריח א 6 יתגלגל הבריח 10 פעם
עד שיגלגל האופן פעם אחד והמשקל
שבאלכסון האופן ה הכבר 600 לישרא
לא יהיה יותר משקלו אצל המסבב הבריח
א מ 60 לישרא · ולהפך הנא יגיע
בעשר שעות מה שיגיע עשרה איש אם
יהיו מגלגלי׳ הבריח א בשעה וכן כדרך
זה תבין בכל הנערכים לאלו והוא מה
שרצינו לומר ·

ויתבאר מכאן שהכח יוכפל לאין
תכלית עד שלא ינתן כובר
בעולם שאין לא ירי המיכאניקא למושכו
אליה ולנערו ויהיה כתמונה שלפניך
כדור הארץ תבל ומלואה ונהשכה ש
שוקלת יותר ממה שחשבנוה כמרינה ל׳
ר״ג ליטראות 000000000000
ויהיו 100000000000000000
לנו שלשלאות של ... וקורות
עצומות לא ינתקו ועבותות חדשים
והכלים לא ירתקו והארץ קשורה בהם
וארוכה לא תמוט ויותן נא לנו מקום
חוץ ממנה צור הר או גבעה מקום קיים
בל ימוט שלם שבו נרוך ונציג כלי ה
המיכאניקא הערוכים עדי הארץ
ממקומה כאשר עיניך רואות כל דבר
מצורף בתמונה · ותהיה קשורת באלכסון
של

図版 10　工学技術の図。ヨセフ・ソロモン・デルメディゴ『エリム』(1629) より。

の絵を、現代の科学書の挿し絵のように見ることはできない。というのも、ここで使われているヘブライ文字には、意味と象徴の複雑な世界が絡んでいるからだ。「エリム」(Elim)は「力」の意だが、それは聖なる力・世俗の力の両方を意味する。ヘブライの典礼で神ヤーウェは「エル」(El)と呼ばれるし、一般に「エル」とは神の本質を伝える力(「霊知」)を言うのだが、この図のように、一連の歯車によって生まれるまったく物質的な力も「エル」で表される。そんな次第で、デルメディゴの著作も、純然たる科学書と言うにはほど遠い象徴性に包まれている。宗教的問題と科学的問題とを切り離さずに論じるその曖昧さゆえに、現在のユダヤ人学者も、デルメディゴがカバラの信奉者だったのか、批判者だったのかをめぐって、論争を続けているという。デルメディゴの例は、秘儀的な数の観念と世俗的なそれとが、ひとつの心のなかに同時に存在することが可能だということを示している。そういう時代が一時期あったのだろう。だが最終的には、秘儀的流れの方は次第にかすんでいく。新しい経済体制の圧力のもとに、カバラの霊的側面は、その意義を失っていったのだ。永い間信じられていた、言葉の持つ霊の喚起力も、やがて顧みられなくなっていった。カバラが「間違っていた」ということではない。テクノロジーと商業資本主義にとって、「宗教的数学」は無用だったということである。[46]

これと同じ変化が、オカルト科学全般を襲った十六世紀から十七世紀初期にかけて、唯一変質せずに生き残ったのが呪術(witchcraft)である。というのも、呪術は、私の知る限りもともと純粋に「対物的」なあり方をしていて、自己を変容させるといった「対主的」側面を最初から持たなかったからだ。いずれにせよ、こうした世俗的で純操作的な認識論の枠組が、そこに込められていたイデオロギーもろとも、科学に吸収されていったのがこの時代である。いや、「吸収された」と言うより、それが科学に「成長していった」と言う方が正確かもしれない。アグリッパ、デラ・ポルタ、カンパネラ、ジョン・ディー、パラケルススら十六世紀の「自然魔術師」から、フランシス・ベーコンに至る一連の人物が、みな一様に「自然の力を呼び起こす」ことをスローガンに掲げたのであり、そこにヘルメス学的であると同時にテクノロジー的な意味を込めたのだった。そしてこのふたつが溶け合って、近代科学の実験方法の土台を形作ったのである。両者はいずれも、現実世界に能動的にはたらきかける方法である。その点において、静的な省察を特徴とするギリシャ科学とも、

「真理」の字句にはりついたままだった中世スコラ哲学ともはっきりした対照をなしていた。第二章で述べたように、知ることと作ることは同じであるという考え、「それ自体知識であるところの製作」という考えは、ベーコンの著作でもっとも明確に表現されているが、それはもともと、十六世紀ヨーロッパに現れた、魔術と錬金術に関するおびただしい数の著作から受けつがれたものだったのである。[47]デラ・ポルタは、魔術とは「自然を理念的にでなく、実践的に知る方法」だと率直に述べているし、カンパネラもアグリッパも、航海術と占星術とを、環境に能動的に働きかけるものとして、同一レベルで論じている。[48]ジョン・オーブリーの『名士小伝』によれば、清教徒革命あたりまで、「人々は占星術師と数学者と魔術師とを、みな同列に並べて考えていた」という。[49]これらの事実が指し示しているのは、結局は魔術を葬り去ることになるテクノロジーが、独り立ちするにあたって魔術に寄生し、その方法論を吸収したということである。魔術がテクノロジーと融合したときに、秘儀的伝統はすでに消滅への道を歩み始めていたのである。

占星術を例にして考えてみよう。占星術の秘儀的側面を代表している人物として、一四六二年から八四年にかけて、メディチ家のコシモのためにヘルメス文献を全訳したフィレンツェの学者マルシリオ・フィチーノ（一四三三―九九）を挙げることができる。彼は、音楽や呪文によって肉体と魂に変化を起こし、新しい人格を生成することに取り組んだ人物である。天体から流れ来る霊気（influence）が人を作るのだという占星術の立場からすれば、当然出てくるだろう考え方だ。占星術のこうした側面を、ベーコンは肯定的に、「正気の占星術」と呼んでいる（D・P・ウォーカーも、同じ意味で、フィチーノの方法を「占星術による精神療法」と呼んだ）。[50]しかし時代が下っていくと、占星術のなかの操作的・世俗的なものばかりが引き継がれていくようになる。現代において、占星術師を称する人たちが果たしている役割を思ってみよう。新聞の星占い欄を埋めているのは、かつての壮大な弁証法的思考体系のみじめな末裔である。

錬金術に目を移せば、ここでもテクノロジーの衝撃によって、秘儀的なものと世俗的なものが二手に引き裂かれるというプロセスが進展していった。錬金術の場合、鉱業や冶金をはじめとする技術工芸的な世界との関係がかねてから深かったために、そこからの影響は直接的だった。十六世紀になると、一団の職人たちによる錬金術批判がはじまる。ビリングッチオの『火工術』やアグリコラの『冶金術論』などの著作に、その批判は明らかだ。(51)錬金術の分裂を促したもうひとつの要因は、経済体制の変化、特にギルドの崩壊である。自由競争の進展が、師から弟子への秘密の伝授という手間のかかるやり方を駆逐していったのだ。グーテンベルクの活版印刷の広まりとともに、「秘儀への入門」を不要とし、技術を広く社会に解放することを説く思潮が強まっていったことが、これに輪をかけた。ビリングッチオやアグリコラは、ギルド内で行われていた種々の技法を、工芸のハンドブックに図入りで克明に紹介している（図版11参照）。もしも中世にこのような著作が現れたら、神聖な秘密の冒瀆と考えられたに違いない。だが十六世紀には、技術の公開を自分たちの利益促進と結びつけて考える、大きな流動的階級の登場があった。彼らにとっては、工芸のプロセスそのものが商品だったのだ。職人たちも、市場経済に取り込まれていくなかで、秘儀、啓示的知識、小宇宙／大宇宙の類比を、古くさい、余分な、有害なものと見るようになっていった。アンブロワーズ・パレ（一五一〇―九〇）という外科医がギルドの秘密を漏らしたかどで糾弾されたときの弁明の言葉は印象的である。――「私は技術をカバラのごとき秘儀におとしめるような人間ではない」。(52)こうした知と技術の公開と促進の流れは、ベーコンの『ニュー・アトランティス』において、ひとつの決定的な宣言となる。閉鎖性と個人的伝授に基づく中世の知のあり方とはまるで相容れない新しいスタイルの知が、こうして支配を広げていったのである。

この時代の秘儀批判を、イデオロギー的・言語的側面からも検討しておかなくてはならない。（現代の言葉で言う）「内的精神風景」が消滅し、初源的参加がその力を失いはじめることによって、技術的な明快さ・正確さという観点のみに立った判断が確立する。このような地歩ができあがったあと、そこから見て錬金術がどのように見えるかは明らかだろう。錬金術の言語は夢幻的・象徴的・イメージ的である。人参が同時に壜であり、獅子が太陽を食らう「相似」の心性からひとたび醒めてしまえば、両性具有者も一角獣と同じ、ただの空想の産物に堕す。そんな心性からすれば、「太陽とその影が仕事を完成する」という言葉に意味はない。そう言ってみたところで壺に光沢が生じるわけではなく、錫が抽出されるわけでもないのだ。「アンチモンのバター」とか「砒素の花」といった元素名は（十八世紀末まで生き延びたとはいえ）

図版 11　銀から金を抽出するところ。アグリコラ『冶金術論』(1556) より。カリフォルニア大バークレー校、バンクロフト図書館の好意による。

不細工で非能率的である。ものはすべてそれ自体であると同時にその反対物でもあるという、根底的両義性の発想そのものが、理解しがたい、捨て去るべき愚妄となった。自然を空想の獣や植物や石に満ちた驚異の場として見る、プリニウスからアグリッパにいたる中世の伝統的自然観が、ビリングッチオ、ベーコン、アグリコラ、ラザルス・エルカーらからの批判にさらされた。真実は師との全人格的関係を通してのみ伝達されうるという考え方——現代でも禅やヨガなどの秘儀的教義においてまだ残っている「サットサンガ」（真理の集い）の発想——は、新しい感覚にとって呪詛すべきものでしかなかったのである。自然を「支配」しようとするならば、自然の知覚は明晰でなくてはならない。弁証法的理性も、自然に対するエコロジー的・全体論的姿勢も、そういう意味での明晰さにとっては邪魔者でしかないのだ。(53)

秘儀と世俗の分裂を推進したもうひとつの要因は、カトリック、プロテスタント双方の体制キリスト教である。すでに触れたように、カトリックは儀式の面で魔術を大幅に取り入れていたが、それは、錬金術の秘儀的側面を不釣合いに強調し、秘儀的流れと（それと相反する形で次第に勢力を増しつつあった）テクノロジーの流れとの対照を、浮き彫りにする結果を招いたのである（それまでは、錬金術がいくつかの「側面」に分けて考えられることはなかった）。さらに、カトリックとのこうしたつながりのために、魔術は、宗教改革の最中もそれ以降も、プロテスタント合理主義の格好の攻撃目標になった。

キース・トマスによれば、中世においてキリスト教会は、ローカルなレベルでは、魔術的慣習をきわめて広範に取りいれていた。実際、儀礼と秘蹟とによる秘儀的要素がシステムとして居すわっていなかったら、教会があれほどの勢力を獲得しえたかどうかは疑わしい。中世の典礼には、家、道具、農作物を祝福する儀礼があり、旅立つ人の無事を祈る儀礼、豊作を祈る儀礼、悪魔祓いの儀礼があった。人々の心のなかで司祭は特別な力を持ち、さまざまな「迷信」がミサの儀式から生まれていった。こうしてミサにおける聖餅は盲目を治す力を持つと信じられ、またそれを砕いて庭に蒔けば毛虫が退治できるとされた。また教会は、神の助けを請う「祈り」の行為と、神とは無関係に機能するまじない・呪文などの魔術の道具との区別を、故意に曖昧にしておいた。薬草を集めるときには祈りの文句を唱えるのがよいと教えたし、「アヴェ・マリア」「パテル・ノステル（われらが父）」といったラテン語の祈りをくり返すことを奨励したのも、それらが呪文のように機能することを狙ってのことだった。公式には魔術に対して反対を表明していたにもかかわらず、人々から見た教会とは、「さまざまな現世的目的に転用しうる、魔術的な力の巨大な貯蔵庫」だったのである。[54]

錬金術に対して、教会はこれを実質上異端とする立場を取った。というのも錬金術は、既成のキリスト教からは得られない、深い意味を与えることができると主張することがあったのである。[55] たとえば、キリストの生き方と錬金術のプロセスとの類比に立って、「賢者の石」としてのキリストを説くということがよくなされた。こうした主張や、物質変成説のために、錬金術を糾弾する教皇通達や大勅書が何度も出された。だが、十五世紀になって教会の社会組織が崩壊しはじめると、錬金術と宗教的体制とが実に奇妙な形で結び合うようになる。錬金術師のことを、山師・ペテン師として軽蔑する風潮が強まる一方で、錬金術の持つ「救済論」的側面が、人々の心を捉えるようになったのだ（こうした流れが、秘儀的なものと世俗的なものの分裂を促したもうひとつの要因である）。英国ブリドリントンの司祭で錬金術師のサー・ジョージ・リプリー（一四一五―九〇）などは、錬金術の目的は魂と肉体の合一にある、とまで言い切っているし、十六世紀ごろには、錬金術の作業と教会の秘蹟との間に対応関係を認める文書を、教会が発表するほどになっていた。腐蝕と終油の秘蹟とが対応し、蒸溜と聖職位授与、煆焼と懺悔、凝結と婚姻、溶解と洗礼、昇華と堅信礼、そして言うまでもなく、変成とミサとが対応された。[56] ここから推論されるのは、教会のなかの魔術的要素が、異端宗派やのちのプロテスタント集団からの攻撃のなかで、弱体化・形骸化していき、そうした流れの錬金術の宗教的側面が大きく浮上することになったという解釈である。一方で保守的な宗教精神のよりどころになり、もう一方でテクノロジーの価値規準からいかさまのレッテルを貼られる――この両方からの力によって、錬金術の宗教的側面と世俗的側面とが引きちぎられた、という見方は妥当だろう。

錬金術の救済論的要素がもっとも強く脚光を浴びたのは、ルネッサンス期においてである。この隆盛を評してユングは、錬金術が当時のキリスト教の「底流」をなしていたと表現している。〈賢者の石＝キリスト〉の対応に加えて、水銀を

「聖母マリア」と、水銀の精を「精霊」と呼ぶ著述も見られる。サー・ジョージ・リプリーに至っては、キリスト教のシンボルと錬金術のシンボルとを節操なくひとつの画面に描き込んで、カトリック教のパロディと見まごうような作品を描きあげている。緑の獅子が聖母マリアの膝に抱かれて血を流している絵など、どう見てもピエタのパロディである。[57]また、錬金術の守護神ヘルメスを表すイメージとして、龍、魚、一角獣、鷲、獅子、蛇などが登場しているが、これらは初期キリスト教がキリストを表すのに用いたイメージにほかならない。「化体」(聖餐のパンとぶどう酒がキリストの肉と血に変化すること)も、錬金術的プロセスとして捉えられ、またリプリーをはじめとする聖職者が、賢者の石の完成の日を「キリストの再臨」と呼んで祝福している。ユングも言うように、これは「中世の聖職者の言葉にしては実に奇怪」である。実際ここでは、キリスト教を神聖化しようとして、それを溶解させる結果になっている。中世のキリスト教体系が、錬金術の用語によって再鋳造されているのだ。そしてこの傾向は十六世紀末、今日なお存続している秘密結社的オカルト友愛団体である薔薇十字団の勃興において、その頂点に達する。

十六世紀末ごろには、教会と魔術との目に余る癒着が、宗教改革の推進者たちに格好の攻撃材料を提供するようになっていた。魔術的慣習の一つひとつをめぐって、プロテスタントとカトリックが激しく砲火を交えたのである。このあたりの事情は、カトリックとプロテスタントとの複雑な関係を反映して、なかなか一筋縄ではいかないところがある。プロテスタントの側にも、一部にヘルメス的伝統への傾きがあり、このことがカトリック内部からの魔術批判を促進するという事情もあった(プロテスタントが魔術へなびいたのは、カトリックにとどまりたいという無意識レベルの願望の現れだというのがユングの解釈である)。ドイツでは十六世紀の末に、「賢者の石こそキリストなり」の思想を前面に掲げ、ヘルメス学こそ神的啓示に至る道だとして、公然とこれを擁護するオカルト学実践者の一群が出現した。[58]次第にルター派にまで影響を及ぼすようになった彼らは、自らもプロテスタント勢力と結んで、宗教裁判の魔手から身を守った。このようにして事態は、次第に政治的色合いを帯びていった。その明確な現れが、一六一四年から一五年にかけて発表された、薔薇十字団とオカルト諸学を弁護する一連の匿名の声明書である。

またたく間にヨーロッパ中が、薔薇十字団の思想とその異端性をめぐる、騒然とした論争に巻き込まれた。正統派宗教はそこに、全世界的規模の陰謀が存在しているに違いないと信じるほどだった。これをはっきりと否定したのが、錬金術師ミハエル・マイヤーの『薔薇十字団の掟』（ラテン語版一六一八）である。これは薔薇十字団が、人類の発展に身を捧げる、進歩的神秘主義者たちの秘密友愛団体であることを主張するものだった。その二年前に、『薔薇十字団のための短い弁明の書』を出したのがイギリスの外科医にして錬金術師、ロバート・フラッドである。彼はその後も一六一七年から二一年にかけて一連の続編を発表している。フラッドは、オカルト科学の精神的要素を強調し、聖書を錬金術的に解釈して（たとえば天地創造を神による化学的分離と見る）、自然全体をひとつの壮大な錬金術的プロセスとして捉えた。

こうした錬金術師の友愛団の登場、およびその立場をうたう一連の著作の出現は、錬金術の力を物語っているのではなく、その衰退の表れと見るべきだろう。錬金術を宗教としてうたい上げる集団の形成は、たしかに当時の教会にとって脅威だっただろうが、大きな歴史のなかで見れば、錬金術師によるこの動きは、衰退しつつあったカトリック教の真髄を守ろうとする企てとして見えてくる。もっとも、当時にあっては、錬金術のみが救済をもたらしうるという主張は、有害きわまりない異端でしかなかった。こうした状況のなか、一六二三年、友愛団のパリ到来を告げる文書に、団が今後、地下組織として人々を真の道へ導きつづける旨の宣言が現れた。翌年には、錬金術の学説を擁護するために開かれた公開集会が、高等法院の命令によって解散させられ、首謀者のエティエンヌ・ド・クラーヴなる人物が逮捕されるという事件が起こる。こうした背景のなかで、「宗教と国家、さらには哲学を、危機から救うべく」立ち上がったのが、フランシスコ会修道士のマラン・メルセンヌである。そして彼を先頭として、当時のヨーロッパの知性を代表する人物が、激しい錬金術攻撃をつぎつぎ展開した。この盛り上がりを歴史学者は、西洋におけるアニミズムの弔鐘として語ってきたが、それは正論だろう。それは単なる錬金術の弾劾にとどまらなかった。事実と価値の別を明確にせよ、知は実証に基づかなくてはならぬという主張が、ここにおいて、おそらく歴史上はじめて、大々的になされたのである。

宗教と自然哲学に深い関心を抱くメルセンヌにとって、脅威に映ったのはただ薔薇十字団の勃興だけではなく、多くの学者達がアリストテレス学を捨て、自然に対しより能動的・実験的なアプローチをとるヘルメス学に惹かれるようになった現象全体だった。だから、彼の目標は、薔薇十字団の旗手フラッドを論破することにあったのではない。キリスト教の枠内にアリストテレス合理主義を収めながら、自然界に対しより動的なアプローチが可能になるようそれを組み立て直すこと——そこにメルセンヌの大きな目論見があった。一六二三年から二五年にかけて、彼は厖大な量の文章を書き表し、精力的に公刊しているが、そのなかで、フラッドを「邪悪な魔術師」と非難し、錬金術が説くのは信仰なき救済であり、それは反教会を打ち立てようとする邪悪の道の実践だと表現している。ものそれ自体のなかに力を認めるヘルメス学は、結局、神が世界のなかに内在するという教えである。それは偉大なる超越者として世界を治める神の力の否定である。——メルセンヌはそう論じた。そして彼は、錬金術の行為を禁止するよりも、格段に効果的な策を提言している。国家が錬金術の研究機関を設けて、まやかしの言葉を吐く輩を世の中から締め出すこと。錬金術の言葉を浄化し、宗教や哲学を排して化学実験の観察にのみ基づく明晰な用語体系を打ち建てること。つまりは、事実を価値の汚染から守る、ということである。価値から独立した知という、近代科学のもっとも顕著な特徴は、こうして歴史に姿を現したのである。

フラッドを攻撃するなかで、メルセンヌはフランシスコ会の盟友ピエール・ガッサンディの援護を仰いだ。エクス大学で教授の地位にあったガッサンディは、一六二四年にパリに移り、枢機卿リシュリューの助力によりほどなくディーニュ教会の司祭長となり、さらにコレージュ・ロワイヤルの数学科教授も兼任した。ガッサンディのフラッド批判は、メルセンヌ同様、基本的には宗教的立場からの批判であり、フラッドは錬金術を「人類唯一の宗教」にしようとしている、というものであった。だがそれは同時に科学的立場からの批判でもあった。すなわち、フラッドの中心諸概念は経験的に立証不可能であることをガッサンディは突いている。たとえば、すべての人間の魂が神を内に宿していることをどうやって証明するというのか？　あるいは、世界霊なるものが本当に存在することがどうして分かるのか？　こうしたガッサンディのフラッド批判は、歴史上初の科学実証主義的発言だったと言ってもよいかもしれない。ここには目で見、目で測り知ることのできるものこそが現実《リアル》であるという発想がありありと出ている。ここで思い出していただきたいのは、重力という概念がオカルト的だと指摘されたニュートンが、その批判に対して公式に示した姿勢である。測定できるものをもってリアルとする姿勢。この近代の現実観を、ガッサンディははっきりと打ち出したのである。

　ガッサンディの攻撃は、単なる批判を超えて、ひとつの世界観を提示するものとなった。物体と運動を基盤に据えたこの世界観を、彼が完成させたのは、一六三〇年代のことである。それは、ホッブズやデカルトの思想とは趣が違っているものの、結局は同じように、宇宙を生命なきビリヤード玉の世界として捉える。変化は、外的な物理的因果関係を通してのみ起きる。錬金術師が言うような内的（弁証法的）原理とは何の関係もない。我々が知ることのできるのは我々に見える姿（appearances）であり、ものそれ自体ではない。物質は、そして地球は、実質上死んだものであり、神は世界霊としてこの世に内在せず、世界の演出家として外から振り付けを行っているのだ。——これがガッサンディの打ち出した立場である。[59]

　メルセンヌやガッサンディの思想が、デカルト物理学と似通っていることにはわけがある。デカルトとメルセンヌとは近しい関係にあった。一六二三年にパリへ移ったデカルトは、宗教的・政治的混乱を解消すべく、原子論をキリスト教の枠内に引き入れ、それを新しい時代の哲学とする運動に、メルセンヌとともにかかわったのだ。こうして『哲学原理』（一六四四）では、錬金術的な「世界霊」に置き替わるべきものとして、世界を動かす「メカニズム」（エーテルの渦巻状運動）が登場し、ものから精神が追放され、神は世界の果てに追いやられるに至る。参加する意識が消えることと、神が演じ手から振付師へ役割を転じることとは、言うまでもなくひとつのことであり、その点が、デカルトの思想体系の軸となっている。ここで注意したいのは、このデカルト的方向への転換が、個人の自立的な思いの否定を意味したという点である。宗教的にも政治的にも、権力のイデオロギーに「科学的」裏付けを与える役割を、デカルトは果たしたのだ。一六三〇年、メルセンヌに宛てた書簡にデカルトはこう書いている。「王がその王国の法を立てるがごとく、神は自然の数学的法を立てるのです」。

　錬金術が没落したのは、これら個々の著作の力に加えて、科学が組織化され、そのネットワークが始動したことが大きい。その中枢となったのは、メルセンヌの修道院の庵である。彼はそこに毎週科学者を集めて会合を開き、また各国の科学者たちと頻繁かつ大量に交信を行って、情報の交換を図り、一般の知識階層に紹介した。ガリレオをはじめとする機械論者たちの著作の翻訳と注解の作業が進んだのも、この庵においてである。のちに英国王立協会の中心人物となる人々との交流も生まれ、清教徒革命でその何人かがパリに亡命してくることで、絆はいっそう深まった。こうして一六五四年、ガッサンディの思想が、ウォルター・チャールトンによって英国に紹介される。すると、それに刺激されたように、ロバート・ボイルが、機械論的世界観を掲げて、錬金術を攻撃する一連の書き物を出版する。ボイルが行ったのは、機械論的世界観が現実の経験に合致することを、実験によって証明するということだった。こうして錬金術の用語は明晰化し、完全に世俗的な用語に置き換えられた。錬金術思想の「化学化」である。そうしたなかで、英国王立協会は、その基本方針に、機械論哲学の支持と、事実と価値との分離を、明確に組み込むに至った。

メルセンヌの死後は、ガッサンディが毎週の会合の指揮をとった。このころには富豪アベール・ド・モンモールの屋敷で会合が行われるようになっていた。これは、一六五七年にモンモール・アカデミーへと成長し、そこには大臣、著名な神父をはじめ、要職につく人々が多数出席した。アカデミーは機械論哲学を擁護し、英国王立協会と密接な関係を保った。一六六六年、ルイ十四世の閣僚コルベールがアカデミーを再組織し、「フランス王立科学アカデミー」とした。これがまた、英国王立協会と同様、価値観をぬぐい去った知という考え方を推進する。ヨーロッパに安定した社会と教会体制を確立しようとする当時の運動は、みなこの考え方を軸としたのである。後世の科学が抽象的な真実とみなす、物質と霊、身体と精神との根源的分離という考えは、こうした政治的・宗教的な動きのなかで広められていった。言いかえれば、機械論的世界観が勝利を収めた少なくとも一因を、ヨーロッパ支配階級のエリートたちによる、ヘルメス的伝統に対する強力な政治・宗教的攻撃の成果に求めることができる、ということだ。本来的に正しいものだから勝利したのだという考えは、ナイーブにすぎるだろう。[60]

メルセンヌのグループによるヘルメス学批判は、プロテスタントとオカルト学の結びつきに対する批判という形をとったが、それと同じように、プロテスタントによるカトリックの攻撃も、魔術の批判を重要な要素として展開した。さきに、ローカルなレベルでの教会と魔術との結びつきがいかに深く、その結びつきがいかに教会権力の維持に重要だったかということに触れたが、だとすれば、宗教改革が意図的に合理主義的姿勢を打ち出したのも当然である。こうして、カトリックのあらゆる秘儀について、魔術との関連がきびしくチェックされ、魔法使いと噂された教皇のリストが編集されて広く行き渡った。人がくしゃみをしたときに「神の加護がありますように」(God bless you) と言うたわいない習慣までもが、迷信的なたわごととして攻撃されるありさまだった。攻撃は完全な勝利に終わった。一六〇〇年にはもう、呪文で神を呼び出せるという考えに多くの人々が否定的になり、「化体」などの宗教的儀式で、物質世界に変化が起こせるという思いから醒めた。物質の背後に霊的な力が宿っているとか、悪魔祓いの儀式で悪いつきものが落ちるとか、錬金術の作業で物質が変成するとかいった考えは、みな一様にナンセンスなものとみなされるようになっていったのである。[61]

ここでひとつ興味深いのは、プロテスタントの現世的救済という概念が、ヘルメス学の霊魂の救済という考えを土台にして、それに巣食うかたちで伸びていったということだ。この概念は、魔術の発想と著しく似ている。魔術が、術の成功を、魔術師の内的純粋さと美徳の反映と見るように、カルヴァン主義も、個人の社会的成功を、その人に神の恩寵がある証拠と見るのである。こうして金銭が、一種の目に見える救済となり、真の敬虔さの試金石となっていったことは、ウェーバーが詳しく論じたとおりである。資本主義が生まれつつある時代の文脈にあって、薔薇十字団たちが唱えるような魂の内的な再生によって人が救済されるという考え方は、まるで勝負にならなかった。少なくとも中流・上流階級にとっては、プロテスタントが超自然的なものを否定したことによって生じた空白は、祈りと世間的成功とで満たせばよいものだった。現世における救済というのは、露骨な「勝者の」哲学である。そういう哲学を、プロテスタント教会は、永い間別様の世界観に心の安らぎを見出していた大衆に押しつける格好になった。[62] ともかくも、現世的救済にはせる思いは、機械論的な思考とあいまって、北ヨーロッパ中の新興ブルジョワジー階層の心に浸透していった。その新しい教義は彼らの——彼らだけの——魂の必要に心強く答えてくれた。しかしこれは、他者との対立を促進するばかりか、自己の抑圧にも通じる哲学である。他人に打ち勝つことを目標にし、世界を機械のように整理し、自己を徹底的に管理する心性。以前なら異常性格とみなされたような（ニュートンのようなケースは、はっきり病気と見られていたかもしれない）、そうしたピューリタン的価値観が、時代の心として、世の前面に浮上してきたのである。[63] クリストファー・ヒルは述べている——「ピューリタンの説教者たちは、はっきり意図的に、『自然人』を弾劾した。野蛮な押さえつけ、固くしまった反自然的思考を植え付けることを、彼らは実際に望んだのである[64]」。

今日我々は、この説教者たちの勝利のもたらした世界を生きることを強いられ、機械論的世界観を「正常」なものと見ることを余儀なくされている。しかし、ユングの著作が示唆しているように、もしもヘルメス学が本当に人間の心のもっとも古い層を映しだしているものであり、創造性と個体化への衝動が人間に本来備わっているものだとすれば、いま我々にとって「リアリティ」になっているこの機械論的世界を、どれほどの犠牲を払って手にしているのか、考えると気が遠くなるほどである。アニミズムから機械論への移行によって生まれたのは、ひとつの新しい科学だけではない。そうした科学を行うのに適した新しい人格をも生んだのである。そうした変化の全体を、いわばひとつの小宇宙として要約している人物が、アイザック・ニュートンだ。次の章では、参加する意識の崩壊の物語の締めくくりとして、ニュートンの生涯と業績を、当時の政治的・宗教的事件に関連づけつつ検討してみたい。そうするなかから、全体論の消滅がヨーロッパにもたらした損失の大きさを知り、哲学的にも心理的にもニュートン的体系の相続人である我々に、今後どのような道が残されているか、探る手がかりが得られるように思うのである。

何となれば、自然はつねに循環的にはたらいているのです。固体から液体を生み、液体から固体を生む。揮発性の物体からは非揮発性の物体を、非揮発性の物体からは揮発性の物体を。濃密なものから希薄なものを、希薄なものから濃密なものを。あるものは上昇し、高き山の体液となり、川となりそして大気となる。そしてまたあるものは、その埋め合せのために、下へと降りて行くのです。

アイザック・ニュートン、
ヘンリー・オルデンバーグへの書簡より、
一六七五（七六）年一月二五日

第四章 世界の魔法が解けていく（2）

神ははじめに物質を固形の、重く、硬い、不浸透性の、可動の粒子に形づくり、その大きさと形、その他の属性、および空間に対する比率を、それぞれの物質に与えた目的にもっとも適するように作りたもうた——私にはそう思われるのである。（……）それゆえ、自然が持続的であるためには、有形の物体の変化はこれら恒久的粒子のさまざまな分離および新たな結合・運動においてのみ生じると見なければならない。

アイザック・ニュートン『光学』第四版（一七三〇）、考察三一

アイザック・ニュートンは西洋科学のシンボルそのものである。その著『プリンキピア』の出現は近代科学思考の一大転換点と呼ばれるにふさわしい。第一章で見たように、ニュートンは科学の方法それ自体を定義し、仮説・実験という概念を確立し、環境を合理的に操作することを体系的に可能にするためのさまざまな技術を考案した。メルセンヌによってはじめて提唱された実証主義的な真理の捉え方は、ニュートンとその弟子ロジャー・コーツの公的活動によってヨーロッパ人の精神に深く刻み込まれた。むろん二十世紀の物理学によって、ニュートンの体系の細部は大幅に修正されることとなった。だが近代科学的思考そのもの――現代の合理的＝経験主義的思考全体、とまでは言わないまでも――は、本質的には依然としてニュートン的なままである。

ところが一九三六年、ニュートンの子孫が、ロンドンの競売商サザビーズのオークションでニュートンの厖大な手稿を売りに出したとき、これを通読した経済学者ケインズは大いに驚いた。ニュートンがオカルト科学、特に錬金術に没頭していたことが分かったからである。没頭していたというより、憑かれていたと言ってもよいほどであった(1)。かくしてケインズはこう結論せざるをえなかった――

ニュートンは理性の時代の最初の人物だったのではない。彼は最後の魔術師だったのである。（……）ニュートンは宇宙全体を、そして宇宙のなかのあらゆるものを、ひとつの謎、ひとつの秘密として見ていた。この謎を解くためには、神が世界中に置いた隠れた証拠、秘密の鍵を見つけ、それに純粋なる思考を当てはめなければならない。これらの証拠や鍵こそ、言ってみれば、哲学者の宝探しのための手だてであり、これを解いた者だけが賢者の仲間入りを果たせる――ニュートンはそう信じたのである。ではニュートンはこうした鍵がどこに隠されていると考えたのだろうか。ひとつには、天体の運行から得られる証拠や諸元素の構成のなかにである（ニュートンが実験に基礎を置く自然哲学者だという間違った印象が生まれたのはこのためだ）。だがそれと同時にニュートンは、古代バビロニアにおける暗号文字の啓示にまでさかのぼる、歴史上綿々と続く秘密結社によって伝えられ守られてきた文書と伝統のなかにも、そうした鍵が見出せるものと信じていた。ニュートンにとって宇宙は、全能なる神によって作られたひとつの暗号文だったのである。(2)

十八世紀がニュートンに対して行ったのは、要するに世間での通りを良くするべく彼の「毒気」を抜く作業だったということをケインズは知った。ニュートンが探究したのは、十九世紀の物理学者の世界よりも、たとえばロバート・フラッドの世界にはるかに近いものであり、『プリンキピア』や『光学』はその探究の氷山の一角にすぎないのである。しかし、フランク・マニュエルによるニュートンの最新の伝記や、デイヴィッド・クーブリンによるニュートンとその時代を扱った見事な論文によれば、ニュートンは自分でも抜け目なく自分の「毒気」を抜いていた。(3) 重力の謎を解くためにニュートンが頼ったのはヘルメス学の伝統であり、ケインズの説によれば、ニュートンはやがて自分をヘルメス的伝統の当代における代表者であり、神に選ばれた後継者であるとさえ思うようになった。しかし彼は、個人的・政治的な理由から、自分の性格や思想のヘルメス的側面を抑圧する必要を感じ、人前では醒めた実証主義者の仮面をかぶったのである。ニュートンの意識の変遷は、王政復古期における錬金術的伝統の運命のみならず、西洋の意識そのものの変遷を反映していると言うことができる。マニュエルの説に従えば、ニュートンの性格とその思想には、彼の生きた時代自体が如実に現れているのだ。(4)

あらゆる人間の幼年期には、別離の不安とも言うべき感情がひそんでいる。そして、成人した人間が何かを失ったときに感じるほとんど身体的な喪失感も、この幼年期の不安のくり返しと見ることができる。ニュートンの幼年期を特徴づけているのは、まさにこの別離の不安の異常なまでの強さである。ニュートンの父は彼が生まれる三カ月前に死んでいる。母は彼が三歳になったばかりのときに再婚し、一マイル半離れた、新しい夫バーナバス・スミス牧師の住居に移って行った。そしてニュートンは、生まれ故郷リンカンシャー郡ウールズソープに残され、祖母の手に委ねられた。母は二番目の夫の死後ようやくウールズソープに戻ってきた。このときニュートンは十一歳になっていた。このようにニュートンは、もっとも重要な人格形成期において文字通り見捨てられていたのであり、それ以前にも父という存在を知ることがなかった。マニュエルはこう書いている。

ニュートンのマザー・コンプレックスは絶対的であった。母に置き去りにされたときのトラウマ、母の愛情の喪失が、苦悩、攻撃性、そして不安を生んだ。母が完璧に自分のものだった日々が終わり――それはあたかも処女降誕のように、父すらもいない、ひとりとしてライバルのいない日々だった――母は姿を消し、ニュートンはひとり取り残されたのだった。

さらにマニュエルはこう続けている。「他の男に母を奪われたことは、生涯の心の傷をニュートンに残した」。青春期のノートのなかでニュートンは、「僕の父母『スミス』を家もろとも焼き殺してやるんだ」、「誰かが死ねばいい」といった「罪深い思い」を書き記している。

また一方でニュートンは、自分こそは古代から続くヘルメス的叡智を授けるべく神がそれぞれの時代に選び出す賢者《マギ》の「黄金の鎖」(aurea catena)の一員だと信じて疑わなかった。これには彼の誕生の事情も一役買っている。というのも、彼は一六四二年のクリスマスの日に早産で生まれ、生存を危ぶまれたのだった。しかもニュートンの生まれた教区では、赤ん坊の死亡率がことのほか高かった。そこでニュートンは、自分が生き延びたのは(そして青年期に疫病の大流行にも生き残ったのは)まさに神の介入のしるしだと信じるようになった。さらに、マニュエルによれば、この教区では、父が死んだのちに生まれた男の子は類まれな能力を授けられているという信仰もあった。ニュートンのこうした信念は、何かを失うことに対する大きな不安と相まって、過去・現在の思想家たちをめぐる彼の奇妙な姿勢を生み出すことになった。すなわち、モーセ、トート、ターレス、ヘルメス、ピュタゴラスといった過去の人物は彼の賞賛の的となり、一方同時代の科学者は、おおむね脅威として彼の目に映った。ある発見を誰が最初に成し遂げたかをめぐる論争にさいし、ニュートンはフック、ライプニッツらに対しひどく感情的な反応を示している。そして彼は、自著『プリンキピア』において述べた世界の体系を、自分個人の所有物であると考えていた。「それぞれの世代において神はただひとりの預言者にのみ自らの姿を現すのであり、したがってひとつの発見が二人以上の人間に同時になされることはまずありえない」と彼は信じたのである。錬金術に関する一冊のノートの下端に、ニュートンは自分の名前のラテン語形（Isaacus Neuutonus）のアナグラムを書き記している——聖なる唯一の神エホバ（Jeova sanctus unus——IとJ、uとvはラテン語では入れ換え可能）。

こうした心理的特徴に加えて、ニュートンはピューリタン的道徳観を持つ人間に共通の性質を持ち合わせていた。すなわち、禁欲、規律を求め、なかんずく罪と恥を強く意識する性格である。マニュエルは言う——「ニュートンのなかには監察官が埋め込まれていたのであり、彼はつねにその厳格な監視のもとに生きていた」。その証拠として、思春期の学習帳を挙げることができる。ラテン語への翻訳の練習のために自由連想で選ばれた文が記されているノートだ。それらの文の多くは、恐怖、自虐、孤独などをその主題としている。たとえば——

ちっぽけな奴。
顔は青白い。
僕が座る場所はない。
どんな仕事ができるというのか？
何の役に立つのか？
失意の男。
船は沈む。
僕を悩ませるものがある。

彼は罰せられるべきだったのだ。
誰も僕を理解してくれない。
僕はどうなるのか。
終わらせてしまおう。
泣かずにはいられない。
何をしたらよいか分からない。

ラテン語の練習のために若者が選ぶ文としては異常と言うほかはない。マニュエルはこう書いている。

こうした若い頃の断片の驚くべき点は、肯定的な感情がほとんどまったく見られないことである。「愛」という言葉は決して現れず、喜びや欲望の表現もめったに見られない。（……）ほとんどすべての文は否定、訓戒、禁止の表現である。生そのものが、敵意と懲罰に満ちている。

ニュートンが歴史にこれ以上の足跡を残すことがなかったら、これらの断片は精神医学上の興味しか引かないだろう。だが我々が問題にしている人物は、ほかならぬ近代科学思想の生みの親なのだ。そして、すべてが完全に予測可能であり合理的に計算可能であることを主張するこの思想（フィリップ・スレイターの言葉で言えば「動くものはすべて殺せ」という思想）は、その病理的土台と切り離しては考えられない。「ニュートンの知への欲求の最大の源は、未知なるものを前にしたときの不安であり恐怖であった」とマニュエルは述べている。さらに、「数学化しうる知が彼を苦境から救った。（……）世界は数学的法則に従うという事実が彼の支えとなったのである」。

天と地にあるすべてのものをたったひとつの堅固で厳格な枠組に押し込め、どんな微細な事柄もそこから逃れ出ないようにすること。これこそが、この不安にさいなまれた男が何よりも欲したことであった。そして、その夢想的欲求は彼が生きている間に満たされることになった。物理的次元においても歴史的次元においても、その体系は完璧であった。かくも絶対的に、もっとも身近な出来事からもっとも遠い出来事まですべてが架空の体系にきちんと収まるように世界を構築しようとすることは、普通なら病の徴候と考えられる。特にその誇大妄想に人々が同意しない場合はなおさらだ。ニュートンにとって幸いだったのは、彼の体系の大部分が、世界の本質の完璧な説明として、当時のヨーロッパ社会にうってつけのものだったことである。かくしてニュートンの名は、時代と不可分に結びつくことになった。(5)

文化人類学者ゲザ・ローハイムは、精神分裂病者とは「挫折した魔術師」であると述べている。(6) のちに神経衰弱に陥ったとはいえ、ニュートンが精神病だったというわけではない。だがニュートンがある種の狂気の一歩手前にいたこと、そして、完全に死に根ざした自然観によって、迫り来る狂気を静めていたこと、これは疑いえない。しかし、本当に驚くべきことは、ニュートンの自然観そのものではなく、それが実に多くの人々の賛同を得たことであり、それがヨーロッパ中を熱狂させたことである。その意味でニュートンは挫折どころかまさに「成功した魔術師」であった。誰からも相手にされない変り者であった男が、ヨーロッパ全土をその「誇大妄想に巻き込み」、英国王立協会会長となり、一七二七年の死に際しては、ウェストミンスター寺院において壮麗な儀式が営まれたのである。葬儀は文字通り国際的事件であった。実際、こう言ってもよいかもしれない――ニュートン的世界観を受け入れたことによって、ヨーロッパは集団狂気に陥ったのだ、と。

では、ニュートンのヘルメス学はこうしたこととどうつながるのだろうか？　ニュートンが自分を太古からの伝統の継承者とみなしていたことはすでに見た。その伝統とは、教会に関連した一連の文書の集積である。これはルネッサンス期においては、モーセの時代までさかのぼる知識に裏づけられた、物質と宇宙の秘密を伝える文書だと信じられていた。

D・P・ウォーカーはこれを「古代神学」（prisca theologia）と呼んでいる。[7] そして錬金術に関するニュートンの蔵書は厖大なものであった。一六九六年ロンドンに移って造幣局の局長となるまでは、錬金術の実験が生活の中心だったのである。ニュートンと錬金術の結びつきは、古代神学に関する彼の誇大妄想と関連している。その関連を示すのが、物体は自動力をまったく持たないのではなく、運動するためにある種の「動的原理」を必要とするのだというニュートンの信念である。そしてニュートンは、大宇宙《マクロコスモス》の次元で確立した重力の法則の、小宇宙《ミクロコスモス》における対応物を、錬金術のなかに見出そうとしていた。グレゴリー・ベイトソンがいみじくも指摘したように、ニュートンは引力を発見したのではない。彼はそれを発明したのだ。[8] だがこの発明も、それよりずっと大きな探究の一端にすぎない。すなわちニュートンは、ケインズも言うように、バビロニアにまでさかのぼる古代からの謎、世界の体系、宇宙の秘密を探究していたのだ。ヘルメス的伝統こそニュートンの初期の思想の枠組だったのであり、「引力」とは彼がその存在を確信していた「動的原理」の呼び名にすぎない。[9] ニュートンは、まさにケインズが見抜いたとおり、何よりもまず錬金術師であった。しかし、何年にもわたる自己抑圧の結果、背後の、ある重要な政治的動機とも相まって、ニュートンは次第に機械論哲学者に変貌していったのである。

ニュートンは清教徒革命期から革命後にかけてその幼年期を送ったが、当時英国において錬金術あるいは神秘主義全般への関心はきわめて高くなっていた。一六五〇から六〇年の十年間に英訳された錬金術・占星術文書の量は、その前の百年間の英訳を合わせた量よりも多いほどである。[10] このように関心が増大したのは、主として政治的理由による。今日においても、物質や力をどう捉えるかは、つねに宗教的問題にならざるをえない。そして十七世紀にあっては、宗教の問題はそのまま政治の問題でもあった。ある面から見れば、清教徒革命は封建経済の崩壊を意味していた。自由競争を掲げる新興ブルジョワジーが国王の独占体制に反抗したわけだ。この経済面での闘争は、政治面では王党派と議会派との対立に対応し、宗教面ではピューリタニズムの勝利に対応している。だがこの戦いにはもうひとつの次元がある。見失われていたこの次元を明らかにしたのはクリストファー・ヒルである。ヒルによればそれは、おびただしい数の集団による、共産主義的イデオロギー——あるいはエンゲルスの言う空想社会主義——を掲げて王権と戦い、のちには議会派と戦った流れである。そして、善行や盲目的信仰を通した救済ではなく、神を直接に知ろうとする流れである。[11] これらおびただしい数の集団——平等主義派《レヴェラーズ》、耕作派《ディガーズ》、マグルトン派、「愛の家族《ファミリスツ》」派、ボヘミア兄弟団、第五王国結社、喧騒派《ランターズ》、求正教徒《シーカーズ》——の掲げる宗教は、多くの場合ヘルメス主義、パラケルスス主義、救済論的錬金術の混合であった。これらの集団は、一般の人々からは「狂信派」という言葉でくくられることが多かった。つまり神がかりだの預言者まがいの狂乱だのといった、度を越した信仰であると考えられたのである。あらゆる神秘体験も「狂信」の一言で片づけられたが、これら急進主義者たちの多くは、明らかに神秘体験による忘我的な知を得ていたと思われる。[12]「錬金術がそのもっとも深い根をおろしたのは、これら神秘主義集団のなかにであった」とキース・トマスも述べている。[13] こうした信仰が、下層階級と急進派の間で現実にどのくらい広がっていたかを実証する研究はまだ現れていないが、当時の人々（特に中流階級）が神秘主義を下層階級や急進派と結びつけて考えていたということは容易に実証できる。この神秘主義的信仰の核心にあったのは、新しい科学と真向から対立する自然観である。すなわち、神は万物のなかに現存し、物質は生命を持ち（汎神論）、変化は諸部分の組みかえによってではなく内的対立を通して起こり（弁証法的理性）、そして——これはイングランド国教会の序列制度と対立したのだが——いかなる個人も啓示を受け神を直接に体験することができる（救済論的錬金術）、といった考え方がこの信仰の核心をなしていた。キース・トマスによれば、プロテスタント＝合理主義が魔術を弾劾した結果、中流階級は現世的救済を与えられたが、囲い込み《エンクロージャー》制度と増大する貧困とに苦しむ下層階級は何の恩恵も受けなかった。下層階級がヘルメス主義に固執したのも、まさにこの階級間格差の反映なのである。したがって、この時代のヘルメス主義は、社会主義的色彩を帯びていたと言ってよい。[14]

　オカルト的世界観に本来内在している政治的脅威は、これら急進派が掲げた、財産や特権に対する批判にとどまらなかった。脅威はさらにつぎのような形で現れた。完全な無神論。一夫一婦制の否定、肉体の快楽の肯定。宗教的寛容の要求、十分の一税と国教会の廃止の要求。正規の聖職者に対する軽蔑。あらゆる身分制的発想の否定、罪の概念の否定。こうしたオカルト思想と革命思想との結びつきは、急進派の指導者の一人ひとりを見れば明らかになるだろう。そして、この問題に関する、聖職者側の厖大な量の発言を見れば、共産主義、自由思想、異端思想、ヘルメス主義などが大がかりな陰謀の一端を形成しているという考えがいかに広がっていたかがよく分かる。(15) このような、政治的＝オカルト的熱狂と、それに対する恐怖とは、一六四〇年代に最高潮に達した。だが一六五〇年代に入ると、流れが変わりはじめた。そして、一六六〇年の王政復古以後、支配エリート階級の間に機械論哲学が広まり、過去二十年間の狂信への解毒剤としてもてはやされたのである。一六六五年以降には、それまで錬金術に共感を示していた人々の多くが、相ついで機械論哲学に転向していった。

このように、機械論哲学への転向の流れは、資産階級とイングランド国教会指導者たちが――要するに王立協会において連合した人々が――狂信勢力に対し示した反動の一環であった。はじめての王立協会史（一六六七）を書いたトマス・スプラットは、機械論哲学こそ法と秩序の尊重を促すものであると論じ、狂信と戦うことが科学と王立協会のつとめであると説いている。機械論への転向の流れのなかでの最重要人物であるチャールトンやボイルは、ヤーコプ・ベーメら錬金術師が英国急進派に及ぼす影響を懸念していた。神秘的啓示や個人の良心に基礎を置く宗教が広まってしまうと、宗教そのものが壊滅してしまうのではないかと恐れたのである。クリストファー・ヒルはこう書いている――「急進的『狂信派』たちの弁証法的科学が否定され、機械論哲学が称揚されたことによって、急進的信仰は急速にその力を失っていった」。(16)

さて、世界の体系についての洞察において一六六六年に自らの頂点に達したニュートンは、こうした状況のなかで一種板ばさみの状態にあった。クーブリンはこう述べている――「ヘルメス的知が同時代人たちから見れば狂信への道以外の何ものでもなく、したがってヘルメス的思想に関する言動には大いに慎重を要すること、それをニュートンは王政復古期のケンブリッジ大学のどの学生よりもよく知っていたはずだ」。だがそれと同時にニュートンは自分を聖なる伝統の継承者と見ていたのであり、その伝統のなかにこそ世界の体系の謎を解く答えが隠されていると信じていた。そこでニュートンはこういう方法をとった――すなわち、自らの問いの答えを求めるにあたってはヘルメス的知に深く没頭し、そこで得た答えを世に送り出すにあたっては機械論哲学の用語でそれを包み込んだのである。

ニュートン体系の核心にある引力の概念にしても、実は共感的力というヘルメス的原理にほかならない。ニュートンはこの力こそ宇宙における創造の原理、神的エネルギーの源であると考えていた。ニュートンは表向きにはこの考えを機械論的用語で言い表した。だがニュートンが公表しなかった著述を見れば、彼があらゆるオカルト体系の核心思想――すなわち精神がもののなかに存在し、ものを支配しうるという考え(初源的参加)――に惹かれていたことは明らかである。

本章冒頭の題辞に用いた、王立協会秘書ヘンリー・オルデンバーグに宛てた手紙のなかで、ニュートンは「自然はつねに循環的にはたらいているのです」と述べ、自然のはたらき方の説明を試みている。そこに現れた、希薄なものから濃密なものを、不揮発性のものから揮発性のものを分離するといった発想――これはまさに錬金術そのものではないか。発表された著作にしても、その草稿を見れば、西洋近代においてはラマルクとブレイクが出現するまで決して公に聞かれることのなかった類の発言がいくつも見出せる。たとえば――「しかるべく形成されたあらゆる物体は生の表徴を持っている」。「自然は変成に喜びを感じる」。「世界は神の感覚器である」。さらに、錬金術的概念はニュートンの著述の至るところに見られる――発酵、腐蝕、物質同士がたがいの間に持っている「友好性」「非友好性」。こうした考え方は、『光学』のなかの有名な「考察三一」にまでもぐり込んでいるのである。[17] R・S・ウェストフォールも言うように、錬金術こそニュートンがもっとも長く情熱を注いだ対象であり、その大いなる探究に較べれば、『プリンキピア』などは一時の中断にすぎない。[18]

「考察三一」をはじめとして、発表された著作のいくつかにも、ニュートンのオカルトに対する傾斜は明らかである。たとえば、やや意外なことに、ニュートンはソロモン王の古代寺院に関する論考を発表している。この論考は、古代の単位キュービットとは実際どのくらいの長さだったかを考察したものだが、ここで展開されている、古代の神聖な建物の構造に埋め込まれた数学的関係のなかに宇宙の秘密が隠されているという考えは、まさにヘルメス的伝統の一端にほかならない。[19] 現代においても「ピラミッド・パワー」が流行しているが、それは要するにこの思想のささやかな復活である。ピラミッドといえば、ニュートンもエジプトの王クフの大ピラミッドに関心を持っていた。そしてその関心は、重力の理論を立証するために錬金術的実験を用いたのと同様、決して本業とは無縁の道楽などではなかった。ニュートンはのちに、自分が『プリンキピア』で明らかにした宇宙の秘密は、すでにエジプトの僧侶たちによって知られていたのだ、とすら述べている。

クーブリンが明らかにしているように、ニュートンが錬金術から身を引いたのは、名誉革命前夜の一六七〇年代後半から一六八〇年代にかけての、ヘルメス思想が復活したさなかのことであった。[20] 当時、平等主義・共和制支持の感情がふたたび湧き上がっていたが、これと結びついて新たなヘルメス主義が復活しつつあったのである。特に一六九〇年代においてその中心となったのは、ジョン・トーランドという人物であった。トーランドはニュートン派の学者ディヴィッド・グレゴリーの下で学んだこともあった。彼はニュートンの著作にひそむアニミズム的思考を見抜き、それを自分の著作において指摘した。トーランドはさらに、自然は変成し無限に豊饒であると説き、この説を政治問題にまで広げて論じている。これに対しニュートンは、物体と力とに関するトーランドの理論にひそかに賛同した。事実それは、何十年も抱いてきた彼自身の見解だったのだ。ここにニュートンのディレンマがあった。トーランドに対抗するために、ニュートンはこれらの見解からぜひとも離れねばならなかった。だがこれは当然、自己検閲とでも言うほかない厳格さをもって自らの思想を変えることを意味した。そして、ニュートンの弟子サミュエル・クラークがトーランドを攻撃する任務を引きうけ、一七〇四年発表した説教集でこの任を果たしている。さらにその二年後クラークがニュートンの『光学』をラテン語に訳したとき、世界は「神の感覚器である」という箇所は「神の感覚器のようなものである」と変えられた。[21]「自然がすべて生きているわけではない、とは言えない」という箇所は編集段階で削られた。そしてもっとも重要なことには、ニュートンは、物体は生命も動的原理も持たず、弁証法的（内的）にではなくひとえに構成の変化によって変わるのだ、という立場に立つようになったのである。このようにして、本章冒頭の『光学』からの引用にもあるように、ニュートンは「自然が持続的である」ことの証明を目的として掲げるようになった。言いかえれば、自然が安定した、予測可能な、規則的なものであることを明らかにする、ということである——ちょうど社会秩序がそうであるべきように。若き日のニュートンは自然の豊饒性に魅了されていた。それがいまや、自然の硬直性が何にもまして重要になってしまったのだ。

近代の経験主義的意味から見て、ヘルメス主義から機械論へのこうした移行には、何ら「科学的」なところはない。それは、物質の本性について入念に実験を重ねた結果として生じた移行ではない。そもそも、地球を生きた有機体として思い描くのも、死んだ機械的物体として思い描くのも、どちらがより自然だということはない。[22] クーブリンの議論を本論に引きつけて言えば、ヘルメス主義から機械論への移行に関して、その非科学性に加えてさらにふたつの点に留意すべきだと思われる。第一に、十七世紀後半にブルジョワジーのイデオロギーと自由競争資本主義が勝利を収めたこと。新興ブルジョワジーにとって、ものに生命が宿っているなどという考え方は、宗教的異端であるばかりでなく、経済体制から見ても都合の悪い考えであった。逆に地球は生命を持たないということになれば、錬金術的伝統において維持されていた微妙なエコロジーのバランスなどはどうでもよくなり、利益を上げるために死んだ自然をいくら搾取しても構わなくなる。大地をいつくしむ耕作は、いまや強姦となった。私に言わせれば、これこそが資本主義のみならず工業社会全体の姿である。このような社会が、少なくとも西洋においては現在崩壊しつつあり、それとともにオカルト的伝統も復活してきている。むろんこの変化には良い面も悪い面もあるが、変化自体は少しも驚くべきことではない。

第二に留意すべきことは、ピューリタン的人生観の台頭である。これによって性的エネルギーは抑圧され、人をおとしめる労働へと昇華された。[23] こうして、現代の「典型的人格」(modal personality)が作られていった——権力の前ではひたすら従順で大人しく、競争相手や目下の人間の前ではきわめて攻撃的な人間が。きわめて抑圧の強い人間だったニュートンは、ブレイクも指摘したように、まさにどこにでもいる人間《エヴリマン》だったのだ。一六八九年から一七二六年にかけて描かれたニュートンのいくつかの肖像画を見れば(図版12－15)、ヴィルヘルム・ライヒの言う「性格の鎧」が年を経るにつれて次第に強固になっていくのがよく分かる。一番若いころの肖像を見てみよう(図版12)。つらかった少年時代にもかかわらず物柔かさと優美さを失っていない「ヘルメス的」ニュートンを、画家は見事に捉えている。だが最晩年の肖像はどうか（図版15）。ここに我々が見るのは、自らの内的信条を否定したニュートンであり、機械論的世界観の硬直性そのものである。それは、社会に認められるため、体制に順応するために、リルケの言う「我々の身体の、いまだ生きられていないさまざまな線」[24]を捨て去った男の姿である。ここにあるのは、つまりは、近代人の悲劇そのものなのだ。[25]

この二点に加えて、すでに何人かによって指摘されている事実を挙げておこう。下層階級が仕事・労働において抑圧されたように、中・上流階級もまた、文学的・知的活動において自らを抑圧した。あらゆる狂信に対する攻撃は完璧と言うほかない勝利を収めた。それは十八世紀の詩に明らかであり（ドライデンやポープの二行連句の理知的な入念さを見よ）、また古典を尊ぶ学風にも現れている。「古典！」とブレイクは叫んだ。「ゴート人でも修道士でもなく、古典こそが、ヨーロッパを数々の戦争で荒廃させているのだ」。[26]ブレイクの描いたニュートンは、コンパスで世界を分割している（図版16）。この絵でブレイクが語っているのは、自然に対するニュートン的姿勢の盲目さにほかならない。トマス・バッツに宛てた韻文の書簡（一八〇二）のなかで、ブレイクはこれを見事に表現している——

いま　私には四重の像が見える
四重の視覚が私に与えられたのだ
それは　私の至高の喜びのなかで四重であり
そして　柔らかなベウラの夜のなかで三重であり
そして　つねに二重である。神よ　我々を
一重の視覚とニュートンの眠りから守りたまえ！[27]

ブレイクの描くニュートンは、「空間と時間の海」の底に座っている。その左足の近くに、イソギンチャクが見えるが、

図版 12　アイザック・ニュートン、1689 年。ゴッドフリー・ネラーによる肖像画。ポーツマス卿およびポーツマス家資産管財人所有。

図版 13　アイザック・ニュートン、1702 年。ゴッドフリー・ネラーによる肖像画。ロンドン国立肖像画美術館の好意による。

図版 14　アイザック・ニュートン、1710 年ごろ。ジェイムズ・ソーンヒルによる肖像画。ケンブリッジ大学トリニティ・カレッジのマスター・アンド・フェローズの許可による。

図版 15　アイザック・ニュートン、1726 年（死の前年）。ジョン・ヴァンダーバンクによる肖像画に基づく、ジョン・フェイバーによるメゾティント版画。アスター・レノックス・アンド・ティルデン基金、ニューヨーク公立図書館版画部門の好意による。

図版 16　ウィリアム・ブレイク『ニュートン』(1795)、ロンドン、テイト・ギャラリー。

これはブレイクの神話体系において「国家宗教と権力政治の癌」を意味する。そしてニュートンは、『一重の視覚』の緊張病的不動性」をもって、自分で描いた図表を一心に見つめているのである。[28]

ニュートン的世界観に対するブレイクの攻撃が発している疑問を主題にしたのが、クリストファー・ヒルの『上が下になった世界』である。その主題とは――現在の物事のあり方が、本当に上が上になっていると、どうして我々は確信できるというのか？　という疑問である。たしかにブルジョワ社会は力強い文明であり、ニュートン型そしてロック型の偉大な知性を数多く生み出した。しかし、とヒルは続ける――

それはまた、詩人たちが狂気に陥り、ロックが音楽と詩を恐れ、ニュートンが非合理的な思考を世間から隠れてひそかに抱いていた時代でもあったのだ。（……）

ロックとニュートンを抑圧の象徴と見たブレイクは正しかったのかもしれない。ニュートンの、堅く閉ざされねじれた性格は、彼を神格化した社会のどこが間違っていたのかを知る手だてになるかもしれない。（……）表向きはかくも合理的、かくもリラックスして見えたこの社会は、本当は、あれほどまでに整然としていなかったら、より健全でありえたのではないだろうか。あらゆる矛盾を目につかないように地下に押しやり、意識の外に追いやったことで、かえって健全さを失ったのではないだろうか。（……）地下で何が起きていたか、我々は推測するほかない。ひとにぎりの詩人たちが、彼らの住む世界とは調子の合わないロマンチックな思想を持っていた。だが誰も彼らを本気で相手にする必要はなかった。自己検閲はそのまま自己証明を意味したのだ。[29]

ヒルはまた別の箇所でこう書いている――「機械論哲学の達成はたしかに大きい。だが、その一方で、科学的思考のなかの弁証法的要素、『非合理的』（機械論では説明できないという意味で）なものの認識が、機械論の勝利とともに失われてしまったのである。そして今世紀になって、我々は苦痛とともにそれを取り戻そうとしているのだ[30]」。

ここで重視すべき言葉は「苦痛とともに」である。第三章で私は、無意識を解放する試みにおけるシュルレアリスムの貢献を論じた。しかし、無意識の抑圧はあまりに強い。そのため、戦後の欧米における無意識の最大の代弁者は、芸術ではなく狂気なのである。細かい点に立ち入る前に、次の点をぜひ指摘しておかなければならない。それは、精神病の体験の大部分は、実はヘルメス的世界認識への回帰である、ということだ。狂気がそうした世界認識への回帰の最良の道かどうかは分からない。そういう考えに私は懐疑的である。だが狂気が、「相似」に根ざした前近代的認識論を呼びおこすのは事実であり、とすれば、狂気に陥った人々は、我々が忘れてしまった何かを知っていると考えてよいのではないか。そして、我々の正気こそが、実は（ニーチェ、レイン、ノヴァーリス、ヘルダーリン、ライヒらの言うように）集団狂気なのではないか。

これをはっきり証明するためには、狂気に関する広範な臨床研究が必要だろう。だが、レインの『ひき裂かれた自己』に述べられたケース・スタディにざっと目を通しただけでも、この議論の正しさは明白であるように思える。[31]レインによれば、一般的に言って、自己が非実体化すると、内面と外面との境界が不明確になり、融合もしくは混乱の感覚が生じる。救済論的錬金術や神秘的体験と同じように、主体／客体の区別が曖昧になって、身体がほかの事物や人間と分離したものとして感じられなくなるのだ。たとえばレインのある女性患者は、自分の頬を流れる雨と、涙とが区別できなかったという。この患者はまた、自分の破壊力を気に病んでいた――ものに触れただけで、それを壊してしまうのではないかと恐れていたのである。これは錬金術で言う「反感」の理論にほかならない。また、無生物のなかに特別な力が宿っていると信じている分裂病者も少なくない。レインによれば、ある男性患者は、ピクニックに行ったとき、服を脱いで近くの川に入っていった。そして、自分はいままで妻と子供を愛したことがなかったと主張し、川の水をくり返し体に浴びせ、「清められる」までは川を出ないと言い張った。これこそ「洗礼」の根底にある考えである。水は神の力を宿しているのであり（「表徴」の原理）、したがって、癒す能力を持つというわけだ。またある患者は、「現実を取り戻すために」さまざまな方法を実践した。たとえば、彼女が「現実的《リアル》」と考える文句を何度も何度も口にし、それによってその文句の「現実性《リアリティ》」を自分に付着させようとしたのである（「共感」の理論、超自然力《マナ》の発想）。さらに、第三章で見たように、レインの方法自体、参加する意識、もしくは共感理論に従っているという点で、錬金術的である。実際、あらゆる人間的なセラピーは初源的参加に根ざしていると言ってよい。芸術、ダンス、心療劇《サイコドラマ》、瞑想、肉体療法といった方法は、みなどれもつきつめれば主体と客体の合体をめざしているのであり、詩的想像力、環境との身体的合一化を取り戻す試みなのである。つきつめて言えば、すぐれたセラピストとは、患者にとっての錬金術の師であり、効果的なセラピーとは、基本的には、魔術が体現していた本来的・有機的な秩序への回帰である。植物学者リンネにはじまる、分類に終始し秩序と正確さをめざす近代科学の姿勢は、自我《エゴ》のみから出発し、ひたすら合理的＝経験的であろうとする。そして、そこから出てくる論理の秩序を、自然に、そして人間の精神に押しつける。その結果、大きな技術的制約にもかかわらず魔術が本来の叡智のおかげで失わずにいたものを、破壊してしまうのだ。

　狂気とは結局、論理によって世界を区切ることに対する批判である。狂気が前近代的思考の構造に戻るということは、狂気から見れば人間精神を圧しつぶしている現実原則に対する反逆なのだ。現代において狂気に陥る人々がますます増えてきているのは、我々がぜひとも弁証法的理性を取り戻さなければならないということの反映ではないだろうか。変革した新しい意識の状態を体現するのは、錬金術か、それともテクノロジーか？　真の人間の欲求に調和するのは、物質生産か、それとも人間的自己実現か？　最良の道は、地球を服従させることなのか、それとも地球と調和することなのか？私の考えではこれらの問いに対する答えはひとつしかない。そして、世界の魔法が解けた過程についてのこれまでの検討から得る結論もまたひとつしかない——すなわち、十七世紀において、我々は、風呂の水とともに赤ん坊までも投げ捨ててしまったのだ。商工業の搾取のプログラムと組織的宗教の命令に適応しないという理由で、我々は内的現実の場をすっかり葬ってしまったのである。弁証法的理性を失ったことに起因する現代の精神的空虚を満たそうとしているものと言えば、一連の怪しげな神秘的・オカルト的運動である。これは危険な傾向と言わねばならない。なぜならそうした運動を促しているのは実は、実体を失った知性の理念であり、ブレイクが正しく糾弾した古典主義であるからだ。近代科学とテクノロジーの根底にあるのは、環境に対する敵意だけではなく、身体と無意識との抑圧である。このふたつを取り戻さない限り――すなわち、単純なアニミズムに堕することなく、科学的に（あるいは少なくとも合理的に）説得力を持つ形で「参加する意識」を取り戻さない限り――人間であることの意味は、永久に失われてしまうだろう。

以下五つの章で行うのは、そうした道の模索である。

第五章 未来の形而上学へ向けて

おそらく我々は、世界を説明する仮説を考えるにあたって、いままで自らに許してきたよりもずっとラディカルになる必要があるのではないか。もしかすると、外的事実の世界は、我々がこれまで考えてきたよりもはるかに豊かで、はるかに柔軟なのではないだろうか。そして、これらすべての宇宙論、そしてさらに多くの分析や分類はみな、自然が我々の悟性に与えてくれるものを秩序立てるための、それぞれ純粋な方法であるかもしれず、それらのうちのどれを我々が選びとるかを決定する最大の条件は、外界にではなく、我々のなかにある何かなのかもしれないのだ。

E・A・バート『近代科学の形而上学的基礎』(1)

ここまでの章は、近代科学の姿を浮き彫りにし、それを歴史の社会的・経済的な進展と関連づけ、またそれが精神の世界にどのような破壊的変化をもたらしてきたかという点に焦点を当ててきた。デカルト的パラダイムの勝利の陰で何が踏みにじられてきたか、そのような進路が本当に我々人間にとって好ましいことだったのかという問題に、ある程度切り込んでいくことができたと思う。そのなかで、参加する意識に対するデカルト的パラダイムの勝利が、科学的にではなく政治的に、力によってもたらされたこと――参加する意識が論駁されたのではなく、ただ却下されたにすぎないこと――が確認された。とすれば、デカルト的パラダイムの客観的な正しさからして疑ってかからなければならないということになる。近代科学の方が、オカルト的世界観より、本当に認識論的にすぐれているのだろうか。参加の形而上学の方がひょっとしてデカルト形而上学より的確ではないのか。A・N・ホワイトヘッドを含む一連の思索家が、この問題をそれぞれの立場から科学的に論じてきた。早くも一九二三年に、心理学者サンドール・フェレンチは「人間のイメージで動物を汚染しないアニミズム」を提唱している[2]。しかし、さまざまな問題と誤謬を露呈している機械論的思考に、文化全体がびったり貼りついたままという状態に変化は見られない。いまや、ヘルメス主義への回帰は不可能であり、どこか別の地点をめざそうにも、それが見当たらない――ように思われる――からだ。

本書の後半は、この「どこか別の地点」の模索に当てられる。ここからの五つの章で、脱デカルト的世界観の候補者を取り上げ、その可能性を膨らましていきたいと思う。しかし新しい道を探る前に、現在がどのような閉塞状況にあるか確認しておこう――近代科学の認識論は、自らが否定している参加する意識を現に抱え持っているのだ。この矛盾こそが、根底的相対主義をはじめとする科学思考のパラドックスを生み出し、また、量子力学が示唆しているような新しい方向への進化を妨げてきたのである。参加する意識とは、拭い去ろうとして拭い去れるものではない。そのことの理解が、根底的相対主義の泥沼から我々を解放し、脱デカルト科学の理論的支柱を据える第一歩なのだと思う。本章では、次のステップに沿って議論を展開していきたい。

（1）デカルト的パラダイムに従った生には、その否定をモットーにしているはずの参加する意識が染み込んでいることを示す。
（２） 参加する意識を、現代の認識論のなかに自覚的に組み込むことによって、現在その輪郭がかすかに見えはじめている新しい認識論を引き出せるということを示す。
（３） 世界を知覚し、認識し、考察する過程のすべてが「参加」の要素によって彩られていることを認めるとき、根底的相対主義を抜け出すのが可能であることを確認する。

さいわい（１）は、二冊のすぐれた近代科学批判の書物が中心的に扱っている問題である。ひとつはマイケル・ポランニーの『個人的知識』、もうひとつはオーウェン・バーフィールドの『目に見える世界を救う』である。[3] ポランニーの中心的主張は、いかなる方法論も、それを選び取るプロセスは、理性が関与できない非合理的な、信念の問題だということである。ある思考体系が一貫性を持っているとしても、それはその体系が正しいということにはならない。「それは単にその体系が安定しているということにすぎない。宇宙についての誤った見方であれ正しい見方であれ、一貫性があれば、まったく同じように安定する。一貫性を持ったある体系を正しいと定めることは、信念に基づく行為であって、主観を抜きにして分析することはできない行為である[4]」。ではその信念はどうやって決まるのか？ ポランニーによれば、外界から取り込まれる無意識の情報群が、彼の言う「暗黙知」（tacit knowing）の土台を形成し、そこから信念が生じるのである。ではその「暗黙知」とは？

現実というものがゲシュタルト的認知に左右されることはすでに触れた。人は自然のなかに自分の見たいものを見る。その実証として、哲学者のN・R・ハンソンが挙げた図を紹介しよう。[5] 読者は図10が何の絵に見えるだろうか？ 木にのぼっている熊だろうか、それとも節の付いた木の幹だろうか？ 図11はどうか？ 鳥の群れだろうか、羚羊《レイヨウ》の群れだろうか？ 羚羊を一度も見たことのない人が、図11を羚羊の絵として見ることができるだろうか？ ポランニーの認知論のポイントは、人はごく幼い時期に、世界の姿をある方法で組み立てる（バーフィールドの言葉で言えば「形づけ」［figurate］する）ことを覚える――というより教え込まれる――ということである。しかもこの学習は文化的レベルにと

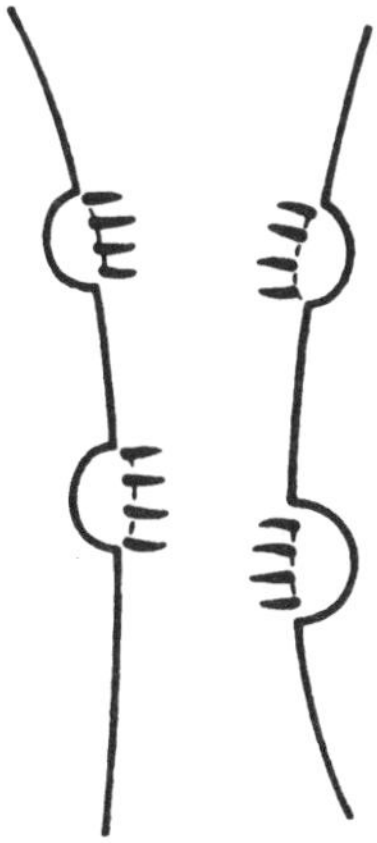

図10　N・R・ハンソンによる、ゲシュタルト的認知の実例。節の付いた木にも見えるし、木にのぼっている熊にも見える（『科学的発見のパターン』〔講談社学術文庫、村上陽一郎訳〕より）。

図11　N・R・ハンソンによる、ゲシュタルト的認知の実例。鳥の群れにも羚羊の群れにも見える（『科学的発見のパターン』より）。

どまらず、生理的レベルにまで浸透する。ポランニーによれば、我々は、無意識のレベルにおいてすでに知っていることを、意識のレベルにおいて発見することに一生の大半を費やしているのである。リアリティというものは、我々が知っている姿以外にも、さまざまな姿で立ち現れうるものなのだが、それら我々が知っている以外のリアリティは、アメリカ人心理学者ハリー・スタック・サリヴァンが「選択的無視」(selective inattention) と呼んだプロセス（最近は「認知の非共振」〔cognitive dissonance〕と呼ばれるプロセス）のふるいにかけられてしまうのである。「羚羊」を見る人には、「羚羊」が現実であり、「鳥」を見る人には「鳥」が現実である。それら違った世界の組み立てを持った人々が、相互に理解することは可能だろうか。いかなる世界観も、文化のふるいにかけられ文化によって感化された無意識的要因が生み出したものだとすれば、それぞれの文化に固有の世界観の間には、根本的なスレ違いがある、ということになるだろう。

本書との関連で言えば、問題は、我々がどのようにしてひとつのものの見方にはまっていくかということだ。ここでポランニーが提示するのは、科学を習得して科学者になっていくのと、言語を習得して、それを母語として生きる人間になっていくのとが、基本的に同じプロセスだという考えである。幼い子供は、可能性においてあらゆる言語を話せる存在である。ドイツ語の喉音もフランス語の鼻音もロシア語の口蓋音も中国語の声調も、まわりからしつけられれば何でも完全にこなすようになる。それが、たとえば英語を習得していく過程で、真にロシア語的な発音ができなくなっていくような変化を遂げるのである。このプロセスは、自分でも容易に意識されない、ほとんど識閾下《サブリミナル》の領域で進行する（ポランニーはこれを、「副次的知覚」subsidiary awareness と呼ぶ）。自転車の乗り方を覚えるのと同じで、学習されていく内容が、いちいち認識や分析にかからないのである。そうした、言語をすり抜けた深いレベルの土台を、科学もまた持っているというのがポランニーの主張である。(6)

彼があげている有名な例を紹介しよう。ポランニー自身の体験を語っていると思われるこの例は、まるごとの引用に価する。

X線を使って肺疾患の診断法を学習するクラスを想像されたい。暗い部屋のなかで、学生たちは患者の胸の前に置かれた蛍光板に影のような姿が現れるのを見せられる。そのぼやけたシミを指して、X線技師が助手に何やら専門用語で説明している。非常に重要なものが見えるらしいのだが、学生たちに見えるのは、心臓と肋骨の影、それに二、三のクモの巣状のシミだけである。技師は空想の産物を語っているのではないか、そのようなものは何も見えないのに、と彼らは思う。しかし、このような状態が二、三週間も続き、その間に多くの写真を見せられ、技師の話を聞かされているうちに、何かが焦点を結んでくる。しだいに肋骨は目に入らなくなり、肺が見えてくるのだ。さらにこのまま根気強く学習を続けていけば、その細部が微妙な意味を持つひとつのパノラマが開けてくるだろう。生理的な違いも、病状の変化も、瘢痕も、慢性的症状も、急性的疾患も。このとき学生は新しい世界に入ったのだ。専門技師に見えているものの一部ではあっても、X線写真が意味あるように見えてきているし、その知覚と相まって、技師の語っている内容もたしかな輪郭を結んできている。学習が、いままさに、「身につく」ところにきているのである。(7)

「新しい世界に入った」という言い方でポランニーが語っているのは、理性的プロセスではなく、実存的な、自らの足元をすくわれ、ウサギの穴のなかを手探りで進むアリスにもたとえられるプロセスである。ここに語られているのは、学習者が論理の筋道をたどって科学的発見に至りつくというプロセスではない。そうではなく、このプロセスに身を任せれば、それが学習へと自分を導いてくれるという信念または信頼の行為なのだ。そしてそのようにコミットしていく学生のなかで、事実学習が達成するのである。

　この学習プロセスが、プラトンのモデルに反するということを、特に注意しておきたい。西洋の伝統的な知のモデルは、経験から自己を引き離すことによって、知識が得られると唱える。だが、この例では、経験のなかに自分を埋没させるまでは、X線写真が意味を帯びてこない。自分というものが忘れられ、独立した「知る主体」がX線のシミのなかに溶け込むことによって、シミが意味あるものに見えてくるのである。ギリシャ人の言う「一体化《ミメーシス》」、すなわち肉感的で詩的で官能的同一化が、この学習の核心なのだ。ポランニーの言葉からだけでも、シミの見えるまだ温かいネガの手触りや、隣りの暗室の現像液の匂いが我々に伝わってこないだろうか。参加による知の、一種なまめかしさが。

　合理性が役割を演じるのは、知識が肉感的に獲得されてからのちのことにすぎない。自分の立つ場所に慣れ親しんだのちにはじめて、いま自分が知っていることを知るに至った経過を理解し、組織的にカテゴリーを組み上げていくのである。いや、「カテゴリーを組み上げる」というのも違うだろう。これらのカテゴリーも、暗黙のなかに沈んだネットワークから、じわじわと意識されないまま、次第に体《てい》をなしてくるのである。かつてマーシャル・マクルーハンは、魚にとって、一番最後まで意識されない環境は水だろうと述べた。あるカテゴリー〔たとえば英語の“have”〕を学習するときも、じつは学習とともに、その輪郭がぼやけていくのである。そして学習が完了したとき、それは魚にとっての水のような、生きた〈現実〉そのものになっている。こうして、ひとつの言語を学ぶ子供が他の多くの言語を学ぶ能力を失ってしまうように、カテゴリーが「現実」そのものになるにつれ、他の多くの現実のありようを見る力も失われていく。このように、社会の持つ「現実」体系とは、その社会のなかの学習者が、無意識の生物的・社会的プロセスに自らを埋没させることによって生まれてくるのである。こうした事実からポランニーは、「知るという行為において、知る人間は本質的に非言語的な技術を通してつねに『参加』している」と述べている。それらは、言葉によらない、言葉をすり抜けた種類の知識なのだ。(8)

したがって、ポランニーにとっては、個人的でない、「客観的な」知などというものはありえない。何かが知られるとき、そこには必ず意味というものが知る人を巻き込む形で生起している。知る者は知られる対象のなかにつねに包含されるのだと言ってもいい。だとすれば——以下は私の意見である——知識として組み上がってくるものは、ある集団が暗黙のうちに合意している知の方法に引っ掛かるものばかりである。科学といえども、科学の方法に引っ掛かるものしか、知とすることはできない。科学的事実というものも、科学の方法の枠内でのみ、事実でいられるわけだ。科学的な知も、西洋文化に固有の暗黙知と「副次的知覚」から、いわば「生えて」いる。リアリティを人間が作り出すという言い方は当たっているにしても、その創造行為は、ほとんどが無意識のなかに潜む厳密なルールにのっとったプロセスで進行するのだ。

したがって、ポランニーの挙げた医学生の例は何ら特殊なケースではない。「参加する意識」は我々の生活の隅々にまで浸透している。これを確認するために、バーフィールドの理論に移ろう。バーフィールドのキーワードのひとつに「形づけ」(figuration)がある。これは表象行為、言いかえれば人間が「感覚」を「イメージ」に置き換える行為を意味すると考えてよい。(9)さらに、「もの」、そしてそのイメージ、および両者の関係について考えるプロセス——要するに普通「概念化」と呼ばれている種類の思考——を、バーフィールドは「アルファ思考」(alpha-thinking)と名づける。学習のプロセスとは、「形づけ」が次第に「アルファ思考」に変わっていく過程にほかならない。言いかえれば、我々の持っているさまざまな「概念」は、要するに思考の「習慣」だということである。スクリーンに映るシミや影は、具体的なイメージとして頭に入ってくる。ここで起こっているのが「形づけ」である。そのイメージを頼りに医学生はガンなり結核なりを読み取れるようになっていく。だが教師は、そのような感覚に心を浸すことなく、シミを見た瞬間に、ガンや結核を見て取る。これが「アルファ思考」である。鳥の鳴き声を聞いて、素人ならば、その声を「形づけ」して、自分の抱え持っているイメージに照らして何の鳥か判別しようとするが、鳥類学者なら、鳴き声に耳を傾けるまでもなく、一発で「ツグミ」という言葉を頭に浮かべるだろう。専門家はアルファ思考にジャンプし、素人は形づけのレベルに捉えられるということの、もうひとつの例である。あるいは、専門家は、感覚と一次的データのレベルではなく、「概念」のレベルで世界を形づけていると言った方が正確かもしれない。彼としても世界に（少なくとも鳥の世界に）参加はしているのだが、そこは基本的に、抽象概念の集合としての世界なのだ。

ここで我々は問題の核心に行き当たる。すなわち、自分が日常として生きている世界では、人はみな鳥類学者なのだ。我々の経験とは、現実の出来事そのものの経験ではなく、社会全体によって合意された一連のアルファ思考の経験なのである。タルコット・パーソンズの用語で、「上書き」（glosses）の経験と言っても同じだ。要するに、世界を図柄として捉えることは、学習の初期段階から同じなのだが、はじめは動的で具体的だったのが次第に自動的・概念的に――すなわちアルファ思考的に――なっていくということである。

ここで、ピーター・エイチンスタインが『科学の諸概念』のなかで挙げている例を紹介しよう。ある夏の晩、田舎屋敷のポーチに友達同士が腰を下ろしている。遠景の畑の間の道を、こちらに向かって一対のライトが進んでくるのが見える。ひとりが言う。「車が来るね」。ややあって、もうひとりが応える。「どうして車だと分かる？　オートバイが二台並走しているのかも知れないじゃないか」。最初の男は、それもそうだと譲って、「ＯＫ。一台の車か、二台のオートバイか、どっちかだ」と訂正するが、返ってくる答えは、「そうかな、蛍の群れが二手に分かれて飛んでるんじゃないっていう証拠はあるか？」。これにはしかし、さすがに抵抗したくなることだろう。そこまで認めてしまえば、何にだってなってしまう……

この話のポイントはこうだ。ふたつの光が平行に、同じスピードで、夜の道を進んでいれば、我々の文化では、それは自動的に「車」を意味する。光そのものをまともにかぶって、その経験を形づけるのでなく、「車」の概念が直接に形をなすのである。そうした出来合いの枠を破って、経験の豊かな可能性に心を開くことができるのが、幼児であり、詩人であり、画家である。X線写真の場合も、それが「正しく読める」学習を済ませていない者だけが、さまざまなイメージを揺らめかすことができる。(10) どんな文化も、どんな下位文化（鳥類学、X線学等）も、アルファ思考のネットワークができあがったうえに、はじめて安定して存立するのである。アルファ思考が存在せず、すべてをそのつどはじめから形づけなくてはならないとしたら、科学も、現実というもののモデルも、成立しなくなってしまうのだ。このネットワークはしかし、あくまでもモデルである。我々はそれを忘れがちだ。「地図は土地ではない」とは、アルフレッド・コージプスキーが『科学と正気』（一九三三）のなかで述べた有名な言葉だが、我々は自分たちが描いた地図を見て、それが現実の世界だと思ってしまうのである。あのとき「車」と見えたものが、本当は蛍だったとしたら……？(11)

地図にしかすぎないものを土地だと思って生きる――そこに参加からの離脱がある。アルファ思考は必然的に参加を排除してしまうのだ。何かに「ついて」考えるとき（学習の初期段階にあるときは別として）、我々はその思考対象から、離れて身構える。バーフィールドは言う。「アルファ思考の歴史は（通常の意味での）科学の歴史を、そのなかに包みこみ、意識の外側に意識から切れたものとして把握できるものだけに関心を抱く思考体系に向かって進んでいくものである」。

第三章で追っていったのは、このような離脱の思考が、ユダヤ文化とギリシャ文化において勢力を得て、科学革命で仕上げされた過程である。以来、西洋の現実体系のなかで表象されてくるものは、すべてがバーフィールドの言う「機械論の眼鏡を通した」（mechanomorphic）ものとなった。もちろん機械論を通して現実を構築することも、世界に参加するひとつの方法には違いない。機械論的な思いも、思いとして、暗黙のマトリクスから生えているわけだ。しかし、参加の存在を否定する世界観をもって世界に参加するというのは、何と奇妙な参加方法だろう。これがどういう結果をもたらすかは、バーフィールドも触れている。すなわち、人々の意識から参加の事実が抜け落ちることで、「初源的」参加がもはや成り立たなくなってしまうのだ。機械論は、自分を包んでいる自然を完全に抽象化しようという企てである。あえてたとえれば、もうこれっきり会うまいと思って縁を切った恋人と、強い絆で結ばれながら、その事実に目を背けて生きていくというところだろうか。「主体」が「客体」とは根本から別物なのだと言い張ることもまた、両者共通の源にしっかりと根を下ろすひとつの方法ではある。しかし、世界に参加し、世界と一体化した上にそのような自分の思いが成っているということを無視する姿勢は、どう見ても無理がある。学習のプロセスは、一体化《ミメーシス》なしで生じることはないのだし、人間の精神がある限り、つねに暗黙知があり、つねに識閾下《サブリミナル》の知覚というものがありつづけるのである。

　これに対し、たとえばアフリカの部族民にしても、西洋近代の我々と同じくらいアルファ思考に浸されているのではないか、と論じる向きもあるだろう。呪術医にしたところで、修行期間を過ぎればその大部分の時間をひとつの公式に従ってさまざまな霊の存在を見きわめることに費やすはずだからだ。しかしそれでもなお、そうした「未開」の思考においては、形づけからアルファ思考、アルファ思考から形づけへの移動はきわめてスムーズである。近代の用語で言う「無意識」と「意識」とが断絶なく連続しているのだ。そしておそらく、「未開」人にとっては、「抽象化」している時間よりも「経験」している時間の方がはるかに長いだろう。彼は無意識を意識的に排除しようとは思わないだろうし、かりにそう思ったとしてもできはしないだろう。彼にとって霊の存在は現実であり、その世界がいかに儀式によって体系化されていようと、身体的レベルで頻繁に経験されるものだからだ。彼にとって、自然を経験することは、喜び、不安などの身体的反応の媒介をつねに伴う。それが百パーセント頭脳的プロセスであることは決してない。むろんそこには環境に対する怯えがつきまとう。だが環境からの疎外はない。サルトルもカフカも無用である生を彼は生きるのだ。この点は、中世のヨーロッパ人も同じだったろう。カント的に言えば、これは「もの自体」(Ding an sich)とのつながりを失っていない生である。古代ギリシャ人も、(それより程度において弱いけれども)中世ヨーロッパ人も、みんなそういう生を生きた。これに対し我々は、霊の存在を否定し、現実を形づけるにあたっての自分自身の霊のはたらきを否定する。そうして、もの自体から離脱していく。だが、バーフィールドも言うように、いかなる文化においても、「現象世界は意識と無意識との絡まりから生じるのであり、進化とは、両者の関係の変容の物語にほかならない」のだ。我々が、無意識の世話にならずに現実を捉えているという思いを結ぶこと自体が、無意識への（屈折した）寄りかかりのうえにはじめて可能なのであって、いくらそう思っても、暗黙知は決して消え去りはしない。現在の科学の教科書は、いまなお、「科学的方法」というものを闇雲に適用していくことが世界を知る知り方だというイメージをまき散らしている。この「科学的方法」にあっては、参加する意識の入り込む隙はない。それを認めることは、異端に等しいのだ。しかし、体制としての科学が、そのような伝統的な姿勢にいくらしがみつこうとも、現実の科学は、そこから離れて動いていっている。そのことに、おそらく科学の側もようやく気づきはじめているように思える。異端を破門したことで、教会全体がそれに引きずられて崩壊してしまうのだということに。

このパラドックスの大きさは、現代物理学において一九二〇年代に「参加する意識」が突如復活したことを考えればはっきりする。すなわち量子力学の出現である。量子力学の理論的土台は、西洋科学の認識論から完全に離脱したものである。その出現は、たとえばプトレマイオスの天動説が、突如コペルニクスを同志として見出したことにも比されるだろう。体制的科学が、半世紀以上にもわたってこの気まずい侵入者を無視しようとしてきたことも、容易に納得できる。だがその一方で量子力学についての文献は厖大であり、それをここで詳しく論じることは到底不可能である。そこで、量子力学から引き出されるさまざまな哲学上の意義を要約しておくことにする。(12)

アインシュタインをも含めた古典物理学の認識論においては、ふたつの考えがその大前提となっている。ひとつは、あらゆる現実は物体と運動によって完全に記述可能である、という考え。ものの位置とその運動量（質量×速度）こそが、現象世界の本質であるというわけだ。もうひとつの考えは、我々の意識は参加しない意識である、ということである。世界のさまざまな現象は、我々がそこにいてそれを見ようと見まいと何ら変りはなく、我々の精神は不変の現実を少しも動かしはしないということである。第一の前提は、厳密な因果論、つまり決定論の基礎をなしている。おそらくこれをもっとも明確に表現したのが、フランスの数学者ピエール・シモン・ド・ラプラスである。ラプラスは一八二八年に、こう述べている――我々の物理学を以てするなら、ある時間における、宇宙のすべての分子の位置と運動量さえ知ることができれば、過去・未来を問わず他のあらゆる時間におけるそれら分子の位置と加速度を計算することができるであろう、と。そして、実験者は実験の一部ではないという第二の前提は、この第一の前提の唯物論的視点を肯定するものであり、さらには、実験が体系的に反復可能であることを保証するものである。したがって、もしかりにある科学者が、自分は機械的に斜面を転がされたサイコロに精神を集中しただけでその運動パターンを支配することができる、と宣言し、しかもその主張が正しいことが明らかになれば、物理学の一分野の内容が否定されるだけでなく、物理学全体の理論的土台が崩れ去ることになる。意識が〈外＝そこ〉にある世界の一部となり、科学は錬金術に逆戻りし、予測可能性という大前提が（少なくとも理論的には）崩壊してしまうことになるのである。

このような仮定を一部分現実にしたのが量子力学である。量子力学のもっとも重要な哲学的意味は、独立した観察者などというものは存在しないということだ。このことを分かりやすい形で要約したのが、量子力学の生みの親のひとりウェルナー・ハイゼンベルクが一九二七年に提唱した「不確定性原理」である。たとえば、ひとつの電子を観察できるくらい強力な顕微鏡があるとしよう。電子を観察するためにはこの顕微鏡から光を電子に当てる必要がある。そうすると、この光のエネルギーが電子に当たって、その位置を変えてしまうのである。とすれば、その電子を顕微鏡で捉えることは不可能である。実験自体が実験の結果を変えてしまうのだ。我々の意識、我々の行為が、実験の一部になってしまい、主体と客体との明確な境界はもはやありえなくなってしまう。我々は、我々が記述しようとする世界のなかの感覚的参加者になるのだ。

より専門的な言い方をすれば、ハイゼンベルクは位置と運動量とが「相補的」であることを発見した。すなわち、ある粒子の正確な位置を知るためには、その運動（速度）について知ろうとすることをやめなければならず、その逆もまた同じである。要するに、ラプラスの楽観は幻想にすぎなかったのだ。原子にせよ原子より小さい粒子にせよ、空間と時間の両面においてそれを正確に位置づけることはできないのである。こうして、「現実」と「物質」とをイコールで結ぶ認識論にあって、「現実」の定義が突如疑わしいものとなる。ここで注意すべきは、不確定性原理が問題にしているのが、誤差というような瑣末な問題ではないということだ。あらゆる科学的実験にひそむ誤差のみが問題であれば、それは実験による仮説の実証がどの程度まで信頼できるかということにすぎない。ハイゼンベルクが問題にしているのは、物理的体系の定義そのもののなかにまで入り込む偶然性なのである。つきつめて言えば、意識は測定値の一部なのであり、したがって、現実（西洋において四百年近くにわたって定義されてきた意味での現実）は本来的に曖昧なもの、決定不可能なものたらざるをえない、ということだ。[13] 一九五八年ハイゼンベルクはこう書いている。「量子力学に現れた現実の概念の変容は、単なる過去の継続ではない。これは近代科学の構造における真の断絶であると思われる」。また、量子力学のいわゆる確率波（probability wave）について、ハイゼンベルクはこう言う。「それはいわば、アリストテレス哲学における『可能態《ポテンシア》』の概念が量子力学においてふたたび現れたものである。それは、ひとつの出来事それ自体と、その出来事の観念との間の第三項を、言いかえれば現実と可能性のちょうどまんなかに存在する奇妙な物理的現実を、導入したのだ」。ここで言う真の断絶とは、言うまでもなく、主体／客体の分離からの断絶である。「奇妙な物理的現実」とは、いまや物理的結果を引き起こすものであることが明らかにされた、意識それ自体である。これに続けてハイゼンベルクは、「我々が観察しているのは、自然そのものではなく、我々の探究方法を通して見た自然である」と述べている。ポランニーの「暗黙知」のポイントもまさにこの点である。究極の物質的実体を発見し、それによって現実を「説明」し主観をいっさい排除しようとするデカルト的企ては、量子力学の発見によって、その前提をくつがえされ、皮肉にも主観こそ「客観的」知識の土台であることが証明されたのである。まさに、陰が陽に転じるように。[14]

量子力学の哲学的意義に対して、科学者が強い拒否反応を示してきたのも無理はない。なぜなら、ひとたびそれらの意義を認めてしまえば、そもそも「科学する」とはいったいどういうことなのか、それすら怪しくなってしまうからだ。そうなると、アリストテレスの「可能態」に（あるいは錬金術の蒸溜器に）戻るか、それとも超満員の会場でペテン師のスプーン曲げを見ているくらいしか道はないように思える（だが彼らは本当にペテン師なのか？ 問題はそこなのだ！）。どうやら、落下する立方体は、精神の集中によって本当に影響されうるのだ。[15] そうした情報をデカルト的パラダイムの内部に取り込む方法がないだけの話である。あるいはまた、量子力学は、その世界観において禅宗や神秘主義に接近する。このことは、ジョゼフ・ニーダムが『中国の科学と文明』において指摘して以来、何人もが詳細に論じている。[16] また、量子力学のなかにあるアニミズム的発想については、物理学者イーヴァン・ハリス・ウォーカーが数学的に考察しており、その結果、宇宙のあらゆる粒子は意識を持っている、という結論に達している。[17] どう控え目に見ても、「世界」が「我々」とまったく別個に我々の外にあるのではないこと、このことは少なくとも認めねばならない。世界は建築用ブロックのように物質が単に積み重なってできているのではない。そもそも物質とは何か、それすらいまや問題ではないか？　どうやら、何もかもが他の何もかもと結びついているのだ。ヤンケロヴィッチとバレットが言うように、「現代物理学の教訓は、主体（認識する機構）と客体（測定される現実）とが、ひとつの継ぎ目のない全体をなしている、ということである」。[18] 万物は流転する、とヘラクレイトスは言った。すべては流れ、変遷のプロセスだけが現実なのだ。

このように、量子力学は、素朴なアニミズムへの回帰にとどまらない、新しい参加する意識のあり方を垣間見せてくれる。我々の科学的世界観のもっとも大きな変容が起きるとすれば、それは我々が現実に参加しているのだという認識が科学的思考のなかにはっきり組み込まれたときに起きるだろう。歴史上、我々にはふたつの選択肢しか与えられてこなかった。ひとつは、十七世紀初頭以来の、身体から切り離された精神の独立を主張する考え方。もうひとつは石、家、家具、雲、この本、この本のなかのインク、何もかもが生命を持っていて、内に霊を宿しているという考え方。科学革命前夜までは後者の方が支配的だった。これまで述べてきたことからすでに明らかになっているはずだが、現在の支配的文化がいかに第一の選択肢に固執しようと、哲学的に見てもう未来はないのである。量子力学によるさまざまな発見を見ても、ポランニー、バーフィールドによる分析を見ても、暗黙知と無意識に蓄えられた情報とを含めた人間の意識全体が、我々が現実を認知し構築するさいの大きな要因となっていることは否定しえない。X線写真を学ぶ医学生や鳥類学者と同じように、我々もまた、まず学習プロセスにおいて識閾下で現実に参加し、あとになってその現実が次第に固定化し、それを我々はさまざまな抽象概念に形づけするのである。このプロセスを、人間の外にある力による外的な神秘に仕立て上げる必要はない。たしかにそれは内的神秘ではある——少なくとも人間の精神のはたらきに関する我々の現時点での貧しい理解から見れば。意識と無意識とがどうやって相互に作用するのか、あるいはその相互作用からどうやって我々は「現実」を決定するに至るのか、まだほとんど何も分かっていないからだ。しかし、ニューロンの行動パターンといった発想では説明しきれないこの相互作用は、少なくとも部分的には客観的観察を超えた形で（たとえば夢、身体的知という形で）機能していることは間違いない。とすれば、自然を客観的＝合理的＝機械論的にのみ見る視点は、客観を超えた現実に依存していながらそれを否定しているのであって、アルファ思考と意識の構築物のみを記述しているにすぎない。したがってその視点は自家撞着であり誤謬である。無意識、観察を超えた現実、第三章で述べた弁証法的理性、そういったものを取り込まなければならないのだ。それは単に二次的な要素をつけ足すということにとどまるものではない。意識と無意識、近代合理主義的理性と弁証法的理性との関係は、細胞核とそれを包む細胞の関係にたとえることができる。意識を代表する自我《エゴ》は、我々が参加するより大きな意識のなかに埋め込まれているのであり、いわば生のまとめ役として機能するにすぎない。そして細胞と細胞核の場合同様、自我と、それを包むより大きな意識との正しい関係は、浸透による関係であるはずだ。ところが近代科学においては、自我の知がすなわち知の全体であり、ゆるやかであるはずの浸透膜を、硬直した、浸透性のないものとして扱おうとする。こうした意識はいずれ窒息し死に至るほかはないだろう。

　事実、何人かの思想家が、我々の理知あるいは意識的精神は、より大きなシステム、すなわちグレゴリー・ベイトソンの言う〈精神〉(Mind)のサブシステムなのではないか、と論じるようになってきた。ハイゼンベルクの言う、可能性と現実との間に宙づりになった「奇妙な物理的現実」とは、まさにこの〈精神〉をさすのである。ベイトソンはこれを次のように述べている。

　一個の内在する精神は、身体だけに内在するのではありません。体外の伝達経路やメッセージにも内在するものであります。そしてさらに、そうした個々の精神を小さなサブシステムとして含む、広大な〈精神〉がある。この〈精神〉は神にたとえることができるでしょう。実際、これを神として生きている人たちもおります。ただしこれはあくまでも、部分同士が内部で結びあわさった、社会システム全体とこの惑星のエコロジー全体に内在するものであります。[19]

この考え方にあっては、システムの外に「超越」する存在はない。普通の意味での「神」はいないわけだ。物質を変える（というより物質に浸透する）のは超自然力《マナ》ではなく人間の無意識であり、もっと広く言えば、〈精神〉である。人間の外の岩や木のなかに霊がいるというのではない。だがその反面、「私」とそれらの「客体」との関係は、身体から離れた精神と、生命を持たない物体との対立的関係なのでもない。それはシステム的な関係であり、もっとも広い意味での生態学的《エコロジカル》な関係である。私とそれらの「客体」との関係のなかにこそ「現実」がある。恋人同士はそれ自体ひとつの実体（プロセス）である関係をつくり出す。それと同じように、目の前にあるタイプライターを私が打つことによって、モリス・バーマンよりも大きく、オリンピア・ポータブル・タイプライターよりも大きいところの、ひとつの実体（プロセス）がつくられるのだ。私は何も、私のタイプライターも生命を持っていて、私とタイプライターとの間に「初源的」参加が生じているのだと言っているのではない。しかし私は、この本を書くというひとつのプロセスのなかでタイプライターとかかわっているのであり、そのプロセスがそれ自体の現実であって、それは私よりもタイプライターよりも大きい。私がタイプライターを使用し、その存在にかかわる限りにおいて、タイプライターと私とがひとつのシステムを構成するのである。その結果、私と世界とを隔てる明確な境界は私の皮膚である、という通常の認識は弱まっていく。だからといって、私が分裂病者になるとか、前意識段階の幼児に戻るということではない。[20] いわゆる分離した「個体」ではなく、そうした「関係」に注目する科学、「参加する観察」とも言うべき現象を問題にする科学。そうしたホリスティック（全体論的）な思考に基づく科学こそが、未来の人間の進化の鍵となるのではないか。フェレンチの言う「人間のイメージで動物を汚染しないアニミズム」とはそういうものではないか。

あらためて言うまでもなく、ベイトソンの言おうとしていることと、量子力学の自然観とは、きわめてよく似ている。人間と自然との関係のあり方からして（この「人間」と「自然」というデカルト的二分法自体、そもそもベイトソンや量子力学にはなじまないものなのだが）、人間は現実の一部分しか記述することができないのであり、人間自身の意識さえその一部しか記述できないのだという考え方が、両者に共通しているのである。自然は本質的に決定不可能であり、基本粒子は存在論的につねに部分的にしか決定されていない状態にある、量子力学はそう教えている。[21] この視点からすれば、精神／身体という二分法と、無意識をすべて意識化しようとするフロイトの試みとが、同一線上に並ぶものであることが見えてくる。ベイトソンも、フロイトの試みが不可能であることを、「機械内部のあらゆる部分のはたらきが映像としてブラウン管に映し出される——そのような映像を映し出すための部分のはたらきも映し出される——そんなテレビ」を作ろうとする試みになぞらえて批判している。[22] 近代科学の主体／客体の二分法、デカルトの精神／身体の二分法、フロイトの意識／無意識の二分法。これらはみな同じパラダイムの別々の側面にすぎない。要するにいずれも原理的に知りえないことを知ろうとするのだ。これと逆に、量子力学の核心にある主体／客体の融合は、まったく新しいパラダイムに属している。新たなパラダイムは、新たな精神／肉体の関係、新たな意識／無意識の関係を伴う。この新たな枠組は、ベイトソンやウィルヘルム・ライヒがおそらく十分気づいていたように、精神と身体との関係をひとつの場、透明なこともあれば不透明なこともある場として捉えるという点において、量子力学につながるのである。物理学者ウォルフガング・パウリの言葉で言えば、「もしも精神と身体とを同じひとつの現実の相互補完的な二側面として解釈することができれば、より納得のいく答えが得られるだろう」。[23] また哲学者ピーター・ケステンバウムは「精神がここで肉体となると確定できるような明確な境界は存在しない。両者の境にあるのは、次第に濃くなっていく霧のようなものだ」と書いている。それ自体で存在するような客体は存在しない。あらゆる客体は、意識の流れにつながっているのだ——すなわち、我々が〈精神〉と呼んだものに。[24]

ここで議論はカントの「もの自体」に至る。「もの自体」とは、すべての現象の見かけの下にひそんでいると考えられる、到達不可能な物質的最下層である。ノーマン・O・ブラウンが正しく指摘したように、カントの体系をはじめとするこの種の理論の過ちは、思考の諸カテゴリー（空間、時間、因果律など）を、人間の合理的思考と同一視するところにある。このふたつをイコールで結ぶことによって、〈精神〉と理知がまったく同じものとして考えられてしまうのである。だがこれまで論じてきた「我々」と「自然」とのつながり方から見れば、「もの自体」はむしろ無意識の精神なのだ。[25] フロイトが発見したように、あらゆる意識的知覚の下には無意識がひそんでいる。そして、休みなき番人のごとき抑圧が緩むときはいつでも、意識のなかに侵入してくるのである。だとすれば、「自然における『もの自体』とは何か？」という問いは、「錬金術は実際に何をやっていたのか？」という問いと同様に、ことの本質を見誤った問いであることが分かる。むろん、物質的な何かが、〈外＝そこ〉に、我々から独立して存在していることは否定しがたい。だが、我々がその「何か」と、システム的・生態学的関係を持っていることもまた否定できない。我々は知らず知らずのうちにその何かのなかに入り込み、無意識によってそれを変容させ、その結果、自分が求めているものをそのなかに見出す。とすれば、「自然」それ自体の未来も、意識と無意識の関係を我々がいかに認識し、その認識をどう利用するかにかかっていると言ってよいだろう。[26] 脱デカルト的思考にあっては、〈内＝ここ〉と〈外＝そこ〉とは、もはや分離したカテゴリーではありえない。錬金術においてもそうだったように、そうした分け方が意味をなさなくなるのである。我々は「自然界」と生態学的・システム的・浸透的関係を持っている。だとすれば、我々が「人間の無意識」のなかに何があるのかを考えるとき、必然的にそれはその「自然界」について考えることになるのであり、その逆も同じである。[27] とすれば、カントの「もの自体」はもはや不可知ではありえない。だがそれはまた完全に可知でもなければ直接に可知でもなく、時とともにつねにその姿を変えるのだ。たびたび強調してきたように、こうした視点は素朴なアニミズムへの回帰ではない。あるいはまた、流行の反理性主義のポーズのように、科学の企てをすべて葬り去るものでもない。そうではなく、この視点は新しい、より大きな科学の可能性を拓くものである。現代科学が捉えた宇宙の姿のように、果てがあると同時に無限であるような展望を生み出すものなのだ。[28]

次に（2）について簡単に述べてみよう。参加する意識を、現代の認識論のなかに自覚的に組み込むことによって、現在その輪郭がかすかに見えはじめている新しい認識論を引き出すことができるだろう――自然に対しシステム的・生態学的アプローチを取るならば、知られるもののなかに知るものが含まれることを前提としなければならないはずだ。そうなれば、現在の、参加しない意識のイデオロギーははっきり否定されるだろう。そして、探究すべきものは、我々の精神と対峙するそれぞれ別個の実体の集まりではなく、これまで「主体」と「客体」と呼ばれてきたもの同士の関係なのだ、ということが認識されるようになるだろう。この発想は、電気力学における電界という考え方にたとえることができる。この考え方においては、物体と力とがひとつのシステムとして捉えられ、この電界全体のなかにエネルギーが内在しているとされる。新たな全体論的科学もまた、人間をひとつの力の場のなかに置いて考えるだろう。この新たな世界観は、「関係」のなかに「エネルギー」が内在すると考えるだろう。言いかえれば、システムの構造自体の、変化しつづける生態学的パターンのなかに「エネルギー」を見出すのである。「自然」の研究はそのまま「人間」の研究であり、その力の場全体の研究でもあるだろう。たしかに、石はそれ自体に内在する目的ゆえに落下するのではないし、ガリレオやニュートンの方法を使えばその加速度を計測することはできるだろう。その限りにおいてアリストテレス力学は誤謬であり、近代科学は有効である。だが計測するという行為それ自体が、さまざまな形の暗黙知によって条件づけられていることを、近代科学は見落としている。落下する石、地球、そして落下という現象に参加している〈精神〉が、ひとつの関係を形づくっているのだ。石のなかにある「霊」でもなく、「加速度」でもなく、この「関係」こそが新しい科学の探究の主題となることだろう。

最後に（3）について考えてみよう。世界についてのあらゆる認識、知覚、知識にはつねに『参加』が入り込んでいることをひとたび認めれば、根底的相対主義の問題は自然に消滅するはずである――この根底的相対主義の問題は、以下のように要約することができる。科学的方法は、一見、反駁不可能な法則や事実を発見するように見える。たとえば重力、投射体運動を規定する方程式、惑星の楕円軌道といったように。しかし歴史を振り返れば、その方法は近代初期のヨーロッパ固有の社会・経済的プロセスのイデオロギー的一側面にすぎないのであり、その方法によるさまざまな発見にも同じことが言えるのである。カール・マンハイムの言うように、すべての知識は「状況に束縛された」ものであるとすれば（いわゆる「存在被拘束性」）、ひとつの概念体系が他のいかなる体系よりも認識論的に優っていると主張することは難しい。科学もまた例外ではありえない。このような視点から、第二章において私は、歴史のある一時期にのみ適切な思考体系として科学を捉えることの必要性を論じ、科学が何か絶対的な、文化の枠組を超えた真理であるという思い込みを捨てなければならないと説いた。こうした議論をつきつめれば、固定した現実、すべての土台となる真理などというものは存在せず、あるのは相対的な真理、言いかえれば知識を生み出した環境に見合った知識でしかない、ということになるだろう。こうして、歴史科学・社会科学の方法を用いて科学自体を分析することによって、科学の有効性が問われることになる。だがさらに具合の悪いことに、科学の有効性に疑問符をつきつける歴史的分析それ自体もまた、その有効性を問われなければならないことになってしまうのである。

　科学に限らず、ある概念体系がこうした逆説的・自己破壊的な結果を回避するにはどうしたらよいのか？　この逆説から逃れうる認識論とは、自然と人間との関係において内在的な真理もしくは秩序が存在することを証明できるものでなければならず、また、自己分析によって崩壊しないものでなければならないだろう。言いかえれば、その方法を方法自体に適用しても、その有効性が崩れないような体系でなければならないのだ。

　だが考えてみれば、根底的相対主義は、近代科学の認識論のみに特有の問題であり、近代科学の方法とともに生まれたと言ってよい。その他のいかなる非科学的文化・コンテクストにおいても根底的相対主義が問題になることはない。アリストテレス哲学の目的論的分析などというものはありえないし、錬金術のヘルメス学的分析、量子力学の量子力学的分析、あるいはまた芸術の芸術的分析などもありえない（美術批評や文芸批評は、それ自体は美術や文学ではなく、科学的説明の一形態である）。たとえば芸術を芸術的に分析しようとすれば、それは意図的なパロディたらざるをえない――ダダ、アンディ・ウォーホル、反小説《ヌーヴォー・ロマン》などがそれだ。だが、これらのジャンルには大きな限界がある。それらはあくまでも変り種であって、その歴史もおおむね短い。近代科学と、近代科学から派生する社会・行為のみが、方法が方法自体にはね返ってくるという、奇妙な「折りたたまれた」構造、「二つ折」構造を持つのである。すなわち、フロイト自身を患者の長椅子に座らせることもできれば、社会学的分析のある方法をそれ自体社会的諸条件の産物として論じることもできる。だがアリストテレスの体系を「可能態」が「現実態」に変わっていくものとして解釈することはできないし、錬金術師を彼自身の蒸溜器のなかに入れてみることもできない（理念的には、彼はすでにそのなかにいるのだ）。近代科学のこの特異性を、いわゆる「自己修正」能力と勘違いしてはならない。ポランニーも論じていることだが、近代科学にそうした能力はない。[29]この「二つ折」構造は自己修正ではなく、自己破壊なのだ。これは、マンハイムが、ある意味では英雄的とも言える頑固さで生涯見ようとしなかった事実である。むろんこの構造が生み出す哲学的パラドックスが古代においても知られていたことはたしかである。しかし古代においては、それらのパラドックスはいわば難問・珍問として扱われていた。ところが近代においては、知識社会学が、そしてそれが生み出すパラドックスが、科学とその派生物を根底から揺がせているのである。不完全性定理という科学におけるもっとも有名なパラドックスを通してクルト・ゲーデルが発見したのも、まさにこの点だった。[30]

それにしても、なぜ近代科学は根底的相対主義の落し穴に落ちてしまうのか？　何を欠いているがゆえに、避けがたいパラドックスに陥ってしまうのか？　その理由も参加の欠如にある。より正確に言えば、自らの内に参加する意識が存在することの頑なな拒否。参加を否定することがそのまま根底的相対主義の原因である、と論理的に証明するすべは私にはないし、そもそもそうした原因／結果の関係を論じているのではない。けれども、参加の否定と根底的相対主義は、実際には深く対応しているように思える。近代科学のみが参加を否定するのであり、近代科学のみが根底的相対主義の問題を抱えているのだ。片方がなければ、もう片方もありえないのではないだろうか？　私のこれまでの分析によれば、参加とは「人間と自然の結びつきにある内在的な真理もしくは秩序」であり、それを否定することが堂々めぐりの思考パターンを生むと考えてよいのではないだろうか。量子力学の例が示すように、近代の認識論は、意識的知覚の外に追いやろうとしてきたものの噴出によって、いままさに破裂しつつある。意識的・経験的現実のみを現実の総体として見ようとすること。それはもとより破産するほかない試みである。無意識は決して抑えられたままではいない。素朴なアニミズムを超えた参加、それを人間の主観性と呼ぶにせよ、暗黙知、あるいは形づけと呼ぶにせよ、それをひとたび知られるもののなかに取り込みさえすれば、問題は消滅する。参加する意識を自らの内に認めるシステムであれば、もとよりそれは、自らを分析する「能力」を持つことはない。なぜなら、いかなる形の参加であれ、それは知るものを知られるもののなかに取り入れることだからだ。ということはつまり、そのようなシステムは自己分析をすでにその方法の一部として含んでいる。世界像から自己を追放し参加する意識を追放することによってのみ、奇怪なパラドックスが生じる。主体的実体なるものが、あたかも分裂病者のように世界の外に漂い、その世界像の救い難い欠陥を自ら糾弾することになるのだ。『悲劇の誕生』のなかでニーチェは書いている。

科学は自らの精力的見解にせき立てられ、論理に内在する楽観主義が破綻せざるをえない限界へと、否応なしに近づいていく。(……)周縁にまで邁進した探究者は、論理が自らにその牙を向けおのれの尻尾を咬むことを悟る。そのとき探究者は新しい認識を得る。それが悲劇の認識なのだ。(31)

またニーチェはこうも言う――「科学的原理に基づいて築かれた文化は、ひとたび非論理をなかに入れてしまえば崩壊せざるをえない」。では、自らを分析し、自らの限界を認識し、ほぼ終焉に達した我々の科学的文化に残された道は、ニーチェの言うように悲劇と破滅だけなのだろうか? 私はそうは思わない。むろん大きな混乱は避けがたいだろう。しかし、全面的破滅だけがその終局の姿だとは言い切れまい。破滅もひとつの可能性なら、参加しない意識の誤謬を直視し、新たな自然観、新たな科学的問いかけに基づいて、新たな文化を創り出すことも、またひとつの可能性ではないか。ニーチェは不幸にも、科学的唯物論に代わるべきまともな道が何ひとつない時代において結論を出さざるをえなかった。だが我々はもっと恵まれた状況にある。脱デカルト的パラダイム創造に向けての次の一歩は、参加する意識を確固とした生物学的土台の上に据えることだ。すなわち、生理学の言葉によって、「人間と自然との結びつきにある内在的な真理もしくは秩序」の存在を証明することだ。

科学のみが「客観性」に価値として固執していながら価値から自由であることを主張する。近代の特徴である、事実と価値とを分離する試みは、哲学的可能性として決して有効ではありえない。だがこれまでは、我々の議論もまたきわめて抽象的であり実体を欠いていたようだ。もしも内在的な秩序が存在するならば、それは人間の情感にかかわるものでなければならない。人間は理念的存在でもあれば情感的存在でもあるからだ。あるべき世界観は、身体＝一体化＝肉体感覚をその根底に置くものでなければならないだろう。四世紀にわたる抑圧ののち、ようやくエロスが裏口からふたたび入って来るのだ。

内なる時の笛は鳴る　たとえ我々には聞こえなくとも。
「愛」とはその音が入ってくること。
愛が果ての果てを打つとき　それは叡智に達する。
その知識のかぐわしさ！
それは我々の分厚い体を貫き、
壁という壁を通り抜ける――
その旋律の網は　まるで百万の太陽を組み合わせたかのようだ。
内に真理を宿している調べ。
いったい他にどこでこんな音を聞けるだろう？

カビール、十五世紀。ロバート・ブライによる英訳

もうひとつの世界はたしかに存在する、
ただしこの世界のなかに。

ポール・エリュアール

第六章　エロスふたたび

エネルギーは唯一の生でありそれは**肉体**から発する。
理知とは**エネルギー**の境界であり外縁である。（……）
エネルギーは永遠の**歓喜**である。

ウィリアム・ブレイク『天国と地獄の結婚』（一七九三）

前章の終りで述べたように、これまでの議論は、それに身体についての考察が加わってはじめて意味を持つ。たしかにポランニーも、暗黙知が形成されるときに身体が重要な役割を果たすことを指摘してはいる。暗黙知は生物的レベルで生じるのであり、それは子供や動物が世界を知るやり方につながる、と述べてはいる。だが彼がこの問題を十分に展開しているとは言いがたい。デカルト主義を斥けていながら、ポランニーはまだその枠のなかに囚われ、身体的なものと頭脳的なものとをはっきり結びつけることができずにいる。このふたつを結びつけるためには、デカルト的パラダイムを徹底的に否定し、かつその否定がもたらすさまざまな問題を直視することが必要だろう。まず何よりも、それらの問題を生きる覚悟がなくてはならない。デカルト的文化のなかにあっては、これは生易しいことではない。

ごく最近までは、主な科学者のうちこの困難な仕事に正面から取り組んだのは二人しかいなかった。この二人がいずれも精神科医であったことはおそらく偶然ではない。人はそれぞれ〈内＝ここ〉と〈外＝そこ〉との境界をどのように捉えるのか、精神医学はまさにそれを中心的問題としているからだ。そのひとりは、第三章で論じたユングである。ユングは科学万能主義から訣別した。だがすでに見たように、その結果、時間を逆戻りしてしまった。中世・ルネッサンスの錬金術のなかに、前近代の精神を満たしていた全体性——それは現代においても、夢のなかにまだ残っている——をユングは見出した。夢の分析がいつの時代も変わらぬ重要性を持っていることは言うまでもない。しかし、ユングの思想に基づいて科学を再構築しようとする限り、それはオカルト的世界観への全面的回帰であり素朴なアニミズムへの逆戻りであるほかはないだろう。ユングはたしかに非《ノン》デカルト的世界観への道を示してはくれるが、その思想は、本書のめざす脱《ポスト》デカルト的世界観の土台とはなりえない。

デカルト主義の否定がもたらす問題を生き抜いたもうひとりの重要な科学者は、ウィルヘルム・ライヒである。晩年の法外な主張と徹底した科学至上主義的姿勢にもかかわらず、ライヒこそは、精神／身体の関係についての我々の知識を飛躍的に高めてくれた人物である。脱デカルト的認識論がどのような形をとるにせよ、ライヒの業績がそれに大きく貢献することは間違いないだろう。中世に惹かれていたユングとは異なり、ライヒは前向き（すなわち同時代に目を向け、政治的には急進派）の人間であった。そのため、彼に浴びせられた攻撃も、単にその思想が反理性的であるという批判にとどまらなかった。私が知る限り、ライヒはＦＢＩに著書を燃やされた唯一の思想家である。この事実は、ライヒの思想がいかに核心を衝くものであったかを物語っている。西洋工業社会は抑圧された本能を希求しかつ同時に憎悪している、とライヒは主張した。ライヒに対する憎悪に満ちた反応も、おそらくはこの主張の正しさを裏づけているのだ。ライヒは、たがの外れたアポロ的理性の文化のなかにディオニュソス的身体を取り戻そうとしたが、彼の業績の真の重要さは、人がものを理解するさいに身体的な知こそがその根本にあるということを明らかにしたことにある。理知（intellect）は根底において情動（affect）に根ざしているのだという認識。本能の抑圧は不健康であるばかりか、事実的にも歪んだ世界観を生み出すのだという主張。このふたつがライヒのポイントである。本書の論に即して言えば、ライヒの思想、特に人間の無意識についてのその洞察は、暗黙知の概念に血と肉を与える役目を果たす。これによって、アニミズムを超えた「参加」がはじめて可能になるのである。身体と無意識がひとつであることが科学的に証明され、それとともに無意識と暗黙知との密接なつながりが認識されれば、主体＝精神／客体＝身体の二分法は崩壊するだろう。いまや身体的な知があらゆる認知行為の一部分となるからだ。理性《ロゴス》と本能《エロス》との分離は、人類の歴史全体からみれば、おそらくごく短い間の出来事でしかない。いまふたたび、真理追究におけるこの古くからのパートナーたちは、たがいの関係を取り戻しはじめているのだ。

ライヒの発見は、参加する意識の問題にとってきわめて大きな意味を持つ。十七世紀以来、科学的思考のみが真の認識であると信じられ、他の知のあり方はすべて「単なる」感情にすぎないと退けられてきた。だがすでに見たように、古代ギリシャの一体化《ミメーシス》の伝統にあっては、身体的認識と理知的認識はひとつだという考えこそがその核心にあった。それをもっともよく表しているのが、聖書における「知る」という言葉の使われ方だろう――「かくしてアブラハムは妻サラを知れり」。これに対し近代においては、科学とその他の知の形式とを結びつけようとするとき、それはつねに大きな問題を生んできた。スザンヌ・ランガーによれば、真剣な哲学が非論理的思考を取り入れようとする場合、つねにその哲学は神秘主義や非合理主義まで飛躍してしまう。要するに「思考というものをまったく切り捨ててしまう」のである。[1] 本能《エロス》を復権させるためには、本能《エロス》もまた理性《ロゴス》同様に世界を知るための確固たる道であることを明らかにし、そしてこの道を無視してきたことが近代の知を不具にしたのだということを実証しなくてはならないだろう。そうした作業を実践してきたのが、ライヒとその後継者たちなのである。

　この章でまず最初に明らかにしたいのは、本能《エロス》と理性《ロゴス》の結びつきが、前意識段階の幼児期における科学的事実だという点である。言いかえれば、ホリスティック（全体論的）な世界観、参加する意識には生理学的な根拠がある、ということだ。次に、身体と無意識とをひとつとみなすライヒの視点を私なりに発展させ、これを「暗黙知」の概念と組み合わせて、幼児期の全体論的経験が、大人による世界の認知や理解においても生き続けていることを論証したい。この二点を合わせれば、第五章の分析に生物学的根拠を与えたことになり、デカルト的パラダイムが現実を知る正当な方法ではないことが立証されるだろう。そして、ついに、新しいホリスティックな科学とはどのようなものかを探る道が開けることになるだろう。

　フロイトがはじめて幼児発達の過程を体系化して以来、人間の誕生後の三カ月間は「第一次ナルシシズム」(primary narcissism) 期であるということが定説となっている。エーリッヒ・ノイマンの用語で言えば「宇宙的無名期」(cosmic-anonymous phase) である。この時期において幼児は全面的に無意識である。「一次過程」(primary process) とも呼ばれるこの期間は、基本的に胎内期の延長である。この間幼児は、自分と母親とが、共有の境界を有する、いわば二元的単体であるかのように行動する。そして、自分自身のなかにおいてと同様、他者のなかにおいても違和感なく生きている。母乳をはじめとする外からの刺激も、内から来るものとして認知するのである。世界は主として手と口を通して探究される。サム・キーンは『不思議を弁護する』において次のように述べている。

> 幼児とははじめ、ひとつの口である。母親の胸やその他の外界の物体を口から取り入れることが、幼児が外界とか

かわる最初の方法である。幼児は現実を文字通り味わうのであり、現実が口に合うかどうかを試しているのである。美味しそうなもの——母の乳房、親指、目の前の玩具——を口に入れ、直覚し、自分のなかに取り込もうとするのだ。

幼児においては、主体と客体はほとんど差異化されていない。このことからフロイトは、この幼児的状態こそ、成人の神秘体験において二元的意識を突き抜けて現れるものだと論じた（ロマン・ロランはそれをフロイトに宛てた一九二七年の手紙のなかで「大洋的感情」と呼んだ）。この段階においては、現実の快楽と現実の知識はひとつである。価値と事実が同じものなのだ。エーリッヒ・ノイマンは述べている——「子供が自己自身や他者を経験する主要な場は、性感帯を有する身体の表面である。幼児はいまだその肌においてすべてを経験するのである」(2)。

この時期から生後三年目までの間に、徐々に発達が重なる結果、ひとつの大きな断絶がもたらされる。これが自我の結晶化（ego crystalization）である。しかし、誕生時の精神的外傷《トラウマ》、現代の苛酷な育児法、環境が不可避的にもたらす不快などをすべて考慮しても、「宇宙的無名性」という言葉は、誕生後の二年間全体を描写する言葉として決して不適切ではない。その後の人生に較べれば、それはほとんど楽園であると言ってよい。胎児期以来一貫して、幼児の身体すなわち無意識がつねに外界から受け取るメッセージとは、主体／客体の融合を伝えるメッセージであり、自己／他者という区別・対立の不在を伝えるメッセージなのだ。このメッセージの持つ強大な力こそあらゆる全体論的認識の土台にほかならないが、その力は、これを生理学的に言いかえてみればいっそうはっきりする。すなわち、幼児期の存在は完全に体感覚的（sensual）であり、これほどの体感性を人は二度と取り戻すことはない。フロイトの有名な公式によれば、前意識の幼児は「多形倒錯」（polymorphously perverse）である。だがより正確には「多形完全」（polymorphously whole）と言うべきである。幼児の身体の表面全体が感覚器官であり、幼児とその環境との関係は、その大部分、たしかな触覚を通して結ばれる。その身体全体が、したがってその世界全体が、体感覚的なのである。ということはつまり、我々すべての身体、我々すべての無意識のなかで、二年以上にもわたって「私と私の環境はひとつだ」という根本的実感が持続するということだ。そしてこの実感は、決して完全に消え去ることはない。これを「一次《プライマリー》過程」と呼ぶのはそのためである。夢にも似た構造を持つ思考・知覚を通しての、無意識による世界の知。これこそが初源《プライマリー》にあるのだ。フロイトが言うように、自我は二次的な現象にすぎない。それは、宇宙的無名性のなかから結晶化してくる構造体にすぎないのである。(3)

だとすれば、ここでひとつの素朴な疑問が生じてくる。なぜそもそも楽園を去るのか？　なぜ自我などが結晶化する必要があるのか？　マーガレット・マーラー、イーディス・ジェイコブソン、ジャン・ピアジェといった自我心理学者たちは、自我の発達を研究するさい、自我形成が先天的かつ普遍的な過程であると信じ切っている。さすがにフロイトは鋭敏な歴史感覚の持ち主だけあって、そう簡単に決めつけたりはしない。意識の歴史についてのこれまでの議論が明らかにしているように、人類の歴史のなかには自我が結晶化しない時期もあった。ホメーロス以前の人間は、ほぼ全面的に一次過程のみで成り立っていたのであり、彼は一体化《ミメーシス》によって世界を知ったのである。中世の人間もまた、ある程度は、自分を環境と連続した存在として捉えていた。この考え方の最大のスポークスマンが錬金術師だったわけだ。そしてすでに見たように、この考え方が崩壊したのはようやく十六世紀も終り近くになってのことである。『ドン・キホーテ』はまさにその崩壊の物語であった。フロイトは、自我の結晶化がこのように比較的最近の現象にすぎないことに気づいていた。そこでフロイトは、現代の幼児はその成長過程において人類全体の歴史を反復するのだという、系統発生／個体発生論を用いて、自我の発生の問題を説明しようとした。この理論を受け入れ、自我形成を全面的に先天的・普遍的なものとは考えないとすれば、必然的に我々は（フロイトが生涯の大半そうしたように）、現実（すなわち環境）から不快な刺激を受けた結果として自我は結晶化を強いられるのだ、と考えざるをえなくなる。「現実原則」という言葉や、「イドあるところに自我あらん」という有名なフロイトの格言もここから来ているわけである。だとすれば、時代とともに自我が次第に強固になってきているという事実からみて、現実——とりわけ育児の方法——もまた、時代を経るにつれて次第に不快さを増してきたのだと考えざるをえない。そして、自我力が中世末期に現代とほぼ同じ強さで現れるようになったことからみて、中世末期において現実そのものも大きく転換したに違いないと思われる。要するに、自我形成にはたしかに先天的な側面もないわけではないが、文化によってつくられる面もあるのだ。どうやら、歴史とは、人間が世界から次第に疎外されていく過程にほかならず、その過程が煮つまったのが、中世末期すなわち科学革命前夜だと言えそうである。

自我発達の先天的側面と後天的（歴史的）側面とを論じる前に、前の段落で述べたことにひそんでいる、きわめて大きな意味を指摘しておかねばならない。すなわち、もしフロイトの理論が正しいとすれば、問題は、正常な人間生活の動かしがたい事実と思われている「自我」が実は文化のつくりものにすぎない、ということだけではない。少なくとも現代の自我のあり方は、資本主義の時代の産物、工業時代の産物でしかない、ということにもなるのである。現代社会では、自我力の強さが精神の健全さの指標とさえなっている。だがこのような世界内存在のあり方が「自然」になったのはルネッサンス以降のことにすぎない。それは単に順応を楽にするための道具でしかない。すなわちそれは、世界をもの扱いし操作する（つまりは生を否定する）社会に必要な道具でしかないのだ。それだけではない。自我がこのように歴史的につくられたものだとすれば、現在の形の社会が消滅するとき、我々が理解しているところの「人間」もまた消滅するのではないか？「人間」の終焉。この不気味な結論こそ、『言葉と物』の結末においてミシェル・フーコーが避けようとして避けられなかった結論ではなかったか。言いかえれば、生のあり方が変わるとすれば、それは、自我力を善と考える姿勢が消滅するというだけではなく、存在の方法としての自我力そのものが消滅し、したがっていま我々が思い描いている「人間」そのものが消滅するということになるかもしれないのだ。こうした考え方は、もうひとつの驚くべき（あるいはもはや驚くには当たらないかもしれないが）意味を示唆している。それは、現在我々が健全な人格のしるしと考えているさまざまな特徴が、実は子供や子育てに対する、神経症的と言うほかないような姿勢の産物にすぎないのではないか、ということだ。そしてこれこそが、ライヒ心理学の核心である。(4)

自我形成の問題に話を戻そう。最近の研究において、人生の最初の二年間、いや最初の三カ月ですらも、フロイトやノイマンが思っていたほど無名的でも無意識でもないことが分かってきた。新生児は、ものが皮膚に触れればあまり正確でないにせよそれが体のどの部分かが分かるし、音が聞こえればそれがどこから発しているのかが分かる。空間のなかにある物体の位置を見定めることもできるし、生後六日で模倣をするようにもなる。母親が舌を突き出せば、赤ん坊も真似して舌を出す。トマス・バウアーが指摘しているように、これはかなり複雑な行為である。母親の仕草を真似るためには、自分の舌が目の前の母親の舌に対応するものであることを認識していなくてはならないからだ（しかも赤ん坊は自分の舌をその感触を通してしか知らない）。このように自分の体のある部分を他者のそれと同一視して見ることは、主体／客体の相関関係の原初的形態であると言ってよい。(5)

生後四、五ヵ月になると、最初の三ヵ月の特徴であった、これといって対象を持たない微笑が、母親に対する固有の反応に変わる。それとともに赤ん坊の表情に注意深さが加わり、単に流されるままといった感じがなくなってくる。マーガレット・マーラーによれば、外界に対する姿勢のこうした変化こそ、身体／自我の分離の端緒である。六ヵ月になると、赤ん坊はいろいろな「実験」をするようになる。母親の顔や髪を引っぱったり、母親の口に食物を入れてみたり、母親をもっとよく見ようと身をよじって離れてみたりするのである。七、八ヵ月ごろから、もの同士を較べてみるというパターンがはじまる。母親から目を離し、また母親に目を向ける。こうして見慣れたものと見慣れないものとを較べているのだ。八ヵ月になるといろいろな対象の区別がつくようになり、たとえば父親と母親とを見分けるようになる。また相手の気分を示すさまざまな表情にも反応しはじめる。九ヵ月になると、見せられたものを何でもかんでも手でつかむことをしなくなり、まずそれがどんなものかを目で見て確かめようとする。この後三ヵ月の間に、ものは自分が見ていないときでも存在しつづけるのだという考えが備わってくる。(6)

自我形成にはさらに別の側面もある。これは、鏡を前にしたときの幼児の行動の変化をたどることで見えてくる。鏡のなかに人間の身体像があることにはじめて気づくのは大体生後六ヵ月である。この時点の幼児は、鏡のなかの他者の像に微笑みかけているのである。六ヵ月から八ヵ月にかけて、鏡の前での動きがゆっくりになり、いかにも考え込んでいるといった表情で、自分の動きと鏡像の動きとを較べるようになる。九ヵ月から十ヵ月になり、子供は鏡像を観察しつつ自分の体をゆっくり慎重に動かす。自分自身と鏡像との関係について実験しているのだ。十二ヵ月になり、子供は鏡像が自分の象徴《シンボル》であることを理解する。だがこの事実の把握はしばらくはまだあやふやであり、そのため鏡を前にして遊ぶ時期は当分続き、子供によっては生後三十一ヵ月ぐらいまで続く(7)。

十〜十二ヵ月から十六〜十八ヵ月にかけて、子供はより大きな環境にその領域を広げるようになる。はって歩くことで母親から物理的に分離し（もっともまだ時おり母親にしがみつくが）、やがて立って歩くようになる。いまや子供はより大きな距離から母親を眺め、より広い世界と親しむようになる。十五ヵ月から二十四ヵ月にかけて、はじめの「宇宙的一体感」が本格的に壊れてくる。この時期の子供は、影のように母親につきまとうかと思うと、急に逃げ出したりする。むろん母親が追いかけてきて抱き上げてくれることを期待しているのであり、こうやって子供は、別離と再一体化とをコントロールすることを覚えていく。ここには母親とふたたび一体化したいという欲望と同時に、母親にふたたび呑み込まれてしまうことへの怖れがある。母親はいまや、子供の心のなかでは、ただの基地《ホーム・ベース》ではなく、ひとりの人間である。母親に見せようと、外の世界からものを持って帰ってくるようになるのもこの時期である。さらに、子供は自分の体を個人的所有物と考えるようになり、やたらにさわられることを嫌がりはじめる。また、母親がいないときでも、母の不在という事態に対処するすべを身につけはじめ、イナイイナイ／バアのゲームをするようになる。わざと隠したオモチャを見つけて遊んだり、鏡の前に立っていて不意に見えないところに体を動かしたりするようになるのである。あるいはまた、母親か父親に手で目隠しをさせて（「イナイイナイ」）それからパッと手を外させたり（「バア」）、あるいは親に自分が見えないふりをさせ、それから親がいかにもうれしそうな顔で「見つけた！」と言うのを喜んだりする。言葉を覚えるのは一歳期からである。それ以前「バブバブ」という感じでいろんな音をつくり出したり真似したりしていたのが発展して言語になるのである。「ボク（アタシ）」(I)という代名詞を使うようになるのは、大体二十一ヵ月くらいからである(8)。

これらの行動は、一見したところすべて先天的に決まっているように見える。そのため、最初の二年間において一次過程が支配的だとは考えがたいように思えるかもしれない。自我の芽は生まれたときから備わっていて、それが徐々に成長していくように見えるかもしれない。しかしここで、自我とは何か、自我意識とは何かをよく考えてみる必要がある。自我意識を持っていなかった、ホメーロス以前のギリシャ人も、高度に洗練された言語体系を習得し発展させたことをはじめ、ここで述べたさまざまなプロセスの大半をやはり同じように経験したのである。とすれば、これらもろもろの発達は、自我結晶化のための必要条件かもしれないが、決して十分条件ではない。ここで自我意識を妊娠にたとえてみてもよいかもしれない。自我意識の発達にしろ妊娠にしろさまざまの段階があるが、（古いことわざを持ち出せば）「子を生むまで妊娠は終わらない」。妊娠も自我形成も、出産・自我結晶化という、量子飛躍にもたとえうる明確な断絶が結果として生じるまでは終わらないのである。現代の子供の場合、この断絶が起きるのは大体二歳半ぐらいである。この時期、子供はある日突然驚くべき思いに捉えられる――「ボクはボクなのだ」。むろん子供はこの何カ月も前から「ボク（アタシ）」という代名詞を使ってきている。そしてホメーロス以前のギリシャ語のみならず、あらゆる古代の言語にも「私」という一人称代名詞が存在したことは言うまでもない。だが「私」という言葉を使うことと、「ボクはボクなのだ」という思いを抱くことは、同じではない。「ボクはボク」という思いは、まったく別の次元の存在を表現している。自分は究極的には他者によって知られえないのであり、他者から決定的に隔たっているのだ――そういう認識がそこにはある。この認識が生じるのは、鏡のなかの像が何を映しているのかを子供がはっきり分かってくる時期とおおよそ一致している。そしてメルロ＝ポンティが指摘したように、この認識こそが疎外のはじまりなのだ。これ以降、子供は自分が他人から見られる存在であることを理解するようになり、自分が感じている「ボク」と他人が見ている「ボク」の間にずれがあることが分かってくる。外の世界は、自分が感じている自分を否定するような形で、自分を解釈してしまうものであることを、子供はいまや思い知る。二歳期は（少なくとも西洋近代の文化にあっては）親にとってつらい時期である。子供が頑なに自分のアイデンティティを打ち立てようとするからだ。だが、この時期「悪い子」にならない子供は、のちに精神病になる危険さえある。なぜなら多くの精神病の根底にある恐怖とは、自分のすべてが他人に見えてしまっているという思いであり、自分は他人が解釈した自分以外の存在ではないのだという思いだからである。この時期の健全な子供は、人に見つめられるのを嫌うことが多い。自分のアイデンティティが、自分の演じる役割や自分のいる状況を超えた、ある「ボク」であることを理解しており、その「ボク」という自我が多かれ少なかれ世界と対立し、世界が自分に押しつけてくる解釈と対立することを知っているからだ。こうして、二元的意識が取り返しようのない事実となってゆくのである。(9)

したがって、自我結晶化それ自体は、さきに述べた一連の運動能力や認識能力の発達とはまったく別である。第三章でジュリアン・ジェインズの分析をもとに論じたように、自我の結晶化などなくとも文明はいくらでも成立しうる。自我の助けがなくとも、政府も戦争もピラミッド形寺院もハムラビ法典も日食の予想もすべて可能なのだ。むろんそうしたことをするためには、模倣したり把握したり空間のなかに物体を位置づけたりする能力が備わっていなければならない。だがそのためには魂の探索も自己認識も必要ではない。この点を長々と強調するのは、自我意識にとらわれた我々にとって、自我の結晶化が比較的最近の事象にすぎないことを実感するのはきわめて困難だからだ。自我結晶化という断絶なしでも、前述の運動・認知能力の発達のほとんど全段階を通過することができること、これが我々にはなかなか理解できない。だが少なくともこれだけはたしかである——自我形成は部分的には先天的に決まっているが、それが「飛躍」しそれまでのバランスを決定的に崩すためには、文化の引き金がどうやら必要なのである。たしかに自我結晶化は「自然」かもしれない。しかしだからといって、それが「不可避」であるということにはならないはずだ。現在の世界を見渡しても、自我力の強さは文化ごとにそれぞれ違っているし、プラトンの時代のギリシャから科学革命までの間に自我が徐々に堅固になっていった(そしてその後堅牢さが急速に高まっていった)ことを見れば、自我結晶化による断絶が普遍に思える枠組のなかですら、きわめて多様な可能性があることが見えてこないだろうか。どの証拠を見ても、実験室で子供に実験をして自我結晶化の先天性と普遍性を証明しようとする自我心理学の限界を暴いているのである。

では、自我とはいったい何なのか? まず言えるのは、自我と言語は、同じものではないにせよ、重要な点で構造的に類似しているということだ。ダニエル・ヤンケロヴィッチとウィリアム・バレットによるこの問題についての先駆的著作『自我と本能』で指摘されているように、自我と言語は進化と文化の共同製作物であり、社会がしかるべき時期にしかるべき経験をもたらさなければ自我も言語も発達しえない。もしも「バブバブ」期が社会的コンテクストのなかで訪れなければ、子供は言葉を覚えないだろう。動物に育てられた子供のいくつかの事例がそれを立証している。文化の引き金なしでは発達しないという意味で、言語も自我も「不完全な心的構造物」と呼ぶことができる。ヤンケロヴィッチらはこれを「発達体」(developmentals)と呼んでいる。詳しく言えば、「生涯のサイクルの特定の諸段階において、系統発生的諸要因がしかるべき個人的経験と相互に反応することによってのみ生じる構造物」である。[10]だがむろんそうした「個人的」経験とは本質的には社会的なものであり、文化によっても時代によっても大きく異なる。

自我結晶化にとって文化的要因が重要であるという事実は、前述のような一見先天的に見える自我発達の記述からも実は読みとることができる。トマス・バウアーが言うように、ある種の認知は先天的であり、ある種の認知は後天的である。[11]たとえば、人がものを見ていないときもものは存在するとか、ものは変容することのない堅固な実体であるという考えは、すべての文化に共通するわけではない。あるいはまた、あらゆる文化の子供たちが、母親に影のようにつきまとって突然逃げ出すという遊び、「イナイイナイ／バア」の遊び、あるいは二歳期のアイデンティティ探索をするかどうかも定かではない。おそらく近代以前には、これらの遊びはまったく存在しなかったのではないだろうか。また、非工業文化にあっては自我力ははるかに希薄だし、したがって自我形成もおそらくずっと緩やかだろう。たとえばグレゴリー・ベイトソンとマーガレット・ミードがバリ島人について行った調査によれば、バリ島での育児慣習は我々のそれとはほとんど共通点がない(第七章参照)。同じように、体にさわられるのを一歳半の子供が嫌がるという現象は、中世においては見られなかった。第三世界の大半の国ではおそらくいまでもそうだろう。[12]

これと対照的なのが、マーガレット・マーラーが調査したニューヨークのマスターズ児童研究所のリサーチ・グループに加わったアメリカ人の母親たちである(注2参照)。彼女たちのうちの何人かは、このグループに加わったことに強い特権意識を感じていた。そのため、子供の成長を張りあう競争心が非常に強く、認知・運動能力において自分の子供ができるだけ早熟であって欲しいと考えていた。調査員も母親も、自我発達の徴候(もしくは彼らが徴候と思ったもの)が現れるのを息を殺して見守った。それらの徴候がまったく見られない子供がいたとしたら、おそらくその子は自閉症のレッテルを貼られたことだろう。だが人類の歴史のある時点においては、人はみなそれこそ「自閉症」だったのだ。そういう時代には、自我形成の方こそ親を不安にしたのである。自我形成を一方的に肯定する現代の偏向が、自我形成の「科学的」研究を歪めないはずはない。マスターズでのリサーチ・グループは、まさにアメリカの精神風土を忠実に反映している。生後六カ月ぐらいで「私の息子は博士でして」という古典的ユダヤ・ジョークは、もうユダヤ人だけに当てはまるものではなくなっている。それは、あまりに硬直した自我構造を生産しつづける西洋工業社会の常態なのだ。赤ん坊が産声を上げる間もなく社会化のプロセスにさらされるような社会にあっては、先天的なものと後天的なものとをはっきり区別するのはきわめて困難である。(13)

では、さまざまな文化的要因のうち、どれとどれが自我結晶化の引き金となるのだろうか？　これは非常に複雑な問題である。自我とは人類に普遍的なものだという誤謬が広がっているために、この問題についてはは研究もほとんど進んでいない。だがひとつの要因については、かなりたしかなことが言えそうである。すなわち、西洋における自我の肥大の歴史が、抑圧の増加と本能《エロス》の喪失の歴史と重なりあっていることは疑いえない。本来なら生後二年間に生じるはずの身体的接触や肉体的快楽は、ここ数世紀にわたって減少する一方なのである。古典的な「昇華」理論が言うように、自我は肉体的快楽の放棄を代償として形成されると述べるだけでは十分ではない。むしろ、抑圧（性的疎外）こそが、自我形成の必要条件――おそらくは十分条件――なのだ。要するに、十分な抑圧があれば、バランスは崩れ精神が「妊娠」して自我を生むのである、そう考えてよいのではないか。この考えを支える証拠を簡単に検討してみよう。

農耕文明の発生（紀元前八千年ごろ）以前、人間は狩猟と採集によって暮らしていた。必然的に当時の母親は、いつどこでも赤ん坊を肌から離すことはほとんどなかった。母と子は出産後も一心同体だったのである。眠るのも一緒であり、母はほぼ四年にわたって子に乳を与えた。授乳は子供のお腹がすいたときに行われ、スケジュールを決めて乳を与えるなどということはなかった。(14)

こうした慣習は、その後数千年にわたってほぼそのままの形で続いた。たとえば古代ローマ領ユデアでは、授乳はおおむね二年から三年行われ、赤ん坊はいつも母親が抱いていて、ベビーベッドに入れられたり放ったらかしにされたりすることはなかった。もう少し大きくなるとおんぶか肩車をした。第三世界ではいまでもそうである。ギリシャ人は新生児を暖かい産湯に入れたが、これは胎内の環境を持続させるためだった。紀元十一世紀、アラブの偉大な外科医アヴィセンナは、授乳は二年間行うべしと母親たちに勧め、乳離れは急にではなく徐々に行うようにと説いている。このような警告がなされたということは、長期間子供に乳を与える習慣が当時なくなりつつあったということかもしれない(15)。

興味深いことに、子供に母乳を与えることのもっとも重要な意義は、母乳の栄養それ自体ではなく、むしろ授乳時の母と子の接触による皮膚刺激にある。あらゆる哺乳動物にとって、生後数年間、なかでも一番はじめの数カ月に十分な量の触覚刺激が与えられないと、健全な成人生活が損なわれる恐れがある。これを立証するおびただしい数の証拠を示しているのが、アシュリー・モンタギューの『タッチング——親と子のふれあい』である。そればかりか、神経系の正常な形成もそうした触覚刺激なしでは成立しない。たとえばミエリン形成(神経のまわりにあって神経を保護する、脂肪状の髄鞘の形成)などがそうである。幼児が受ける触覚刺激の量は時代とともに徐々に減少してきたが、一五〇〇年ごろまではそれでもまだ十分な量が与えられていた。母親が子供を肌につけて運んだり、長期間母乳を与えたり、あるいは幼児の生殖器をなでてやったりして、身体刺激は幼年期の大きな要素だったのだ。そして、いまだ近代化の影響を受けていない地域では、まだこれらの慣習が残っている(16)。

現代の非西洋世界の育児習慣は、ルネッサンス初期ごろまでの西洋の育児習慣がどのようなものだったかを考える糸口を提供してくれる。むろん両者がそっくり同じだなどと言うことはできないが、前者を見て後者がどのようなものだったかを推測しても、おそらくそう的外れにはなるまい。たとえば、バリ島では子供を腰に乗せるか吊りひもで運ぶかして、生後二年間はほとんどいつも母親と触れあうようにしている。最初の六カ月は、風呂に入れるときを除き子供が誰かの腕のなかに抱かれていないことは決してない。そして風呂のときも、男の子なら両親がその生殖器をなでてやるのが常である。現代のいわゆる「未開」社会についても同様の報告は数多い。同じように、西洋でも、以前は幼児の生殖器をもてあそぶ慣習があったことを、フィリップ・アリエスが『〈子供〉の誕生』で指摘している。アリエスによれば、中世には、人前で子供の生殖器に触れることは一種の遊びとして考えられていて、それが禁じられるのは子供が思春期に達してからであった。こうした姿勢が一変したのはルネッサンス期だが、イスラム文化圏においてはまだこれが広く残っているとのことである。興味深いことに、新生児を産湯に入れたり、幼児の性衝動を奨励したりする習慣は、現在アメリカでも少しずつ復活してきている。そうした習慣が、より不安の少ない、より健全な性生活につながるというわけである。[17]

アリエスはさらに、中世後期の大人が子供にどういう態度で接していたかを詳しく論じている。それによると、この時期に、子供との身体接触の習慣に大きな変化が生じた。[18]『〈子供〉の誕生』のもっとも重要なテーマである、分離、隔たりという問題もこれにつながっている。十六世紀末までは、核家族という概念はむろん、子供という概念がそもそも存在しなかったことをアリエスは実証している。たとえば十二世紀までは絵画が子供を子供として明確に描き分けることはなかったし、十六世紀まで子供の肖像画というものはほとんど存在しなかった。十七世紀は子供を文字通り「発見」したのであり、十七世紀になってはじめて、人生のいくつかの段階の一ステップとして子供時代を区切るようになったのである。だがそれは、より丁寧に幼児を世話するようになったということではない。むしろ、区切ることが、子供と大人の間に隔たりをもたらしたのである。成長の段階をはっきり目に見えるようにするための子供服が作られ、十六世紀の終りには、体を触れあうことは危険であるという風潮が急速に広まった。子供たちは他人の目から自分の体を隠すように教えられるようになった。これに加えて、子供は決してひとりきりにしてはならないという考えが生まれた。その結果、大人は一種の精神的番犬となった。子供を愛撫し可愛がるのではなく、昼夜子供を監視するようになったのである。まさに、科学的観察、科学的実験の原型がここにあると言ってよいだろう。

これと同じパターンが、中世後期の学校においても組織化された。生徒はつねに監視され、告げ口が日常化し、体罰が広く行われた。それまで懲罰の主要な方法だった罰金はいまや笞刑に取って代わられ、生徒たちを人前で血が出るまで打つことが日常化した。十八世紀に入るころには、英国では毎日のように笞刑が行われるようになっていた。青少年に自制心を教えこむにはそれが一番だと考えられたのである。

このように、育児の慣習は中世末期に大きく様変りした。それまでは保護することに重きが置かれていたのが、管理することに重点が移ったのである。言うまでもなくそれは、世界を分類し管理しようとする新しい文明の発生に対応している。育児の慣習からも分かるように、西洋社会も十六世紀までは性の抑圧がそれほど強くなかった。アリエスの言う「本質的に男性的な近代文明」こそが、子供の身体快楽を奨励する慣習を弱めたのである。男性を長とする核家族の発生は、十七世紀において大きな流れとなった。それまで家族の最重要単位は「家系」、すなわち同じ先祖から発する子孫たちからなる拡大家族であった。だが核家族の成立によって、共同体生活の柔らかな雑多性は姿を消しはじめた。家族内でそして家族間で格差が生じるようになった。中世には時に三十人ほどもいることもあった家庭は次第に縮小し、どの家族も均一の構成になってきた。それまでは家中にばらばらに置いてあったベッドが、専用の寝室に置かれるようになった。だが我々なら「混沌」と呼びそうな昔の状況は、実は現実の多様性にほかならなかったのだ。アリエスの言う「さまざまな色のメドレー」である。いまでもそれは、たとえばデリーやバラナシの街角で見ることができる。そこでは、八種類の交通機関と四十の異なったタイプの人間が、ひとつの狭い街並のなかでひしめき合っている。あるいは地中海の町の、夕暮れの街路に群がる人波を考えてもよいだろう。すべてが清潔できちんとして均一でないと気が済まない、「男性的」文明が急激にその力を増したのは、科学革命直前のことである。十三世紀以降、家庭における妻の権力は減衰を続けていた。たとえば長子相続制（長男が遺産を独占する）の法律はそれを明確に物語っている。また、出産の慣習を例にとれば、十六世紀半ばまでは、時に占星術師が呼ばれたことを除けば、男が出産に立ち会うことは許されなかった。ところが一七〇〇年には、助産婦の多くが男性になっていた。分類し管理する世界、「職業的」文明、それは男が権力を握り男が支配する世界なのだ。

子供時代の身体快楽が奪われ、育児が男性的支配と科学的管理の下に包含される流れが頂点に達したのが、まさに我々の二十世紀である。むろんこれにはプラスの面もないわけではない。たとえば幼児死亡率の大幅な低下を見逃してはならないだろう。しかし、それを可能にするために我々が精神的な面でいかに大きな代償を強いられてきたかを考えると、いったいそれで何を手に入れたのか疑問に思わざるをえない。私が言っているのは、よく言われるような子供の「虐待」のことではない。虐待は数世紀前に較べればおそらく減少しているからだ。私が問題にしているのは子供の生活から性の要素が排除されてしまったことであり、子供と親との隔たりであり、「触れあい」がなくなってしまったことなのだ。これはすべて、親が子供に接するさいに、子供に対しできるだけ反応しないようにすることから生じる。「虐待」なら愛情深い育て方と同じくらい性的でありうるし、それに反応の欠如ということからはほど遠い。[19] たしかにそれによって怒りっぽい大人ができるかもしれないが、自分の存在をたしかなものとして感じられない実存的不安に直接つながったりはしないはずだ。そしてこの実存的不安こそが、今日の成人生活の常態にほかならない。分裂病的人格の意識を浸しているのもまさにこの不安である。そして、アシュリー・モンタギューによれば、分裂病もまた、幼年期における触覚刺激の不足が原因であることが少なくないのだ。[20] 現代の産院の流れ作業を見れば、それも驚くには当たらない。そもそも西洋工業社会において、子供はどのようにして世界に入ってくるのか？　モンタギューはこう述べている。

子供が生まれると、ただちに臍の緒を切る。あるいは縛りつける。子供を母親に見せ、それから保育室と呼ばれる新生児室へ連れて行く。それが保育室と呼ばれるのは、おそらくそこで行われない唯一のことが保護と育児だからであろう。ここで子供の体重、身長その他もろもろを測定し、肉体的および非肉体的特徴を記録し、胴回りに番号を書き込み、それからベビーベッドに入れて好きなだけ、ではなく嫌なだけ、ギャアギャア泣かせておくのである。子供は何カ月にもわたって決められたスケジュールに従ってミルクを与えられる。スケジュールは子供が空腹かどうかとはほとんど無関係である。母乳をまったく与えられない子供も多いし、与えるとしても現代医学では急激な乳離れが奨励されている。

皮膚刺激が健康にとって——おそらく生命そのものにとって——いかに重要であるかを証明するのは難しくない。十九世紀アメリカにおいては、ゼロ歳児の半数以上が衰弱で死に、一九二〇年になっても、孤児院——そこでは身体接触はまったくゼロだった——でのゼロ歳児の死亡率はほぼ百パーセントであった。モンタギューが述べているように、当時のアメリカの育児方法に大きな影響を与えていたのは、小児科学の教授ルーサー・エメット・ホルト・シニアの著作であった。このベストセラーの育児書——現代で言えばさしずめ『スポック博士の育児書』——を見ると、スケジュールを厳密に決めて授乳すること、揺りかごを使わないこと、子供をできるだけ愛撫しないこと、などが勧めてある。さらに当時は、行動心理学の創立者J・B・ワトソンの影響も絶大であった。ワトソンは、母親は子供と感情的に距離を保つべしと説いた。これを守り、授乳のスケジュールと量を厳守し、トイレのしつけを厳しく行えば、子供が大きくなって世界を征服するのに役立つような能力が身につくであろう、ワトソンはそう断言した。めざすべきは「他人に対する感じやすさができるだけ少ない」子供にすることである、とワトソンは考えた。二十世紀後半に至り、ワトソンの目標は、驚くほどの「成功」を伴って達成されたのである。[21]

　第三世界諸国のなかで、揺りかごを使わなくなり、子供を愛撫するのをやめ、機械的な育児法が根を下ろした国々が、そのまま工業化と西洋化を明確な目標として掲げている国々であることは注目に価する。むろんどちらが原因でありどちらが結果であるかを確定するのは難しい。因果関係の問題は、現代の文化人類学が抱えている難問のひとつである。[22]いずれにしろ、科学、「進歩」の概念、非人間的育児法とが、つねに同時に現れることはおそらく間違いない。そこで聞かれるかけ声は、E・M・フォースターの「ひたすら結び合わせよ《オンリー・コネクト》」をもじれば、「ひたすら切り離せ《オンリー・ディスコネクト》」なのだ。

　現代の育児法のもたらす害悪の証拠はまだある。クリーヴランド州のケース・ウェスタン・リザーヴ医科大学のマーシャル・クラウスとジョン・ケネルの研究によれば、病院が干渉せず自然に分娩が行われるとき、母子間の絆にはつねに一定のパターンが見られる。生後すぐの六十〜九十分間はその場合きわめて注目すべき時期である。驚くほど元気な新生児が、母親とともに一種の原始的な「ダンス」を行い、母子の絆を結ぶのである。二人は触れあい、愛撫しあい、たがいの目の奥を見つめあう。だがむろん、現代の病院ではこれは起こりえない。母親はたいてい鎮痛剤を与えられて知覚が鈍り、新生児には目薬をさすのが常であるためぼんやりとしかものが見えなくなるからだ。薬の投与がなくても話は同じである。産後すぐに母と子をひき離してしまうのだから。このことがもたらす影響は非常に大きい。クラウスとケネルが行った実験のひとつは、生後十六時間母子を一緒に過ごさせたグループと、すぐさま両者をひき離したグループとを比較するというものであった。二年たって、第一のグループの母親たちを調査してみると、子供に接する態度がリラックスしていて、子供との対話において疑問形や形容詞を多用し、命令形をあまり使わないことが判明した。これに対し第二のグループは、子供を叱ったり、何かを禁じたりしているところが観察され、命令形を多用していることが分かった。どうやら、十六時間の愛撫の有無が、二年後にもまだ大きな影響を与えていたのである。クラウスとケネルはさらに、グアテマラの産院を訪問している。そこでは母と子がつねに体を触れあっていて、子供がむずかったり泣いたりすることがずっと少なかった。ボストン大学医療センターのルイス・サンダーらのグループも同じようなデータを報告している。それによると、子供が看護師に育てられるときに、看護師がきわめて「職業的」である場合——すなわち、看護師が自分を子供に合わせるよりもまず病院のスタッフに合わせるような場合——それは子供に悪影響を及ぼすとのことである。[23]

では、こうした現代の育児法は、自我の結晶化にとってどのような意味を持つのだろうか？　ここでも因果関係を確定することはできないが、ひとつの歴史的ゲシュタルトがそこにあることはたしかであるように思われる。大まかにいえば、一六〇〇年以前の西洋に類似した、現代のいわゆる「未開」文化は、我々よりもはるかに柔らかな自我構造を持っていて、より共同体的でより多様な生き方をしており、不安や狂気は我々よりはるかに少なく、主体／客体の区別もずっと曖昧である。モンタギューも言うように、身体接触の多い文化圏の大人はおおむね競争心が弱い。身体接触を欠いた「未開」社会もまったくないわけではなく、たとえばマーガレット・ミードが調査したニューギニアのムンドゥグモル族がそうだが、そのような社会は短気で不安の強い大人を生み出している。[24]これらの発見はほとんど驚くに当たらない。同じように、西洋工業文化の異常と言うほかない育児法も、現代の混乱の起源とは言わぬまでも、それを持続させるのに大きな役割を果

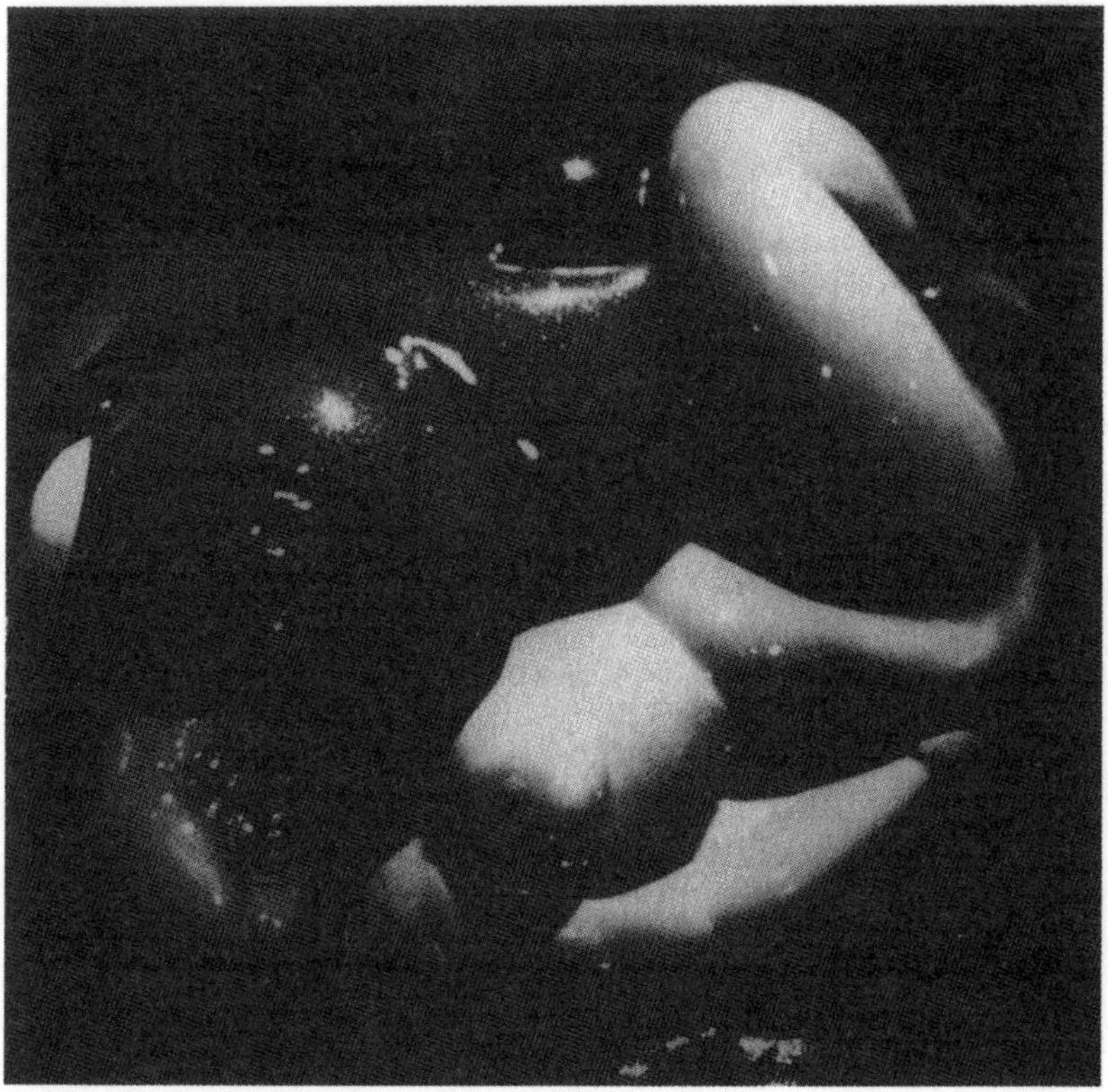

図版 17　ルイス・ヒメネス・ジュニア『アメリカの夢』（1969 ／ 76）。ファイバーグラスとエポキシ樹脂、20 × 35 × 30 インチ。

たしていることはおそらく間違いない。ライヒの言うサド・マゾヒズム。レインの言う分裂病的人格。サルトルの言う嘔吐。これはみな、性を失った社会のなかでのみ存続しうる異常なのだ。

むろん自我には肯定的側面もある。西洋において紀元前八〇〇年ごろから紀元一六〇〇年ごろまで、集団的疎外を引き起こすことなく自我が存在していたのもたしかである。しかし現代のあまりに肥大した自我は、どう見ても病理の産物であり病理の現れであるとしか思えない。現代における自我とは、愛なき世界にあって、支配することによって愛を得るために進化した構造ではないだろうか。だがライヒも指摘しているように、愛と支配とは、生理学的に見ても、両立しえない目標である。我々は必死で世界のなかに愛を求めほんものを求める。だが我々の生きる世界とは、まさに愛を怖れほんものを怖れることを我々に教えた世界なのである。その探求がもたらすのは、集団神経症であり、代償充足であるほかはない（図版17）。あくまで厳密であろうとする自我が、逆に人間関係において決して交わることのない平行線を生み出しているのである。人間関係の輪郭はぼやけ、断絶に満ち、自閉症的でさえある。まさに、あまりに厳密であろうとする意志が不確定性の発見につながった、あの不確定性原理の奇妙なパロディとでも言うほかはない。ビートルズの一九六七年のアルバム『サージェント・ペパーズ』の悲劇的メッセージはまさにこれである。『サージェント・ペパーズ』は、何よりもまず、人と人との隔たりを主題とする一連の素描である。「僕が六十四歳になっても、僕をまだ必要としてくれるかい、僕にまだ御飯をつくってくれるかい」――まさにこれは、工業化社会の「国歌」になってもおかしくない歌ではないか。(25)

科学的文化が、全体論的知覚を抹殺しようとしたこと、それこそが、麻薬とアル中の蔓延する現代の病弊をもたらした。それは空しい試みであるほかはない。全体論的知覚は、生物としての人間の最下層に根ざした、初源的、生態学的な認識方法であり、自我が生じる以前から存在しているのだから。古代人の歴史、幼年期の宇宙的＝無名的段階、それらを見れば、この原始的最下層が「一次過程」の素材として存在していることは明らかである。それは不完全な「発達体」などではない。それは我々の存在の土台そのものであり、自我のように文化的要因の引き金などを必要としない。どれほど文明が進んでもそれを抹殺することはできない。科学がそれを抹殺しようとしても、その結果は人をアルコールに追いやることでしかない。我々は宇宙的＝無名的段階の影響力を決して逃れることがないのであり、参加こそが生涯を通して我々の認識方法の基底なのである。『子供』においてエーリッヒ・ノイマンはこう述べている――「初源的、一元的現実とは、単に我々の経験に先行するだけではない。それは、諸体系が分離し我々の意識が個別化して科学的客観的世界観が築かれはじめたあとでも、依然として我々の存在の土台をなしている」[26]。

全体論は近代人にたえず付きまとい、彼の意識の袖を執拗に引っぱりつづける。自分を世界から切り離す生き方を強いられながら、なお「私と世界はひとつなのだ」と言う前意識のこだまが、いまでも近代人の耳元で響いているのである。禁欲を強いられ、自然から自らをひき離し分析的態度を取るように教え込まれていながら、近代人はその教えに確信を抱けずにいる。それは、ノーマン・ブラウンが言うように、「幼年期において彼は生命の木の果実を味わったからであり、それが善いものであることを知っていて、そのことを決して忘れることはない」からだ[27]。ライヒが認識したように、この記憶は身体のなかに貯蔵されている。そして、初源的参加（オカルト的世界観）という形で現れるにしろ、生のなかにエロスをよみがえらせる企て（これがライヒが勇敢にも成し遂げようとしたことである）という形で行われるにしろ、この記憶から逃れることは決してできないのである[28]。一次過程があらゆる前近代の認識論の根底にあるのも、七歳ころまでの子供の思考パターンがその構造においておおむね魔術的であるのも、そして、近代科学的認識論のなかにすら参加する意識が生き残っているのも、すべてはこの幼年期の記憶が我々から決して離れることがないからである。皮膚がつくりものの境界にすぎないこと、自己と他者とが何らかの形で本当に融合していること、子供や「未開人」や狂人はそれを知っている。平均的な大人はそれを、自分の意識的知覚のなかに入れまいと必死にもがいている。すべてが他のすべてと本当に結びついていること。つきつめて考えれば、この結論を逃れることはできないはずだ。

ライヒが科学的に――晩年には科学至上主義という印象さえあった――証明しようとしたのも、まさにこの、全体論的知覚は決してなくならないという考えにほかならなかった。これを立証するためには、無意識の知が本質的に身体的知であることを明らかにすることが必要だろう。もっと簡単に言えば、身体と無意識とはひとつであることを示す必要がある。そしてこれを明らかにしたことが、精神分析学に対するライヒの最大の貢献である。ここで、ライヒの業績を簡単にたどって、全体論的知覚の永続性という本章の主張に、より確実な根拠を与えておこう。

フロイトがほとんど敬虔なまでにデカルト的パラダイムに執着したことはよく知られている。デカルトにとってもフロイトにとっても、あらゆる感情は究極的には微小体（もしくはニューロン）の機械的配列に根ざしているものであった。西洋医学において今日なお残っているこの信念がはっきり表れているのが、フロイトの一八九五年の未発表論文「科学的計画」である。それによれば、精神と身体、自我と本能は、それぞれまったく別個の実体であり、あらゆる精神内部のプロセスは（というより、あらゆるものは）その本質において機械的である。熱力学・水力学のエネルギー転移の発想を借りて（たとえば転化、備給《カテクシス》、抵抗）こうした厳密な唯物論的分析を推し進めた結果、フロイトは、「神経症的症候はひとつの偶発的異常である」という結論に達した。つまり神経症は機械的に分離可能だということであり、さらに言いかえれば、フロイトにとって神経症とは、その他の面では健康な有機体のなかに入り込んだひとつの異分子にほかならない。そしてそれが生じたのは、苦痛な出来事を抑圧しそれを意識の外に追いやったからである。したがって、無意識に追いやられた記憶を意識にのぼらせる方法（その主なものが自由連想である）を使えば、神経症を取り除けるというわけだ。

だが、何千人ものフロイト派分析家と患者とが思い知らされたように、この賢明にして知的なる方法は実際にはうまく行かない。この方法の限界はフロイト自身も感じていて、理性に頼るばかりでなく神経症を生んだ抑圧に伴っていた感情を「解放」することも治療においては重要である、と彼は説いている。にもかかわらずフロイトは、理性の持つ治癒力への信念をあくまで捨て去らなかった。その純真さはユングに宛てたある手紙からも明らかである――「神経症患者たちの用いる象徴がすべて解明されたとき、彼らはいったいどうするだろうか。そうなったら神経症になること自体が不可能となるのではないだろうか」[29]。分析的な認知によって人間の情動が大きく動かされるわけではないとか、一体化《ミメーシス》もまた知のひとつのあり方であるとか、そういった考えをフロイトは受け入れようとはしなかった。その点でフロイトはプラトンと少しも変わっていないわけである。理性的な知という概念に対するフロイトの執着それ自体が、理性的どころかきわめて情熱的、ほとんど性的と言ってもよい。だがフロイトは、ついにそれを自覚することはなかった。

ユングと同じように、ライヒもまたフロイトの方法の限界をよく知っていた。ライヒの最大の主張は、我々が「人格《パーソナリティ》」とか「性格《キャラクター》」とか呼んでいるもの、それ自体がひとつの神経症にほかならない、ということだった。精神科医ジョン・ボウルビーの言葉で言えば、それは対象喪失の脅威に対する防御姿勢である。諸部分が分離可能であるとするフロイトの機械論に対抗して、ライヒは全体論的理論を掲げた。「神経症の症状が生じれば、かならず性格全体に障害が生じずにはいない。表面的な症状などは、神経症の性格全体という山脈のごく上の一部分にすぎない[30]」。

ライヒが「山脈」と呼ぶ神経症的性格の内的な側面が「神経症」であり、外的な側面が「性格の鎧」である。子供がまだ幼いころ、子供の自発性は両親によって厳しく抑圧されてしまうとライヒは説いている。両親は自発性というものを――とりわけ性的・官能的自発性を――怖れる。そのため、自分たちが子供のころそうされたように、子供を徹底的に社会化してその自発性を奪ってしまうのである。四歳か五歳ごろまでには、子供の生まれつきの本能は、こうして子供のなかに埋め込まれた心的防御機構によって圧しつぶされ囲い込まれてしまっている。そしてそれとともに、身体の動きも硬直性を帯びてくる。これが「性格の鎧」である。こうして、自発的経験に身を委ねる能力、自制を捨て行動のなかに我を忘れて没入する能力が失われてしまう。ライヒの言い方をすれば（誤解を招きやすい言い方だが）、「オーガズム的充足」を得る力が失われるのである。オーガズム的充足を得られない人間は、自発性を怖れ、人工的な性格を身につけている。健康な人物は自らの性格の鎧をコントロールできるが、神経症患者はその鎧によってコントロールされている。神経症患者の抱く感情は、それが怒りであれ不安であれ性欲であれ、この鎧の圧制によって厳しく押さえつけられている。その結果身体は、現代社会のいたるところで目にするように、不自然な（あるいは虚脱的な）姿勢と、機械のような動作を呈することになる。性格の鎧のなかに閉じ込められたこの神経症的性格、現代の「典型的人格[31]」は、甲殻類にたとえることができる。性格全体が、あたかも甲羅のように、防御と保護の機能を果たすべく――あるいはその裏返しとして、ものを手に入れ権力を強める機能を果たすべく――構成されているのである。成功を求める欲望に駆り立てられ、緊張に耐える能力を誇りに思うこうした人格は、危機から危機へと渡りつづける。その鎧は、他者に対する防御であるばかりでなく、自らの無意識、自らの身体に対する防御でもある。たしかにそれは苦痛や怒りを締め出してくれるだろうが、それとともに他のすべても同じく締め出されてしまう。あらゆる感情が、強迫的道徳観や社会的儀礼などの倒錯した価値観――文明の外観を取りつくろうベニヤ板――によって押さえつけられてしまうのだ。要するにこの典型的人格とは、外への順応と内での反乱との混合物である。それは羊のように従順に、その病める人格を生み出した社会のイデオロギーを再生産する。したがってそうした人格の持つイデオロギーは、その政治観がいかなるものであれ、生そのものを否定するものであるほかはない。社会のイデオロギーを自らのなかに再生産することによって、自分を抑圧する源を自分でつくり上げてしまうからだ。神経症は偶発的な付随物でもなければ、完全のなかにまぎれ込んだ不完全でもない。それは人格と文化全体の象徴にほかならない、ライヒはそう論じているのだ。

我々はすでに、近代におけるこの典型的人格の持ち主に出会っている。言うまでもなくそれはアイザック・ニュートンである。ニュートンの自己抑圧と彼の世界観との関係についてはすでに見た。また、ニュートンのような人物が、資本主義の成立とそれに伴うピューリタン的精神との産物であったことも、先に論じた通りである。エーリッヒ・フロムは、その初期の著作において、この秩序志向の強いいわゆる肛門型性格が、ウェルナー・ゾンバルトとマックス・ウェーバーが論じたような、資本家の社会的類型に通じるものであることを、きわめて説得的に論じている。ライヒの言葉で言えば、「性格構造のなかには、その時代の社会全体のプロセスが凝固している」のである。そしてこのような類型は、ライヒも気づいていたように、決して資本主義社会のみに固有のものではなく、あらゆる工業社会に見出されるのであり、喜びと真正さではなく生産と能率に基礎を置くあらゆる社会に存在しているのである。(32)

では、このような人物――つまりは我々の大部分――を直すにはどうすればよいのか？　強い政治意識の持ち主であったライヒは、社会が根本的に変革されなければ個人の治癒もありえないと考えていた。だがライヒは、個人の変革と社会の変革とを統合するような体系を築くには至らなかった（ライヒのみならず、政治理論家でこれに成功した者はまだいない）。真正さ、あるいは自己実現というものからどうやって政治的プログラムを鋳造しうるのか、ライヒはそれを明らかにすることができなかったのである。しかし個人の変革に限って言えば、ライヒには何の迷いもなかった。ライヒにとって真正さとは何よりもまず肉体の真正さであり、デカルトが不可能と決めつけた、意識と身体とが連続しているという感覚にほかならなかった。「身体の真正さということを哲学の言葉で補強するとすれば、それは、身体は存在それ自体の基本構造のメタファーにほかならないということである」とピーター・ケステンバウムは述べている（まともな錬金術師ならきっと賛成するだろう）[33]。いずれにせよ、真正さを取り戻し自己が真に世界内存在だという感覚を取り戻すには、理性の力に頼っても無駄であることをライヒは確信していた。フロイト派の分析がほとんど挫折している理由もここにあるとライヒは考えた。デカルトがまったく間違っていたこと、精神／身体の二分法が虚構にすぎないこと、これらの認識に基づいてライヒは治療法をつくり上げていった。性格の鎧の理論――患者が治療室のドアを開くたびにライヒはその正しさを確信した――が説いているのは、「身体のふるまいと性格のふるまいは心的メカニズムにおいてひとつの同じ機能を持っている」ということであった。分析医が患者の無意識に到達するためには、自由連想よりも、患者の身体を操作した方が有効であることも実際に分かった。身体を操作することで、鎧が解かれ、筋肉は痙攣しさまざまな刺激が引き起こされる。そして抑圧された遠い昔の感情が、それらの感情（本能）が最初に抑圧されたときの出来事の記憶とともに、無意識のなかから立ち現れてくるのだ。これらの感情や記憶を、デカルト的発想に縛られて、肉体上の現象の原因とか結果として考えてはならない。それは、「身体的領域における現象それ自体」だったのである。身体の硬直性は「抑圧のプロセスのもっとも基本的な部分を体現している」のであり、さまざまな硬直性一つひとつが「それ自身の起源の歴史と意味とを内に含んでいる」のである。要するに性格の鎧とは、何らかの機能が損なわれた経験が保存されている鋳型なのである。こうして、精神／身体という伝統的二分法が誤っているのはむろん、それだけでなくフロイトもまた、無意識というものをカントの「もの自体」と同じく触れることができないものと規定した点において誤っていた、とライヒは結論するに至

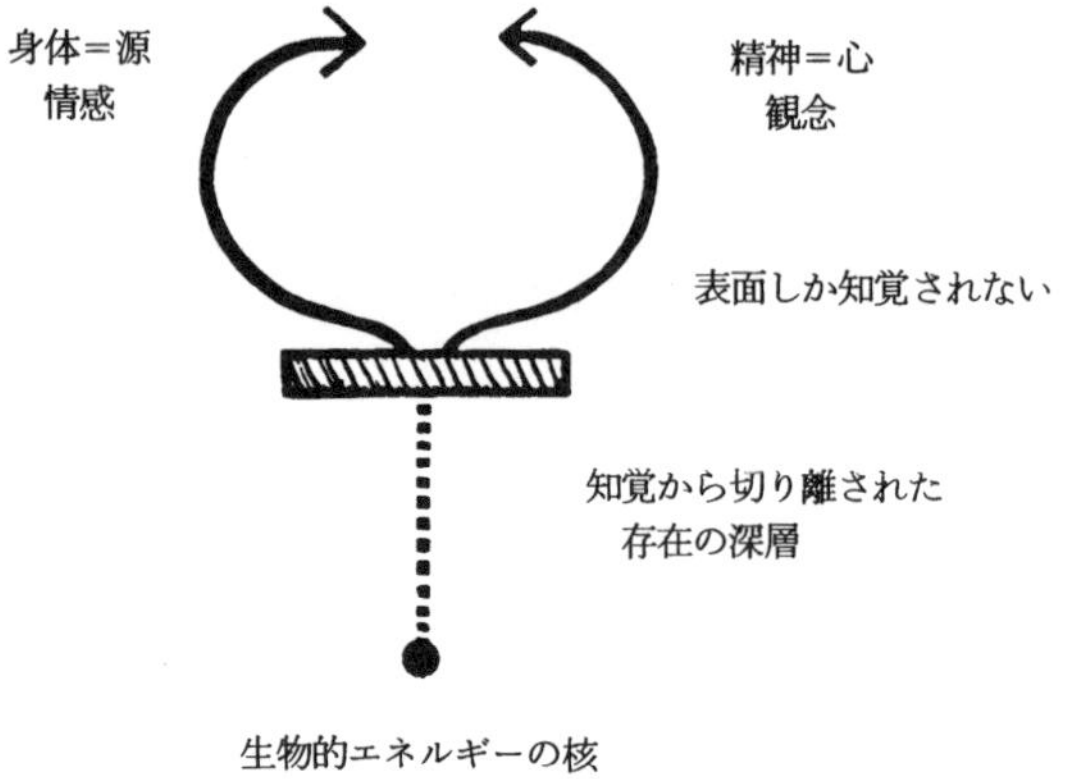

図12　ウィルヘルム・ライヒによる神経症的人格の図（アレクサンダー・ローウェン『鬱病と身体』より）。

った。「手を体に触れよ」、ライヒは言う、「そうすれば無意識に手を触れたことになるのだ」と。何百人もの患者において、性格の鎧が解かれ、はるか昔の幼年期の記憶とそのときの感情とがほとばしり出てきた。こうして、身体の生物学的エネルギーと、そのエネルギーを抑圧し歪めてきたさまざまなねじれや硬直を通して、人は無意識に触れることができるということをライヒは見出したのである。

このように、身体と無意識とがひとつであることをライヒは臨床の現場において立証した。だがそれは我々がみな直観的にはすでに気づいていることであり、かならずしもライヒの分析法を経なくても探究できることである。たとえば人は誰でも、目覚めたとたんについいままで見ていた夢の内容を忘れてしまった経験があるだろう。だが寝床のなかで体の位置をゆっくりずらしてみると、夢の一部分あるいは全体が戻ってくることがある。いろいろ違った姿勢を取ってみると、それぞれの姿勢が夢の違った場面を呼び戻してくるだろう。おそらく眠っている人間が寝返りを打ったりして体を動かすと、身体組織から何らかのイメージが夢のなかに送りこまれるのである。あるいは逆に、身体をある姿勢に保つことによって、夢のなかのイメージが身体に「定着」するとも考えられる。夢を見ていたときと同じ姿勢をもう一度とることによってしばしばあるイメージが思い出されてくるのは、おそらくはこのためである。

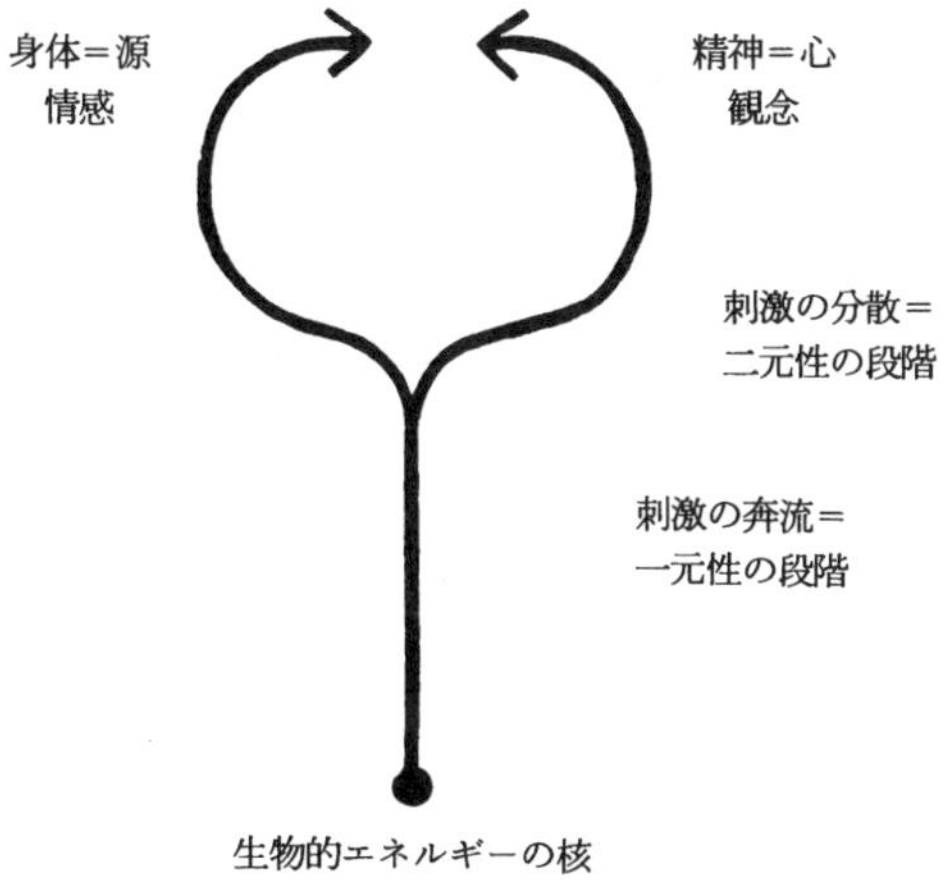

図13 ウィルヘルム・ライヒによる健康な人格の図（アレクサンダー・ローウェン『鬱病と身体』より）。

ライヒの思想は、人間が世界をどう捉えるかという問題、つまり認識論の問題にもきわめて大きな意義を持っている。第一章で図式化したデカルト式の精神／身体の二分法は、実は現代の分裂病的人格の見取り図にほかならない。これをライヒにならって図式化すれば図12のようになる。この図は、我々が正常と考えているものが、実はまったく別の非デカルト的関係が歪められたものにほかならないことを表している。そのまったく異なった関係、我々が自己自身との関係において本来持つべきであり持ちうる関係が、図13である。

デカルト的・ニュートン的人格は二元性のみを見ており、主体／客体の分離のみを見ている。図13に示された一元性の段階は彼らには永久に無縁である。だがすでに見たように、この一元性こそがあらゆる人間存在と知覚の初源的現実であり、この初源とのつながりを失うことはそのまま、内的歪曲に苦しむことなのだ。そして重要なのは、歪んだ内的関係に苦しむ「典型的人格」においては、外界との関係もまた必然的に歪んでしまうということである。要するにニュートンの晩年と同じような世界観を持つようになるのである。目に見える部分を全体と思い込んでしまうのだ。真に正しい知覚を得るためには、生物的エネルギーの核とのつながりを取り戻さなければならない。そうやってはじめて、真の知覚、すなわち抑制を捨てて対象と一体化することが可能になるだろう。ライヒが「愛の能力」と呼んだのは、まさにこの抑制を捨て「オーガズム的充足」──私が言う「一体化《ミメーシス》」──を達成する能力にほかならなかった。我を忘れ自我を宙づりにすること。これこそが、愛することの核心にあるのであり、自然を真に知るために絶対に欠かせないことなのだ。

すべてが生きていてすべてが結びつきあっているとするオカルト的世界観の中心にある「奥義」とは、世界はその核において肉体感覚的であり、それこそが現実の本質であるということである。したがって、体を触れあうという行為は、オカルト的世界観のみならず一体化《ミメーシス》全般を示唆する基本的メタファーとして考えてよい。インディアンの雨ごいを例にとって考えてみよう。インディアンが雨ごいの踊りを踊るとき、彼はそれで自動的に雨が降ると思っているのではない。雨ごいを未熟な誤ったテクノロジーと考えてはならない。インディアンは踊りながら雲にその踊りの仲間に入ってくれるように誘っているのであり、雨ごいの祈りに答えてくれるように乞うているのだ。あえて言えば、インディアンはそうやって雲と性交することを求めているのである。そして、たいていの恋人がそうであるように、性交を求められた雲は、自分もその気分なら反応するし、そうでなければ反応しない。これが自然がはたらくやり方なのだ。雨ごいを通して、インディアンは、状況の真のありようを知り、大地と空の気分を知るに至る。彼は自らを明け渡す。これが一体化《ミメーシス》であり参加でありオーガズムの充足である。一方西洋のテクノロジーではどうか。雨を降らせるために、飛行機で雲に人工降雨の種を蒔くのである。自然を力で押さえつけ、「支配」しようとするわけだ。そこに微妙な「気分」などが入り込む余地はまったくない。こうして、雨とともに、騒音、大気汚染、そしてオゾン層の混乱の危険を我々は手にする。自分を自然と調和させる代わりに自然を征服しようとして、その結果、生態系を破壊してしまうのである。とすれば、自然について、「現実《リアリティ》」について、本当に分かっているのはどちらなのか？　自然を愛撫する者だろうか、それともベーコンを見ならって自然を力で押さえつけ痛めつける者だろうか？　ライヒの思想の瞠目すべき認識論的意義はこれで明らかだろう。現実を確実に知るためには、愛する力が不可欠なのだ。これに対し、機械論的因果律と精神／身体の二分法に基づく知覚を一言で要約するとすれば、それは「欠陥を抱えた方法で現実を知ろうとすること」であるだろう。それがそのまま精神医学の定義する「狂気」でもあることは言うまでもない。

ここで注意すべき点がひとつある。それは、一次過程と自我意識をたがいにまったく分離した別個の実体として捉え、一方を「善」、他方を「悪」として事足れりとできるほど事態は単純ではない、ということだ。残念ながらライヒの著作にはそうした傾向がひそんでいる。ルソーと同じように、おそらくライヒも、「社会人」の下に「自然人」なるものが隠されていると信じていた。だが問題は、一次過程が人間の最下層であり存在の基盤であるというのはその通りだが、自我もまた、いったん発生してしまえば、土から生じた木が土と等しく動かぬ現実となるように、その基盤と同じ現実性を獲得してしまうということである。言語の場合と同じように、先天的側面と後天的側面とがたがいに結びつきあって錯綜したパターンをなすのである。本能的なものと後天的なものとを恣意的に区別してしまうことに反対する「発達体」理論は、この意味において正しい。したがって、発達体理論とも両立するように、ライヒの理論を修正することが必要になってくるのである。

ヤンケロヴィッチとバレットによれば、数多くの動物行動学者は、人間のある種の行動――呼吸、授乳、食事、性行為――が文化とは無関係に発達するのはたしかだが、その反面、何らかの点で学習の痕跡を示さないような行動は何ひとつない、という結論に至っている。細胞ですら個々に発達するのではなく、隣りあった他の細胞との環境的反応の連鎖を経て発達するのである。ひとつの行動例を挙げて、ある科学者が「これこそ純粋の本能である」と断言しても、かならず別の科学者が現れてそのなかに学習の形跡を見つけてしまうのだ。先天と後天を区別する絶対的なルールがないとすれば、「発達体」をどのように捉えるのがもっとも適切だろうか？　ヤンケロヴィッチとバレットは、発達体とは、「そのなかにおいて本能と経験とが、一元化された単一の出来事の不可分の二側面としてみなされるような」実体（あるいは過程）である、と論じている[34]。たしかに一番はじめにあるのは、その名の通り一次過程すなわち本能的・一体化的側面だが、「人間という有機体の生理的反応システムのなかにあっては、一体化（対象とひとつになる）も分析（対象と自分とを分ける）も同等に存在している」、そう結論せざるをえないのである。たとえ一方の要素、一方の過程が他方よりも根源的だとしても同じことである。したがって、本章で行ってきた私の自我批判は、自我というものそれ自体に向けられたものではなく、一六〇〇年以来、精神／身体の硬直した二分法に固執し主体／客体の二分法に固執してきた、近代の自我の有害きわまりないあり方に向けられている。ルネッサンス以前においては、自我は参加を否定するよりもはるかに、参加と共存していたのであり、それゆえ何世紀にもわたって存続可能な構造体でありつづけてきた。これに対し、参加を否定するようになった自我は、つまりはそれ自身の源泉を否定しているのだ。ライヒも、あるいはフロイトも（一時期その考えを変えはしたが）論じているように、自我はそれ自体ではエネルギーの源泉を持っていない。無意識こそがその存在の基盤なのだ。細胞のなかの細胞核のように、自我もまた〈精神〉のなかのひとつの収縮点である。そして〈精神〉とは、身体全体によって、五感すべてを通して得られた知の総体である。〈精神〉のなかで脳が占める位置を正しく認識したある生物工学者は、次のように問いかけている――脳とは思考の源泉ではなく思考の増幅器ではないだろうか、知が生じるのは脳においてではなく身体においてであって、脳はただそれを拡大し整理するだけではないだろうか、と。むろんこの考え方は、脳の処理機能が人間の生理的反応組織とは異質で別次元のものだと言っているのではない。そうした見方は、細胞核は細胞のなかに紛れ込んだよそ者だと断じるようなものである。(35) 一体化《ミメーシス》と分析とが表裏一体をなして共存しているとすれば、問われるべきは、「一体化《ミメーシス》は善で、分析は悪か」ではない。真に問うべきは、「文化はどのようにしてどの程度まで分析の引き金となるか」（言いかえれば、「文化はその典型的人格を生み育てる場としてどのような環境を生み出すのか」）である。古代人の文化にあっては、さまざまな社会的態度、身体接触、自発性に基づく授乳などが、自我を誘発することはほとんどなかった。これに対し、「先進」工業社会は、ひたすら自我の誘発に終始しているとしか思えない。フーコーも言うように、いずれ我々はこの流れを逆転させ完全に一体化《ミメーシス》の状態に回帰するかもしれない。おそらくライヒも、それが人類にとって最良の道だと信じていただろう。だが私はそうは思わない。そもそも、そのような選択に基づいて、いったい我々にどういう行動が取れるだろう。自我は、近代科学がそうであるよりもはるかに、我々の文化の抱えこんだ大きな荷物なのだ。軽々しく自我を「捨て去る」と言ってみてもあまり意味はあるまい。現時点においての唯一の選択は、自我を放棄することではなく、自我を修正することであり、それによって自我を超える道を探ることだ。

いまや我々は、ポランニーによる知の分析に生物学的根拠を与えることができる。身体と無意識とが同一であるというライヒの臨床学的発見をもう一度想起すれば、参加、形態化、ポランニーの言う「暗黙知」をめぐる議論は、まったく新しい様相を帯びてくるだろう。たしかにポランニーは『個人的知識』において、暗黙知が生理的なレベルで生じると論じてはいたが、彼はこの点を立証するには至らず、暗黙知と身体とのつながりを明らかにすることはできなかった。ライヒがこの欠けた環を補ってくれる。なぜなら、ライヒの言うように身体と無意識が同一であり、無意識が自然のなかに浸透しているとすれば、それは、なぜ参加がいまでも執拗に存在しているかの説明になるからだ。さらにそれは、なぜ体感覚的知識があらゆる知覚の一部をなしているか、また、なぜこの事実を認識することが単に原始的アニミズムへの回帰にとどまらないかを説明してくれることにもなる。そればかりではない。身体と無意識がひとつだという事実は、「客観的」知識などというものは実はありえないこと、そしてあらゆる本当の知識は（ポランニーも言うように）他者とそして対象とかかわり合う関係を必然的に生み出すものであることを教えている。一口で言えば、ライヒとポランニーとがひとつになってデカルト的パラダイムからの出口を指し示し、フェレンチの言う「現実の官能的感覚」へと向かっているのだ。

この議論を詳しく展開するまえに、別の言い方をしてみよう。非論証的な知のなかにも認知的要素が存在することは、我々の文化全体にあってあまり知られていない事実かも知れないが、まったく知られていないわけでは決してない。たとえば、ライヒの『性格分析』、アルバート・シェフレンの『行動はいかにして意味を持つか』、ルドルフ・アーンハイムの『視覚的思考』、スザンヌ・ランガーの『感情と形式』、アンドルー・グリーリーの『忘我《エクスタシー》――知ることの一方法』、あるいはまた、夢の象徴体系に関するフロイト、ユングの著書を見てみるとよい。そこには共通のテーマが見出されるはずである。そして言うまでもなく、これらは思いつくままに挙げたほんの一例にすぎず、これらの書物によってこのテーマが論じつくされているのではない。十九世紀末以降、数多くの西洋知識人たちが、言語的＝合理的知の限界につき当たり、芸術、夢、身体、幻想、幻覚などのなかにもうひとつの認知のあり方が存在することを、論じつづけてきたのである。だがこれらの知識人たちの盲点は、合理的知と非合理的知との関係を明らかにできなかったということにある。結果的には彼らは「ふたつの文化」の分裂をむしろ助長してしまっている。最近の身近な例で言えば、「右脳思考」「左脳思考」という二分法もそうである。[36] デカルト的パラダイムから抜け出すためには、単に非論証的な知の輪郭を描きだすだけでは十分でない。ふたつの知のあり方がどのようにつながっているかを明らかにしなくてはならないのである。それらがふたつの文化、ふたつの脳に分離している限り、支配的文化、支配的脳は、もう一方を口ではもっともらしく讃えながらも、自らの支配的地位を疑うことは決してないだろう。ライヒの仕事、そしてポランニーとバーフィールドの仕事は、デカルト的パラダイムが実はまやかしであることを暴くことによって、このめざすべき統合への第一歩をしるしている。純粋に論証的な知などというものはありえないこと、そして、現代の病弊は参加の欠如ではなく参加が現に存在しているのを頑なに否定していることから生じていること、言いかえれば、身体を否定し、現実を知覚するさいに身体が果たす役割を否定することからそれが生じていること――彼らの仕事はそれを暴いているのである。

では、身体が知において果たしている役割とはいったい何なのか？　発達体の理論によって修正を加えたライヒの思想を用いてポランニーを再解釈することから、どのような考え方が生まれてくるのだろうか？　まずポランニーの思想をもう一度要約してみよう。第一にポランニーは、科学にせよ何にせよ、ある方法論を真理だと主張することは、合理性を超えた信念に基づく行為であり、論理ではなく情感から発する言説であると説いた。第二にポランニーは、知るという行為の大半が実は無意識の行為であり、彼の言う「暗黙知」であることを立証した。自転車乗りでも、言語習得でも、X線治療学習でも、学習はすることによって生じる。ものごとの根底にあるルールを、人は識閾下で知るのであり、自分を対象に浸透させることによって学ぶのだ。学習過程は、はじめから認知的・分析的であることは決してない。これをライヒの視点から見直せば、対象とかかわること、現実を非認知的に把握することは、一体化《ミメーシス》によるものであるという点が大きなポイントになってくる。他者とひとつになり、主体／客体の区別を捨て去ってはじめて、人は現実を捉えうる。ポランニーの挙げる最良の例、すなわちX線治療を学ぶ医学生のケースが見事に語っているのも、まさにこの点にほかならない。

医学生が我を忘れて自己の全存在を経験に没入させることによって、はじめてX線写真が意味を帯びるようになったのである。

ここできっとライヒなら、参加による知とは体感覚的なものなのだと言うことだろう。X線学習の例において対象とかかわっているのは身体なのであり、見えるもの聞こえるもの匂ってくるものを吸収しているのも身体なら、文化全般の諸ルールをすでに取り込んでいるのも身体であり、いまここでまたX線治療学という下位文化のルールを取り込もうとしているのも身体なのだ、と。ここにおいて我々は、世界を口のなかに入れることによって世界を知る、前意識段階の幼児に文字通り回帰しているのである。「味わう」ことなく知った現実は、我々にとってその現実性が長続きすることはない。何かを現実的《リアル》にするためには、我々がその何かのところに出て行って、身体を通してそれを吸収しなくてはならない。かつてホッブズが述べたように、「人間の心にある概念のなかで、はじめに感覚器官において生まれなかったものは何ひとつない」。第五章で述べたように、こうした体感覚的知が獲得されたのちにはじめて、合理的な知がはたらきはじめ、得られた情報について考察し、思考のカテゴリーを組み立てる。智恵のフクロウが飛びはじめるのはたそがれ時であると言ったのはヘーゲルである。トマス・クーンの言う科学革命すなわちパラダイム転換が起こる場合を別にすれば、我々が何かを発見してもそれがたいていははじめからうすうす知っていたことの発見であり、結局は既存のパラダイムの再確認にすぎないのも、まさにこのためである。

クーンの言う科学革命とは、それまでの理論では説明のつかない事態が急増してひとつの危機を生む状況を言うが、これについても、理知的側面からのみ解釈するよりもライヒ的に解釈する方が理解しやすい。それらの例外的事態が単に論理的・経験的な矛盾にすぎないとすれば、人はそれらによって危機感を抱いたりはしないだろう。しかし、自分の世界観そのものが疑われるとき、人は不安を感じずにはいられない。そして不安は何よりもまず身体的な反応である。『喪失と変化』においてピーター・マリスが述べているように、真の喪失はつねに強い悲嘆を伴うものであり、パラダイムの喪失もまた、しばしば感情の激変を生む。ライヒ同様マリスも、ポランニーには欠けている身体的理解を補う役目を果たしてくれる。マリスの言うように、知が何よりもまず身体によって生起されるとすれば、急激な変化が要求されるとき苦しむのもまた身体なのだ。[37]

さて、ポランニーの暗黙知をライヒ流に言い直せば、次のようになるだろう。自然のなかの「もの自体」とは、そのまま我々自身のなかの「もの自体」、すなわち身体であり無意識である。この我々のなかの「もの自体」もまた、決して完全に知ることはできない。我々が身体を持ちつづける限り、暗黙知も生じつづけるだろう。暗黙知は自然のなかに行き渡り、自然についての我々の知覚のなかに行き渡っている。前意識段階の幼児期の初源的・一元的現実は決して捨て去られることはない。それは、人間と自然との結びつきのなかに内在する秩序を体現している。そこにおいては、知るものが知られるもののなかに完全に取り込まれている。宇宙の最小の粒子に到達するときも、人間はそのなかに、あるいはそのうしろに、人間自身の精神を見出すのである。

さらに、成人するにつれ、人の身体は単に一次過程だけではなくなってくる。無意識とは静止した不変の「もの」ではない。時代の文化のパラダイムが暗黙知のなかに吸収され、それが人の意識的知の形を決めるのだ。落下する投射物の描く軌跡の問題を例にとってみよう。投射体が放物線を描いて落下することは、大砲や長距離射撃が社会に定着してから何世紀も経ってはじめて徐々に認識されるようになった。簿記、測量、技術工学などの成立によって功利主義的風潮が高まるとともに、投射体の描く曲線が放物線であることの認識も一般化したのである。ではそのことを証明したガリレオは、投射体についてどういうふうに学んだのだろうか。それは、ポランニーの医学生がX線治療について学んだのと基本的には同じだが、大事なことは、ガリレオの無意識すなわち身体が、ほぼ三世紀前から徐々に築かれてきた、新しい時代の風土《ゲシュタルト》をすでにその内に宿していたということである。このことからも、意識的＝文化的な知と、身体的＝生物的な知とが密接に結びついていることが分かるだろう。世界観というものがこのように、初源的・一元的現実とともに身体組織のなかに埋め込まれるのだとすれば、文化のルールに従って現実を形態化することを学ぶ過程には、生物的なプロセスが大きく入り込んでいるのである。考えてみれば、人間の体の形が長い年月の間に次第に変わってきているのも、文化的なものと生物的なものとが密接につながっていることが一因ではないだろうか。意識が異なれば身体も異なってくるに違いない。ライヒなら、より正確にこう言うだろう――異なる意識は異なる身体にほかならない、と。(38)

ここではじめて、第五章で論じた〈精神〉を身体的な言葉に置き換えることができる。私の言う〈精神〉とは、要するに、世界と身体との結び合わさったものにほかならない。そして言うまでもなく、ここで言う身体とは、脳や自我のはたらきも含めた身体全体のことである。ひとたび〈精神〉をこのように定義し、それが我々が世界に対峙する方法であることが認識されれば、世界に「対峙」するという言い方がそもそも正しくないことが見えてくるだろう。錬金術師と同じく、我々も自分が世界と結び合わさっていることを認識し、世界に「浸透」するのである。「物質」や「データ」や「現象」に対峙できるのは、身体から離脱した知性だけである。これらカッコに入れた言葉はみな、西洋文化が主体／客体の二分法を維持するために用いるインチキな用語なのだ。このまやかしの二分法が葬り去られたとき、我々は身体的科学の世界へと入ってゆき、デカルトときっぱり訣別することになるだろう。中世において参加する意識が否定されたとしても、それはせいぜい幽霊や妖精の存在を否定することにしかならなかっただろう。これに対しデカルトによる参加する意識の否定は、身体そのものを否定することであり、我々が身体を持っていることすら否定することに等しい。だがひとたび身体が知の道具であることが理解され、身体を否定することがベーコンの有名な「イドラ」のどの誤りよりも大きな誤りであることが分かれば、そのとき我々は、身体の科学、情動の科学の創造を、少なくとも理論的には可能にしたことになるだろう。(39)

第五章で述べたように、自然をシステムとして捉えることは、決して科学の企てを葬り去るものではなく、むしろその新たな可能性を拓くものであり、探究すべきさまざまな課題を新たにつくり出すはずだ。五章で論じた〈精神〉すなわち全体論的システムの概念に、本章の枠組を通した解釈を加えれば、おそらくそれは、アニミズムを超えた、参加する意識の現実を築くための基盤となることだろう。だがまずは、この〈精神〉という概念自体をより精密に把握するために、さまざまな問いを提示してみることが有益だろう。たとえば――全体論に基づく実験とは、いったいどのようなものだろうか？　全体論に基づく科学が与える解答とは、どのような形のものだろうか？

『近代科学の形而上学的基礎』においてE・A・バートはこう述べている――「ひとつの時代のもっとも根本的な所有物とは、世界の本質についてその時代がつくり上げる像である。それこそが、あらゆる思考を支配する究極的要因である」。『新しい哲学』〔邦訳『シンボルの哲学』〕のスザンヌ・ランガーはこれを受けて、哲学における決定的変化とは、既存の問いに対する答えの変化ではなく、問われる問いそのものの変化だと述べている。「さまざまな問題が、ある時代に固有のものとなるのは、それが何についての問題であるかではなく、それらの問題がどう扱われるかによるのである。新しい哲学は、古い問いを解決するのではなく、拒絶するのである」。デカルトの主体／客体の二分法をはじめとする、十七世紀において思考の出発点となった諸概念は、もはやその役目を終えており、いまではそこから生じるパラドックスによって思考の動きがとれなくなるばかりである、とランガーは論じている。「我々が新たな知を得ようとするのなら、新たな問いで世界を包むことが必要である」[40]。

ランガーは我々が抱えている問題の本質を正確に言い表している。我々に必要なのは精神／身体の二分法に対する新たな解答でもなければ、主体／客体の関係の新しい見方でもない。必要なのはそのような二分法の存在自体を否定することであり、それが済んだら、新たな様式に基づいた一連の新たな科学的問いをつくり出すことだ。たとえば私が大学で物理学を学んだとき、その授業はまず熱、次に光、それから電気と磁気というふうに、それぞれがひとつの単元になっていた。それぞれの単元での「思考の出発点」は、要するに光、熱、電磁気などの本質を確認するということだった。デカルト的パラダイムの力がいかに強く残っているかはここでも明らかだろう。量子力学が成立してから五十年経ったというのに、いまもなお、観察する人間を無視して光や熱や電磁気を知ることができるかのように教えているのである。くり返し言うが、私の立場はバークリーのそれとは違う。ものが我々の観察とは無関係に存在しているかどうかという問いは、私にはさほど実りある問いとは思えない。本当に問題にすべきなのは、観察する対象について我々が学ぶとき観察という我々の行為は学ぶ結果に何ら影響しない、という思い込みである。観察者もまた実験の一部であるほかないということは、いまや明らかではないか。観察するという行為が得られた知識を変えてしまうことは疑いえない。自然のすべてを知りつくすために、その「構成物」を一つひとつ分析していくなどというやり方が迷妄にすぎないことは、もはや自明ではないか。脱デカルト的世界にあって、「光とは何か?」という類の問いに可能な答えはただひとつである——「その問いには何の意味もない」。

では、どのように自然を研究したら(どのように自然に参加したら)よいのか? どんな問いを問うべきなのか? 私は科学者ではないので、おそらくこれらの問いに答えるのにふさわしい人物ではないことを読者もご承知のことと思う。しかしこうした議論をはじめたからには、何らかの決着はつけねばなるまい。もしそこで何か、他の人々の出発点として役立ちそうな有益な提案が出てくればそれに越したことはない。そこで、近代科学とありうべき全体論的科学との違いを明快にするために、光を主題にして話を進めてみたい。むろん光を選ぶのにはしかるべき理由がある。というのも、第一章で詳しく論じたニュートンによる光学実験は、近代科学において、あらゆる現象をどのように調べるべきかの模範として仰がれたからだ。要するにそれは原子論のパラダイムとなったのである。したがって、身体的・全体論的科学がどのようなものになりうるか、知るものを知られるもののなかにはっきりと取り入れることによって参加というものを認識すればどういうことになるのかを探るには、このいわば原型的問題で比較するのが一番ふさわしいと思うのである。[41]

第一章で見たように、ニュートンはプリズムの実験を通して、白光が七つの単色光線から構成されていて、それぞれの色がその屈折度を示すひとつの数字によって確定できることを証明した。現代では屈折度は波長や周波数によって置き換えられているが、色を数字で定義するというニュートンの発想自体はまったく変わっていない。たとえば赤とは、これこれの波長の光によって標準的な観察者の目のなかに引き起こされる知覚のことなのだ。

ニュートンの色の理論を大きく揺るがしたのは、ポラロイド・カメラの発明者エドウィン・ランドが一九五〇年代に行った研究である。ランドが証明したところによれば、色は単に波長のみの問題ではない。あるものがどんな色として認知されるかは、それがどんな物体なりイメージなりを表しているかに大きく左右されるのである。要するに、そのコンテクストと、コンテクストに対する人間の意味づけに影響されるわけだ。たとえば、青い光を浴びた白い花瓶が青ではなく白に見えるのは、精神〈精神〉が照明というものをおおむね白として捉えるからである。同じように自動車の黄色いライトやろうそくの炎も、白く見えるのが常である。またランドによれば、たとえば色合いの異なるふたつの赤色のようにごく波長の近いふたつの光を見せるだけで、それを見た人があらゆる範囲の色を見たような気にさせることさえ可能なのである。

光と色についての古典的な理論を完璧に否定するこの発見を前にして、ランドはそれを何とか説明しようとした。その結果得られたのは、これまでさんざん嘲笑の的になってきたゲーテの『色彩論』（一八一〇）のなかのニュートン批判と基本的に変わらない説明であった。「要するに、ニュートンとその後継者たちの仕事は、我々が日常目にしている色とはほとんど関係がないのである」とランドは書いている。ゲーテの言葉で言えば、「人造の現象は一次的地位を与えられるべきではない」。つまり、いくつかの単色光線に分解された光などというものは、あくまで実験室で人工的に分離されたものにすぎないということだ。たとえばレーザー工学においてこれが重要であることは誰も否定しないが、そのような分離は自然のなかでは決して生じない、ということである。ランドの実験においても、色の配列はたしかにひとつのスペクトラムを構成することが判明したが、それは波長によってではなく、暖から冷へというふうに色の暖かみによって決定されるスペクトラムであった（もっとも画家たちはとうの昔にそれに気づいていたのだが）。そしてランドはこう結論した――「視覚のスケールとして重要なのは、ニュートンのスペクトラムではない。ニュートンのスペクトラムはたしかに美しいが、それは単にさまざまな色刺激を波長の順に並べてみた偶然の産物にすぎない」。

だが言うまでもなく、それは偶然などというものでは決してない。ニュートンの生きたヨーロッパの価値体系そのものが、色を数字で確定すること、色を波長順に並べることを支持したのである。そもそも、西洋工業文化が発展してはじめて、数量化可能な形で原子論的に色を認知することが可能になった。そしてこのような色の認知方法が、ナトリウム灯、分光器といったテクノロジーの道具を生むことで、今度は逆に文化に寄与したのである。そして、まったく循環的と言うほかはないが、これら色の認知方法の産物が、その認知方法の正しさを「証明」することになったわけだ。ランドの実験の意義は、ニュートンのスペクトラムはたしかに光と色を見るひとつの見方ではあるが、それが何ら神聖なものではないことを実証している点にある。さらにまた、ニュートン科学に内在している「抑圧」が光の問題にもやはりひそんでいることを、我々はランドの結論から見きわめることができる。ランドは暖／冷という対照を問題にしているが、ニュートンがこれを問題にできたとは考えがたい。なぜなら、暖／冷という考え方はまさに情感の問題に直結しており、それを論じるためには人間の主観的な意味づけという問題を避けて通るわけにはいかないからだ。近代科学によれば、屈折度というものは〈外＝そこ〉にあるものであり、永遠に不変であり、その有効性を証明するのに人間が観察する必要はないということになっている。しかし暑さや寒さは、〈外＝そこ〉だけでなく〈内＝ここ〉の問題でもある。それらは、人間という参加者、身体を持ち身体に伴うさまざまな感情を持った参加者を必要とする。さらにまた、屈折度というものは、情感に対する刺激としてはほとんど無意味である。言いかえれば、屈折度によって色を数量化することは、情感的反応を著しく狭めてしまうことにつながる。言語学者のベンジャミン・リー・ウォーフが好んで挙げた例を借りれば、エスキモーは白を表す言葉を十三語持っているし、緑を表す言葉を九十語持っているアフリカの部族もいる。これとは対照的に、ヨーロッパの諸言語は、緑という色から生じる感情と知覚の全領域を三つか四つの単語のなかに押し込めてしまう――緑、青緑、緑青、空色というふうに。このように考えてくれば、「五色は人の目をして盲に令《せし》む」という老子の言葉の意味が見えてきはしないだろうか。

　とすれば、光と色に関する全体論的実験において重要なのは、情感と分析とを分離しないことである。情感的＝身体的反応を無視するような実験は、科学的とは言えないのであって、無意味なのである。だが一方また、全体論に基づくアプローチは、ニュートンの色の理論を排除するものであってはならない。むろんニュートンの理論の「有効性」が、自然のなかに内在しているというのではない。それが「有効」でありうるとすれば、それを我々が味わい、享受するからである。レーザーや分光器を楽しんだり、プリズムを使ったゲームを面白がって悪いはずはない。だがニュートン理論だけで光と色の探究はすべておしまいということにするなら、それは多くのものを無視しているという意味で科学とは言えない。ランドの研究は、光と色に関する全体論的探究のためのパラダイムの、ひとつの足がかりとして見ることができるだろう。また同様に、光の心理学についての研究でも、たとえば赤い長方形は青い長方形よりも暖かくそして大きく感じられることが実証されている。さまざまな色の組合せを見ることで、人は悲しくなったり、上機嫌になったり、目まいを感じたり、密室恐怖に陥ったりもする。最近アメリカでは、「ピンク・ルーム」なる部屋を備えつけた刑務所が出てきている。何から何までピンク一色のこの部屋に十五分閉じ込められただけで、人は誰でもあの『時計じかけのオレンジ』の主人公のように、まったく受動的になってしまうのである。[42]「ブルーな気分」(I feel blue) とか「アタマにきちゃうよ」(That makes me see red) といった表現は、単なるメタファーではない。あるいはまた、「色彩療法」と呼ばれる治療法も出現している。これは、ある種の色には治癒力が備わっているという直観的認識に基づいて生まれた方法である。さらに、すべての生きもののまわりを「オーラ」と呼ばれるさまざまな色からなる場が囲んでおり、ある年齢に達するまで子供たちは実際にそれを見ることができることも知られている。おそらく非工業文化においては、いまでも誰もがオーラを見ることができるのではないだろうか。そしてまた、中世の美術に見られる、聖人の頭のまわりに描かれた黄色い光輪にしても、(近代の考え方で言うように) 神々しさを醸し出すためにくっつけられたメタファーなどではなく、当時は現実に見えていたものだということも大いに考えられる。

こうしたさまざまな例は、考えるきっかけにすぎない。これだけで新しい、完全に体系化されたパラダイムをつくり上げることはできない。だがいずれにせよ、光、熱、電気といったきわめて奥の深い問題を全体論的に探究するとすれば、それは我々に——スザンヌ・ランガーも言うように——それこそ新しい問いに満ちた新しい世界をもたらすことだろう。科学の根本的な問いはもはや「光とは何か?」「電気とは何か?」ではなく「光の人間的経験とは何か?」「電気の人間的経験とは何か?」でなければならない。だがそれは、光や電気についての現在の知識を単純に葬り去ればよいということではない。マックスウェルの方程式も、ニュートンのスペクトラムも、明らかに人間的経験の一部をなしている。首より上で生じることのみを人間的経験と決めつけることの誤り――ベーコンをもじれば「頭のイドラ」とでもなるだろうか――をはっきり認識すること、これこそが大事なのだ。デカルト科学による自然の解釈がかくも不正確なのは、それがきわめて部分的な見方しかできないからである。「自然の人間的経験とは何か？」――これこそが新しい〈主＝客観性〉のスローガンにならなければならない。[43]

二十世紀末は生きるにはつらい時代である。だがある意味ではきわめて刺激的な時代でもある。機械論哲学が手持ちの札を出しつくしてしまい、すべてを知りつくそうとしたデカルト的パラダイムが皮肉にも自らの知の方法自体を使いつくしてしまったいま、新たな世界、新たな生き方に通じるドアが少しずつ開こうとしている。崩壊しつつあるのは自我それ自体ではなく近代自我の硬直性であり、アリエスの言う「男性的文明」であり、詩人ロバート・ブライの言う「父の意識」なのだ。この文明、この意識が、復活しつつある「母の意識」によって、すなわち一体化的《ミメティック》＝本能的《エロティック》自然観によって修正されつつあるのを、我々はいままさに目にしている（図版18）。「ぼくは裸で母親から出てきた」と題する美しいエッセイで、ロバート・ブライはこう語っている。

> ぼくは母の意識のことを書くときも、父の意識をたくさん使う。でも仕方ないのだ。父の意識をなくすことなんてできやしない。そんなことをしようとすれば、すべてをなくしてしまうだけだ。何とかできそうなことは、父のヴェールの向うにあるものを感じとるために、父の意識と母の意識とを結びつけることだ。
>
> いまぼくらは父の意識は悪くて母の意識は良いと言いたいと思っている。でもそう言っているのは父の意識だということもぼくらは知っている。ものにラベルを貼りたがるのは父の意識なのだから。父も母もどちらも良い意識なのだ。ギリシャ人とユダヤ人が母を振り切って父の意識につき進んだのはまちがっていなかった。そうやって前に進んだおかげでどちらも素晴らしく輝かしい文化をつくり上げたのだから。けれどいままた転換の時が来ているのだ……[44]

図版18　デイヴィッド・ブローデュア『エロスふたたび』(1975)。

ギリシャ人とユダヤ人の参加しない意識が「素晴らしく輝かしい文化」を生みだしたことをブライが認めているのは注目に価する。これは、コチコチのライヒ主義者に対しての警告として読むことができるだろう。ルネッサンスから現代に至るまでのヨーロッパ文化が、身体の抑圧という犠牲のもとに成立してきたことはおそらくたしかだろう。また、抑圧がなければいかなる文化も生まれないというフロイトの考えにライヒが反対したのも、おそらく正しかったであろう。しかしそのエネルギーを生んだものが何であれ、近代ヨーロッパ文化の輝かしい達成は決して否定できない。中世全体をいくら見渡しても、ミケランジェロほどの彫刻家は見当たらないし、レンブラントほどの画家、シェイクスピアほどの作家、ガリレオほどの科学者も見当たらないのである。そして、創造性の量ということで言えば、中世と近代との差はいっそう明らかだろう。しかし、ブライのエッセイのもっとも大事なポイントは、ギリシャ＝ユダヤの「素晴らしく輝かしい文化」がすでに峠を越したということだ。その輝かしさはいまや敵意に満ちた視線で我々を睨み、燃える火の玉となって我々を焦がし、ダリが描いたように、不毛な砂漠のなかで時計すらも溶かしてしまう。この状況にあって、もっとも創造的な前哨地点は自己批判であり、自分で自分の首を締めている文化をめぐる分析である。たとえば量子力学、シュルレアリスム芸術、ジェイムズ・ジョイス、T・S・エリオット、クロード・レヴィ＝ストロースらの著作がそうだ。ブライも言うように、より輝かしい文化、人を焦がしひからびさせるのではなく人を温め慈しんでくれる文化が、「父のヴェールの向うにある」かもしれない。たとえ証明はできなくとも、私はそう確信している。しかし現在に話を絞れば、近代科学の主体／客体の二元論、そしてその二元論を崇め奉るテクノロジーが、たがの外れた発達体に根ざしていることは誰の目にも明らかである。デカルト的二元論、そしてその誤った前提に基づいて築かれた科学は、その大半がいまや、極度の生物的＝心的病弊を認知レベルにおいて露呈するものになってしまっている。病める認識論をつきつめた当然の帰結として、かつてないほどの反生態学的、自己破壊的な文化と人格類型が生まれているのである。自然を支配し経済的合理性を追求すること、それは人間のなかにあってごく部分的な衝動にすぎない。だが近代においては、それが人間生活全体を支配している。[45] 我々の健康を取り戻し、より正しい認識論をつくり上げるためには、自我意識を破壊するのではなく、ブライも言うように、母の意識と父の意識を統合することがぜひとも必要である。言いかえれば、一体化《ミメーシス》の知と認知の知を統合しなければならないのだ。全体論的科学を創造しようとする現代の試みが、二十世紀末における最大の企てであり、最大のドラマであると私が考えるのもまさにこのためである。

第七章
明日の形而上学（1）

まず私の信念を掲げておきたいと思う。動物の左右対称性、植物の葉の配列パターン、軍備競争の拡大プロセス、求愛の進行過程、遊びという現象の本質、センテンスの文法構造、生物進化の謎、現代における人間対環境の関係の危機等々の問題は、私の提唱する観念の生態学の視点からのみ理解が可能なのだ、と。

グレゴリー・ベイトソン『精神の生態学』（一九七二）序章

本書の前半では、十七世紀科学を概観し、デカルト的パラダイムが西洋の支配的世界観になるのと並行して起きた、封建主義から資本主義への移行について分析した。いまや我々はずいぶん離れた地点にたどり着いたわけだが、この分析のポイントをもう一度くり返せば、科学とは工業社会を統合する神話にほかならないということ、そして、科学的認識論の根本的誤謬ゆえに、成立後わずか二世紀にして近代というシステム全体が機能不全に陥ってしまっているということである。意識的なもの、経験的なものにのみ基づいて構成された現実観、実はすべての知覚の土台にほかならない暗黙知を排除する現実観が、いまや我々を袋小路に追い込んでしまっている。近代科学を特徴づけている、分析と情感との乖離、事実と価値との分裂がこれ以上続けば、もはや人類は事実上終焉するほかないだろう。唯一の望みは、世界を統合するためのまったく新しい神話学を創生することなのだ。

前章の結末において私は、どうしたらもう一度事実と価値とが融合しうるかについて、いくつかの提言を述べた。言うまでもなくそれらの提言は、新しい認識論の一部分にはなりうるかもしれないが、それだけで一貫した体系が築けるわけではもとよりない。これに対し、事実と価値の統合を現に実践していると主張するグループも数多く存在している。たとえば現在西洋において急激に人気が高まっているヨガ、禅、東洋武道、さまざまな瞑想法などを実践している人々がそうだ。さらに、ゲオルギー・グルジェフやルドルフ・シュタイナーの思想のように、かなり精緻な哲学の分野においても、世界を理解するための一貫した一元論的方法がすでに提唱されている。とすれば、これらの方法のどれかに頼れば話は早いのではないか？　一元論的視点を欠いたデカルト主義などさっさと捨てて、高遠なる一元論的洞察を持つ、神秘主義的・擬似宗教的世界観を奉ずればよいではないか？　あるいはまた、錬金術、アニミズム、数霊術なりに一気に回帰すればよいではないか？　かつてマックス・ウェーバーが述べたように、現実が恐ろしければ、父親たちの宗教が、優しい腕のなかに子をふたたび温かく迎え入れるべく、いつでも待ちうけているのではないか。

だが、これらの神秘主義的・オカルト的哲学には、共通してひとつの大きな問題点がある。それは、スザンヌ・ランガーが言うように、あらゆる非論証的な思考体系に共通の問題点である。すなわち、これらの哲学は、つきつめて行けば、意識的思考をまったく葬り去ってしまうことになるのである。むろんだからといって私は、それらの思想の持つ叡智を否定するつもりはない。それらはたしかに、参加する意識の金塊を宿しているのであり、その道を真剣に追究する者であれば、そこに黄金を見出すに違いない。この理由だけでも、禅にしろヨガにしろ、実践する値打は十分あるだろう。ただ私が言いたいのは、それで悟りを得たとして、それからどうするのかということなのだ。これらの思想体系は、夢と同じように、無意識に到達するための近道である。そこまではよい。だがその場合、自然はどうなり、人間と自然との関係はどうなるのか？　社会はどうなり、人間同士の関係はどうなるのか？　もしも我々の望みが、ただ単に不安を鎮め精神のスイッチを切ることにすぎないのであれば——帝国が崩壊したり支配的世界観が崩壊したりするとき、人はみなそうしたがるものだ——それならばただ、哲学から精神療法に乗り換えて、こんなわずらわしく面倒な話など忘れてしまえばよい。だが、知的にみてこれはあまり刺激的なやり方ではないし、心理的にみれば臆病心の現れとしか思えない。要するにそれはデカルト主義の裏返しにすぎない。デカルトが価値を無視するように、今度は事実を無視しているのだ。これでは一方の極からもう一方の極へ移行するだけのことである。我々はもっと豊かなものをつくり上げうるのではないか、私にはそう思えるのである。

　より広い視点から問題を言い直してみよう。我々は現在、西洋の意識の進化における分岐点に立っている。片方の道は産業革命の大前提をそのまま保持し、科学とテクノロジーを通した救済を我々に約束する。要するに、我々を窮地に追い込んだまさにその同じパラダイムが、我々を窮地から救ってくれるはずだというわけだ。その提唱者たち（これには近代社会主義国家も含まれる）は、西洋のモデルに基づく、経済の拡張、都市化の促進、文化の均一化などを善であり不可避であると考えている。これに対し、もう一方の道が示す未来はまだ曖昧である。その提唱者は、機械化反対者《ラッダイツ》、エコロジスト、地域分離主義者、定常経済主義者、神秘主義者、オカルト主義者、牧歌的ロマン主義者といった、容易にはその姿を見きわめがたい種々雑多な諸集団である。彼らがめざすのは、自然環境、地域文化、原初的思考法、有機的共同体、脱中央集権による政治的自立などを保護し蘇生させることである。さて、第一の道のたどり着く先が袋小路であることはもはや明らかだろう。要するにハックスリー『素晴らしき新世界』の反ユートピアである。これに対し、第二の道は、単に流れを逆戻りさせ元いたところに戻るというだけの素朴な試みに思えることが多い。過ぎ去りし封建時代の安定をもう一度というわけだ。だがここできわめて重要な違いを指摘しておかなければならない。それは、ひとつの現実を取り戻すということは、その現実に回帰するということと同じではない、ということである。たしかに私は、錬金術を論じながら、錬金術の伝統が失われたことで我々がいかに多くのものを失ったかを力説したし、第六章では、身体的知が無意識の知とイコールであるならば、ヘルメス的世界観はもはや隠秘的《オカルト》ではなく人間の生理そのものに根拠を持つことになるのだと論じた。だが私はこれまで一度も、前近代の世界へ回帰しさえすれば我々の抱えているディレンマが解決するはずだとは言っていない。むろん我々が夢をみる限り、そして身体を持つ限り、錬金術師、ユング、ライヒらが得た現実についての洞察は、欠かすことのできない重要なものでありつづけるだろうし、我々の新しい現実観の大きな部分をなすに違いない。同じことは、環境と調和して生きようとする試み、共同体の親密感を持とうとする試みにも言える。そうした試みは、いつの世でも、健康な人間生活の基本的現実であるだろうし、「進歩」の名においてそれらを無視する世界観はすべて危うい幻想でしかない。『地球を歩く』においてフィリップ・スレイターは、「魔術、宗教、神秘主義伝統のあらゆる誤謬や愚行は、それらが持っているたったひとつの偉大な叡智によって十分以上につぐなわれている——その叡智とは、人類が、複雑な自然のシステムのなかに有機的に組み込まれているという意識である」と述べている[1]。この叡智を取り戻すこと、それが近代を超克する助けになってくれることはおそらく間違いあるまい。だがそれは、近代を捨て去ることと同じではないのだ。

　言うまでもなく、真の困難は、現代にふさわしい形で、この叡智を取り戻す道を見出すことにある。ユングやライヒの業績はそのための大きな足がかりである。彼らが説いた夢の知、身体の知が、新しい形而上学に不可欠の要素になることは疑いない。しかし、彼らの方法が意識的な知を切り捨ててしまう傾向を持っていることも忘れるわけにはいかない。ユング、ライヒの方法は、そのままでは新しい形而上学の枠組にはなりえないのだ。

では、事実と価値との再統合をめざすさまざまな試みのなかで、新たな形而上学の枠組となりうるような思想はひとつもないのだろうか？　私が知る限り、ひとつだけある。それは、文化人類学者グレゴリー・ベイトソンによる思想体系である。今日、全体論的科学に完全な体系を与えているのは、ベイトソンの思想をおいておそらくほかにない。ベイトソンの思想のみが、科学を無視することなくかつ無意識の知に基づいているのである。そして、ユングやライヒの思想に較べ、ベイトソンの思想ははるかに広範である。無意識の精神のみならず、社会環境・自然環境の重要さにも十分関心を注いでいるからだ。ユング的自己実現、ライヒ的自己実現がしばしば世界からの逃避に陥ってしまうのとは逆に、ベイトソンは我々を世界のなかに位置づける。

ベイトソンはまだあまり知られていない。だがおそらく後世の歴史家たちは、ベイトソンを二十世紀最大の思想家として見るようになるだろう。いわゆる「ベイトソン的統合」——それは「サイバネティクス的＝生物学的メタファー」と呼んでもよいだろう——は、ベイトソンが一人でつくり上げたものではないが、さまざまな概念をひとつにまとめ上げた功績はベイトソンひとりのものである。そして、宗教的コンテクストのなかでのみ考えられていた〈精神〉(Mind) という概念をそこから引き出して、〈精神〉が現実世界に内在するものであることを説いたのもベイトソンである。ベイトソンの思想において、〈精神〉(言うまでもなくそこには価値も含まれている) は具体的現実となり、実践に供しうる科学的概念となる。その結果生まれる事実と価値との融合は、単に人間の心のさまざまな恐怖を鎮めてくれるだけのものではない。それは、人間の心にとって途方もなく大きな可能性を拓いてくれるのである。(2)

だがまずはじめに一言断わっておくべきだろう。近代科学は、自らの現実説明が唯一の真理であると主張したために大きな問題を抱えこむことになった。この点で近代科学は、その前任者である中世カトリック的世界観と大いに共通している。そして言うまでもなく、この愚行を現在ふたたびくり返す必要はまったくない。つまり私は何も、ベイトソンの思想には何ひとつ限界も問題もないと言っているのではないし、ベイトソンの方法をそのまま無批判に受け入れ現在の危機に適用すれば危機はたちどころに霧散するなどと言うつもりもない。どんな場合でも、危機を解決するということはそんなに生易しいものではあるまい。しかし以下の三つのことは言ってもよいだろう。ひとつは、ベイトソンの思想が、我々が信じうる科学的な形で、錬金術的世界観を取り戻す道を表現しているということ。二つめは、ベイトソンの思想が、意識／無意識の弁証法を、現実を探究するための創造的方法にしてくれるものであること。そして三つめに、悪夢的逆ユートピアを免れた新時代が築かれるとすれば、その新時代の世界観は、ベイトソン思想から直接引き出されたものではないにせよ、ベイトソン思想のもっとも重要な側面のいくつかを取り入れることになるのはまず間違いない、ということである。「ベイトソン的統合」は多くの面で東洋思想に驚くほど似通っている。それは、認識論的に見ても、量子力学と情報理論を例外として、西洋のいかなる科学的方法論ともまるで異なっているように見える。だがそのインスピレーションの真の源は、グレゴリーの父ウィリアム・ベイトソンの思想であった。ウィリアム・ベイトソンは、十九世紀末から二十世紀初頭にかけて活動した特異な生物学者である。一九〇六年に「遺伝学」(genetics) という言葉をつくったのも彼である。グレゴリーの思想の源流を理解するためだけでなく、その思想の内容を十分に把握するためにも、まずは父ウィリアムの科学者としての生涯をたどっておくことがぜひとも必要だろう。(3)

ウィリアム・ベイトソンが生きた時代は、英国の科学的唯物論の全盛期であった。それはたとえば、当時のすぐれた物理学者J・C・マックスウェル（一八三一―七九）がその晩年の著作を『物体と運動』と題したことからもうかがえる。また、生物学者T・H・ハックスリーは、ダーウィンの自然選択説を普及させ自然科学を称揚するなかば政治的な活動に長年従事したが、彼が推進した考え方もやはり唯物論の立場に立つものであった。一方ベイトソンは、有名な反ダーウィン思想家サミュエル・バトラーの下で学んだ人物であった。むろん科学者として高度に洗練されていたけれども、ベイトソンはむしろ、より古い、非職業的な科学の伝統に属していた。すなわちそれは、英国の上流階級と密接に結びついた社会的類型である、「アマチュア紳士」としての科学者の伝統である。(4) 唯物論、功利主義、知識の職業化――これらはすべて、ベイトソンから見ればブルジョワ中流階級の卑しい価値観であった。ベイトソンにとって大切だったのは美的感受性であり、真の教育とは「忘我《エクスタシー》への覚醒」であって（これは息子グレゴリーの学習理論において継承されることになる考え方である）世俗的職業のための不毛な準備のことではない、そうベイトソンは考えていた。もっとも高度な科学は芸術をめざす——これが彼の信念であった。ケンブリッジの学生だったころ、ベイトソンは古代ギリシャ語を必修科目に残すことを支持した。典型的な理科系学生の不毛な精神のなかに、ギリシャ語が「崇敬《レヴァレンス》のオアシス」をもたらしてくれると考えたからである。一八九一年に書いたビラのなかで、ベイトソンはこう述べている——

もしも詩人が存在しなかったら、問題というものも存在しなかっただろう。なぜなら今日の無学な科学者たちが自分で問題を見つけられるはずはないからだ。科学者連中にとっては、困難を感じることよりも困難を解決することの方が容易なのだ。（傍点引用者）

ものごとの「感じ《フィール》」をもとに、ひとつの科学を創造すること。これがウィリアム・ベイトソンが果たそうとしてついに果たせなかった仕事である。ベイトソンの生涯は、科学と芸術との分裂の苦痛の軌跡であった。この分裂を修復することが、息子グレゴリー・ベイトソンにとって、生涯を通しての中心的課題になったのである。情感もまた理性と同様に厳密な演算規則《アルゴリズム》に基づいているというのが、グレゴリーの終生変わらぬ信念であった。彼が好んで引用したのは、デカルトの最大の敵対者パスカルの言葉であった——「情感《ハート》には、理知《リーズン》が感取しえない独自の理《リーズン》がある」。

形とパターンの科学の創造をめざすウィリアム・ベイトソンの活動、そしてその活動の土台となった美的・政治的価値観を見事に分析しているのが、生物学史家ウィリアム・コールマンである。ベイトソンのこうした活動や価値観の背景にあったのが、染色体理論に対する反感だったことをコールマンは明らかにしている。一九二五年に完成を見た染色体理論とは、あらゆる遺伝的現象は、究極的にはひとつの物質的粒子、すなわち染色体のなかにある遺伝子にその原因を見出せるという理論であった（この主張はいまでも変わっていない）。この原子論的・ニュートン的アプローチは、遺伝子を、いかなる変化にも影響されずに持続する唯一不動の遺伝的要素として見る。だがウィリアム・ベイトソンから見れば、このようなアプローチは、出発点がまるで違っていると言うしかなかった。サミュエル・バトラーや、隣人であったA・N・ホワイトヘッドがベイトソンに言ったように、いかなる変化にもかかわりなく持続するのは、ものではなく形《フォーム》なのだ。この形《フォーム》をのちにグレゴリー・ベイトソンは〈精神〉(Mind)と呼んだのである。ウィリアム・ベイトソンは、遺伝と変異を分析することによって、進化のパターンとプロセスを明らかにしようとした。そしてそれを行うために彼は、規則性ではなく、規範からの逸脱が見られる例に注目した。「例外を大切にしなさい」、そう彼は科学者の卵に言ったことがある。自然のなかの変則的なものを研究することによって、「正常な」解剖学をつくり上げること。これがベイトソンの方法の中心となった。逸脱、形態上の異変を検討し、その有機体がどのように適応しどのように崩壊を免れるのかを調べるのである(のちに、グレゴリー・ベイトソンもまた、アルコール中毒患者や精神分裂病者を研究することによって、人間関係の典型的相互作用を定式化するに至る)。動物奇形学の手引である『変異の研究のための資料』(一八九四)において、ウィリアム・ベイトソンは、めざすべきは形を支配する法則を見きわめることだと述べている。(5)変異の起源は、ダーウィンが説くように環境のなかにではなく、生物それ自体のなかに求めなければならない、ベイトソンはそう主張した。ベイトソンはラマルク説を奉じていたわけではないが、ちょうど錬金術に没入していた若いころのニュートンと同じように、変成の原理を内的なものとして捉えていたのだ。が、内的といっても、変異の起源を遺伝子に見て、規範からの逸脱が偶発的に起こるという考えをそれと組み合わせるとすれば、晩年のニュートンと同じ過ちを犯すことになってしまう。それでは、分子同士のランダムな衝突からどういうわけか秩序が現れてくるのだ、と論ずるのに等しいのである。不可入性の粒子同士が再編成されるなかから変化が生じるという後期ニュートンの説は、ベイトソンには決して容認できない、まるで説明になっていない考え方であった。

ベイトソンから見れば、遺伝における決定的要素は遺伝子ではなく、その有機体のパターン、形であった。だとすれば、「対称《シンメトリー》」こそが問題を解く鍵になるだろう。ベイトソンは、その研究の基礎となる事実を、たとえばミミズなどが持つ分節構造の検討から得た。分節構造(segmentation)とは、動物の体軸に沿って部分が反復される構造であり、生物学ではこの反復現象を「体節分化」(meristic differentiation)と呼ぶ。このような体軸に沿ったシンメトリーは、ヒトデやクラゲに見られるような放射状のシンメトリーとは区別されるべきものである。どちらのタイプのシンメトリーも、細胞の発生とそのふるまいの、いわゆる「遺伝的」な連続性が形として現れたものだが、放射状にシンメトリックな動物の場合、その諸分節がおおむねたがいに相等しいのに対し、体軸に沿って分節された生物にあっては、隣りあった分節同士が大きくプロポーションを変えることがよくあるのである。このようにダイナミックな非対称を生み出しながらなされる反復を「メタメリズム」(不等反復)という。つまり、同じものを生み出すという正常な機能が阻止される結果として、単純な反復であるメリズムに異変が起こり、それがひとつの変異体となって現れるが、その変異体形成プロセス自体は正常だという現象である。例として、エビのハサミが、他の肢と違った形で形成されていくような、不揃いな分節の形成が挙げられる。こうしたメタメリズムの研究を通してウィリアム・ベイトソンは、「もの」よりも「形」が上位にあることを具体的に立証し、遺伝と変異を体系的に理解するに至った。これによってベイトソンは、染色体理論に代わる新しい考えを築く最初のステップをつくり出したのである。ベイトソンはやがて、生物から生物へ伝えられるのは客観的物質ではなく、物質を再現する能力なのだと論じるようになった。伝わるのはひとつの傾向であり、素質なのだ、と。(6)

ベイトソンは、科学的唯物論を奉ずるヴィクトリア朝時代の物理学に反対したが、しかし彼はその物理学からひとつの思想を受けついでいる。ヴィクトリア朝物理学は、物質と力とをいかにしてひとつの体系に組み入れるかという問題を抱えていた。そして、マックスウェルをはじめとする何人かの物理学者が、研究を進める方便として、原子をニュートン的なビリヤード玉としてではなく、煙の輪、あるいは渦巻として措定してよいのではないかと提唱していた。この考え方の効力は明らかであった。渦巻理論を使えば、決定論に陥ることなく宇宙を説明することが可能になるのであり、ニュートンの言う「再編成」という発想に全面的に依存することなしに、力と変化について論じることが可能になる。原子は煙の輪のように、ねじれたりふたつに分かれたりしながら新しい輪を次々に生みだしていく、というわけだ。渦巻としての原子というイメージこそ物質と力の一元化を表すものである、とこの考え方の先頭に立ったジョゼフ・ラーモア卿は主張した。ベイトソンは、渦巻理論に直接言及することはなかったが、自発的な分化こそ生物の根本的特徴であることを強調している。ケンブリッジの動物学者たちの間にすでに広まっていた考え方を受けて、彼は「有機体とは生命の渦巻である」という明快な見解に行きついたのだ。一九〇七年ベイトソンは、動植物は単なる物質ではなく、物質が通過するシステムである、と書いている。煙の輪のように、意識の介在のないところで自発的に分化しうる存在はすべて生きた存在とみなさなくてはならない、とベイトソンは述べた。これは生気論《ヴァイタリズム》（生命現象は無機界の現象には認めえない非物質的原理によるとする説）ではないし、神とか、ベルクソンの言う生の躍動《エラン・ヴィタール》とかを措定するものでもない。しかしベイトソンのこの考え方がそれまでの物理学とは大きく隔たっていることはたしかであり、それはむしろ錬金術にはるかに近い。錬金術においてもベイトソン思想においても——そしてのちに情報理論と名づけられることになる考え方においても——自然は何よりもまず「たえず循環的にはたらく」のである。(7)

渦巻のイメージ——のちにサイバネティクスにおいてそれは「回路《サーキット》」という概念になるわけだが——は、物質よりも形が上位にあるという発想とならんで、ベイトソンの染色体理論批判の核心であった。もしも有機体がまとまりをなす一個の全体であり、単にさまざまな「属性」の寄せ集めにとどまらない一個のシステムであるならば、変異とはきわめて重要な結果を生む現象だということになる。なぜなら、ひとつの変異によって、その有機体全体がそれに対応して変化することになると考えねばならないからだ。同様の視点から、十九世紀フランスの生理学者クロード・ベルナールは、有機体の「内的環境」という概念を提唱していた。そしてウォルター・キャノンは『身体の叡智』（一九三二）において、この「内的環境」は彼が「恒常性」（homeostasis）と呼ぶプロセスによって維持されると主張した。このような考え方が、ウィリアム・ベイトソンの思想の核をなす全体論的原理であった。一八八八年、妹アンナに宛てた手紙でベイトソンはこう書いている。

どんなに小さな変異でも、それが生じれば必ず他の部分でもそれに対応する変異が生じるのだ。それが自明の理だといまや僕は信じている。あるシステムがあって、そのなかのひとつの部分で変異が生じたのに他の部分でそれに対応する変異が生じないとすれば、もはやそのシステムはシステムでありつづけることができない、と言ってもいい。

つまり、最初の変異がひとつの環境の変化としてはたらき、「回路」または「渦巻」全体に連鎖反応を引き起こす、ということである。そうした一連の変化に必要な時間を経たのちに、有機体はふたたびシステムとなることができる。のちに息子のグレゴリーが言うように、自らを維持しつづけるシステムは――社会、文化、有機体、生態系その他いかなるシステムであれ――それ自身の視点からすれば、すべて理にかなった存在なのである（狂気ですら、自己保存の「論理《ロジック》」に従っている）。時を経るにつれてウィリアム・ベイトソンは、システム内の部分を貫く相互の結びつきの網をますます強く認識するようになった。そこにはちょうど池に生じる波紋のような、幾何学的な制御がある。形の法則を知る鍵は、この「相互調停のメカニズム」――のちに言う恒常性の原理――にこそあるのだ。この考えは、彼にとって次第に動かぬものになっていった。さらに彼は、有機体を一個の全体として調停するこの「メカニズム」が、やはり波と同じように、周期的にはたらくという推測を立てた。一九二〇年代なかば、父ウィリアムは息子を研究に引き入れはじめ、二人は一編の論文を共同で書いた。それは、この「波動仮説」をヤマウズラの研究に適用し、ヤマウズラの縞がどうやって周期的に生じ、体全体に羽先に至るまで広がっていくかを説明しようとしたものである。「波動の広がりのアナロジーは、少なくとも部分的には、正しいガイドとなってくれるに違いない」と彼らは書いている。(8) この仮説が有効であるかどうかはともかく、父が発展させた概念や方法論が、グレゴリーの若いころの科学体験の母体となっていることは明らかである。一九四〇年、グレゴリーは父から漠とした神秘主義を吸収したと述べ、その内容を次のように記している。

自然界で起こる現象は、分野の別を問わず、すべて同種のプロセスによっているのではないか。結晶の構造と社会の構造とが同じ法則の支配を受け、ミミズの分節化のプロセスは玄武岩の層が積み重なるプロセスにたとえられるのではないか……

そして、グレゴリーの科学的・情感的意識に何よりも大きく影響したのは、理性そのものに対するウィリアム・ベイトソンの姿勢であった。ウィリアムにとって理性とは、五感から得るデータを単に混ぜ合わせるだけのニュートン的理性ではなく、「本質的諸関係を直観的に捉える」ものだった、とコールマンは書いている。ウィリアム・ベイトソンは、渦巻としての原子や、それに類する科学的モデルを、ちょうど東洋の墨絵を見るような見方で見ていた。すなわち概念としての全体性をそこに見たのである。それは、想像力を鼓舞し、合理的計算では到達しえない理解へと導いてくれるものだったのだ。ウィリアムは、いかなる科学的説明もその真理性には限界があり、つねにその説明では到達しえないさらに深いレベルの現実（すなわち〈精神〉）があると考えていたが、このような直観的洞察こそそうした見解を証拠づけるものであると彼は考えていた。言いかえれば、のちに詳しく述べるように、いかなる認識論も不完全であるほかはなく、〈精神〉は決してそれ自身を知ることはできないということだが、こうした考えこそ、おそらくグレゴリー・ベイトソンの形而上学全体の核を成している。科学的説明の限界ということは、近代科学にとっては躓きの石にほかならない。だがその石は、グレゴリー・ベイトソンの手にかかって、新たな科学が築かれるべき堅固な土台に姿を変えたのだ。(9)

グレゴリー・ベイトソンを語るにあたって、まず彼の知的遍歴を要約してみよう。一九二〇年代、ベイトソンは生物学と文化人類学を学び、ケンブリッジで父親の足跡をおおむね忠実に追っていった。一九三〇年代は文化人類学のフィールド・ワークに専念した。まずニューギニアのイアトムル族を調査し、その成果として『ナヴェン』（一九三六）が書かれた。次に当時の妻マーガレット・ミードとともにバリ島で調査を行った。第二次大戦中はアメリカ戦略部隊本部に勤務し、終戦後、サイバネティクス理論を生んだメイシー会議に加わった。ほどなく精神科医のジャーゲン・ルーシュとの共著『コミュニケーション——精神分析の社会的マトリクス』（一九五一）を発表し、その後のほぼ十年間をカリフォルニア州パロ・アルトの復員軍人病院の民族学者という肩書で送る。アルコール中毒患者や精神分裂病者と接し、サイバネティクス理論の諸概念をこれらの「病気」に適用しそれに対する斬新なアプローチを生み出したのもこの時期である。この研究と、六〇年代に行った異種動物間コミュニケーションの研究とを通して、ベイトソンは新しい学習理論を構築していった。七〇年代の活動は、それまでのさまざまな研究から得た洞察をひとつにまとめる作業と、ダーウィン理論の修正の仕事が中心となった。後者は進化の問題に対する新しいアプローチの形成をめざすものであり、その成果が『精神と自然――統一の必然と必要』(一九七九)である。この著書においてベイトソンはひとつの円環をたどり終えたと言える。ひとりの人間によってなされたもっとも創造的な知的遍歴のひとつと言いうる道程を経て、生物学に対する関心に戻ったのである。話を明快にするために、本章では文化人類学、民族学、学習理論、異常心理学におけるベイトソンの活動に焦点を絞り、第八章でベイトソンの認識論とその倫理的意義を扱い、第九章の一部分を未来の形而上学としてのベイトソン的全体論に対する批判に割くことにする。[10]

ベイトソン自身も述べているように、彼が一九二〇年代に学んだいくつかの生物学のアナロジーと、父ウィリアムの自然界に対する姿勢とが契機となって、ベイトソンはニューギニアのイアトムル族を研究することになった。この研究は、男が女装し女が男装する儀式「ナヴェン」に焦点を当てたものである。だがこの研究は、儀式の内容そのものよりもはるかに重要な発見をベイトソンにもたらした。すなわち、ベイトソンにとってこの研究は、科学的説明それ自体の本質を明らかにしてくれるものだったのであり、あらゆる精神的相互作用の本質的性格を説明する鍵になりそうなモデルがそこから構築されることになったのである。このモデルと、このモデルを生みだした方法論は、社会・自然現象に関してベイトソンがこれ以後につくり上げたさまざまな理論の萌芽をすでに含んでいる。したがって、このナヴェン研究を詳しく検討しておくことがぜひとも必要だろう。[11]

イアトムル族の行うナヴェンとは、男女がともに異性の服装をして、通常その異性のものとされている役割を演じる儀式である。ナヴェンが行われるのはラウア(「姉妹の子供」)が人生における重要事を成し遂げたときであり、儀式に対して責任を負うのはワウ(「母の兄弟」)である。要するに、母方のオジ(ワウ)と姪または甥(ラウア)との間に、基本的関係があるわけだ。ただし、現実にナヴェンを遂行するのは、実際の母方のオジではなく、「分類上の」ワウである。「分類上の」ワウとは、何らかの形でラウアと母系的なつながりにある年長の男を広く指すカテゴリーで、母方の大オジも父方のオバの夫もこれに含まれる。

どういう場合にナヴェンが行われるかは細かく規定されているが、いずれもラウアがはじめて何か重要なことを成し遂げた場合という点では一貫している。男の子なら、敵あるいはよそ者をはじめて殺したとき、ある特定の動物を殺したとき、特定の植物を植えたとき、ある種の道具または楽器を使ったとき、よその村へ行って帰ってきたとき、結婚したとき、神霊に憑かれたときなどがそうである。女の子なら、はじめて魚をつかまえたとき、サゴ（サゴヤシの髄からつくる澱粉）を料理したとき、子供を生んだときなどがその主な例である。

ナヴェンの儀式において、分類上のワウたちは、ボロボロの女の服をまとい、「母」を演じて「子」すなわちラウアを探しに行く。これがパントマイムで行われるわけで、たとえばワウたちがよぼよぼの未亡人のような身なりをして、わざとよろよろ歩いたりし、村の子供たちがゲラゲラ笑いながらあとについて行くのである。一方女性が演じる場合、（分類上の）オバたちは、子供の成し遂げたことが祝われている間、その子を殴ったりする。そして、男と違って汚い服装をせず、派手な男装で身を飾り立てるのである。顔を硫黄で白く塗ったり――これは敵を殺した男に与えられる特権である――、男性用の装身具を身につけることも多い。この男装の女たちは、男の家族を呼ぶ名（「お父さん」「お兄さん」等）で呼ばれ、イアトムル族の男がよくやるような虚勢を張る。一方、女装の男は、自らをおとしめるような役を進んで演じる。性行為そのものが、性を逆転してパントマイムで演じられることもある。ベイトソンが観察したある儀式では、ムボラ（ワウの妻）が男装して夫とともに性行為を擬した演技を行ったが、優越な男の役割を演じたのはムボラであった。ときには、ラウアを生むところをワウがパントマイムで演じることすらある。

西洋人から見ると、このように念入りに性を入れ換え服装を入れ換える儀式は、まるでわけの分からないものに思える。いったいイアトムル族の人々は何のつもりでこんなことをやっているのだろう？　この問いに答えるために、ベイトソンは、動物界における放射状分節と体軸に沿った分節との差異に対応するような関係が、社会のなかにもあるのではないかという漠然とした予感から考えを進めていった。そして調べてみると、イアトムル族の村々のなかで比較的大きな村はきわめて不安定であり、異なった父系間に分裂の溝が走る危険につねにさらされていることが分かった。つまり父が息子を引きつれて村を出るということがよく起こるのだ。西洋ならこのような分裂は、基本的に「異端」形成の形をとる。だが、イアトムル族の場合これは「異端」的ではなく「分派」的である。つまり、離脱したグループが新しい共同体を形成することはするが、その新しい共同体の諸規範はもとの共同体のそれと同じなのである。「分裂」をめぐるイデオロギーが西洋とイアトムル族ではまるで違うわけだ。だとすればこういう類比が成り立つだろう――西洋の「異端」モデルは「メタメリズム」すなわち動的な非対称に対応し、イアトムル族の「分派」モデルは連続する諸部分が反復の関係にある「放射状分節」に対応するのである。

ベイトソンは、動物界のアナロジーをさらに推し進めて、それをもとに、社会が個人を支配する力がどのようにはたらいているかを考察すれば、社会の分裂という問題もより明瞭になると考えた。放射状にシンメトリカルな動物を思い描く場合、それは支配する中心を持たない遠心的な存在としてイメージされるだろう。そのパターンにおいてきわ立つのは外周に沿って区切られている分節だからだ。イアトムル族社会も、これと同じく遠心的である。というのも、イアトムル族は、共同体全体の名において制裁力を行使するような法律や中心的・体制的権威を持たないのである。違反はつねにふたつの「分節」間の関係において捉えられ、社会的制裁もこれに対応して「横からの」(lateral) ものである。これに対し、西洋社会では、「国家」対「市民」という関係がつねに重視される。たとえば私が隣人の所有物を奪えば隣人は怒るだろうが、私を捕らえ処罰するのは「法律」である。もし私の隣人が「横からの」制裁を企て、自ら法律を実践しようとすれば、彼もまた私と同じように処罰の対象になってしまうだろう。要するに高度の中央集権化が存在しているのだ。したがって、西洋社会では、新しい規範を持った新しい集団に対して非寛容であり、その存在が比較的目だたない場合にしかそのような集団の存在を許さない。中心からの差異を前面に押し出したり、中心を攻撃したりすれば、中心は容赦なく反撃を行う。一方、イアトムル族にはこのような「中心」は存在せず、厳格に定められた規範もない。イアトムル族にとって、規範とは、個人の力が十分に強ければ、破るべき慣習にすぎないのである。そして、イアトムル族の男女観にあっては、男のカリスマ性は大きな敬意の対象である。そのため、共同体はつねにその父系に沿って分裂していく方向にあるのだ。

このような社会的見地からして、ナヴェンの儀式が完璧に意味をなすものであることは明らかだろう。「分派」が父系の線に沿って生じるとすれば、それを防ぐためには、婚姻による絆を強めることがぜひとも必要である。そしてイアトムルの社会組織のなかでは、この婚姻による絆がまさに弱点なのだ。ナヴェンはこの弱点を補強することで、共同体のまとまりを支える役目を果たす。ナヴェンがなかったら、イアトムルの村落は現にそうであるほど大きくはなりえないと言ってよい。

これがナヴェンの社会的意味に関するベイトソンの説明である。説明としてこれは見事なものだが、ここで本当に大事なのは、ベイトソンが自分自身の説明を決して本気で受け取らなかった、という点である。つまりこういうことだ。ナヴェンが上に述べたような機能を果たしていることは認めるとしよう。しかし、実際の儀式に現れた、途方もない感情的エネルギーの奔出を、このような社会学的発想で説明できるのか？　服装交換、儀式的性交などが、社会の分裂を防ぐという目的の下に行われているなどと、いったい誰が本気で主張しようと思うだろうか？　たったいま述べたような機能面からの説明では、儀式を行う人々の「動機」はまったく理解できないことにベイトソンは気づいていたのである。そして、それらの動機を解く鍵は、その文化の「エートス」、すなわち文化全体の情感的風土にあるとベイトソンは考えるに至った。エートスは「事実」の問題でもあれば「価値」の問題でもある。とすれば、エートスを理解するためには、この両面を捉えうる新しい科学的方法論を築くことが必要である。全面的に機能的＝分析的なアプローチは、合理的・実際的意味合いからすれば正しいが、問題の本質をまったく見逃している。かつて父ウィリアムが述べたように、まさに、困難は感じるよりも解く方が易しいのだ。グレゴリーは、感じることと解くことが同じコインの表裏にほかならない状況を見出したのである。

ではここで、どのようなモデルを用いたらよいだろうか？　ベイトソンは、マリノウスキー、エヴァンズ＝プリチャードといったすぐれた同時代の文化人類学者の分析にも大きな感銘を受けていたが、文化人類学における彼の真の師は、ルース・ベネディクトであった。ベネディクトの「統合形態」(configuration)という概念は、のちにベイトソンが「エートス」「エイドス」と呼ぶことになるふたつの概念の和におおむね相当する。「エートス」はある文化の全体的な情感のトーンであり、「エイドス」は文化がその基底に持っている認知の(「論理」の)システムである。両者についてベイトソンはこう書いている。

　これらふたつの「概念」は、どんな場合でも、文化の粗雑な分析的考察にではなく、全体論的考察に基づいている。この概念の眼目は、ひとつの文化を一個の全体として見るとき、その文化を構成する種々雑多な特性を並置することによって、何らかの大きな傾向が見えてくる、ということである。[12]

つまり、具体的諸要素を配列することから、文化の「感じ」すなわちエートスという抽象的特性が立ち現れるのである。この「感じ」は、諸要素の所在を明らかにするのと同じやり方でその所在を確定することはできない。なぜならそれは、のちにベイトソンが用いるようになる言葉で言えば、諸要素よりも「高次の論理階型」に属しているからだ。たとえ諸要素がすべて同じでも、配列が違えば必然的に文化の「感じ」も違ってくる。このように考えれば、ヘーゲルの言う「時代精神」とかユングの「集合心理」といった概念に頼らなくても、文化が個人の心理に影響を及ぼすという事実を記述することができる、そうベイトソンは考えた。ベネディクトを範として、ベイトソンはこう続けている。

　私は、文化というものを、諸個人の心理を標準化するものとして記述しようと思う。これはおそらく、あらゆる科学における全体論的アプローチの根本的公理のひとつである。言いかえれば、動物であれ植物であれ共同体であれ、それら研究の対象は、いくつもの単位から構成されており、それらの単位の諸特性は、組織全体のなかでの単位の位置に従って、何らかの方法で標準化されるのである。(……)文化は価値のものさしに影響を及ぼす。本能が組織化されて情感となり、生のさまざまな刺激に対し異なった反応を示すようになる、その組織化のあり方を文化が左右するのである。

ベイトソン自身も認めているように、この方法は意図的に循環的である。なぜならそれは、ある文化にとって正常である情感のシステム(すなわちエートス)を措定し、その上で諸制度や行動を説明するためにそのシステムを利用しているからだ。だがベイトソンに言わせれば、このような循環性は決して欠陥ではない。なぜなら、循環を避けようとすれば、システムを機能的・社会学的に捉える以外に方法はないのであって、そうしてしまえば今度は、諸個人の動機については何ひとつ分からなくなってしまうからだ。動機を知るためには、そのシステムのなかに自分の身を置く以外に道はない。そして、システムのなかに身を置けば、循環性に陥ることは不可避なのだ。これは少しも神秘的なことではない。ゲーデルの不完全性定理が述べているのはまさにこうした状況にほかならない。我々の行動は、自分で自分を証明するという状況に陥っているからといって、それが本物ではなくなるということにはならないのである。

それでは、イアトムル族のエートスを正しく分析するにはどうすればよいのだろうか? そして、この分析は、彼らがナヴェンを行う理由に関して我々に何を語ってくれるだろうか? 西洋においてもアジアにおいても、社会のエートスの大半は、社会的差異化——とりわけ階級間・カースト間の差異——から生じる。個人間の社会的地位の差異が持つ重要性は、社会によってそれぞれ違っている。だが、人が他人の前でどのように行動し、どのような情感的トーンを採るかは、少なくとも部分的には地位の差異に左右されることは間違いない。ところが、イアトムル文化においては、社会的階級は存在せず、差異はもっぱら性別によって生じる。[13] したがって、イアトムル族のエートスをめぐるベイトソンの論述も、必然的に、性のエートスを論じたものになっている。彼は次のように問う——イアトムル族の男たちはたがいに対してどのように行動するのか、女たちはたがいに対してどのように行動するのか、そして男女が同席している場合両者はどのように行動するのか？

公の場での男性の行動でもっとも顕著な特徴は、「プライド」である。これは男ばかりの場でも男女同席の場でも変わらない。イアトムル族の男性にとって、人生はほとんど演劇であると言ってよい。したがって、儀式用の家で行われる行為は、派手で荒々しいものになるのが常である。この家は儀式の場であるばかりでなく、議論や喧嘩の場でもあり、むしろその要素の方が強い。ベイトソンによれば、イアトムル族から見れば、この儀式用の家は、「プライドと芝居めいた自意識」が浸透する「熱い」場である。この家に足を踏み入れるやり方からしてそもそも芝居じみている。男はみな、ふんぞり返ったり、道化じみた仕草をしながら、人々の前に現れるのである。イアトムルの社会には、法律も中心的権威もないのと同じに、権力の階層制《ヒエラルキー》もなければ族長もいない。その代わりにあるのが「自己主張のたえざる強調」である。名声を決めるのは、まず戦争、シャーマニズム、秘儀などの実績だが、これに加えて、人々にアピールする能力も大きな要素なのだ。

このような傾向は、何らかの対立の解決を目的とするような公の討論の場において特に顕著である。「発言者たちは、自分を煽り立てうわべの興奮を極限まで高め、その間ずっと芝居めいたジェスチャーで荒々しさを補強し、厳しい口調とおどけた口調を巧みに使い分ける」とベイトソンは書いている。たとえば、発話者が討論の相手を強姦してやると脅し、それを卑猥なダンスで彩るという具合である。こうした侮辱がどんどんエスカレートしていって、相手がついに我慢の限界に達すると（たいていそれは自分たちの族霊《トーテム》を侮辱されたときである）、喧嘩が始まり、重傷者が出たり、場合によっては呪術による殺人すら伴う反目にまで発展することもある。

儀式用の家には女性は入れないが、女たちがどう反応するかを、男たちはたえず意識している。この家での行為は、公の儀式において女たちの目の前で精いっぱい派手に演じるときのための、いわば予行演習なのである。成人式もこの家のなかで行われるが、家のまわりにいる女たちが観衆となるよう、儀式の一部が外から見えるような位置で行われる。また、女たちは、部族に伝わる秘密の楽器の音も外から聞いていて、「これらの音を発している男たちは、見えない女たちの聴衆を非常に強く意識している」のである。文化全体の型が、「見せ物的要素のたえざる強調と、男のエートスであるプライドによって、決められているのである」。

容易に予想のつくことだが、イアトムルの女性のエートスはこの正反対である。たしかに女性が強い積極性を示す場合もあり、それをイアトムルの人々は賞賛すべきものとみなしてもいるのだが、基本的には、男の生活が「演技」にかかわっているのに対し、女の生活は「現実」をその中心に据えている。具体的に言えば、食料の入手や料理、家事、子育てなどが中心なのである。これらは個人的な行為であって、見ばえということはまったく問題にされない。女性の行動スタイルはきわめて地味であり、ほとんど寡黙と呼んでさしつかえないほどである。女たちの行動を包む雰囲気は、静かな陽気さと協力態勢であり、その生活のドラマ的要素の大半は、男たちの芝居がかったふるまいによってもたらされる。けれども、人前で一団となって踊るときなどは、女たちもまた、プライドのエートスをあらわにする。男性用の装身具を身につけ、その動作もいくぶん尊大さを帯びたりさえする。ここにはナヴェンにおいて頂点に達するテーマの、より穏やかな姿を見ることができる。

ベイトソン自身指摘しているように、このようなイアトムル族の性のエートスの記述は、ヨーロッパ人の視点からなされたものである。つまり、男性のイアトムルの行動は、我々から見れば芝居がかっているということであって、イアトムルから見ればそれは少しも芝居がかってはいない。むしろまったく正常なものであろう。イアトムル文化のなかに身を置けば、女たちが男たちを強くて攻撃的であると見ていること、男たちが女たちの行動を弱々しく感傷的で恥ずべきものであると考えていることが伝わってくる。性行為において女性の体位を採ることは不面目なことと見られており、したがって、ナヴェンでの擬似性行為における役割の逆転は、きわめてショッキングなことだ。このように、「男も女もそれぞれ一貫したエートスを持っており、ふたつのエートスはたがいにまったく対照的である」。ナヴェンが注目に価するのは、これらふたつのきわめて堅固な文化スタイルが逆転してしまうからである。

ここまで述べれば、なぜナヴェンが行われるのかも見えてくるだろう。むろん直接の動機は「しきたり」である。子供が何か大事なことを達成し、親類の人々がその喜びを公に表明する必要に迫られる。この意味では、ナヴェンは、ユダヤ人の成人式《バルミツバー》と同じで、少しも謎めいたものではない。だが我々がいま問うているのは、なぜナヴェンがあのような形式を採るかである。ただ公的に祝うだけなら、宴会を開くだけでも構わないはずだ。この問いの答えを与えてくれるのが、性のエートスである。男たちは感情を芝居がかった形で表すことを常としており、感情をありのままに示すことに慣れていない。一方、女性は、他人の達成に対し素直に喜びを表すことを許されてはいても、人前での華やかな行動に自分が加わることは普段ない。ところが、子供の成就を祝うときに、イアトムル族は、こうした堅固な性差と相容れない、性の規範を両面から破るような行動に追いやられることになる。規範に従えば、男たちは、人前で演技する側にはなれても、喜びを表す側にはなれない。女たちは喜びを表す側になれても、それを人前であらわにすることはできない。というわけで、両性ともきわめてまずい立場に追い込まれるのである。そして、この困惑が、男が女装し女が男装するという結果を生むのだ。

これと同様の例として、ベイトソンは、乗馬をする英国の女性があからさまに男性的な服装をするという習慣を挙げている。乗馬という行為は、英国文化のなかでいかにも「女らしい」と認められている種々の行為とは違い、きわめて男性的な雰囲気を持っている。動物を操るという点で、肉体的支配という意味が強いからだ。そして、男と女の社会的規範がはっきり異なっているという点では、ニューギニアも英国も変りはしない。英国の女性が馬に乗るということは、女性にとってはいささか異常、男性にとってはまったく当たり前の立場に、女性が身を置くことにほかならない。そこで、このような「異常」な状況にふさわしい、男性的な服装が用いられるわけである。これとまったく同じで、人前で演技をするイアトムルの女性の場合もまた、「男のやること」をやっているのだが、男装をしているおかげで逸脱の気まずさが緩和されているのである。つまり男装は「構うもんか、いまは男なんだから」という意味なのだ。一方、女装の男が汚い服を着てみっともない仕草をするのは、自らのエートスが、女というものは弱々しい軽蔑すべきふるまいをするものだと教えているからである。このような行動の「交換」は、きわめて強い感情を伴って行われる。そのため、それが頂点に達すると、ワウが出産の真似をし、ムボラ（ワウの妻）がワウの上に飛び乗って性行為を真似し、主導的な役割を演じて夫を辱めることすらある。

当時あまり強調こそしなかったが、ナヴェンの背後にあるもうひとつの心理的動機も、ベイトソンは見逃していなかった。たしかに、男が攻撃的にふるまわねばならないというエートス（「男らしくあれ！」という至上命令）は、たいていの文化に見られる。しかし、イアトムル文化においては、こうしたプレッシャーが普通以上に強いのではないかとベイトソンは考えた。ユングも述べたように、あらゆる人間のパーソナリティは、女性的要素と男性的要素の両方を持っている。とすれば、イアトムル族のような、男女の区別の厳格なエートスは、いくらそのエートスのなかで生まれ育ったとはいえ、やはり彼らにとっても息苦しいのではないだろうか。他人が何かを成し遂げたときに男は決して喜びを表してはいけない、男は決して性交において受身であってはならない、女は決して人前で自分を誇示したりセックスで攻撃的になってはいけないというような規範は、おそらく、きわめて大きな心理的緊張を生むものだろう。この緊張こそが、ナヴェンに見られるエネルギーのひとつの源であることは間違いない。ナヴェンにおいて、男も女もつかの間ではあれ異性になり切り、自分のパーソナリティのなかの厳しく抑圧された部分を解放し、それによって緊張をある程度緩和するのだろう。ナヴェンはきわめて頻繁に、少しでもしかるべき理由があればかならず行われる。この事実もまた、ナヴェンが過酷な性のエートスの緩和剤になっていることの証であろう。イアトムル族自身も言うように、彼らの社会は「熱い」社会である。たえず大きな緊張が生まれ、それが頻繁にそして劇的に緩和される社会なのだ。

こうした社会的・心理的緊張についての考察から、ベイトソンが考え出したもっとも重要な文化人類学的概念が生まれた。それが「分裂生成」（schismogenesis）の概念である。ここでもベイトソンは、父ウィリアムの用いた放射状分化／体節分化という生物学の二分法を、社会の考察に応用した。すなわち、イアトムルの男同士の関係は、左右対称の形で直線的に発展する。儀式用の家において、一方が相手をあざ笑えば相手もあざ笑い、皮肉には皮肉、自慢には自慢というふうにやり返し、ついにある時点であからさまな喧嘩になるのである。これが「対称的」分裂生成である。これに対し、男と女の関係はまったく別のパターンを示している。男のエートスと女のエートスはまるで正反対だが、一方がなければもう一方もありえない。男が芝居じみているのは、何よりもまず女が華々しさを喜ぶからであり、女が（おおむね）受動的なのは、何よりもまず男が芝居じみているからなのだ。そしてそれぞれの行動が、相手からますます強い反応を引き起こし、この相互関係がどんどんエスカレートしていくのである。このような分裂生成のパターンをベイトソンは「相補的」分裂生成と呼んだ。「相補的」分裂生成も、「対称的」分裂生成と同じに、時とともにエスカレートしいずれはクライマックスに達する。このふたつの分裂生成がイアトムル社会を爆発させてしまわないのが不思議なくらいであり、少なくとも対称的分裂生成の場合には、実際爆発がくり返されている。にもかかわらず、社会が完全に崩壊したりしないのは、その原因がナヴェンにあるということだ。論争が喧嘩となり喧嘩が長年の反目を生んでいく一方で、ナヴェンが婚姻による絆を強め氏族間の反目を和らげているのである。

ナヴェンでは、二種類の分裂生成の混交が見られる。義理の兄弟同士の関係が対称的であるのに対し、ワウとラウアの関係が相補的であることに注目しよう。これはワウ・ラウアの関係が、対称的分裂生成を抑えるブレーキとして機能することを意味する。ワウは、ラウアの「母」もしくは「妻」として行動し、それによって（分類上の）義理の兄弟という現実を否定するのだが、これによって親族関係の相補的側面が強調され、対称的側面が打ち消されるのである。ナヴェンはまた、男女の差異化から生じうる文化崩壊を予防する。男を女にし女を男にし時には役割を逆転した擬似性交まで行わせることによって、極度の性差がもたらすパーソナリティの歪曲の進展と緊張の高まりを緩和するのである。この意味ではナヴェンは、相補的分裂生成の抑制に寄与している。このように、ナヴェンという儀式は、対称的・相補的分裂生成の両方において高まっていく危機的緊張を取り除く。そして、この儀式的な劇が終ると、同じプロセスがふたたび一からはじまるのである。

ベイトソンによる「分裂生成」の基本的定義は、「個人間の相互作用が積み重なることによって、個人の行動の諸規範が差異化していくプロセス」であった。だがベイトソンはやがて、分裂生成の概念がもっと広範囲に適用できることに気づく。というのも、積み重なる行動、時とともに進展していく「累進的な」(progressive) 行動が、個人間のみならず、さまざまなタイプの社会的・心理的組織のなかにも内在していることが見えてきたのである。「累進的」という言葉は普通西洋では「進歩」という意味合いを含んでいるが、ベイトソンはそういう意味で使っているのではない。次第に大きくなってついにはひとつの頂点に達するようなあらゆるタイプの行動を、ベイトソンは「累進的」と呼んだのである。このような意味で「累進的」に変化するシステムを考えてみると、もしもそのシステムがシステムを安定に導く要素を欠いているとすれば、たいていの場合、変化のプロセスがエスカレートしてシステムは爆発もしくは劣化することになる。システムが「暴走状態《ランナウェイ》」に陥るわけだ。もっとも一般的な例として、ふたつの社会的グループを考え、これらをAとBと呼ぶ(男たちと女たち、親と子、ふたつの国家、ふたつの政治派閥など)。ここで対称的分裂生成が生ずるのは、AとBとが競売において見られる対抗関係に似た形の関係になる場合である。つまり両グループが同じ行動の形をとりながら、いずれもたがいに相手より一歩上を行こうとする。「どうだ、これにはかなうまい」と。この種の対抗関係は、異文化の接触、個人間競争、そしてあらゆる政治的対立などに見出される。ペンタゴンとクレムリンとの果てしない軍備競争はその好例である。

では、相補的分裂生成の場合はどうか。ここでは、たがいがたがいを補いあう対抗関係が見られる。たとえば、Aの攻撃的行動がBの服従的行動を引き起こし、Bの服従的行動はAの行動をいっそう攻撃的にするというふうに、上昇する螺旋にも似た関係が進行するのである。この古典的な例が伝統的な結婚生活である。支配する夫/服従する妻というパターンは、当初は夫にも妻にも満足の行くものかもしれない。だが時間が経つにつれて、こうした役割はたがいを歪めあうことになる。妻の服従が夫の専制を招き、夫の専制が妻のさらなる服従を招く、というふうになってくるのだ。生まれつき百パーセント専制的な人間などはいないし、百パーセント服従的な人間もいない。にもかかわらず、夫婦関係の力学がそれぞれのパーソナリティの片面だけをどんどん肥大化させるのだ。ついには夫も妻も、自分のパーソナリティのなかの抑えつけられた片面が、相手のパーソナリティのなかで過度に肥大化していることを思い知る。この関係が極限に達すると、両者とも相手の視点を理解することがまったくできなくなる。関係をうまく機能させようという気を完全になくしてしまい、相補的な緊張ばかりが累積していく。ついには、夫の方はひたすら反作用を生じさせるためにのみ、暴君のようなふるまいを強いられることにもなりかねない。一方妻は、ピストルで自らの――あるいは夫の――頭を打ち抜くことさえあるかもしれない（もっとも、結婚生活を捨てるという方が妻たちのより一般的選択だろうが）。このひとつの例を見ただけで、その他のさまざまな対人関係・政治的対立などのメカニズムについて、多くを知ることができる。このような相補的分裂生成は、ある種の異文化接触、種々のタイプのグループ行動（たとえば、グループの一メンバーの「逸脱」した行動パターンに対する他のメンバーの反応が、逸脱をよりいっそう強める場合）、階級間対立、人種間反目などに見出される。

このようにしてみると、イアトムル族の場合もそうだったが、世界が爆発してしまわない方が不思議に思えてはこないだろうか。そして、これもイアトムル族と同じく、事実、世界はつねに爆発しつつあるのだ。しかし、ベイトソンも気づいていたように、状況がエスカレートすることがつねに破綻につながるわけではない。たとえ幸福な結婚はわずかでも、とにかく安定化に至る結婚は少なくない。ペンタゴンとクレムリンの対立はたしかに人類破滅の脅威だが、いままでのところはどうにか世界の終りを免れている。工業社会において厳しい階級間対立は数多いが、マルクス主義者たちも認めているように、工業社会はプロレタリア革命に適した土壌ではない。なぜか？　この問いに答えるために、ベイトソンは、やはりイアトムル族の場合と同じく、さまざまな分裂生成的緊張が種々の役割の交換・逆転によって緩和されている、という説を立てた。たとえば中世の公国のなかには、年に一度、王と農奴との役割を交換する習慣を持つ国があった。農奴たちが一年に一日だけ王となり、王が家来となることで、社会の機能を維持することができたのである。また、伝統的な結婚が最近まではおおむねうまくいっていたのは、妻が他の場所では服従をつねに強いられたにせよ、少なくとも台所では主人でいられたからである。工業社会は、戦争のない時代には内部に競争が起こり対立が生じるが、ひとたび共通の敵が現れればその対立は霧散する。社会内の対称的緊張が相補的関係に変身し、今度は外の敵との間に対称的分裂生成の関係が生まれるのである（たとえばいまでは、労働組合と資本家階級は共通の敵を打倒するべく相補的な役割を分け持っている)。

さらにベイトソンは、分裂生成の概念を用いて、ルース・ベネディクト流の文化人類学に対するもっとも鋭い批判にも答えることができた。その批判とは、「統合形態」(configuration)、「標準化」(standardization)、「典型的人格」(modal personality)といったベネディクト的概念ははたしてどこまで有効なのか、という批判である。いかなる社会でも、さまざまな社会的類型が同時に存在しているのであって、その社会内部での類型間の差異は、明らかにその社会と他の社会との間の差異よりも大きい。「統合形態」「標準化」などの概念で、たとえばどう見ても文化的コンテクストの圧力から逃れている人間の、逸脱したパーソナリティをどうやって説明するのか?[14]

ベイトソンは、すでに一九四二年に、個人も社会も同様に組織化された存在であると述べている。イアトムル族の場合でも、一方の性の性格構造がもう一方の性のそれとは非常に異なっていることを指摘するだけでは十分でなかった。重要なのは、ふたつのエートスが歯車のようにかみ合っていることであり、それぞれの行動が相手の習慣を促進するということである。あらゆる社会的・個人的・生物学的生命体は、それ自身の「文法」ないしはコードを持っているのだ。むろん、人は自分に当てがわれるコードを嫌い、それに反する行動をとることは可能である。だが規範とはまったく無関係な行為をすることはまず不可能である。さらに、こうしたパターンは一般に二極性を持つことが多い。つまり、あるパターンの一方の極へ組み込まれている人間は、そのパーソナリティのどこかにもう一方の極の種を宿しているという推測が成り立つだろう。とすれば、夫が支配的行動を身につけ、妻が服従的行動を身につける、というふうに別々に事が進むと考えるのは誤りである。支配と服従は不可分に(弁証法的に、錬金術的に)関連しあっているのであり、純粋な支配とか純粋な服従というようなものは存在しない、としなくてはならない。夫婦そろって支配/服従という一個の全体的パターンを仕込まれたのだ——これがベイトソンの主張である。だから、もしも夫が過度の支配に走れば、妻のなかの抑圧された支配志向が爆発して、夫の殺害にまで至ることさえある。ナヴェンにおいて、ムボラが男の性的役割を強烈に真似ることができるのも、社会が服従だけを女性に教え込むのではないということを示唆している。こうした点からベイトソンは、共同体のなかに比較的安定して存在する差異化について論じる場合、パーソナリティというものを、その共同体全体に広がっている関係のモチーフによって記述する限り、その「典型」を語るのも、「標準」を語るのも当を得たことだという結論を引き出した。逸脱したパーソナリティにしろ、共同体の圧力から決して逃れてはいない。その逸脱もまた、広く流布した諸動機に対する反動にすぎないからだ。たしかに逸脱者の行動はコードに従ってはいないが、そうした行動もやはりコードとの関連のなかで習得されるのであり、たとえそれがコードとは正反対の行動であっても、コードとの関連性は失われていない。たとえばニューギニアには、利用する人間／利用される人間という関係が存在しない。したがって、イアトムル族の逸脱者はこの関係に関連するようなやり方で逸脱することはない。あるいは、ベイトソンの研究のなかのさらに有名な例を挙げれば、「狂気」とはまさにこのような意味での、文化的コードへのひとつの反応である。それは、突如出し抜けに人を襲う「病」であるよりもはるかに、パターンを持った「論理的」反応であり、当人を囲む家庭環境ときわめて「効率」よくかみ合っているのである。[15]

では、分裂生成とは、人間の行動に本来的に備わった「先天的」現象なのだろうか？これは我々にとって抜き差しならぬテーゼだが、ベイトソンが次に行ったバリ島社会の調査は、これを完全に否定している。[16]ここで詳細に論じることはできないが、重要なことは、ベイトソンがバリ島においてまったく前例のない非弁証法的性格を持った社会を発見したということである。バリ島の文化は、ヘーゲル的弁証法でもマルクス主義的弁証法でも説明不可能であることをベイトソンは知った。バリ島の音楽や芸術は、西洋のように緊張とその解決に基づくものではなく、「平衡《バランス》」に基づいている。この「平衡」こそ、バリ島の生活のあらゆる側面にまで広がるメタファーであると言ってよい。重視されるのは現在における喜びであり、未来における報酬といったような考え方はバリ島人には無縁である。物事はすべてそれ自体において、それ自体のために行われる。人生それ自体もひとつの芸術作品として見られる。バリ島の生活様式を表すのにもっともふさわしいメタファーを挙げるとすれば、それは綱渡りをする人間——平衡をとるための棒をたえず調節することによって、優美で楽しいパフォーマンスを生み出す人間――であろう。

バリ島においては、競争や対抗は存在しない。二人の人間の間で万一争いが生じた場合には、二人は役人のところへ行って争いが生じたことを登録する。別に和解のために何かをするというのではない。むしろ敵対関係の「契約」を結ぶのである。だがそれによってこの敵同士はたがいの関係をありのままに捉え、関係をその次元のままで受容することができるのであり、それによって、相互反応のエスカレーションが回避されるのだ。中心的権威を認めないという点では、バリ島人もイアトムル族と同じである。しかし、イアトムル族と違って、バリ島人は他人から何か害を与えられてもそれを個人のレベルで考えることはない。たとえば、ベイトソンによれば、カースト外の人物が王子に対してしかるべき改まった言葉遣いをしなかったとしても、王子はそれを自分個人に対する侮辱と受けとるのではなく、宇宙の自然な秩序の侵害、綱渡りの平衡に対する妨害と考えるのである。何をするにしても、バリ島人にとって重要なのは最適化(optimization)であって最大化(maximization)ではない。たとえばバリ島の経済は利潤追求という動機からは説明できないし、バリ島の社会組織を地位や名声を競い合う個人や集団の集合体として捉えることも不可能である。

では、バリ島人はどうやってこのような平衡感覚を身につけるのか？　その秘密はおそらく彼らの育児方法にある。すなわち、累積し肥大していくような相互関係のなかに子供を追い込み、もう一歩でクライマックスという時点で大人はわざとその関係に対する関心を失ってみせるのである。たいていの文化では、こんなことをしたら精神病患者をつくり出すことになってしまうだろう。だがバリ島においては、生活全体のパターンがこうした方法を強化するようにできていて、累積的関係に不信感を抱き平衡を好む大人がちゃんと作られるのである。しかしだからといって、バリ島の生活は現状を維持するための果てしない退屈な生活であるに違いないと考えるのは早計である。そのような思い込みは西洋の物差しでバリ島を見ている証拠である。イアトムル族と同じに我々もまた、分裂生成的状況のみが刺激的でそれ以外はみんな退屈に決まっていると思い込んでいる。だが本当は、分裂生成的状況の方がはるかに神経症的なのだ。『一次元的人間』のなかの最良の一節において、マルクーゼは、先進工業文化の見かけの活力がまやかしにすぎないことを指摘している――

「はなばなしい活力に満ちて見えるこの社会の底にあるのは、徹底的に静的な生のシステムである。その抑圧的生産性と利益に向けて統合されたからくりのなかを、機械的に動く運動しか、そこにはないのだ」[17]。工場労働者の生活、消費者の生活、サラリーマンの生活、管理職の生活――どれも皆、なかから見れば退屈で、同じことのくり返しであり、真の冒険も探求もありはしない。

バリ島社会の生活はこの正反対である。それは一見「冷たい」社会に見えるが、実はきわめて動的である。ベイトソンが言うように、バリ島人は、身体の平衡を大切にする態度を人間関係にまで広げている。すなわち、いかなるタイプの平衡にも運動が不可欠だという考え方を拡大し一般化しているのである。バリ島社会はきわめて複雑で忙しい社会だが、我々西洋人が使うような意味でそうなのではない。なぜなら、バリ島社会とは定常状態（steady state）の社会だからだ。そしてその定常状態が、たえず生じる非累進的な変化によって維持されているのである。「プリミティブな芸術の様式と優美と情報」〔『精神の生態学』所収〕において、ベイトソンはバリ島の絵師による一枚の絵画を分析している。そして結論として、この絵画のメッセージは「人間的営為の目的を『沸きたち』あるいは『静けさ』のどちらか一方に限定するのは、粗野な考えであり、それは誤りである」という思いである、と述べている。「沸きたち」「静けさ」という両極が、芸術においても性においても、あるいは社会においても死においても、相互に依存していることをバリ島人たちは知っている。彼らは、こうした現実をありのままに受容するための、非分裂生成的な解決方法をあみ出したのである。むろんベイトソンは、こうした「未開」人の解決方法がそのまま西洋に適用できるなどとは思っていなかった。だがバリ島がベイトソンにとって重要なモデルだったことは間違いない。それは一種の鏡であった。人間の行う相互作用の大部分が持っている愚かさが、明確に映し出され対照される鏡だったのである。

したがって、分裂生成は人間関係に先天的に備わっているものではない。分裂生成にしろ、バリ島の非分裂生成的行動形態にしろ、どちらも学習される習慣なのだ。だがしかし、それがきわめて根深い習慣であることは疑いえない。その習慣によって、認知と情感（エイドスとエートス）が分かちがたく結びつけられるのである。では、いったい何がどうやって学習され習得されるのか？　これをぜひ考えてみる必要があるだろう。何かを学ぶとは、何かを「知る」とはどういうことなのか？　サイバネティクスに関するメイシー会議ののち、ベイトソンが取り上げた課題がまさにこの問いであった。

学習をめぐる研究の出発点として、ベイトソンはまずひとつの、一見ナンセンスな問いからスタートした。それは、「正しい誤り」というものは存在するか？　という問いである。より広い言い方をすれば、正しいイデオロギーというものは存在するか？　ということである。イデオロギーとは文化のコンテクストのなかで学習される文化的産物であるが、たいていの場合、そのイデオロギーを正しいと信じる文化にとってプラスにはたらくように作られている。たとえばバリ島人は世界についてさまざまな信念を持っているが、そのなかには我々やイアトムル族にはほとんど信じがたいような考え方もある。バリ島を調査するまでは、ベイトソンは累積的な相互作用を人間にとって本来的なものと考えていたが、バリ島の調査によって、ひとつの国民全体が累積的相互作用とはまったく無縁の行動を学習しうることが分かった。そればかりか、バリ島社会は、イアトムル社会や西欧社会よりもはるかに安定している。とすれば、バリ島人の一見「気違いじみた」考え方の方が、ある意味ではより正しいといえるのではないだろうか？　こうした考察を通して、はじめの問いは次のように改められた——個人や社会の精神のなかで、イデオロギー（認識、世界観、「現実」）や感情のパターン（支配／服従、保護／依存）は、いかにして形成されるのか？　この問いに答えるために、ベイトソンは、ベネディクトの「統合形態」の発想にならって、「文法」ないしはコードの概念に立ち戻った。個人も社会もそれ自体ひとつの組織化されたシステムである。ある一貫性を持った、情感レベルでも認知レベルでも意味の通るやり方で、「コードづけられて」いるのである。コードが機能している限り、個人や社会を安定させるのはこのコード化のプロセスにほかならない。そこで、このプロセスをさらに詳しく説明することが次の課題になった。すなわちこれが、学習理論の研究である。[18]

一九六〇年代なかばまでの学習理論の研究は、行動主義心理学のモデルが支配的であった。行動主義と言えばまず思い浮かぶのがJ・B・ワトソンとB・F・スキナーだが、その真の父はイヴァン・パヴロフである。ベルが鳴ったら唾液を分泌するように仕込むことによって、パヴロフは一匹の犬を不滅にしたが、ここでパヴロフが行ったのは、ひとつの連想のコンテクストをつくり上げることであった。ベルを鳴らしてから食物を与えるというパターンをくり返すことによって、やがてベルの音を聞いただけで犬の食欲が反応するようになったのである。スキナーの行った実験のなかにも、棒を押すとエサがとび出すというパターンをネズミに学習させるというものがある。スキナーのネズミが対処すべき一連のルールは、パヴロフの犬のそれとは異なっているが、ある出来事が起きれば食物が現れる、という因果的連想のコンテクストが中心になっているという点は同じである。さらに、実験をある一定の回数くり返したのちには、動物の学習速度がどんどん速くなるという現象が見られる。犬もネズミもすぐにゲームのルールに感づき、犬の場合は数回くり返しただけで肉が現れなくても唾液を分泌する。ベルが何を意味するかを学習したのだ。ネズミもエサがとび出すのは偶然ではないことを発見し、時間の大半を棒を押して過ごすようになる。

さて、これらの実験において何が起きているのだろうか？　いま私が用いた、「学習する」とか「発見する」とかいう言葉は何を意味しているのだろうか？　ひとつの個別的な問題への対処法を身につけることを、ベイトソンは「原＝学習」(proto-learning)と呼んでいる。ベルが鳴る。目の前に棒がある。こうした「問題」に対し、パヴロフの場合要求されているのは受動的反応であり、スキナーの場合能動的反応であるが、いずれも解決すべきひとつの問題——「この現象は私（犬、ネズミ）に何を要求しそれによって何が生じるのか？」——があることに変りはない。このような個々の具体的問題を解決するのが、原＝学習または学習Ⅰである。これに対し、第二次学習(deutero-learning)または学習Ⅱは、ベイトソンの定義によれば、「第一次学習の速度の累進的変化」である。学習Ⅱにおいて、学習者はコンテクスト自体の性質を発見する。目の前の問題を解決するだけではなく、さまざまな問題全般に対応する能力自体が高まるのである。ある特定の諸現象の連鎖（つまりコンテクスト）が継続していることを予想する習慣を身につけ、それによって「学習することを学習する」のである。学習者が何かをしないことを学習する消極的学習ではなく、何かをすることを学習する積極的学習には、一般に四つのコンテクストが存在する。そのうちふたつはすでに述べた。まず、自分の行為が何の関与も持たない「パヴロフ的」コンテクスト。そして、何かをすることで報酬が与えられる、「道具的報酬」の学習コンテクスト。

このほかに、ネズミが一定の時間内に棒を押さないと電気ショックが与えられるというような「道具的回避」のコンテクストと、単語Aを言ったら次にかならず単語Bを言うように強化される「反復学習」のコンテクストがある。原＝学習とは、これら四つのコンテクストの内側にあって問題を解決することの学習であり、第二次学習とは、自分の置かれたコンテクストを推測しそれに合わせて動くようになることの学習――すなわちゲームのルールの学習――である。

　こうした学習Ⅱのプロセスから、性格と「現実」が生まれてくる。ある人の性格と、その人から見た「現実」とは、はじめから不可分に結びついている。パヴロフ的実験者によって訓練された人がいるとしたら、その人は、宿命論的な人生観を持つことだろう。彼から見れば、自分の状況を変えられるものは何ひとつ存在しないのであり、彼にとって現実とは次に何がやってくるのかを読みとるだけの予兆にすぎないだろう。スキナーに訓練された人間ならば、世界に対処する姿勢はもう少し積極的だろうが、その現実観が融通のきかないものであるという点では変わらない。では、西洋世界はどのような性格や「現実」をつくり出すのだろうか。ベイトソンは、西洋文化とは、「報酬」と「回避」の混合からなるコンテクストのなかで機能している文化である、と述べている。ネズミの例からも分かるように、「報酬」のコンテクストでも「回避」のコンテクストでも、その眼目は環境を操作する（ネズミの場合、棒を押す）ことである。したがって、このような文化のなかにいる人間は、身のまわりのすべてのものをひたすら操作する技術を第二次学習する。その結果、「操作」に基づかないかたちで現実が構成されうるという考えは、およそ信じがたいものになってしまうのだ。ここで、「現実」（事実）と性格（価値）とのつながりを整理してみよう。この問題は次の二点に要約することができる。（a）「現実」をめぐる認識を身につけることは、そのまま性格特徴を身につけることでもあり、（b）それらは「信念」に基づくものである。まず（a）についてもう少し詳しく述べてみよう。あらゆる学習とは――特に第二次学習は――性格特徴を獲得することであり、我々が「性格《キャラクター》」（ギリシャ語の「エートス」）と呼んでいるものは、さまざまなコンテクストを学習するさいに獲得された諸前提に基づいてつくられている。ベイトソンによれば、性格を言い表すためのあらゆる形容詞――「依存的な」「好戦的な」「不注意な」など――は、いずれも学習Ⅱのありうべき成果を言い表している。パヴロフ的訓練を受けた人間は宿命論的に現実を見るというだけではない。我々はそういう人間を「彼女は宿命論者だ」とか「彼は受身のタイプだ」と言う。「現実」と性格は不可分なのだ。西洋工業社会で育った我々の大半は、報酬・回避という「操作」のパターンを教え込まれている。操作のパターンこそが、我々のエートスなのだ。そのため、我々は普段それらのパターンに気づくことはない。我々にとって「規範的」であるために、目に見えないのである。そのパターンがまわりから突出している人間だけを指して、我々は「奴は自分の利益のためにばかり動く男だ」という言い方をするわけだ。これもまた、性格の描写であると同時にひとつの認識論についての言及である。専制的、服従的、受動的、貪欲、自己顕示的——これらはみな性格特徴であるとともに現実をある形に切りとる方法なのであって、幼児期から（第二次）学習されたものなのだ。

「現実」は信念の産物であるという（b）のポイントは、「正しいイデオロギーというものはあるか」という問いにつながる。「操作」のパターンに基づく人生観を植えつけられた人間は、それに従って社会的・自然的環境とかかわるであろう。そして、「操作」の前提に基づいて環境を試し、前提を強化するような反応を得ようとするであろう。たとえ前提を強化するような反応が得られなくても、それでいままでの世界観を捨てはせず、マイナスの反応あるいは反応の欠如をひとつの「異常」として分類することだろう。このようにして、人は自分の現実観（つまり自分の性格構造）を脅かすものを取り除くのだ。呪術医でも外科医でも、自分の方法が失敗することはよくある。だからといって呪術医はそれで呪術を捨てることはないし、外科医も医学を捨てたりはしない。ベイトソンの言うように、人間の行動は第二次学習に支配されている。第二次学習の結果習得した予測の型にコンテクスト全体がうまく適合するような行動をとるのである。言いかえれば、第二次学習は自分で自分の正しさを規定する。この性質は大変強力であるため、たいていの場合は生まれてから死ぬまでずっと存続する。むろん「回心」を経験し、ひとつのパラダイムを捨てて別のパラダイムを採るようになる人も少なくない。だがいくらパラダイムが変わっても、第二次学習のパターンそのものにはとらわれたままであり、このパターンの正しさを「証明」するような「事実」を見出しつづける点は変らない。ベイトソンの考えでは、この束縛から逃れるための唯一の道は「学習Ⅲ」である。「学習Ⅲ」においては、ふたつのパラダイムのどちらが良いかということはもはや問題ではなくなる。パラダイムというものそれ自体の本質を理解すること、それが学習Ⅲである。このような変化は、性格の大がかりな再編成を伴わずにはいない。性格の内容だけでなく、形そのものが変容するのである。この深いレベルでの変化は、真の宗教的回心においても、精神病への陥落においてもまたその治療においても起こりうる。これらの変化は、学習Ⅱのさまざまなカテゴリーの崩壊を伴うものであり、素晴らしい結果を生むこともあればきわめて危険な結果をもたらすこともある（学習Ⅲについてはのちに詳しく論じる）。

これまでの議論が明らかにしているように、ベイトソンの学習分析においては、近代科学が建前としては否定している事実／価値の融合が、ごく自然に生じる。コード化のシステムは、ベイトソンに言わせれば価値観のシステムとほとんど変わらない。価値のネットワークは、認識のネットワークを左右するのだ。「人間は、その正しさが自分の抱く信念によって左右されるような命題に従って生きる」とベイトソンは書いている。また、「信念」をめぐってのちに彼はこうも言っている——「その（第二次レベルの）命題を正しいと受け入れることがその妥当性を現実に高めることになる、そういう受け入れ状態を称して『信念』と言う」。

だがそれでは、性格構造とはいったい何なのか？　まず重要なことは、我々が人の性格を描写するために用いるさまざまな形容詞は、それ自体で完結した「もの」を描写しているのではなく、「相互関係の諸断片」を描写するものである、ということだ。言いかえれば、それらの形容詞は、ある人間の性格という孤立した実体ではなく、その人とその環境との交流を描写しているのである。ニューギニアのエートスを物象化してしまうことが誤りであるように、性格のなかのある傾向を物象化しもの扱いすることも同じく誤りであることに、ベイトソンは気づいていたのである。真空のなかでは「好戦的」な人も「不注意な」人もいない——パヴロフ、スキナーをはじめとする行動主義心理学者たちはまさにその逆のことを論じていたわけだが。学習Ⅱとは、心理学で言う「統覚」（apperception）の習慣を身につけることに相当するといってよい。「統覚」とは、精神がそれ自身を、意識を持った主体として認識することを言う。統覚の習慣を身につける方法にはいろいろあり、行動主義者の言うように特定の学習コンテクストをくり返し経験することによってのみ習得されると考えるのは誤りである。『精神の生態学』においてベイトソンはこう書いている。

我々が問題にしているのは、自分の外で自分とは無関係に起きる出来事の流れとかかわっている仮説上の孤立した個人ではなく、さまざまな他者と、複雑な感情のパターンを有する関係をとり結ぶほんものの個人である。そうしたほんものの世界において個人は、他人が示す模範、声の調子、敵意、愛情などのきわめて複雑な現象を通して、統覚の習慣を身につけたり捨てたりする。さらに、そうした習慣の多くは、その個人が出来事の流れを生のままに経験することを通して彼に伝えられるのではない。生のままで出来事を経験する人間などどこにもいない（むろん科学者でさえも例外ではない）。出来事の流れはすべて、言語、芸術、テクノロジーなどの、文化の媒体を通して個人に伝えられるのである。そしてそれらの媒体は、そのあらゆる側面で、統覚の習慣というレールにぴったり沿って構造化されているのだ。(19)

心理学の実験室は、学習について学習するにはおそらく最悪の場所である。ちょうどそれは、光と色について学ぶのに物理学の実験室が最悪の場所であるのと同じである。スキナーもニュートンも、コンテクストをおそろしく狭めることによって、学習現象のうちのごくささいな事柄を正確にコントロールできるようになっただけの話である。学習について学びたければ、個人をその文化的コンテクストのなかで研究しなければならない、とベイトソンは説いている。そして特に、個人間で行われる非言語的コミュニケーションの研究が重要なのである。第二次学習は主として、のちにベイトソンが「デジタル」的に対して「アナログ」的と呼ぶことになる種類の手がかりをもとにして進行する。人間の性格の「特徴」と人間の認知する「現実」の源が見出されるとすれば、それはこの「アナログ」の領域においてほかにはない、とベイトソンは考えた。

この点をもう少し詳しく述べておこう。デジタル的な知とは、言語的＝合理的な知の形態であり、印刷術の発明とともに飛躍的に増大した抽象的な知である。デジタル的な知のよるべである言葉というものは、それが指し示すものとの間に何ら必然的な関係を持っていない（牛は大きいが「牛」という言葉は少しも大きくない）。これに対し、アナログ的な知は、図像的な知である。すなわち、情報それ自体が、その情報によって伝えられるものを体現している（大声は強い感情を体現する）。この類の知がポランニーの言う意味での「暗黙知」であり、詩、ボディ・ランゲージ、ジェスチャーや抑揚、夢、芸術、幻想などはすべてこちらの側に含まれる。パスカルとデカルトが、スタイルとニュアンスを重視すべきか、測定と幾何学の上に立つべきかをめぐって行った論争も、その根はこの「アナログ」「デジタル」の違いにある。一見したところ、これらふたつの知の形態はまるで融合不可能であるように思える。だがベイトソンは、情感《ハート》には理知《リーズン》の感取しえない独自の理《リーズン》があるというパスカルの言葉に共鳴した。いまや科学者が情感の演算規則の解明を手がけるべきではないか、ベイトソンはそう考えたのである。

ベイトソンの回想によれば、一九五二年一月、サンフランシスコのフライシュハッカー動物園で猿たちが（とらわれの身にもかかわらず）「遊んで」いるのを見ているときに、ベイトソンは、猿の遊びが非言語的コミュニケーションの問題全体を解くひとつの足がかりになるのではないか、そう思いついた。その結果が「遊びと空想の理論」（『精神の生態学』所収）である。この論文の論点は以下の四つである。（1）哺乳動物同士の遊びは、その表向きの中味よりも、関係項の方が重要であり、その意味で、構造的に一次過程の素材（または夢や空想）に非常によく似ている。（2）そうした素材は我々の意識的精神にはなじみの薄いものではあるが、それでも形式論理学によって分析することが可能である。特にそれは、ラッセルとホワイトヘッドの古典的著作『プリンキピア・マテマティカ』（数学原理、一九一〇―一三）に述べられているパラドックスのルールに関係が深い。（3）人間もまた哺乳動物であるから、我々の学習も――そして我々の性格と世界観も――そのような素材に左右される。つまり、我々の持つ「パーソナリティ」と「現実」がどのように形成されるかと言うと、それらは、文化が「正気」として容認しているさまざまなパターンを、微妙にしかし明確に我々に教え込む、環境のなかに浸透した(第二次)学習プロセスによって、形成されるのである。(4)これとは逆に、狂気(すなわちパーソナリティと世界観が一貫性を欠いて見える状態)とはおそらく、特定の文化的コンテクストがもたらす第二次学習の諸命題にしたがって意識と無意識との関係をうまく操作できないことから生じる。

ここでのベイトソンの理論的出発点は、ラッセルとホワイトヘッドの「論理階型理論」(Theory of Logical Types)であった。この理論自体はきわめて簡単で、「論理学や数学において定義されるいかなる集合も、その集合自体の要素となることはできない」というものである。たとえば、いま世界中に存在するあらゆる椅子からなる集合を考えてみよう。我々が普段「椅子」と呼んでいるものはすべてこの集合の要素である。だがその集合それ自体は椅子ではない。同様に、ある特定の椅子は椅子の集合ではありえない。ひとつの椅子と、椅子の集合とは、ふたつの違ったレベルに属す概念なのである(集合の方が高次のレベルである)。集合とその要素との間には断絶があるというこの公理は、一見まったく当たり前に思えるかもしれない。けれども、人間をはじめとする哺乳動物のコミュニケーションが、つねにこの公理に違反し意味深いパラドックスを生み出していることがひとたび理解されれば、当たり前では済まされないということが見えてくる。

こうしたパラドックスのもっとも有名な例が、世に言う「エピメニデスのパラドックス」あるいは「嘘つきのパラドックス」(第五章注30参照)である。これはたとえば図14のような形で表すことができる。

問題は明白だろう。もしもこの陳述が正しいとすれば、それは嘘であり、嘘だとすれば、この陳述は正しい。この矛盾をどう解決するか? その答えはラッセルとホワイトヘッドの公理のなかにある。つまり、枠のなかの「陳述」という言葉は、「集合」(さまざまな陳述の集合)の意味と、「集合内の一要素」の意味の、両方で使われているのである。言いかえれば、集合がそれ自身の一要素となることを強いられているわけだ。そして、このような状況は論理学や数学のルールに反しているために、パラドックスが生じるのである。陳述それ自体が、その陳述が正しいか間違っているかを判断する前提とされているのであり、そこでは、異なったふたつのレベルの抽象(すなわち論理階型)が、ごっちゃにされている

この枠内の陳述
は、すべて嘘で
ある

図 14　グレゴリー・ベイトソンによるエピメニデスのパラドックス（「遊びと空想の理論」より）。

のだ。

だが現実には、人間のコミュニケーションもその他の哺乳動物のコミュニケーションも、『プリンキピア・マテマティカ』の論理には従っていない。それどころか、意味あるコミュニケーションはすべて、メタコミュニケーション（コミュニケーションについてのコミュニケーション）を必然的に伴い、したがって、ラッセル的パラドックスをつねに生産してしまうのである。まず人間のコミュニケーションから考えてみよう。たとえばある行為なり会話なりをはじめるにあたって、私があなたに「これは遊びだよ」と言ったとする。それによって私が伝えるメッセージは、「これを真面目に取るな」ということだが、それは厳密にはどういう意味だろうか？　ベイトソンは「これは遊びだよ」を次のように翻訳している――「いま我々が行っているこれらの行為〔ゴッコ〕は、それらが代わりをつとめている（stand for）〔本物の〕行為が表示する（denote）であろうことを表示しない」。ここで「代わりをつとめる」と「表示する」は同じことだから、これは次のように言いかえてよいだろう――「いま我々が行っているこれらの行為は、それらが表示する行為によって表示されるであろうことを表示しない」。もしも私が恋人の体をふざけてちょっと噛んだとすれば、その行為は「噛みつき」を表示するが、それは本当の「噛みつき」が表示するであろうことを表示するわけではない。それは、本当の「噛みつき」のように「攻撃」を表示する行為ではないのだ。私はそのことを、それ自体に対して否定的にコメントするような行為を遂行することによって、表現するのである。だが形式論理学にあっては、このような行動も「これは遊びだよ」という発言も許されない。ベイトソンが「これは遊びだよ」を「翻訳」した文は、「嘘つきのパラドックス」の好例である。なぜなら、「表示する」という言葉が異なったふたつの抽象レベルで使われていて、そのふたつがあたかも同じ論理階型に属するかのように扱われている（すなわち一方が他方を否定することが許されている）からだ。恋人の体を嚙む行為も、「これは遊びだよ」という陳述も、ひとつの枠組を組み立てるが、その枠組がそれ自身の内容に言及してしまうのである。

ここで話はフライシュハッカー動物園に戻る。以上の問題について、我々は猿から何を学べるだろうか？　メタコミュニケーション的メッセージが論理学で許されないのは、枠組が内容に言及してしまうからである。それは「これは遊びだよ」といったような陳述において明白だし、それればかりでなく、我々は日常の会話においてコミュニケーションのレベルを確認するための発言をつねに口にしている。「本当は何が言いたいんだ？」「本気で言ってるの？」「冗談だろ！」といった発言がそうだ。しかし、我々はたしかに猿と違ってそのような言葉によるメタコミュニケーションを行うことができるけれども、現実には大部分のメタメッセージは暗黙のまま交わされている。この決定的な意味において我々は猿と変わらない──ベイトソンはそう述べている。たとえば、恋人が部屋に入ってきて私の関心や愛情を求めるとする。私は投げやりに「愛しているよ」と言う。だがそう言うときの私の口調とボディ・ランゲージは、「ベイトソンについての章を書き上げてるところなんだからあっちへ行ってくれ」というメッセージを暗黙のうちに発しているのである。人間以外の哺乳動物ではどうか。動物は言語を持たず、そのためある行為を拒否することはできても否定することはできない。たとえば二匹の犬が出会って、どちらも喧嘩する気がないとする。だが彼らは「喧嘩はよそう」と言うことはできない。ただ仲よくするだけではその役は果たさない。なぜなら仲よくすることはひとつの肯定的な陳述であり、喧嘩についての「議論」がそれによってなされるわけではなく、喧嘩をしないことの決定が具体的に行われるのではないからだ。そこで犬はどうするか？　歯をむき出しにして、喧嘩の真似事をし、それをしかるべき時点で中断するのである。ここで両者が交換するメッセージは、ふざけて嚙むことは本気で嚙みつくのとは違うということと同質のものであり、「いま我々が行っている行為は、それらが表示している行為が……」と同質である。遊びとは、遊びの行為で非‐遊びの行為を表示する現象だと言えるだろう。犬や猿と同じに、人間もまたそのようなメッセージをつねに交換しあっている。それればかりではない。ベイトソンによれば、人間は「地図」と「土地」を意図的に混乱させることによって、きわめて複雑な「ゲーム」を進化させてきたのである。カトリックの信者にとって聖餐用のパンはキリストの肉体そのものであるが、プロテスタントに言わせればそれは単にキリストの肉体のようなもの、つまりメタファーにすぎない。このどちらが正しいかというそれだけの問題をめぐって、何百万もの人間が戦争で殺され、拷問され、火あぶりにされてきた。いまでも、ひとつの旗をめぐって何百万の人間が命を落としつづけている。軍旗の下で行進する兵士たちにとっては、ただの布きれが単なるメタファー以上の意味を持つのだ。

　動物のコミュニケーションと、夢をはじめとする人間の一次過程との共通性もここに見出される。遊びは（ほとんどの場合）その内容より、それによってつながれている関係項を問題にするものであるが、夢や空想の場合にも同じことが言える。夢が伝えるメッセージで重要なのは、現れるイメージ同士の関係なのであって、イメージそのものは、それらが表す関係ほどには重要でない。そして、一次過程のなかでは、二次過程と違って、それ自体についてコメントすることができない（夢のなかに「これは夢だ」というメッセージは現れない）[20]。そこでは、地図と土地とが区別できないのである。そこでは枠組自体が前提システムに織り込まれているのであって、枠組についての言及はメタのレベルで暗黙のうちになされるほかないのである（たとえば、空想はすべて、「これは文字通りの真実ではない」というメッセージを内包している）。

　しかし、ここまで来て我々は問わざるをえない。だからどうだというのか？　人間のコミュニケーションの大部分が、たかが二十世紀初頭の論理学の産物にすぎない抽象的理論に反しているからといって、それがどうだというのか？　答えはこうである。このことが重要なのは、人間の第二次学習を構成する大きな部分が、このような論理学のルールからの逸脱から成っているからである。人間がパーソナリティを形成し、世界観を身につけるのも、文化的・メタコミュニケーション的なメッセージの厖大なシステムを通してなのだ。意識的・デジタル的な知に較べ、このアナログ的な知は途方もなく大きなものであり、かなり正確に理解可能であるとはいえ、我々は決してそれを知りつくすことはできない。アナログ的知のこうした「不完全性原理」については第八章で扱うことにして、ここでは、学習理論の研究がベイトソンの探究の方向と方法をどう左右したかを理解しておくことが重要である。一般の科学的探究が「事実」と「価値」を重ね合わせることを徹底的に避けるのに対し（すでに見たように、それが科学における生きた現実からの遊離を生んでいるわけだが）、ベイトソンは両者を巧妙に重ね合わせた。いや、より正しくは、つくりものの分離を押しつけたりはしなかったと言うべきだろう。そうした探究のなかから、厳密でかつ意味ある答えが現れてきた――ある人間の「真実」はそのままその人の「性格」であり、その形成パターンはその人の非言語的（すなわちメタ）コミュニケーションの様式のなかに見出しうる、という答えである。

ベイトソンの業績のなかでもっともよく知られているのは、おそらく狂気の研究と、そこから生まれた、精神分裂病の病因を形式論理によって説明する「ダブル・バインド理論」だろう。そしてこの研究こそ、いままで述べてきた学習理論をあざやかに緻密化し確証するものである。他の数々の成果にもまして、この研究は、世界観と性格の発生プロセスを見事に実証し、そのプロセスの基底にある「情感の演算規則」を明らかにしてくれる。それは、反証による証明、すなわち背理法というスタイルをとった。というのも狂気は、メタコミュニケーションの能力の不在もしくは極度の低下に伴って生じるものだからだ。狂気の形成においては何が学習されて――というか、何が誤習されて――いるのか？ ベイトソンはそう問いを立てた。

それまでの学習理論研究からベイトソンが得ていた結論は、文化のメタコミュニケーション・システムは我々に枠組の使い方を教え込み、その使い方がパーソナリティ、世界観、社会的正気を規定する、ということであった。また、ベイトソンの同僚のひとりで精神科医のジェイ・ヘイリーも、狂気の諸症状は、論理階型の区別ができないことから生じるのかもしれない、という説を立てていた。メタファーを現実と取り違える人物、聖餐用のパンは本当にキリストの肉体だと、教会の外で言い張る人物。そういった人々が、精神病の烙印を押されるのである。「遊びと空想の理論」の時点では、ベイトソンは「コミュニケーションの枠組とパラドックスの扱いが異常であるという点を特徴とするような精神病理のタイプが存在する、ということを示唆する事実はあるだろうか？」と問いかけるにとどまっていた。翌年、ヘイリー、ドン・

ジャクソン、ジョン・ウィークランドとの共同作業による、ダブル・バインドに関する画期的な論文が生まれた。この論文によれば、答えはイエスであった。

ヘイリーによれば、正気であることの試金石は、文字通りの意味と比喩的な意味とを区別する能力である。ベイトソンもこれに関連して、次のような例を挙げている。分裂病者が病院の食堂へ行って、カウンターの女性に「何を差し上げましょう?」(What can I do for you?) と言われるとする。普通なら「今日はハンバーグにするよ」とでも答えるところだろう。だがこの患者はそうは言わずに、彼女の言葉がいかなるメッセージであるのか考え込んでしまう。彼女は僕と寝てくれると言っているのだろうか? 僕をだまそうとしているのか? それとも、頼みさえすればただで昼食を食べさせてくれると言っているのか? ヘイリーによれば問題は、あらゆる人間のメッセージがつねに論理階型理論を破ってしまうということにある。コミュニケーションにはつねにメタコミュニケーション——たいていの場合それは非言語的である——が伴うのだ。そして、正気とは、そのメッセージのコードを的確に解読し利用する能力にほかならない。たとえば、"What can I do for you?" という女性の言葉に、ある特定の口調や身振りが伴ったとすれば、それがセックスの誘いであるという解読がまさに正解になるだろう。だが分裂病者はこのような判定を的確に行うことができない。そのために「狂気」のレッテルを貼られてしまうのである。これに関して、ヘイリーは次のような分裂病者の例を挙げている。この患者は院内の庭を歩き回ることを許されていたが、この特権を乱用して病院の塀を乗り越え脱走してしまった。しかし彼は結局警察につかまり連れ戻された。その数日後、この患者は脱走したときに乗り越えた塀の箇所を指さし、ヘイリーに「あそこに『止まれ』の標識がつきましたね」と言った。そう言いながら彼がウィンクしたので、ヘイリーは、患者が文字通りそう言っているのではないことが分かった。患者はいまや自分のメッセージについてコメントできるようになったのであり、回復に一歩近づいたのである。(21)

では、分裂病者はいったいどのようにして、論理階型をつねに混同するようになってしまうのか? ベイトソンは、子供のころの精神的外傷《トラウマ》といったようなひとつの決定的事件を探すのではなく、患者の子供時代に恒常的であった要素をよく調べるべきである、と考えた。分裂病者は、何らかの理由で、メタコミュニケーションをしないように仕込まれているのであり、他人のメッセージについてコメントしないようにしつけられているのだ、と。このようなきわめて異常な事態が、たったひとつの事件から生じるとは考えがたい。サイバネティクスの比喩を使えば（第八章参照）、メタコミュニケーションとはフィードバックである。そして精神病者はいわば調速器《ガバナー》を失った自己修復システムであり、「緊張病」「破瓜病」「偏執病」などと呼ばれる逸脱が無限に上昇する螺旋のように肥大していくシステムである。より正確に言えば、これらの逸脱は、他人のメッセージにコメントしてはいけないと思い込んでいる分裂病者が、そうしたコメントの代わりに択びとる手段なのである。

そこで、ベイトソンやヘイリーらのグループが行ったのは、分裂病患者本人だけを調べる（これがいまでも一般的な方法である）代わりに、家族全体を調べることであった。患者を捉えているのは、遺伝子とか脳の化学作用とかが引き起こす神秘的な「病気」ではなく、何年にもわたって続いているプロセスでありパターンである、ベイトソンたちはそう考えたのである。また、R・D・レインも、ダブル・バインド理論に基づいて精神病の研究を進めていった。分裂病者を「病気の信号」を発しつづける一個の「個体」として扱うことと、ひとつのプロセスのなかに置かれた個人として扱うことでは、まさに昼と夜ほどの違いがあることをレインの研究は明らかにしている。『ひき裂かれた自己』のなかで、レインはドイツ人精神科医クレペリンの有名な講義（一九〇五）を引用している。この講義は、満員の教室で、クレペリンが学生たちにある分裂病者を見せて説明を加えたものである。クレペリンは次のように語った。

今日皆さんにお見せする患者は、足の裏を向かい合わせて両足の外側で立ち、何かにまたがったような歩き方しかできないので、部屋へ連れて来るにも抱きかかえて運んでやらねばなりません。部屋に入ると彼はスリッパを投げるように脱ぎ、大声で賛美歌を歌い、それから二度「我が父よ、我が本当の父よ！」と叫びます。齢は十八で、高等学校に行っており、背は高く体格も頑丈な方ですが、顔色は青白く、顔につかの間赤味がさすのが頻繁に見られます。

患者は目を閉じて座り、周囲の状況にはまったく関心を示しません。話しかけられても顔を上げさえしませんが、やがて低い声で答えはじめ、次第にその声は大きくなっていき、ついには金切り声になります。自分がどこにいるかをたずねられると、こう答えます。「それも知りたいのか？ いま調べられていて、調べられて、これからも調べられる奴が誰だか教えてやろう。そういうことはみんな分かってるし、言おうと思えば言えるけど、言いたくないね」。名前を訊かれるとこうわめきます。「お前の名前は何だ？ 奴が閉じるのは何だ？ 奴が閉じるのは目だ。奴は何が聞こえる？ 奴は分かってないんだ。分かっておらんのだよ。どうやって？ 誰が？ どこで？ いつ？ 奴は何を言ってるんだ？ 奴に見ろって言ってもちゃんと見ないんだ。おいお前、ちゃんと見ろ！ どうしたんだ？ いったいどうしたのだ？ よく聞け。奴は聞きやせんのだ。俺は言う、じゃあどうしたんだ？ なぜ答えないんだ？ また生意気な真似をしようというのか？ どうしてそんなに生意気なんだ？ 見てろよ！ 思い知らせてやる！ 俺のために体は売れないというのか。利口ぶっても駄目だ。お前は生意気で下司な奴だ、お前みたいに生意気で下司な奴は見たことがない。奴はまたはじめたのか？ お前は何にも分かってない。なあんにも。何にも奴は分かっていない。いまこっちがついていけば、奴はついて来ない、ついて来ないであろう。この上まだ生意気言うのか？ まだこの上生意気言うのか？ 彼らはよく聞く、よく聞くのである」。ざっとこんな具合であります。最後の方になると、彼はまったくわけの分からぬ音を発して相手を罵ります。

そしてクレペリンは次のような説明を加えている。

患者は明らかに質問をすべて理解しているのですが、何ひとつ有用な情報を我々に与えていません。彼の話は（……）状況にはまったく何の関係もない、ばらばらの文の羅列にすぎません。（傍点レイン）

さて、これはどういう事態なのだろうか？　クレペリンが挙げているような「言葉のサラダ」は、分裂病者にはごくありふれたものである。ベイトソンはここで次のように考えた。メタコミュニケーション能力の障害が狂気の核にあるとすれば、こうした「言葉のサラダ」は、実は状況に対するコメントを安全な――すなわち間接的な、偽装された――形で含んでいるのではないか。実際、クレペリンはまるで気づかなかったようだが、この患者は治療の面接をそっくりパロディにしているのであり、しかもそれによってクレペリンに「オマエナンカクタバッチマエ」というメッセージを伝えていたのである――「それも知りたいのか？　いま調べられていて、調べられて、これからも調べられる奴が誰だか教えてやろう。そういうことはみんな分かってるし、言おうと思えば言えるけど、言いたくないね」。レインはこの発言についてこう述べている――「これはきわめて明快な発言ではないだろうか。おそらく患者は、学生で満員の講義室に連れてこられ、あれこれ質問されて大いに憤っているのだ。その質問が、自分の本当の悩みと関係があるとはとても思えないのだろう」。同様に、クレペリンに名前を聞かれたときの答えも、クレペリンが自分に接する態度全体へのコメントになっている。

おまえの名前は何だ？　奴が閉じるのは何だ？　奴が閉じるのは目だ。（……）なぜ答えないんだ？　また生意気な真似をしようというのか？（……）俺のために体は売れないというのか［レインはこの言葉を、満場の学生の前で患者がおのれを辱める気がないのをクレペリンが怒っていて、それを患者が感じ取っていることの現れだと解釈している］。（……）お前みたいに生意気で下司な奴は見たことがない。(22)

レインから見れば、クレペリンは救いがたい阿呆である。別の箇所でレインは、やはり同じように自分の担当医を軽蔑していながら、その担当医と面と向き合うのを恐れていた患者について語っている。この患者は、医者と対決する代わりに、いろんな声が聞こえますと医者に言った。その声は何と言っているのかと医者がたずねると、彼は医者の顔をまともに見て「お前は馬鹿だ」ですと答えた。医者はそれをせっせとメモした。

では、患者たちは、なぜこんな回りくどいやり方でメタコミュニケーションを行うのだろうか？　クレペリンの患者は、なぜクレペリンに面と向かって「見せ物の熊みたいに扱われるのはいやです。僕をひとりにして下さい」と言わなかったのか？　クレペリンがたとえ聞く耳を持っていたとしても、この患者はそうした発言をすることができないように自分を作ってしまっていたということだろう。明らかに彼は、生涯ずっとクレペリンのような人々によって扱われてきたのである。おそらく彼の家庭環境は、あからさまなメタコミュニケーションを排除するような環境だったのだろう。したがって患者は「言葉のサラダ」に頼るほかはなく、それによってクレペリンの診断の「正しさ」を「立証」してしまうのである。

これに対し、ベイトソンは次のような仮説を立てた——こうした言葉のサラダは、メタコミュニケーションの乱れを伴う、現在も進行中の精神的外傷《トラウマ》的状況を表現しているものであって、この進行中の精神的外傷は「複数の論理階型が衝突しあっているという、形式論理的構造を持っているのではないか」。たとえば、ベイトソンがある患者の家庭を訪問して分かったことだが、この患者の母親は、（ベイトソンを含む）まわりの人々からのメッセージをたえず歪曲して別の意味にとり、しかもその事実に気づいていないのだった。彼女の息子は明らかに、幼児期からずっとこれに耐えてこなければならなかったのだろう。にもかかわらず、「狂気」の烙印を押されたのは息子であって母親ではない。なぜなら、家庭の実権を握っていて、おそらくは夫の支持や容認を得ていたのが母親であって息子ではないからだ。「僕の言っているのはそういうことじゃないよ。お母さんは僕を誤解してるんだ」と言えるはずの年齢に達したころには、彼はそれを言う能力を完全に奪われていた。そういう能力の代わりに現れたのが、一連の奇妙な症状だったのである。

ベイトソンと同僚とが行った調査の結果は、コミュニケーションの心理的現実にあっては、（集合《クラス》とその諸要素《メンバー》との間を明確に仕切る）論理階型理論がつねに破られている、という仮説をおおむね裏づけるものであった。そして、精神分裂病とは、母と子のコミュニケーションにおいて、この理論の違反が、ある形式的パターンに沿って極端な形で行われる結果であることも明らかになった。むろん、メタコミュニケーションというものはいつでも偽りのものになりうる。たとえばつくり笑いはその一例である。しかしこの偽装化は、意図的に行われるよりも、いまの母親がそうであったように、無意識のうちに行われることの方が通例なのである。シェリダンの喜劇に出てくる、いつも言葉を誤用しているあのマラプロップ夫人のように、この母親も、自分が何から何まですべてをねじ曲げていることに気づかずにいたのであり、しかもその結果は単なるユーモアでは済まなかった。この時点で、分裂病の研究と第二次学習理論とのつながりが見えてきた。一言で言えば、この息子は、第二次のレベルで分裂病的現実を育むように仕込まれたのである。生き残るために、分裂病スタイルで現実を構築することを学んだのである。このようなエートスのなかで、狂気が彼の「性格」となり世界観となったのだ。しかしベイトソンにとって問題はそれで終りではなかった。彼が求めていたのは、分裂病という現象全体を説明する科学的理解だったのであり、これはまだそのほんの糸口だったのである。

ニューギニアにおいて、ベイトソンはイアトムル族のエートスを、少なくとも部分的には、分裂生成の概念を通して把握することができた。分裂病もまた同じような形式的構造を持っているとは考えられないだろうか？　持っているとすれば、それはどんな構造だろうか？　精神病の人間にとっての学習Ⅱとは、どのようなものから成り立っているのだろうか？「種の神秘へ至る道は、対称《シンメトリー》の諸事実のなかに見出されるかもしれない」とウィリアム・ベイトソンは一八九四年に書いているが[23]、では、分裂病の場合、どのようなシンメトリーが見出されるのだろう？　その基底にあるパターン、その情感の演算規則はどのようなものだろう？　ベイトソンらによれば、分裂病の子供は、異常な形のコミュニケーションこそが何らかの意味で論理的であるような、そういう出来事の連鎖が生じている世界のなかに生きている。彼らはこれに続けて、「我々が提唱する仮説はこうである。患者が身のまわりで経験する、このような外的な出来事の連鎖が、論理階型の内的衝突をもたらすのである。このような解決不能の経験の連鎖を我々は『ダブル・バインド』と呼ぶ」と述べている。ベイトソンが規定したダブル・バインド状況の構成要因は、次の通りである。

（1）二人以上の人間が存在すること。その内のひとりが犠牲者の役割を押しつけられる。

（2）それらの人間がダブル・バインド的構造にくり返しはまること。ただ一度の大きな精神的外傷のショックではなく、世界を経験するさいの、規則的・習慣的方法が問題なのである。

（3）第一の禁止命令の存在。「Xをしてはいけない、さもないと罰する」あるいは「Xをしないと罰する」という形の命令である。ここでもまた、罰を一回の決定的な精神外傷的経験としてではなく、愛の停止や見捨てることの示唆等、いつまで続くか分からない不安状態として捉えなくてはならない。

（4）「より抽象的なレベルで第一の命令と衝突するような第二の命令」の存在。この命令も、「第一の命令同様、生存の脅威となるような罰や信号によって強化される」。ここで論理階型の混乱が生じる。第二の命令はたいてい、仕草や表情などによって伝えられる（メタ）メッセージである。たとえば親が子供を罰して、そこで「これを罰と考えてはならない」「私を処罰する人間と思ってはいけない」ひどいときは「この罰におとなしく屈してはならない」といったメッセージを身振りで伝えたりするのがそうである。分裂病が十分に進展した場合には、親がその場に居合わせる必要もない。「相矛盾するふたつの命令というパターンは、幻覚の声によって引き継がれることすらある」(24)。

（5）しかし、ダブル・バインドとは単に「これをやったらダメ、やらなかったらダメ」というだけの状況ではない。どちらの選択肢もダメという状況だけでは、人を狂気に陥らせることは不可能である。決定的に重要な条件は、犠牲者がその場から出て行くこともできず、矛盾を指摘することもできないということである。そして、子供というものは、しばしばまさにこのような状況に置かれるのだ。レインはダブル・バインドの苦境を次のように要約している――「ルールA――してはならない。ルールA1――ルールAは存在しない。ルールA2――ルールA、A1、A2が存在するか否かを論じてはならない」(25)。

このような状況に置かれた子供はどうなってしまうだろうか？　母や父との関係を維持したければ、子供は自分の気持ちを偽り、間違っているのは自分の方なのだと自分に言い聞かせなければならないだろう。言いかえれば、子供は論理階型の区別をしないことを（第二次）学習しなければならないだろう。論理階型を正しく区別することが、親子の関係を脅かしてしまうからだ。整理して言えばこういうことである。（a）子供は濃密な人間関係のなかにいて、それゆえ自分にどんなメッセージが送られてきているか分かっていなければならないと感じている。（b）彼にメッセージを送る人物は、異なった抽象レベルに属するふたつのメッセージを同時に送っていて、しかも一方のメッセージを否定するためにもう一方のメッセージを使っている。(c) 犠牲者である彼はメタコミュニケーションを行うことを許されない。つまりふたつのメッセージの矛盾に言い及ぶことができないのである。こうして、そのような矛盾こそが子供の「現実」そのものになる。やがて子供は、奇想天外というほかないような比喩を用いてメタコミュニケーションを行うことを学ぶかもしれない。そして、比喩的な意味と文字通りの意味がつねに混同されるようになるだろう。比喩的な意味の方が彼にとっては安全である。比喩は直接的なコメントを避けるものであり、比喩に頼る限り犠牲者はいわばシッポをつかまえられることがないからだ。たとえば、自分はナポレオンであるという確信を患者が抱くようになったとすれば、彼は完全に安全な状態になったといえる。その確信によって、それまで不可能であったこと——すなわち、関係の現場の外に出ること——を成し遂げたことになるからである。この状態においては、もはやダブル・バインドは機能しない。そこにいるのは「ナポレオン」であって彼ではないからだ。しかし、これは単なるゲームではない。何しろ、生きつづけること自体が、ナポレオンであることに依存しているのである。したがって当人からみれば彼は比喩で喋っているわけではないし、本当は自分が歴史上のナポレオンではないことにも気づいていない。狂気とは精神の崩壊というような単純なことではない。それは、文字通り、精神を救うための試みなのだ。

精神病理において、ダブル・バインド状況はきわめて頻繁に見出される。その典型的な例としてベイトソンは、強度の精神分裂病発作から回復しかけていた、若い男性の入院患者のところに、母親が見舞いに訪れた事例を挙げている。

母親が来て喜んだ患者は、思わず彼女の肩に腕を回したが、すると彼女は体をこわばらせた。そこで彼が腕を引っ込めると、彼女は「もう私のことを好きじゃないの?」とたずねた。息子が顔を赤らめると、今度は「ねえ、そんなに簡単にまごついているようじゃだめよ。自分の気持ちをこわがっちゃだめ」と言った。息子はその後数分しか母親と一緒にいることができず、彼女が帰ったあと、病院の雑役夫に襲いかかったため、冷水浴を施された。

これに続けてベイトソンはこう述べている。もしもこの若者が、自分が母親に愛情を示すと母親は嫌がるのだという事実を、母親に対し面と向かって指摘することができたなら、このような結果は避けられただろう。しかし、無力な赤ん坊のときからずっと何年にもわたって、母親に極度に依存し母親によってしつけられるという状況を続けてきたために、そうした選択肢が不可能であるようなパターンが出来上がってしまっていたのである。長年のそうした状況のなかで、彼は「お母さんとの絆を守るためには、僕はお母さんを愛していることを表明してはならない。けれどお母さんを愛していることを表明しなければ、僕はお母さんを失ってしまうだろう」ということを学んだ。その結果が論理階型の混乱であるわけだ。この若者が学んだことを要約すれば――

母親との関係を維持しようとするなら、メッセージのレベルの違いを正確に判別してはならない。(……)したがってメタコミュニケーション信号の認識を、体系的に歪めなければならない。(……)母の行う事実の歪曲を支えるために、自分の内的心情を偽って受けとめなければならない。

要するに、分裂病の人間などというものはどこにもいないということである。あるのは分裂病的システムだけである。そのようなシステムのなかの母親は、子供が自分に向けて送るメッセージを子供がどう定義するか、それをコントロールする立場にある。そして、それらのメッセージの偽りの区別に基づいた現実を、子供に(第二次)学習することを強いるのである。さらに母親は、子供がメタコミュニケーションを行うことを禁止する。メッセージが誤って認知されたときにそれを修正するという、通常の人間関係には決して欠かすことのできないものを禁止するわけである。にもかかわらず、現代の精神医学は、子供を監禁し母親を野放しにしておく。もしも父親が強い人間であれば、事が大きくならないうちに介入し、子供の味方をしてくれるだろう。また大家族であれば、伯父や祖父がそうした役割を果たすことができる。しかし核家族の場合、そうは行かない。狂気は核家族化につれて増大しているのである。そして、もしも父親が（ダブル・バインドを子供に押しつけているのが父親である場合は母親が）異常な親子関係に介入して子供の味方をするとすれば、それは結婚生活の真の姿を直視することにどうしてもなるだろうし、とすれば結婚生活自体が危ういものになってしまうだろう。精神分裂病は「病気」ではなく、ひとつのシステム的ネットワークである。それは、女王に向かって、おまえはとんでもない気狂いだと言うことが許されない、アリスの迷い込んだあの不思議の国なのだ。

それでは、人はいったいどうやってダブル・バインドから逃れるのか？　少なくとも個人のレベルでは、「創造性」がダブル・バインドからの脱出口になることが多い、とベイトソンは指摘している。ダブル・バインドをふたたび論じた論文「ダブル・バインド、1969年」と、「学習Ⅲ」を詳しく考察した一九七一年の「学習とコミュニケーションの階型論」〔ともに『精神の生態学』所収〕において、ベイトソンは、分裂病というシステム自体が、より大きなシステムの一部分であることに思い当たった。このより大きな全体を、ベイトソンは、「異種コンテクスト横断症候群」（trans-contextual syndrome）と呼んでいる。たとえばジョークの多くは、文字通りの意味にとるコンテクストと、比喩的な意味にとるコンテクストの並存を特徴とする。ラッセル＝ホワイトヘッドの理論が主張する論理階型の区別が突然取り払われて、異なったレベルがひとつに圧縮されるところに、多くのジョークは成立するのだ。「乞食が三日間何も食ってないと言うんで、げんこつを食わしてやった」（"A beggar told me he hadn't had a bite in three days, so I bit him."）。ジョークだけでなく、ダブル・バインドによって成立している行為はいたるところに見つかる。分裂病も、ユーモアも、芸術も、詩も、みんなそうだ。ダブル・バインド理論は、これらの行為や精神状態の間に構造的な差異を認めない。ある家族が道化師を生むか分裂病者を生むか、それを見分ける方法は存在しない。コンテクストを横断する才能によって豊かな人生を切り拓いていく人もあれば、それによって生きる活力を失ってしまう人もあるのだ。だがどちらにせよ、ある一点において彼らは共通している——そうした人々にとって、事物は決して単なるありのままの事物ではない。彼らにとっては、ものは二重の意味を持つことが多い。いや、つねにそうだと言ってしまってよいだろう。サンチョ・パンサには見えないレベルがドン・キホーテには見えていたように、彼らにとって、ものはつねに象徴的なレベルでも存在するのである。病院の食堂で“What can I do for you?”と言われて、セックスに誘われているのだろうかと考えて混乱してしまった患者を思い出してみよう。これが喜劇役者だったら、まったく同じ混乱を種にして、コントなり、TVコメディなりをつくり出すことだろう。

ベイトソンによれば、ダブル・バインドは第二次学習理論に根ざしており、コンテクストの横断能力とは第二次学習によって獲得された「性質」である。一九六〇年代に行った哺乳動物のコミュニケーションに関する研究のなかで、ベイトソンは、イルカにダブル・バインドを課しつづけると分裂病の症状を表すようになることを発見した。[26] たとえばまずイルカに芸（たとえば宙返り）をいくつか教え、芸をひとつ演じるごとにエサをやって、コンテクスト――「報酬」のコンテクスト――を第二次学習させる。次に条件をより厳しくして、芸を三つ続けて演じたらエサをやるようにする。こうして条件をどんどん厳しくし、ついには学習Ⅱのパターンそのものを崩すところまでもっていく――すなわち、いままで強化されたどれとも違う芸を演じてはじめてエサを与えることにするのである。イルカは芸をひとつずつ演じてみたり、三つ続けてやってみたり、手持ちのレパートリーをすべて試してみるが、一向にエサをもらえない。イルカはなおも芸を続け、だんだんと腹を立ててきて、動作も荒々しくなる。ついには狂ったようになり、極端な苛立ちもしくは苦痛の徴候を表す。だがここで、実験はまったく予想外の方向に展開した。イルカの精神が、より高次の論理階型に飛躍したのだ。「学習Ⅱで学んだことは忘れろ。別にそれは何が何でも守らなくちゃいけないものじゃないんだ」ということこそが新しいルールであることを、イルカはついに理解したのである。イルカは新しい芸を創造したばかりか（むろんここですぐにエサが与えられた）、その種のイルカではそれまでに観察されたことのないまったく新しい演技を四つもやってみせたのである。ここでイルカは単一のコンテクストへのとらわれを振り切ったのだ。ダブル・バインドをつき破って、ベイトソンの言う「学習Ⅲ」に到達したのである。学習Ⅲにおいて、我々は文字通りまったく新しい存在レベルへ飛躍する。そしてその高みから、解決不可能と思い込んでいた矛盾に悩んでいたころの過去の意識を、おそらくは鷹揚に、懐かしく思い出す。

「そうなんだ、要するにそれだけのことだったんだ」と。しかし、だからといって、この種の創造性の飛翔が、分裂病への陥落とは別の形式構造から生じるわけではない。そこにはたらくのはどちらも「共働的」（synergistic）な原理である。つまり、どのような結果が現れるかは、数々の要因が合成されて一段高いレベルに結ばれるパターンによるのであり、ベイトソンの言うように「低次の論理階型のなかでどれほど厳密に論を展開しても、高次の階型に属する現象の説明は得られない」のである。[27]

　禅の師と弟子との間にも、人間とイルカの場合と同様の状況が生じうる。師が弟子に対して、解決不可能と思える問題を与え、ダブル・バインドを課すのである。これを「公案」と言う。よく知られた公案として、「隻手の音声とはいかに（片手で拍手するとどんな音がするか）？」「おまえの両親がおまえを妊む前のおまえの顔を見せてみよ」などがある。ベイトソンが挙げている公案は、師が弟子の頭上に一本の棒をかざし、「この棒が実在すると言ったら、おまえを打つ。実在しないと言ったらおまえを打つ。黙っていたらおまえを打つ」と宣告する、というものである。まさにダブル・バインドの典型である。これに対しどういう創造的な出口が可能だろうか？　出口が創造的かどうかは弟子が行うメタコミュニケーションの質で決まる。たとえば弟子は、師から棒を奪いそれを折ってしまうことができる。もしも師が、その行為が弟子の概念的＝情感的飛躍から生まれていると判断すれば、師はこの反応を良しとするであろう。

　学習Ⅲにおいて、人は学習Ⅱで身につけた習慣を変えることを学ぶ。我々をみな等しくダブル・バインドに追い込む分裂生成的習慣を一掃するのである。人はそこで、自分が無意識のうちに学習Ⅱを行う存在であることを自覚する。あるいは、学習Ⅱを制御しコントロールすることを覚える。学習Ⅲは学習Ⅱについて学習することなのだ。それは、自分のパーソナリティの束縛から自由になることであり、かつてウィリアム・ベイトソンが真の教育に与えた定義である「忘我への覚醒」へ至ることにほかならない。この覚醒は必然的に「わたし」というものの再定義をもたらす。なぜなら自我《わたし》とはそれまでの第二次学習の産物だからだ。そればかりか、学習Ⅲが達成されるとき、「わたし」はある意味でどうでもよくなるとさえ言ってよい。ベイトソンの言葉で言えば、「経験が括られる型を当てがう存在としての自我《わたし》が、そのような役割をもはや果たさなくなってくる」のだ。むろんすでに述べたように、学習Ⅲへの旅は、大きな危険をはらんでいる。自我《わたし》の再定義はきわめて困難な問題であり、それは、精神病者の多くが話をするときに一人称単数を使えないという事実にも表れている。だがもっと幸運な人々においては、「個としてのアイデンティティが、巨大なエコロジーと美をつくる、あらゆる関係的プロセスに溶け込む」という事態をもたらす、とベイトソンは説いている。あるいはまたレインは、それを次のように述べている。これはレインが書いたもっとも美しい文章のひとつである。

真の正気が訪れるとき、いままでの自我は消滅する。うつろな現実に染まりきった偽りの自己が消滅し、太古の元型的な層に潜んでいた、聖なる力の媒介者がよみがえるのだ。死を通して生まれた新しい自我は、やがて新しい役割を果たすようになる。それは、聖なるものを裏切るのではなく、それの僕《しもべ》となる自我である。(28)

ここで我々はきわめて重要な地点に達する。それはレインもくり返し強調している点である。すなわち、精神分裂病における思考形態は、絵画、詩、ユーモア、宗教的啓示において機能している思考形態と同じである、ということだ。主な違いは、絵画・詩などによってコンテクストを横断する場合には、基本的に個人の自由選択によるのに対し、分裂病者は自分がつくったのではないシステムのなかにとらわれているという点である。だがそれでも、少なくとも形式的には、分裂病は、我々の大半を教化した種々の学習Ⅱよりも発展した形の意識を体現しているのである。ここで問うべきは、我々を作っている学習Ⅱの本性である。そして、どうだろう。我々は、偽りであることが見え透いている「現実」に適合していく学習を課されてはいないだろうか。現代における「現実」システムは、実際にはたえず違反せざるをえないような論理への忠誠を要求している。デカルト的世界観が支配する体制とは、「建前として」メタコミュニケーションを(つまり、ニュアンスと暗黙知とを)抹殺する体制なのだ。(29) そうした、デカルト的ダブル・バインドを習得して、それを「現実」と呼ぶ——そんな学習Ⅱの上に、西洋社会の全体が成っているのである。支配的文化は我々に、科学的な知のみが唯一持つに価する真の知であって、アナログ的な知などは存在しないか、したとしても取るに足らぬものだ、そして事実と価値とはたがいに何の関係もないのだ、と信じるよう強要する。それは誰が見ても誤りなのに、我々はみな、これらのルールに従って生きることを強制されており、しかも（本という特権的空間を別として）それに言い及ぶこともままならないありさまなのだ。このようにメタコミュニケーションを禁じられた状況のなかで、狂気はどこに存在するのか？　ニュートンを論じた章でも述べたことだが、我々は現在上下さかさになった世界に住んでいるのであり、システムとして居座ったダブル・バインドが集合的狂気を生み出している世界を生きている。狂気は我々の世界に遍在しているのである。このダブル・バインドからの唯一の抜け道は、新しい、健康な行動様式を可能にしてくれるような、より高次のレベルの全体論的意識へ飛躍することだろう。近代の知や近代特有の社会問題をデカルト的方法で分析することが、自らの尻尾を噛むことにほかならないのは、ニーチェの指摘した通りであるが、全体論に立った分析は、すべての循環を悪循環として退けるのではない視座を提供してくれる。いま我々が陥っている悪循環から抜け出る道を指し示すことも、あるいは可能なのである。ベイトソンが我々にもたらしたのは、まさにそのような、非デカルト的方法による科学的思考の足がかりだった。我々を捉えている分裂生成的緊張の本質を明らかにし、情報伝達においてアナログ的な知が果たす役割を解明するなかで――それとともに、必然的にデカルト的二元論を批判しつつ――ベイトソンは、事実と価値とを融合し科学と芸術との境界を取り払うような方法論をつくり上げた。それはデカルト的であるよりも全体論的であり、分析的であると同時に直観的でもある方法論である。ドン・ファンがカスタネダに与える忠告のなかの言葉を借りれば、それは「心を持った道」であり、かつ、合理的明快さを失うことのない道なのだ。

本章では、グレゴリー・ベイトソンの知的遍歴をたどった。ベイトソンの遍歴は、科学者や思想家が考察しうるもっとも刺激的な一連の問題と次々に出会った旅にほかならない。むろん、彼の研究がすべてひとつの統一された認識論的形式にのっとって遂行されたということではない。だが十七世紀の科学革命にしたところで、はじめから一組の抽象的原理だったのではなく、落下する物体、天体の運動、光と色といった種々雑多な問題についての一連の探究としてはじまったのである。それらの探究のなかから共通の方法論が立ち現れたのは、ずっとあとのことだ。機械論をイデオロギーに仕立て上げたのは、十七世紀のデカルトやガリレオであるよりも、むしろ十八・九世紀のヴォルテールでありラプラスである。そのことを頭に入れた上で、なお、ベイトソンについては、すでに次のような言い方が可能であると私は思う——イアトムル族の男女役割交換、学習理論、メタコミュニケーション、精神分裂病などの研究から得た一連の洞察がすでにひとつの認識の枠組へと結実しているのだ、と。事実ベイトソン自身、「サイバネティックな説明」に関する著述のなかで、そうした認識論を詳細に論じている。けれどもベイトソンの認識論は、まさにその本質ゆえに、直線的な解説を容易に許さない。それは、生と知に対するひとつの姿勢であり、「公式」（formula）であるよりもはるかに「関わり合い」（commitment）である。錬金術と同様、ベイトソンの認識論はひとつの実践《プラクシス》なのだ。ある問題を解こうとするとき、ベイトソンは研究の対象となっている世界観のなかに自らの身を置くよう努めた。その卓越した科学的思考力にもかかわらず、ベイトソンは、知の大半はアナログ的であること、現実は部分にではなく全体のなかに存在すること、分析的解剖ではなく没入（一体化《ミメーシス》）こそが叡智のはじまりであることを直観的に悟っていたのである。とすれば、ベイトソンのアプローチをデジタル的に要約することは、それを物象化してしまう危険が大であり、それを無価値なもの、あるいは危険なものにすらしてしまう恐れがある。「まとまらぬもの《ルース・エンド》はまとまらぬまま終り《エンド》まで至らせよ」と、私のある友人はかつて自作の詩で語った。そしておそらく、ここでも、広がりゆくまとまらぬものを無理に縛りつけないのが一番よいのかもしれない。直線的・論証的な言葉をどれだけ繰り出しても、抽象的概念をどのように組み合わせても、それでより大きな、非認知的な生の現実を捉え切れるはずはないのだ。ベイトソンがやろうと私がやろうと、その点に変りはない。ただ、十四世紀でも二十二世紀でもなく、二十世紀に生を得ている我々にとって、言語的＝合理的知がもっとも基本的な説明のモードであることは、つきあっていくほかない事実である。つぎの章ではベイトソンの認識論を、直線的・分析的に説明することを試みるが、いま述べた留保の気持ちを感じとっていただければ幸いである。

芸術、宗教、夢その他の現象の助けを借りない、単に目的的な合理性は、いずれかならず病に至り、生を破壊してしまう。(……)生というものは、人間の意のままにならぬさまざまな回路が複雑に絡みあって成り立っている。だが人間の目的心は、それらの回路のなかのごく短い弧の部分しかたどることができない。意識に見えるのは回路の一部でしかないのだ。目的合理性が破壊的なのはそのためである。(……)
このように、我々が生きている世界とは、循環するさまざまな回路からなる世界なのだ。そしてそこで愛が生きつづけるためには、叡智(すなわち、循環という事実を認識すること)の声を響かせなくてはならないのだ。

グレゴリー・ベイトソン「プリミティブな芸術の様式と優美と情報」(一九六七)

第八章 明日の形而上学(2)

真に秩序ある人間主義とは、人間自身から出発するのではなく、ものごとを本来の場に戻すのです。それは、生よりも世界を、人間よりも生を、自己愛よりも他者の尊重を、まず第一に考えるものです。
これこそが、我々が「未開人」と呼ぶ民族が我々に与えてくれる教訓なのです——それは、人間が出現する以前から存在し、人間が消滅しても存在しつづけるに違いない世界に対して、謙虚と、節度と、分別を持ちなさいという教えなのです。

クロード・レヴィ=ストロース(一九七二年のインタビュー)

ベイトソンの認識論は、基本的には、あるひとつの問いに対する答えを綿密にしたものである。それは、「〈精神〉とは何か？」という問いだ。『精神の生態学』序章でベイトソンが述べているように、西洋科学は、「形と実体という昔からの二分法の、誤った一方に橋をかけようとしてきた[1]」。精神（もしくは〈精神〉）とは何かを説明するのではなく、説明によって精神を無化してしまったのだ。だが、実体（物体とその運動）を唯一の説明原理として出発し、そこから形あるいは精神を演繹できるとは考えがたい。これに対しベイトソンの思考方法にあっては、〈精神〉は物体とまったく同じに現実《リアル》である。そして〈精神〉は、宗教的原理でもなければ生気論的な生命力《エンテレキー》でもない。現実の外に超越して存在する神秘的な何かではないのだ[2]。

〈精神〉が現実であることを認めるベイトソンの世界観は、それゆえに、錬金術やアリストテレス主義と形式的には同じ特徴をいくつか持っている。たとえば事実と価値を分離しないし、「内的」現実と「外的」現実を分離することもない。また、問題にされるのは質であって量ではなく、大部分の現象は、少なくともある特別な意味においては、生きている。けれども、ひとつの重要な点で、ベイトソンの思想は、聖なる統一という発想から出発するどの伝統的認識論とも異なっている。ベイトソンの体系には、「神」がいないのだ。アニミズムもなければ超自然力《マナ》もなく、我々が「初源的参加」と呼んだものはいっさい存在しない。なぜなら、ベイトソンは、〈精神〉を、物体のなかに「ひそむ」ものとしてではなく、諸現象の結びつき方と行動のあり方そのものが「帯びる」ものとして捉えているからだ。むろん「参加」というものがまったく存在しないというのではない。我々は我々のまわりの事物から分離した別個の存在ではない。ただ、「原始的」もしくは前近代的意味での「参加」はベイトソン体系にはない、ということである。

第二章で、十七世紀の科学とそれ以前の全体論的世界観とを比較した表を示したが、ここでも、ベイトソンの認識論の分析に入る前に、デカルトのパラダイムとベイトソンのパラダイムとの違いのアウトラインを示しておこう（表2）[3]。

表2　デカルト的世界観とベイトソン的世界観との比較

近代科学《デカルト》の世界観	ベイトソンの全体論の世界観
事実と価値とは無関係。	事実と価値とは不可分。
自然は外側から知られ、諸現象はそのコンテクストから取り出され、抽象化されて吟味される（実験）。	自然は我々との関係のなかで明らかにされ、諸現象はコンテクストのなかでのみ知ることができる（参加する者による観察）。
自然を意識的、経験的に支配することが目標。	無意識の精神が根源にある。叡智、美、優雅《グレイス》を目標とする。
抽象的、数学的な記述。数量化できることのみが現実。	抽象と具体とが混合した記述。量よりも質が第一。
精神は身体から、主体は客体から分離している。	精神／身体、主体／客体はいずれも同じひとつのプロセスのふたつの側面。
直線的時間、無限の進歩。原理的には現実を完璧に知りつくすことができる。	循環的（システムのなかの特定の変数のみを極大化することはできない）。原理的に現実の一部分しか知ることができない。
「AかBか」の理論。情感は生理現象に伴って二次的に生じる現象である。	「AもBも」の理論（弁証法的）。情感は精緻な演算規則を持つ。
〈原子論〉	**〈全体論〉**
1　物体と運動のみが現実。	1　プロセス、形、関係がまずはじめにある。
2　全体は部分の集合以上のものではない。	2　全体は部分にはない特性を持つ。
3　生物体は原理的には非有機体に還元可能。自然は究極的には死んでいる。	3　生物体、もしくは〈精神〉は、構成要素に還元できない。自然は生きている。

これらの対比のうちいくつかはすでに五章と七章で触れたが、多くは単純に把握できる以上の内容を持っているので、それをこれから掘り下げていきたいと思う。だがまずはじめに注意を促したいのは、デカルト／ベイトソンの世界観の違いが、科学／錬金術の違い、サンチョ・パンサ／ドン・キホーテの違い、通常の意味での正気／学習Ⅲの違いと同じように、きわめて根本的な違いであるということだ。ベイトソンはかつて、自分の思考は二元論からずいぶん離れた地点に来ているにもかかわらず、依然として一個の独立した「私」の視点から思考しており、その「私」を事物と向かい合って存在する主体としてみなしている、と述べた。しかしこの告白は、特にユニークなものではない。ベイトソンのみならず、この二十世紀末の時代に全体論を論じるあらゆる思想家は、あくまでも過渡的存在なのだ。ベイトソンにしても、現代世界の思考プロセスを保持し「私」を放棄しなかったからこそ、我々と意志を疎通させることができたのである。しかし、ベイトソン的全体論が本当に、現在その姿を現しつつある新しい文明の精神的枠組であるとすれば、その文明は、ひとたび成熟したとき、おそらく現代の我々の思考法をほとんど理解不可能とみなすことだろう。「近代」科学博物館なるものが作られ、そこを訪れる人々は、ガリレオやニュートンがいったい何を言おうとしていたのかを理解しようと文字通り頭のなかをひっくり返す、ということになるかもしれない。

ベイトソンは、メイシー会議でサイバネティクス理論を知った。だが彼がサイバネティクスに対する理解を深めそれを発展させたのは、具体的な人間関係のコンテクストのなかにおいてであった。そして、サイバネティクス理論を論じる場としてベイトソンが選んだのは、やや意外かもしれないが、「〈自己〉のサイバネティクス」と題されたアルコール中毒に関する論文であった。というのも、ＡＡ（アルコール中毒者更正会。全米に広い組織を持つ）をめぐる調査を進めた結果、ＡＡの「神学」がサイバネティクスの認識論とほとんど同一であることが明らかになったからである。そこで、ベイトソンの全体論を理論的にまとめる前に、まずはここでもベイトソンの行った具体的な調査をたどってみることにしよう。[4]

アルコール中毒が認識論に関係する問題だなどと言うと、いかにも奇妙に思えるかもしれない。だが、これまでの議論からすでに明らかだと思うが、哲学や認識論は狭い学問領域に限定された問題ではない。意識しようがしまいが、我々はみなそれぞれの世界観を持っているのであり、アルコール中毒患者も例外ではない。ベイトソンが示したように、我々の世界観は、我々の第二次学習の産物であって、それはそのまま我々の「自己」であり「性格」なのだ。では、しらふと酔いとの間の往復運動をくり返すアルコール中毒患者には、どのような世界観がありどのような自己があるのだろうか？ベイトソンが発見したところによれば、この往復運動において、患者は実は、デカルト的世界観と、「擬似全体論」とも称すべき世界観との間を往き来しているのである。ではこの往復運動の背後にはどのような力学があるのか？ それを明らかにすることが、ベイトソンの出発点であった。

AAの活動を唯一の例外として、飲酒問題を解決するためのこれまでの試みはすべて、意識による自己抑制《セルフ・コントロール》という発想に基づいている。妻、友人、上司その他、患者を救おうという気でいる人々が寄ってたかって、誘惑に打ち勝ち強い人間になれと勧め、（W・E・ヘンリーの詩「不屈の精神」のなかの言葉を借りれば）「自らの運命の主人（……）、自らの魂の司令官」となるように促すのである。むろん患者は、しらふのときはこうした忠告に同意する。だが問題は、これらの忠告が、まさにデカルト主義の典型であることだ。つまりそれは、精神／身体が分離しているという前提に基づいた考え方なのである。「精神」（意識的知覚）という「自己」が、道を外れた弱き「身体」に対し支配力を行使する、というわけだ。だがこのような自己抑制による「治療」は、対称的分裂生成の状況を生み出さずにはいない。意識の「意志」が、人格の他のあらゆる部分と対抗して、果てしない総力戦を行うことになるのだ。フロイト心理学と同じように、ここでも無意識（もしくは身体）が自己から排除され、意識的自己によって征服されるべき（悪の）「力」の集まりとみなされている。「俺は酒と戦うぞ」「悪魔のラムなんかに負けるものか」といった、アルコール中毒患者の決意は、デカルト的二元論から生まれてくる類の思い上がりにほかならないのである。

この方法はなぜうまく行かないのか？ ベイトソンが言うには、酒を断つことで、「酒を飲まないこと」のコンテクストが変わってしまうからである。アルコールを欲する体との対称的葛藤にとらわれているうちは、飲まずにいることがプライドの支えになるが、ある期間飲まずにやっていけたあとでは、飲まずにいることの動機が失われてしまう。本質的に分裂生成的であるデカルト的心身二元論は、それが機能しつづけるために、たえず自己との対立者を必要とするのだ。そして患者はこの世界観に深く捉えられている。飲まずにいられたことで、飲まずにいる張合いを失った彼は、今度は「酒を飲みながらも酒に飲まれない」ことにやりがいを見出すのである。AAが嘲笑的に言う「抑制された飲酒」というやつだ。何かに挑まなくてはいられない彼の自己は、こうして「一杯のリスク」に挑み、そして言うまでもなく、またたく間にふたたび酒に溺れてしまうのである。

では、酔っているときの中毒患者はどのように世界を見ているのだろうか？　ベイトソンによれば、少なくとも酔いの初期段階においては、いままでとは異なった人格が現れ、それとともに異なった認識論が作用しはじめる。患者は一時的に、デカルト二元論から全体論的世界観とおぼしきものに移行するのである。精神はもはや身体をコントロールしようとせず、両者の葛藤はやみ、その結果、より正しい精神状態が生じる、とベイトソンは述べている。酔うことで、精神／身体の関係についての、一連の文化的思い込みからの脱出が成し遂げられるのだ。それらの思い込みは、夫、妻、友人、上司を通して社会がいかに強化に努めようとも、結局は狂気以外の何ものでもない。酔った状態では、そうした狂気がもたらす対称的葛藤が消滅し、代わって相補的な感情が現れる。患者は酔いを深めるにつれ、飲み友達に、自分のまわりの世界に、そして自己自身に親近感を感じる。それまでひたすら彼を苦しめ罰するばかりだった彼の自己が、その姿勢を一変させる。自己との格闘、世界との格闘をやめたことで、彼は安らかさのなかに迎え入れられるのである。デカルト二元論は彼に「すべてを乗り越える」ことを強い、弱さを捨て人間らしさを捨てることを強いた。だがいまや彼は人間世界のなかに溶け込んでいるように見える。葛藤（ギリシャ語のアゴーン、英語の「苦悩《アゴニー》」もここから来ている）の心理に代わって、愛の心理とおぼしきものが患者を包む。

しかし、問題は、デカルト的二元論が幻想であるように、この「愛」の状態もまた幻想にすぎないことだ。酔いがもたらす新しい精神状態は、実は服従の病理にすぎない。要するに、アルコール中毒患者とは、二本しか弦のないギターのようなものである。「硬直」の弦（「不屈の精神」的頑なさ）と、「崩壊」すなわち完全なる受身の弦、それだけなのだ。「勝ち誇った」自己過信とまったくの自己放棄、それ以外には何ひとつレパートリーがない。このふたつの「弦」が実は表裏一体であることを見抜き、それらに代わる第三の道がどこかにあるのではないかと考えたところに、AA創立者たちの卓見があった。[5] この第三の道は、酔った状態の「真実」を捉えるものであり、その「真実」とは、「降参」（surrender）という概念が鍵になっている。「降参」といっても、それはその人間に情けない無力感をもたらすのではなく、力を与えるような「降参」である。言いかえれば、「降参」することでその人間は世界のなかで活動的になれるのだ。それは幻想でもなければ回路の短絡《ショート・サーキット》でもない、動的で持続する回路なのである。

では、AAはこれをどのようにして行うのだろうか？　まずAAのプログラムのはじめの二段階を考えてみよう。（1）我々は自分がアルコールに対して無力であることを認め、自分で自分の生活を管理できなくなっていることを認めた。（2）我々自身よりも大きな、ある力に頼ることによって、正気へ戻ることができるということを、我々はいまや信じるようになった。（1）はデカルト的二元論を一撃のもとに斥けるものである。デカルト二元論は、悪魔のラムは人格の外、身体の外にいるという前提に立ち、「しらふ」の精神と「アル中」の身体とを対極に位置づける。〈内＝ここ〉にある「節度ある」「純粋な」「気高い」意志が、〈外＝そこ〉にある「弱い」「汚らわしい」肉体をコントロールしようと必死に努めている、というわけだ。これに対しAAの会合では、アルコール中毒患者が人々に向かって「私の名前は何々、私はアルコール中毒です」と言う。こうして患者は、自分のアルコール中毒を自己の内に位置づける。アルコール中毒であることを、人格全体が認めるのだ。中毒が〈外＝そこ〉にあるとはもはや考えないのである。このように、自分が酒に対し無力であることを認め、「不屈の精神」式のモットー――AAはもっぱらからかいの種としてそれを持ち出す――を捨て去ること、それが「降参」である。ひとたび「降参」を成し遂げれば、酔っぱらうことなしに対称的葛藤を霧散させることができるのだ。

自分より高次の力を認めるという（2）のステップには、純粋に全体論的な新しい認識論の土台となる考え方がひそんでいる。定義からして、人は「より高次の力」に対し依存的な関係を持つことしかできない。これは一見自己を放棄することのように思えるかもしれない。だがベイトソンによれば、実はそれは認識論の変容なのであり、したがって、性格・人格の変容なのだ。ＡＡの言い方をすれば、「より高次の力」とは、「あなたが理解するところの神」である。我々の言い方をすれば、それは何よりもまず、無意識の精神のことである。だがこの「より高次の力」は、単に無意識だけで成り立っているのではない。それは、その人の生きる社会的現実でもあり、ＡＡの自分以外のメンバーでもあり、そのメンバーたちの生活が具現している苦闘でもあるのだ。より高次の力に自らを委ねることで、個人の自我《エゴ》（意志）がその場を去り、より成熟した形の、個人の内とも外ともつながりを持つ〈自己《セルフ》〉が現れる。「降参」は、崩壊ではなく再生なのだ。ＡＡの言う「どん底の破綻」を経験した中毒患者にとって、ＡＡのプログラムの最初の二ステップは、要するに学習Ⅲなのであり、事実これを宗教的回心として体験する患者も少なくない。

　では、これがサイバネティクス理論とどうつながるかを考えてみよう。西洋科学の形而上学が対象とするのは、原子であり、孤立した個人であり、直接的・意識的・経験的な原因である。たとえばアルコール中毒患者を扱う場合、デカルトのパラダイムに従うなら、患者を孤立させて扱い、アル中という望ましからぬ「結果」を生んでいる「原因」を確定しようとするだろう。そこでの理論は、直接的・一方通行的影響関係によって世界を捉えようとするものである。すなわちそれは、精神を全面的に意識的なものとして捉え、精神を物体の外部に位置づける、十七世紀の衝撃物理学（impact physics）をモデルにしている。デカルト的な見方に従えば、神はすべての外側に位置している。神はただ、世界という機械全体を始動させた存在にすぎない。同じように、ビリヤード台の上の玉にも精神は内在しない。精神は、キューを持った人間という形で、外からやって来るものでしかないのだ。

　これに対し、サイバネティクス理論では、考察の単位はひとつのシステム全体であり、一つひとつの構成要素ではない。たとえば、ふつう「調速器《ガバナー》」と呼ばれる制御ユニットのついた、蒸気エンジンを考えてみよう。室温をコントロールするサーモスタットと同じように、ガバナーは理想の状態——この場合はエンジンの最適回転数——を念頭に置いてセットしてある。回転数が理想状態よりも少なくなると、アーマチュアの動きが遅くなり、それによって燃料の供給が増し、回転数が「平常」に戻るのである。逆に回転数が多くなりすぎると、アーマチュアの動きが増しそれによってブレーキが作動して、システム全体がふたたび正常に戻る。ここで、ガバナーという自己修復フィードバック機構を動かしているのが、ただの「情報」であって、デカルトの言うような衝撃力でも、ビリヤード玉のような有形の物体でもないことに注目して欲しい。では、「情報」とは何か？　ベイトソンの定義によれば、「一個《ビット》」の情報（「意味」と言ってもよい）とは、「違いを生む違い」（a difference which makes a difference）である。言いかえれば、エンジン、ガバナー、燃料供給装置、ブレーキ、機関車その他の構成要素が、複雑な連鎖の回路を構成していて、あるひとつの要素のはたらきに生じた変化——「違い」——が、システム全体に伝えられ、それによってシステムは、「意識」とは言わぬまでも、「感知」（awareness）とも言うべき反応を示すのである。その意味で、システムは生きている。それは心的な特徴を備えているのであり、ある種の精神（〈精神〉）とみなすことができるのである。「現に機能している、出来事や事物のいかなる組合せも、それが連鎖の回路にふさわしい複雑さと、それに見合ったエネルギーの関係を有している限り、それはすべて心的な特徴を示すと考えてよい」とベイトソンは述べている。言いかえれば、そのような組合せはすべて、比較を行い（つまり、違いに反応し）、情報を処理し、最適状態を保つように自己修復を行うということである。さらにベイトソンは、「このようにシステム内で諸部分が相互に反応しあっているシステムにおいては、いかなる部分も、それがシステムの残り全体もしくは一部分に対し一面的な支配力を持つことはできない。心的な特徴は、あくまで組合せ全体のなかに、顕在的もしくは潜在的に備わっている」とつけ加えている。

さて、心的システムすなわち〈精神〉は、つぎの三種類のふるまい方のいずれかに収まる——自己修復（定常状態ともいう）、動揺（oscillation）、暴走（runaway）。分裂生成とサイバネティクス理論とが結びつくのはこの点においてである。分裂生成的状況とは、ガバナーのない状況であり、システムがたえず暴走状態に陥る状況である。自己修復システムにおいては、過去の行為の結果がシステムにフィードバックされ、新しい情報として回路全体を巡り、それによってシステムはほぼ理想の状態を維持する。だが暴走するシステムは、時とともにどんどん歪みを増していく。なぜならフィードバックがネガティヴ、つまり自己修復的ではなく、ポジティヴだからだ。そのよい例が「耽溺」(addiction)の現象である。ヘロイン中毒の人は時とともにますます大量の投薬を必要とするようになる。砂糖中毒の人はケーキを食べれば食べるほどもっと欲しくなる。外国に市場を求める帝国主義権力は、やがては地球全体を支配しようとする。

システムの示す三つのふるまい方それぞれの倫理的意義については、のちに詳しく論じることにして、ここでは、こうしたサイバネティクスによる分析から必然的に引き出される意味を指摘しておこう。西洋社会がいたるところに分裂生成を生み出す社会だ、ということを認めるとき、西洋文化のさまざまな組織や個人は、程度の差こそあれみないずれも暴走状態にあると考えざるをえなくなる。形はいろいろあるにせよ、「耽溺」こそが、個人個人の生活に至るまで、我々の生きる産業社会のあらゆる側面を特徴づけている。アルコールに(あるいは食物、ドラッグ、タバコに)依存することも、地位、仕事の実績、社会的影響力、財産などに依存することも、構造的には同じであり、より精巧な爆弾を作ろうという欲求、すべてのものを意識によって支配しようという欲求も、それらと変わらない。特定の変数だけを最大化させるようなシステムはみな、それらの変数を最適化する自然の定常状態を破っているのであり、したがって必然的に暴走状態にあるものとして見なくてはならないのである。こうしたシステムは、最終的には、アルコール中毒患者やガバナーをなくした蒸気エンジンと同じく、生き延びるチャンスはほとんどない。その認識論を捨て去らない限り、それらのシステムはやがて限界を迎え焼け切れてしまうだろう。このことに、西洋社会の多くの人々がようやく気づきはじめている。たとえそれが文化全体の崩壊という形をとろうとも、自然の自己修復作用は、いずれかならず訪れる。いかなる心的システムも、永久に暴走状態を続けることはできない。特定の変数だけを最大化させ、かつ〈精神〉としての特性を保ち続けることはできないのだ。暴走の果てにあるのは〈精神〉の喪失(loses its Mind.「発狂する」の意もある)であり、死である。個人レベルでは、臓器硬変、心臓発作、癌、分裂病、あるいは「植物人間」化が、我々を待ちかまえている。認識論そのもののなかに、システムの「倫理」がこもっているのである。

サイバネティクス理論を通してアルコール中毒の例を見るとき、「自己」もしくは従来の意味での「精神」(デカルト的自我）がシステムのなかで占める位置が見えてくる。すでに述べたように、サイバネティクス的システムの持つ心的特性は、ある特定の部分にではなく、システム全体に内在している。意識的な精神、もしくは「自己」は、より大きな円の一部の弧にすぎない。そして、いかなる有機体も、その行動の境界は「自己」の境界と同じではない。意志の力で酒をやめようとするアルコール中毒患者は、意識的精神という変数を最大化しようとしているのであり、小さな弧にすぎないものに円全体をコントロールさせようとしている。このような愚かな自負心が、「不屈の精神」の正体なのだ。それはちょうど、ガバナーだけで蒸気エンジン全体をコントロールしようとするようなものだ。酔っぱらうことはいわばシステムを停止させることであり、相補性を得るための短絡的解決である。だが言うまでもなく、回路を短絡《ショート》させるという解決方法が長く持続するはずはない。AAの卓見は、対称的状況のなかに相補的要素を導入し、システムを暴走から自己修復へと転換させたことにある。しかも患者が自分を含んだシステムの循環性を認識し、その認識が自律的に継続するようなやり方で相補的要素を導入しているのである。

〈精神〉の循環性を説明するために、ベイトソンは斧で木を切り倒している男を例に挙げている。デカルトのパラダイムに従えば、この場合「意識」を持っているのは男の脳だけである。むろん木も生きてはいるが、このパラダイムによれば心的システムではまったくない。斧が死んでいることは言うまでもない。こうしたデカルト的見地からすれば、ここでの相互作用は因果律的であり一方通行的である。つまり、男という主体が、斧を手に取りそれを木の幹に対して用いるというわけだ。この仕事をしながら男が、「私はいまこの木を切り倒している」と考えることもあるだろう。それはつまり、「私」という一個の実体すなわち自己が存在し、それが一個の客体に対し、ある目的を持った行為を遂行しているという意味である。ここでの誤りは、精神の所在が「私」――つまり人間――だけに限定され、木はもの化され客体化されていることだ。そうした対置が、結局「私」をもの化してしまうことに注意しなくてはならない。なぜなら、自己が斧に作用し、斧が木に作用する――この考えはまさにデカルト的衝撃物理学の忠実な適用例である――という構図から必然的に引き出されるのは、ものとしての――ゆえに死んでいる――自己にほかならないからだ。このようなシステムで、自己を一局部に限定することがそもそも誤りなのである。そのことは、ベイトソンが挙げているもうひとつの例でいっそう明らかになる。それは、杖の助けを借りて通りを歩いている盲人の例である。盲人の自己がどこではじまりどこで終わるかを画定することができるだろうか。彼の杖もまた彼の自己の一部ではないだろうか？　彼という人間が単なる客体としての杖に作用し、その杖が舗道に作用するということではない。杖は、舗道すなわち盲人の環境への経路なのだ。だがその経路はどこで終わるのか？　杖の取っ手の部分でだろうか？　先端でだろうか？　真ん中あたりでか？　「こうした問いは無意味である。なぜなら杖は、『違い』が変換された形で伝えられる経路であり、したがって、この経路の途中で境界線を引いてしまうことは、盲人の動きを決定するシステム回路を切断してしまうことになるからだ」とベイトソンは述べている。盲人の心的システムは――というより、あらゆる人間の心的システムは――指先で終わるものではない。盲人の動きを説明するには、舗道と杖と人間が必要なのだ。盲人が腰をおろして杖を脇に置いてはじめて、杖はシステムと無関係になるのである。

　男と斧についても同じことが言える。斧の一打ち一打ちは、その前の一打ちが、木にどのような切り口を刻んだかということに合わせて調整される。ここにあるのは〈内〉なる「自己」が〈外〉なる木を切り倒すというのではなく、ひとつの関係が――システムとしての回路、すなわち〈精神〉が――生起するという出来事である。生を帯びるのは状況全体であって、人間として切り出されたものではない。生は回路のなかに内在するのであり、その外に超越的に存在するのではない。たしかに、この男の前頭葉に「精神」（mind）が位置していると言うことはできる。だが問題なのは〈精神〉（Mind）であって、この場合それは〈木―目―脳―筋肉―斧―斧の打ちおろし―木〉という回路である。いや、正確には〈木における違い／網膜における違い／斧の動きにおける違い／木における違い……〉というふうに形を変えながら循環する差異の――つまり情報の――回路と言わなくてはならない。この情報の回路こそが〈精神〉すなわち自己修復ユニットなのである。それはさまざまな経路から成る網状組織《ネットワーク》として捉えることができる。目的を持った意識のところで区切れるのでもなければ、皮膚のところで区切れるのでもない、すべての無意識の思考の経路と、情報が循環するためのすべての外的経路をも含めた、一大ネットワークなのだ。

このように、思考のネットワークの大部分は、実は身体の外にある。第六章で私は〈精神〉は身体に内在しているといったようなことを述べたが、それはここでの議論にたどり着くためのひとつの足がかりだったと考えていただいて差し支えない。暗黙知というものは、単なる生理的現象ではない。アルコール中毒、精神分裂病、第二次学習などの研究は、それらの現象が個人の心理の問題ではなく、人間の皮膚の内部に閉ざされることのない〈精神〉の問題でありシステムの問題であることを証明している。この大きな情報ネットワークの、小さな一部分をつまみ取って偽りの物象化を施したものが、いわゆる「自己」なのである。木が切り倒されるというケースに限らず、我々が「生きていない」とみなすまわりのあらゆる事物との間に、実は細やかな相互作用が取り結ばれているのであって、それをこうした粗暴な物象化によって理解し、その「理解」に基づいた関係を押し当てようとするのは、端的に言って誤りである。出来事を構成し〈精神〉を構成するものは何かということをサイバネティクスの見地から捉えなおすとき、ガリレオやニュートンの世界観は文字通り意味をなさなくなる。主体／客体の二分法の不在に根ざした、錬金術師たちの世界観の方が、深く正しいものとして浮かんでくるのである。

ここで、サイバネティクスによる認識論を理論的に定式化する作業に取り掛かりたい。あるシステムが〈精神〉あるいは心的システムとなるためには、どんな規準を満たしていなくてはならないか(6)——

（1）相互に作用しあう諸部分がひとつの全体をなし、その相互作用をスタートさせるものが「違い」であること。

（2）これらの「違い」が、物質と空間と時間に属するものではなく、特定の場に位置づけることができないということ。

（3）「違い」や、「違い」の変換形（「違い」がコード化されたもの）が閉じた円環に沿って、もしくは経路のネットワークを複雑に進みながら、伝達されること。このシステムは円環状もしくはより複雑である。

（4）システム内で生じる出来事の多くが、それ自身のエネルギー源を持つこと。つまり、反応を引き起こす部分から衝撃力が与えられるのではなく、反応する側にその出来事を支える自前のエネルギーが用意されている。

この四点を一つひとつ検討する前に考えておきたいのは、この四つの条件を満たす限り、社会的組織も政治的組織も川も森もすべて、〈精神〉を持った生きものだという点である。これらはみなそれぞれ、それ自身のエネルギー源を持つ、諸部分がたがいに絡みあった集合体であり、自己修復的に行動し、暴走する可能性を潜在的に持っている。そしていずれも、自らを成長させるすべ、自らを正常に保つすべを知っていて、それらのプロセスが破綻した場合には、自らを死なせるすべを知っている。思考、学習、進化、生態系、生命などと我々が呼んでいるあらゆる現象は、これら四つの条件を満たすシステムのなかにおいてのみ生じる、というのがベイトソンの主張である。それぞれを簡単に説明しておこう。

（1）相互に作用しあう諸部分がひとつの全体をなし、その相互作用をスタートさせるものが「違い」であること――この規準については、蒸気エンジン、木を切っている男、杖を持った盲人の例ですでに論じた。いずれの場合も情報――違いを生む違い――がシステム中を循環するのである。盲人の歩行は、舗道の縁石の端に来たことを杖が知らせたときに、突然緩む。そして車道を杖によって横断するとき、その歩行はまた違ったプロセスによって進んでいく。〈木を－切る－男〉がつくるシステムの場合は、筋肉における違いが動作における違いを生み、それが網膜における違いを生み、それが脳における違いを生み、それが木の幹の表面における違いを生む。このように、さまざまな「違い」がたがいに作用しあい、変化を続けながらサイクルをめぐるのである。

さらに、たとえばこのシステムのなかの「木」がそうであるように、集合体のある部分が、それ自体でこれら四つの条件を満たすこともあるだろう。この場合それらの部分のそれぞれを下位《サブ・》〈精神《マインド》〉と見るのが適当である。けれども、システムを下位区分していくとき、そこから先はどう見ても生きているとは言えないレベルにかならず到達する。たとえば、斧はそれ自体生きているとは言えない。いまここで行っている心的現象の説明は、何ら超自然的要素を呼び入れるものではない。それ自体ではかならずしも〈精神〉の規準を満たさない諸部分の複合的な絡みのなかに、〈精神〉が宿るということなのだ。

（2）これらの「違い」が、物質と空間と時間に属するものではなく、特定の場に位置づけることができないということ

——この陳述もまた、デカルト流の衝撃物理学のモデル、もしくは一方通行的因果律を否定するものである。デカルト流モデルは、相互に作用しあうビリヤード玉や、力と加速度に関するニュートン的研究にはたしかに有効である。だが、ひとたびそれらの現象の一部分として生きた観察者が導入されると、出来事の原因をある特定の力や衝撃に求めることはもはやできない。観察者、受信者は、関係のなかにおける「違い」、あるいは変化に対し反応するのであり、この違いはどこか特定の場所に位置づけられる性格のものではない。

たとえば、この文のインクの黒さと、それが印刷されている紙の白さとの違いを考えてみよう。ここにおいてひとつの違いが本当に存在していることを否定する人はまずいないだろう。だがその違いはどこにあるのだろうか？ インクのなかではないし、白い背景のなかでもない。あるいはまた、黒と白との「境界」もしくは輪郭にあるのでもない。輪郭はしょせん数学的曲線の集合にすぎず、物理的な次元を持っていない。むろん、見る人の精神のなかに違いが存在するのでもない。人の精神のなかにインクや紙がないのと同じことである。「違い」とはものでも出来事でもない。「合同」や「対称」といった抽象概念と同じで、「違い」は次元を持たないのである。にもかかわらず、「違い」が存在することは疑いえない。そして、さらに複雑なことに、存在しないもの、すなわち無でさえも、時には出来事の原因となり「違い」を生む。たとえば、ベイトソンがよく引く例を挙げれば、手紙を書かないことで相手が怒った手紙を送ってよこすこともあれば、提出されない納税申告書が厄介な事態を引き起こすこともある。衝撃物理学の世界では、このようなゼロを原因とする出来事は存在しない。衝撃物理学の世界とは、衝撃のみが出来事の原因であって、時空間のなかに広がりを持つものだけが本当の「もの」であり、そうした「もの」だけが変化を引き起こす世界なのだ。

（3）「違い」や、「違い」の変換形（「違い」がコード化されたもの）が閉じた円環に沿って、もしくは経路のネットワークを複雑に進みながら、伝達されること。このシステムは円環状もしくはより複雑である——この条件については、フィードバックのプロセスを論じた箇所で大要はすでに説明した。別の言い方をすれば、システムは恒常性《ホメオスタシス》の方向もしくは暴走の方向（あるいはその両方）へ向かって自己修復的であり、自己修復的であるということは、システムが試行錯誤的な行動を採ることだ、ということになるだろう。生命を持たないものは、受動的な存在でしかないが、生きた実体すなわち〈精神〉は変化を通して変化を免れる——より正確には、変化を自らの内に取り込むことによって変化を免れる——ということである。自然は一時的な変化を容認することによって長期的な安定を得る、とベイトソンは述べている。竹の茎が風が吹くと曲がるのは、風が止んだときに元の位置に戻るためである。サーカスの綱渡りがたえず重心を移動させるのは、綱から落下するのを防ぐためである。そして、暴走するシステムですら自己修復の種を宿している。たとえばイアトムル族の場合、対称的緊張の強さがまさにナヴェンでの相補的行動をつねに誘発しているわけである。アルコール中毒患者も、どん底の破綻を経験してはじめてAAを訪れる。マルクスが資本主義の崩壊の種を、資本主義の本質的なあり方のなかに位置づけたとき、彼はまさにサイバネティクスの思考を実践していたのである。そして、そうした考えに立つとき、飢饉、疫病、戦争といった現象も、自然が恒常性を維持するために繰り出した手荒な方策として見えてくるだろう。工業社会がいま瀕死の状態に陥っているのも、実は、地球がより大きな死を逃れるための方法だとも十分考えられる。

(4)システム内で生じる出来事の多くが、それ自身のエネルギー源を持つこと。つまり、反応を引き起こす部分から衝撃力が与えられるのではなく、反応する側にその出来事を支える自前のエネルギーが用意されている——この条件もまた、生きたシステムは自己実現的であり、主体であって客体ではないということを述べている。人に蹴られた犬は、「蹴り」から得たエネルギーではなく、自分の代謝作用《メタボリズム》から得たエネルギーによって反応する。「蹴り」のエネルギーは、たしかに犬を動かすかもしれないが、動きとして意味があるのは、それに続く犬の反応——たとえば人の脚にガブリと噛みつく——なのだ。

これら四つの規準から、当然次の問いが生まれてくる。我々は世界を——つまり自分以外のさまざまな〈精神〉を——どうやって知るのか? デカルトのモデルに従えば、現象をもっとも単純な諸要素に分解しそれらをふたたび組み合わせることによって、我々は現象を知るに至る。こうした原子論的アプローチが実はいかにまやかしであるかは、すでに言い尽くした通りである。実際、サイバネティクス理論からみれば、諸要素を孤立させるデカルト的分析とは、世界の大半の現象を学ばないための一方法にほかならない。相互に反応しあう諸要素が集まった全体のみが〈精神〉でありうるからだ。「意味」とは「コンテクスト」と実質上同義だと言ってよいだろう。デカルト式にもの（たとえば光線）をコンテクストから抜きだし孤立させてしまえば、数学的には正確なデータが得られるかもしれないが、状況全体の意味はまったく失われてしまう。

したがって、サイバネティクス理論によれば、我々が何かを知ることができるのは、そのコンテクストのなか、すなわちその何かと他のものとの関係のなかにおいてのみである。[7]「意味」という意味を言い表すために、ベイトソンは「コンテクスト」という言葉以外にも「冗長性」（redundancy）、「パターン」、「コード化」（coding）といった言葉を用いている。情報が循環することによって、ランダム性（確率的に均等にばらまかれている程度）が減少するわけだが、このプロセスは、別の言葉を使えば「負のエントロピーの創造」と言えるものである（エントロピーとはあるシステムのランダム性の程度を言う）。何かが冗長である（つまり同じことがくり返し生じる）ということは、そこに確固たるパターンができているということであり、ゆえにそれはでたらめ《ランダム》ではなく、情報の源となる。つまり、コミュニケーションとは冗長性を創り出すことであり、冗長性こそが、メッセージの科学たるサイバネティクス理論のもっとも重要な認識論的概念なのである。興味深いことに、この冗長性という概念もまた、ウィリアム・ベイトソンが提唱したある考え方の発展である。彼は「波動説」（the undulatory hypothesis）を提唱したが（第七章参照）、冗長性を基礎に据える考え方も、つまりはひとつの波動説なのだ。「冗長」（redundant）という言葉も「波動の」（undulatory）という言葉も、ともにラテン語の「波」（unda）から派生している。波がくり返し生じる（re-dundant）冗長的状況とは、類似した情報もしくは同一の情報の波がつぎつぎ我々に打ち寄せる状況にほかならない。ベイトソン親子の全体論的世界観は、我々は冗長性によって世界を知るのだという発想に根ざしている。

グレゴリー・ベイトソンは、つぎのようにつづられたパラダイムを通して「知る」という現象を考えていく。

一連の音素でもいい、一枚の絵でもいい、一匹のカエルでもひとつの文化でもいいが、何らかの出来事なり、物体なりの集合に、とにかく何らかのやり方で「切れ目」を入れることができ、かつ、そうやって分割された一方だけを知覚した観察者が単なるまぐれ当たり以上の確率で残りの一方に何があるかを言い当てることができるとき、そこに「冗長性」あるいは「パターン」が含まれている、と言うことにする。切れ目の片側にあるものが、もう一方の側にあるものについての「情報」を含む、あるいは「意味」を持つ、と言ってもよい。

我々が吸収する情報は、そのかなりの部分が言語を介したデジタル的情報である。私が「一方で」(on the one hand)と言えば、相手はそれだけで「もう一方」(on the other hand)がどこかに隠れていることが分かり、そのふたつのコントラストから意味を得ることができる。決まり文句《クリシェー》というものは、硬直的なまでに冗長性の高い情報だと言えるだろう。そもそも「クリシェー」という言葉は元来、印刷屋が仕事を速くするために、文章にくり返し現れる活字の連続を糊でくっつけた――つまり、パターンを固定した――ものをさす。あるいは英語という言語の、文字のレベルにある冗長性を考えてもよい。Tという文字があれば、つぎの文字はほぼ確実にH、R、W、あるいは母音(Yを含む)のいずれかであることが分かる。“tsetse”(ツェツェバエ)とか“tmesis”(分語法)といった言葉が目を引くのは、そのつづりが“than”や“the”のつづりに較べて冗長性がはるかに低いからである。

しかし、我々が得る情報の大半は、デジタル的ではなくアナログ的・図像的な性格のものである。アナログ的な冗長性の例として、ビルに沿って通りを歩いている男が、角を曲がったところにどんな世界が開けているか予測するというケースが考えられる。この男は、当然、いま進んでいるのと直角になっているビルの壁面と道路の存在を想定するだろう。これは、言葉でクリシェーに出会った場合に対応する状況である。もし、角を曲がったら炭坑の穴に落ちたというようなことがランダムに起こるとすれば、「角」の知覚から、我々はいかなる意味も情報も引き出せない。それでは危なくて外にも出られないだろう。誰もが知っているように、「クリシェー」とは安全なものなのだ。

同じ構造が、メタコミュニケーションの世界全体を包んでいる。仕草や口調から、我々は「切れ目」の向う側にひそむ本当の意味を言い当てるのである。

「愛シテルヨ」（イライラした口調）／アッチヘ行ケ

「エートス」とか「性格」といったものが存在するのではないことはすでに見たが、それもコミュニケーションのこうした基本的構造によるのである。「依存」「敵意」などのエートスや性格を表すために使われる言葉は、実は行動のパターンを言い表しているのであり、そうした行動から、我々はその人の精神状態（すなわち「切れ目」の向う側）を推測するのだ。冗長性を有する行動パターンというものは、フロイトが挙げている人間のさまざまな防御機構の諸パターンにしろ、『人生ゲーム入門』でエリック・バーンが列挙している諸パターンにしろ、つねに「クリシェー」になる可能性が大である。したがってそうしたパターンは、「性格特徴」という名で、何か具体物のように考えられがちなのである。

このような「クリシェー」的行動パターンとは逆の、きわめて高度な技術を要する行動を考えてみよう。ピアノの演奏であれ、一輪車に乗りながらいくつものボールを操る芸であれ、我々がそれを見て楽しむのは、ひとつには、そうした技術が実は無意識の情報をコード化したものであることを、本能的に我々が理解しているからである。それは、クリシェーとは対照的に、そう簡単にはなしえないコード化である。そうした行為が優美であるのは、高度な心的統合が達成されていることがそこから伝わってくるからであり、そのことが我々を魅了するのである。このような場合、冗長性の「切れ目」は次のような形を取る。

パフォーマンス／意識‐無意識の関係

たとえば我々が自分の文化とはまったく異なった文化の芸術のよさが分かるのも、このような冗長性がそこにあるからである。表に現れた技能やパフォーマンスを通して、真正さの度合、意識‐無意識の統合の度合が感じ取れるからなのだ。

ここで、量子力学に見られるような、不完全性、決定不可能性の原理がきわめて重要になってくる。ベイトソンがこの原理と基本的に同じ立場に立ち、原理的にはすべてを知りうるというフロイト的・デカルト的信仰を斥けたことは、すでに第五章で指摘しておいた。ここでの冗長性についての議論から言えることは、もしもフロイトやデカルトが思い描いたように、暗黙知がすべて明示化され、無意識の情報がすべて意識化されうるとすれば、クリシェーでないものは何ひとつなくなってしまうであろう、ということである。そうなったときには、すべては完全に様式化され形式化され、そうなることで逆に完全にランダムに、完全に無意味になってしまうだろう。コミュニケーションの基本構造、意味の基本構造は、つねに「部分によって全体を表す」という構造である。何から何まで明確に説明してしまうこと、すべてを冗長的にして「切れ目」をまったく消し去ってしまうことは、冗長性を創り出す可能性そのものを消し去ってしまうことなのだ。すべてを明確にしようとする企てを、ポランニーが、「人類を自主的な愚昧の状態におとしめるためのプログラム」と呼んだのも、まったく当を得たことだと言えるだろう。(8)

ベイトソンの全体論にその真の力を与えているのは、まさにこの不完全性の原理である。それは、これまで科学の弱味として見られていたものを、逆に力の源に変える。この原理が説くのは、一言で言えば、精神が〈精神〉になるのは原理的に不可能だということである。暗黙知というものはその定義からして決して合理的な形では表現できない。しかしそうであっても、我々は暗黙知の存在を認識することができるし、世界の探究を暗黙知に頼りながら進めることができる。というより、現実というものが、サイバネティクス的な意味での「循環性」によってつくられるものである限り、暗黙知を使わずに世界を知ることはできないと言うべきだろう。

『ナヴェン』執筆のための調査を進めていたころ、ベイトソンは「不完全性」をひとつの難点として否定的に見ていた。特に、「エートス」があまりにつかみどころのない(言いかえれば、あまりにアナログ的な)ことを、ベイトソンは気にしていた。『ナヴェン』の一九三六年のエピローグで、ベイトソンは、自分の研究の本当の弱点の原因は、自分自身の理論の欠陥であるよりむしろ、暗黙知についての科学が存在しないことだ、と述べている。「人間の姿勢、仕草、口調、笑いなどを的確に記録し分析するための技術をあみ出さない限り、我々はいつまでも、行動の『調子《トーン》』のジャーナリズム的スケッチに甘んじなければならないだろう[9]」。この「欠落」は、どの分野の研究においてもつねにベイトソンについて回った。第二次学習は主としてアナログ的信号を通して行われるものだし、精神分裂病もメタコミュニケーションの障害がその中心にある。とすれば、アナログ的行動を扱う科学を打ち立てることこそがこれらの問題の解決には必要である、ということに表面上はなるだろう。実際、バリ島人を対象にして、ベイトソンが現地写真をあのように独創的に組み入れた研究をまとめたのも、このギャップを埋めようとするあがきの現れだったし、彼がその後チームを組んだジャーゲン・ルーシュをはじめとする面々は、さらに進んで、身振り言語《キネシクス》とパラ言語（ともに身振り、口調、表情などによる伝達）という主題を、ひとつの独立した学問に仕立てようとする方向を取っている[10]。しかし、全体として、ベイトソンの仕事は、最終的にはまったく違った方向に発展することになった。こうした無意識の情報を完全に明るみに出そうとするのは賢明ではない、そうベイトソンは結論するに至ったのである。そういう試みは原理的にそもそも不可能であって、アナログ的な知とデジタル的な知とは、最終的には相互に翻訳不可能である、ベイトソンはそう考えるようになった。そして人間の知におけるこの空白は、科学が「解決」するべき何かではなく、それ自体で生の科学的事実をなしていると確信するようになったのである。これは、ゲシュタルト心理学で言う「図」と「地」の関係に似ている。「図」は「地」を区切ってはじめて成り立つのであり、両者の関係は対等な二極関係ではない。両者の関係は単純な対立関係ではないのだ。デジタル的知も、アナログ的知に「句読点をつける」ことによって成り立つ。だが一方アナログ的知は、自らが存在するために、デジタル的知にほとんど依存していない。アナログ的知は、いたるところに浸透した厖大な知である。アナログ的知こそが、知覚と認知の土台（「地」）なのだ。近代以前の文化においても、もちろんデジタル的知は存在したが、それはアナログ的知のための道具にすぎなかった。科学革命以降、逆にアナログがデジタルの道具となり、デジタルによって全面的に抑圧された。そうした抑圧がそもそも可能になったということが、アナログの地位がいかにおとしめられたかを物語っている。このような歪曲を、フロイトは健康の証明として讃えた。だがベイトソンから見れば、それこそが現代が抱えているさまざまな病弊の根源なのである。フロイトがめざしたようにイドをすべてエゴに変えようとすること、「情感の演算規則」を認知的・合理的な言葉で説明しつくそうとすること、それは、科学革命とその歪んだ認識論の延長線上にある姿勢でしかない。健全な認識論にあっては、アナログ／デジタルというふたつの知が、たがいに滋養を与え補いあうような形で用いられることだろう。デジタルばかりを重視する現代文化がそのような相補的関係を回復させるためには、かつて存在した原初的な思考法をもう一度取り戻さなくてはならない。だがそれは、原初的思考を経験的・意識的視点から詳察すべきだということではない。そんなことをすれば、むしろ原初的思考を「理解」するという名において、破壊してしまうことになる。そうベイトソンは結論したのである。(11)

この点をより明確に理解するために、ひとつの俗説を例にとってみよう。その俗説とは、人間が進化していくなかで、言語すなわちデジタル的コミュニケーションが、それ以前の図像的、アナログ的コミュニケーション体系に取って代わった、というものである。言語によって音声や文字でメッセージを明確に表現できるようになったので、手まね、太鼓などによるコミュニケーションは用いられなくなった、という考えだ。この俗説に、ベイトソンは、今日人間は身振り言語を含め以前より豊かなアナログ的コミュニケーションを持っているという事実を挙げて反駁している。それら原始的方法は、捨て去られるどころか、進化したのである。たとえば現在我々は、壁画だけでなくキュビスム絵画を持っているし、雨ごいの踊り同様バレエも持っている。むろん、キュビスム、バレエといった現代の形式の方が壁画、雨ごいよりも高度だというのではない。進化は進歩と同義ではないからだ。しかし、時を経るにつれて、コミュニケーションの方法自体はより複雑になってきていることはたしかである。このように図像的コミュニケーションも進化しつづけているということは、図像的コミュニケーションが、言語とは違った機能を果たしていることを物語っているのではないだろうか。だとすれば、言語がそれに取って代わるということはもともとありえない。身振り言語を言葉に（特に散文に）置き換えれば、無意識・非自覚レベルのメッセージが意識の管理下にあるという印象を与えることは避けられない。それはメッセージ内容の歪曲である。無意識のメッセージの核にあるのは、まさにそのメッセージが無意識に発せられているというメッセージ、いまここに無意識のコミュニケーションがあることを伝えるメッセージなのだ。これを意識の言葉に翻訳することは、そのメッセージの本性を破壊することである。伝えるべきことを伝えなくしてしまうのだ。無意識を苦痛な記憶の貯蔵庫と見るフロイトの抑圧理論は、この点で大きな混乱をきたしている。なぜなら、無意識のなかにあるものの大部分は、意識から降りてきたのではなく、はじめからそこにあったものであるはずだからだ。フロイトに従えば、詩とは散文が歪められたものの一形態ということになるだろう。だが本当は、散文の方こそ、詩を二次的に「論理的」形態に置き換えたものなのである。

前にも引いた例だが、意識の限界を説明するたとえとしてベイトソンが持ち出したのが、それ自身の内部の仕組みまでブラウン管に映し出すという空想上のテレビである。そのパラドックスは一目瞭然だろう。これは、ある人に向かって、「あることを語りながら、それを語ることについて語れ」と命じるようなものである。ブラウン管に映像を映し出す受像機内部の出来事がブラウン管に映し出されるためには、そういう働きをする装置を新たにつけ加えなくてはならない。しかし、それでも、新しい装置がどのようにしてその映像をブラウン管に送り込むかの映像までは映し出されない。それを映し出そうとすれば、もうひとつ新しい装置をつけ加えて……と、行きつく先は無限の退行であり、箱のなかの箱のなかの箱の……という果てのない入れ子構造である。意識的精神が、それ自らのはたらきを説明しようとするときも、まったく同じパラドックスが生じるわけである。いや、この場合には、異なったふたつの形態のコミュニケーションがかかわっているために、さらに新たな混乱が加わってくる。すでに述べたように、すべてのアナログ的コミュニケーションは、無意識の精神のありようについてのコミュニケーションであり、アナログ的コミュニケーションそれ自体のはたらきを伝えるものである。だがこうしたコミュニケーションを論理的に行うことは、意識的精神同様、無意識的精神にも不可能である。無意識的精神にできるのは、自らのはたらきを、自らのはたらき方において——すなわち、一次過程のルールに従って——伝えることだけである。無意識に無意識を語らしめるこの伝達を意図的に行うのが、芸術と呼ばれる熟練したパフォーマンスである。このことを論じるにあたって、ベイトソンは舞踏家イサドラ・ダンカンが語ったといわれる有名な言葉を引いた。「この踊りの意味が口で言えたら、踊る意味がなくなるでしょう」という発言である。ふつうこの言葉は、「もしもかりに言葉で踊りの意味を説明できるのなら、その方が手っとり早くしかも明確だろうから、踊る意味がなくなるでしょう」というふうに解釈されている。だがベイトソンに言わせればそれは間違っている。このような解釈は、無意識を完全に説明し切ろうとする姿勢と少しも変わらないのだ。この言葉にはもうひとつの解釈が可能であり、イサドラ・ダンカンが言おうとしていたのはおそらくこちらであるとベイトソンは考える。

> もしこれが言葉で伝えられる種類のメッセージなら、踊る意味はないかもしれないけれど、これはそういう種類のメッセージではない。むしろ、言葉に翻訳したのではどうしてもウソになってしまう種類のメッセージなのだ。なぜなら、(詩以外の)言葉を使ってしまえば、それが意識的で意図的なメッセージだということを意味してしまうわけで、この場合それはまったく誤りだからだ。

デジタルの知は意識的な内容しか伝えることができない。「意識的・目的的でない種類の知が存在する」ということがメッセージそのものの内容である場合、それをデジタル的表現で置き換えたものは、メッセージの歪曲であって表現ではないのだ。「暗黙知のひとつの側面を踊ってみせましょう」、イサドラはそう言っている。人生の本当の意味を見せてあげましょう、と。意識によって現実のごく一部分でしか知ることができないというだけでなく、そうした知の不完全性こそ知の源なのだ、ということを、ここでもう一度確認しなくてはならない(もしも私がこの本を踊りで表すことができたら、この本を書く意味がなくなるだろう)。かりに西洋科学がどうにかして、絶対的確実性という目標を達成することができたとしたら、その時点で科学は何ひとつ知らないに等しくなるはずである。(12)

第七章の終りで述べたように、ベイトソンのパラダイムをデジタル的に体系化しようとすれば、錬金術のパラダイムをそうするのと同様に、歪曲は避けられない。ベイトソンも錬金術も、不完全性が必然的に現実のプロセスそのものの一部であることを認識しているからだ。そういう知のパラダイムを論じるとき、我々にできるのは、せいぜい、これまで本書で行ってきたように、個々の具体例を挙げ、その探究の方法を一つひとつ検討することである。そうすることによってこれまでに我々は、「精神分裂病とは何か?」「アルコール中毒とは何か?」「哺乳類はどうやって学習するのか?」といった個々の問いに対する、全体論的な答えを得てきた。さらに我々は、この全体論的アプローチを「光と色とは何か?」「電気とは何か?」「なぜものは地面に落ちるのか?」といった問いにまで広げることができるだろう。これらの問いに対する、現在の機械論的解答は明らかに不十分である。何よりもまず、それらの答えにおいては、観察者の存在が無視され、観察者のアナログ的=情感的行動が考察の対象から除外されているからだ。これに対し、未来の全体論的科学による研究においては、不完全性と循環性とがその公理とされるだろう。研究対象になっている状況の回路のなかに観察者の人間をも含めつつ、その状況のサイバネティクス的特性を明らかにしようとするだろう。アナログ的パターンとデジタル的パターンがどのように絡みあっているかを示し、その状況に現前する〈精神〉の本質を十分に説明してはじめて、ひとつの研究が「完成」したと考えるだろう。その説明はデジタル的な形式とはまったく違った形をとるかもしれない。可能性として、ビデオという形式もあろうし、マイムという形式もあろうし、コラージュからなる本という形式もあるだろう。そして、自然の美を明らかにすることによって自然と人間との関係を深めることこそが、研究の目標となるだろう——惑星の調和を研究するさいにケプラーがめざしたように。そのような姿勢は、宇宙のなかに人間をより正しく位置づけるという成果を生むはずである。そして、全体論的思考に基づく社会にあっては、宇宙を支配するなどという発想は、子供からはクスクス笑いを、大人からは啞然とした表情を引き出すものでしかなくなることだろう。

では、全体論に基づく社会とは、どのような社会になるだろうか? 近代の悲惨な精神風土が、少なくとも部分的には、デカルト的パラダイムに端を発していることはすでに述べた。とりわけ、デカルトのパラダイムが、事実と価値を分離し認識論と倫理学を分離したのが大きな要因であることも、これまで見た通りである。近代科学にとっては、「私は何を知ることができるか?」という問いと、「私はどのように生きたらよいのか?」という問いは、たがいにまったく無関係である。よき人生がどのようなものなのか、科学は教えることができないというわけだ。これは一見きわめて謙虚な姿勢のように思えるが、言うまでもなくその謙虚さは大いに疑わしい。なぜなら、科学が「価値から自由である」という姿勢それ自体がひとつの価値判断であり、科学の非道徳性もまた、一種の道徳観だからだ。これに対し、ベイトソン的全体論においては、ヘルメス的世界観をはじめとするさまざまな近代以前の思考体系と同様に、このようなにせの謙虚さはない。ベイトソンの認識論には、ある種の倫理観がじかに表れている。ベイトソン自身の言葉で言えば、「最適の倫理と最大の倫理とは、まったく異なった倫理体系である」[13]。「最大の倫理」とはすなわち環境を支配し操作しようとする倫理観であり、これについてはすでに十分述べてきた。したがってここでは、本章の締めくくりとして、「最適の倫理」とはどのような倫理か、そして、全体論的・サイバネティクス的世界観と調和する社会とはどのような社会か、それを検討する必要がある(この問題については、第九章で、より政治的な視点からもう一度考えることになるだろう)。

ベイトソンの世界観に内在する倫理観がもっとも明確に現れるのは、ベイトソンが自分の認識論を生物に適用するときである。ダーウィン進化論の根本的修正をはじめとする、生物学に関するベイトソンの諸著作を、ここで詳しく論じることはできないが、それらの著作における四つの重要なテーマは、直接に倫理観にかかわるものであり、ぜひここで指摘しておきたい。

(1) あらゆる生物は恒常的《ホメオスタティック》である。つまり、諸変数を最大化しようとするのではなく最適化しようとするのである。
(2) 我々が〈精神〉の単位として見てきたものは、実は進化における生存の単位にほかならない。
(3) 耽溺(addiction)と順化(acclimation)は生理学的に見て根本的に異なっている。
(4) 種の多様性は種の一様性よりも好ましい。

この四つのテーマをそれぞれ検討してみよう。

一見しただけでは明らかでないかもしれないが、(1)と(2)は、実は循環性と不完全性というサイバネティクスのテーマの言いかえである。これを理解するために、〈精神〉を、ひとつの円がある平面と交わったものとして考えてみよう。そしてこの場合、円の大部分は平面の下に隠れていて、目に見えるのは円の弧の一部分だけであるとする。デカルト的パラダイムによれば、この目に見える部分のみ——すなわち意識的精神のみ——が非物質的現実の全体である(あるいはまた、意識は生理現象によって生じる付随現象であるという考え方もある。その場合意識は物質に還元可能なものとして捉えられ、つきつめて考えれば精神などというものはどこにもないということになってしまう)。また、このパラダイムをフロイト流に修正したものにおいては、目に見えない、より大きな現実(すなわち無意識)の存在も認識されることはされるが、それはあくまで危険なものとして捉えられるにすぎない。目に見える弧の部分が円全体に対して行使する支配力を最大化することこそ、人間というシステムの目標である、というわけだ。フロイト思想が究極的にめざすのは、平面の下に隠れている部分をすべて変容させ、平面の上で存在しているタイプの思考に変えてしまうことである。要するに、隠れた部分を抹消してしまおうとするのだ。

これに対し、ユング、ライヒ、ベイトソンの考え方においては、人間というシステムの目標は、この円を区切る平面の「透過性」をできるだけ高めることである。ユングにとって、平面の下にあるものは無意識である。ライヒにとっては身体、鎧を解かれ我を忘れた真の身体である。ベイトソンにとってそれは暗黙知である——すなわち、〈精神〉を持つあらゆるシステムを構成する情報の経路の、複雑きわまりない組合せである(そのなかには社会・自然環境も含まれることは言うまでもない)。彼ら三人にとっては、平面の透過性を完全にすることこそが、全体性の完成であり「優美《グレイス》」の達成である。この目標を成し遂げたからといって、自我、すなわち目に見える弧が消滅してしまうことにはならない。むしろそれによって、自我がコンテクストのなかに位置づけられ、より大きな〈自己〉の小さな一部分として捉えられるようになるのだ。本章冒頭に挙げたように、叡智とは、ベイトソンによれば、循環性を認識し意識の支配力の限界を悟ることである。部分は決して全体を知ることはできない。部分にできるのは——叡智の声が響けば——全体に奉仕することだけである。
ではこうした考え方は、（1）とどうつながるのか。こういうことだ。情報が循環する回路も生物と同じように恒常性を持つシステムであり、そのシステム内のひとつの変数だけを——たとえば「精神」「意識」「目的合理性」などと呼ばれる変数を——最大化させようとすれば、システムは暴走状態に陥ってしまい、自らと自らのまわりの環境を破壊してしまうであろう。[14] 生物のシステムも本来的にそうした構造になっている。たとえば人間の体が必要とするカルシウムの量は決まっていて、「体内にカルシウムがあればあるほど良い」と言う人はいない。健康にとってどんなに必要不可欠な元素でも、一定量を超えればむしろ有毒になる。生物学的に言えば、生きた個体の価値体系はつねに、最適化の方向に偏向している、ということになるだろう。

たしかに現在の西洋社会でも、生物学の範囲内ではこの事実が認識されている。ところがなぜか、その他の問題を考えるときには、このことがすっかり忘れられてしまうのだ。合理的意識、利益、権力、技術、国民総生産、これらが大きければ大きいほどいいと我々は思い込んでいる。だがサイバネティクス的に見れば、そうした考え方は自己破壊的であり、愚かというほかない。目的ということに我々がとらわれるほど、自己というもののサイバネティクス的本質が見えにくくなる、とベイトソンは指摘している。サイバネティクスは、「安定」と「変化」の本質について鋭い洞察をもたらしてくれる。変化というものが実は、安定を維持する過程の一部にほかならないことを教えてくれるのだ。これに対し、目的的行動、言いかえれば最大化をめざす行動は、循環性と複雑性を見えにくくしてしまい、行きつくところは漸進的変化——すなわち「暴走」である。

では、循環性の事実を十分に理解し、自らの恒常性を上手に維持する、最適化に向かうシステムとは、たとえばどのようなものだろうか？　ベイトソンはここで、かつて調査したバリ島社会を例に挙げている。安定には変化と柔軟性が必要であることをバリ島人たちは認識している。それによって彼らは、ベイトソンがいみじくも「定常社会《ステディ・ステート》」と呼んだ社会をつくり上げたのである。彼らは「平衡《バランス》」を重んじ、ひとつの変数だけを最大化しようとしたりはしない。この社会にはたらいている倫理は、「因果応報《カーミック》」の倫理である。これは、一方通行的ではない非直線的な原因／結果の法則に従う倫理であり、とりわけ人間と環境との関係において重視される倫理である。ベイトソンの言葉で言えば、バリ島社会では、「システム的叡智の欠如はつねに罰せられる」。システムの生態系《エコロジー》と戦えば、負けるほかはないのだ――とりわけシステムに「勝った」ときに。

（2）に移ろう。「我々が〈精神〉の単位として見てきたものは、実は進化における生存の単位にほかならない」。これは、（1）を別の視点から言い直したものである。サイバネティクス理論において、「回路《サーキット》」とはひとりの個人ではなく、その個人が埋め込まれた関係のネットワークである。むろん生きた有機体はすべてベイトソンの言う〈精神〉の規準を満たすが、あらゆる〈精神〉はつねにより大きな〈精神〉の一部であり、またそのなかにより小さな〈精神〉を内包している（図版19参照）。一人の人間はそれ自体ひとつの〈精神〉だが、いったん斧を手に取り木を切りはじめれば、彼はより大きな〈精神〉の一部になるし、彼のまわりの森はそれよりもさらに大きな〈精神〉である。種の進化が明らかにしているように、このような〈精神〉の階層制《ヒエラルキー》においてもっとも重要なのは、一番大きな〈精神〉の恒常性である。環境の変化に適応できない種は絶滅するしかない。「人」や「有機体」も、独立した一個の単位としてではなく、下位〈精神〉として捉えなければならない。西洋の個人主義は、〈精神〉と下位〈精神〉をはじめから混同してしまっている。すなわち、人間個人の精神のみを唯一の精神として捉え、その唯一の精神が好きな変数を勝手に最大化してよいのだ、より大きな単位の恒常性などは無視してよいのだ、と思い込んでいるのである。これとは逆に、ベイトソンの倫理学は関係から出発する。さまざまな経路から成る複雑なネットワークを認識することから出発するのである。「不屈の精神」的発想、西洋思想にとって金科玉条の「独立した自己」という発想は、ベイトソンの思想にはまったく無縁である。ベイトソンにとってそのような自己の独立は見せかけの自由にすぎない。このまやかしの自由を放棄することによって、異なった種類の、より大きな自由が姿を現す。したがってベイトソンは、ダーウィンの自然選択という理論そのものは正しいことを認める。適者が生存するというのはその通りなのだ。だがダーウィンは生存の単位を見誤った、とベイトソンは論じる。「生存の単位

図版 19　M・C・エッシャー『三つの世界』（1955）。エッシャー財団、ハーグ公共美術館蔵。

は、倫理的に見ても進化論的に見ても、一個の有機体でも一個の種でもなく、生物がそのなかで生きているより大きなシステム――『力』と言ってもよい――である。生物がその環境を破壊すれば、自らを破壊することになるのだ」。

ベイトソンはさらに続けて、〈精神〉は生態系《エコシステム》のなか、すなわち進化の構造全体のなかに内在していると述べている。ということは、「生存」という言葉で、皮膚によって区切られた何ものかの存続を表すだけでなく、その意味を広げて、より大きな回路のなかにある情報システムの存続をも表すのである。このように考えるとき、「生存」の意味は大きく変わってくる。別の言い方をすれば、生態系は合理的にできているのであり（「合理的」というのは「理にかなっている」という意味であり、意識の目的合理性のことではない）、そのルールに違反すれば、かならずその罰を受けることになるのだ。テクノロジーによる自然支配というベーコンの構想を遵守し、人間の生存を生態系全体の生存と対立させてしまったために、西洋人はわずか三世紀の間に、自らの生存をきわめて危うい状態にしてしまった。生存の真の単位、〈精神〉の真の単位は、個体でも種でもなく、個体＋環境であり種＋環境なのである。個体や種が真の単位であると考え、エリー湖を汚染させついにはエリー湖の〈精神〉を狂わせてしまっても構わないと考えるとすれば、そう考える人間自身がかならずある程度狂ってしまうのだ。なぜなら、人間はより大きな〈精神〉の下位〈精神〉であり、〈精神〉を狂わせれば必然的に下位〈精神〉も狂わずにはいないからである。言いかえれば、〈精神〉に生じた狂気が人間自身の思考と経験の一部になるのである。このようなことを果てしなくくり返して、ただで済むはずがなかろう。いずれ地球は自らを救うために、人間を絶滅することを選びとるであろう。ユダヤ＝キリスト教的伝統は、人間を、世界という家庭の「主人」として捉える。ベイトソン的全体論は、人間を、自然の家を訪れた「客」として捉えるのだ。

（1）と（2）についてまとめれば、ベイトソンの提唱する世界観は、倫理観においても認識論においても、いわゆる世俗的人間主義とはまったく対照的であるということだ。個人の達成を重んじ、自然の支配をめざすルネッサンス的伝統とは正反対なのである。ベイトソンから見れば、そのような人間の傲慢は非科学的というほかない。ベイトソン自身の人間主義は、レヴィ＝ストロースのそれと同じく、神話の教え、「野生」の叡智、原初的な情感の演算規則に基づいている。

それは、科学的知そのものを批判するものではない。ただ、科学的世界観の、自らをより大きなコンテクストのなかに位置づけることができないという一点を批判するのである。

(3)に移ろう。「耽溺と順化は生理学的に見て根本的に異なっている」。これは、恒常性を持つシステムが乱されたときに生じる事態を問題にしたものである。[15] ベイトソンは「順化」を次のように説明している。

> 海抜ゼロ・メートルの低地から、三千メートルの高地へ登ると、呼吸は荒く、動悸は激しくなる。しかしこの第一段の変化は戻りがきわめて速い。同じ日に山を下りれば、ただちに消え去るものである。しかし山に住み着いた場合、今度は第二の防御形態が現れる。さまざまな生理的変化をベースにして「順化」が徐々になされていくのである。呼吸も脈搏も、特に激しい動きをするのでない限り、ふたたび静穏な状態を取り戻す。そして、この「深い」レベルでの防御は、低地に戻ったときにも、しばらくは消え去らない。そればかりか、はじめのうちは、何かしらの不調を感じることさえあるだろう。

ベイトソンも指摘しているように、順化のプロセスは、学習に——とりわけ第二次学習に——よく似ている。事実、順化とは第二次学習の特別な一例なのだ。順化が生じるとき、元来は外的な要因とみなされた条件が恒久的に存在するようになり、システムはその条件に依存するようになる。言いかえれば、システムが新しいコンテクストを第二次学習するのである。同じことが耽溺にも言えるわけだが、耽溺の場合、その新しい要因はシステムの生存を脅かすものである。そして、アルコール中毒の例で見たように、元の状態に戻ろうとすればかならず、重症の退化現象に陥るか、もしくは、状況が本当にどん底まで行って世界観全体がまるごと変わることになる(学習Ⅲ)。

問題なのは、順化と耽溺というふたつの学習のタイプ間の境界線が、長い目で見るとかならずしも明確ではないことである。はじめは巧妙な適応策だったものが、病理に進化することもあるのだ。たとえば絶滅した剣歯《けんし》虎《こ》を考えてみるとよい。剣歯虎の持っていたサーベルのような歯は、短期的には生存に役立ったが、長期的には剣歯虎から柔軟さを奪ってしまい、これが最後には致命的になった。このように、元来は一時的な革新であったものが、システム全体がその革新に適応するにつれ、次第に後戻りできないものになっていく。そして他の種との相互作用の結果、さらにまた色々な革新が生まれ、状況は暴走状態へと押しやられていく。柔軟さは破壊され、ついには、「有利」な条件に恵まれた種が「有利」になりすぎて、自らの生態的地位を破壊してしまい、絶滅してしまう。耽溺においては、「革新者は、変化のスピードを持続させることに夢中になってしまう」。元来はあるレベルで益だったものが、より大きなコンテクストのなかでは、禍になるわけだ。

このような問題の実例は、人間社会のシステムのなかにいくらでも見出される。ベイトソンが挙げている一例は、DDTの歴史である。DDTは一九三九年に発見され、農作物の収穫を増やし、海外駐留の軍隊をマラリアから守るのに必要不可欠の殺虫剤として、当時大いにもてはやされた。だがベイトソンも言うように、DDTは「人口の増加に伴うさまざまな病弊を、その病そのものによって解決しようとする手段」であった。一九五〇年ごろには、DDTが多くの動物にとって有害であることが科学者の間で広く知られるようになっていた。しかし、DDTの出現に対応して他のさまざまな変数も変化していて、もはや我々はDDTの「耽溺」から逃れられなくなってしまっていた。DDT製造は一大産業になっていたし、DDTで退治されるはずだった昆虫は免疫性を獲得しはじめていたし、その昆虫を食べていた動物が逆に減少し、また、DDTの使用により世界の人口は増加していた。そしていまや、DDTに耽溺し切った我々に対し、自然は恐ろしいやり方で修正を加えている。人間の母乳からDDTが検出された例も報告されている。魚類も、体内に水銀を保有し毒性を持つ魚は少なくないが、いずれDDTをも保有するかもしれない。マラリア菌を保有する蚊の四十三種類が、いまや主要な殺虫剤に対し免疫ができている。過去十五年間でマラリアの発生件数が百倍あまり増加した国さえいくつかある。このように、はじめは巧妙な局部的解決策であったものが、結果的には元々の問題をより深刻にしてしまったのであり、いまや生存そのものを脅かす耽溺の螺旋のなかに人間を追い込んでしまったのである。(16)

いまのところ、これに対する我々の対応策は、ますます強力な「薬」を探すことである。アルコール中毒患者と同じように、我々もまた「合理的支配」こそ鍵だといまだに信じているのだ。我々は殺虫剤の毒性をますます高め、その結果、危険な害虫の免疫力をますます高めてしまっている。こうして、戦いはどんどんエスカレートしていく。SF恐怖映画にあるように、いつか巨大なカマキリが人々の家の玄関をノックする日が来るかもしれない。そのときはじめて人間は、「合理的支配」こそが諸悪の根源であったことを悟るだろう。だがそのときでは遅すぎるのだ。

いわゆるエネルギー危機も、「耽溺」の螺旋のもうひとつの好例である。新聞を開けば、石油をはじめとする化石燃料がじきに使い果たされることに懸念を表明し、増加しつづける需要に応えるために新しいエネルギー源――特に原子力エネルギー――を開発する必要性を声高に説いている記事が、いたるところで目につく。むろんこれとは逆に、このままではエネルギーに「耽溺」してしまうのではないか、新しい「薬」を探すよりもエネルギーをなるべく使わない生き方に移行した方がよいのではないか、といった声も聞かれないわけではない。だがそうした声は、「薬」の量をひたすら増加させることで成立している企業体制によってかき消されてしまっている。そして、負のフィードバックは大きくなる一方である。一九七九年の、あやうく大惨事になるところだったスリーマイル島原子力発電所の事故はそのもっとも顕著な例だが、似たような例は他にいくらでもある。スイスで行われたある調査によれば、高速道路のそばに住んでいる人の間では、それ以外の人に較べて癌の発生率が高い。海底深くに埋められた放射性廃棄物は、容器から少しずつ漏れてきている。工業地帯では大規模な停電が頻発し、それに伴い略奪が横行している。石油の供給とその価格をめぐる国際摩擦は高まるばかりである。要するに、増加しつづけるエネルギー消費に基づく経済体制が、さまざまな形で深刻な歪みを露呈しているのだ。現代工業社会が行っていることは、エネルギーを生むにはエネルギーが必要であるという熱力学の第一法則を、無視することに等しい。だが物理学は、ただでは何も得られないことを教えている。工業社会の諸問題を、エネルギーを使って解決しようとするのは、耽溺の精神構造とまったく同じである。たしかに、ブレイクは、「エネルギーは永遠の喜びである」と言っただけでなく、「愚行を極限まで追求した結果として叡智を得ることもある」とも言った。だがやはり、そうなってからでは遅すぎるかもしれない。我々の耽溺は、地球をほとんど絶滅の地点にまで追い込んでしまっているかもしれないのである。

耽溺についてもうひとつだけ述べれば、そもそも一六〇〇年以降の西洋の生活様式全体が、ひとつの大きな耽溺だと言うことができる。これに対し、本書ですでに論じた過去の歴史から例をとれば、たとえばヘルメス的伝統は自己修復のフィードバックを持っていた。合理的意識、特に環境を支配しようとする側面は、つねに抑制されていた。言いかえれば、最適化されていた。それは、聖なる調和という理念のもとにつくられたシステムのなかの一変数にすぎなかったのである。だが科学革命の到来とともに、このたったひとつの変数を最大化しようとする流れが生まれた。それは聖なるコンテクストの外に引き出され、ほんの数世代後には、かつては倒錯と思われていたものが正常とみなされるようになった。限りない拡張という理念が、フランス啓蒙主義と自由競争の経済理論に支えられて、道理にかなった理念と考えられるようになり、ますます多量の「薬」を求める欲求が、異常どころか物事の自然な秩序の一部とみなされるようになったのである。そしていま我々は、まったくの耽溺状態に陥っていて、我々自身の自然のシステムを破壊しているまさにその変数を最大化させることに腐心している。このような時代に全体論的思考が出現したことは、自己修復的フィードバックの大きなプロセスのひとつの現れと考えてよいかもしれない。

（4）について。「種の多様性は種の一様性よりも好ましい」。言いかえれば、多様性を維持することは、あらゆる生物システムの生存にとって決定的に重要だということである。この問題は、（3）の問題と直接結びついている。なぜなら、多様性を維持するためには、柔軟性が不可欠であり、耽溺に陥って柔軟性を消費してしまってはならないからである。[17] 集団遺伝学では、進化の単位はその単位内において均質ではないことがずっと以前から認識されていた。いかなる新しいものも、ランダム性、偶然から生まれるのだ。多様性が存在しなければ、自然選択の対象となるべきいかなる新しい行動も遺伝子も器官も生まれえない。どんな種の個体群も、野生の状態では、その遺伝子の構成にきわめて多様な個体差が見られる。そして、こうした不均質こそが、生存にとって必要不可欠な、変化の可能性を生み出すのである。硬直した耽溺的思考のような均質的状況には、そのような弾力性はありえない。したがって、柔軟性というものはそれ自体、生存の単位の一部であり、〈精神〉の単位の一部なのだ。愛、叡智、循環性、最適化――これらはみな多様性の倫理へと向かう。そしてベイトソンの全体論が体現しているのは、まさにこの倫理体系である。だが西洋工業社会は、社会主義であれ資本主義であれ、国を挙げて一様性をめざし、思考の均一、行動の均一をめざしている。都市に生きる西洋人は、人間という種のみからなる生態系をつくり上げようとしている。それは特に建築、デザイン、「よい暮らし」の中流階級的理想を見れば明らかである。農業で言えば、とうもろこしならとうもろこし畑が延々と続き、大豆なら見渡す限り大豆畑といったふうに、単一栽培がめざされる。あるいはまた、流れ作業をモデルにして、鶏をズラリと並べ、ひたすら卵を産ませている。近代人の思想は一見きわめて多様に見える。だがつきつめて考えればそれらはみな、ユダヤ＝キリスト教の伝統と、ルネッサンスの世俗的人間主義から発しているのである。黄金律（汝がなされたいと欲することを他人にせよ）。適者生存。挑戦（分裂生成）と個人的達成の倫理。固定した「実体」としての、人間の「性格特徴」の本質。みな根は同じである。たしかにこれらの考え方のなかには、何らかの意味で「よい」と言えるものもあるかもしれない。だが、ひとつのタイプの考え方のみで頭を一杯にしてしまうことは、絶対に「よい」ことではありえない。最終的には、こうした一元志向がすべてに拡張され、万人に広がってしまうのだ。レヴィ＝ストロースが『悲しき熱帯』で述べているように、西洋の世俗的人間主義は、人間の尊厳の名のもとに、単一の生活様式を強制し単一の人間の型を強制するのである。他人とともにある喜びとは、自分とは違った人間の生態系としてその他人を認識する、美的な喜びであるはずだ。他人がその人独自のやり方で意識／無意識の関係を表明していることを、見出す喜びであるはずだ（ゲイリー・スナイダーが言うように、人はみなそれぞれひとつの歌なのだ）。だが我々はみな、他者の他者性を憎み、他者が自分と同じでないと承知しない。他者を安全で予測可能な、一個の「クリシェー」にしないことには、ひとときも安心できないのである。

では、多様性の語る真理、多様性の語る倫理とは、どのようなものだろうか？　それは、メアリー・キャサリン・ベイトソンが最近述べたように――そしてニーチェがずっと以前に述べたように――、我々はみな自分自身の神話を持っているこということ、生において我々が実現すべき、自分独自の真の可能性をそれぞれ持っているということにほかならない。言いかえれば、我々はみな「自分自身の最良のメタファー」なのだ。生物的世界、生態学的世界においては、均質性は硬直と死を意味する。自然界もまた、単型《モノタイプ》を避ける。単型は弱さにつながる。何ら新しいものを生み出すことができず、柔軟性を欠くため、容易に絶滅させられてしまうからだ。複雑さが減じられたシステムは、多様な選択の余地を失い、不安定で危うくなってしまう。これに対し、たとえば人格類型や世界観に柔軟性を持っていれば、変化、進化、真の生存の可能性を持つことができる。経済的帝国主義にしろ、心理的また人格的帝国主義にしろ（実際これらは並行して生まれることが多い）、帝国主義的な姿勢はつねに、元来からあるさまざまな文化を破壊し、個々人の生き方と思想の多様性を抹消しようとする。それらをすべて葬り去って、代わりに全地球的に均質な、たったひとつの生き方で、世界をおおいつくそうとするのだ。帝国主義的姿勢から見れば、いかなる変種《ヴァリエーション》も脅威である。これとは対照的に、全体論的文明は、変種を尊重し、それをひとつの贈物、一種の富・財産として見るであろう。

しばらく前に私は、ある写真展で、一九二〇年代と三〇年代のヨーロッパ人の肖像写真を数多く見る機会を得た。地位や名声とは無縁のごく「普通」の人々の写真を見て、私は驚かずにはいられなかった。彼ら一人ひとりがそれぞれ独自の人格を持った本物の個人であることが、疑いの余地なく写真に現れていたのだ。見れば見るほど、その人たちを知りたいと思う気持ちが強くなった。瞳は複雑さと個性をたたえ、それを知りつくすには何年もかかる気がした。彼らの顔に較べ、現代の都市居住者の大半が浮かべている表情の、何と虚ろでからっぽなことか。また、たとえば『ミラグロ』をはじめとするジョン・ニコルズの小説や、フェリーニの映画『アマルコルド』などにおいても、同じ有機的多様性が肯定され称揚されている。『アマルコルド』の舞台の町では、ほとんどすべての人間が、一見異常というほかないような奇型性を持っている。だがそうした奇型性は、別の視点から見れば、この上なく素晴らしいものなのだ。これらの共同体の住人たちは、たがいの差異をめぐって果てしない争いを続けている。しかしその争いは、自分たちはみなより大きな生態系の一部なのだということが本能的に理解された上で行われている。争いが悪となるのは、社会的生態系そのものが脅かされるときである――ニコルズの小説では資本主義的な進歩の概念によって、フェリーニの映画ではファシズムによって、そうした脅威が生じる。たとえ個々人が（現代の視点から見て）少なからぬ非合理性を持っているとしても、全体の構造そのものは合理的であり有機的であり、全体性を失っていないのだ。西洋工業社会ではこの逆である。そこでは、個々人が「合理的」で均質的な、にもかかわらず「個人主義的」と称される（本当はむしろ「自己中心的」と言うべきなのだ）類型に適合することを強いられている。そして全体としては、ベイトソンやマルクーゼが述べているように、意味を喪失した狂気の世界が生じているのであり、壮大な生態系ではなく巨大な疎外が広がっている。カンザスの小麦畑であれ、北京大学の今年の卒業学年であれ、すべては一律に合理化されている。多様性は失われ、貧困な人生が蔓延しているのである。

第九章

意識の政治学

不毛なブルジョア世界の行きつく先はふたつにひとつ――自滅に終わるか、新たな形の創造的参加が生まれるかである。オルテガ・イ・ガセットの言葉で言えば、これこそが「我々の時代のテーマ」なのだ。これこそが我々の夢の中味であり、我々の行為の意味なのだ。

オクタビオ・パス『孤独の迷宮』（一九六一）

一八八三年か四年のことである。五歳になった私の母方の祖父は、ユダヤ人の初等学校《ヒェダー》に送られ、ヘブライ語と旧約聖書を学ぶことになった。当時の白ロシアのグロドノ県のユダヤ社会では、学校に上がった子供一人ひとりに、一枚の石板を与える習慣があった。この石板を使って子供は読み書きを学んだのである。さて、第一日目の授業で、先生が実に驚くべきことをした。祖父の石板を手にとり、ヘブライ語のアルファベットの最初の二文字（アレフとベート）を蜜で書き、それを祖父になめさせたのである。蜜の文字をなめながら、祖父は生涯忘れることのなかったメッセージを学んだ。知識は甘美である、というメッセージを。

だがむろんここには、知識は甘美であるということにとどまらない、きわめて複雑なメッセージが含まれている。なぜなら、この行為は、ほとんど人類学的儀式と言ってよいほどの、さまざまなレベルから成り立つ象徴的意味を宿しているからだ。まず一目で明らかなレベルから見れば、石板は、論理的なヘブライ語の文法・語彙を学ぶのに用いられる。世の中で生きていくのに必要な、字義通りの非情感的な知を教わるために使われるわけだ。だが、別のレベルから見れば、文字を舌で味わうという行為は、より古い、より詩的な言語の使い方を喚起するものである。この使い方は、ヘブライ語に特に顕著な特徴である、「言葉（the Word）の力」という考え方に結びついている。ヘブライ語は擬音語の要素がきわめて大きい言語である。言葉と、言葉が概念的に表す対象との間に、いわば共鳴とも言うべき結びつきが生じ、それが聴く者の情感に訴えかけてくることも少なくない。したがって、蜜をなめる儀式において伝えられるもうひとつのメッセージは、真の知識とは単に論証的で字義通りであるだけではなく、肉体感覚的な——ほとんど官能的な——ものでもあるということ、そしてそちらの方が最初であり重要であるかもしれない、ということである。それは、学ぶという行為に人が身体を通して参加することによって得られるものなのだ。「食されるものについては、議論の余地はない」というスコラ哲学の格言があるし、また、イスラム一派のスーフィー教徒の言葉で言えば、「味わう者は知る者である」。

このように、論証的な知と身体的な知とがここでは融合している。いや、融合《フュージョン》というより、ほとんど混乱《コンフュージョン》とさえ言ってよい。すでに見たように、人間という有機体の生理的反応システムのなかでは、一体化《ミメーシス》と差異化とが共存している。ユダヤ人の子供も、抽象的に思考し世界を分類するための象徴体系を教わるまさにその瞬間において、同一化という初源的行為を行っているのである。言いかえれば、蜜の文字をなめるという行為は、赤ん坊がすべてを口のなかに入れるという行為とまったく同じ意味を持っている。学ぶという経験にはじめて触れるときに、統合と分離、自己と他者とが不可分に結びつけられるのだ。

さらに、蜜の文字をなめるという行為には、第三のレベルの意味が存在している。それは（レヴィ＝ストロースの洞察にもつながるが）「リアルなものとは消化されて自己の内に取り込まれるもののことである」という意味である。我々は他者を文字通り食べ、他者を腹のなかに入れ、その結果その他者によって変えられるのだという意味がここには象徴的に含まれている。こうして、未知のものが既知のもの、自分自身の一部になるのだ。

この第二・第三のレベルの知は、科学を万能視し論証的な知に没頭している現代西洋社会の公的文化・教育の場においては、ほとんど無視されている。現代は情報が爆発的に増加した時代と言われる。その通りだろう。だがその結果、世界についての我々の知識はむしろ縮小してしまっている。皮肉というほかはない。本章の冒頭に挙げたオクタビオ・パスの一節が言おうとしているのも、この皮肉きわまりない事態なのだ。ベイトソン、ライヒ、ユング、その他ごくわずかの人間だけが、この事態に対し可能な限りもっとも健全な反応を示してきたのである。彼らの試みこそ、我々が自分で自分を追い込んでしまった知の袋小路から抜け出そうとする試みにほかならない。それは、現代の大学体制の「進歩的」思考とつながったカビ臭い研究に腐心することとはまるで違う。ベイトソンらのめざしているのは、かつてセオドア・ローザクも言ったように、生きた選択肢の探求なのだ。デジタル的知は、それ自体ではかならずしも間違っていない。だがそれはどうしようもなく不完全な知であり、結局はまやかしの現実を生み出してしまう。この誤った世界観を促進し維持する能力が高い大学教師ほど高給を払われていると言っておおむね誤りではない。大学教師のみならず、西洋文化のテクノロジー官僚体制のエリート全般についても大体同じことが言えるであろう。こうして、アナログ的現実はますます抑圧され狭められていく。あるいは、少なくとも飼い慣らされその力を奪われていくのだ。

だがこのような状態は、すでに述べた種々の理由から明らかなように、きわめて不安定である。我々のなかにあるアナログ的側面が反逆してくることは言うまでもない。それに、そもそも純粋にデジタル的な知というものは、決して「消化」されない。絶対に「骨にまでしみ通らない」のである。現代社会は大がかりなジェスチャー・ゲームにすぎない。そこには、経済的利益と自我の充足を超えた情感的な関わりがほとんど存在しない。経済利益や自我充足こそもっとも根本的な報酬である、そう我々は信じ込まされている。だが我々のなかのより深い声は、それが誤りであることを執拗に囁きつづけている。実際、マックス・ウェーバーのような、近代的知の最大の擁護者のひとりでさえ、近代の知が抱えた危険、そして事実／価値を分離すること全般の危険に気づいていた。あまりにも有名な『プロテスタンティズムの倫理と資本主義の精神』のなかで、ウェーバーは次のように述べている。「精神なき専門人、情感なき享楽人。これら空しき存在が、自分たちはかつてないほど高度な文明を達成したのだと自惚れているのだ」(1)。

聖と俗がまだ密接に結びついていた世界で生まれ育ったことは、私の祖父の幸運であった。ロシアのユダヤ人町という、外界から隔絶された共同体にあって、祖父は、ウェーバーが陥ったようなディレンマに直面せずに済んだのだ。だが、やがてユダヤ人町を去り、まず英国、次にアメリカに移住し、現代の世俗の波にさらされたこともまた、祖父の宿命であった。祖父は死ぬまで、現代最大の形而上学的問題と苦闘することを強いられた——頭で知っていることを、心で知っていることとどうやって調和させるかという問題と。むろん私もこの苦闘を祖父から受け継いでいる。そしてこの本は、その解決をめざす試みの一部分にほかならない。

では、私が心で知っていることは何か？　まず、何らかの関係的な意味においてあらゆるものは生きている、ということ。非認知的な知——夢、芸術、身体、狂気から得られる知——もまた知にほかならない、ということ。社会も人間と同じく有機的であり、社会であれ人間であれそれを機械的に操作しようとすれば破滅を招く、ということ。そして、我々は死に瀕した惑星に生きているのであり、我々の政治と意識を何らかの形で根源的に変革しなければ、おそらく我々の子供たちの世代は惑星の最後の日々に立ち会うことになるだろう、ということである。

そしてまた私は、頭でもさまざまな大事なことを知っている。たとえば現代におけるオカルトの復興は、こうした事態に対する反応にほかならないということを、私は頭で知るわけだ。人間はみな、弁証法的理性を備え、さまざまな心霊能力を持っていると私は思う。それらの力をはじめとする原初的伝統を蘇生させることは、むろんとても重要なことだと思う。けれども、私が近い未来を思い描く場合、私はその未来を前近代のパラダイムのなかではなく、何よりもまず脱デカルト的パラダイムのなかで見るのである。そしてまた私は、現在は濫用されているとはいえ、知的分析というものが人類にとってきわめて重要な道具であり、自我意識もまた生き残る値打ちがあるということを知っている。さらに私は、事実と価値の分離を意味ある形で解決しようとするならば、ユングの言う人間一人ひとりの個体化だけでは不十分であり、社会的・政治的・環境的な解決がなされねばならないことを知っている。人間は自由であることを運命づけられているとサルトルは言ったが、それは人間一人ひとりのことを言ったのではなく、人類全体を指してそう言ったのだ。

ベイトソンに関する私の議論のポイントは、こうしたさまざまな困難を克服し聖と俗をふたたび統合するという観点から見て、ベイトソンの思想こそ我々が現在持っている最良のものだということである。だからといって、その全体論的パラダイムにまったく問題がないというわけではない。そうした問題点については、本章のあとの方で論じることになるだろう。いずれにせよ、ベイトソンのパラダイムの最大の利点は、それが「事実」を犠牲にすることなく「価値」を取り込んでいるという点である。それは、現代に対応するように修正された、より成熟した形の錬金術的＝弁証法的思考である。これまで私はかなりのスペースを費やして、ベイトソンのパラダイムがデカルトのパラダイムよりもすぐれていることを論じ、また、それが構造的に見てヘルメス的世界観や伝統的思考システムに似ていることを示してきた。ベイトソンの著作においては、〈精神〉が従来の宗教的コンテクストから解放され、現実の世界における具体的・動的な科学的要素（プロセス）であることが明らかにされている。したがって、ベイトソンにおいても「参加」は存在しているが、それはもはや元来のアニミズム的意味での「参加」ではない。ベイトソンの思想は、原初的伝統と多くの点で共通してはいるが、それを超えた面を持っていると私は思う。そこで、ベイトソン思想の批判に移る前に、そのパラダイムだけが持つ特色を、特に原初的伝統との比較を中心にして、要約しておこう。

原初的伝統に較べてベイトソンの全体論が優っている第一の点は、それが自意識的であるという点である。すでに述べたように、原初的伝統においても〈精神〉は存在するが、それは差異化されていない意味（すなわち「神」という）においてである。これに対し、ベイトソンの言う〈精神〉は具体的であり、その諸特徴を明確に記述しうるものである。ベイトソンは原初的な知をそのまま復活させようとしているのではなく、自意識的な一体化《ミメーシス》を唱えているのであり、それによって、意識／無意識の二分法をいきなり溶解させるのではなく、徐々に柔らげ取り除いていこうというのだ。情感にも精密な演算規則がある。現実のアナログ的・関係的本性を論じてベイトソンは、このような現実がいかにして記述されうるかのすぐれた実例を我々に示してくれた。ここで、原初的思考・近代科学・ベイトソン的全体論の相違点を表にしてまとめておこう（表3）。この表は、三つの世界観を比較するために、ある精神分裂病患者を例にしたものである。この患者は絶えず独り言を言っているが、その内容はたがいに矛盾する幻覚的な複数の声から成る。(2)

表3　三つの世界観からみた精神分裂病の比較

	原初的伝統	デカルト的パラダイム	ベイトソン的全体論
診断	悪霊がとり憑いた	器質性疾患（遺伝的欠陥、脳損傷など）	メタコミュニケーションの本質をおおいかくしてしまうパターン（ダブル・バインド）が家庭内で第二次学習された

治療	悪魔祓い（純粋に心霊的な治療）	薬やショックによって脳の分子のはたらきを変える（純粋に機械論的）	家族療法を通して分裂病のシステムと取り組み、患者が適切にメタコミュニケーションできるようにする。治療者はダブル・バインドを指摘しそれを破らせる役割を果たす
結果	おそらく良し悪しが混ざっている。解決は個人的・内的なレベル	症状を抑えるには効果的。魂・精神は破壊される。患者は「社会の生産的一員」になる。個人レベルではあるが、外的に押しつけられた解決	今のところレインをはじめとする少数の業績があるだけで判断はできない。治療の効果は、分裂病のシステムを打ち破ること、言いかえれば家族内の組織化された病理を暴くことにかかっている。生じるのは内的変化だが、ラディカルな社会的意義もある
前提とされている社会のタイプ	心霊的・宗教的	科学的・唯物論的で、生産性と能率性を中心に組織された社会。その論理的帰結点は——すべてが単なるものと化した、画一化された、逆ユートピアの悪夢	自己実現に向かう、一次過程とアナログ的コミュニケーションに浸った社会。広範な関係的現実と、健全なメタコミュニケーションの重要さを正しく認識した、拡大家族システム。神（救済）でも個人的達成でもなく、健全な関係を目標とする

この表でまずきわ立っているのは、真ん中の近代科学の枠の、ひたすら唯物論的な特性だろう。これに対し第一・第三の枠は唯物論にとらわれていないという点で共通していて、そのため形の上でもよく似ている。「悪霊」の理論とダブル・バインド理論では見えていることが、西洋近代科学のアプローチではまったく見落とされてしまう。この患者は異質の〈精神《マインド》〉もしくは心的システムのなかに捉えられており、この〈精神〉もしくはシステムが彼のなかに侵入していて、しかもその〈精神〉はすこしも幻覚などではない。それが西洋医学には分からないのだ。すでに見たように、分裂病的ダブル・バインドに捉えられた人間は、自分自身の気持ち《マインド》を率直に語ることができない。語れば厳しい罰が待っていると学んでしまっているからだ。このような意味で、クレペリンがさらし者にした少年は文字通り異質の霊にとり憑かれていたのである。もしも彼が中世に生まれていたら、悪魔祓いをしてその霊を取り除くことに成功したかもしれない。だが、「悪霊に憑かれた」といった説明は、現代では有効ではありえない。そこでベイトソンのアプローチが意味を持ってくる。ベイトソンの考えによれば、意識ももの同様に完全な現実である。この考えに基づいて、意識がどのようにしてある型の〈精神〉(心的体系)に形成され、少年とその家族、そして家族の彼への態度をも包含するようになったかを知れば、そのときはじめて、ダブル・バインドを破って新しい、より健全な〈精神〉をつくることが可能になる。さらにこのような分析と解決は、原初的アプローチや科学的アプローチと違って、個人のレベルに限定されるものではない。レインの仕事を見れば明らかなように、家族という構造全体がかかわってくるのであり、さらに、そうした神経症的な(そして精神病的な)家族を基礎単位として成り立っている社会そのものも問題にされずにはいない。ソラジン(精神分裂病の鎮静剤)に較べれば、悪魔祓いははるかにましである。少なくともずっと人道的であることは間違いない。だが、狂気を生み出したそもそもの政治的条件を問題にしていない点では、悪魔祓いもソラジンと変わらない。たしかにベイトソンの分析もこの点を十分に追究しているとは言いがたい。だがそれが重要なスタートであることはたしかだろう。

光と色、電気や重力といった問題について近代科学が見落としてきたものも、原初的伝統でははっきり見えていた(光と色について言えば、ゲーテはその最後の理解者と言ってよいだろう)。だがここでも同じように現代の我々は、これらの現象を、近代以前のように目的論的な視点で見たり、神とか生命の躍動とかの直接的顕現として考えることはできなくなっている。またこれらに関して純粋に心霊的な解釈を試みたところで、実り豊かな展開が得られるとは思えない[3]。そしてまたその反面、第六章でも述べたように、これらの現象を「客観的な観察者」という視点から分析しようとするのも、もはや時代遅れである。これに対し、ベイトソンの全体論は、心霊主義にとらわれず、プロセスを重視した探究方法を提供してくれる。つまり、たとえば色なら色という現象を、サイバネティクス的、システム的に見て、それをより大きな〈精神〉の一部として捉えるのである。むろんその〈精神〉のなかに、観察者自身も（観察者の感情的反応も含んで）取り込まれていることは言うまでもない。ベイトソン的分析は、量的な関係だけではなく質的な関係も研究する。すなわち、そこに存在する基本的な配列関係、さまざまなレベルの〈精神〉、そしてそれらのレベル同士の相互反応の本質などを、その考察の対象とするのである。

サイバネティクス的説明の核心にあるのは、関係こそ現実の本質であるという考え方である。デカルト的パラダイムではまったく無視されているこの考え方が、原初的思考にすでに先取りされていることは注目してよい。伝統的文化は、トーテミズムや自然崇拝などの慣習を通して、循環性というサイバネティクスの概念を直観的に把握していた。それによって、環境を維持し保護することができたのだ。我々もまた、ベイトソンのモデルに基づいて我々のまわりにあるさまざまな下位〈精神〉の相互関係に思いをめぐらせば、エリー湖の汚染も防げるだろう。湖の汚染からどんな連鎖反応が生じるか、一目瞭然になるはずだからだ。そうすれば、全面的に一体化《ミメーシス》に回帰せずとも、全体論に基づく正気の行動が可能になるだろう。ベイトソンの枠組に従えば、原初的意識のように関係の網のなかに単に没入するのではなく、関係の網に心を集中することができる。その結果、原初的な知、特に〈精神〉をめぐる知が美的認識という形でよみがえり、技巧的な《アートフル》（芸術的な《アーティスティック》）科学（世界についての知）を我々は手にすることができるのではないだろうか。一体化《ミメーシス》と分析の両方を手に入れ、それらが「ふたつの文化」の分裂を生むのではなく、たがいに補強しあうようにならないだろうか。人間は環境と（環境だけでなく、人間がかかわり合うすべてのものと）一体化的《ミメティック》な関係を持ってはじめて、現実に対する真の洞察が得られるのであり、そうやって得た洞察が分析的理解の中心となるのである。こうして事実と価値が合体する。〈精神〉とは価値であると同時に、分析のひとつの方法であることが明らかになるのだ。

最後に、ベイトソンの学習Ⅲという概念も、原初的伝統で言う宗教的回心によく似ている。学習Ⅲとは、「壮大な生態系」へと心が一気に飛躍することだが、それはキリスト教神秘主義、禅の悟り、錬金術の変容の最終段階などと類似している。むろんベイトソンはそれらの宗教的実践を唱道しているわけではないが、学習Ⅲもそれらの回心も、人格が根本的に変容するということがもっとも重要なポイントであるという点では共通している。どちらの場合も、人は新しいレベルへと飛躍し、自分の性格と世界観を外から眺める視座を得るのだ。しかし、学習Ⅲと伝統的な自己実現との間には重要な相違点がある。つまり、ベイトソンの言う学習Ⅲとは、単に個人レベルでの忘我的ヴィジョンを得ることだけではない（たとえばN・O・ブラウンの場合はそうである）。それは、人と人とがつながった共同体的な生き方を追求する上での、必要不可欠の部分でもある。たとえばアルコール中毒者更正会（AA）をめぐるベイトソンの記述を思い出してみよう。中毒患者が最終的に我が身を委ねるべき「より高次の力」とは、単に「神」や「無意識」だけを意味するものではなく、自分以外のAAのメンバーたちも入っている。患者は自分を、メンバーたちの社会的現実の一部分にし、彼らに共通の苦闘の一部分にするのだ。どこでどのように〈精神〉を見出すにしても、〈精神〉はつねに「部分同士が内部で結びあわさった、社会システム全体、この惑星のエコロジー全体に内在している」(4)のである。

ここでベイトソン思想の批判に移りたいと思う。だがまず、ベイトソン批判をするにあたって私が抱え込んだ困難を読者にお伝えしておきたい。というのも、いざ批判を書きはじめてみると、抽象的・概念的にベイトソンを批判することは不可能なことがすぐさま明らかになったのである。私の批判はたちまち政治的なものになった。だがおそらくこれは驚くには当たらない。歴史的に見ても、政治学と認識論はなぜか奇妙にも補強しあうのが常である。しかも、ベイトソンの場合は特に、事実と価値がきわめて密接に結びついている。そのため、認識論を論じれば必然的に倫理を論じることになり、倫理を論じれば政治を論じることは避けられない。読者もきっと理解して下さると思うが、ベイトソンに対する私の関心は何よりもまず、解放の認識論を見出したいという願いから生まれている。ということは、私にとっては、解放の政治学を見出したいという願いでもあるのだ。むろんベイトソンのパラダイムにおいて、解放ということが示唆されていることは言うまでもない。だが、歴史上、弁証法的理性がその政治的両義性ゆえに狂った方向に進んでしまったことが多かったように、形式的に見て弁証法的理性ときわめて似ているベイトソンのパラダイムもまた、そのような危険を抱えている。同じく弁証法的理性を有していても、ライヒは左翼的になりユングは右翼的になった。あるいはまた、クリストファー・ヒルが述べているさまざまな革命的宗教集団[5]と、現在アメリカに蔓延している独裁主義的な自己実現グループ（ｅｓｔ、統一教会、サイエントロジー教会）との対比を考えてみてもよい。むろんベイトソン自身が右翼的な政治活動に加わったわけでは決してない。だが、彼が用いた概念のうちのいくつかはいわば諸刃の剣であり、解放に役立つ可能性もあれば、抑圧に役立つ可能性もある。そこでは政治上の両義性と認識論上の両義性が不可分なのだ。私のベイトソン批判の焦点もまさにこの両義性にある。とすれば、批判を明確なものにするためには、まずベイトソン的パラダイムと両立しうる、解放的な政治のヴィジョンの輪郭をたどっておくべきだろう[6]。

　未来の「地球大の文化」を思い描くとすれば、そのもっとも顕著な特徴のひとつは、アナログ的な表現方法が全面的に復活し、より精巧なものにされるということだろう。そのためには、デジタル的知の不完全性を認識した上で、それを意図的に錬磨し保持することになるだろう。こうした未来の文化は、現代の文化に較べ、より夢に近く、より官能的であるだろう。夢、ボディ・ランゲージ、美術、ダンス、空想、神話などから成る内的〈精神〉風土が、世界を理解し世界のなかで生きようとする試みにおいて、大きな役割を果たすことになるだろう。現在は片隅に追いやられているそれらの活動が知の形態として復権し、究極的にもっとも大事な知であることが認識されるだろう。それに伴って、ＥＳＰ（超感覚的知覚）、神秘力《サイコメトリー》、念力《サイコキネシス》、霊気《オーラ》の読解とそれによる治癒といった、さまざまな心霊能力を高める試みもなされることだろう[7]。また、医療についても、専門家に頼らない自然な治療が重視されるようになり、薬で身体を操作する風潮はすたれるだろう。そして、生態学と心理学とがほぼ一体になるだろう。病というものはその大半が肉体的・情感的環境が乱されたことへの反応であることが、広く認識されるようになるはずだからだ。現代の病院の「流れ作業」による出産は姿を消し、女性はみな家で出産を行うようになるだろう。第六章で述べたような、母と子を隔離しない優しい出産法が復活し、子供のその後の発達に測り知れない好影響をもたらすだろう。(8)全体的に見て、身体は抑制されるべき危険なリビドーとしてではなく、文化の一部分として捉えられるようになり、そうした認識の変化の結果として、性の抑圧は大幅に減少し、人間もまた動物であるという自覚が深まるだろう。さらに、拡大家族が見直され、今日において神経症の発生源となっている、たがいに競争しあう孤立した核家族は減少するだろう。「非生産的」な人間を収容するための老人ホームに年寄りを捨てることもなくなり、子供たちとともに暮らす老人の叡智が文化的生活の欠かせない一部分となることだろう。

こうしたもろもろの変化と並行して、人格の理念も大きく変わるだろう。具体的に言えば、自我《エゴ》から〈自己《セルフ》〉へ重点が移行し、ひとりの人間の自己と他人の自己とがたがいに反応しあうことが奨励されるだろう。その結果、競争ではなく協働、個人主義ではなく個体化に重きが置かれ、現代の人間関係をこれほどまでに汚し非神聖化した原因である「にせの自己のシステム」や役割演技などは消滅するだろう。力という概念についても、他人の意志に反して他人に自分の望むことをやらせる能力というふうには捉えられなくなって、力とはすなわち中心の安定（centeredness）であり内的な権威であると考えるようになるだろう。他人に圧力や強制を加えることなしに他人に影響を与える能力、それこそが「力」だということになり、「権力ある地位」という言い方は言葉の矛盾としか思えないようになるだろう。なぜなら、もしもある人間が自分の力を実感するために「地位」を必要とするのであれば、その人が感じているのは力ではなく実は無力感であるはずだからだ。(9)

さらに、未来の文化は、人格の内においても外においても、異形のもの、非人間的なものをはじめ、あらゆる種類の多様性をより広く受け入れるようになるだろう。そのように包容力が高まる結果、「正気」の捉え方も、フロイト＝プラトン的発想から錬金術的発想に変わるだろう。すなわち、理想的な人間とは、万華鏡のごとく「多面的」な人間であるということになる。人生の関心事、仕事や生活のスタイル、性的・社会的役割などにおいて、柔軟なしなやかさを持つ人間こそが理想とされるのである。いかなる行動にも、「影」とも呼ぶべき相補的な対応物がかならずひとつはあり、それがしかるべき表現を与えられるのを待ちうけているのである、と考えられるようになるだろう。あるいはまた、非分裂生成的な思考・関係のさまざまな方法をめぐって、実験的試みがなされることにもなろう――累積的に肥大するのではないパターン、満足を将来に引き延ばすのではなくそのままで満足をもたらしてくれるようなパターンを創り出そうとするのだ。(10)そして、多様性の原理に従い、絶滅の危機に瀕した種や文化を保護することに力が注がれるだろう。それらの種や文化こそ、いわば可能性の遺伝子給源《プール》を大きくする要素であり、生により大きな安定、持続、そして面白さをもたらしてくれることが認識されるからだ。

人間の文化というものも、自然史のなかのひとつのカテゴリー、いわば「人間と自然の間の半浸透膜」として捉えられるようになるだろう。(11)自然を支配することではなく、自然のなかに人間が調和することこそが大事だと誰もが考えるだろう。そうした社会がめざすのは、「ある領域を支配することではなく、解放すること」であり、「澄んだ空気、さわやかに流れる清冽な川を取り戻し、ペリカン、ミサゴ、コククジラと生活をともにし、川ではサケやマスが泳ぎ、人は汚染されていない言葉と美しい夢を持つ」ような社会をつくり出すことなのだ。(12)テクノロジーが我々の意識の隅々にまで浸透することはもはやなくなるだろう。テクノロジーがまったく消え去るわけではないが、あくまでそれは工芸のための道具といった形で、人間がコントロールしうる範囲内においてのみ残ることだろう。テクノロジーが人間をコントロールするという転倒した関係は消滅するのだ。(13)医学、農業、その他いかなる分野であれ、人間はもはやテクノロジーの「薬」に頼ったりせず、長期的な見通しに立った解決策――症状にではなく病因にじかに取り組むような解決策――を選択することだろう。

政治について言えば、まず大規模な脱中央集権化があらゆるレベルでの公共機関にわたって行われ、それこそが地球大の文化の絶対条件だという認識が広まるだろう。脱中央集権化が進められるということは、公共機関が小規模になり、それぞれの地方が自らそれをコントロールするということであり、したがって、地域に根ざした自律的な政治構造になるということである。こうして生まれる社会では、市民病院《コミュニティ・ホスピタル》、食品生協などがかならずあり、地域の友好意識と自律が育まれ、テレビ、自動車、高速道路など共同体を破壊するものは抹殺されるだろう。大量生産に代わって職人芸が、大規模農業に代わって小規模の、限られた農地に労力を集約した有機農業が、そして、中央に集中したエネルギー源――特に原子力発電所――に代わって、それぞれの地域に適した再生可能なエネルギー獲得の方法が探求されることだろう。基本的には一種類の知識しか教えず、一種類の職業にしか適さない人間を生産するマスプロ教育に代わって、弟子が師に直接教わる徒弟制が生涯教育の形で行われ、それぞれの人間の関心の変化に適応できるようになるだろう。そのような社会では、人は職業《キャリア》ではなく、人生《ライフ》を持つのだ。また、都市や郊外の荒廃に代わって、真の都市文化が生まれるだろう。それは、マスコミの支配する国際的世界を追いかけるのではなく、その地域自体に根ざした文化であるだろう。都市はふたたび生と喜びの中心となるだろう。ギリシャ語でいうアゴラ（素晴らしい言葉だ）、市場であり出会いの場所である都市がよみがえり、フィリップ・アリエスの言う「さまざまな色のメドレー」[14]がよみがえるのだ。人は自分の仕事に密接して生き、仕事、人生、娯楽という区別がほとんど意味をなさなくなるだろう。

最後に、経済は定常状態の経済がめざされ、小規模の社会主義、小規模の資本主義、直接の物々交換とが混じりあった経済になるだろう。消費者《コンシューマー》社会ではなく「保存者《コンサーヴァー》」社会が生まれ、資源の浪費は極力避けられ、可能な限り地域の自己充足がめざされるだろう。利益をそれ自体目的として考えることはほとんどなくなるだろう。他人や天然資源に対しても、搾取や儲けではなく、調和を念頭に置いて接するようになるだろう。生態学者のピーター・バーグとレイモンド・ダスマンが述べているように、経済学《エコノミクス》は生態学《エコロジー》の一分野としての「生態経済学《エコロジクス》」になるであろう[15]。

では、どうしたらそのような社会に到達できるのだろうか？　たしかに、現在の地点から見る限り、事実と価値とがふたたび統合され、男も女も自分の運命を自分でコントロールし、自我意識が〈精神〉のより大きなコンテクストのなかによりふさわしい形で位置づけられているといった明るい未来のヴィジョンは、絵空事というほかないように思える。だが、オクタビオ・パスも言うように、このようなヴィジョンが実現されないとすれば、残る道はただひとつ、自滅しかない。

西洋工業社会は、その第二次学習の限界に達しているのであり、いまや社会の大半は、人間で言えば狂気か、あるいは、創造性のただなかにある。創造性とはすなわち再創造であり学習Ⅲである。とすれば、そうしたヴィジョンも、それほど絵空事とは言えないのではないだろうか？　むろんたとえば、大きな変化を引き起こすには暴力的革命しか道はないとか、そのような変化をほんの二、三十年で達成できるとか考えている限り、とうてい地球大の文化は望めない。だがもし、こうした変化を、セオドア・ローザク、ウィリス・ハーマン、ロバート・ハイルブロナーらも説いているように、ローマ帝国の衰亡の時間スケールで考えるならば、我々のユートピア的ヴィジョンもきわめて現実的に見えてくるはずだ。[16]事実、このヴィジョンに向かう変化を現在引き起こしつつあるもっとも強力な要素は、実は先進工業社会の衰退そのものである。『ダブルE』のなかでパーシヴァル・グッドマンは、保存者社会は人間の意図的努力から生まれるのではなく、拡大しつづけるGNPの世界を地球がもはや支え切れないという理由から生まれるだろう、と述べている。工業経済は現在縮小しはじめている。いわゆる「仏教経済」を我々は甘んじて受け入れることになるかもしれない。だがいずれにせよ、好むと好まざるとにかかわらず、定常経済への回帰は避けられないのだ。[17]

さらに、このような変化を引き起こす上で大きな要因になっているのが、社会に背を向けている何百万もの人々である。社会の変化に目をつぶり自己のなかに閉じこもることで、彼らは逆に変化を促進しているのである。ハーマンやハイルブロナーの指摘によれば、工業社会は深刻な経済的危機に陥りつつあるが、まさにそのような状況にあって、労働者たちは、ブルー・カラーもホワイト・カラーも自分の仕事に何ら本来的な価値を見出せなくなっており、いまや仕事以外の場所に人生の意味を求め、仕事に対する忠誠心を失いつつある。現代の我々の生き方の精神的支柱であるプロテスタント的労働倫理は、経済がその倫理をもっとも痛切に必要とするときにはおそらく姿を消してしまっているだろう。アメリカ生命保険協会の一九七五年度の動向分析報告によれば、今後二十年間にわたって「工業時代の哲学」が弱体化し、それにともなって労働者の疎外、怠業、サボタージュ、暴動などが生じることが予測されるという。我々はいまや、一九九〇年ごろにはじまる「新しい、あるいは少なくともいくらか異なった文化へ至る、激変の過渡期のまっただなかにいるのかもしれない」と報告は結論を下している。[18]

政治的側面においては、いわゆる国民国家が解体され、より小さな地域的単位に取って代わられると思われる。このような傾向は、政治的分離主義、権限委譲《ディヴォルーション》、小国分割主義《バルカナイゼーション》などと呼ばれるが、すでにそれはあらゆる工業社会に広がりはじめている。一九四五年以来、独立国の数は飛躍的に増えており、地域・宗派ごとのより小さな単位に分裂しはじめている社会も少なくない。レオポルド・コールはこうした傾向を、すでに一九五七年、『国家の解体』において（熱狂的に）予告していた。一方、雑誌『ハーパーズ』に代表されるような体制的文化は現在、こうした状況に恐れおののいている。もっと冷静な対応としては、『ヨーロッパ紀元二千年』という本のなかで、約二百人のヨーロッパの専門家たちが、周縁地域が近い将来に反乱を起こす可能性が大いにあるという結論を出している。[19] アメリカでは強い分離主義運動が見られるが（北カリフォルニア、北ミシガン、アイダホのパンハンドル地域）、スコットランド、ブルターニュ、バスク、コルシカにおいても同様の運動が起きている。地域分離を求める強い感情が生まれている国は他にもたくさんあり、このままいけば、紀元二千年のヨーロッパは、おびただしい数の小国家から成るモザイクのようになる可能性も大きい。このような流れは、近代の国民国家が発生する以前の、元来の政治的境界に回帰しようとする流れにほかならない。「フランス」ではなくブルゴーニュ、ピカルディー、ノルマンディー、アルザス、ロレーヌ。「ドイツ」ではなくバイエルン、バーデン、ヘッセン、ハノーヴァー。「スペイン」ではなくバレンシア、アラゴン、カタロニア、カスティリア、といったように。このような事態を概観して、ピーター・ホールは次のように述べている。

あらゆるレベルにおいて、以前は分離主義《セパレーティズム》と呼ばれ、現在は地域主義《リジョナリズム》と呼ばれている心情は、根本的には、自分自身の運命をより直接的に自分でコントロールしたいという願いであり決意であるが、それはおそらく、現在はたらいているもっとも強力な政治的衝動である。それこそが「権威の危機」を引き起こし、中央集権的支配を弱体化させている最大の要因なのである。[20]

このように、右翼／左翼といった従来の政治的二分法を超えたさまざまな場から、全体論的社会が我々に近づいてきている。フェミニズム、エコロジー、民族主義《エスニシティ》、超越主義《トランセンデンタリズム》（宗教的復興）、これらは一見、政治的には何の共通点もない。けれどもそれらはみな、同じひとつの目標に向かって収束しつつあるのかもしれないのだ。これらの全体論的運動は、ひとつの社会階級を代表しているわけではなく、したがって階級という視点からは分析不可能である。むしろこうした運動は、工業文明によって抑圧された「影」たちを代表していると考えるべきだろう——女性、荒野、子供、身体、創造的な頭と心、オカルト、非都会の諸民族、ヨーロッパと北アメリカの周縁地域。これらはみな、工業化の中核地帯のエートスに巻き込まれたことがなく、これからも決して巻き込まれないであろう、周縁的な存在である。では、こうした「対抗文化《カウンターカルチャー》」のさまざまな要素を結び合わせる共通の絆はあるのだろうか？　おそらくそれは「回復」（recovery）という概念である。それらがめざすのは、本来我々のものであるはずの、身体、健康、性、自然環境、原初的伝統、無意識の〈精神〉、土地への帰属、共同体、人間同士の結びつきの感覚、そうしたものを回復することである。そこで唱えられているのは、単に「ゼロ成長」とか工業の減速だけではなく、この四世紀の間に失われたものを過去から取り戻そうという姿勢である。前進するために後退する。つまりそれは、未来を取り戻そうとする試みなのだ。

　こうした新しい流れにおいてもうひとつ注目すべきことは、それがまったく新しい政治学をつくり出そうとしていることである。支配者集団を取り換えるだけでもなければ、政治構造を取り換えるだけでもない。〈精神〉、身体、性、共同体などの基本的必要を忠実に反映した政治学をつくり出そうとしているのだ。古代中国の予言書『易経』の言葉で言えば——

> めざすべきは、人類全体が満足できる政治的あるいは社会的組織である。我々は、人生のもっとも根本的なところへ降りて行かねばならない。生のもっとも深い必要が満たされないような、表面的な生の秩序化などまったく無益で

あり、何ら秩序をめざさないのと同じことである。[21]

これこそが、形こそそれぞれ違っても、あらゆる全体論的政治学の目標となっている。それは、今日我々が知る意味での「政治」の終焉をもたらす政治学なのだ。

もしもこれらの変化がすべて起きたら――いやその三分の一でも起きさえすれば――近代の没価値状況《アノミー》は過去のものとなるに違いない。新しく生まれる地球大の文化が、帰属すべき場所を持たない現代人の喪失感を取り去り、個人的な現実が公式の現実と食い違っているのではないかという異和感を解消してくれるに違いない。かつて無限の空間の沈黙はパスカルを恐怖の底に陥れた。だが未来の人間にとってその無限の空間は、人間に滋養をもたらす恵み深い生命圏の広がりに思えることだろう。もはや意味を無理矢理探し出してそれを不条理な宇宙に押しつける必要もなくなるだろう。意味ははじめから与えられたものになり、その結果、未来の人間は宇宙的な連帯感を味わい、自分たちがより大きなパターンに帰属していることを実感するだろう。言うまでもなくこれは救いをもたらす世界だが、それは、もはや救われる必要がなくなるという意味においてである。酒やドラッグなどに対する関心はなくなり、精神分析すらもはや余計なものと思われるようになるだろう。もしも何かが崇拝されるとしたら、それは我々自身であり、人間同士であり、そしてこの地球、我々の家であり我々の生を可能にしてくれる我々みんなの身体である地球であるはずだ。

以上が、ベイトソン的全体論から導き出せる地球大の政治学の理想的シナリオである。二十一世紀の社会的・政治的流れが、このような世界に次第に近づいていくことを私は願っている。しかし、すでに示唆しておいたように、話はそれほど単純ではない。ベイトソンの用いた概念のなかには、諸刃の剣であるものも少なくないからである。意識がそれ自体で歴史を作るなどというつもりは私にはない（そもそも意識それ自体なんてありえないのだ！）。意識と歴史は一緒になってひとつのゲシュタルトを形成するのであり、ベイトソンの全体論的意識も、ここで述べたシナリオほど恵み深くはない政治形態と両立してしまう危険をはらんでいる。もしも全体論的概念をイデオロギーとして利用する政治的流れが生じ、そのある側面だけを強調して他の側面を切り捨てたとしたら、我々はひとつの陰惨きわまりない歪曲の犠牲になりかねない。全体論的意識の幽霊が、いままで以上の疎外、いままで以上の物象化をもたらしかねないのだ。この危険はさらに詳しく検討しなければなるまい。

ベイトソン的全体論のもともとのコンテクストは、右に述べたような「道教的アナーキー」（セオドア・ローザク）では決してなく、英国貴族社会という厳格なヒエラルキー社会であった。ベイトソンの科学的概念の大半は父ウィリアムにその萌芽が見られることはすでに述べたが、コールマンは、ウィリアム・ベイトソンの思考のコンテクストには保守的政治観が色濃くあったことを正しく指摘している。(22) 十九世紀末期の英国は、深い悲観主義の広がる、功利主義、民主主義、議会政治に幻滅していた時代であった。第一回万国博覧会の水晶宮（一八五一）が象徴していた輝く希望は実現されず、文明がばらばらに崩れてきているという想いが世を満たしていた。こうした時代に対する反応として、知識人や上流階級は伝統的な価値観に回帰し、とりわけ美的感受性、直観主義、有機体としての社会という概念を標榜した。コールマンによれば、この三つの伝統的・保守的発想がウィリアム・ベイトソンの思想の核心であった。ウィリアムは天才を重んじた。平等主義的な社会では決して十分にその力が引き出されることのない、例外的な人物に重きを置いたのである。ウィリアムの関心事は想像力《ヴィジョン》と霊感《インスピレーション》であって、野心や計算高い理性ではなかった。そのことは第一次大戦終了時の彼の発言にはっきり表れている――「我々はたしかに、世界を民主主義にとって安全な場にしたかもしれないが、その他のあらゆるものにとって安全でない場にしてしまったのだ」。コールマンも述べているように、商業と民主主義の世界は、ウィリアム・ベイトソンにとってまさに暗黒の時代であった。彼にとって、生物学的世界において機能のヒエラルキーが自然に確立している、という事実は、階級社会が正しいということの証にほかならなかった。そして彼は、不平等を保持する体制、社会のなかのたがいに異なった不平等な諸部分がそれぞれにふさわしい仕事を遂行するのを円滑にするような体制こそが、正しい政治体制のあり方だと考えたのである。

こうした極端なエリート主義を念頭に置いて考えてみると、ウィリアム・ベイトソンの科学的概念の多くが、奇妙な色合いを帯びてくる。たとえばものよりも形とパターン〈精神〉を上に置く発想を考えてみよう。それは、商業を重んじ金のために仕事をする卑しむべき中流階級的物質主義を退け、その対極としての貴族的知性主義の高遠なる気風《ガイスト》を称揚する、そういう精神構造を反映していないだろうか。また、変異は内部から生じるのであって環境からの外的作用によってではないという考えにしても、むろん錬金術の長い伝統にも見られるわけだが（たとえばニュートン）、ウィリアム・ベイトソンの場合それは、内的な純粋さと直観を尊ぶ美的感受性の反映でもあるのではないか。濁流のなかの一輪の水蓮、俗事を超越した偉人というわけである。このような階級意識は彼の古典学擁護にも表れているし、真の教育とは「忘我への覚醒」であるという考え方にも同じことが言えるだろう。なぜならそういう考え方は、大半の人間はプラトンの言う「洞窟」のなかにとらわれているという前提があってはじめて成り立つからだ。そしておそらくもっとも意味深いのは、いかなる部分の変異も全体にそれに伴う変化を生じさせずにはいないという、ウィリアム・ベイトソンの全体論的原理の核心にある考え方ではないだろうか。一八八八年、妹に宛てた手紙のなかで彼は、変異がそのようにシステム全体に波及しなければ、システムはもはやシステムではありえない、と書いている。こうした言い方には、強い政治的意味合いが感じられる。すなわち、変化それ自体を好まない傾向、特にいかなる形にせよ秩序が乱れることを嫌う傾向が見てとれるのである。エリート・グループに入り込むことに成功した人間として、ウィリアム・ベイトソンは自分を育ててくれたシステムの崩壊を望まなかった。科学においても政治においても、安定の維持ということこそが彼にとって現実の中核となったのであり、きわめて緩やかな有機的変化を除けば、いかなる変化も疑いと敵意の目で見られるべきものになったのだ。要するに、エドマンド・バークの伝統を忠実に継承した世界観をベイトソンは持っていた。とすれば、グレゴリー・ベイトソンの用いた科学的諸概念が父に大きく影響されていることからして、それが父のこうした極度の保守主義を反復する側面を持っていたとしても――あるいは持ちうるとしても――さして驚くには当たるまい。以上のことを念頭に置きながら、以下の議論で私は、グレゴリー・ベイトソンの思想のうち次の問題に焦点を当ててみたい――コミュニケーションと情報交換、論理階型理論、恒常性、学習Ⅲ。

すでに見たように、サイバネティクス的説明の中心にあるのは、情報が伝達され回路を循環するということである。この考え方によって、デカルト流の原子論と機械的因果律を論駁することが可能になり、その代わりに〈精神〉と呼ばれる何か、およびさまざまな〈精神〉同士の相互関係とを、新しい説明原理として得た。精神分裂病、アルコール中毒、学習理論などに対して、それがデカルト的説明よりもはるかに有効であることも、すでに見た通りである。問題は、情報交換という考え方が、露骨に政治的な状況に適用されたときに生じてくる。[23] たとえばアンソニー・ワイルデンは次のような例を挙げている。[24]

人物A　水を一杯いただけますか。
人物B　（Aに水を渡す）
人物A　どうも。

言うまでもなく、このやりとりはメッセージの交換として分析することができる。字面通りに受けとれば、AはBに対し丁寧にものを頼んでいるのであり、ゆえにAはBより目下か、あるいはBと対等の地位である、と考えてよいだろう。しかしたとえば、Aの要求が実は命令だったとしたらどうだろうか？　そうワイルデンは問う。たとえばAが男でBが女だったら？　Aが監督でBが工員だったら？　Bが黒人であるか、生活保護を受けているかしたら？　このような場合、先の会話で何が本当に生じているのかを知るためには、人種、性、権力関係などの歴史を考えに入れなければならない。メッセージの分析、コミュニケーションの障害の分析だけでは不十分なのだ。あるいはまた、分裂生成という概念にしても、核軍備競争や家庭内の葛藤を説明するには有効かもしれないが、一般的に言って、戦争がコミュニケーションの失敗から起きるとは考えがたい。たとえばベトナム戦争にしても、北ベトナムはアメリカの狙いを完全に理解していたのではないだろうか。また、一九六〇年代の、いわゆるジェネレーション・ギャップについても同じことが言えると思う。支配的文化に対する学生の反抗を、メディアは「コミュニケーション」の問題にすり替えて、それによって反乱を真剣に受けとめることを回避してしまったのだ。コミュニケーションのレベルだけの説明では、現在の直接の事態、表面に表れた事態しか見えてこない。しかもそれは、平等な立場の人々から成る社会を前提とした説明である。コミュニケーションの回路のなかの、閉塞状態に陥った部分をしかるべく処理すれば、あらゆる葛藤がスムーズに解決できるような、そういう開かれた多元的な社会を前提としているのである。サイバネティクス理論もこのような使い方では、解放《リベレーション》ではなく言い逃れ《ミスティフィケーション》である。一般に、抑圧する者とされる者との関係が意味のレベルの問題であるとは考えがたい。(25) むろんベイトソンがそう意図したわけでは絶対ないが、意味のレベルを重視しすぎると、抑圧／被抑圧の関係を逆に強化してしまうことになりかねない。

　論理階型理論も、ベイトソンにおいてはきわめて有効に利用されているが、やはり同じような政治的偏向を抱えている。(26) 論理階型理論とはつきつめて言えば、ヒエラルキー的関係の理論である。要するにそれは、レベルの異なるさまざまな類《クラス》の間の関係を問題にする論理である。とすればそれは、階級《クラス》社会を、あるいは少なくとも特定のグループが他のグループより高次の社会的・理論的地位を持った社会を連想させてしまうのではないだろうか。論理階型理論に基づいた社会的分析にじかに現れているわけではないが、その考え方は、権力は上から下に伝わるものであるという発想を反映し暗示している。そもそもこの理論の提唱者バートランド・ラッセル自身も、論理階型理論にひそむこうした政治的偏向を見逃してはいなかった。自分が論理階型理論をつくり上げたとき、それが英国の覇権《ヘゲモニー》と世界の秩序に役立つものだと思った、とラッセルは自伝のなかで述べている。むろん、ある種の現象を理解する上で論理階型がきわめて有効な道具であることは言うまでもない。だがそれが広く応用可能なものかどうかは疑わしい。にもかかわらずそれはサイバネティクス的分析の絶対的中心なのだ。当のベイトソンが真っ先にそのことを認めたはずだ。

　事実、ラッセル自身も、のちに論理階型理論についての疑念を表明している。それは、ラッセルがケンブリッジの数学者G・スペンサー・ブラウンと一九六七年に交わしたやりとりのなかに見られる。ブラウンは論理階型理論が不必要であることを論証する数学的証明を考案し、それをラッセルに見せた。ラッセルはブラウンの証明に賛成し、論理階型理論は「私とホワイトヘッドが行ったことのなかでもっとも無根拠であり、理論というより間に合わせです」と応えている。(27) さらに、サイバネティクス学者のウォレン・マカラックも、すでに一九四五年に論理階型を間接的に否定する理論を生み出していた。マカラックは価値の一義的序列《ヒエラルキー》に代わる多義的序列《ヘテラルキー》という概念を提唱した。彼は中枢神経系の数学的分析を通して、価値とは数的な大きさではないのであって、したがってそこに段階性（諸関係の不平等）を適用することはできない、ということを立証した。(28) つまり、たとえば色のスペクトラムであれば、波長順に一種の一義的序列をつくることはできるが、赤が青より「良い」とかあるいはその逆であるといったことを証明する方法は存在しない。だがマカラックは、こうした分析をそれ以上進めることはなかった。おそらくそれは、もしも論理階型が無効であるということになれば、彼の専門であるサイバネティクス理論が大きな打撃を被ることになってしまうと考えたからであろう。だがいずれにせよ、多義的序列《ヘテラルキー》が平等主義を志向し、一義的序列《ヒエラルキー》が階級と秩序の世界を志向していることは疑いえない。そして、一義的序列《ヒエラルキー》について言えば、それが自然界においても当てはまることを証明する方法は存在しないのである。(29)

　三番目の恒常性の問題に移ろう。この概念も、部分的な変異がシステム全体に影響するというウィリアム・ベイトソンの理論に根ざしていることは明白であり、したがってここでも、その政治的意味合いは明らかである。ルネ・デュボスがいちはやく指摘したように、論理的につきつめれば、恒常性とは「いまあるものはすべて正しい」ということなのだ。そこで、恒常性（homeostasis）に代わる概念として、デュボスは「平衡運動」（homeokinesis）を、C・H・ウォディントンは「平衡流動」（homeorhesis）を唱えている。「安定状態ではなく安定流動」というわけである。(30) 政治的に言えば、恒常性の概念を論理的につきつめて出てくるのは静観主義であり、圧制に対しても受身を保つ姿勢である。圧制もまた「ものごとの秩序」のなかにあるということになるからだ（でなければそもそも圧制が生じるはずがない！）。たしかにベイトソンが言いたいことは、干渉によって事態がかえって悪化することも多いということである。たとえば革命がまさにそうであることも少なくない。価値観が変革するのではなく、支配者が変わっただけの、いわば回転ドアの運動にすぎないことも多いのだ。むろんこれは重要な指摘である。だが、自由を求める闘争がすべて無益であるわけでは決してないだろう。現存する権力が何ら抵抗を受けず勝手気ままにふるまうとしたら、行きつく先は全体主義だろう。この問題についても、ベイトソンのアプローチは正面から取り組んでいるとは言いがたい。

情報交換の場合と同じく、問題は「恒常性」という概念をどこでどのように適用するかである。初期のサイバネティクス理論は、たとえばサーモスタットのような、閉じたシステムをそのパラダイムとして用いていた。たしかにサイバネティクス的な意味では、サーモスタットも「生きている」かもしれないが、環境と何ら素材の交換を行わないという意味ではやはり閉じているのであり、その最終的状態も最初の状態によってあらかじめ規定されている。これに対し、開いたシステム(たとえば森、国家)はまわりの環境と素材を交換しあうのであり、その最終的状態もあらかじめ規定されてはいない。したがってそれは、大きな変化の可能性に対して開かれている(その変化が実際に起きるかどうかは別として)。言いかえれば、閉じたシステムのみが、つねに最初の出発点に戻る真に恒常的なシステムなのである。開いたシステムにとっては、恒常性はひとつの特殊な状態にすぎない。(31)「恒常性」に代わるケースとして、まず「平衡流動」が考えられる。これはたとえば言語習得、思春期といった大きな発達のプログラムに沿って、システムが変化する場合を言う。あるいは、「形態発生」もある。これはシステムが、結果的にプログラム自体を変革させるような大きな変化を経るケースである(たとえば学習Ⅲ、十七世紀の科学革命、ローマ帝国の崩壊がそうである。これらの変革が「予測」可能だとしても、それは、あとから振り返ってみれば予測可能だということにすぎない)。(32)むろんベイトソンは、開いたシステムと閉じたシステムの違いを十分に理解している。だがベイトソンは、変革よりも安定の方をはるかに重視している。ベイトソンにとって重要なのは、たとえば、対称的分裂生成がエスカレートすると、逆に相補的分裂生成が引き起こされ、それによってシステムの崩壊が回避されるという事実である。あるいはまた、生態系が負のフィードバックを生じさせることによって自らを維持するという事実である。むろんこうした自己維持のプロセスが、システムを最初の出発点に戻すとは限らないということは、ベイトソンも指摘している。だが、内的一貫性の維持ということをベイトソンがつねに重視しているという事実に変りはない。そのため、変化することは望ましくないことだと考える傾向がどうしても垣間見えてしまう。それは彼が、変化をものごとの織目のなかの「裂け目」にたとえ、維持のプロセスを治癒・修繕にたとえていることからもうかがえる。(33)

むろんこのように恒常性や安定性を重んじる姿勢は、この章のはじめで述べたような、小規模の、エコロジカルな、脱中央集権化された「保存者」社会とも両立しうるものに違いない。だが厳密に恒常性のモデルに従う限り、我々は「保存者」社会には決して到達できないだろう。なぜなら、現在我々はおそらく、とてつもなく大きな激しい形態発生のプロセスのまっただなかにいるからである。さらに、サイバネティクス的な社会のモデルは、サイバネティクスを厳しく批判する人々が指摘するように、単に保存者社会と両立しないというだけにとどまらない。そうしたモデルは、逆に全体主義的工業社会のモデルにも容易になりうる。たとえば、ベイトソン思想の本質的な部分には脱中央集権化を示唆するものは何もない。サイバネティクスのモデルは、一握りの官僚が社会全体を支配する大衆社会のイメージと容易に結びつく。一見「全体論」的な、だが実は官僚主義的な一連の操作によって、システム全体が管理されるというように。ロバート・リリーンフェルドが『システム理論の誕生』で描き出しているのも、まさにこのシナリオにほかならない。情報伝達の重要視は、地球大の文化を生み出すどころか、逆に、コンピューター化されたマス・メディアと情報交換から成る、システムにがんじがらめに縛られた世界を示唆してしまう、とリリーンフェルドは述べている。(34) そのような世界は、多様性と自由を生み出すどころか、多様性と自由の終焉にほかならないだろう。人類の支配の下に――いや、より正確に言えば、強力な権力を持つ一握りのエリートの支配の下に全地球が均質化されるのだ。それは、一九二三年に設立された国際刑事警察機構《インターポール》や、工業社会の市民たちに関するデータを日夜集積しているデータ・バンクを連想させる。そのデータがやがてはマイクロプロセッサーに記録され、警察や政府、ひいては病院や銀行が簡単に情報を入手できるようになることも大いにありうる。システム科学の創始者のひとりであるルートヴィッヒ・フォン・ベルタランフィは、次のように述べている――「もしもシステム科学がコンピューター技術、サイバネティクス、オートメーション、システム工学などを中心に据えるとすれば、それは、システムという発想を、これまで以上に人間と社会を『巨大機械《メガマシーン》』に近づけるための新しい――そして最強の――テクニックに変えてしまうように思える[35]」。そうなってしまえば、官僚政治と中央集権が時代をおおいつくし、ヒエラルキー、論理階型といった概念も、下層の者たちが上層の者たちに従い、上層の者たちに歩調を合わせて恒常性へと落ちていく「自由」を与えられるという意味でしかなくなってしまうだろう。ハックスリーの『素晴らしき新世界』やオーウェルの『一九八四年』を想起させずにはおかないこのような状況は、むろんベイトソンが思い描いた全体論的調和のヴィジョンとはまるで違うし、ベイトソンの認識論はたしかに一方では先に述べたようなユートピア的シナリオを示唆してはいる。にもかかわらず、それがもう一方でこのような全体主義の悪夢をも示唆してしまうことは否定できない。そして、情報交換をはじめとするベイトソンのさまざまな概念は、その悪夢を合理化する道具になりうるのである[36]。

おそらく問題の一因は、サイバネティクスも生態学《エコロジー》も機械論的な歪曲に対し免疫ではないという事実である。たとえば、『自然の死』でキャロリン・マーチャントが指摘しているように、一九五〇年代以来、アメリカにおけるエコロジー研究を支配しつづけてきたのは、問題を単純なレベルに置き換え、管理ということをつねに念頭に置く姿勢である。マーチャントは次のように述べている。

こうしたモデルに基づいて、有機的なコンテクストから、情報の単位《ビット》という形でデータが抽出される。次にそれを一連の微分方程式に従って操作を加え、生態学的変化を予測し、生態系とその資源全体を合理的に管理しようというわけだ。

そもそも「生物群衆」(biotic community) という擬人法的で中心の不明瞭な用語に代えて「生態系《エコロジー》」という用語を使いはじめたのが、こうした思想を持った人々であった。彼らのアプローチは、いわば地球をまるごと管理しようというものである。コンピューターを駆使して書かれた、全世界の資源を管理するためのさまざまな提言を述べている一連の報告書——たとえばローマクラブの有名な『成長の限界』（一九七二）——も、実はこのような生態学派の論理的継承である。そして、マーチャントが指摘しているように、こうした批判はシステム理論にもおおむね当てはまるといってよい。たしかにシステム理論の提唱者たちは自分たちのアプローチが全体論的であるとしばしば主張している。だがその理論は、全体構造《ゲシュタルト》という非実体的なものを数式化することによってはじめて成り立つ。数式化されたゲシュタルトは、もはや真のゲシュタルトではありえない[37]。

要するに、サイバネティクス的思考さえあればそれでフランシス・ベーコンの世界から抜け出せる、というわけではない。十七世紀のぜんまい時計のモデルに較べれば、たしかにサイバネティクスのモデルの方が高度ではあるだろうが、究極的にはそれもやはり機械論には変りないのだ。たとえば、ベイトソンによるイルカの実験を考えてみるとよい。明瞭な実験結果が出てくるまでイルカをいら立たせるというやり方は、まさにベーコンの「自然を悩ます」の好例ではないだろうか[38]。

最後に、学習Ⅲの問題である。すでに述べたように、この「忘我への覚醒」、「壮大な生態系との一体感」を達成する手段としてベイトソンが特定の方法——瞑想、ヨガ、錬金術など——を提唱しているわけではない。ベイトソンがめざすのは自意識的な一体化《ミメーシス》であり、認知的な知を葬り去るものではないのだ。だが、そういった伝統的方法を用いないとすれば、学習Ⅲへの飛躍はどのようにして成し遂げられるのか？　アルコール中毒患者なら、落ちるところまで落ちていくことによって、である。ダブル・バインドに苦しむ人間なら、環境にさえ恵まれれば、それを創造性に変容させ「コンテクストを横断する」こともできるかもしれない。しかし、ベイトソン自身も論じているように、「ある論理階型についていかに厳密に論じようとも、より高次の階型を『説明』することは絶対にできない」のである[39]。言いかえれば、理性はより高度の階型《タイプ》の精神的体験とより広い意識を求める渇望を生み出しはするが、理性だけでは、そのような経験のとば口にまでしかたどりつけない。とすれば、アルコール中毒やダブル・バインド状況によっていわば学習Ⅲを強いられることなく、自主的に学習Ⅲの引き金を引こうとするなら、太古からの原初的方法に頼るほかはないのではあるまいか。主体／客体の融合を本当に感じとること、世界のあらゆるものが生きていて感覚を持っていると心底実感すること――要するに、「神を認識すること」――これは純粋に肉体的な出来事である。伝統的な方法に頼らずにこうした洞察をいったいどうやって得られるのか、はなはだ心許ない。そしてもし伝統的方法に頼るとすれば、歴史上それらの方法に伴ってほとんどつねに現れてきた政治的問題を、学習Ⅲもやはり抱え込むことになるのではないだろうか。

では、それらの政治的問題とはどういうものなのか？　まずもっとも大きなものは、心理学で言う「転移」(transference)、すなわち弟子が導師《グル》を盲目的に崇拝してしまうという問題である。「精神を吹きとばされた」人間にとって、こうした崇拝はほとんど避けがたいように思われる。これらの伝統的方法は、瞑想、呼吸、念仏といったテクニックを用いて、五感を通して外から入ってくる刺激を和らげ、それによって自我意識が自らを考察の対象とすることができる状況をつくり出す。サイバネティクスの用語で言えば、プログラム（学習Ⅱ）が過剰負荷《オーヴァーロード》の状態になり、プログラムがプログラム自体から見て単なる恣意的なつくりものに見えてくるのである。こうした状態になると、人間は確固たる現実の感覚を失い、現実を流動するものとして感じるようになる。恐怖の感覚が伴うことも多い。なぜなら、自らが死にかけていることを自我が認知し、自らが死んだあとに何が生き残るかを思い描けないからだ。導師が決定的に重要になるのはまさにこの時点においてである。導師の存在こそ何かが生き残ることの生きた証だからである。導師の役割は、意識的精神とより大きな〈精神〉との間の恐ろしい裂け目を、弟子が克服するのを助けることである。やがて、意識と無意識との間の壁が完全に崩れ去り、神の認識の大海に流されていくという感覚が生じる。この感覚は、すべてが驚くほどはっきり見えてくるという実感であり、本当に現実《リアル》に感じられるものに覚醒したという思いである。このプロセスがうまくいって、弟子が学習Ⅲに到達すれば、精神と〈精神〉との間の空隙はいぜん感じられるにせよ、もはや恐怖も忘我も感じなくなる。そして弟子は自我意識を、役には立つが何も生命を賭けるほどの値打ちはないひとつの道具として見るようになる。いまや彼は、現実というものがそれまで思っていたよりはるかに大きいことを知る。レインも言うように、自我は神的なるものを裏切るのではなく、それに仕えることができるのであり、またそうあるべきなのだ。

次にどうするのか？　神を見出したいま、神をどうすればよいのか？　「忘我への覚醒」という言い回しからもうかがえるように、弟子の生活はもはや二度と後戻りできぬほど変わっている。暗闇からはじめて抜け出したという思いとともに、（プラトンの洞窟の寓話にもあるように）それまでの「知覚」が実はほとんど何も知覚していなかったことをいまや彼は悟る。そしてまさにこの段階で、全感情が師に注がれる可能性が大きいのである。師こそがこうした解放を可能にしてくれた人間なのだ。こうして「父親」という大きな二文字が彼に冠せられる。自分のセラピストの言葉を引用してばかりいる人間に、誰でも出会ったことがあるに違いない（あのねえ、タニアが言ってたんだけど……）。これも導師崇拝のひとつの現れである。これはいわば間接的崇拝だが、直接の導師崇拝ははるかにたちが悪い。それはもっとも盲目的な種類の追従であり、自由の正反対である。はじめは「解放」だったのが、いつの間にか「崇拝」になってしまう。こうなると信者の生活はもはや自分自身のものではない。導師の言葉が掟になるのだ。

では、その「導師の言葉」とはいったい何なのか？　師は実際に何を教えるのか？　たいていは、「導師の言葉は掟である」ということではないか！　「解放」のプロセスが師に対する盲信に行きついてことが終わったとしても、それだけで十分ひどい事態だろう。だが本当に問題なのは、特に「操作」を原理とした社会のコンテクストでは、導師がある要求事項を隠し持っていることである。では何を要求するのか？　金ならまだよい。たいていの場合は、「権力」なのだ。弟子はそれまでのプログラムをはぎ取られ、学習IIを奪われ、究極的現実を見るに至る。だがそれが十分吸収されないうちに、マイケル・ロスマンも言うように「その現実の代わりに、出来合いのプレハブ構造を組み込まれてしまう」のである。ロスマンが言うように、啓示された神秘を崇拝することと、啓示する者を崇拝したりその者の与える枠組を崇拝したりすることとはまるで違う。導師にはつねにメタ条項が伴う。それは全体主義的な条項であり、錬金術師たちが思い描いた「溶解し、しかして凝結せよ」という条項とは似ても似つかないものなのだ。(40)

また、ベイトソンが思い描いた人格の再定義の方法も、むろん導師崇拝とは大きく異なっている。ベイトソンの思想には、重要な政治的安全弁が示唆されているように思われる。『精神と自然』の結末を読むと、ベイトソンが死の直前に美の理論へ移行しはじめていたことが分かる。それが完成されていれば、自我意識からより大きなものへの進化に、神聖さあるいは美の枠組を与えることができたであろう。そのような美の理論こそが、これまで述べたような地球大の文化へと通じる開かれたドアになりえたかもしれない。ベイトソン亡きいま、そうした理論を完成させることがあとに続く者たちの務めだろう。だが、たとえ適切な美の理論が完成されたとしても、それがどのようにして大きな政治的インパクトを持ちうるかは決して明らかとは言えない。そうした理論は、ベイトソン自身の著作がそうであるように、公式ではなく、ひとつの経験、ひとつの生き方でなければならないだろう。したがってそこには、個人的な選択が介在することになるだろう。とすればそれは、自己実現の政治学にはつながらないかもしれないのだ。たしかに美の理論は、近代科学から全体論へ向かって旅する一人ひとりの探究者にとって、この上なく価値あるものになるだろう。理念的には、美の理論によって、導師崇拝のワナに陥ることなく全体論へと向かうことが可能になるのだから。しかしここで、ベイトソンの思想の偉大さのひとつが、「関係」を大切にすることにあることを忘れてはならない。つまり、自分ひとりで「壮大な生態系」を発見するだけでは、十分とはいえないのである。たとえば「回心」したアルコール中毒患者なら、この生態系のなかにＡＡの他のメンバーたちや彼らに共通する苦闘をも取り入れる。ＡＡの場合、このように社会的関係を重視することが肯定的に作用する。だがここにも問題が生じる可能性がひそんでいる。それは、組織がＡＡほど恵み深くなく、成員の健康や自由よりも政治権力の強化に関心を持っている場合である（しかもたいていは、成員の健康と自由の名の下に権力が強化される）。残念ながら、他人に対して権力を行使したいという欲望は、ほとんど普遍的なものである。美の理論が完成されたとしても、導師たちの権威志向に対しそれがどう影響を与えどうコントロールできるのか、かならずしも明らかとは言えない。我々に必要なのは、学習Ⅲのプロセスを妨げず、しかもそのプロセスの暴走を防ぐ安全弁である。おそらくいままで誰ひとりとして、このような安全弁を考え出した者はいない。したがってここで、学習Ⅲの抱えている危険、そしてそれがはらんでいる政治的意味合いについて、もう少し述べておく必要があると思う。以下の議論は、厳密には、ベイトソン個人に対する批判でも彼の著作に対する批判でもない。すでに触れたように、学習Ⅲが現在生み出しつつある右翼的なカルト主義は、ベイトソン本人にもその著作にもまったく無縁のものだからだ。むしろ以下の議論は、私個人の不安の反映にほかならない。その不安とは、これまでいかなる全体論的哲学も、学習Ⅲのプロセスに関して適切な安全弁を与えていないことへの不安である。したがって、このプロセスを論じるならば、一言警告を与えておくことがぜひとも必要だと思うのである。

　学習Ⅲが導師崇拝、「転移」につながる危険を抱えているとすれば、現在おびただしい数の右翼カルトによって行われている精神の植民地化も驚くには当たらない。その傾向は特にアメリカにおいて顕著である(41)。たとえば、以前広告業界で要職に就いていたジェリー・マンダーは、『テレビ・危険なメディア』という本を書いているが、そのなかで彼は、ウェルナー・エアハルトの組織したest（Erhard Seminars Training）の実体を克明に暴いている。むろんマンダーも言っているように、彼がestを対象に選んだのはほとんど恣意的と言ってよく、同じような組織は他にいくらでもあるのだ(42)。マンダーによれば、estの活動は、禅やヨガの典型的なテクニックを数多く取り入れている。たとえば瞑想、ヴィジュアライゼーション（眼前にない物体の映像を心に描くこと）、感覚刺激を意図的に減少させること、などである。だがその結果得られるのは、解放ではなく、無数の複製人間《クローン》なのだ。estを奉じる人々は、服装も話し方もたがいに似かよっており、揃って同じ通り言葉を使う――それは不気味にもベイトソン的全体論を思わせる一連の言葉である（「〈精神〉」、「コンテクスト」、「プログラミング」など）。「自分で自分の責任を取る」ことをモットーとしていながら、彼らが漂わせている雰囲気は、師エアハルトの雰囲気に気味悪いほど似ている。カリフォルニアのマスコミは、彼らを「喋るパーキング・メーター」とさえ呼んでいる。estという現象は、「比較的知的な人々が、一群となって自分たちの心を他人に明け渡している」光景にほかならない、とロスマンは書いている(43)。このように、信奉者たちが自分の批判能力を進んで放棄しているおかげで、エアハルトは、その勢力範囲をどんどん広げていくことができたのである。いまやエアハルトは、「ハンガー・プロジェクト」といったインチキの宣伝活動を行ったり、あまつさえアンティオク全体論生活大学（Antioch's Holistic Life University）

の「コンテクスト学」(!) 教授の座にすら就いている。政治的にみれば、estの教えていることはまったくのナンセンスであり(犠牲者はつねに自らの運命を自分で選ぶのだという教え。ベトナムでナパーム弾を浴びた赤ん坊もその運命を自分で選んだというのだろうか)、ここで問題にするには及ぶまい。本当に危惧すべきことは、エアハルトにせよ、文鮮明(統一教会)、L・ロン・ハバード(サイエントロジー教会)、また彼らの亜流にせよ、かなりの勢力を得ているものの実はまだまだ素人にすぎない、ということだ。いままでのところは、世の中の大半の人々はこうした組織と関わりを持たずにきているし、これら学習Ⅲを操る連中の影響力も工業社会の政治構造自体にまでは及んでいない。エアハルトも、権力の座にある人々を仲間に引きいれようとしているが、いまのところまだ成功していないようである。しかし、もっと強大な偽りの救世主がいつ現れないとも限らない。やがては、そのうちのひとりが、政府の援護を取りつけ、国全体に勢力を広げてしまうかもしれないのである。ナチス・ドイツの、無意識の操作に長けた連中は、政府を仲間に引きいれる手間すら必要なかった。彼ら自身が政府だったからだ。「ヒットラーは、聴衆の無意識に訴えた。自分はひとつの権力を創り出しうるのであり、その権力の名において、抑圧された本能が解き放たれうるのだ、と聴衆に語りかけたのである」と、戦後まもなくドイツの社会学者マックス・ホルクハイマーは書いている。(44) 現代アメリカの状況にあって、同じことが生じないと誰が断言できるだろう。

たしかに、変化に対する反論を単に合理化するために、政治的変化を嫌う保守的な連中が、口実としてファシズムの亡霊を持ち出すことも少なくない。だが現在の場合、脅威はただの亡霊ではないと私は思う。ここで我々が問題にしている状況は、いわば精神の下腹部をよみがえらせる試みが進行している状況だが、その試みは、いまだ土台を失っていない伝統的社会のコンテクストのなかでではなく、流動的で根なし草の、高度にテクノロジー化され性的に抑圧された大衆社会の枠組のなかで行われているのである。それは、第一次大戦後のドイツの状況によく似ている。当時のドイツもまた、人工的であまりに頭でっかちな管理社会の生き方に対する解毒剤として、神話と象徴、性とオカルト、「自然」なものと非合理的なものが、称揚され求められた社会だったのだ。(45) こうして浮き上がってきた心的エネルギーの大きさはすさまじいものであった。ナチスはそれをものの見事に植民地化し、自らの政治目的に利用した。ニュルンベルクとミュンヘンでナチスが開いた大集会において、巨大なスワスティカ、アーク灯を巧みに利用して行われた一体化《ミメーシス》のパフォーマンスは、まさにこのような目的のためになされたのである。たしかに「人民」の抑圧は「解放」されたわけだが、この公的に是認された「解放」において利を得たのは、決して「人民」ではなかったのである。

カントが、理性（自我意識）を「地上で最高の善」と呼び、「真理の究極的な試金石」と称揚したのも、まさに神秘主義的な考え方にひそむこのような危険を念頭に置いていたからである。カントのこうした理性擁護について、一九四五年、ルシアン・ゴルドマンは次のように書いている。

この二十五年間の出来事は、カントの洞察がいかに鋭敏なものであったかを我々に証明した。非合理主義、直観と感情の神秘主義というものが、個人の自由の抑圧といかに近いものであるかを証明したのである。(46)

現在の社会的・経済的混沌、ますます増える自称導師たちの氾濫からみて、我々は、いま持っている第二次学習を安易に手放すことがあってはならない。

非合理的なものと、国家権力との結びつきは、導師崇拝にたいていひそんでいるエリート主義から生まれる。たいていであって、つねにではない。たとえば伝統的文化のシャーマンはトランス状態になって神の声を語ったが、それで自ら何かを得ようとはしなかった。シャーマンの大半はそれによって人々を支配しようなどとは考えなかったのである。しかし、自らの根を失ってしまった現代文明において、学習Ⅲを教える者たちは、大金を要求するのは言うまでもなく、エアハルトのように絶対的な権力を得ようとする者もいる。彼らの権力志向は、「目覚めた者たち」と「眠れる者たち」という二分法にはっきり現れている。これはいわば動物学で言う「つつきの順位」である。正統と異端とを峻別し、自己実現を達成した者たちと、いまだ「忘我に覚醒していない」、そしてこれからも決して覚醒しないであろう者たちとを選り分けようというわけだ。ウィリアム・トンプソンは近年の論文で次のように述べている――自我意識の現状から見て「我々は、〈精神〉という視座を身につけていない人間たちの行う政策決定を信用すべきではない。いまだ小さな精神から抜け出しておらず、〈存在《ビーイング》〉の全体性に出会っていない人間を、政治に近寄らせるべきではないのだ」[47]と。トンプソンの指摘はむろん重要なポイントをついているが、では他にどんな選択肢があるのか？　トンプソンの言う「我々」とは誰なのか？　トンプソン自身、すぐあとでこう述べている。

　こうした考え方の問題点は、それがエリートの理論であることだ。（……）エリートたる人間が新しい政策決定者になり、新しい政治家になり、新しい人間、新しい人類になる。（……）この地球大のエリートが、多国籍企業の要職者たちと手を結んで、新しい独裁主義の世界秩序を築く、ということになりかねないのである。[48]

要するに、全体論は、専制政治の道具になる危険を秘めている。しかも、〈精神〉、学習Ⅲ、そして（神よお許しあれ）神の名において。かつてオーウェルが、ファシズムが西洋についに訪れるとすればそれは自由の名の下にやって来るであろうと言ったのも、まさにこのことなのだ。

A・N・ホワイトヘッドはかつて、科学革命の機械論哲学を考察するなかで、こう言っている――機械論哲学が形成されるとともに、西洋はそれとともに生きることもできず、それなしで生きることも不可能なひとつの考え方に捉えられたのだ、と。まったく同じことが、学習Ⅲにも、さらには一体化《ミメーシス》全般にも言える。身体からひき離された近代の意識は、たしかに野蛮というほかない意識である。そしてそれは、序章で述べたような荒廃した精神風土と分かちがたく結びついている。しかし、そのような世界を脱出するために学習Ⅲを体制化しようとするさまざまの企ても、いままでのところそれと同じくらい野蛮だったのである。ここで大事なのは「そのような世界」というところである。ジュリアン・ジェインズが論証しているように、全面的に一次過程の世界――ジェインズの言う「二心室」(bicameral) の世界――であれば、完全な一体化《ミメーシス》でさえすこしも野蛮ではない(49)。問題は一次過程と二次過程の衝突から生じるのである。工業民主主義は不毛そのものであり、本能《エロス》をひたすら否定し、しかもそうした状態を何世紀にもわたって続けている。だからこそ、ライヒも認識したように、工業民主主義はファシズムと非合理が力を得る絶好の土壌である。社会全体にせよ一個人にせよ、このような途方もない閉塞状態を一夜にして打破しその後に無理のない円滑な再適応ができる、などと考えてはなるまい。我々は現在、選択されなければならず、にもかかわらず選択することのできない選択に直面している。すなわち我々はひとつの文明全体を、抑圧された原始的な知へと覚醒させようとしている。社会民主主義、世俗的人間主義、良質の（あるいは俗悪な）マルクス主義などの伝統をそのなかに有しているデカルト的第二次学習が、このような選択を知的に行うことができるとは考えがたい。なぜならそれらの伝統から見れば、〈精神〉あるいは〈存在《ビーイング》〉といった概念は、わけの分からない観念の産物でしかないからだ。だが、伝統にとらわれぬ思索者であったエルンスト・ブロッホが一九三一年にいち早く指摘したように、ドイツ左翼の犯した過ちは、原始的・ユートピア的流れのなかで起きつつあった発展をまったく無視し、ナチスがそれをまるごと占領する余地を与えてしまったことである(50)。抑圧は無限にはたらくものではない。どんなに抑えつけられた人間のなかにも、ユートピアへの願望は生まれうる。ファシズムはこの願望を見つけ出し、自分に有利なようにそれを操作するのである。すでに触れたように、人工を糾弾し自然を称揚するのは、ファシズム・イデオロギーの中心的条項である。現在主流の「進歩的」政治観では、テクノロジーに対する「自然人」の反抗、自発性の破壊、自然の支配といった問題は、まったく無視されている。そして、これらの問題が政治に組み入れられるとすれば、ファシズムのような恐ろしい形をとらずにはいないのだ。「このように考えると、ファシズムとは、理性と自然との悪魔的統合であると言ってよいかもしれない。それは、哲学が長い間夢見てきたふたつの極の和解の、まさに裏返しである」とマックス・ホルクハイマーは書いている(51)。

とはいえ、我々が学習Ⅲに進化することはもはや不可避であると私は思う。だとすれば、問うべきは、学習Ⅲのための安全なコンテクストとはどのようなものか？　である。学習Ⅲが健全に開花するためには、どのような組織構造が望ましいだろうか？　この問いに対する答えは、地球大の文化をめぐる先の議論のなかにすでにある程度含まれている。根なし草の大衆社会は学習Ⅲを危険きわまりない爆薬にしてしまうが、先に論じたような、各地域が自立した脱中央集権の社会なら、そのような怖れはあるまい。強い自決権、コミュニティの強力な絆、連帯感があれば、地球全体が均質化してしまう危険も少なくなるだろうし、原初的世界観が復活してもそれが社会全体を呑み込む巨大な流れに変じてしまう危険も解消できるだろう。むろん小国分割主義にはさまざまな問題が伴うことは否定できない。だが少なくとも、地球大の全体主義的一体化《ミメーシス》につながることはないはずだ。たとえばナチス第三帝国にとって地域分離主義的な心情は憎むべき大敵であった。第三帝国とは、つきつめて言えば、割拠する小国家をビスマルクが強制的に統一していたことによって可能となった国民国家である。生活圏（Lebensraum）政策によって地域主義を否定し、隣接した諸地域を強制的にまとめて、ドイツ中心の中央集権的世界秩序に仕立て上げたのである。むろん、脱中央集権化だけの力で、導師崇拝を抹殺できるわけではない。だがその影響を弱めることはきっとできるはずだ。自らの根を持った社会は、疎外を防ぐ社会であるばかりでなく――疎外とは根を捨てすべてをコントロールしようとする姿勢の産物だ――それとは反対にコントロールの全面的喪失を防ぐ社会でもあるのだ。

　では、そうした社会は、どこにその根を求めるべきだろうか？　伝統的に見て、地域主義的・共同体的政治学とは、民族主義の政治学であった。人は自分の氏族《クラン》、家系、人種、言語集団などに対して忠誠の義務を負ったのである。だが現代世界は、数世紀にわたって地球規模のコミュニケーションを行い、ほとんど暴力的な異文化接触を持ちつづけてきたのであって、民族主義のモデルがこれからも機能しうるとは考えがたい。とはいえ、民族主義に固執する必要はあるまい。民族主義にも、自分の民族こそ最高だという迷妄に陥る危険があり、そうなれば人間の可能性は逆に狭められてしまう。世界主義《コスモポリタニズム》はいまでも有効な理想である。したがって、必要なのは、ただ根を求めるだけではなく、地球大の相互依存と文化交流にとって有益な根を求めることである。ここ数世紀にわたって、家族や地域の絆が弱体化した結果、西洋工業社会の数多くの人々が、人間の〈精神〉の広がりを閉じてしまうことのない新しい共同体生活の源を模索している。むろん答えが簡単に見えてきているわけではない。このディレンマからの脱出口は実はどこにもないかもしれない。望ましい、自然な文化というものは、マクルーハンが「グーテンベルクの銀河系」と呼んだ現代世界とは両立しにくいのかもしれないのである。

エコロジストのレイモンド・ダスマンは最近、地球大の（planetary）世界観と、世界統一主義的（globalist）世界観とが相反するものであることを詳しく論じている。この対立は言いかえれば、「生態系」（ecosystem）の文化と、「生物圏」（biosphere）の文化との対立である。[52]「生態系」の文化は、食物や資源を地域の生態系に求め、宗教的信仰や社会的慣習を通して環境保護を確実に行っている。たとえばアメリカ・インディアンの文化がそうである。インディアンは、その地域にふさわしい高度な知識や技術を持っている（あるいは持っていた）。地域に住むあらゆる動物を知りつくしていて、風のごくわずかな変化にもその意味を正確に読みとり、おびただしい数の薬草とその使用法を代々伝承してきたのである。インディアンの生活は、彼らの住む地域との最善の関係に合わせて組み立てられている。言いかえれば、ピーター・バーグの言う「生物地域」（bioregion）に適合しているのである。「生物地域」のなかで、「文化はその地域に固有の生態系のレベルで自然と統合されている。文化は、その生態系から引き出されその生態系との関係において構造化された、一連のメタファーを用いて、見るもの聞くものを表現する」。[53]近年の研究によれば、歴史的に見て、このような生き方をしていた人々は、おおむね比較的豊かな生活を送っており、しかも現在の我々に較べはるかに少ない労働量しか必要としなかった。[54]これに対し、「生物圏」の文化を生きる人々はどうか。彼らは、地球全体を自らの住居とみなし、貿易と情報交換との厖大なネットワークに依存する。彼らの持つ知識は何ら特定の地域に限定されるものではなく、自分たちは好きな地域に好きなことをしてよいのだと思っている。たとえば水不足が生じたとして、生態系文化の人々なら、雨水収集器を屋根の上に作り、貯水タンクを備え、地域の植物を注意深く見守り、あるいはまた雨ごいを行ったりすることだろう。どれをとっても、経済的にも生態学的にも負担はほとんどゼロである。これに対して、生物圏文化の人間は、巨大なダムや運河の網を作って水不足に対処する。その結果、環境は破壊され費用も莫大にかかる。誰もが知っているように、生物圏文化の人間がやりたいようにやるためには、生態系文化の人間も生物圏文化に転向を強いられる。あるいはまた（実はこの方が多いのだが）生態系文化が抹殺されねばならない。だが、とダスマンは言う。この世界的規模の詐欺行為において、最後に敗れるのは実は生物圏文化なのだ、と。なぜなら、彼らの「勝利」によって、何千年にもわたって人類が地球上で生存することを可能にしてくれたさまざまな技術や習慣の壮大なネットワークが、失われてしまうからだ。生物圏文化の社会の経済は自らを支えることができないのであり、いまやそれは混沌状態に陥っている、とダスマンは論じている。たとえばアメリカの資源政策は、他国にとって、まさに見習ってはならない範である。「人間と自然との間の、バランスと帰属の失われた感覚を、より高い次元で取り戻すことのできる人々、未来はそうした人々のものである、と私は提言したい」とダスマンは結んでいる。要するに、文化が持つべき根は、民族的（ethnic）であるだけでなく生物的（biotic）でもなければならないのだ。ダスマンは、「世界の生物的地域区分」の地図を描き出している。これは、もしかりに自然の地勢と種の密度に従って政治的境界線を引いたら、世界はどのように区分されるかを描いたものである。[55] バーグとダスマンによる生物地域的モデルの根底にあるのは、ある地域を「占領」することとその地域に「居住」することとをはっきり区別する姿勢である。いやむしろ、現在の我々については「再居住」と言うべきだろう。バーグとダスマンは言う。

再居住とは、過去の搾取によって疲弊し破壊された地域において、真にその場に即した生き方を学ぶことにほかならない。そのためには、地域のなかとその周囲で作用している、その場独自の生態学的諸関係に目を向けることによって、その地域の「原住民」にならなければならない。その土地の生をより豊かにし、その生を支えるシステムを回復させ、その土地のなかで生態学的にも社会的にも維持可能な生活パターンを確立するためにはどうしたらいいかを理解し、それにふさわしい社会的行動を形成していかなければならないのである。一言で言えば、ひとつの場所のなかで、ひとつの場所とともに、十分に生きるということ。生物的コミュニティの一員にしてもらうこと、コミュニティの搾取者であるのをやめることだ。[56]

むろんこれは立派なヴィジョンである。あるいはまた、「場に即して生きること（……）、それ以外に真に文明的な生き方を維持する道はないのではないか[57]」という彼らの発言にしてもたしかにその通りだろう。だが、ヨーロッパと北米の、根を失い、都会化された人々が、はるか以前に大部分抹殺されてしまった生物地域およびそれに対する忠誠とをもとに、これから先新しいアイデンティティの源をつくり出すことが本当に可能だろうか？　この問いに答えるのは容易ではないだろう。

　だがしかし、他にどんな道が残されているだろうか？　学習Ⅲはこれからもますます勢いを加えていくことだろう。学習Ⅲに適切なコンテクストを与えることこそ、二十一世紀のもっとも重要な政治の課題になるかもしれないのだ。すでに触れたように、伝統的文化は入門儀礼《イニシエーション》のさまざまなテクニックを通じて学習Ⅲを取り入れてきた。このプロセスが暴走せずに済んだのは、むろんひとつには、小規模の、中央集権化されていない生活様式のおかげであった。だがそれだけではない。ｅｓｔのような組織においては、ひとたびある人物にとっての現実を崩してしまうやいなや、イニシエーションを司る者すなわち導師が、その人物のなかに導師自身の現実――たいていそれは導師とその組織に対する崇拝――を植えつけてしまう。部族的な、自然な文化においても、つねにシャーマンがいて、シャーマンが司るイニシエーションのプロセスもまた、学習Ⅱを破壊するように構成されている。だがそのような生物地域的な現実に根ざした世界にあっては、そのプロセスが「転移」につながることもなければ、権威に対する盲目的服従を生むこともない。学習Ⅲのプロセスの結果生まれるのは、シャーマンに対する崇拝ではなく、シャーマンが啓示する神秘に対する崇拝なのだ。すなわち、内なる神と、その神を反映する生態系に対する崇拝。ドン・ファンのもとで、カルロス・カスタネダがそのイニシエーションの最後に学んだ教えもまさにこれであったし、これこそが自然に基礎を置くすべての宗教のメッセージなのだ[58]。社会批評家ジェリー・ゴーズリンとリン・ハウスの言う「具体（the concrete）の科学、自然によって〈精神〉が育てられ滋養を与えられてきたことを認識し、自然を文化のモデルとする科学」を生むのもこれである[59]。一言で言えば、この地球全体を護ること、それこそが、あらゆる政治学にとって最良の指針ではないだろうか。それこそが、〈精神〉とのあらゆる遭遇、〈存在《ビーイング》〉とのあらゆる遭遇にとっての最良のコンテクストではないだろうか。工業社会主義と資本主義の増大しつづける勢いに押しつぶされることなく、地球の健康を保つことができさえすれば、それが新しい意識が誕生するときの究極的な安全弁になってくれるのではないか。そして、そのような世界においてのみ、デカルト的パラダイムを安心して捨て去ることができるのであり、つねに人間本来の生き方であった生を、生きはじめることになるだろう――すなわち、自分自身の生を。

政治的個体として持続する長さはさまざまでも、文明というものはみな、一人ひとりの人間と同じく、ひとつのメッセージである。つまりそれは、外の世界に対してひとつの発言を行うのである。とすれば、西洋工業社会もまた、デカルト的パラダイムの力とその挫折をそのメッセージとしているのであり、そのメッセージによっておそらく後世に記憶されることになるだろう。

私が子供だったころ、大半の西洋人にとってデカルト的パラダイムは何ひとつ誤りのないもの、人間の知性の歴史のなかでも比類ないほど素晴らしいものに思えていた。このパラダイムにのっとった生き方は、あらゆる形で称揚されていた。宇宙開発計画、目まぐるしいテクノロジー革新、『終りなきフロンティア』『客観性の極限』といった表題の一連の著作。だが一九六〇年代も半ばになると、科学とは実はひとつのイデオロギーにすぎないということが、多くの人にとって明白になっていった。この認識から、それがあまり健全なイデオロギーではないという認識に移行するまでには、ほとんど時を要しなかった。

これからの二、三十年が、ベイトソン的であれそれ以外であれ、全体論へ向けての移行が加速される時代となることは、まず間違いないだろう。科学文明が本格的に衰退期に入っていくにつれて、ますます多くの人々が新たなパラダイムを求めるようになり、全体論的思考のさまざまなヴァージョンのなかにきっとそれを見出すことだろう。もしも幸運に恵まれれば、紀元二二〇〇年ごろには現在のパラダイムは、好奇心の対象、何千年も昔に思える文明の遺物になっているかもしれない。ユング、ライヒ、そして特にベイトソンは、それぞれのやり方で、我々が信じうる、魔法を取り戻した世界への道を示す手助けをしてくれた。それを発展させていけば、自我意識がまったく消え去ることなく、ふたたび俗が聖の僕《しもべ》となる日がいずれ訪れるであろう。だがより大きな時間のスケールのなかで見るとき、そうしたいわば補助的変革だけで十分なのだろうかとも思えてくる。ホメーロスから現代に至る時代は、三千年にも満たない。文化人類学的に見ればほんの一瞬ではないか。現代までの四百年間にしたところで、未来から振り返れば、進化のひとつのエピソードのなかのそのまた一部分以上のものではないかもしれない。だとすれば、自意識的な一体化《ミメーシス》という、我々の進化の次のステップも、実は過渡期にすぎないのかもしれない。たとえアニミズムを脱した形にせよ、世界の魔法をよみがえらせることで、究極的には、自我意識が完全に終焉させられることになるかもしれないのである。フランスの精神分析学者ジャック・ラカンは、自我とはパラノイア的構築物であり、自己と他者との対立および同一性の論理に基づいて組み立てられたものであると論じている。さらにラカンは、西洋に特有のこの論理はつねに「境界」を要請するが、認識とは本質においてアナログ的であって、本来は境界などというものをどこにも持たない、とも言う(60)。我々の認識論がデジタル性を減じアナログ性を増すにつれ、境界もたしかな輪郭を失いはじめることだろう。そして、自我、性格の鎧、「二次過程」が溶解しはじめることだろう。そのとき我々はふたたび回帰しはじめるだろう。ロバート・ブライの言う「グレート・マザーの文化」に、宇宙的無名性に、隅から隅まで一体化的《ミメティック》な世界に(61)。

言うまでもなく、たとえこうした変容が事実起きるとしても、それが一夜にして成し遂げられるものではない。すでに述べたように、あまりにも急激な移行は逆にかつてないほどの大惨事を招くだろう。幸運に恵まれれば、無意識が復活し関係的・全体論的認知が発展する一方で、主体／客体の分離も悪しき事態を予防するのに十分な程度までは保持される、という理想的な過渡期が訪れるだろう。要するに我々は、いま持っている知恵を安易に捨て去ってはならないのであり、自我意識もある程度までは保持しなければならないのである。しかし究極的には、自我意識はこの惑星の上で我々が生きつづけるための有効な手段ではありえないかもしれない。疎外の終りは、自我の再生によってでも、自我を一次過程で補足することによってでもなく、自我を葬り去ることによってはじめて達成されるかもしれない。

ベルリン博物館に、『魂のなかの反逆者』と題された、有名なパピルス文書がある（第三〇二四号）。これは、紀元前二五〇〇年から一九九一年の間に書かれたものとされている。この時期は、エジプト史において、古王国時代と中王国時代とのはざまのいわゆる第一中間期におおむね相当する。第一中間期は、社会が全面的に崩壊し混沌と腐敗が蔓延した時代であった。それは現代によく似ている。現代もまた、古い価値観が崩壊しそれに代わる新しい価値観がまだ現れていない時代だからだ。この文書は、当時の「二心室」的文化のなかではきわめて珍しい現象を伝えている――すなわち、アイデンティティの危機を語っているのである。この文書を記した人物は、人生の意味、人間の自己（自我）、理性と情感との葛藤、自殺といった問題に捉えられている。数々の象形文字文書のなかでもまったく例外的な内容であり、古代エジプトの文書においてこのような内容を持った文章は他には存在しないと考える中近東史の専門家も多い。これが中間期に書かれているという事実を根拠に、ジュリアン・ジェインズは彼の中心的主張を展開している。その主張とは、古代において主体／客体の分離が生じた場合、それは、危機にさいし警鐘を鳴らすという機能を果たしていた、という説である。本書で私が論じてきたのも、紀元一六〇〇年以降、特に産業革命以降、西洋はずっと危機的状況にあったのであり、つねに警鐘が鳴らされるべき不安定きわまりない社会であった、ということである。分裂した現代の意識にあってはこれが正常とみなされているが、実は、何世紀にもわたって「正常」とはほど遠い時代が続いてきたのだ。エジプトの中間期との対応は明らかだろう。しかし、この対応関係には奇妙なねじれがある。『魂のなかの反逆者』の作者は、おそらく彼の同時代人にとって謎の存在だっただろう。なぜなら、彼のみが自分の自我を発見したからである。これに対し、現代の我々は、自我を失った精神病者たちの方を謎とみなす。別の言い方をすれば、現代の我々はもしかしたら健康に向かいつつあるのかもしれないが、中間期のエジプト人たちは、少なくとも一時的に病理に向かいつつあったのだ。この文書を読んで、近代の声をそのなかに聞かないのは難しい。我々の耳には、作者の言葉はしばしば英雄的に響きさえする。作者は自らの魂にこう語りかける――「兄弟よ、おまえが燃えつづける限りおまえは生に属しているのだ」。オデュッセウスが黄泉の国にテイレシアスを訪ね、安息なき旅を終わらせるべく家への道を教えて欲しいと乞うときに、テイレシアスが彼に答えて言うのも、これとほとんど同じことである。しかしここには重要な違いがある。テイレシアスは、オデュッセウスの二十年にわたる自己探究の旅を批判しているのだ。「燃えつづける」のに等しいような生は捨ててしまった方がましだと言っているのである。[62] これと対照的なのが、ロロ・メイをはじめとする、現代の実存主義哲学者たちである。こういった連中は、このような不安、このようなアイデンティティに対するこだわりこそ健康のしるしなのだという発想を種にして、哲学者としての安泰な地位を築いているのだ。『魂のなかの反逆者』の語り手と同じに、我々もまた苦悩(Angst)と活力(vitality)とが混同されてしまった気違いじみた時代に生きているのだということに、彼らは少しも気づいていない。クリストファー・ヒルの著作の題を借りれば、現代はまさに「上下がさかさまになった世界」なのだ。[63]

自我意識が終焉するとしても、生が、文化が、そして意味ある人間行動が終焉するわけではない。「意味」を「不安」と同一視する実存主義は、この惑星における人類の歴史の大半を無視することによってのみ成り立つ。近代個人主義の伝統はむろん、自我意識にしたところで、その歴史は比較的短いものにすぎない。人間の生存にとっても、豊かな人間文化にとっても、自我意識は必須のものでは決してないのであり、究極的には有害でさえあるかもしれないのだ。エコロジストのポール・シェパードによれば、はるか昔、ネアンデルタール人の脳が退化し、その結果、より小さな脳を持ったクロマニヨン人(紀元前四万年ごろ)とオーリニャック文化(紀元前二万三千年ごろ)が生まれた。オーリニャック文化は、壁画、ほぼ二百種類に及ぶ道具の発明、その他あらゆる側面で活発な文化的活動を生んだ画期的な時代であった。[64] ジュリアン・ジェインズも指摘しているように、意識の神経構造は決して不変ではない。ひょっとすると現代の我々もまた、同じようにダイナミックな「退化」の一歩手前まで来ているのかもしれない。そこから生まれてくるのは、単にひとつの新しい社会だけではなく、まったく新しい種、まったく新しいタイプの人類であるかもしれない。未来から振り返れば、現在の人間という種は、恐竜と同じような存在だったのであり、自我意識とは進化の袋小路とでも言うべきものだった、ということになるかもしれないのだ。

「やがておまえが自らの肉体を休息させるとき」――『魂のなかの反逆者』の魂は語り手に告げる――

そして彼方にたどりつくとき、
その静けさのなかで私はおまえの上に降り立つだろう、
そのときこそ私たちはひとつとなり、家となるだろう。

誰がその「家」に住むだろうか？　彼らはそこでどのように生きるだろう？　それは未来の歴史家が語るべきことだ。だが、本当にそのような世界に生きていれば、語る必要など少しも感じないかもしれない。

原注

序章　近代のランドスケープ

（1）Morris Berman, *Social Change and Scientific Organization* (London and Ithaca, N. Y.: Heinemann Educational Books and Cornell University Press, 1978).

（2）Russell Jacoby, *Social Amnesia* (Boston: Beacon Press, 1975), p. 63.

（3）ハーバート・マルクーゼ『一次元的人間』Herbert Marcuse, *One-Dimensional Man* (Boston: Beacon Press, 1964), pp. 9, 154〔河出書房新社、一九八〇年、生松敬三・三沢謙一訳〕.

（4）スタッズ・ターケル『仕事！』Studs Terkel, *Working* (New York: Avon Books, 1972)〔晶文社、一九八三年、中山容他訳〕.

（5）Richard Sennett and Jonathan Cobb, *The Hidden Injuries of Class* (New York: Vintage Books, 1973), pp. 168ff.

（6）おそらくこうしたプロセスを明らかにしたことが、アメリカではマルクーゼによってもっともよく知られるフランクフルト学派の最大の功績である。フランクフルト学派の業績の要約については、マーティン・ジェイ『弁証法的想像力——フランクフルト学派と社会研究所の歴史　１９２３—１９５０』Martin Jay, *The Dialectical Imagination* (Boston: Little, Brown, 1973)〔みすず書房、一九七五年、荒川幾男訳〕を参照。より大衆的なレベルでは、ヴァンス・パッカードが、生活の隅々にまで管理が浸透しているという見解を証拠づける著書を数多く発表している。*The Status Seekers, The Hidden Persuaders* など。

（7）Joseph A. Camilleri, *Civilization in Crisis* (Cambridge: Cambridge University Press, 1976), pp. 31-32. 性の情愛ではなくその技巧が信じがたいほど偏重されていることは、ここ十五年ほどの間に出版されたおびただしい数のセックス指南書をみても分かる。いまや性は一大産業となっているのである。

（8）R・D・レイン『ひき裂かれた自己』R. D. Laing, *The Divided Self* (Harmondsworth: Penguin Books, 1965; first publ. 1959)〔みすず書房、一九七一年、阪本健二・志賀春彦・笠原嘉訳〕.

（9）イェール大学のウィリアム・ケッセンは、小学校一年生の間に広がっている、成績をめぐっての不安について調査を行っている。その結果については、Barbara Radloff, "The Tot in the Gray Flannel Suit," *New York Times*, 4 May 1975を参照。その一部を引用すると――「サラリーマンにせよ小学校一年生にせよ、生き残ろうと思ったらルール通りにゲームを演じなければならないのである」。内面の活力と、それと対照的な外面の不毛という隔たりは、高校生なら誰でも知っている。それはまた、一九五〇年代のロックの大きなテーマでもあった。チャック・ベリーの『スクール・デイズ』や『スウィート・リトル・シックスティーン』はその典型だろう。

(10) Camilleri, *Civilization in Crisis*, p. 42. この種の情報を得るには、新聞や雑誌にざっと目を通すだけで十分である。私が主に利用したのは次の新聞・雑誌である――*Newsweek*, 8 January 1973 and 12 November 1979; *National Observer*, 6 March 1976; *San Francisco Examiner*, 24 March 1977 and 10 July 1980; *San Francisco Chronicle*, 29 March 1976 and 10 September 1979; *New York Times*, 16 March 1976; *Cosmopolitan*, September 1974. また、ジョン・ザーザンとポーラ・ザーザンは、これらの記事を概観した「崩壊」と題する文章を書いている。これは短縮した形で *Fifth Estate* の一九七六年一月号に掲載された。ダロルド・トレファートの発言はここからの引用である。アメリカにおけるドラッグ服用に関する綿密な分析としては、Richard Hughes and Robert Brewin, *The Tranquilizing of America* (New York: Harcourt Brace Jovanovich, 1979) がある。

(11) 一九七二年フィンランドにおける調査によれば、国民一人当たりの蒸溜酒消費量が世界でもっとも多いのは、ポーランド、ソ連、ハンガリーの順である。*San Francisco Chronicle*, 8 September 1978を参照。フランス、ドイツにおける自殺率は、一九七九年イヴ・ペルによるサン・フランシスコ・パシフィック・ニュース・サーヴィスの報告「十代の自殺、西洋先進国を襲う」より。

(12) ペンシルヴェニア大学で医療人類学を研究しているエドワード・F・フォークス博士は、狂気とはそうした危機にさいして人類が自らを守るためのひとつの方法であり、精神病とは文化の先端《アヴァン・ギャルド》の一形態と見ることができるのではないか、と論じている（*New York Times*, 9 December 1975, p. 22および*National Observer*, 6 March 1976, p. 1に、博士の著書の紹介がある）。R・D・レインの著作の大半もこの発想に基づいているし、ドリス・レッシングの小説にもこれをテーマにしたものが多い。また、アンドルー・ワイル『ナチュラル・マインド』Andrew Weil, *The Natural Mind* (Boston: Houghton Mifflin, 1972)〔草思社、一九七七年、名谷一郎訳〕参照。

(13) R・L・ハイルブロナー『企業文明の没落』Robert Heilbroner, *Business Civilization in Decline* (New York: Norton, 1976),

pp. 120-24〔日本経済新聞社、一九七八年、宮川公男訳〕.

（14） Willis W. Harman, *An Incomplete Guide to the Future*（San Francisco: San Francisco Book Company, 1976）, chap. 2.

第一章　近代の科学意識の誕生

（1） クリストファー・マーロウ『フォースタス博士の悲劇』Christopher Marlowe, *The Tragedy of Doctor Faustus*, ed. Louis B. Wright and Virginia A. LaMar（New York: Washington Square Press, 1959）, p. 3〔大学書林、一九八二年、佐竹龍照訳〕.

（2） フランシス・ベーコン『ノヴム・オルガヌム』Francis Bacon, *New Organon*, Book I, Aphorism XXXI, in Hugh G. Dick, ed., *Selected Writings of Francis Bacon*（New York: The Modern Library, 1955）〔岩波文庫、一九七八年、桂寿一訳〕アフォリズム第一巻、三一。

（3）「純粋な」思想史家たちは、ベーコンを、近代科学の発展には無関係の存在であったと見る傾向があり、なかには有害ですらあったと論じる学者もいる。これはひとつには、ベンジャミン・ファリントンをはじめとする、ベーコンを文化的英雄として祭り上げたマルクス系歴史家に対する反動である（Benjamin Farrington, *Francis Bacon: Philosopher of Industrial Science*, New York: Collier Books, 1961; first publ. 1949）。こうした反発のなかでももっとも極端なのが、C・C・ギリスピー『科学思想の歴史』C. C. Gillispie, *The Edge of Objectivity*（Princeton: Princeton University Press, 1960）, pp. 74-82〔みすず書房、一九六五年、島尾永康訳〕である。

（4） ファリントンの著作に加えて、パオロ・ロッシによる二冊の著書がこの点に関してすぐれた議論を展開している。パオロ・ロッシ『魔術から科学へ——近代思想の成立と科学的認識の形成』Paolo Rossi, *Francis Bacon*, trans. Sacha Rabinovitch（London: Routledge & Kegan Paul, 1968）〔サイマル出版会、一九七〇年、前田達郎訳〕; *Philosophy, Technology and the Arts in the Modern Era*, trans. Salvator Attanasio（New York: Harper Torchbooks, 1970）. また、クリストファ・ヒル『イギリス革命の思想的先駆者たち』Christopher Hill, *Intellectual Origins of the English Revolution*（London: Panther Books, 1972）, chap. 3〔岩波書店、一九七二年、福田良子訳〕参照。

（5） ベーコン、『ノヴム・オルガヌム』アフォリズム第一巻、七四。

（6） 同九八。

（7） 東洋と西洋の科学や思考法を比較した文献はむろん厖大である。この問題のすぐれた入門書としては、ジョゼフ・ニーダム『文明の滴定――科学技術と中国の社会』Joseph Needham, *The Grand Titration* (London: Allen & Unwin, 1969)〔法政大学出版局、一九七四年、橋本敬造訳〕がある。

（8） 以下デカルトからの引用はすべて『方法序説』より。デカルト『方法序説』René Descartes, *Discourse on Method*, trans. Laurence J. Lafleur (Indianapolis: The Liberal Arts Press, 1950; original French edition, 1637)〔岩波文庫、一九六七年、落合太郎訳〕.

（9） デカルトとベーコンとの間のこの隔たりに関する迫力ある議論としては、Pierre Duhem, *The Aim and Structure of Physical Theory*, trans. Philip P. Wiener (New York: Atheneum, 1962; original French edition 1914), chap. 4 がある。

（10） Descartes, *Discourse*, p. 12.

（11） A. R. Hall, *The Scientific Revolution* (Boston: Beacon Press, 1956), p. 149. 先に私は、デカルトにとって「あらゆる非物質的な現象も、究極的には物質的基盤を持っている」と述べたが、ここでの議論から分かるように、これは厳密には正しくない。デカルトにとって、「思惟体」(res cogitans) と「外延体」(res extensa) とはまったく別々の実体であった。精神現象を生理現象に付随するものにすぎないとし、精神を身体の一部におとしめてしまったのはデカルトの後継者たちである。そのやり方が今日の科学でも続いているわけだ。デカルト自身においては複雑だった思想が、体制的デカルト主義になってからは、単純な唯物論に堕してしまったのである。

（12） 批判的理性と弁証法的理性という区別は、N・O・ブラウン『エロスとタナトス』Norman O. Brown, *Life Against Death* (Middletown, Conn.: Wesleyan Univ. Press, 1970; orig. publ. 1959)〔竹内書店、一九七〇年、秋山さと子訳〕による。

（13） ガリレオの思想を扱ったもっともすぐれた書物は、おそらく Ludovico Geymonat, *Galileo Galilei*, trans. Stillman Drake (New York: McGraw-Hill, 1965) ではないかと思う。

（14） ピアジェの著作は多数にのぼる。もっとも新しいものは、*The Grasp of Consciousness*, trans. Susan Wedgwood (Cambridge: Harvard University Press, 1976)。本章および次章の議論において無用の混乱を避けるためにあらかじめ述べておけば、私はアリストテレス信奉者ではないし、中世のトマス・アクィナス的統合に戻れと言っているのでもない。本章から第三章にかけて私がアリストテレスを問題にしているのは、アリストテレスの著作のなかに参加する意識が見出せるためである。だがむろん、それはアリストテレスの一側面にすぎない。たとえばアリストテレスにおける論理と無矛盾の諸法則は、今日においても科学的論理思考の大きな土台となっているのであり、参加という発想とは真向から対立するものである。

（15）次のことを確認しておこう――近代科学の世界に入ることは、すなわち日常我々が目にしているものとは相反する抽象の世界に入ることである。兎の穴に落ちたアリスのように、一五五〇年から一七〇〇年にかけてのヨーロッパも、不思議の国に入り込んだのだ。だがすっかり丸ごと落ちて行ったのではない。たしかに一方では科学と技術の支配的文化が物質的富の創造と結びつき、現在でもこの文化のなかで高い地位を得ようとする学生たちは、ニュートン／デカルト／ガリレオの認識方法を身につけるべくすみやかに再教育を受ける。だが個人のレベルでは、そして感情のレベルでは、我々はいまも、抽象を媒介としない直接的経験の共通感覚的世界のなかにいるのである――ものがその本性ゆえに地球の中心に向かって落下し、あらゆる運動が原動者を必要とする世界のなかに。それればかりか我々のなかには、アニミズムさえ残っている。たとえば我々は長年愛用している椅子やランプとほぼ人間的といってもよい関係を持つに至るではないか。それがただの木か金属にすぎないことを我々が「知っている」ところで、その関係自体は少しも変わらないのである。

（16）Oskar Kokoschka, *My Life*, trans. David Britt（London: Thames and Hudson, 1974）, p. 198.

（17）ベルトルト・ブレヒト『ガリレイの生涯』Bertolt Brecht, *Galileo*, trans. Charles Laughton and ed. Eric Bentley（New York: Grove Press, 1966, from the English edition of 1952）, p. 63〔岩波文庫、一九七九年、岩淵達治訳〕.

（18）とはいえ、誰もがそうなったというわけでもなさそうだ。ロシュフーコーは以下のような挿話を伝えている。十八世紀後半のこと、ノーフォークに住むひとりの牧師がケンブリッジで博士号の審査を受けた。審査官のひとりがこうたずねた――「太陽が地球のまわりを回っているのか、それとも地球が太陽のまわりを回っているのか?」と。牧師は一瞬返答に窮したが、ままよとばかり思い切って答えた――「時には太陽が回り、時には地球が回るのです」。驚くなかれこの牧師は博士号を授与された。G. E. Mingay, *English Landed Society in the Eighteenth Century*（London: Routledge & Kegan Paul, 1963）, p. 137より。

（19）『プリンキピア』は一般には一六八七年出版とされるが、H・S・セイヤーは初版の出版年は一六八六年であるとしている。H. S. Thayer, *Newton's Philosophy of Nature*（New York: Hafner, 1953）, p. 9n.

（20）Thayer, p. 54.

（21）*Ibid.*, p. 45.

（22） 実証主義がはじめて体系化されたのは、おそらくマラン・メルセンヌの著作においてである（第三章参照）。そしてそれを完全に近代の言葉で言い表したのが、ロジャー・コーツによる『プリンキピア』第二版の序文である。Reprinted in Thayer, pp. 116-34, esp. p. 126.

（23） A・N・ホワイトヘッド『科学と近代世界』Alfred North Whitehead, *Science and the Modern World* (New York: Mentor Books, 1948; orig. publ. 1925), p.55〔松籟社、一九八一年、上田泰治・村上至孝訳〕.

（24） ノーマン・O・ブラウン『ラヴズ・ボディ』N. O. Brown, *Love's Body* (New York: Vintage Books, 1966), p. 139〔みすず書房、一九九五年、宮武昭・佐々木俊三訳〕.

（25） Peter Berger, "Towards a Sociological Understanding of Psychoanalysis," *Social Research* 32 (Spring 1965), 32. バーガーの発言はいわゆる知識社会学の流れを汲んでいると言ってよいが、知識社会学の古典的見解が確立されたのは、カール・マンハイム『イデオロギーとユートピア』Karl Mannheim, *Ideology and Utopia*, trans. Louis Wirth and Edward Shils (New York: Harvest Books, reprint of 1936 edition)〔未來社、一九六八年、鈴木二郎訳〕においてである。

第二章 近代初期ヨーロッパの意識と社会

（1） Ernest Gellner, *Thought and Change* (Chicago: University of Chicago Press, 1964), p. 72.

（2） Cf. Carlo M. Cipolla, *Before the Industrial Revolution* (New York: Norton, 1976), pp. 117-18.

（3） これは要するに知識社会学の問題であり、絶対の真理などというものはありえないのではないかという根底的相対主義の問題である。このふたつの問題については、本章の結末で簡単に触れ、さらに第五章で詳しく扱うことになるだろう。「資本主義が近代科学を生んだ」というような因果律的発想に関連してここで一言述べておこう。科学の歴史についての従来の文献は、その大部分が、近代科学発生における「外的」要因（社会的影響から生じた要因）の役割と「内的」要因（科学それ自体の発展に基づく要因）の役割とを区別し、そのどちらがより重要であったかを解明しようとしている。こうした問いの答えが見つかるはずもないことは言うまでもない。なぜならその問いは、精神／身体という、近代のみに固有のつくりものの二分法に依拠しているからだ。第三章で詳しく論じることになるが、精神／身体というような分離は、近代以前の社会においては存在しなかった。この二分法が虚構にすぎないことがひとたび認識されれば、「外的・内的」論争はおのずから消滅するはずである。

この問題に関する重要な古典的論文を収録したものとして、次のようなアンソロジーがある。Hugh F. Kearney, ed., *Origins of the Scientific Revolution*（London: Longmans, Green, 1964）; George Basalla, ed., *The Rise of Modern Science*（Lexington, Mass.: D. C. Heath, 1968）; Leonard M. Marsak, ed., *The Rise of Science in Relation to Society*（New York: Macmillan, 1964）.

（4）　E・A・バート『近代科学の形而上学的基礎』E. A. Burtt, *The Metaphysical Foundations of Modern Science*, 2nd ed.（Garden City, N. Y.: Doubleday, 1932）〔平凡社、一九八八年、市場泰男訳〕.

（5）　John Donne, "An Anatomie of the World: The First Anniversary," in *Donne*, ed. Richard Wilbur（New York: Dell, 1962）, pp. 112-13. パスカルの言葉は、W. P. D. Wightman, *Science in a Renaissance Society*（London: Hutchinson University Library, 1972）, p. 174 にフランス語原文で引用されている（"Les silences des espaces éternels m'effrayent"）。

（6）　あらためて断るまでもなく、封建主義、商業革命、および資本主義への移行についての文献の量は厖大であり、完全な文献目録を作ることはおよそ不可能である。ここで特に参照したのは以下の各書である。フェルナン・ブローデル『地中海Ⅳ・Ⅴ――出来事、政治、人間』Fernand Braudel, *The Mediterranean and the Mediterranean World in the Age of Philip II*, vol. 2, trans. Sian Reynolds（New York: Harper & Row, 1972）〔藤原書店、二〇〇四年、浜名優美訳〕; Pierre Jeannin, *Merchants of the 16th Century*, trans. Paul Fittingoff（New York: Harper & Row, 1972）; Carlo M. Cipolla, *Before the Industrial Revolution*; イマニュエル・ウォーラーステイン『近代世界システムⅠ・Ⅱ――農業資本主義と「ヨーロッパ世界経済」の成立』Immanuel Wallerstein, *The Modern World-System*（New York: Academic Press, 1975）〔岩波現代選書、一九八一年、川北稔訳〕; J. U. Nef, *Industry and Government in France and England, 1540-1640*（Philadelphia: American Philosophical Society, 1940）.

（7）　Alfred von Martin, *Sociology of the Renaissance*（New York: Harper Torchbooks, 1963; orig. German edition 1932）, pp. 14, 21. 聖なる数字から世俗の数字への移行（たとえばカバラから簿記といったふうに）は、この大きな流れの一部であった。これについては第三章で簡単に触れる。

（8）　*Ibid*., p. 40.

（9）　ミルチャ・エリアーデ『永遠回帰の神話――祖型と反復』Mircea Eliade, *The Myth of Eternal Return; or, Cosmos and History*, trans. Willard R. Trask（Princeton: Princeton University Press, 1971; orig. French edition 1949）〔未來社、一九六三年、堀一郎訳〕; von Martin, *Sociology of the Renaissance*, p. 16.

時間についてひとつ指摘しておけば、中世の精神にとって、直線的時間は実感としては無縁であったが、公的レベルではすでに存在していた。すなわち、中世キリスト教の公的時間観は、世界が過去のある特定の時点で創造され、やがて未来におけるキリストの再臨に向かいつつあると考える点において、直線的だったのである（たしかに再臨は「再創造」でもあり、その意味では「直線的」とは言い切れないが）。同様に、個人もまた、誕生からはじまり死に至り、（理想的には）救済へ向かうと考えられていた。要するに、キリスト教文化は、ユダヤ教終末論の枠組を取り入れた限りにおいて、直線的時間の思考を取り入れていた。しかしエリアーデやフォン・マルティンが問題にしているのは、聖書的・公的時間観ではなく、日常において実感された時間である。感じられた時間、それは円環的だったのである――太陽が上りそして沈み、季節はいつの年も同じ順番で訪れ、種蒔きのあとには収穫があり、公的領域に属す教会の休日ですら毎年決まって同じ日にやってきたのだ。おそらく中世の時間観にはいくつかの側面が存在するが、エリアーデとフォン・マルティンはそのなかのもっとも重要な意識のあり方を捉えていると私は思う。

（10） Lynn White, Jr., *Medieval Technology and Social Change*（London: Oxford University Press,1964）, p. 125.

（11） 学者と職人に関する文献については、本章注3を参照。特に有益なのは、Kearney, *Origins of the Scientific Revolution* に収録された、A. R. Hall と E. Zilsel による論文（pp. 67-99）、および Paolo Rossi, *Philosophy, Technology and the Arts in the Early Modern Era*, trans. Salavator Attanasio（New York: Harper Torchbooks, 1970）。

以下の議論が概して当てはまるのは、中流階級の職人、すなわち親方層であって、最下層の職人たちには必ずしも当てはまらない。親方層は、軍事技術者と同様、自らの専門知識以外にも何らかの教育を受けていたが、下層職人はたいていそうではなかった。一六〇〇年ごろには、見習い―職人―親方といった階級制がすでに現れていた。

（12） 十六世紀末によく使われるようになった言葉。ウィリアム・ギルバートは、『磁石論』（一六〇〇）の序文においてこの言葉を詳しく説明している。

（13） Rossi, *Philosophy, Technology and the Arts*, pp. 30-31.

（14） *Ibid.*, p. 42.

（15） *Ibid.*, p. 112. ガリレオ、タルターリアの生涯、および学者と職人の融合をめぐる以下の記述は、次の資料に基づく。Ludovico Geymonat, *Galileo Galilei*, trans. Stillman Drake（New York: McGraw-Hill, 1965）；ガリレオ・ガリレイ『新科学対話』Galileo Galilei, *Dialogues Concerning Two New Sciences*, trans. Henry Crew and Alfonso de Salvio（New York: Macmillan, 1914）

〔岩波文庫、一九六四年、今野武雄・日田節次訳〕; Gerald Holton and Duane Roller, *Foundations of Modern Physical Science* (Reading, Mass.: Addison-Wesley, 1958); Stillman Drake and Jamas MacLachlan, "Galileo's Discovery of the Parabolic Trajectory," *Scientific American* 232 (March 1975), 102-10; Edgar Zilsel, "The Sociological Roots of Science," in Kearney, *Origins of the Scientific Revolution*, pp. 86-99; Stillman Drake and I. E. Drabkin, trans. and eds., *Mechanics in Sixteenth-Century Italy* (Madison: University of Wisconsin Press, 1969); A. R. Hall, *Ballistics in the Seventeenth Century* (Cambridge: Cambridge University Press, 1952); Stillman Drake, "Galileo and the First Mechanical Computing Device," *Scientific American* 234 (April 1976), 104-13.

(16)　T・S・クーンのパラダイム論に対してイムレ・ラカトシュが与えた批判がまさにこれであった。イムレ・ラカトシュ、アラン・マスグレーヴ編『批判と知識の成長』Imre Lakatos and Alan Musgrave, eds., *Criticism and the Growth of Knowledge* (Cambridge: Cambridge University Press, 1970), p. 178〔木鐸社、一九八五年、森博監訳〕.

第三章　世界の魔法が解けていく（1）

（1）　知の歴史を進歩として捉えることの誤りはこれまでにも多くの論者が指摘している。T・S・クーン、レヴィ＝ストロース、ミシェル・フーコー、ロラン・バルト、そしてフランクフルト学派（序章注6を参照）はその代表といってよい。しかし、彼らの掲げる認識論的枠組は、この問題についての支配的な考え方にほとんど衝撃を与えるに至っていない。科学的知が「漸近線」を描いて進歩していくという信仰はいまだ根強く、マスメディア、大学、その他西洋文化のあらゆる組織をおおいつくしているのである。この信仰を神聖化したのがおそらくC・P・スノウの小説『探究』である。C. P. Snow, *The Search* (New York: Scribner's, 1958).

（2）　正統的律法の伝統を外れたユダヤ主義の研究者としては、ゲルショム・ショーレムがいる (Gershom Scholem, *Major Trends in Jewish Mysticism, On the Kabbalah and Its Symbolism*〔『カバラとその象徴的表現』法政大学出版局、一九八五年、小岸明・岡部仁訳〕)。ユダヤ教におけるグノーシス主義に関する論考としては、Erwin Goodenough, *Jewish Symbols in the Greco-Roman Period*, vols. 7-8, *Pagan Symbols in Judaism* (New York: Pantheon Books, 1958); Michael E. Stone, "Judaism at the Time of Christ," *Scientific American* 228 (January 1973), 80-87.

(3) Owen Barfield, *Saving the Appearances* (New York: Harcourt, Brace & World, 1965). 特に第十六章。

(4) ジュリアン・ジェインズ『神々の沈黙――意識の誕生と文明の興亡』Julian Jaynes, *The Origin of Consciousness in the Breakdown of the Bicameral Mind* (Boston: Houghton Mifflin, 1976), bk. 1, chap. 3, and bk. 2, chap. 5〔紀伊國屋書店、二〇〇五年、柴田裕之訳〕; ニーチェ『悲劇の誕生』Friedrich Nietzsche, *The Birth of Tragedy*, trans. Francis Golffing (Garden City: Doubleday Anchor, 1956), esp. pp. 84, 107-8〔中公文庫、一九七四年、西尾幹二訳〕.

ホメーロス的な精神のありようとその後の精神のありようを比較したすぐれた論考としては、ベネット・サイモン『ギリシア文明と狂気』Bennett Simon, *Mind and Madness in Ancient Greece* (Ithaca, N. Y.: Cornell University Press, 1978)〔人文書院、一九八九年、石渡隆司・藤原博・酒井明夫訳〕がある。

(5) ギリシャ的意識に関する以下の議論は、E. A. Havelock, *Preface to Plato* (Cambridge: Harvard University Press, Belknap Press, 1963), pp. 25-27, 45-47, 150-58, 190, 199-207, 219, 238-39, 261 に基づく。同様のアプローチでこの問題を扱った素晴らしい論文として、John H. Finley, Jr., *Four Stages of Greek Thought* (Stanford: Stanford University Press, 1966) がある。Cf. Simon, *Mind and Madness in Ancient Greece*.

(6) ニーチェは参加する意識が絵空事ではないことを発見した。そして独力でそれを再発見した現代人が、『禅とオートバイ整備の技術』のロバート・パーシグである。そのギリシャ思想史の分析にはいくつか問題点があるとはいえ、ギリシャ哲学を扱ったこの自伝的な書は、パーシグがおそらくニーチェをまったく知らずに独力で参加する意識を再発見した過程を述べている。そして、ニーチェと同じく、パーシグもまたその結果発狂した。ロバート・M・パーシグ『禅とオートバイ修理技術』Robert Pirsig, *Zen and the Art of Motorcycle Maintenance* (New York: William Morrow, 1974)〔ハヤカワ文庫NF、上下巻、二〇〇八年、五十嵐美克訳〕. 同じテーマは、ドリス・レッシングの秀作『地獄下り心得』にも見られる。古典文学の教授であるチャールズ・ワトキンスなる人物が、やはりその洞察ゆえに発狂し、(パーシグ同様に)電気ショック療法によって参加しない意識へ連れ戻されるのである。Doris Lessing, *Briefing for a Descent Into Hell* (New York: Knopf, 1971).

プラトンが理想とした精神がもっとも明快に述べられているのは、おそらく『国家』第四巻、四四〇―四四三においてである。特に四四三eは重要。この理想の精神とは、プラトンにあっては、「正しい人」の精神であり(四四四参照)、かつ「健康な人」のそれである。

(7) Owen Barfield, *Saving the Appearances*, pp. 79-80; Robert Ornstein, *The Psychology of Consciousness* (Baltimore: Penguin Books, 1975), pp. 138, 183.

(8) 以下の議論は、ミシェル・フーコー『言葉と物』〔新潮社、一九七四年、渡辺一民・佐々木明訳〕第二章に基づく。

(9) アグリッパの著作の第一巻の英訳名は *The Philosophy of Natural Magic* である。Ed. L. W. de Laurence (Mokelumne Hill, Calif.: Health Research, 1972; reprint of 1913 ed.). 以下の引用はその六五、七一、七三、七七、一一四、二一〇ページに見られる。

(10) フランス語の「磁石」(aimant) と「恋人」(amant[e]) の類似もこれにつながる。

(11) この点を詳細に論じているのが、キース・トマス『宗教と魔術の衰退』Keith Thomas, *Religion and the Decline of Magic* (Harmondsworth: Penguin Books, 1973)〔法政大学出版局、一九九三年、荒木正純訳〕; D・P・ウォーカー『ルネサンスの魔術思想』D. P. Walker, *Spiritual and Demonic Magic from Ficino to Campanella* (London: The Warburg Institute, 1958)〔ちくま学芸文庫、二〇〇四年、田口清一訳〕である。

(12) ここからの議論についてはフーコー『言葉と物』第三章を参照。『ドン・キホーテ』正編が出版されたのは一六〇五年。

(13) Barfield, *Saving the Appearances*, pp. 32n, 42. 以下の議論は大半バーフィールドの分析に基づく。

(14) ふたつめの答えを選びとるとすれば、いわゆる「常識的な」ものの見方——世界のさまざまな現象は意識からは完全に独立して別個にあり、いままでもつねにそうだったのだという見方——はまったく馬鹿げたものに見えてくるはずであり、これ以上論じる必要すらないように思える。しかし、その見方が「常識」であることは動かしがたい事実であり、さらにそれはあらゆる思想史、あらゆる意識の歴史の大前提とされてすらいる。人間の意識に関するジェインズの研究(本章注4参照)は、まさにこの見方を前提として成立している。そのためジェインズは、あらゆる形の参加する意識(詩、音楽、絵画)を先祖返りの妄想として否定しなければならない羽目に陥ってしまっている。そして、疎外された知性こそ唯一信頼しうる知の形態であるとまで言っている(だがジェインズは、その論文の結末に至ると、自らの論も含めてそうした知のあり方に疑問を投げかけざるをえなくなる)。こうして、プラトンの理想が発展を続けた結果、精神病的結末を迎えることになるわけだ。ただ念のためつけ加えておけば、プラトン的=科学的理想には私はむろん批判的だが、初源的参加への回帰は現時点において可能でもなければ望ましくもないというバーフィールドの見解に、私は全面的に賛成である。

（15） Agrippa, *De Vanitate*, quoted by Carl Jung in *The Collected Works of C. G. Jung*（以下 *CW*）, trans. R. F. C. Hull, 2nd ed.（Princeton: Princeton University Press, 1961-79）, vol. 14, p. 35. 次も参照。Wolf Dieter Müller-Jahncke, "The Attitude of Agrippa von Nettesheim（1486-1535）Towards Alchemy," *Ambix* 22（1975）, 134-50. 特に英国では錬金術がペテンと見られることが多く、錬金術熱はギャンブル熱と大して変わらないものと考えられた。チョーサーは『カンタベリー物語』のなかの「錬金術師の従者の物語」で、錬金術を時間と金の浪費として風刺している。

（16） C・G・ユング『心理学と錬金術Ⅰ』第二部「個体化過程の夢象徴」Jung, *CW* 12, pt. 2〔人文書院、一九七六年、池田紘一・鎌田道生訳〕. 他にも錬金術の図版を数多く収録したものとして、S・K・デ・ロラ『錬金術――精神変容の秘術』S. K. De Rola, *Alchemy: The Secret Art*（New York: Avon Books, 1973）〔平凡社、一九七八年、種村季弘訳〕がある。

（17） ここでのユングの紹介は以下の著作に基づく。ユング『心理学と錬金術』Jung, *CW*, 12, 14, 15; A・ヤッフェ編『ユング自伝――思い出・夢・思想1・2』*Memories, Dreams, Reflections*, ed. Aniela Jaffe, trans. Richard and Clara Winston, rev. ed.（New York: Vintage Books, 1965）〔みすず書房、一九七二－七三年、河合隼雄・藤縄昭・出井淑子訳〕; A・C・ストー『ユング』Anthony Storr, *Jung*（London: Fontana, 1973）〔岩波現代選書、一九七八年、河合隼雄訳〕; D・M・カルフ『カルフ箱庭療法』Harold Stone, Prologue to Dora M. Kalff, *Sandplay*（San Francisco: Browser Press, 1971）〔誠信書房、一九七二年、河合隼雄監修、大原貢・山中康裕訳〕; B. J. T. Dobbs, *The Foundations of Newton's Alchemy*（Cambridge: Cambridge University Press, 1975）, pp. 26-34.

皮肉なことに、「まったくのでたらめ」（gibberish）という言葉がはじめて用いられたのは、錬金術の言語についてであった。この言葉はゲーベル（Geber）という名に由来する。ゲーベルとは、十三世紀イタリアもしくはカタロニアの著述家で、錬金術に関する著作がある。このゲーベルという名にも由来があり、八世紀アラビアの錬金術師ジャービル・イブン・ハイヤーン（Jabir ibn Hayyan）である。

（18）「弁証法的思考」「批判的思考」等の用語は、N・O・ブラウン『エロスとタナトス』N. O. Brown, *Life Against Death*（Middletown, Conn.: Wesleyan University Press, 1970; orig. publ. 1959）より。夢の言語についての興味深い論としては、アン・ファラデー『ドリームパワー』Ann Faraday, *The Dream Game*（New York: Perennial Library, 1976）, pp. 54-57〔時事通信社、一九七三年、中野久夫・佐波克美訳〕がある。

（19）『心理学と錬金術I』*CW* 12, pt. 2.

（20）Brown, *Life Against Death*, p. 316〔『エロスとタナトス』〕.

（21）むろん残虐さは近代人のみの特権とはいえない。だが、その残虐の規模の大きさはおそらくそうである。近代の大量殺戮を可能にするのに必要なテクノロジーを創造したこと自体、精神の抑圧のプロセスの一環だったのだ——ユングはおそらくそう言いたかったのである。

（22）"Sol et eius umbra perficiunt opus." マイヤーの一六一八年の著作より、ドブス（本章注17参照）が引用。*The Foundations of Newton's Alchemy*, p. 31 and n.

（23）こうした経験を表す寓話として、たとえば『千夜一夜物語』のなかの「漁師と魔神」がある。魔神はいったん壜のなかから解放されると、漁師を殺すと脅し、なかなか壜のなかに戻ろうとしない。この物語の西洋版は、当然テクノロジーと結びつく。たとえばメアリ・シェリーの『フランケンシュタイン』がそうである。

（24）無意識の噴出が心をばらばらにし精神病を招くという言い方は、厳密には正しくない。なぜなら、精神病とは実は心を救う試みにほかならないからだ。精神病を否定的にしか見ないのは、西洋の臨床精神医学の視点にすぎない。これについては第四章の終りを参照。

（25）R・D・レイン『経験の政治学』R. D. Laing, *The Politics of Experience*（New York: Ballantine Books, 1968）〔みすず書房、一九七三年、笠原嘉・塚本嘉壽訳〕.

（26）R. D. Laing, *The Divided Self*（Harmondsworth: Penguin Books, 1965; orig. publ. 1959）, pp. 200, 204-5〔『ひき裂かれた自己』〕.

（27）ミルチャ・エリアーデ『鍛冶師と錬金術師』Mircea Eliade, *The Forge and the Crucible*, trans. Stephen Corrin（New York: Harper Torchbooks, 1971; orig. French edition 1956）, pp. 7-9, 30-33, 42, 54-57, 101-2〔せりか書房、一九八六年、大室幹雄訳〕.

（28）Titus Burkhardt, *Alchemy*, trans. William Stoddart（Baltimore: Penguin Books, 1971; orig. German edition 1960）, p. 25. 錬金術の作業に関する以下の記述は同書に基づく。

（29）ニュートンの伝記作者フランク・マニュエルによれば、錬金術の基本的手順は全部で十二あった。マニュエルは、ジョージ・リプリー卿の一五九一年の著作に従って、これを次のようにまとめている——煆焼（calcination）、溶解（dissolution）、分離（separation）、結合（conjunction）、腐蝕（putrefaction）、凝結（congelation）、授養（cibation）、昇華（sublimation）、発酵（fermentation）、高揚（exaltation）、増殖（multiplication）、投射（projection）。また容器のなかの色の変化を、作業の進行の指標とすることもあった。これは明らかに冶金学から発している。第一の溶液の「混沌への下降」は「黒化」（nigredo）であり、つぎに「白化」（albedo）が続き、最後に（すべてがうまく行けば）「赤化」（rubedo）が生じた。この三つの基本色の間にもさまざまな色が代わるがわる生じる。そのため「孔雀の尾」（cauda pavonis）という言葉が錬金術文書にしばしば見られる。水銀は黒化を、硫黄は赤化を生じさせる。

（30）錬金術そのものには言及していないにもかかわらず、人間の人格の錬金術的モデルをもっともよく表現したものとして、ルーク・ラインハートの愉快な小説を挙げることができる。ルーク・ラインハート『ダイスマン』Luke Reinehart, *The Dice Man* (London: Talmy, Franklin Ltd., 1971)〔二見書房、一九七二年、南清訳〕. 錬金術の宗教的・精神分析的解釈の文献は数多いが、ここではジェイムズ・ヒルマンが一九七六年十二月十一日にサンフランシスコで行った講演のなかの解釈を基にして論じた。ヒルマンは雑誌『春』（*Spring*）の編集長で、ユング心理学に関する著作がいくつかある。人格の本質に関する同様の分析は、ヘッセの傑作『荒野の狼』にも見られる。

レインからの引用は、*The Politics of Experience and the Bird of Paradise*, p. 190〔『経験の政治学』〕より。この本も『ひき裂かれた自己』同様、きわめて錬金術的な書物である。

（31）ペリーの業績については、ペリー自身の *The Far Side of Madness*（Englewood Cliffs, N. J.: Prentice-Hall, 1974）を参照。狂気と錬金術、および前近代の思考全般との間の対応関係は、第四章の終りで簡単に論じることにする。

（32）F・S・テイラー『錬金術師』F. Sherwood Taylor, *The Alchemists* (New York: Henry Schuman, 1949), pp. 179-89〔人文書院、一九七八年、平田寛・大槻真一郎訳〕. スピノザの証言は、一六六七年三月ヤーリク・イェリス宛の手紙のなかに見られる。

（33）自然を解く鍵としての錬金術という問題については、A. G. Debus, "Renaissance Chemistry and the Work of Robert Fludd," *Ambix* 14 (1967), 42-59 に引用された多数の論者を参照。錬金術と、さまざまな工芸の作業過程とのつながりについては、アグリッパも論じている（本章注15に挙げたミュラー＝ヤンケの論文を参照）。特に鉱業、冶金学、窯業との関わりについては、エリアーデが『鍛冶師と錬金術師』において詳細に論じている。錬金術と医学の関係に関しては膨大な量の文献があるが、そのなかでもアレン・ディーバスとウォルター・ペイジェルがパラケルススとその弟子たちの業績を論じたものが有益。ヨガの一形態としての錬金術という問題は、エリアーデ、ユングをはじめ多数の論考があるが、つぎの諸論が特に重要。Burckhardt, *Alchemy*; Maurice Aniane, "Notes sur l'alchimie, 'Yoga' cosmologique de la chrétienté mediévale," in Jacques Masui, ed., *Yoga, science de l'homme intégral* (Paris: Cahiers du Sud, 1953), pp. 243-73.

(34) チヌア・アチェベ『崩れゆく絆』Chinua Achebe, *Things Fall Apart* (New York: Fawcett World Library, 1959)〔光文社古典新訳文庫、二〇一三年、粟飯原文子訳〕. カスタネダの四部作のはじめの三冊『呪術師と私――ドン・ファンの教え』、『呪術の体験――分離したリアリティ』、『呪師になる――イクストランへの旅』(二見書房、真崎義博訳、一九七二―七四年)は、内側から見たアニミズム的世界観を語っている。第四作『未知の次元』は、魔術の認識論を余すところなく語り尽くしている。

(35) Daniel Noel, ed., *Seeing Castaneda* (New York: G. P. Putnam's Sons, 1976), p. 53.

(36) Philip Wheelwright, ed., *The Presocratics* (New York: The Odyssey Press, 1966), p. 52.

(37) Taylor, *The Alchemists*, pp. 233-34〔『錬金術師』〕.

(38) ニュートンの錬金術については次章の議論を参照。錬金術師としてのニュートンというテーマはいまや科学史研究者の間で一大産業となった観があり、文献もきわめて多数。興味のある方のために主な論文を挙げておく。Frank Manuel, *A Portrait of Isaac Newton*; J. E. McGuire and P. M. Rattansi, "Newton and the 'Pipes of Pan'," *Notes and Records of the Royal Society of London* 21 (1966), 108-43; Betty Dobbs, *The Foundations of Newton's Alchemy*; R. S. Westfall, "The Role of Alchemy in Newton's Career," in M. L. R. Bonelli and W. R. Shea, eds., *Reason, Experiment, and Mysticism in the Scientific Revolution* (New York: Science History Publications, 1975), pp. 189-232〔リチャード・S・ウェストフォール「ニュートンの生涯における錬金術の役割」、L・R・ボネリ、W・R・シェイ編『科学革命における理性と神秘主義』、新曜社、一九八五年、村上陽一郎・大谷隆昶・横山照雄訳〕; Westfall, "Newton and the Hermetic Tradition," in A. G. Debus, ed., *Science, Medicine and Society in the Renaissance*, 2 vols. (New York: Neale Watson, 1972), 2, 183-98; P. M. Rattansi, "Newton's Alchemical Studies," in the Debus volume, pp. 167-98; 特に素晴らしいのが David Kubrin, "Newton's Inside Out! Magic, Class Struggle, and the Rise of Mechanism in the West," in Harry Woolf, ed., *The Analytic Spirit* (Ithaca, N. Y.: Cornell University Press, 1981).

オカルト科学の思想をはじめとする、十七世紀の急進思想について見事な論を展開しているのが、Christopher Hill, *The*

World Turned Upside Down (New York: Viking, 1972).

(39) そればかりか、いまもひそかに活動を続けている錬金術師も何人か存在している。これについては、Jacques Sadoul, *Alchemists and Gold* (London: Neville Spearman, 1972); Armand Barbault, *Gold of a Thousand Mornings*, trans. Robin Campbell (London: Neville Spearman, 1975) を参照。

(40) マグリットのふたつの発言は、エディ・ウォルフラムが『マグリット』に寄せた序文に引用されている。Eddie Wolfram, Introduction to David Larkin, ed., *Magritte* (New York: Ballantine Books, 1972). 錬金術とシュルレアリスムとのつながりは、E. R. Chamberlin, *Everyday Life in Renaissance Times* (New York: Capricorn Books, 1965), p. 175 でも簡単に触れている。

(41) Walker, *Spritual and Demonic Magic*〔『ルネサンスの魔術思想』〕参照。

(42) Eliade, *Forge and Crucible*, pp.172-73〔『鍛冶師と錬金術師』〕. Cf. Brown, *Life Against Death*, p. 258〔『エロスとタナトス』〕.

(43) Paolo Rossi, *Philosophy, Technology and the Arts in the Early Modern Era*, trans. Salvator Attanasio (New York: Harper Torchbooks, 1970; orig. Italian edition 1962), p. 28. 科学的実験方法の成立においてヘルメス主義が大きな要因であったことは、現在では多くの歴史学者が認めるところである。ロッシ以外にも、注38に挙げた論者の何人かが同様の見解を示している。Eliade, *Forge and Crucible*〔『鍛冶師と錬金術師』〕; フランセス・イエイツ『ジョルダーノ・ブルーノとヘルメス教の伝統』Frances A. Yates, *Giordano Bruno and the Hermetic Tradition* (New York: Vintage Books, 1969)〔工作舎、二〇一〇年、前野佳彦訳〕;『イギリス革命の思想的先駆者たち』Christopher Hill, *Intellectual Origins of the English Revolution* (London: Panther Books, 1972; orig. publ. 1965); Introduction in A. G. Debus, ed., John Dee, *The Mathematicall Preface to the Elements of Geometrie of Euclid of Megara*, 1570 (New York: Science History Publications, 1975).

しかし、ロバート・S・ウェストマンはこの見解に対し大きな疑問を提示しており、またJ・E・マクガイアも最近の論文集では以前の見解からかなり変化している。J. E. McGuire, *Hermeticism and the Scientific Revolution* (Los Angeles: William Andrews Clark Memorial Library, 1977).

(44) Thomas, *Religion and the Decline of Magic*〔『宗教と魔術の衰退』〕.

(45) Yates, *Giordano Bruno*, p. 99〔『ジョルダーノ・ブルーノとヘルメス教の伝統』〕.

(46) 「エリム」はまた、旧約聖書「出エジプト記」一五章二七および一六章一に現れる地エリムへの言及でもある。デルメディゴの生涯の簡単な紹介については、*Encyclopaedia Judaica*, 5（1972）, 1478-82参照。図版9は、フラッドの著作 *Utriusque cosmi maioris scilicet et minoris metaphysica, physica atque technica historia, in duo secundum cosmi differentiam divisa* 第二巻より。

（47）Rossi, *Philosophy, Technology and the Arts*, p. 149.

（48）ディーについては、Peter J. French, *John Dee*（London: Routledge & Kegan Paul, 1972）および注43に挙げたディーバスの編書を参照。カンパネラについては、Yates, *Giordano Bruno*〔『ジョルダーノ・ブルーノとヘルメス教の伝統』〕の随所に言及がある。魔術とテクノロジーとの重なりあいは、アグリッパの『オカルト哲学について』に見ることができる。

（49）Hill, *Intellectual Origins*, p.149〔『イギリス革命の思想的先駆者たち』〕.

（50）フィチーノの占星術と、それに対するベーコンの反応については、Walker, *Spiritual and Demonic Magic*『ルネサンスの魔術思想』参照。

（51）Erwin F. Lange, "Alchemy and the Sixteenth Century Metallurgists," *Ambix* 13（1966）, 92-95. 錬金術批判のこうした流れは一五〇五年の『山岳小誌』（*Bergbüchlein*）にはじまるが、そこではまだ冶金学と錬金術とが同等に混ざりあっていた（Eliade, *Forge and Crucible*, pp. 47-49〔『鍛冶師と錬金術師』〕参照）。それからわずか三十五年後のビリングッチオの著作では錬金術がはっきり糾弾されているのである。もっとも、ロッシによると、この問題に関してビリングッチオはかならずしも自分の意見に確信を抱いていなかったという。Rossi, *Philosophy, Technology and the Arts*, p. 52n. アグリコラの著作の初版は一五四六年（このときは図版なし）で、アグリコラになるともはや錬金術糾弾の姿勢に迷いは見られない。

（52）Rossi, *Philosophy, Technology and the Arts*, p. 71.

（53）*Ibid.*, pp. 43-55 および『冶金術論』英訳序文参照。Preface to *De Re Metallica*, trans. Herbert Clark Hoover and Lou Henry Hoover（New York: Dover Publications, 1950; orig. English trans. 1912）.

（54）Thomas, *Religion and the Decline of Magic*, chap. 2〔『宗教と魔術の衰退』〕.

（55）以下の議論は『ユング著作全集』（*CW*）12および14に基づく。

（56）Dobbs, *Foundations of Newton's Alchemy*, pp. 34-36.

（57）このような場合キリストのシンボルはたいてい一角獣である。たとえば、マンハッタン北部のクロイスターズ美術館に展示されている有名な一角獣のつづれ織りがそうである。

（58）ここからの議論は以下の各書に基づく。Richard H. Popkin, "Father Mersenne's War Against Pyrrhonism," *The Modern Schoolman* 24 (1957), 61-78; A. R. Hall, *The Scientific Revolution* (Boston: Beacon Press, 1956), pp. 196-97; Robert H. Kargon, *Atomism in England from Hariot to Newton* (Oxford: Clarendon Press, 1966); Michael Maier, *Laws of the Fraternity of the Rosie Cross* (Los Angeles: The Philosophical Research Society, 1976, from the English edition of 1656; orig. Latin edition 1618); A. G. Debus, "Renaissance Alchemy and the Work of Robert Fludd," *The English Paracelsians* (London: Oldbourne Book Co., 1965); "The Chemical Debates of the Seventeenth Century: The Reaction to Robert Fludd and Jean Baptiste van Helmont," in M. L. R. Bonelli and W. R. Shea, eds., *Reason, Experiment, and Mysticism*, pp. 19-47〔アラン・G・ディーバス「十七世紀の化学論争——R・フラッドとJ・B・ファン・ヘルモントに対する当時の反響」、『科学革命における理性と神秘主義』〕; Dobbs, *The Foundations of Newton's Alchemy*, pp. 53-63. また以下の二書も有益。Robert Lenoble, *Mersenne ou la naissance du mecanisme* (Paris: Librairie Philosophique J. Vrin, 1943); フランセス・A・イエイツ『薔薇十字の覚醒——隠されたヨーロッパ精神史』Francis A. Yates, *The Rosicrucian Enlightenment* (London: Routledge & Kegan Paul, 1972)〔工作舎、一九八六年、山下知夫訳〕.

　機械論を武器として、ヘルメス主義の弁証法的原理を真向から否定する堅固な世界観を築こうという流れの背景には、フランス政治における絶対主義の高まりと、たび重なる農民の反乱があった。農民の反乱は特に一六二三年から一六四八年にかけて頻発した。このテーマについては、キャロリン・マーチャントの『自然の死——科学革命と女・エコロジー』〔工作舎、一九八五年、団まりな・垂水雄二・樋口祐子訳〕第八章に詳しい論考がある。この章の草稿を見せて下さったマーチャント教授に感謝する。私の議論の力点はヘルメス主義批判の宗教的側面にあるが、当事者たちの心のなかでは教会の問題は国家の問題と不可分であったことを忘れてはならないだろう。したがって、私の議論も必然的にマーチャント教授の論の流れに沿っている。Carolyn Merchant, *The Death of Nature* (New York: Harper & Row, 1980).

（59）『英国における原子論』（注58参照）でロバート・カーゴンが指摘しているように、時代の文脈のなかで見ればさまざまな原子論者、粒子論者の考え方はそれぞれ違っていた。ガッサンディの考え方は、運動は物質に本来的であり、それは天地創造のときに神から物質に与えられたのである、というものであった。すなわちガッサンディの考えの基本にあるのは古代の原子論者エピキュロスの思想であるが、世間に受け入れられるようにそれをかなりキリスト教化しているわけである。しかし、十七世紀後半以降の視点から見れば、デカルト、ホッブズ、ガッサンディらはみな衝撃物理学を体系化したという点では同じであることが見えてくる。

(60) こうしたヘルメス学批判より、もう少し合理的な論争もあった。それは、フラッド対ケプラーの論争で、メルセンヌとガッサンディの錬金術攻撃の直前に行われたものである。この論争もまた錬金術の公的立場を弱め、事実と価値の分離を促進する一因となった。しかしこの論争もまた、これまで述べてきた、テクノロジーの伝統の成立や宗教における変化と切り離して考えるわけにはいかないと思う。たしかにケプラーは(ヘルメス学に強く影響されていたにもかかわらず)、寓意的な宇宙観を排し経験論的宇宙観を支持する議論を展開した。しかし、フーコーの言葉を借りれば「そうした体系が思考されることを可能にする条件」は、論争が起こる一世紀以上前から徐々に強まっていた、聖／俗の分離であった。我々が経験論と呼ぶ、原理的にオカルト的要素を排除する思想は、本章で述べたような時代の変化の産物にほかならないのである。

ケプラー・フラッド論争についての興味深い議論としては、W. Pauli, "The Influence of Archetypal Ideas on the Scientific Theories of Kepler," in C. G. Jung and W. Pauli, *The Interpretation of Nature and the Psyche*, trans. Priscilla Silz (London: Routledge & Kegan Paul, 1955), pp. 151-240〔C・G・ユング、W・パウリ『自然現象と心の構造』海鳴社、一九七六年、河合隼雄・村上陽一郎訳〕がある。

(61) Thomas, *Religion and the Decline of Magic*, chap. 3〔『宗教と魔術の衰退』〕.

(62) *Ibid.*, p. 130.

(63) Manuel, *Portrait of Isaac Newton*, pp. 59, 380.

(64) Hill, *World Turned Upside Down*, p. 262.

第四章　世界の魔法が解けていく(2)

(1) ニュートンが錬金術に没頭していたことは、実は彼の死後すぐに明らかになったことである。しかし、以下に述べるように、十八世紀合理主義の文脈のなかでは、ニュートンが錬金術師であったという「疑い」を「晴らす」ことが急務とされたのである。一九三四年にニュートン伝を刊行したL・T・モアは、ニュートンの錬金術・神学に関する原稿にまったく触れていない。おそらく読む機会がなかったのだろうが、いずれにせよニュートンの合理家的側面と神秘家的側面を統合する作業にかかずらう必要はなかったのである(これから述べるように、そうした二分法自体が虚構にすぎないのだが)。L. T. More, *Isaac Newton: A*

Biography（London: Constable, 1934）.

（2） B. J. T. Dobbs, *The Foundations of Newton's Alchemy*（Cambridge: Cambridge University Press, 1975）, pp. 13-14.

（3） Frank E. Manuel, *A Portrait of Isaac Newton*（Cambridge: Harvard University Press, Belknap Press, 1968）. クーブリンの論文は、Harry Woolf, ed., *The Analytic Spirit*（Ithaca, N. Y.: Cornell University Press, 1981）に収録。クーブリンが以前自費出版した研究書のなかでは、この問題がいっそう詳しく論じられている。David Kubrin, *How Sir Isaac Newton Helped Restore Law 'n' Order to the West*（Privately printed, 1972）. 本書はアメリカ議会図書館で閲覧可能である。

（4） 以下ニュートンの生涯の要約は Manuel, *Portrait of Isaac Newton*, pp. 23-67 より。マニュエルのニュートン像には、エリク・エリクソンの影響が顕著である。エリクソンの方法は、時代のあらゆる指導者的存在のなかに、社会全体に広がっている傾向の極端な発露を見出すというものである（エリクソンはこの方法でルターとガンディを論じている）。マニュエルの場合この方法が成功しているのは、ニュートンが思春期に書いたノートが四冊残っていて、そこにピューリタン的精神性特有の厳しい抑圧と憂鬱が顕著に現れているからである。

以下で述べる、不安に対する反動という問題については、N. O. Brown, *Life Against Death*, esp. pp. 114ff.〔『エロスとタナトス』〕; ジョン・ボウルビィ『母子関係の理論II――分離不安』John Bowlby, *Separation*（New York: Basic Books, 1973）〔岩崎学術出版社、一九七七年、黒田実郎・岡田洋子・吉田恒子訳〕; およびエリクソンによるこの問題の先駆的な書『幼児期と社会』Erik Erikson, *Childhood and Society*, 2nd ed., rev. and enl.（New York: Norton, 1963）〔みすず書房、全二巻、一九七七－八〇年、仁科弥生訳〕を参照。

（5） Manuel, *Portrait of Isaac Newton*, p. 380.

（6） G・ローハイム『精神分析と人類学』Géza Róheim, *Magic and Schizophrenia*（Bloomington: Indiana University Press, 1970; orig. publ. 1955）〔思索社、上下巻、一九八〇年、小田晋・黒田信一郎訳〕.

（7） D. P. Walker, *The Ancient Theology: Studies in Christian Platonism from the Fifteenth to the Eighteenth Century*（London: Gerald Duckworth, 1972）.

（8） ベイトソンのこの言葉は、ロロ・メイが「グレゴリー・ベイトソンと人間主義的心理学」のなかで引用している。Rollo May, "Gregory Bateson and Humanistic Psychology," in John Brockman, ed., *About Bateson*（New York: Dutton, 1977）, p. 91.

（9） この点を重要な問題として取り挙げているのが、ベティ・ドブズの『ニュートンの錬金術の土台』である（第三章注17参照）。

（10） Kubrin, "Newton's Inside Out!". 以下の議論はこの論文に大きく依拠している。未発表原稿を読ませて下さったクーブリン氏に感謝する。錬金術に関する出版物の量については、Keith Thomas, *Religion and the Decline of Magic* (Harmondsworth: Penguin Books, 1973), p. 270〔『宗教と魔術の衰退』〕も参照。

（11） ヒルの数多い著書のなかでも、*The Century of Revolution*, *God's Englishman*〔『オリバー・クロムウェルとイギリス革命』東北大学出版会、二〇〇三年、清水雅夫訳〕そしてとりわけ *The World Turned Upside Down* (New York: Viking, 1972) が重要。

（12） たとえば、ノーマン・コーンの『千年王国の追求』に収録された、喧騒派アビーザー・コップの記した啓示体験を参照。Norman Cohn, *The Pursuit of the Millennium* (London: Paladin, 1970; orig. publ. 1957), pp. 319-30〔紀伊國屋書店、一九七八年、江河徹訳〕. コーンはこの体験記をおぞましいものと決めつけている。だがどういう態度を取るかは、読む者がそのような経験の内にいるか外にいるかに左右されるのである。

（13） Thomas, *Religion and the Decline of Magic*, p. 322〔『宗教と魔術の衰退』〕.

（14） 第三章結末を参照。ここで「中流階級」というのは、伝統的マルクス主義で言う中流階級、つまり（英国の場合には）国王に対立し、経済的・政治的利害を共にした集団を指す。現代社会学で言うような、集団帰属意識とか、社会経済的成層などの意味はここでは含まない。

（15） 急進派指導者＝オカルト主義者を何人か挙げれば、ウィリアム・リリー、ジョン・エヴェラード、ローレンス・クラークソン、ニコラス・カルペパー、ジェラード・ウィンスタンリー、ウィリアム・デル、ジョン・ウェブスター、ジョン・アリン、トマス・トライオンである。聖職者たちの発言の内容は、P. M. Rattansi, "Paracelsus and the Puritan Revolution," *Ambix* 11 (1963), 24-32 に収録されている。

（16） Hill, *World Turned Upside Down*, pp. 144, 238, 287.

（17） ニュートンからの引用は、クーブリンの"Newton's Inside Out!"より。ニュートンの錬金術的言語については、H. S. Thayer, ed., *Newton's Philosophy of Nature* (New York: Hafner, 1953), pp. 49, 84-91, 164-65.

（18） R. S. Westfall, "The Role of Alchemy in Newton's Career," in M. L. R. Bonelli and W. R. Shea, eds., ***Reason, Experiment, and Mysticism in the Scientific Revolution*** (New York: Science History Publications, 1975), pp. 189-232〔「ニュートンの生涯にお

ける錬金術の役割」、『科学革命における理性と神秘主義』所収〕.

(19) これについては以下を参照。Newton, *Chronology of Ancient Kingdoms Amended*… (London, 1728), esp. pp. 332-46; *A Dissertation upon the Sacred Cubit of the Jews*, in John Greaves, *Miscellaneous Works*… (London, 1731), vol. 2.

(20) これに関しては、Margaret C. Jacob, *The Newtonians and the English Revolution, 1689-1720* (Ithaca, N. Y.: Cornell University Press, 1977) も参照。

(21) I. B. Cohen and Alexandre Koyré, "The Case of the Missing *Tanquam*: Leibniz, Newton, and Clarke," *Isis* 52 (1961), 555-67.

(22) 現代において地球を生きたものとして捉える見方の一例としては、Lewis Thomas, *The Lives of a Cell* (New York: Viking, 1974).

(23) E. P. Thompson, *The Making of the English Working Class* (New York: Pantheon, 1964), esp. chap. 11.

(24) Brown, *Life Against Death*, p. 108〔『エロスとタナトス』〕.

(25) 同じような人格の硬化は、のちの王立協会会長ハンフリー・デイヴィーの肖像画にも見られる。これは私の前著『社会変化と科学組織』に図版11、12として収めてある。Morris Berman, *Social Change and Scientific Organization* (London and Ithaca, N. Y.: Heinemann Educational Books and Cornell University Press, 1978). また、マイケル・ファラデーの青年期と晩年の肖像画を並べた図版24、25も併せてご覧頂きたい。前著で述べたように、ファラデーは、物質がその本質において霊的であることを信じる宗教的神秘家であり、隠れたヘルメス主義者であった。晩年のファラデーの肖像は、まるで子供のような表情を描き出していて、見る者を魅了せずにはいない――その顔つきは優しく、目は明るく輝いている。

(26) Hill, *World Turned Upside Down*, p. 287.

(27) David V. Erdman, ed., *The Poetry and Prose of William Blake* (Garden City, N. Y.: Doubleday, 1965), p. 693.

(28) Milton Klonsky, *William Blake: The Seer and His Visions* (New York: Harmony Books, 1977), p. 62.

(29) Hill, *World Turned Upside Down*, p. 311.

(30) *Ibid.*, p. 236.

(31) 以下の議論は、一部R・D・レイン『ひき裂かれた自己』に基づく。R. D. Laing, *The Divided Self* (Harmondsworth:

Penguin Books, 1965; orig. publ. 1959), esp. pp. 140-41, 148, 151, 179, 198.

第五章　未来の形而上学へ向けて

（1）本章の章題（Prolegomena to Any Future Metaphysics）は、『純粋理性批判』初版発表の二年後、一七八三年にカントが発表した著作の題をそのまま借用したものである。といっても私はカント主義者ではないし、本章もカント的分析をめざしたものではない。だがつぎの三点において私はカントの姿勢にならっており、私のめざしていることを表すのにカントの書名がもっとも適切であると考えた。

（a）カントが試みたのは、彼から見たその時代における哲学の中心的問題を記述し、あらゆる知識に有効であると思われる諸原理をそこから引き出すことであった。

（b）カントは、いかなる未来の形而上学にも序説《プロレゴメナ》、すなわち新しい科学がいかなる規準を満たすべきかの見取図が必要であることを認識していた。

（c）カントは、おそらく西洋近代の哲学者としてははじめて、精神が単に感覚与件を一方的に受け取るのではなく、知覚したものを形づくる過程に自ら参加していることを認識していた。

（2）N. O. Brown, *Life Against Death*, p. 315〔『エロスとタナトス』〕.

（3）マイケル・ポランニー『個人的知識――脱批判哲学をめざして』Michael Polanyi, *Personal Knowledge*, corrected ed.（Chicago: University of Chicago Press, 1962）〔ハーベスト社、一九八五年、長尾史郎訳〕; Owen Barfield, *Saving the Appearances*（New York: Harcourt, Brace & World, 1965）.

（4）Polanyi, *Personal Knowledge*, p. 294〔『個人的知識』〕.

（5）これらの図において、もしもこれを見る人が「アルファ」脳波の状態、すなわちいわゆる瞑想的な状態にある場合には、ふたつのイメージを同時に見ることがおそらく可能であることをつけ加えておくべきだろう。とはいえ、通常の状況にあっては、脳は片方を選び片方を捨てるのである。

（6）Polanyi, *Personal Knowledge*, pp. 69-131, 249-61, and passim; see also pp. 49-65. 言語習得の問題については、ダニエル・ヤンケロヴィッチとウィリアム・バレットが『自我と本能』でチョムスキーを援用して論じている。*Ego and Instinct*（New York:

Vintage Books, 1971), pp. 388-92. また、スザンヌ・ランガー『シンボルの哲学』Susanne Langer, *Philosophy in a New Key*, 3rd ed.（Cambridge: Harvard University Press, 1957), pp. 122-23, 122n.〔岩波現代叢書、一九六〇年、矢野萬里・池上保太・貴志謙二・近藤洋逸訳〕参照。

（7） Michael Polanyi, *Personal Knowledge*, p. 101〔『個人的知識』〕.

（8） *Ibid*., pp. 60-70, 88-90, 123, 162.

（9） 以下の議論は、Barfield, *Saving the Appearances*, pp. 24-25, 32n, 40, 43, 81, and passim より。バーフィールドが「アルファ思考」（以下を参照）と呼ぶものは、意識の変革した状態におけるアルファ脳波（注5参照）の発生とはまったく別のものである。バーフィールドの「アルファ思考」は、最近の脳研究の用語でいう「ベータ思考」の一種と考えてよい。

（10） ひとたびひとつの行為に慣れてしまうと、新鮮な「第一印象」を持ちつづけるのは難しい。大人が幼い子供をもっとも羨ましく思うのは、この驚きの感覚である。

（11） Peter Achinstein, *Concepts of Science*（Baltimore: The Johns Hopkins University Press, 1968), p. 164. ここに挙げた闇のなかの光の例は、『科学の諸概念』においては簡単に触れられているだけである。私は幸い大学院在学中にエイチンスタイン教授に習ったことがあるので、教授が授業で聞かせてくれた、本よりもずっと詳しい説明をここに再現することができた。

地図と土地を混同するたとえとして、アラン・ワッツが好んで挙げるのが、レストランで食物ではなくメニューを食べてしまうというものである。ワッツはこれを現代社会全体のメタファーとして見ている。

（12） このテーマを素人のために分かりやすくまとめた本で、しかも内容のしっかりしたものとしては、Banesh Hoffman, *The Strange Story of the Quantum*, rev. ed.（Harmondsworth: Penguin Books, 1959）がある。他にも、このテーマの理解を助ける書物として、Jeremy Bernstein, *Einstein*（London: Fontana, 1973); ウェルナー・ハイゼンベルク『現代物理学の思想』Werner Heisenberg, *Physics and Philosophy*（New York: Harper Torchbooks, 1962)〔みすず書房、一九五九年、河野伊三郎・富山小太郎訳〕がある。

体制的科学が、量子力学がまるで存在しないかのようなふりをしていると私が言うのは、文字通りの意味ではなく、哲学的意味においてである。たしかに、量子力学は科学の一分野として認められている。『サイエンティフィック・アメリカン』に最近掲載された論文「量子力学と現実」（Bernard d'Espagnat, "The Quantum Theory and Reality," *Scientific American* 241

[November 1979], 158-81) でも、量子力学が認識論的に見ていかにラディカルであるかをはっきり認めている。にもかかわらず、ほとんどすべての科学者は、相も変わらず自分が対象から分離した観察者であるかのように作業を進めているのであり、高校・大学のカリキュラムや教科書においても、主体／客体という二分法は一向になくなっていない。

量子力学を用いて新しい科学の形而上学をつくり出す仕事の先端を行くひとりとして、イェシヴァ大のデイヴィッド・フィンケルスタイン (David Finkelstein) を挙げることができる。たとえば、以下の雑誌に掲載された、「空間—時間コード」に関する一連の論文。*Physical Review* 184 (25 August 1969), 1261-70; *Physical Review D* 5 (15 January 1972), 320-28, (15 June 1972), 2922-31, and 9 (15 April 1974), 2219-31. 同じくフィンケルスタインの「物質、空間、および論理」も興味深い。"Matter, Space and Logic," *Boston Studies in the Philosophy of Science* 5 (1969), 199-215.

(13) ハイゼンベルク『現代物理学の思想』のノースラップによる序文 (pp. 6-10) を参照。以下ハイゼンベルクの引用は同書から。pp. 29, 41, 58. なお pp. 81, 130, 144 も参照。

N・R・ハンソンは次のように論じている——もしかりにこの不確定要素を認めた上で、なおかつ電子それ自体は相互に影響しあうことのない位置と加速度を持つのだと主張しようとすれば、それは結局、観察の方法が十分精密でないので我々がそれを確定できないだけなのだ、と主張することになるだろう、と。だが古典的現実観を救おうとするこの果敢な試みも挫折するほかはない。ハンソンも指摘しているように、この立場は「いかなる物理理論も望みえないものを求めている。すなわちそれは、我々の最良の仮説、最良の実験が示しうるものをも超えた知識を求めているのである」。認識論と存在論との密接なつながりがここで明らかになる——もしもある対象を古典的・デカルト的意味において知ることができないのなら、どうしてその対象が古典的現実観に適合することが分かるのか？ それでもなおその対象が主体／客体というデカルトの二分法に適合すると主張するならば、デカルト的パラダイムはもはや科学ではなく信仰である (もっとも、はじめからそれは信仰以外の何物でなかったのだが……)。

N. R. Hanson, "Quantum Mechanics, Philosophical Implications of," in Paul Edwards, ed., *The Encyclopedia of Philosophy* (New York: Macmillan, 1967), 7: 44.

(14) 究極の物理的実体を発見しようとするこの滑稽な試みはいまだに続いている。現在その存在を確認されている二百余りの素粒子のうち、九十パーセントは戦後発見されたものである (現実とは何よりもまず国家予算に左右されるものらしい)。一九六四年以来、これらの素粒子を説明するために、原子物理学者たちは「クウォーク」の存在を仮定している（これはジョイスの『フィネガンズ・ウェイク』から取った言葉である）。しかしクウォークの数もまた増えてきていて、この分だとじきに素粒子一つひとつを説明するためにそれぞれ別のクウォークを措定しかねない。しかも話はこれで終わらない。今度はクウォークを説明するために、また別の「隠れた変数」(hidden variables) が提唱されているのである。要するにこの作業に終りはないのだ。ジェフリー・チューが指摘したように、我々が素粒子を見つけるのは、素粒子が観察者との間に相互作用を起こすからであるが、そのためには素粒子が何らかの内的構造を有していなければならない。ということは、内的構造をまったく持たない真に基本的な物質に、我々は原理的に決して到達できないことになる。なぜなら、真に基本的な粒子は、我々がその存在を確認することを可能にするようないかなる力にも左右されないからである（たとえばもし、重さによってある粒子を発見できるとすれば、その粒子はそのなかにひとつの重力場を生み出す何かを有していることになり、真に基本的ではありえない）。デカルト的モデルに依存する限り、我々は時の終りまで「隠れた変数」を追いかけていることになるだろう。現代物理学の混乱は、サンフランシスコで開かれたアメリカ物理学会一九七八年大会において露呈した。事態を収拾するためには、新たなアインシュタインが出現する必要がある、との訴えがなされたのである。デカルト主義の陥った袋小路は、バークレーからやってきたひとりの物理学者の発言にも現れている。彼は言った――素粒子の数の増加が何を意味するのかは誰にも分からないとしても、我々はともかくそれらを正確に測定することができるではないか、と(!)。より高い次元の議論としては、一九七五年、ハイゼンベルクが、基本的素粒子という発想をそろそろ捨てるべきだ、と提唱している。ウィリアム・アーウィン・トンプソンの「素粒子とは粒子加速器を作るたびに生まれてくるものである」という皮肉な発言もこれに通じる。

以下を参照。フリッチョフ・カプラ『タオ自然学』Fritjof Capra, *The Tao of Physics* (Berkeley: Shambhala, 1975)〔工作舎、一九七九年、吉福伸逸・田中三彦・島田裕巳・中山直子訳〕, pp. 273-74; "Scientist's Call for Another Einstein," *San Francisco Chronicle*, 24 January 1978; "Monitor," *New Scientist*, 24 July 1975, p. 196; William Irwin Thompson, "Notes on an Emerging Planet," in Michael Katz et al., eds., *Earth's Answer* (New York: Harper & Row, 1977), p. 210.

(15) H. Forwald, *Mind, Matter and Gravitation* (New York: Parapsychology Foundation, 1969). 元エンジニアで発明家のフォワルドは、二十年以上にわたってこれらの実験を行った。

(16) たとえば、カプラ『タオ自然学』; Lawrence LeShan, *The Medium, the Mystic, and the Physicist* (New York: Ballantine

Books, 1975; orig. publ. 1966); ゲーリー・ズーカフ『踊る物理学者たち』Gary Zukav, *The Dancing Wu Li Masters* (New York: William Morrow, 1979)〔青土社、一九八五年、佐野正博・大島保彦訳〕がある。

(17) E. H. Walker, "Consciousness in the Quantum Theory of Measurement," *Journal for the Study of Consciousness* 5 (1972), Part 1, no. 1, p. 46; Part 2, no. 2, p. 257; "The Nature of Consciousness," *Mathematical Biosciences* 7 (1970), 175.

(18) Yankelovich and Barrett, *Ego and Instinct*, p. 203.

(19) グレゴリー・ベイトソン『精神の生態学』Gregory Bateson, *Steps to an Ecology of Mind* (London: Paladin, 1973; New York: Ballantine, 1972), p. 436 British edition, p. 461 American edition〔改訂第2版、新思索社、二〇〇〇年、佐藤良明訳〕. 人間の知覚のふたつの形態は、文化人類学においては「トナール」(tonal)「ナワール」(nagual) と呼ばれることもある。両者の関係を見事に語っているのが、カルロス・カスタネダの『未知の次元』の後半である。Carlos Castaneda, *Tales of Power* (New York: Simon and Schuster, 1974)〔講談社、一九七九年、名谷一郎訳〕. ベイトソンの著作同様、カスタネダの著作も全体論的知の見事なモデルを与えてくれる。ただベイトソンとは違い、モデルが記述された時点でカスタネダの物語は終わっている。

(20) 私とタイプライターがひとつのシステムになるという認識は、全体論的な知覚において意識と無意識(細胞核と細胞)との間に生じる内的浸透に対応するものである。そのような知覚においては、意識と無意識との間の境界は曖昧になり、両者はたがいに浸透しあい、たがいに似てくる。このプロセスと並行して、外的にも、自己と他者との分離がその明確さを失っていくのである。

(21) Hanson, "Quantum Mechanics," p. 46.

(22) グレゴリー・ベイトソン「プリミティブな芸術の様式と優美と情報」『精神の生態学』Gregory Bateson, "Style, Grace and Information in Primitive Art," in *Steps to an Ecology of Mind*, p. 109n British edition, and p. 136n American edition.

(23) アーサー・ケストラー『偶然の本質』Arthur Koestler, *The Roots of Coincidence* (New York: Random House, 1972), p. 55〔蒼樹書房、一九七四年、村上陽一郎訳〕.

(24) Peter Koestenbaum, *Managing Anxiety* (Englewood Cliffs, N. J.: Prentice-Hall, 1974), pp. 11-13.

(25) Brown, *Life Against Death*, pp. 94-95, 273-74〔『エロスとタナトス』〕. また、フロイトやライヒも、同じことを、たとえの形ではすでに言っていた。Cf. ウィルヘルム・ライヒ『オルガスムの機能』Wilhelm Reich, *The Function of the Orgasm*, trans.

Vincent R. Carfagno (New York: Pocket Books, 1975; orig. German ed. 1942), pp. 33, 283〔太平出版社、一九七三年、渡辺武達訳〕.

（26）Barfield, *Saving the Appearances*, pp. 136, 144, 160.

（27）内と外とを区別し、精神／身体、主体／客体といった二元論を助長するような言葉は、すべてこのように「　」で囲むべきである。たとえば「現象」「データ」「所与」といったふうに。生態学的《エコロジカル》な現実感覚を強めてくれる新たな語彙がぜひとも必要なのだ。

（28）くどいようだが確認しておくと、私が言おうとしているのは、十八世紀の哲学者バークリーが説いたように我々がいなければ出来事も存在しないということではない。そうではなくて、生じていることの性質は何らかの形で、我々の出来事への参加の仕方に左右されるということである。したがって、我々がいないところで起きていることは、存在しないのではなく関係がないのだ。

現代科学の宇宙観について。カリフォルニア大学のリック天文台からの最新の見解によれば、宇宙は崩壊しつつある。もう少し詳しくいえば、宇宙はあと二百億年拡張を続け、次の三百億年は崩壊に向かいつづけるだろうということだ。ここでもまた、事態は知の変容と重なりあうように思える――ヨーロッパがその地理的・経済的地平線を拡張するにつれて、完全に閉じていた宇宙も無限に開かれていった。そして科学、テクノロジー、直線的進歩、工業社会といったものの未来がすべて疑わしくなってきたいま、宇宙もまた奇妙なことに縮んできたのである！ "New Evidence Backs A Collapsing Universe," *San Francisco Chronicle*, 30 June 1978 参照。

（29）Polanyi, *Personal Knowledge*, pp. 288-94〔『個人的知識』〕. 近代科学の堂々めぐりに関する詳しい分析としては、Max Marwick, "Is science a form of witchcraft?" がある。*New Scientist*, 5 September 1974, pp. 578-81.

（30）知識は社会に左右されるという問題は、近代以前にも考えられていなかったわけではないが、「知識社会学」といったように体系的学問として真剣に考えられたことはなかった。プロタゴラスは「人間は万物の尺度である」と述べたが、これは個人の信念について述べたものであって文化についてではないし、社会的影響という問題にはプロタゴラスは言及していない。またプラトンはあるところで、下層階級は、労働によって精神と肉体が歪められるので真実を知ることができないと述べている。だがこの発言は、認識論の社会的起源の考察というよりは、いわば誤謬の社会学ともいうべきものである（両者の境界線はかならずしも明らかではないことも認めておかねばならないが）。たしかにプラトンにおいては、社会的環境が知る主体を形づくるというテーマが見えかくれしてはいる。だがそれは不変の「形相」という考え方に圧倒されてしまっており、系統立った議論に発展するには至らない。この問題が詳細に検討されるようになるのは十八世紀啓蒙主義からであり、マルクスが存在と意識との関係についての古典的見解を確立してはじめて、知識社会学が学問のまっとうな一分野になったのである（この点については、Werner Stark, "Sociology of Knowledge," in Paul Edwards, ed., *The Encyclopedia of Philosophy*, 7: 475-78を参照）。

だが知識社会学が生み出すパラドックスそのものは、紀元前五世紀にすでに知られていた。いわゆる「マンハイムのパラドックス」は、「嘘つきのパラドックス」として知られる古くからのパズル（あるギリシャ人が「すべてのギリシャ人は嘘つきだ」と言った。このギリシャ人の発言は嘘か本当か？）の一変型である。とすればこういうことになる。もしもマンハイムの言葉を本気で受け止めるなら、知識は状況に左右されるという彼の理論は、その理論自体にも当てはまると考えなければならない。すなわち「どんな文化が知識社会学を生み出したのか？」が問われることになるのだ。だがもしマンハイムの理論がそれ自体にも当てはまるとすれば、マンハイムの理論は状況に左右されていることになるから、「知識は状況に左右される」というマンハイムの理論は間違っているか、少なくとも疑問の余地があるということになる。そしてもしマンハイムの理論が間違っているとすれば、知識は状況に左右されないということになり、とすればマンハイムの理論は正しいということになり、とすれば……（プラトンも、『テアイテトス』一七一Aにおいて、プロタゴラスの説を反駁するさいに同様の論法を用いている）。メガラ学派、エレア学派など、さまざまなギリシャ思想家たちがこの種の複雑なパズルを好んだ。より真剣なレベルでは、プラトンの『パルメニデス』でのいわゆる「第三の人間の論法」において、無限に後退するパラドックスが形相の理論を脅《おびや》かすものとして述べられている。たしかにこれらのパラドックスは、不動の真理が存在しないかもしれないという視点を示唆している点で、根底的相対主義の要素を内に含んでいる。だがそれらはあくまで論理学上の問題であって、知識社会学と同等に考えることはできない。つまりこれらのパラドックスは、世界についての情報は社会的・文化的に条件づけられているがゆえに相対的なものである、という主題を展開するものではないのである。

最後にもうひとつ重要な点をつけ加えておけば、ここでは解釈の解釈ということを問題にしているのではない。たとえばユダヤの律法書タルムードは厖大な量の解釈や分析から成っているが、中世の律法博士たちは、自らの分析のあり方を分析することはなかった。同じように、神話によって生きた文化は、神話の本質なり神話の認識論的地位についての神話を持つことはなかった。つまり、神話それ自体がいかにして真理たりうるのかを説明する神話を持つことはなかったのである。

（31）　フリードリヒ・ニーチェ『悲劇の誕生』Friedrich Nietzsche, *The Birth of Tragedy*, trans. Francis Golffing（Garden City, N. Y.: Doubleday Anchor, 1956）, p. 95〔岩波文庫、一九六六年、秋山英夫訳〕.

第六章　エロスふたたび

（1）　Susanne Langer, *Philosophy in a New Key*, 3rd. ed., pp. 88, 92（『シンボルの哲学』）.

（2）　Erich Neumann, *The Child*, trans. Ralph Mannheim（New York: Harper & Row, 1976）, pp. 11-17, 28, 30; Sam Keen, *Apology for Wonder*（New York: Harper & Row, 1969）, p. 46. フロイト的視点から生後の数週間を考察した幼児発達研究としては、Margaret S. Mahler et al., *The Psychological Birth of the Human Infant: Symbiosis and Individuation*（New York: Basic Books, 1975）. およびイーディス・ジェイコブソン『自己と対象世界——アイデンティティの起源とその展開』Edith Jacobson, *The Self and the Object World*（New York: International Universities Press, 1964）〔岩崎学術出版社、一九八〇年、伊藤洸訳〕。ノイマンも基本的にはフロイトと同様の視点を採ったが、「ナルシシズム」という用語には反対した。「ナルシシズム」がある種の力関係を示唆するのに対し、他者がまったく認識されない幼児の場合そのような関係はありえないと考えたからである。

ロマン・ロランからの手紙は『文化への不満』一九三一年版の脚注で触れられている。フロイトはそこでこう告白している。「あなたの手紙は私には大変こたえました。私はこの『大洋的』感情を自分のなかに見出すことができないのです。感情を科学的に扱うのは容易ではありません。その生理的症状を記述することならできそうですが」。フロイトの人生観がなぜあれほど悲観的だったのか、ここからも見えてこないだろうか。James Strachey, ed., *The Standard Edition of the Complete Psychological Works of Sigmund Freud*, 24 vols.（London: The Hogarth Press, 1953-74）, 21: 65 and n.

（3）　少なくともこれが、一九〇二年以前と、一九二三年以降におけるフロイトの見解であった。この中間の時期においては、フロイトは自我をイドからエネルギーを得る構造体として見る代わりに、自我それ自体がさまざまな本能の複合体であると考えていた。この見解が、ハインツ・ハルトマンをはじめとする自我心理学者たちの大前提となったのである。精神分析学の初期の発展についての見事な概観としては、Daniel Yankelovich and William Barrett, *Ego and Instinct*（New York: Vintage Books, 1971）, esp. pp. 25-114.

（4）「硬い」自我と「柔らかな」自我とを比較対照したG・R・テイラーのすぐれた論考も有益である。Gordon Rattray Taylor, *Rethink*（Harmondsworth: Penguin Books, 1974）, pp. 81-90, 109ff. 現代の精神医学が「自我の強さ」（ego-strength）と呼んでいるものは、多くの場合実は自我の硬直性のことであり、強さというよりはむしろ脆さである。自我の力の弱まりを精神の病とイコールで結ぶのは、生産能力によってしか健康を定義できない社会の特質をよく表している。

（5）T・G・R・バウアー『乳幼児の知覚世界――そのすばらしき能力』T. G. R. Bower, *The Perceptual World of the Child*（Cambridge: Harvard University Press, 1977）, pp. 19-21, 28〔サイエンス社、一九七九年、古崎愛子訳〕.

（6）*Ibid.*, pp. 34, 49-50; Mahler, *Psychological Birth of the Human Infant*, pp. 46-47, 52-56. 私個人としては、こうした時間の区切り方にはいささか懐疑的である。以下で述べるように、知覚の発達と自我の発達とは別の問題であるけれども、いずれにせよ、対象を持たない微笑が三カ月も続くとか、もの同士を較べるパターンが生後七カ月ではじめて現れるというのは疑わしいのではないか。ジョゼフ・リクテンバーグが最近実証したところによれば、新生児は生後十四日ですでに、母親の顔と知らない女性の顔とを見分けるという。"New findings about the newborn," *San Francisco Examiner*, 28 May 1980.

（7）Mahler, *Psychological Birth of the Human Infant*, p. 223n; Maurice Merleau-Ponty, "The Child's Relations with Others," trans. William Cobb, in James M. Edie, ed., *The Primacy of Perception*（Evanston, I11.: Northwestern University Press, 1964）, pp. 125-26. このうちメルロ＝ポンティの論文は、あまり知られてはいないがすぐれたマルクス主義児童心理学者であるアンリ・ワロンの著作に大きく依拠している。ワロンの理論は、ピアジェのそれとはまったく対照的である。現在のところワロンは、鏡を前にした子供の行動を詳細に調査した唯一の科学者であると思われる。メルロ＝ポンティも、ここに挙げた論文（pp. 125-40）でワロンの調査を紹介している（マーラーによれば、同じような研究報告がじきにジョン・B・マクデヴィットによって発表される予定があるという）。ワロンについてさらに詳しく知るには、*The International Journal of Mental Health*, Winter 1972/73 およびワロン自身の論文 "Comment se développe, chez l'enfant, la notion du corps propre," *Journal de Psychologie*（1931）, 705-48.

（8）Mahler, *Psychological Birth of the Human Infant*, pp. 67, 71, 77-92, 101; R. D. Laing, *The Divided Self*（Harmondsworth: Penguin Books, 1965; first publ. 1959）, pp. 115-19〔『ひき裂かれた自己』〕.

（9）Merleau-Ponty, "The Child's Relations with Others," pp. 136-37, 152-53.

（10） Yankelovich and Barrett, *Ego and Instinct*, pp. 320, 386-92, 396-97. この問題は必然的に、そもそも言語はどうやって生じたのかという問いにつながる。言うまでもなくその答えはいまだ見つかっていない。この点および動物に育てられた子供に関する資料については、Langer, *Philosophy in a New Key*, pp. 108-42 等を参照〔『シンボルの哲学』〕。アシュリー・モンタギューは、言語の起源についてダーウィン的理論を提唱している。Ashley Montagu, *The Human Revolution*（New York: The World Publishing Company, 1965）, pp. 108-13.

（11） Bower, *Perceptual World of the Child*, p. 42〔『乳幼児の知覚世界』〕.

（12） フィリップ・アリエス『〈子供〉の誕生——アンシャン・レジーム期の子供と家族生活』Philip Ariès, *Centuries of Childhood*, trans. Robert Baldick（New York: Vintage Books, 1962）, pp. 103-6〔みすず書房、一九八〇年、杉山光信・杉山恵美子訳〕.

（13） たとえば、Mahler, *Psychological Birth of the Human Infant*, p. 35 を参照。概してこの種の研究には目的論的思考が鼻につく。子供をいわば人間以下とみなし、大人になってはじめて「救われる」という見方が見えかくれしているのである。幼年期を記述するのに用いられる「ナルシシズム」「幻覚的失見当」（hallucinatory disorientation）、あるいは「自閉症」（autism）といった用語が、成人の世界認識のみが正しくそれ以外はすべて間違っているという偏った前提に基づいていることに、学者たちは気づいていないようである。

先天と後天という問題についてはのちにまた論じる。社会化のプロセスの重大さを十分認識していることが、ワロンの研究の大きな特色である（注7参照）。

（14） この段落の記述はジョン・ケネルの叙述に基づく。John Kennell, "General Discussion" section of Evelyn B. Thoman, ed., *Origins of the Infant's Social Responsiveness*（Hilldale, N. J.: Lawrence Erlbaum Associates, 1979）, pp. 435-36.

（15） Stuart A. Queen and Robert W. Habenstein, *The Family in Various Cultures*, 4th ed.（New York: Lippincott, 1974; first publ. 1952）, p. 164; John Ruhräh; *Pediatrics of the Past*（New York: Paul B. Hoeber, 1925）, p. 34; Ian G. Wickes, "A History of Infant Feeding," *Archives of Disease in Childhood* 28（1953）, 156.

授乳が「長期間」行われたという言い方はおそらく正確ではない。むしろ二十世紀における授乳期間を「短期間」と呼ぶ方がふさわしいであろう。

（16）アシュリー・モンタギュー『タッチング――親と子のふれあい』Ashley Montagu, *Touching: The Human Significance of the Skin*, 2nd ed.（New York: Harper & Row, 1978）, pp. 124, 187, 190, 199, 203, and chap. 7, passim〔平凡社、一九七七年、佐藤信行・佐藤方代訳〕.

（17）バリ島人の育児法については、ベイトソンとミードの『バリ島人の性格』より（第七章注16参照）。モンタギューも『タッチング』（pp. 115-18）でこれに言及している。同書第七章の比較文化研究をめぐる記述、およびBeatrice B. Whiting, ed., *Six Cultures*（New York: John Wiley, 1963）も参照。アリエスについては注12を参照。出産と幼児性欲に関する「新しい」タイプの本としては、Alayne Yates, *Sex Without Shame*（New York: William Morrow, 1978）; Frederick Leboyer, *Birth Without Violence*（New York: Knopf, 1975）; Fernand Lamaze, *Painless Childbirth*（New York: Pocket Books, 1977）.

（18）ここからの議論はAriès, *Centuries of Childhood*, esp. pp. 10, 33-34, 52, 61, 107, 114-16, 254-60, 264, 353-56, 398-99, 405, 414-15に基づく〔『〈子供〉の誕生』〕。また以下の各論文も参照。Lawrence Stone, "The Rise of the Nuclear Family in Early Modern England," in Charles E. Rosenberg, ed., *The Family in History*（Philadelphia: University of Pennsylvania Press, 1975）, pp. 36-38, 56; David Hunt, *Parents and Children in History*（New York: Basic Books, 1970）, pp. 85-86; and M. J. Tucker, "The Child as Beginning and End: Fifteenth and Sixteenth Century English Childhood," in Lloyd deMause, ed., *The History of Childhood*（New York: The Psychohistory Press, 1974）, p. 238.

（19）この点はきわめて重要である。これを理解していなかったために、ロイド・ドモーズは「幼年期の進化」（前掲書*The History of Childhood*, pp. 1-73）においてアリエスの著作を不当に批判している。アリエスが記述している、幼児の生殖器をもてあそぶ行為を、ドモーズは性的虐待の一例にほかならないと非難している。むろん現代の西洋世界において同じことをしたとすれば、たしかにドモーズの言う通りだろう。だがアリエスの議論のポイントは、昨日は今日ではないということなのだ。性に対する姿勢は当時はいまとはまったく異なっていて、姿勢が違えば行為のコンテクストも違うのであり、したがって行為の意味も当然違っていたのである。また、明らかに虐待以外の何ものでもない行為についても、愛と憎しみは深く結びついているということを忘れるべきではない。真の心理的危険は触れあいの不在である。子供はそれを無感動として経験し、彼の心がそれを無意味という意に翻訳するのだ。実存的人間による意味の探究も、おそらくはこうした悲劇的体験に根ざしているのではないか。

さらに、自我が存在しなかった時代においても、暴力が完全に排除されたことは歴史上かつてない。たとえばそれは『イーリアス』に明らかである。だがかつての暴力は、いまとはまったく違った性質を持っていたように思われる。一言で言えばそれは、自発的な熱情によって動かされたものだったのである。十六世紀になるまでは、学校組織において懲罰（少なくとも体罰）という概念は存在しなかったとアリエスは述べている。懲罰はたいてい前もって計画された行為であり、その場の直接の感情とは別の理由から行われる。たいていの場合それは心理学で言う昇華行為である。たとえばサディズムが独善に置き換えられるというふうに（「罰を与える方がもっとつらいのだよ……」）。自我の結晶化とともに、感情はねじ曲げられ他の形に置き換えられる。中世の鞭打苦行者の一団のなかに、すでにその萌芽を見ることができる。そして、ライヒによれば、現代における性はその大半がサディズムもしくはマゾヒズムの要素を持ち、逆にまたサディズムやマゾヒズムの大半は性的要素を持っているのである。このテーマを見事に展開しているのが、リンゼイ・アンダーソンによる六〇年代末の映画『If もしも…』である。

（20） Montagu, *Touching*, p. 207〔『タッチング』〕。以下の議論は同書（pp. 60, 77-78, 120-24）に基づく。

（21） ワトソンやホルトはどういうタイプの人間だったのだろうか？ ホルトの同僚や助手が語るところによれば、ホルトはまさにライヒの言う鎧を着けた個人の典型であったようだ。「ホルトの態度というのは、真面目をはるかに越えてコチコチのくそ真面目そのものでした。彼には印象的と言えるようなところがひとつもありませんでした。それは多分、個性らしきものが何もなかったせいだと思います。きわめて高能率の、完璧につくられた人間機械という感じでした。我々にとっては、いかめしく、近よりがたい人でした」（Montagu, *Touching*, p. 121に引用）。ワトソンについては、次の事実が彼を知る手がかりとなるだろう。『行動主義者の視点から見た心理学』（一九一九）の発刊後まもなく、ワトソンはニューヨークのJ・ウォルター・トンプソン広告代理店の仕事を引き受け、そこで「ネズミをコントロールするための理論を消費者操作に適用した」のである（Philip J. Pauly, "Psychology at Hopkins," *Johns Hopkins Magazine* 30〔December 1979〕, 40）。

（22） ここでの議論は、育児習慣の方が原因であり成人生活およびその文化が結果であるかのような印象を与えるかもしれないが、後者が原因で前者が結果である面も大いにあることを忘れてはならない。すでに触れたように、両者がひとつとなって歴史的ゲシュタルトを形成していると私は思っているが、その相互関係はまだ十分明らかにされていない。文化人類学が抱えている困難は、因果律的な議論に陥ることなく、しかも意味あることを述べることであるとミルトン・シンガーは述べている。Milton Singer, "Survey of Culture and Personality," in Bert Kaplan, ed., *Studying Personality Cross-Culturally* (New York: Harper & Row, 1961), pp. 9-90. モンタギューもドモーズもこれこれの育児習慣が大人になってこれこれの特徴を招くというふうに議論を進めてはいるが、はっきりその因果関係を証明するわけではない。いずれにしろ、彼らのアプローチは、きわめて複雑な問題に対する機械論的アプローチ以上のものではない。

この問題について一歩進んだ視点を切り開いているのが、グレゴリー・ベイトソンである（第七章参照）。さまざまな種類の対人関係が、文化によってそれぞれ異なる機能的パターンを構成するものであることを、ベイトソンの分析は示している。この見方によれば、親子関係というものは文化全体が織りなすパターンの一部であり、親と子が相互に作用しあう関係である。言いかえればそれは全体論的関係なのだ。したがって、子供も単なる受身的存在ではなく、親に刺激を与えてあるパターンを取らせる、能動的存在である。注14に挙げたイヴリン・トーマンの編書に収められたいくつかの論文もこの見解を支持している。同様の議論としてはさらに、Margot Witty and T. B. Brazelton, "The Child's Mind," *Harper's*, April 1978, pp. 46-47. この論文の論者は、親子関係の構造を、直線ではなく円環として捉えている。

（23）Marshall H. Klaus and John H. Kennell, *Maternal-Infant Bonding* (St. Louis: The C. V. Mosby Company, 1976), esp. pp. 58ff.; Louis W. Sander et al., "Change in Infant and Caregiver Variables over the First Two Months of Life: Integration of Action in Early Development," in Evelyn Thoman, ed., *Origins of the Infant's Social Responsiveness*, pp. 368-75. クラウスとケネルの著作の一般向け紹介記事としては、"Closeness in the First Minutes of Life May Have a Lasting Effect," *New York Times*, 16 August 1977, p. 30. また、エイダン・マクファレン『赤ちゃん誕生――出産期の母と子の心理学』Aidan Macfarlane, *The Psychology of Childbirth* (Cambridge: Harvard University Press, 1977), pp. 52-54, 100-101〔サイエンス社、一九八二年、鹿取廣人・高橋晃訳〕参照。

（24）Montagu, *Touching*, pp. 256-58.

（25）ビートルズの歌詞の興味深い分析としては、Richard Poirier, "Learning from the Beatles," in *The Performing Self* (New York: Oxford University Press, 1971), pp. 112-40.

（26）Neumann, *The Child*, p. 33.

（27）N. O. Brown, *Life Against Death* (Middletown, Conn.: Wesleyan University Press, 1970; first publ. 1959), p. 31〔『エロスとタナトス』〕.

（28）小児科医のジョン・デイヴィーズは次のように述べている――「〔認知的な記憶とは別に、〕より体系化されていないもう一種類の記憶が存在しているのかもしれない。［前意識的な］記憶は失われてはおらず、影響力をいまだ持ちつづけているかもしれないのである」。Macfarlane, *The Psychology of Childbirth*, p. 31〔『赤ちゃん誕生』〕.

(29) C. G. Jung, "In Memory of Sigmund Freud," in *The Spirit in Man, Art, and Literature*, trans. R. F. C. Hull (Princeton: Princeton University Press, 1971), p. 48. このユングの文章は元来一九三九年、フロイトの死にさいし発表された追悼文である。

(30) ジョン・ボウルビィ『母子関係の理論II——分離不安』John Bowlby, *Separation* (New York: Basic Books, 1973) ライヒからの引用は、*The Function of the Orgasm*, trans. Vincent R. Carfagno (New York: Pocket Books, 1975; orig. German edition 1942), p. 30 より〔『オルガスムの機能』〕. 混乱を招きそうなので指摘しておくと、『オルガスムの機能』は、ライヒが同じタイトルのまま何度も書き直した『オルゴンの発見』(*Discovery of the Orgone*) の第一巻である。以下のライヒの理論の紹介は、*The Function of the Orgasm*, pp. 4-6, 15, 37, 88-96, 128-32, 162-69, 243-44, 269-71, 283 および同じくライヒの『性格分析——その技法と理論』*Character Analysis*, trans. Vincent R. Carfagno, 3rd ed., enl. (New York: Simon and Schuster, 1972; orig. publ. 1945), pp. 171-89〔岩崎学術出版社、一九六六年、小此木啓吾訳〕に基づく。

(31) 「典型的人格」(modal personality) という用語を誰が考え出したかは不明だが、この語が重要な用語となったのは、Cora DuBois, *The People of Alor* (1944) という文化人類学の本においてである。Singer, "A Survey of Culture and Personality," p. 33 参照。

(32) ライヒはこのような性格はあらゆる父権社会に存在しているとすら述べている。だがこれを証明するのは並大抵のことではないだろう。肛門的性格に関するフロムの研究は、Erich Fromm, "Die psychanalytische Charakterologie und ihre Bedeutung für die Sozialpsychologie," *Zeitschrift für Sozialforschung* 1 (1932), 253-77. ライヒからの引用は、*Character Analysis*, p. xxvi〔『性格分析』〕より。

(33) Peter Koestenbaum, *Existential Sexuality* (Englewood Cliffs, N. J.: Prentice-Hall, 1974), pp. 63, 75.

(34) Yankelovich and Barrett, *Ego and Instinct*, esp. pp. 157, 360-61, 365, 367-68, 371, 396. 細胞発達についての専門文献は言うまでもなく厖大である。細胞同士の相互連関についての、最近発表された一般向きの論文としては、L. A. Staehelin and B. E. Hull, "Junctions between Living Cells," *Scientific American* 238 (May 1978), 141-52.

(35) Itzhak Bentov, *Stalking the Wild Pendulum* (New York: Dutton, 1977), pp. 85-86. これを言いかえれば、脳を、他のさまざ

まな器官と本質的に変わるところのない、思考増幅を機能とする一個の器官とみなしたらどうか、ということである。我々が「精神」と呼んでいるものは実は「身体」と同一であり、頭のてっぺんから足の裏にまで広がっているのである。身体的感覚を、頭のなかに局部化された意識にとっての客体としてしか考えないのは、デカルト的妄想にすぎない。前近代社会においては意識が臍のすぐ下にあると考えることが多いとエリアーデは述べており、古典的なヨガの訓練においても同じ発想が見られる。おそらく科学的に見ても、この方が脳のなかに意識を位置づけるよりも的確である。近代文化のコンテクストにおいては、ものを加工し処理し操作することのみが重視され、そのため、合理的経験だけが特権的に重要なものに思えてきてしまう。近代において意識が脳のなかに限定されているのもこのためだ。他の文化のコンテクスト内では、合理的経験はそれほど特権視されない。だが我々は、それこそがもっとも重要な思考法、いや、唯一の思考法であるとすら思い込んでしまっている。これを批判して、ベントフはそれは思考ですらないと論じているのである。『未知の次元』（第五章注19参照）においてドン・ファンがカスタネダに説くのもこれと似た考え方である。ドン・ファンはまた、私もここで論じているように、「トナール」（意識的な知）と「ナワール」（身体的な知）はどちらも我々の存在に本来的なものだが、我々が下すさまざまな判断は「ナワール」の領域で生じると述べている。しかしドン・ファンは、「ナワール」を生かそうとするならば「トナール」的な見方が中心とならねばならない、とつけ加えている（p. 265）――ここにおそらく、この問題の核心がひそんでいる。その重要さはいくら強調してもしすぎることはない。

(36)　セオドア・ローザクは、これをいみじくも「分割脳の愚」と名づけている。『意識の進化と神秘主義――科学文明を超えて』Theodore Roszak, *Unfinished Animal* (New York: Harper & Row, 1975), pp. 52-57〔紀伊國屋書店、一九七八年、志村正雄訳〕.「二つの脳」について行われたさまざまな実験の結果を総合すれば、身体的知、無意識的知に関する私の議論に対する強力な反論ができあがるかもしれない。これらの実験結果に従うならば、非言語的機能を担うのは身体ではなく脳の右半球（右利きの人の場合）である、ということになるからだ。しかし、私の議論は、脳がイメージを貯蔵しイメージを組織化するという考えを否定しているのではない。問題なのは、知がどこから生じるのかという点であり、「二つの脳」の実験は、その点については何も教えてくれない。したがって、「二つの脳」の発想を認めたとしても、知は本来身体において生じその情報処理を脳が行うのだという主張が崩れはしないと思う。そしてむろん、私の主張は、脳もまたきわめて体感覚的たりうることを否定するものでもない。幻想、夢、芸術的イメージその他もろもろを増幅し処理するのは、脳にほかならないのだから。

(37) Peter Marris, *Loss and Change* (Garden City, N. Y.: Doubleday Anchor, 1975).

(38) むろんこの議論はつきつめていけばいろいろな問題が生じる。だがそれにしても、一次過程という共通の下層の上の表面的レベルでは、ガリレオの身体はトマス・アクィナスの身体とは異なっていたのであり、両者の身体はホメーロスの身体とは大きく異なっていたのではないか。人間の身体は、さまざまな点において時代とともに変わってきている――身長、体型、色の識別能力、そしてとりわけ顔つきにおいて。この問題を詳しく研究している精神分析医のスタンリー・ケレマンは、未来の身体は現在の身体からさらに大きく変化したものとなるだろうと述べている。

(39) ここでひとつはっきりさせておかねばならない。それは、私がデカルトを全面的に否定し去っているのではないということである。その最大の理由は、純粋に近代科学を超えた概念を用いて論証的に思考することは――私はまさにそうしようと努力してきたわけだが――現時点においては不可能であるということだ（本章注35、36参照）。自我を頭のなかに位置づけ、無意識を身体に位置づけている点において、本章もまた精神／身体の二分法に依拠しているのである。さらにまた、本章において「無意識」という言葉はふたつの意味で使われている。ある時は「参加」の意味であり、ある時は我々がなかなか到達できずにいる、身体のなかの知という意味である。そういうアプローチがはたして本当に正当なのか、という問いが生じたとしてもおそらく無理はないだろう。

　これに対し私としてはつぎのように答えたい。この第六章は、避けることのできないひとつの緊張関係をそのなかに抱えこんでいる。なぜなら、ここでは、非言語的な経験を言語によって分析しようとしているからであり、言うまでもなくこうした伝達方法には明らかな限界がある。カスタネダのドン・ファンも言うように、「トナール」は、その定義からして、「ナワール」を解明することはできない。私が用いている無意識のふたつの意味も、科学的思考から見てふたつであるということにすぎない。全体論的思考から見れば、一体化《ミメーシス》は身体のなかに現前している知であり、決して到達不可能なものではない。言いかえれば、「ナワール」は、そこでは、未知のものではない。自我にとって未知であるというだけのことだ。存在論的存在、人間全体は「ナワール」なるものを知っているのである。ただ、これを本という形で読者に完全に伝えようとすれば、文章を毛皮に印刷するか、詩の形で書くかぐらいしか方法はあるまい。むろんここで、全体論に基づくまったく新しい用語体系を考案するのもひとつの考えだろう――「精神身体」「自己他者」というふうに。だが、『フィネガンズ・ウェイク』のような言語サーカスの科学版を作ることが現時点において有益であるとは私には思えない。以上の理由から、本章とそのデカルト的用語は、我々がもはや二元論的思考に頼らなくても済む地点に到達するための、ひとつの杖だと考えていただければ幸いである。我々はまだ二元論の束縛のなかにある。だが、近づきつつある変化も見えているのである。

（40） E. A. Burtt, *The Metaphysical Foundations of Modern Science*, 2nd ed.（Garden City, N.Y.: Doubleday, 1932）, p. 17; Langer, *Philosophy in a New Key*, pp. xiii, 3, 12-13〔『シンボルの哲学』〕.

（41） 以下光と色に関する記述は、一九七八年サンフランシスコ科学研究調査所発行の私の論文「色の曖昧さ」から取ったものである。また、Mike and Nancy Samuels, *Seeing with the Mind's Eye*（New York: Random House, 1975）, p. 93も参照。以下に紹介するエドウィン・ランドの論文「色彩視覚の実験」は、『サイエンティフィック・アメリカン』の一九五九年五月号に掲載された。老子からの引用は、Alan Watts, *The Way of Zen*（New York: Vintage Books, 1957）, p. 27より。ウォーフの代表的著作は有名な『言語、思考、現実』である。Benjamin Lee Whorf, *Language, Thought, and Reality*, ed. John B. Carroll（Cambridge: The MIT Press, 1956）〔弘文堂、一九七八年、池上嘉彦訳〕. 人間の持っているオーラについては数々の文献がある。興味を持たれた読者のための入門書として手ごろなのは、Nicholas M. Regush, *Exploring the Human Aura*（Englewood Cliffs, N. J.: Prentice-Hall, 1975）。

（42） 十五分以上閉じ込められると、囚人は神経衰弱へ向かって一直線に進みはじめる。“No new tortures needed,” *Montreal Gazette*, 17 October 1980, and “Pink power calms raging inmates,” *Montreal Gazette*, 5 January 1981.

（43） この言い方はやや誤解を招くかもしれないのでつけ加えると、私は、認識論のディレンマから脱出する鍵は、すべてを人間の目を通して見ようとする人間中心主義だと言っているのではない。たとえば、鯨や蜘蛛はどのように光や色を経験しているのかを考えてみるのも大切なことである。この発想から生まれた興味深い本がジュディス・コールとハーバート・コールの『樫の木から世界を見れば』である。Judith and Herbert Kohl, *The View from the Oak*（San Francisco: Sierra Club Books, 1977）. だがこの場合でも、人間的要因はなくなっていないことを忘れるべきではない。なぜなら、そこで本当に研究されているのは、鯨や蜘蛛の目を通して見た光や色それ自体ではなく、それをさらに人間の目を通して見たものだからだ。人間的要因がこのようにつねに存在することを認識しそれを科学に取り入れたとしても、かならずしも人間中心主義に陥ることにはならないはずである。生物の調査における観察者の参加の問題を論じた本としては、Donald Griffin, *The Question of Animal Awareness*（New York: The Rockfeller University Press, 1976）がある。

（44） Robert Bly, *Sleepers Joining Hands*（New York: Harper & Row, 1973）, pp. 48-49.
（45） Brown, *Life Against Death*, p. 236〔『エロスとタナトス』〕.

第七章　明日の形而上学（1）

（1） Philip Slater, *Earthwalk*（New York: Bantam Books, 1975）, p. 233.
（2） グレゴリー・ベイトソンは一九八〇年七月サンフランシスコで死亡した。ベイトソンは当時『精神と自然』の続編に取り組んでいた。もしそれが完成していたら、第九章で私が簡単に触れているような、美の問題を扱った書物になったのではないかと思われる。したがって、ベイトソンの思想は、その中心的な一側面を掘り下げないままに終わった未完の思想であるということにもなるだろう。にもかかわらず、本章および第八章で論じるなかで、彼の思想が驚くほど「完成」した体系であることが明らかになるであろう。
　ベイトソンの伝記はごく最近出版されたばかりなので、残念ながら本書の執筆のために利用することはできなかった。David Lipset, *Gregory Bateson: The Legacy of a Scientist*（Englewood Cliffs, N. J.: Prentice-Hall, 1980）.
（3） 以下に述べる、ウィリアム・ベイトソンの生涯は、つぎの各書に基づく。William Coleman, "Bateson and Chromosomes: Conservative Thought in Science," *Centaurus* 15（1970）, 228-314; ビアトリス・ベイトソンによる夫ウィリアムの回想録（Beatrice Bateson, *William Bateson, F. R. S., Naturalist*〔Cambridge: Cambridge University Press, 1928〕, pp. 1-160）; Gregory Bateson, *Steps to an Ecology of Mind*（London: Paladin, 1973; New York: Ballantine, 1972）, pp.47-52 British edition, 73-78 American edition〔『精神の生態学』〕.
（4） Morris Berman, "'Hegemony' and the Amateur Tradition in British Science," *Journal of Social History* 8（Winter, 1975）, 30-50. しかし、十九世紀末に至るまで、英国の科学にはこの「アマチュア紳士」の伝統が根強く残っていた。
（5） 正式の書名は『種の起源における断絶に特に注意を払って扱った変種の研究のための資料』である。
（6） 染色体理論が勝利を収めたことで、科学から何が失われたかについては、我々は推測するしかない。「傾向」が伝達されるというウィリアム・ベイトソンの考え方は、グレゴリー・ベイトソン、C・H・ウォディントンをはじめとする少数の生物学者たちの研究のなかで復活している。これらの生物学者は、獲得形質が一見遺伝しているように見える、いわゆる「ラマルク的擬態」が生物界に存在することを証明している。だが全体的に見れば、唯物論的生物学がいまだ正統として通っていて、それは不可避的に、遺伝子操作とDNA組み換えの恐怖へと向かっている。こうした恐怖は、もしも一九二〇年代にベイトソンの考えが広まっていさえしたら、避けられたかもしれない。Cf. Barry Commoner, "Failure of the Watson-Crick Theory as a Chemical Explanation of Inheritance," *Nature* 226 (1968), 334.

(7) 渦巻理論をはじめとする、ヴィクトリア科学のモデル形成については、彪大な量の文献がある。たとえば、きわめて批判的な概観としては、フランスの歴史家によるPierre Duhem, *Aim and Structure of Physical Theory*, trans. Philip P. Wiener (Princeton: Princeton University Press, 1954; orig. French edition 1914), chapter 4. さらに、以下の人々による著作および彼らについての著作を参照――ウィリアム・トムソン（ケルヴィン卿）、P・G・テイト、J・C・マックスウェル、オリヴァー・ロッジ、ジョゼフ・ラーモア。Cf. Robert Silliman, "William Thomson: Smoke Rings and Nineteenth-Century Atomism," *Isis* 54 (1963), 461-74.

(8) W. and G. Bateson, "On certain aberrations of the red-legged partridges *Alectoris rufa* and *saxatilis*," *Journal of Genetics* 16 (1926), 101-23.

(9) Cf. Gunther S. Stent, *The Coming of the Golden Age* (Garden City, N. Y.: The Natural History Press, 1968), pp. 73-74, 112. つぎも見よ。Stent, *Paradoxes of Progress* (San Francisco: W. H. Freeman, 1978).

(10) ベイトソンの、生物学に関する著作と、ダーウィン進化論の修正については、本書では基本的には扱わない。むろんそれがベイトソンの他の仕事と不可分に結びついていることは言うまでもないが、紙面の制約もありここでは省略する。ただし、私がもっとも重要だと思う、ベイトソンの生物学研究の倫理的意義については、第八章で論じることにする。この欠落を埋めたいと思う読者は、『精神と自然』〔改訂版、新思索社、二〇〇一年、佐藤良明訳〕および、『精神の生態学』所収の「精神分裂病の理論に必要な最低限のこと」と「進化における体細胞的変化の役割」を参照。*Mind and Nature: A Necessary Unity* (New York: Dutton, 1979); "Minimal Requirements for a Theory of Schizophrenia" and "The Role of Somatic Change in Evolution" in *Steps to an Ecology of Mind*.

(11) 以下の議論は、*Naven*, 2nd ed. (Stanford: Stanford University Press, 1958), pp. 1-2, 29-30, 33, 35, 88, 92, 97-99, 106-34, 141-51, 157-58, 175-79, 186-203, 215, 218-20, 257-79 および一九五八年のエピローグより。『精神の生態学』のなかの「民族の観

察から私が進めた思考実験」「国民の士気と国民性」「バリ――定常型社会の価値体系」の三論文も使った。『精神と自然』でも、イアトムル族の調査のさいに用いた方法論が、倫理、教育、進化などきわめて多くの問題を解くためのパラダイムになりうることが論じられている〔邦訳二六一―六二ページ〕。

(12) だが、『精神と自然』でも述べられているように、ベイトソンはルース・ベネディクトのアプローチに全面的に従ったわけではなかった〔邦訳二六一―六二ページ〕。以下の議論では、もっぱらエートスを扱う。エイドスについては、学習理論の議論のところでもう一度触れる。

(13) ただし、性差に加えて、イアトムル文化には、親族間の差異化も存在する。そして、ナヴェンには、性的緊張を解消するという重要な動機以外にも、親族間の関係から生じる個人の緊張を和らげるという動機もある。だが本書では、親族関係に基づく動機については簡単に触れておくだけにとどめておく。詳しくは、*Naven*, pp. 203-17.

(14) この問題についての文化人類学者たちの議論を要約したものとしては、Milton Singer, "A Survey of Culture and Personality," in Bert Kaplan, ed., *Studying Personality Cross-Culturally* (New York: Harper & Row, 1961), pp. 9-90.

(15) ベイトソンの初期の文化人類学研究にはふたつの重大な誤りがあったことをここで指摘しておく必要がある。ベイトソン自身のちになってこれらの誤りに気づき、自ら指摘している。ひとつは、A・N・ホワイトヘッドの言う「具体的なもののないところに具体的なものがあると思い込むという虚偽」である。言いかえれば、抽象概念にすぎないものを具体的な「もの」と思い込んでしまうということだが、ベイトソンは「エートス」という抽象概念についてこの誤りを犯しているのである。『ナヴェン』初版（一九三六）に「エピローグ」を書いた時点では、すでにベイトソンはこのことを自覚していた。彼は「エピローグ」で、『ナヴェン』での自分の議論の進め方からはそう思えるかもしれないが、エートスは「実体」ではないのであって、何ものの原因でもありえない、と述べている。熱力学の第一法則を見たり味わったりしたことがある者がいないのと同じで、エートスも見たり味わったりできる「もの」ではない。「エートス」という概念は、ひとつの「記述」であり、データを組織化するためのひとつの手段、科学者なり原住民なりによって採られるひとつの視点なのだ。

第二の誤りは、対称的分裂生成と相補的分裂生成の「混合」によって安定状態が維持されうるという考え方である。一九五八年にはベイトソンも気づいていたように、これはあまりにも不完全な考えである。それは、ふたつの変数がどうにかしてたがいに打ち消されうるという素朴な前提に立っていて、両者の機能的な関係についての考察がまったく欠けている。機能的関係がなければ、ふたつのプロセスが平衡状態に到達すると考える理由もありえないはずだ。ここでの安定状態についての説明は根拠があまりに薄弱である。真の問題は、のちにベイトソンも認識したように、増加する分裂生成の緊張が、緊張を緩和し事態を調停するファクターの引き金となるのかどうか、なるとすればそれはどのようにしてか、ということである。のちにベイトソンは「末端連結」(end-linkage) という概念を用いて、サイバネティクスの視点からこの問題を再検討している。本書第八章および『ナヴェン』の一九五八年の「エピローグ」を参照。

(16) バリ島については、Gregory Bateson and Margaret Mead, *Balinese Character: A Photographic Analysis* (New York: New York Academy of Sciences, 1942) および『精神の生態学』の「バリ——定常型社会の価値体系」と「プリミティブな芸術の様式と優美と情報」を参照。

(17) Herbert Marcuse, *One-Dimensional Man* (Boston: Beacon Press, 1964), p. 17〔『一次元的人間』〕.

(18) 以下の議論は、Jurgen Ruesch and Gregory Bateson, *Communication: The Social Matrix of Psychiatry* (New York: Norton, 1968; orig. publ. 1951), pp. 176, 212, 218, 242 および『精神の生態学』所収の以下の諸論文に基づく。「社会計画と第二次学習」、「遊びと空想の理論」、「疫学の見地から見た精神分裂」、「精神分裂病の理論化に向けて」(ドン・D・ジャクソン、ジェイ・ヘイリー、ジョン・H・ウィークランドとの共同執筆)、「精神分裂症の理論に必要な最低限のこと」「ダブル・バインド、1969」、「学習とコミュニケーションの階型論」。

(19) 『精神の生態学』〔邦訳二四八—五〇ページ〕。

(20) たしかに、夢を見ている人が自分が夢を見ていることを自覚している、いわゆる「明晰夢」というものも存在しないわけではない。だが、こういう現象は一般的と言うにはほど遠いものである。

(21) Jay Haley, "Paradoxes in Play, Fantasy, and Psychotherapy," *Psychiatric Research Reports* 2 (1955), 52-58.

(22) R. D. Laing, *The Divided Self* (Harmondsworth: Penguin Books, 1965; first publ. 1959), pp. 29-30〔『ひき裂かれた自己』〕.

(23) Coleman, "Bateson and Chromosomes," p. 273.

(24) ベイトソンの編集によるJohn Perceval, *Perceval's Narrative: A Patient's Account of His Psychosis, 1830-1832* (Stanford: Stanford University Press, 1961) の、ベイトソンの序文を参照。

(25) E. Z. Friedenberg, *R. D. Laing* (New York: Viking, 1974), p. 7.

(26) 以下の情報は、一九七五年十月十四日にベイトソンがロンドンで行った講演と、『精神と自然』邦訳一六四―六六ページより。

(27) 『精神の生態学』〔邦訳四〇一ページ〕。このテーマに基づいた、ヴィクトリア朝文化の楽しい物語として、Edwin A. Abbott, *Flatland*, 6th ed.（New York: Dover, 1952）がある。

(28) R. D. Laing, *The Politics of Experience*（New York: Ballantine Books, 1968）, pp. 144-45〔『経験の政治学』〕.

(29) 「建前としては」というところがここでは大事である。なぜなら、人がデカルト的世界観を身につけるのも、実はまさにメタコミュニケーションを通してだからだ。これは私が第五章で述べた、デカルト的形而上学は参加する意識を否定しておきながら実はそれを内に含んでいるという議論にもつながる。

第八章　明日の形而上学（2）

(1) 『精神の生態学』〔邦訳三二ページ〕。

(2) ここで私は〈精神〉（Mind）という言葉を、第五章ではじめて使ったときと大体同じに、「無意識と意識的知覚（従来の意味での「精神」[mind]）の両方を含む心的システム」という意味で使っている。本章の議論を進めるなかで、〈精神〉の意味をより詳しく論じていく。

(3) この表に関連するものとして興味深いのは、Jurgen Ruesch and Gregory Bateson, *Communication: The Social Matrix of Psychiatry*（New York: Norton, 1968; orig. publ. 1951）, pp. 259-61.

(4) 以下の議論については、『精神の生態学』の「『自己』なるもののサイバネティックス――アルコール依存症の理論」を参照。

(5) 興味深いことに、AAの創立者のひとりは、ユングの思想に影響を受けていた。*Alcoholics Anonymous*, 3rd ed.（New York: Alcoholics Anonymous World Services, 1976）, pp. 26-27.

(6) 以下の部分は、『精神と自然』〔邦訳一二五―四八ページ〕および『精神の生態学』〔邦訳六三八ページ〕に基づく。

(7) 以下の「冗長性」（redundancy）についての議論は、『精神の生態学』〔邦訳二〇〇―一五ページ〕に基づく。

(8) Michael Polanyi, *Personal Knowledge*, corrected ed.（Chicago: University of Chicago Press, 1962）, p. 88〔『個人的知識』〕. ここでの私の議論はややくどく思えるかもしれない。だが、「すべてを冗長的にすることは、すべてをでたらめにすることに

等しい」という事実は、なかなか実感しづらいものではないだろうか。分かりやすい比喩を挙げれば、ラジオ放送か、テレビのブラウン管の、信号／雑音の比率（SN比）を考えてみるとよい。SN比があってはじめて信号は信号となる。もしもすべてが信号だったら、「図」に対する「地」はなくなってしまい、結局はすべてが「地」であることと同じになってしまうだろう（たとえば真っ黒のテレビ画面）。軍隊内のあらゆる兵士が将軍に昇進したら、もはや軍隊は軍隊ではありえない。言いかえれば、完全な冗長性は、差異化を破壊してしまう。すべてが冗長的になってしまえば、冗長性を創り出すための枠組がなくなってしまうのである。ギルバートとサリヴァンのオペレッタの文句で言えば――「猫も杓子も殿様ならば、殿様どこにもいなくなる」。

（9） *Naven*, 2nd ed., p. 276.

（10） Gregory Bateson and Margaret Mead, *Balinese Character: A Photographic Analysis* (New York: New York Academy of Sciences, 1942). 身振り言語（キネシクス）研究の代表的なものとしては、R. L. Birdwhistell, *Introduction to Kinesics* (Louisville, Ky.: University of Louisville Press, 1952); および A. E. Scheflen, *How Behavior Means* (Garden City, N. Y.: Doubleday Anchor, 1974).

（11） Anthony Wilden, *System and Structure* (London: Tavistock Publications, 1972), pp. 123, 194, and passim. このあとに述べる、アナログ的知とデジタル的知をめぐる議論については、『精神の生態学』〔邦訳二一〇―一四ページ、五五〇―五三、五七七―七九ページ〕を参照。

（12） 正直に言うと私は、無意識のメッセージの核心はそれが無意識であるということだというベイトソンの議論には、全面的には賛成できない。あるいはまた、アナログ的コミュニケーションはすべて、無意識の精神についてのコミュニケーションの実践であるという議論についても同様である。たとえばダンスというものは、空間とその中味との関係についてのダンスでもありうるし、軽さと重さの関係についてでもありうるのではないだろうか。よく知られた映画『天井桟敷の人々』のなかで、ジャン＝ルイ・バローがスリのマイムを演じる場面があるが、このマイムの目的は、無意識の本質を表すことではなく、時計泥棒を暴くことにある。ベイトソンが論じているのは、あらゆるタイプのアナログ的コミュニケーションというよりも、精神医学で言う「心療劇《サイコドラマ》」ではないだろうか。

（13） "A Conversation with Gregory Bateson," in Lee Thayer, ed., *Communication: Ethical and Moral Issues* (London and New York: Gordon and Breach Science Publishers, 1973), p. 248.

（14） 以下の議論は次の諸著による。“A Conversation with Gregory Bateson,” p. 247; Mary Catherine Bateson, ed., *Our Own Metaphor* （New York: Knopf, 1972）, pp. 16-17; John Brockman, ed., *About Bateson* （New York: Dutton, 1977）, p. 98; *Psychology Today*, May 1972, p. 80 （Interview with Lévi-Strauss）;『精神の生態学』〔邦訳一八九—九〇、四四七—五〇、五八〇、六一〇—一一、六三九—四一ページ〕。Cf. Lynn White, Jr., “The Historical Roots of Our Ecologic Crisis,” *Science* 155 （10 March 1967）, 1203-7.

（15）「順化」と「耽溺」との対比については、『精神と自然』〔邦訳二三四—三七、二四三—四四ページ〕および『精神の生態学』〔邦訳四七〇—七一、五八七—八八、六四七—四九ページ〕を参照。

（16） この情報の一部は、パシフィック・ニュース・サーヴィス（サンフランシスコ）による一九七九年の資料による。Rasa Gustaitis, “Global Comeback of Once-banished Malaria.”

（17） 以下の議論は次の諸著に基づく。The interview with Lévi-Strauss（本章注14参照）; Mary Catherine Bateson, *Our Own Metaphor*, pp. 91, 266-79, 285;『精神の生態学』〔邦訳五九〇—九一、五九七—九八、六六〇—六一ページ〕; Murray Bookchin, “Ecology and Revolutionary Thought,” in *Post-Scarcity Anarchism* （Palo Alto: Ramparts Press, 1971）, esp. pp. 63-68, 70-82. 多様性の大切さについては、生態学や遺伝学の教科書でもたいてい論じられている。

第九章　意識の政治学

（1） マックス・ウェーバー『プロテスタンティズムの倫理と資本主義の精神』Max Weber, *The Protestant Ethic and the Spirit of Capitalism*, trans. Talcott Parsons （New York: Scribner's, 1958; orig. German publ. 1904-5）, p. 182〔岩波文庫、一九五五・六二年、梶山力・大塚久雄訳〕.

（2） 第七章注24参照。

（3） あるいはこの点について私は間違っているかもしれない。たとえば、人間のオーラのなかにさまざまな色を認識するという現象や、それらの色と治癒との関係などを探っていくうちに、色についての、純粋に心霊的な解釈も可能になるかもしれない。第六章末での、色に関する議論を参照。

（4）『精神の生態学』〔邦訳六一二ページ〕。

(5) Christopher Hill, *The World Turned Upside Down* (New York: Viking, 1972).

(6) 私個人は「地球大の政治」の活動をしているわけではないので、これらの問題についてあまり偉そうなことは言えない。したがって、ここで論じていることも、この「地球大の政治」というテーマの射程内に収まるいくつかの流れに関するレポートと考えていただきたい。論じるに当たっては以下に挙げる資料を参考にしているが、特にこの問題について私の目を開いてくれたピーター・バーグに感謝しておきたい。以下で提示されている考え方の多くは、十年以上にわたってバーグがサンフランシスコ湾沿岸において行ってきた政治・教育活動の焦点となってきた考え方である。バーグの活動は、彼の編集による雑誌『プラネット・ドラム』や、その著書(*Reinhabiting a Separate Country* [San Francisco: Planet Drum Books, 1978])およびその他実に多様な形で行われている。地球大の文化のあり方と、その政治的可能性という問題は、一九七九年四月七日から十日にかけてサンフランシスコで開かれた会議「地球の声を聴く」の主題でもあった。この会議は、バーグと私が中心となって開いたものである。以下の議論の一部は、この会議での成果に基づいている。

「地球大の政治」という問題についての文献はきわめて多く、ここではそのなかで私がもっとも惹かれる諸著を挙げるにとどめておく。

フィクション アーネスト・カレンバック『エコトピア・レポート』Ernest Callenbach, *Ecotopia* (Berkeley: Banyan Tree Books, 1975)〔創元推理文庫、一九八一年、小尾芙佐訳〕; U・K・ルグィン『所有せざる人々』Ursula LeGuin, *The Dispossessed* (New York: Avon, 1974)〔早川書房、一九八〇年、佐藤高子訳〕; マージ・ピアシー『時を飛翔する女』Marge Piercy, *Woman on the Edge of Time* (New York: Knopf, 1976)〔學藝書林、一九九七年、近藤和子訳〕.

未来研究 Willis W. Harman, *An Incomplete Guide to the Future* (San Francisco: San Francisco Book Company, 1976); Kimon Valaskakis et al., eds., *The Conserver Society* (New York: Harper & Row, 1979); ヘイゼル・ヘンダーソン『エントロピーの経済学——もうひとつの未来を創る』Hazel Henderson, *Creating Alternative Futures* (New York: Berkeley Publishing Corp., 1978)〔ダイヤモンド社、一九八三年、田中幸夫・土井利彦訳〕; Edward Goldsmith et al., eds., *Blueprint for Survival* (Boston: Houghton Mifflin, 1972); Peter Hall, ed., *Europe 2000* (London: Gerald Duckworth, 1977); Michael Marien, "The Two Visions of Post-Industrial Society," *Futures* 9 (1977), 415-31, and "Toward a Devolution," *Social Policy*, Nov./Dec. 1978, pp. 26-35.

政治・経済に関する論説 Leopold Kohr, *The Breakdown of Nations* (New York: Dutton, 1975; orig. publ. 1957); ゲーリー・

スナイダー『亀の島』Gary Snyder, "Four Changes," in *Turtle Island*（New York: New Directions, 1974）〔山口書店、一九九一年、ナナオサカキ訳〕; G・R・テイラー『幸福の実験――擬似原始社会へ向かって』Gordon Rattray Taylor, *Rethink*（Harmondsworth: Penguin Books, 1972）〔みすず書房、一九七五年、田中淳訳〕; Michael Zwerin, *Case for the Balkanization of Practically Everyone*（London: Wildwood House, 1975）; E・F・シューマッハー『スモール・イズ・ビューティフル――人間中心の経済学』E. F. Schumacher, *Small is Beautiful*（New York: Harper & Row, 1973）〔講談社学術文庫、一九八六年、小島慶三・酒井懋訳〕; Herman E. Daly, ed., *Toward a Steady-State Economy*（San Francisco: W. H. Freeman, 1973）; "Ecology Party Manifesto," *The New Ecologist* 9（1979）, 59-61. さらに、以下に挙げる無政府主義的作家・社会批評家の著作も参照――ポール・グッドマン、イヴァン・イリイチ、ルイス・マンフォード、マリー・ブクチン（無政府主義とエコロジーとのつながりについては、Murray Bookchin, "Ecology and Revolutionary Thought" in *Post-Scarcity Anarchism*〔Palo Alto: Ramparts Press, 1971〕; George Woodcock, "Anarchism and Ecology," in *The Ecologist* 4〔1974〕, 84-88）.

エコロジー　Arne Naess, "The Shallow and the Deep, Long-Range Ecology Movement. A Summary," *Inquiry* 16（1973）, 95-100; ポール・シェパード『狩猟人の系譜――反農耕文明論への人間学的アプローチ』Paul Shepard, *The Tender Carnivore and the Sacred Game*（New York: Scribner's, 1973）〔蒼樹書房、一九七五年、小原秀雄・根津真幸訳〕; Bill Devall, "Streams of Environmentalism," *Natural Resources Journal* 19（1979）, no. 3; John Rodman, "The Liberation of Nature?" *Inquiry* 20（1977）, 83-131; Raymond F. Dasmann, "Toward a Dynamic Balance of Man and Nature," *The Ecologist* 6（1976）, 2-5, and "National Parks, Nature Conservation and 'Future Primitive'," *The Ecologist* 6（1976）, 164-67; Jerry Gorsline and Linn House, "Future Primitive"（これは素晴らしい論文である）, *Planet Drum*, no. 3（"Northern Pacific Rim Alive"）, 1974, reprinted in *Alcheringa* 2（1977）, 111-13.

宗教の活性化　Eleanor Wilner, *Gathering the Winds*（Baltimore: The Johns Hopkins University Press, 1975）; Jacob Needleman, *A Sense of the Cosmos*（Garden City, N. Y.: Doubleday, 1975）.

（7）恐ろしいことに、超心理学を軍事に応用するために長い間研究を続けているのは、ＣＩＡとＫＧＢである。学習Ⅲの政治的危険については本章でのち扱うが、心霊研究に米ソともに莫大な投資をしていることは知っておいていただきたい。その研究結果の大半は機密情報である。最近成立した情報自由条例のおかげで、ＬＳＤに関するＣＩＡの実験の一部などが公開されている

（たとえばMKウルトラ計画）が、入手不可能な情報の方が圧倒的に多い。以下の資料を参照。Michael Rossman, *New Age Blues*（New York: Dutton, 1979）, pp. 167-260; John D. Marks, *The Search for the "Manchurian Candidate": The CIA and Mind Control*（New York: Times Books, 1979）; "Soviet Psychic Secrets," *San Francisco Chronicle*, 16 June 1977; John L. Wilhelm, "Psychic Spying?" *Washington Post*, 7 August 1977.

（8）　フェルナンド・ラマーズ『ラマーズ法原著』Fernand Lamaze, *Painless Childbirth*（New York: Pocket Books, 1977）〔鳳鳴堂書店、一九八六年、お産の学校運営委員会訳〕; Frederick Leboyer, *Birth Without Violence*（New York: Knopf, 1975）.

（9）　ここで言う「自己」（self）とは、ユング的な意味である。ベイトソンの言う「自己」はむしろ「自我」（ego）に近い（第八章参照）。

（10）　アメリカ人ビデオ・アーチストのポール・ライアンはまさにこうした実験を何年も続けている。彼が「三人組の練習」（triadic practice）と呼んでいるこの実験は、三人ずつのグループが、たがいの関係が対立状態にエスカレートするのを避ける練習をするというものである。この実験のいくつかの側面は、彼の著書『聖のサイバネティクス』のなかで触れられており、論文「関係」においてさらに明確に論じられている。Paul Ryan, *Cybernetics of the Sacred*（Garden City, N. Y.: Doubleday Anchor, 1974）; "Relationships," *Talking Wood* 1（1980）, 44-55.

（11）　Gorsline and House, "Future Primitive."

（12）　Bookchin, *Post-Scarcity Anarchism*, p. 78; Snyder, "Four Changes," p. 94.

（13）　いわゆる「適切なるテクノロジー」あるいは「人間の顔をしたテクノロジー」を論じた著作は近年とみに増えてきた。もっともよく知られたものをふたつ挙げれば、イヴァン・イリイチ『自由の奪回――現代社会における「のびやかさ」を求めて』Ivan Illich, *Tools for Conviviality*（New York: Harper & Row, 1973）〔佑学社、一九七九年、岩内亮一訳〕およびシューマッハー『スモール・イズ・ビューティフル』。

（14）　Murray Bookchin, *The Limits of the City*（New York: Harper & Row, 1973）; ルイス・マンフォード『都市の文化』Lewis Mumford, *The Culture of Cities*（New York: Harcourt, Brace and Company, 1938）〔鹿島出版会、一九七四年、生田勉訳〕. アリエスからの引用は、*Centuries of Childhood*, trans. Robert Baldick（New York: Vintage Books, 1962）, p. 414〔『〈子供〉の誕生』〕.

（15）　Peter Berg and Raymond Dasmann, "Reinhabiting California," in Berg, *Reinhabiting a Separate Country*, p. 219.

（16） ローザクの著作のなかでも、特に『意識の進化と神秘主義』（第六章注36参照）、*Where the Wasteland Ends*（Garden City, N. Y.: Doubleday Anchor, 1972）, *Person/Planet*（Garden City, N. Y.: Doubleday, 1978）は、ローマ帝国のモデルを用いている。Cf. Harman, *Incomplete Guide* およびロバート・L・ハイルブロナー『企業文明の没落』Robert L. Heilbroner, *Business Civilization in Decline*（New York: Norton, 1976）〔日本経済新聞社、一九七八年、宮川公男訳〕.

（17） Percival Goodman, *The Double E*（Garden City, N. Y.: Doubleday Anchor, 1977）.

（18） "A Future That Means Trouble," *San Francisco Chronicle*, 22 December 1975.

（19） Leopold Kohr, *The Breakdown of Nations*; Kelvin Phillips, "The Balkanization of America," *Harper's*, May 1978, pp. 37-47; Peter Hall, *Europe 2000*, esp. pp. 22-27（私がここで描き出した地球大の文化のヴィジョンのなかのさまざまな流れは、変化を生みうる源も含めて、おおむねこの『ヨーロッパ紀元二〇〇〇年』のなかで述べられている）。Zwerin, *Case for the Balkanization of Practically Everyone* も参照。

（20） Hall, *Europe 2000*, p. 167.

（21） *I Ching*, trans. Richard Wilhelm and Cary F. Baynes, 3rd ed.（Princeton: Princeton University Press, 1967）, p. 186〔『易経』第四十八卦「井」〕.

（22） William Coleman, "Bateson and Chromosomes: Conservative Thought in Science," *Centaurus* 15（1970）, esp. pp. 292-304.

（23） ベイトソンの思想は重要な政治的意味を内に含んでいるが、ベイトソン自身の分析においては、それらの意味は特に強調されても活用されてもいない。たとえば精神分裂病を分析する場合、ベイトソンが考察している〈精神〉の最大の単位は家族である。だが家族というものは、より大きな政治的コンテクストから孤立したものではないはずだ。家族の構造には、より大きな社会の権力関係が再現されているはずだが、ベイトソンはこの問題を扱っていない。言うまでもなく、親と子の間にある力関係がかならず分裂病を生み出すわけではなく、ベイトソンも一九六九年に指摘しているように、そのような力関係――すなわち、犠牲者がその場を立ち去ることができないという状況――は分裂病を生む必要条件以上のものではない。したがって、ベイトソンが焦点を当てているメタコミュニケーションの障害という問題は、重要なポイントではあるが、それを分析しただけではおそらく不十分である。

（24） Anthony Wilden, *System and Structure*（London: Tavistock Publications, 1972）, p. 113.

(25) Anatol Rapoport, "Man, the Symbol User," in Lee Thayer, ed., *Communication: Ethical and Moral Issues* (New York: Gordon and Breach Science Publishers, 1973), p. 41.

(26) 以下に述べる論理階型とヒエラルキーに対する批判は、ポール・ライアンによるものである。この難解な問題について協力してくれたライアンに感謝する。むろん、本章で私が述べたその他のベイトソン批判にもライアンが同意しているわけではないことを、急いでつけ加えておかなければならない。

ライアンの論理階型批判をより詳しく知るには、"Metalogue: Gregory Bateson/Paul Ryan," in a special issue (Spring 1980) of the magazine *Talking Wood* titled "All Area."

(27) G. Spencer Brown, *The Laws of Form* (New York: The Julian Press, 1972), p. x.

(28) Warren S. McCulloch, "A Heterarchy of Values Determined by the Topology of Nervous Nets," in *Embodiments of Mind* (Cambridge: The MIT Press, 1965), pp. 40-44.

(29) 狼の群れをはじめとするさまざまな動物集団の研究からも分かるように、動物界にもヒエラルキーはたしかに存在する。しかし、そのヒエラルキーが人間の本性にまで伝達されているという証拠はどこにもない。階級社会を擁護する人々はそう思いたがっているわけだが。マリー・ブクチンは、「自然のなかには、人間の思考のヒエラルキー的特性によって押しつけられたヒエラルキーを除けば、ヒエラルキーは存在しない。あるのは、生物同士の間の、そして一つひとつの生物の内部の、機能の差異にすぎない」と述べている (*Post-Scarcity Anarchism*, p. 285)。アンリ・ラボリにも同様の見解が見られる。

厳密に言えば、多義的序列と平等主義は同じものではない。多義的序列とはいわば非段階的な差異化であり、平等と同じではないのだ。だが両者は非常に似かよっており、そのため、多義的序列のシステムを現実に実践するとすれば、それは実質的にはほぼ平等主義的なものとなるだろう。

(30) Rene Dubos, "Environment," *Dictionary of the History of Ideas*, 2 (1973), 126; C. H. Waddington, "The Basic Ideas of Biology," in C. H. Waddington, ed., *Towards a Theoretical Biology*, 4 vols. (Chicago: Aldine Publishing Company, 1968), 1: 12.

(31) Wilden, *System and Structure*, pp. 141, 354ff. 初期サイバネティクス理論の代表的人物を挙げれば、シャノン、ウィーヴァー、W・ロス・アシュビーなど。

(32) 言うまでもなく、これはきわめて厄介な問題である。ある変化が、プログラム全体の真の変革なのか、それとも実ははじめからプログラムに組み込まれていた一要素にすぎないのか、という問題は、ほとんどすべての主要な歴史的変化をめぐって歴史家たちが論争する問題である。量の変化がある時点で質の変化になるというマルクスの説にしても、この、平衡流動的変化と形態発生的変化の間の緊張関係を克服するために考案されたのである。

(33) 『精神と自然』〔邦訳、二八〇―八一ページ〕。

(34) Robert Lilienfeld, *The Rise of Systems Theory* (New York: Wiley, 1978), p. 70.

(35) *Ibid.*, p. 160.

(36) *Ibid.*, pp. 174, 263. Cf. William W. Everett, "Cybernetics and the Symbolic Body Model," *Zygon* 7 (June 1972), 104, 107.

(37) Caroline Merchant, *The Death of Nature*, pp. 103, 252, 291; see also pp. 238-39〔『自然の死』、第三章注58参照〕.

(38) 現実にはこの実験は、先の説明のようにスムーズに進行したわけではない。ベイトソンも述べているように、実験がめちゃくちゃになりそうな事態が何度も生じ、そのためイルカの訓練者は、イルカとの関係を維持するために、本来与えるべきでないときに何度もイルカにエサを与えねばならなかったのである。

(39) 第七章注27参照。

(40) Rossman, *New Age Blues*, pp. 54-56. つぎの段落に関しては、第七章注2参照。

(41) フロ・コンウェイとジム・シーゲルマンによれば、現在アメリカで活動している宗教カルトの数は千以上に及び、これらのカルトは、ベイトソンの言う学習Ⅲの範疇に収まる八千近いテクニックを用いている。その多くは広告業界のエキスパートたちによって運営されているか、または彼らの指導を受けている。そして、これらのカルトの信者の数はかならずしも小さくない。たとえばサイエントロジー教会は、アメリカ国内だけでもおよそ三百五十万の会員を持つと言われている。Flo Conway and Jim Siegelman, *Snapping: America's Epidemic of Sudden Personality Change* (Philadelphia: Lippincott, 1978), pp. 11-12, 56, 161.

(42) ジェリー・マンダー『テレビ・危険なメディア――ある広告マンの告発』Jerry Mander, *Four Arguments for the Elimination of Television* (New York: William Morrow, 1978), pp. 100-107〔時事通信社、一九八五年、鈴木みどり訳〕.

(43) Rossman, *New Age Blues*, p. 117.

(44) Max Horkheimer, *Eclipse of Reason* (New York: The Seabury Press, 1974; orig. publ. 1947), p. 120. ｅｓｔについては、Rossman, *New Age Blues*, pp. 115-66; Peter Marin, "The New Narcissism," *Harper's*, October 1975, pp. 45-56; Suzanne

Gordon, "Let Them Eat *est*," *Mother Jones* 3 (December 1978), 41-54; Jesse Kornbluth, "The Führer over est," *New Times* 6 (19 March 1976), 36-52.

(45) ナチズムとオカルトのつながりについては、Jean-Michel Angebert, *The Occult and the Third Reich*, trans. Lewis Sumberg (New York: Macmillan, 1974); Trevor Ravenscroft, *The Spear of Destiny* (New York: Putnam's, 1973); Dusty Sklar, *Gods and Beasts* (New York: Crowell, 1977).

(46) ルシアン・ゴルドマン『カントにおける人間・共同体・世界――弁証法の歴史の研究』Lucien Goldmann, *Immanuel Kant*, trans. Robert Black (London: New Left Books, 1971; orig. German publ. 1945, rev. ed. [French] 1967), p. 122〔木鐸社、一九七七年、三島淑臣・伊藤平八郎訳〕.

(47) William Irwin Thompson, "Notes on an Emerging Planet," in Michael Katz et al., eds., *Earth's Answer* (New York: Harper & Row, 1977), p. 211.

(48) *Ibid*., p. 213. 実を言うと、トンプソンはここで自分の考えについて述べているのではなく、ジョナス・ソークの著書のなかの発言を批判しているのである (Jonas Salk, *The Survival of the Wisest*)。だが残念ながら、両者の言っていることはほとんど同じである。本人は気づいていないようだが、トンプソンの発言もまた、必然的に、羊飼いと羊の群れの二分法につながるものである。

(49) Julian Jaynes, *The Origin of Consciousness in the Breakdown of the Bicameral Mind* (Boston: Houghton Mifflin, 1976)〔『神々の沈黙』〕.

(50) Bruce Brown, *Marx, Freud, and the Critique of Everyday Life* (New York: Monthly Review Press, 1973), p. 17.

(51) Horkheimer, *Eclipse of Reason*, pp. 122-23.

(52) 本章注6に挙げた、『エコロジスト』一九七六年号所収の、ダスマンによる二論文を参照。

(53) Gorsline and House, "Future Primitive." バーグの定義によれば、生物地域とは、「その地域独自の自然の諸要素（植物、動物、土壌、分水界、気候）と、地域に影響する人間のはたらきかけ（個人的コミュニケーション）とによってひとつにまとめられている、地理的な一領域」である。

(54) マーシャル・サーリンズ『石器時代の経済学』Marshall Sahlins, *Stone Age Economics* (Chicago: Aldine Publishing Company,

1972)〔法政大学出版局、一九八四年、山内昶訳〕.
(55) "Reinhabiting the Earth: Life Support and the Future Primitive," *Truck*, no. 18 (1978), pp. 17-40において、ロバート・カリーはこの地図を論じている。また地図自体も同誌一九〇ページに転載されているが、元来それは自然保存自然資源国際協会発行の臨時論文第九号に掲載された(Morges, Switzerland)。カリーの論文はJohn Carins, ed., *The Recovery of Damaged Ecosystems* (Blacksburg, Va.: Virginia Polytechnic University Press, 1976) にも収録されている。
(56) Berg and Dasmann, "Reinhabiting California," pp. 217-18.
(57) *Ibid.*, p. 217.
(58) Mander, *Four Arguments*, pp. 104-5〔『テレビ・危険なメディア』〕.「大地、そして人が目にするすべてのもの、それは外にあるように見えても、実は中にあるのだ」と書いたブレイクも、同じことを言っていたのだ。
　自然に根ざしたエコロジー的宗教と、導師崇拝との区別はきわめて重要だが、エコロジーはおそらくそれだけではファシズムに対する十分な防御とはなりえないだろう。ダニエル・コーン゠ベンディットは、最近のインタビューでこの点を指摘している(*Le Sauvage*, no. 57, septembre 1978, p. 11)。彼によれば、一九七八年六月、あるハンブルクのエコロジスト政党が、ナチスの「血と土」の思想を踏襲する露骨なファシスト的姿勢を打ち出し、反核を表明するとともに、反ゲイ、反フェミニズム、反ユダヤ等々の綱領を掲げた。しかも彼らはきわめて国家主義的であった。すでに触れたように、地域主義は本来的には国家主義と反対であるはずなのだが、現実には両者の境界線は怪しくなるようだ。その好例が、フランスで、シャルル・モラスをはじめとする地域主義者たちが、やがてヴィシー政府〔第二次大戦中フランスに成立した専制政権〕を支持するようになった例である。
(59) Gorsline and House, "Future Primitive."
(60) Wilden, *System and Structure*, pp. 21-25; ジャック・ラカン「〈わたし〉の機能を形成するものとしての鏡像段階」Jacques Lacan, "The Mirror Phase," trans. Jean Roussel, *New Left Review*, no. 51 (1968; orig. French version 1949), pp. 71-77〔『エクリI』所収、弘文堂、一九七二年、宮本忠雄他訳〕.
(61) Robert Bly, "I Came Out of the Mother Naked," in *Sleepers Joining Hands* (New York: Harper & Row, 1973), pp. 29-50.
(62) ホメーロス『オデュッセイアー』第十一巻。
(63)『魂のなかの反逆者』のもっとも新しい英訳は、ビカ・リードによるものである(New York: Inner Traditions Inter-

national, 1978)。『魂の反逆者』がはじめてヨーロッパの言語に翻訳されたのは、一八九六年A・エルマンによるドイツ語訳である。その後いくつもの翻訳が試みられており、たとえばJohn A. Wilson, trans., "A Dispute Over Suicide," in James B. Pritchard, ed., *Ancient Near Eastern Texts Relating to the Old Testament*, 3rd ed.（Princeton: Princeton University Press, 1969; orig. publ. 1950）, pp. 405-7; Hans Goedicke, *The Report About the Dispute of a Man with his Ba*（Baltimore: The Johns Hopkins University Press, 1970）.

ジュリアン・ジェインズは『神々の沈黙』（pp. 193-94）で、この文書を取り上げているが、ジェインズは、この文書は、翻訳者たちが考えているような、純粋な自己対話ではないと論じている。「この驚愕すべき文章の翻訳はどれも、近代の精神の押しつけがいたるところに紛れこんでいる」のであり、文書が本当に語っているのは実は聴覚的幻覚である、とジェインズは言う。むろん翻訳者が違えば翻訳も違ってくるのはたしかだが、このジェインズの議論にはやや混乱が見られるのではないだろうか。彼はまず、ここでの魂の声は近代の声ではないと論じている。当時の「二心室」的意識のあり方から見て、それは、近代語に翻訳すれば聴覚的幻覚とでも言うほかないものである、とジェインズは言う。しかしその一方でジェインズは、この文書が書かれた時期が社会の混乱期であることを指摘しており、ジェインズの議論に従えば、このような時代においてこそ二心室の意識が崩壊し自我意識が発生したのである。ということはつまり、そうした時代において、神々が――すなわち「聴覚的幻覚」が――内面化され内なる声となり自己の一部分となり、要するに「近代の声」になったと考えるべきではないか。以上の理由から、現在ある翻訳は信頼してよいと私は思う。

（64） Shepard, *The Tender Carnivore and the Sacred Game*, pp. 125, 283〔『狩猟人の系譜』〕.

アナログ的知（analogue knowledge） 図像的コミュニケーションとも呼ばれる。我々がそれによって世界を学ぶ、非言語的・情動的コミュニケーションおよび認知全体をさす（ただし言語的コミュニケーションでも詩はこれに含んでよい）。具体的には、空想、夢、芸術、ボディ・ランゲージ、ジェスチャー、言葉の抑揚など。これと対照されるのが「デジタル的知」である。デジタル的知は、言語的＝合理的であり、抽象的である。『弁証法的理性』、『身振り言語』、『一次過程』の各項を見よ。

アニミズム（animism） 現代の我々が普通、生命のないただの物質とみなしているものも含め、すべてが生きていて、内に霊を宿しているのだ、という信念。

暗黙知（tacit knowing） 情報を意識にのぼらないレベルで知覚し把握すること。特に、ある人物がそのなかに生まれついた特定のパラダイム（↓）についての情報を、そのように理解することを言う。暗黙知はゲシュタルト・無意識のレベルで獲得され、暗黙知によって、その文化のエイドスとエートス（↓）を人は学ぶ。暗黙知という概念が前提としているのは次のような考え方である――明確に言語化された世界観はみな、さまざまな無意識の要因の産物であり、それらの要因もまた、文化のフィルターを通過し、生物学的にもふるいをかけられたものである。『ゲシュタルト』、『不完全性原理』、『形づけ』、『アナログ的知』を見よ。

異種コンテクスト横断症候群（trans-contextual syndrome） 物事を見て、文字通りの次元だけでなく、象徴的次元をも読み取るような行為。狂気、ユーモア、芸術、詩などはすべて、本質的にコンテクスト横断的である。言いかえればそれらはみな、メタファー、ダブル・ミーニングのはたらきを利用しているのである。

一次過程（primary process） たとえば夢のイメージ構造のような、無意識と結びついた思考パターン。合理的な自我意識、もしくは二次過程と対比される。『原初的伝統』を見よ。

エイドス(eidos) 『エートス』を見よ。

エートス(ethos) ある文化全体をおおっている情感のトーン。文化の「情」のパラダイム、文化が持っている諸感情のシステム。これと対比されるのが「エイドス」である。エイドスとは、文化の「認知」のパラダイム、文化が持っている知的世界観を言う。エイドスが文化の現実システムをさすのに対し、エートスはいわゆる「エチケット」、つまり文化的行動の諸規範のことと考えてさしつかえない。

エントロピー(entropy) でたらめさ(randomness)、ごちゃごちゃさ(disorganization)の度合。この反対が負のエントロピー、言いかえれば情報である。あるシステムが我々に情報を与えるとき、そのシステムは意味を持っている、と言う。意味は、パターンもしくは冗長性(redundancy)が存在するときに生じる。

学習Ⅰ(Learning Ⅰ) 個々の具体的問題を解決すること。

学習Ⅱ(Learning Ⅱ) 学習Ⅰの速度の漸進的変化。学習Ⅰにおける問題のコンテクスト(↓)の性質を理解すること。ゲームのルールを理解すること。パラダイム(↓)形成と言っても同じである。

学習Ⅲ(Learning Ⅲ) ある人物が、自分の持っているパラダイム(↓)すなわち学習Ⅱが、実は恣意的なものにすぎないことを突如悟る経験。その結果その人物は、人格の根本的変容を体験する。たいていの場合これは宗教的回心として経験され、悟り、神の顕現(God-realization)、大洋的感情(oceanic feeling)など、さまざまな名で呼ばれている。

影(shadow) ユングの用語で、パーソナリティのなかの抑圧された無意識の部分。人が個体化(↓)を成し遂げるためには、意識が影の存在を認識し統合しなければならない。より広義には、性格傾向のさまざまな対のうち、より発達していない方。たとえばたいていの男性は女性的な影(アニマ)を、女性は男性的な影(アニムス)を持っている。サディストにもマゾヒスト的な側面があるし、非常に真面目な人も軽薄な面を隠し持っているのである。

形づけ(figuration) 五官を通して得る感覚のデータから、心的な像すなわちイメージを形成すること。たとえば私がコーヒーの匂いを感じて（感覚のデータ）、突然カップに入ったコーヒーが頭に浮かんだとしたら、私はコーヒーを形づけしたと言うことができる。

奇型学（teratology） 動物界・植物界の、奇型の個体やアブノーマルな形態を研究する学問。

ゲシュタルト（Gestalt） 個々の部分からは引き出しえない具体的諸特徴を持った、たがいに絡み合うイメージや概念の集まりの全体。ある種の統一性を持つ、パターンあるいは世界観。『全体論』を見よ。

原＝学習（proto-learning） 『学習I』を見よ。

賢者の石＝キリストの対応（lapis-Christ parallel） キリストと錬金術との間に対応関係を見ること。中世においてはしばしば、錬金術こそキリスト教の真の中味であり賢者の石を創り出すことこそがキリスト体験である、という主張がなされたが、石／キリストのパラレルもその主張の一部である。

原初的伝統（archaic tradition） 本書ではこの語とほぼ同義の語として、次のような言い方も用いる——秘儀的伝統（esoteric tradition）、共感／反感理論（sympathy/antipathy theory）、ヘルメス的伝統（Hermetic tradition）、ホメーロス的もしくは前ホメーロス的精神性（Homeric or pre-Homeric mentality）、一体化《ミメーシス》（→）、アニミズム（→）、族霊崇拝《トーテミズム》（totemism）、参加（participation）、初源的参加（original participation）、グノーシス主義（gnosticism）、表徴の原理（doctrine of signatures）、そして、参加する意識（participating consciousness）。

むろん厳密に言えば、これらの用語はたがいにまったく同一ではない。たとえばヘルメス的伝統には錬金術が含まれるが、錬金術はおそらく前ホメーロスの時代には行われていなかっただろうし、明らかにアニミズムやトーテミズムよりもあとの時代に属する。あるいはまた、参加する意識はかならずしも初源的（アニミズム的）ではない。

しかし、これらの用語には、ひとつの考え方が共通している。それは、文字通りの意味であれ比喩的な意味であれ、宇宙にあるすべてのものが生きていて、たがいに結びついているのだという想い、そして、人間はそれらすべてのものと直接同一化することによって、あるいはその現象のなかに没入することによって（主体／客体の融合）、世界を知るのだという想いである。とはいっても、「原初的伝統」は、いわゆる現象学とは違う。なぜなら、原初的伝統は、人間がひとつの科学として学びうるような、自然の法則・関係の存在を前提としているからであり、現象学はこのような前提を持たないからだ。これらの科学のなかでもっとも古いものは、おそらくトーテミズムである。それは、内に住む霊を、図像や彫像などの目に見える形で表現するものである。中世においても、植物、動物、鉱物、身体の諸部分などが、それぞれに固有の星の影響を意識的に示しているのだと考えられた。このいわば対応の科学が、「表徴の原理」である。また、共感による魔法も、あるものが本来的に他のあるものとつながる（共感する）という理論に基づいていた。

原子論（atomism）　物質的原子論をはじめとして、「いかなる現象も物体もその諸部分の総計にすぎず、それ以上でもそれ以下でもない」とする学説。ある現象を説明するには、それを構成する諸部分に分解し、その後ふたたび再構成すればよい（少なくとも理論的にはこれが可能であるとされる）という前提に立つ。これと対照されるのが全体論（↓）。

恒常性（homeostasis）　システムが自らを維持し保存しようとする傾向、かき乱されたときに元の状態に戻ろうとする傾向。恒常的なシステムは定常状態のシステムである。言いかえれば、システム内の変数を、最大化するのでなく最適化しようとするのである。『循環性』、『フィードバック』を見よ。

コード化（coding）　ある人物が、文化によって、その文化のエートス（↓）とエイドスに適合するべくプログラムされ標準化されること。また、文化全体の組織化のプログラム・方法もさす。『学習II』、『暗黙知』、『ゲシュタルト』、『パラダイム』も見よ。サイバネティクス理論では、コード化とは、意味あるコミュニケーションを行うために、情報をひとまとまりの諸シンボルに翻訳することを言う。

個体化（individuation）　個人が成長し完成するプロセス。ユングの用語。このプロセスによって人間は、「自我」（ego）と対比される真の中心〈自己〉（Self）を進化させる。自我もしくは「ペルソナ」は意識的生活の中心であり、これに対し〈自己〉は意識的精神を無意識と調和させることから現れてくる。

根底的相対主義（radical relativism）　知識社会学から生じうる結論。あらゆる現実、あらゆる方法論は特定の歴史的環境の産物である、という知識社会学の考え方に従うならば、真理とはすべて相対的なものであり、その個々のコンテクストのなかでのみ有効であって、絶対的真理、文化を超えた真理などというものはどこにも存在しないことになる。これはまた、いかなる認識論、いかなる世界観も、それぞれのコンテクストのなかではそれなりに「正確」であって、どれがどれよりも正確かといった議論は成り立たない、ということでもある。

コンテクスト（context）　出来事や関係がそのなかで生じる、ひとまとまりの諸ルール。ルールが明文化されていることもあれば、されていないこともある。

サイバネティクス（cybernetics）　人間の持つコントロール機能と、それらの機能の代用をするべく作られた機械とを研究する学問。より広義には、メッセージ、情報交換、コミュニケーションの科学。

参加、参加する意識（participation, *or* participating consciousness）　『原初的伝統』、『一体化』を見よ。

参加しない意識（nonparticipating consciousness）　〈内＝ここ〉にいる、知ろうとする者すなわち主体が、自分が対峙している客体（彼はそれを〈外＝そこ〉にあるものとして捉えている）と自分自身とが、根源的に隔たっていると感じている、そういう精神状態。この見方によれば、世界のさまざまな現象は、我々がそこにいてそれを見ていても、そこにいなくても、何ら変りはしない。そして、知識は、我々自身と自然との隔たりを認識することによって得られる。主体／客体の二分法というのも同じことである。

事実／価値の分離（fact-value distinction）　近代科学的時代の意識のあり方。それによると、「良い」ものと「真の」ものはかならずしも関係がなく、データすなわち経験的知識から価値や意味を引き出すことはできない。

循環性（circuitry）　サイバネティクス理論で言う、諸部分の相互関係、もしくは情報交換の相互関係。循環性の原理によれば、あるシステムもしくは回路のなかのある部分で変化が生じれば、かならず連鎖反応が生じ、システム内のあらゆる部分に影響を及ぼす。

蒸溜器（alembic）　卵型のガラス容器で、上から管が延びている。錬金術工房に不可欠の道具で、蒸溜をはじめとして、錬金術の基本的作業の多くはそのなかで進行した。

初源的参加（original participation）『アニミズム』を見よ。

図像的コミュニケーション（iconic communication）『アナログ的知』を見よ。

全体論（holism）共働（synergy）もしくは共働的原理とも呼ばれる。複数の実体または物体の集まりは、その個々の構成物を見ただけでは説明できないような、より大きな現実を生み出す、とする考え方。いかなる現象の現実も、たいていは、諸部分の総計よりも大きいとする考え方。

第一質料（*prima materia*, or *materia prima*）錬金術において、ある金属が溶解したときに得られる無形の物質。ここから、凝結すなわち再結晶化という錬金術作業が開始される。個人的成長の寓話においては（『個体化』を見よ）、そこから新しい形すなわち人格がやがて凝結して現れるような、混沌の状態を言う。

体節分化（meristic differentiation）動物において、同様の部分もしくは体節が、体軸に沿って反復されること。たとえばミミズがそうである。

第二次学習（deutero-learning）『学習II』を見よ。

超越（transcendence）『内在』を見よ。

定常状態（steady state）恒常性（→）に同じ。あるいは、利潤を目的とせず、時とともに拡大することもなく、ただ自らを維持することだけを目的とする経済体制（たとえば封建制）のことも言う。

デカルト的パラダイム（Cartesian paradigm）十七世紀から現代までの西洋における支配的な意識形態。科学的方法によって分析もしくは説明可能なもののみを現実と定義する。ここで科学的方法とは、実験、数量化、原子論（→）、機械論哲学を組み合わせた一連の手続きを言う。このパラダイムによれば、世界は、数学的法則に従う、物体と運動の膨大な集まりとして見られる。

デジタル的知（digital knowledge）『アナログ的知』を見よ。

内在（immanence）　神は我々が目にする現象の内にいるのであって、外にいるのではないとする教義。汎神論、アニミズム（→）、ベイトソン的全体論は、すべてこの考え方のバリエーションである。この逆が、「超越」（transcendence）すなわち神は天にいて現象の外にいるとする考えである。デカルト主義や正統的ユダヤ＝キリスト教はこの範疇に入る。

認識論（epistemology）　知るということの本質は何か？　人間の精神は客観世界についてどういうことを知ることができるのか？　といった問題を考える、哲学の一分野。言いかえれば、精神はそれが知っていることをどうやって知るかについての考察。

熱力学の第二法則（Second Law of Thermodynamics）　すべてのものは本来的にエントロピー（→）に向かうという法則。情報や意味をつくり出すのに労力が必要であるように思えるのはこのためである。

発達体（developmentals）　たとえば自我や言語のように、人間のなかに胎児的・潜在的な形で本来的に備わっていると考えられる、不完全な心的構造体。それが実際に現れるためには、その生物的発展のプログラムが、人生のサイクルのしかるべき段階において、しかるべき社会・文化的経験と相互に作用しあわなければならない。

パラダイム（paradigm）　ひとつの世界観もしくは認識方法。このモデルに基づいて、現実が組織化される。『ゲシュタルト』を見よ。

フィードバック（feedback）　サイバネティクス理論において、あるシステムのアウトプットの一部分もしくは全部を、次の段階のためのインプットとして用いること。たとえば家屋の自動温度調整システムは、フィードバックを利用している。過去の行動の結果をシステムにフィードバックすることで、システムの恒常性（→）が得られる場合、これを負のフィードバック、または自己修復的フィードバックと呼ぶ。暴走状態では、フィードバックがどんどん増大していき、やがて破綻を招く。これを正のフィードバックと言う。このような状態のシステムは、特定の変数を最適化（optimize）させるのではなく、最大化（maximize）させようとしているのである。『循環性』を見よ。

不完全性原理（principle of incompleteness）　世界についての我々の知識の大半はその本質において暗黙の知であり（『暗

黙知』参照)、それは我々には捉ええない土台を持っていて、したがって合理的に一貫した形では言い表すことができない、とする理論。さらに、この原理に従えば、現実それ自体のプロセスも存在論的に言って不完全である。この論と真っ向から対立するのがデカルト的パラダイムである。後者は、精神は現実のすべてを知りつくすことができるという立場に立つからである。また不完全性原理はフロイト的な見方とも対立する。フロイトの考えでは、無意識の素材はすべて意識に上らせることが可能であり、またそうするべきである。

変換する(transform) サイバネティクスの用語で、情報の意味を変えずに、その構造もしくは構成だけを変えること。『コード化』参照。

弁証法的理性(dialectical reason) ものとその反対物が結びついていると考える分析方法。この見方によれば、愛と憎しみ、反抗と愛着は単なる対立物ではなく、同じひとつのコインの表裏である。たとえば夢の論理や、一次過程(↓)は、弁証法的である。

身振り言語(kinesics) 姿勢、ジェスチャー、体の動きなど、ボディ・ランゲージや非言語コミュニケーションを、人間のパーソナリティや、人間同士の相互関係を解く鍵として研究するさいの研究対象。

一体化《ミメーシス》(*mimesis*) 「模倣」を意味するギリシャ語で、英語の「マイム」(mime) や「物まね」(mimicry) もここから生じている。より広義には、パフォーマーの魔力に身を委ねること、あるいは、出来事に没入すること。このような精神状態においては、主体/客体の二分法は崩壊し、人は自分が見ているものとの一体感を感じる。「参加する意識」とも呼ばれる。初源的参加も一体化《ミメーシス》の一種である。一体化《ミメーシス》はかならずしもアニミズムとは限らない。『原初的伝統』を見よ。

メタコミュニケーション(metacommunication) コミュニケーションについてのコミュニケーション。たとえば「いま我々が行っている会話はいかなる性質のものだろうか?」というのは、メタコミュニケーション的発言である。

メタメリズム(metamerisim) 動物の身体の連続する分節の間にある、動的な非対称、もしくは連続的な差異。たとえばロブスターの爪がそうである。体節分化(↓)の場合と同じに、メタメリズムを呈する動物も、一般にその諸部分はたがいに類似しているが、そこに何か非対称的な発展が見られるというところが違っているのである。

目的論的（teleological）　物事には目的・目標が備わっているという考えに基づいた、の意。たとえばアリストテレス物理学は目的論的とされるが、それは、物体が地面へ落下するのは、地面が物体の本来あるべき場所だからだ、というふうに考えるからである。

溶解し、しかして凝結せよ（*solve et coagula*）　錬金術作業のエッセンスを要約した言葉。この作業を通して、物質は第一質料（→）に変えられ、やがて新しいパターンに凝結していく。

論理階型理論（Theory of Logical Types）　アルフレッド・ノース・ホワイトヘッドとバートランド・ラッセルが定式化した理論で、「論理学・数学において定義される意味でのいかなる集合も、その集合の要素となることはできない」というもの。たとえば我々は、世界中に存在するあらゆる象からなる集合というものを仮定することができる。論理階型理論に従えば、この集合それ自体は象ではない。集合は鼻もなければ、乾草を食べることもない。ひとつの集合と、その要素との間には、根本的な断絶があるということ、これがこの理論のポイントである。

訳者あとがき

この本のメッセージを乱暴に要約すれば、

（1）ここ何世紀かのあいだ、いわゆる「西洋近代」の人々は、私と私でないものを区別し、人間と自然を区別し、精神と身体を区別し……というように、自分を世界から隔てることを通して世界とかかわってきた（著者バーマンはこれを「参加しない意識」と呼ぶ）。

（2）けれども人類の歴史を通してみれば、世界のなかに自分を没入させる（「参加する意識」）ことによって人間が世界とかかわっていた時期の方がはるかに長いのであり、

（3）（1）の方が（2）よりすぐれているとはかならずしも言えないし（むろん逆も同じ）、少なくとも現時点では（1）の「参加しない意識」が行き詰まりに来ているように思える。

（4）だから、アニミズムや錬金術に単純に回帰することもできない我々が現在もっとも必要としているのは、新しい兵器でも代替エネルギーでもなく、世界との新しいかかわり方、新しい認識論ではないか……

——といった具合になるだろう。そして全体のトーンについて言えば、これは、八〇年代的にシニカルであろうとするより、六〇年代的にパワフルであろうとしている本である。さらに掘り下げた内容紹介としては、佐藤良明さんが爽快な「紹介」を書いて下さったので（巻頭に収録）、是非そちらを御覧下さい。

この本はかならずしも一ページ目から読みはじめる必要はない。それぞれの章が多かれ少なかれ独立した物語を構成しているから、興味のあるところから読んでいただければよいと思う。ごく大ざっぱなアウトラインを挙げておくと——

第一章　近代科学的な思考方法はどのようにして形成されたか（中心人物——デカルト、ベーコン）

第二章　そのような思考方法を可能にした——と同時にそのような思考方法によって可能にされた——社会全体の変

化（ガリレオ）
第三章　近代以前の人間は世界とどのようにかかわっていたか（錬金術師たち、ユング）
第四章　近代科学の「勝利」とそのコンテクスト（ニュートン）
第五章　いわゆる「近代」人も実は前近代的な方法で世界とかかわっていること（ポランニー、バーフィールド）
第六章　そうした世界とのかかわりが「身体」を通して行われていること（ライヒ）
第七章　前近代に「戻る」のではなく近代を「超える」ための足がかりとしての、ベイトソンの思考体系の紹介（ウィリアム、グレゴリーのベイトソン父子）
第八章　ベイトソンにおける中心的概念である〈精神〉の意義（グレゴリー・ベイトソン）
第九章　ベイトソンの思想体系から生じうる問題点　明日の世界が取りうるひとつの姿（登場人物多数）

著者モリス・バーマンは一九四四年ニューヨーク州に生まれ、コーネル大学で数学を専攻し、ジョンズ・ホプキンズ大学において科学史の博士号を取得した。ラトガーズ大、サンフランシスコ大、コンコーディア大、ヴィクトリア大など、アメリカとカナダの大学で教えたほかに、秘書、翻訳者、銀行員、児童カウンセラーなどさまざまな職業を経験している。まさに本書のメッセージのひとつである「多様性は一様性よりも好ましい」を身をもって実践していると言うべきか。現在は大学を辞めてシアトルで執筆活動に専念している。本書は一九八一年に刊行された、彼の二冊目の著作である。一冊目は『社会変革と科学的組織』（一九七八）。今年に入って三冊目の著作が発表された。*Coming to Our Senses* と題する、グノーシス主義から現代に至る「身体の歴史」を論じた書物である。

この本を訳すにあたって四人の方々に大変お世話になった。佐藤良明さんは「紹介」を書いて下さったほかにも、翻訳のプロセス全体について数限りない提言を下さり、いわばこの訳書のプロデューサー役を演じて下さった。武藤康史さんは日本語の表現をめぐって数え切れないほど多くの建設的アドバイスを下さった。近代を批判した本を訳すにあたって近代の粋コンピューターを駆使するという創造的ウロボロス状況を可能にして下さったのは津田宏さんである。編集担当の国文社中根邦之さんは、訳者のカタツムリよりものろい進行状況にも慈悲と寛容の精神をもって耐えて下さった。四氏にはこの場をお借りしてあつく御礼申し上げます。

一九八九年五月

柴田元幸

新版のための訳者あとがき（のようなもの）

今回めでたく復刊となったこの翻訳書『デカルトからベイトソンへ』が最初に出版されたのは一九八九年、ちょうど三十年前のことである。原書は一九八一年刊だから、そこからはほぼ四十年。となると、とにかくはっきりしたメッセージがある本だから、まずはそのメッセージが古びていないかが気になるところである。何しろ原書の刊行時はむろん、訳書の刊行時にさえインターネットも電子メールも一般化していなかったし、都心で電話をかけようにも公衆電話はしばしばどこもふさがっていた。SNSはすでに辞書に載っていたが、神経外科医協会（Society of Neurological Surgeons）のことだった。ロシアはロシアではなくソ連であり、ドイツは壁によって二つに分かれ、世界はまだ9／11も3／11も知らず、日本人にとってチェルノブイリはひとごとだった。現在の若者たちからすれば、旧石器時代のように感じられる時代ではないだろうか。そのころ書かれた、未来への提言？

が、今回再読してみて、自他を「分ける」ことよりも自他がどう「つながる」かを重んじる生き方に移行するのが人類にとって身のためだ、というモリス・バーマンの基本的主張は、幸か不幸か（まあ不幸の方が大きいか）あまり、というか全然、古びていないように思える。二〇一九年のいま、自他を隔てるべく一部の人々が引く線は、なんだか前より太く濃く荒々しくなった気がするし（いくつかの文脈では「多様性」という言葉はいまやほとんど死語と化した）、「最大化」よりも「最適化」を説くこの本の訴えとは裏腹に、経済において資本主義が一人勝ちを収めたいま、「最大化」志向はなおいっそう強まっているように思える。――まあ僕自身は、携帯電話さえいまだ携帯しておらず、いまの世の中の実態がどこまでわかっているか心許ないのだが……。

本のメッセージはともかく、それよりずっと些細な話として、訳文が古びていないかも訳者としては気になるところである。が、ほとんどひとごとのように言わせてもらうなら、再読してみて、この点もまあ大丈夫かなと思った。特に序章

～第一章あたりは、「紹介」も書いてくれている佐藤良明さんが三十年前に丹念に赤を入れてくれたので（記憶では赤のみならず、七色の色鉛筆で——色には特に意味もなく——びっしり書き込んでもらったように思う）、おかげで六〇年代的なこの本の熱さが、いまもストレートに伝わってくる。

この本は佐藤さんから翻訳を任された本であり、僕が自分で選んだわけではないが、翻訳を引き受けたのは当然、内容におおむね賛同できて作者の姿勢に敬意が持てたからである（関係ないが、三十年翻訳をやって共感できない文章はほとんど訳さずに済んできたのは実に幸運である）。いまより多感だった三十代に、明確なメッセージを持つ一冊の本と長時間つき合って（普通ならゲラ再校を読んだあたりで訳者の役目は終わるが、この本は国文社の中根邦之さんが五校か六校までやらせてくださった）、そのメッセージは以後の自分の人生に影響したか？　したと思う。あるいは、影響ではないとしても、この本の核心で言われていることは、翻訳者として自分がやってきた仕事と響きあうものが間違いなくある。今回読み直して、翻訳をめぐる自分の考えが、そのままより広範囲に適用されているように感じられる箇所もけっこうあった。

たとえばポランニーの「暗黙知」を論じた、「西洋の伝統的な知のモデルは、経験から自己を引き離すことによって、知識が得られると唱える。だが、この例（はじめはシミにしか見えないX線写真の像が次第に焦点を結び肺が見え症状が見えてくるという例）では、経験のなかに自分を埋没させるまでは、X線写真が意味を帯びてこない。自分というものが忘れられ、独立した『知る主体』がX線のシミのなかに溶け込むことによって、シミが意味あるものに見えてくるのである。ギリシャ人の言う『一体化《ミメーシス》』、すなわち肉感的で詩的で官能的同一化が、この学習の核心なのだ」という一節など、まさに僕がいつもお題目のごとく唱えている「原文に耳を澄ます」「頭でなく、体で訳す」といった物言いをずっとソフィスティケートさせた陳述に思える。その意味で、僕としては何も考えずにただただ好きで翻訳してきただけだけれども、それはそれで、西洋近代を乗りこえる企てだったのかなあと呑気に思ったりもする。

もっとも、〈最大化〉ではなく〈最適化〉を、というこの本のもうひとつの大事な主張については、どこまで吸収・活用できたか。なんだかやりたいことを手当たり次第にやるばかりで、ひたすら〈最大化〉しかやってこなかった気もする……まあまだ人生が終わったわけではないので、今後は〈最適化〉をゆるやかな目標に掲げようという気にいまはなっている。

復刊にあたって訳文に若干手を入れた。大きな変更はないが、「〜のである」「〜なのだ」ふうの断定的口調を全体に少し和らげた。注に挙げられた書物のうち、その後邦訳が刊行された書物については情報を追加した。バーマン氏が取り上げている膨大な書物のうち、もっとも重要な二冊であるグレゴリー・ベイトソンの『精神の生態学』『精神と自然』については、佐藤良明さんのバージョンアップ新訳が出たので、これもそれにあわせて情報を更新した。

長いあいだ入手困難になっていた本書の復刊を提案してくださる嬉しいメールを文藝春秋の鳥嶋七実さんからいただいたのは、二〇一八年七月のことである。翌月、驚いたことにまた別の出版社からも同じく復刊の提案をいただき、若い編集者の人たちが複数、この本に強く反応してくれたことに大変勇気づけられた。鳥嶋さんにはいくら感謝してもしきれない。あつくお礼を申し上げる。また、この本を二十一世紀の文脈につなげる解説を書いてくださったドミニク・チェンさんと、熱い帯文を書いてくださった落合陽一さんに感謝する。そして一九八九年版『デカルトからベイトソンへ』を可能にしてくれた佐藤良明さんと中根邦之さんにも、あらためてお礼を申し上げます。

この世界、もう少し違った見方ができないか、この世界と自分、もう少し違ったつながり方ができないか……と思っている皆さんが、この本に脳味噌を揺さぶられますように。

二〇一九年六月　　柴田元幸

復刊に寄せて

「精神のプロクロニズムと情感の演算規則《アルゴリズム》」

ドミニク・チェン（情報学研究者）

あらゆる本は、ただしく読まれるべき時期を待っている。刊行からすぐにして、社会の知識体系と持続的に結び合わされる本は、むしろ稀少ではないだろうか。数十年、場合によっては1世紀が経過してはじめて、ある書籍が発見され、人々の思考と接続するという例は少なくない。原著の刊行からもうすぐ40年、邦訳からはちょうど30年経って、この度復刊された本書は、間違いなく現在のタイミングでこそ最も適切に読み解かれる本であると、わたしは確信する。

本書の原著を読んだのは、20代前半の頃だった。この度、10年以上ぶりに読み返したところ、初読の時よりも遥かに多くの気づきを得られることに気づいた。この差は、以前の自分の読解力の未熟さにも起因していると思う。それでも、本書が言及している中世から近代、そしてその後への認識論の転換という問題は、刊行当時の80年代初期よりも現在の方がより切実に捉えられるとも思った。

ベイトソン以降の世界

１９８１年の刊行当時の後に発生した世界的な事件をざっと挙げるだけでも、チェルノブイリ原発事故（１９８６）、ベルリンの壁崩壊（１９８９）、湾岸戦争（１９９０－１９９１）、コソボ紛争（１９９８－１９９９）、9・11アメリカ同時多発テロ（２００１）、イラク戦争（２００３－２０１１）、ＤＡＥＳＨ（過激派組織イスラミック・ステート）の台頭（２００６〜）、リーマン・ショックに端を発する金融危機（２００８）、シリア内戦と戦争難民問題（２０１１〜）、３・11東日本大震災と福島原発事故（２０１１）、スノーデンによるアメリカの世界諜報網の暴露（２０１３）、ロシアによるクリミア半島の侵攻（２０１４）が起こった。そして現在はブレグジットとトランプ政権に象徴される世界の保守化が進行している。

本書が書かれた20世紀末以来、グローバル規模の問題が山積する中、多様な背景の個人や集団同士が対立を乗り越えて、解決方法を共に手を携えながら模索するべき時代にわたしたちは生きている。わたしは、本書の原著が刊行された１９８１年に生まれ、10代の頃は湾岸戦争で飛び交うミサイルを、20歳の時にはニューヨークのツインタワーが炎上しながら崩落する様子をテレビの画面越しに見て育った。そして30代に入ってから、３・11を東京で経験し、原発事故の余波が収束しない日本で、子どもを育てながら暮らしている。

客観的に見れば、悲観するための材料はいくらでも揃っているかのように見える時代に育った身としては、本書が紐解いてくれる人類の大局的な認識論の変遷を読み直すことによってむしろ、冷静に希望を構築するための適切な視座を取り戻せるように思えるのだ。それは、ベイトソンの用語を借りて言えば、人類種の精神（Mind）の「プロクロニズム」――生物の発生過程から、いかなるパターン形成をもって形態上の問題を解決し続けてきたかの記録――を俯瞰させてくれるのだ。だから、１９８０年に没したベイトソンの思想にとって、その翌年にバーマンが本書を書き上げたことは実に幸いなことだった。

そのおかげで、現代の状況を所与のものとして受け止めるのではなく、再び新しい認識論をつくりだす一歩を踏み出す勇気が生まれる。近代の繭を内破して、いま生まれつつある新しい認識論のおぼろげな輪郭が見えてくる。

プロクロニズムと相同

本書が主題とするグレゴリー・ベイトソンについて知ったのは２００５年頃に、東京大学大学院情報学環の西垣通教授のゼミでサイバネティクスについて学んでいた時期だった。『精神と自然―生きた世界の認識論』（佐藤良明訳、新思索社）を読み始めてすぐに、天からの啓示が降りてきたかのように感じたのを覚えている。夢中でメモを取りながら、急に視界がクリアになったように感じたのだ。

わたしが最初に感動したのは、ベイトソンが美術大学で行った講義の件《くだり》だった。学生たちに茹で上がった蟹を見せて、これが生物の残骸であることを立証しなさいと問う場面で、学生たちは悩みながらさまざまに答える。ある学生が「左右が対称だ、生物はみな左右対称だ」といえば、「いや、左右のハサミの大きさが違う」という反論が飛んでくる。そのうち一人が「蟹の左右のハサミは、同じ大きさではないが、同じパターンで出来ている」と答えたところで、ベイトソンはそれこそが「結び合わせるパターン」（pattern that connects）という彼の認識論を示す考えだとして、評価した。

ベイトソンはこの時、蟹の身体の各部分の形態が、どのような時間的推移を経て成長したのかを観察することで、それが自分と同じパターンの連続によって構成された生物の身体であることを直感的に理解できると説いた。彼は次に巻貝を取り出して、その形態が蟹のように左右対称ではないが、そこには巻貝という生物の「発生過程から、いかなるパターン形成をもって形態上の問題を解決し続けてきたかの記録」が刻まれていると説いた。生物の発生の来歴が形態に現れる――このことをベイトソンは「プロクロニズム」と呼んでいる。そして、個体発生におけるプロクロニズムは、系統発生における相同と同じパターンを結んでいるとされる。つまり、自らの成り立ちのパターンを知ることが、異質な他者と自身を結ぶパターンを知ることにつながっている。それは客観的な観察や量的な比較のみに頼る思考ではなく、生命の世界に「参加する」ことでつながる認識なのだ。

わたしはこの一節をはじめて読んで以来、10年以上に亘って、このたった一つの用語の重力に捕捉され続けてきた。それからベイトソンの多方面での研究について読み、「分裂生成」と「ダブルバインド」、「ロジカルタイプ」と「学習Ⅲ」、といった彼の主要概念を学んでもなお、おそらく先述した1箇所でしか使用されていないプロクロニズムという語が時折、聞き慣れた歌のリフレインのように意識に上ってくるのだ。

博士論文ではサイバネティクスの見地からインターネット上のコミュニケーション空間の設計について書き、一般書籍として刊行した際にも、副題にこの語を入れた〔『インターネットを生命化する―プロクロニズムの思想と実践』（青土社、2013）〕。それは、わたしたちの認知限界を情報技術によって補うことで、自己と他者を結ぶパターンに気づけるようになるのではないか、という問いの表明だった。

そしてわたしは現在、子どもの誕生を契機に経験した円環的な時間に関する考察を起点に、自身と子どもの学習パターンの来歴を記述した書籍〔新潮社のWeb連載『未来を思い出すために』を基に、2019年秋に刊行予定〕をまとめている。子どもが生まれた時に感じた、自らの死が予祝される感情の謎を追いかけているうちに、再びベイトソンの思想に漂着したのだ。わたしはここでは、子どもとの架空の対話を記述するメタローグという方法をベイトソンが使ったことが、彼が個人的に経験した家族との離別を乗り越えるためであると同時に、人間の共同体に訪れる「分裂生成」の宿痾と対峙するための実践だったのではないかと考察している。

現代における分裂生成の調停

突き詰めて言えば、ベイトソンの思想とは、地球というひとつの生態システムを持続させるために、その分裂生成を調停するパターンの探究だったと言える。本書でも詳述されている、文化人類学者としてのベイトソンが観察したニューギニアのイアトムル族のナヴェンや、バリ島の人々の全体論的調和を促す育児法は、後にサイバネティクスに依拠して開発したダブル・バインド理論による精神病患者の家族療法と相同的なパターンを結んでいる。

本書が示す通り、西洋における中世と近代の認識論に基づいた社会は、それぞれ異なる方法で分裂生成に対応してきた。簡単にいえば、中世では宗教という、物質的証拠ではなく全体論的な意味の体系によって世の理を解釈した。そして近代は、意味と価値から切り離された物質の運動の説明によって、世界を機械論的に診断してきた。バーマンは、分裂病という現象に対して、二つの認識論が採ってきた方策を比較している。中世（原初的伝統）は悪魔憑きという診断を下して、悪魔祓いという心霊的な治療を施した。ここには、「参加する世界」しかない。近代（デカルト的パラダイム）では、遺伝的欠陥や脳の損傷といった器質的な要因に帰責して、薬やショックの投与という機械論的な治療を施す。こちらは、徹底的に「参加しない世界」の立場を採る。ベイトソンの全体論においては、統合失調症は個人ではなく周囲の他者との関係性のネットワーク・システムとして捕捉される。そこではデジタル的な客観知識は、関係性の修復、つまりシステムの分裂生成の調停という生命的な現象に隷属する手法に過ぎない。

ここに、単純に中世に回帰するという安易な発想に陥ることなく、近代科学と全体論的な認識論が統合された認識論に至る道筋が示されている。それはつまり、客観的知識という手段が目的となってしまった近代の倒錯を是正し、それをあくまで参加する世界に至るための補助具として再認識することに他ならない。この状態にはどのようにたどり着けるのだろうか？　ヒントとなるのは、本書で繰り返し現れる「情感の演算規則《アルゴリズム》」という言葉だ。

本書の刊行当初から起こった世界的な規模の社会変容として、情報技術革命を挙げなくてはならないだろう。１９９０年代にＷＷＷ（ワールドワイドウェブ）がパーソナルコンピュータと共に世界に普及した後に、２０００年代にはスマートフォンが登場したことで、世界中の誰しもがいつでもどこでも世界的な情報網に接続するようになった。現代社会が、本書のなかで「コンピュータ化されたマス・メディアと情報交換から成る、システムにがんじがらめに縛られた世界」と予言されている様相を呈していることは否めない。しかし、それすら新たな認識論へ転換するための過渡期の兆候なのだとしたら？　わたしたちの社会は神経症的なジレンマを抱えることで、ベイトソンが研究したイルカのように、学習Ⅲを迎えようとしているのかもしれない。マーケティング、そして管理社会のために人間の行動がデータ化され尽くし、行動心理学を用いた人間による人間の機械論的利用が浸透した後の社会で見えてくるのは、むしろ全体論的な世界観が希求される、という必然的な帰結である。わたしたちは社会全体として、ベイトソンやバーマンが予見していたことを現在まさに受容しているのではないか。だから、わたしたちは現在進行形で、ベイトソン的全体論へのパラダイム・シフトに「参加」しているのだとも考えられるだろう。

本書で、デカルトの敵対者として描写されるパスカルの「情感《ハート》には、理性《リーズン》が感取しえない独自の理《リーズン》がある」というフレーズをベイトソンは好んで使ったという。この表現は、反知性主義が世界各国で台頭し、理性よりも情動を煽る社会運動が猛威を振るっている現在では、特別な響きを持っている。移民や難民の流入を嫌い、右傾化が進む「先進国」では、近代化の計画はすでに崩壊し始めている。それは、まるで近代の科学革命が期せずして、魔術や錬金術と連動しながら推進されたと本書で説明される、歴史的な矛盾を思い起こさせる。近代を乗り越える次の認識論は、理性的民主主義が人間の情動を他律的に操作する動きに敗北する時点を苗床にして、同時に新種の理性が立ち上がることによってもたらされるのではないか？　仮にそうだとして、情動と融合した新たな理性はどこで萌芽しているのだろうか？

わたしが日々の活動で観察する限り、新種の理性を志向する研究者の多くは、人類学と心理学を工学手法とハイブリッドさせながら、「情感の演算規則《アルゴリズム》」のかたちをさまざまに浮き彫りにしようとしている。それは人工知能と人工生命、ヒューマン・コンピュータ・インタラクション、複雑系社会科学といった、脱細分化を志向する学問領域のなかで起こっている。そこでは個人を他者と分離するのではなく、関係性のネットワークのなかで捉えるための新たな道具がいくつも精製されようとしている。たとえば、機械学習の判定器は、人が生来持っているバイアスを強化することにも使われれば、人間社会が無自覚であり続けた無意識のバイアスを浮き彫りにすることも可能だ。

このような研究者は同時に、決して近代科学の認識論が完全に人間を説明し尽くせないことも知っている。だから、17世紀に英国王立協会《アカデミー》が興って以来、機械論的な認識論を発展させた「学界」を内破し、ベイトソン＝バーマンが夢想した全体論的な認識を共有するための文体を作ろうとしている。

プリズムによって分光された自然光について知ることは、主観的な光の視覚体験をより豊かにしこそすれ、貶めることはない。サイバネティクスを創始したノーバート・ウィーナーの言葉を借りれば、世界のシステム論的な把握は「人間の人間的な活用」につなげられるのだ。それはあらゆる存在のプロクロニズムを平等に照らすことで、分裂ではなく相同へ、つまり協働へと導く新しい種類の光になるはずだ。

そして、「参加する世界」と「参加しない世界」を両立させる認識論を発達させてきたのは他ならぬ非西洋社会であることを今一度、想起しよう。アフリカやアジアの諸地域では、主体を個人という最小単位に分割せずに、関係性のなかで捉える複雑な文化的方法論が鍛えられてきた。それはたとえば日本の能楽における「離見の見」という、近代によっては不可能命題とされる認識論にも垣間見える。自分の演技を鑑賞者の視点から視て（離見）、さらにその全体を主体的に観察する（見）という世阿弥の教えは、仏教において能動と受動の中間にある中動態的な視点が標榜されることにも似て、「参加」と「非参加」が渾然一体となる視点を指している。*

わたしたちはこれからも、「参加しない世界」のデジタルな言葉で、「参加する世界」の体験を記述しようとし続けるだろう。だから、バーマンによる本書を携えながら、蓄積されていく膨大なデータの相互作用の中からゆるやかに、情感の演算規則《アルゴリズム》を使って分裂生成を防ぐための文体が発酵することを期待し続ける。

（＊）バーマンは2015年には『Neurotic Beauty: An Outsider Looks at Japan』（Water Street Press）〔未邦訳〕という本を書いている。直訳すれば『神経症的美学：外国人から見た日本』となるが、率直に言って彼は日本文化に十分「参加」した経験がないため、「日本人には意識がない」などというような表現に見られるように、表層的な日本の理解にとどまっていることがところどころで露呈してしまっている。それでもこの稀有な歴史家が、本書の刊行から30年後に、日本の歴史のなかに近代を超克する契機を認めていることの意味は、日本に住むわたしたちこそがまさに本書を再び手に取りながら、批評的に読み取るべきだろう。より優れた類書としては、東洋学者トーマス・カスリス『Engaging Japanese Philosophy: A Short History』（University of Hawaii Press, 2017）〔未邦訳〕がまさに日本の哲学は「参加する《engage》」ことを前提に構築されており、その点において近代西洋哲学と異なる認識論をもたらすことを明快に説いている。

エピメニデスのパラドックス　Epimenides' Paradox を見よ。
ミード、マーガレット　Mead, Margaret　189, 196, 235
　ベイトソン、グレゴリー：～のバリ島研究 Bateson, Gregory:Balinese studies of も見よ。
身振り言語（キネシクス）　kinesics　302-3, 428
ミメーシス（一体化）　*mimesis*　81, 159, 163, 180, 183, 200, 206, 208, 210, 221, 279, 323, 327, 330, 354-55, 357, 362, 403, 428
ミランドラ、ピコ・デラ　Mirandola, Pico della　114
メタコミュニケーション　metacommunication　261-65, 268-70, 272-73, 279, 302, 327-28, 415, 428
メタメリズム　metamerism　232, 428
メルセンヌ、マラン　Mersenne, Marin　124-28, 133, 370, 383
メルロ＝ポンティ、モーリス　Merleau-Ponty, Maurice　187, 396
モンタギュー、アシュリー　Montagu, Ashley　191, 194-96, 396-97, 399
モンモール・アカデミー　Monmort Academy　127

ヤ　行

冶金学　metallurgy　100-101, 119, 379, 382
『冶金術論』　*De re metallica* →アグリコラ、ゲオルク Agricola, Georg を見よ。
ヤンケロヴィッチ、ダニエル　Yankelovitch, Daniel　167, 188-89, 207, 388
　『自我と本能』　*Ego and Instinct*　188, 388
唯物論　materialism　77, 200, 369
ユダヤ教　Judaism　78, 373-74
夢　dreams　376, 407-8
　～とデカルト　and Descartes　40, 93
　～とユング　and Jung　87-94, 179
　～とライヒ　and Reich　203
ユング、カール　Jung, Carl　87, 91-95, 97-98, 122-23, 200-201, 209, 228, 245, 308
　～と夢　and dreams　87-94, 179
　「錬金術との関連から見た個人の夢のシンボリズム」"Individual Dream Symbolism in Relation to Alchemy"　94
　影のユング的概念 shadow, Jungian concept of も見よ。
「溶解し、しかして凝結せよ」　*Solve et coagula*　97, 101-3, 429
幼児発達　child development　181-90, 193-99, 207, 396-400
ヨガ　Yoga　114, 121, 226

ラ　行

ライヒ、ウィルヘルム　Reich, Wilhelm　144, 150, 170, 179-81, 184, 198-213, 220, 227, 308
　～と夢　and dreams　204
ラカン、ジャック　Lacan, Jacques　362, 419
ラッセル、バートランド　Russell, Bertrand　259-60, 343, 429
ラプラス、ピエール・シモン・ド　Laplace, Pierre Simon de　164-65
ランガー、スザンヌ　Langer, Susanne　180, 209, 214, 219, 285, 388, 394
ランド、エドウィン　Land, Edwin　215-16
リッチ、オスティリオ　Ricci, Ostilio　67
リプリー、ジョージ　Ripley, George　122-23, 378
量子力学　quantum mechanics　16, 105, 155, 164-67, 169-70, 173, 214, 222, 389
リルケ、ライナー・マリア　Rilke, Rainer Maria　145
レイン、R・D　Laing, R. D.　18-20, 38, 97, 102-3, 150-51, 198, 266-67, 271, 277, 349, 366-67, 378-79
　『経験の政治学』　*The Politics of Experience*　97, 378-79, 409
　『ひき裂かれた自己』　*The Divided Self*　19, 97, 150, 266, 366, 379, 387, 396
レヴィ＝ストロース、クロード　Lévi-Strauss, Claude　221, 281, 312, 317, 324, 374
錬金術　alchemy　81-133
　救済論的～　soteriological　122-25, 128, 140, 150
　～と色　and color　96-98
　～とG・ベイトソン　and G. Bateson　326, 331
　～とテクノロジー　and technology　112-13, 118-19
　～とニュートン　and Newton　138-39, 142
　～におけるシンボリズム　symbolism in　87-97, 122
錬金術的世界観　alchemical world view →ヘルメス的伝統 Hermetic tradition を見よ。
ローマ＝カトリック教会　Roman Catholic Church　84, 121-28
論理階型理論　Theory of Logical Types　260, 265-69, 343-44, 429

ワ　行

ワトソン、J・B　Watson, J. B. 195, 254, 398-99

フラッド、ロバート　Fludd, Robert　114-15, 124-25, 383-84
プラトン　Plato　29, 78-81, 86, 159, 375
『ティマイオス』 *Timaeus* 29
フランクフルト学派　Frankfurt School of Social Research　366, 374
フランス王立科学アカデミー　French Academy of Sciences　127
『プリンキピア』 *Principia* →ニュートン、アイザック Newton, Isaac を見よ。
ブレイク、ウィリアム　Blake, William　142, 144, 148-49, 151, 177
『ニュートン』 *Newton* 148
フロイト、ジークムント　Freud, Sigmund　94, 102, 170, 174, 181, 184, 204, 208-10, 220, 300-301, 303-4, 395
プロテスタンティズム　Protestantism　122-3, 128-9
分裂生成　schismogenesis　245-49, 252-53, 270, 286-87, 290, 407
平衡流動　homeorhesis　344-45
ベイトソン、ウィリアム　Bateson, William　229-35, 270, 276, 298, 344, 405
体節分化　meristic differentiation も見よ。
ベイトソン、グレゴリー　Bateson, Gregory　139, 168-70, 189, 223, 228-31, 234-80, 399, 405-8, 415
～とアルコール中毒　and alcoholism　285-289
～と学習理論　and learning theory　253-70
～とサイバネティクス理論　and cybernetic theory　285-98, 307-11, 329-30
～と精神分裂病　and schizophrenia　264-78, 327-30
～と美学　and aesthetics　330, 351
～と錬金術　and alchemy　326, 331
～のイアトムル族研究　Iatmul studies of　235-53
～のバリ島文化研究　Balinese studies of　250-53
『精神と自然』 *Mind and Nature: A Necessary Unity* 236, 351
『ナヴェン』 *Naven* 302, 407
『精神の生態学』 *Steps to an Ecology of Mind* 223, 258, 283
ベイトソン的全体論　Batesonian holism; ダブル・バインド double bind; 不完全性原理 incompleteness, principle of; 学習Ⅰ　Learning Ⅰ; 学習Ⅱ　Learning Ⅱ; 学習Ⅲ　Learning Ⅲ; メタコミュニケーション metacommunication も見よ。
ベイトソン的全体論　Batesonian holism　283-319, 324, 327-29, 339-62
～とデカルト的世界観　and Cartesian world view　283-85
ヘイリー、ジェイ　Haley, Jay　264-66
ベーコン、フランシス　Bacon, Francis　29-37, 40-41, 51-52, 64-65, 117-19, 121, 206
『ノヴム・オルガヌム』 *New Organon* 29-31, 34, 41, 368
ベーコン、ロジャー　Bacon, Roger　55
ベーコン主義　Baconianism　32
ベーメ、ヤーコプ　Boehme, Jacob　95, 141
ベネディクト、ルース　Benedict, Ruth　240, 249
ベネデッティ、ジョヴァンニ　Benedetti, Giovanni　67
ペリー、ジョン　Perry, John　103
ヘルヴェティウス　Hervetius　103
ヘルメス的伝統　Hermetic tradition　81-94, 100, 109 112-17, 123-25, 128, 140-44, 155, 198-99, 206, 225, 323, 381, 383-84
～と精神分裂病　and schizophrenia　150-51
～とニュートン　and Newton　134-35, 138-39, 141-43
～とプロテスタンティズム　and Protestantism　123, 128-29
変換　transform　293-94, 296, 428
弁証法的理性　dialectical reason　326, 332
変成　transmutation　97, 100, 106, 108, 122, 128
放射状分節　radial differentiation　238, 245
『方法序説』 *Discourse on Method* →デカルト、ルネ Descartes René を見よ。
ホメーロス的伝統　Homeric tradition　79-81, 375
ポランニー、マイケル　Polanyi, Michael　156, 158-60, 166, 174, 179, 209-12, 259, 301, 308, 388, 431
『個人的知識』 *Personal Knowledge* 156, 209
ホルト、ルーサー・エメット、シニア　Holt, Luther Emmett, Sr.　195
ホワイトヘッド、アルフレッド・ノース　Whitehead, Alfred North　51, 155, 231, 259-60, 355, 429

マ 行

マーチャント、キャロリン　Merchant, Carolyn　11,347-48, 383
マーラー、マーガレット　Mahler, Margaret　183, 185, 189
マイヤー、ミハエル　Maier, Michael　92, 95, 124
マカラック、ウォレン　McCulloch, Warren　344
マグリット、ルネ　Magritte, René　109-10, 381
『説明』 *The Explanation* 109
魔女裁判　witchcraft trials　106
マックスウェル、ジェイムズ・クラーク　Maxwell, James Clerk　229, 232, 405
マルクーゼ、ハーバート　Marcuse, Herbert　17-18, 252, 319, 366
マンハイム、カール　Mannheim, Karl　173-74, 371
マンハイムのパラドックス　Mannheim's Paradox →

Joseph Solomon　114, 116-117, 381
典型的人格　modal personality　201-2
導師崇拝　guruism　350-55, 359, 419
投射体運動　projectile motion　68-71, 172, 212
ドラッグ服用　drug use　198, 367, 406
ドルン、ゲルハルト　Dorn Gerhard　98
『ドン・キホーテ』(セルバンテス)　*Don Quixote* (Cervantes)　84, 183, 376

ナ　行

内在　immanence　427
ナヴェン　naven　236-39, 241, 243-46, 249-50, 407
ニーダム、ジョゼフ　Needham, Joseph　167, 369
ニーチェ、フリードリッヒ　Nietzsche, Friedrich　79, 150, 175, 278, 317
　『悲劇の誕生』　*The Birth of Tragedy*　175, 375
にせの自己のシステム　false-self system　18-19, 38
ニュートン、アイザック　Newton, Isaac　40, 45-51, 108, 126, 129, 133-49, 202, 205, 215-18, 230-31, 258, 379, 384-85
　〜と「黄金の鎖」　and *aurea catena*　135
　〜と狂信　and enthusiasm　141-43
　〜と性格の鎧　and character armor　144, 201
　〜とヘルメス的伝統　and Hermetic tradition　134-35, 138-39, 140-141
　〜と錬金術　and alchemy　139, 144
　〜による色の実験　experiments on color of　49-51, 215-17
　〜の肖像画　portraits of　146-47
　『光学』　*Opticks*　49, 131, 134, 142-43
　『プリンキピア』　*Principia*　47-48, 133-34, 136, 142-43, 370-71
　物理学：ニュートン〜　physics：Newtonian も見よ。
認知の非共振　cognitive dissonance　157
熱力学の第一法則　First Law of Thermodynamics　315, 407
熱力学の第二法則　Second Law of Thermodynamics　427
ノイマン、エーリッヒ　Neumann, Erich　181-82, 184, 199
　『子供』　*The Child*　395
『ノヴム・オルガヌム』　*New Organon* →ベーコン、フランシス　Bacon, Francis を見よ。

ハ　行

バーグ、ピーター　Berg, Peter　335, 412
パーシグ、ロバート　Pirsig, Robert　375
パーソンズ、タルコット　Parsons, Talcott　161
バーフィールド、オーウェン　Barfield, Owen　78, 81, 156, 160, 162-63, 167, 210, 389
　『目に見える世界を救う』　*Saving the Appearances*　156
ハイゼンベルク、ウェルナー　Heisenberg, Werner　165-66, 168, 389, 390
パヴロフ、イヴァン　Pavlov, Ivan　253
パスカル、ブレーズ　Pascal, Blaise　57, 230, 259
発達体　developmentals　189, 199, 201, 210, 427
薔薇十字団　Rosicrucians　108, 123-25, 128
バリ島文化　Balinese culture　189, 191, 250-53, 309, 398, 408
バレット、ウィリアム　Barrett, William　167, 188, 207
　『自我と本能』　*Ego and Instinct*　188
ハンソン、ノーウッド・ラッセル　Hanson, Norwood Russell　156-157
ピアジェ、ジャン　Piaget, Jean　42, 183
非言語的コミュニケーション　nonverbal communication　258-9
ヒメネス、ルイス、ジュニア　Jimenez, Luis, Jr.:『アメリカの夢』　*The American Dream*　197
ピューリタニズム　Puritanism　129, 136, 144, 202
ビリングッチオ、ヴァンノーチオ　Biringuccio, Vannocio　60, 119, 121, 382
ヒル、クリストファー　Hill, Christopher　129, 139-41, 149, 332, 364
　『上が下になった世界』　*The World Turned Upside Down*　149, 364
ファシズム　fascism：〜とオカルト　and the occult　353, 355-56, 419
フィードバック　feedback　290, 295-96, 427
フィチーノ、マルシリオ　Ficino, Marsilio　84, 118, 382
フーコー、ミシェル　Foucault, Michel　84, 184, 208, 374
フェレンチ、サンドール　Ferenczi, Sandor　155, 169, 209
不確定性原理　uncertainty principle　165-66
不完全性原理　incompleteness, principle of　301, 306-8, 427-28
物理学　physics：アインシュタイン〜　Einsteinian　164
　アリストテレス〜　Aristotelian　42-43, 70-71
　古典〜　classical　164
　ニュートン〜　Newtonian　47-51, 142-43
　量子〜　quantum　155, 164-73
プトレマイオス的宇宙　Ptolemaic universe　114-15
　ロバート・フラッドによる〜　according to Robert Fludd　114-15
ブライ、ロバート　Bly, Robert　177, 219-21, 362
　「ぼくは裸で母親から出てきた」“I Came Out of the Mother Naked”　219
ブラウン、ノーマン・O　Brown, Norman O.　39, 52, 95, 170, 199, 385

105, 119
ジョルジョ、フランチェスコ　Giorgio, Francesco　113
シンボリズム　symbolism　30, 94-96, 103-4, 121, 123, 382
『プリンキピア・マテマティカ』(ラッセルとホワイトヘッド)　*Principia Mathematica* (Russell and Whitehead)　259, 261
数霊術　numerology　113, 225
スキナー、B・F　Skinner, B. F.　253-54, 257-58
図像的コミュニケーション　iconic communication　299, 303, 426
スプラット、トマス　Sprat, Thomas　141
性格の鎧　character armor　144, 201-6, 399
＜精神＞　Mind→ベイトソン的全体論　Batesonian holism を見よ。
『精神と自然』　*Mind and Nature: A Necessary Unity*→ベイトソン、グレゴリー　Bateson, Gregory を見よ。
『精神の生態学』　*Steps to an Ecology of Mind*→ベイトソン、グレゴリー　Bateson, Gregory を見よ。
精神病　psychosis→精神分裂病　schizophrenia を見よ。
精神分裂病　schizophrenia　18-23, 38, 96-97, 138, 149-51, 264-70, 327-30, 415
　～と原初的伝統　and archaic tradition　150-51, 326-27
　～とデカルト論理学　and Cartesian logic　328-329
　～とベイトソン的全体論　and Batesonian holism　327-30
生態学→エコロジー ecology を見よ。
禅宗　Zen buddhism　95, 121, 167, 225-26, 276
染色体理論　chromosome theory　230, 232-33, 405
占星術　astrology　109, 118
相似の理論　resemblance, theory of　82-85, 95-96, 109, 119, 150
ソクラテス　Socrates　79-80
　『ソクラテスの弁明』　*Apology*　79

タ　行

ダーウィン進化論　Darwinian theory　229, 236, 307, 312, 406
第一質料　*prima materia* (also *materia prima*)　100, 426
『第一哲学に関する省察』　*Meditations on First Philosophy*→デカルト、ルネ　Descartes, René を見よ。
体節分化　meristic differentiation　232, 245, 426
第二次学習　deutero-learning→学習II　Learning II を見よ。
ダスマン、レイモンド　Dasmann, Raymond　335, 358-59
ダブル・バインド　double bind　264-66, 270-78, 327-29
『魂のなかの反逆者』　*Rebel in the Soul*　363-65, 419
多様性の倫理　diversity, ethics of　308, 316-19
ダリ、サルヴァドール　Dali, Salvador　109, 111, 221
　『執拗な記憶』　*The Persistence of Memory*　109, 111
タルターリア、ニコロ　Tartaglia, Niccolo　66-8, 72
　『新しい科学』　*New Science*　67
耽溺　addiction　291, 308, 314, 317
　～と順化　and acclimation　307, 313
　アルコール中毒　alcoholism; ドラッグ服用 drug use も見よ。
弾道学　ballistics　67, 72
地球大の文化　planetary culture　332, 334, 357-61
知識社会学　sociology of knowledge　73, 171, 375, 395
中世の世界観　medieval world view　55-6
超越　transcendance　426
超心理学　parapsychology　413
ディー、ジョン　Dee, John　117, 382
定常状態　steady state　58, 252, 290-91, 309, 335-36, 426
デカルト、ルネ　Descartes René　26, 29-31, 34-41, 47-49, 62, 93, 126, 213-14, 260, 369, 402
　『第一哲学に関する省察』　*Meditations on First Philosophy*　35, 40
　『哲学原理』　*Principles of Philosophy*　37, 47, 126
　『方法序説』　*Discourse on Method*　27, 29-30, 34-5
デカルト物理学　Cartesian physics　126
デカルト論理学　Cartesian logic　34-40, 390, 402-3, 408, 426
　～と精神分裂病　and schizophrenia　38-39, 328-29
　～とフロイト　and Freud　191-92
　～とポランニー　and Polanyi　179
　～と量子力学　and quantum mechanics　166, 170
　デカルト、ルネ　Descartes, René も見よ。
テクノロジー　technology　32-33, 37, 51-52, 65-69, 151-52, 206, 226, 414
　～と錬金術　and alchemy　112-13, 118-19
デジタル的知　digital knowledge　259, 302-3, 306, 324
　アナログ的知　analogue knowledge も見よ。
手相学　palmistry　83
『哲学原理』　*Principles of Philosophy*→デカルト、ルネ　Descartes, René を見よ。
デラ・ポルタ　Della Porta　82, 117
デルメディゴ、ヨセフ・ソロモン　Delmedigo,

ガッサンディ、ピエール　Gassendi, Pierre　125-27
カバラ　cabala　78, 109, 113, 117, 119
ガリレイ、ガリレオ　Galilei, Galileo　40-46, 51, 59, 64, 66-72, 114, 212-13, 370
　『新科学対話』　*Two New Sciences*　68-69
『ガリレイの生涯』（ブレヒト）　*Galileo*（Brecht）　45
カルト主義　cultism　352-53, 417
カント、イマヌエル　Kant, Immanuel　163, 170-71, 203, 354, 388
機械論　mechanism　16, 127-29, 139-45, 149, 162, 219, 383
　〜とデカルト　and Descartes　36-38
　〜とフロイト　and Freud　200-201
　〜と錬金術　and alchemy　107-9
技芸アカデミー　Accademia del Disegno　67
キネシクス→身振り言語 kinesics を見よ。
共感　sympathy　81-84, 142, 151
狂気　madness→精神分裂病　schizophrenia を見よ。
狂信　enthusiasm　140-41
　〜に対する攻撃　attack on　141, 149-50
ギルド　guilds　58-59, 372-73
　〜と錬金術　and alchemy　119
クウォーク　quarks　390
クーン、T・S　Kuhn, T. S.　211
グノーシス主義　Gnosticism　78, 374
クレペリン、E　Kraepelin, E. 266-69, 329
クロル、オスヴァルト　Croll, Oswald　82
経済　economy：商業革命　Commercial Revolution　55, 59-60
　十六世紀の英国〜　England, 16th century　141
　地球大の〜　planetary　332
　封建〜　feudal　55, 58-59, 370
　ルネッサンス〜　Renaissance　60-63
　資本の蓄積　capital accumulation も見よ。
形態発生　morphogenesis　345-46
ケインズ、ジョン・メイナード　Keynes, John Maynard　133-34, 139
ゲーデル、クルト　Gödel, Kurt　174, 241
ゲシュタルト　gestalt　55, 69, 72, 156-57, 423
原-学習　proto-learning→学習 I　Learning I を見よ。
言語習得　language acquisition　186, 396
賢者の石　philosopher's stone　87, 98
賢者の石＝キリストの対応　lapis-Christ parallel　122-23, 423
原初的伝統　archaic tradition　80-7, 323-28, 423
　〜と精神分裂病　and schizophrenia　150-51, 326-27
　ヘルメス的伝統 Hermetic tradition も見よ。
原初的文化　primitive cultures　163, 191, 196
　バリ島文化　Balinese culture；イアトムル文化　Iatmul culture も見よ。
原子論　atomism　37, 40, 46, 49, 51, 56-57, 126, 215, 383, 424
『光学』　*Opticks*→ニュートン、アイザック　Newton, Isaac を見よ。
恒常性　homeostasis　233-34, 297, 309-10, 313, 344-47, 424
行動主義心理学　behavioral psychology　194-95, 254, 258
コード化　coding　298, 300, 424
個体化　individuation　93-100, 129, 333, 424
コペルニクス、ニコラウス　Copernicus, Nikolaus　60, 67, 114
根底的相対主義　radical relativism　73, 155, 172-74, 371, 424-5

サ　行

最大の倫理　maxima, ethics of　307-10, 316
最適の倫理　optima, ethics of　307-12
サイバネティクス　cybernetics　233, 235, 253, 266, 285-99, 306-11, 330, 343-49, 425
サリヴァン、ハリー・スタック　Sullivan, Harry Stack　157
参加する観察　participant observation　169-72
産業革命　Industrial Revolution　24, 52, 226
ジェインズ、ジュリアン　Jaynes, Julian　188, 355, 363-4, 420
自我　ego: 〜意識　consciousness of　186-87, 207, 209
　〜形成　development of　182-92, 196, 208, 396
　〜結晶化　crystallization of　183-84, 187-90, 196, 399
　〜心理学　psychology of　395
　〜の知　knowledge of　168
時間の概念　time, concepts of　62-63, 372-73
色彩療法　chromo-therapy　218
事実／価値の分離　fact-value distinction　44-45, 56, 124-25, 127, 225, 255-56, 264, 278, 306, 325-26, 384, 425
「自然の拷問」　*natura vexata*　30, 32-33, 206, 347
実証主義　positivism　49, 126, 133
資本主義　capitalism　55-56, 61, 63, 77
　〜と自我形成　and ego development　184
資本の蓄積　capital accumulation　23, 55, 61, 128
宗教裁判　Inquisition　123
重力　gravity　43, 45, 47-48, 51, 172
シュルレアリスム　surrealism　108, 150, 221, 380
循環性　circuitry　233, 301, 308-11, 425
　サイバネティクス　cybernetics も見よ。
小国分割主義　Balkanization　337, 357
象徴→シンボリズム　symbolism を見よ。
蒸溜器　alembic　98, 174, 425
初源的参加　original participation　78-79, 81, 85-87,

索　引

ア　行

アインシュタイン物理学　Einsteinian physics　164
アグリコラ、ゲオルク　Agricola, Georg　60, 119-21, 382
アグリッパ・フォン・ネッテスハイム　Agrippa von Nettesheim　83-84, 87, 117-18, 121, 376, 382
アチェベ、チヌア　Achebe, Chinua　106
アナログ的知　analogue knowledge　259, 263, 279, 302-5, 410, 421, 426
アニミズム　animism　77-78, 82, 105, 124, 129, 143, 155, 421
アリエス、フィリップ　Aries, Phillipe　192-93, 396
　『<子供>の誕生』 *Centuries of Childhood*　192
アリストテレス　Aristotle　29, 31-32, 39, 42, 64-65, 70-73, 81
アリストテレス物理学　Aristotelian physics　41-42, 69, 71-72
アリストテレス論理学　Aristotelian logic　31, 55-57, 264, 282, 369
アルキメデス　Archimedes　67-68
アルコール中毒　alcoholism　21, 198, 348, 351, 409
アルコール中毒者更正会　Alcoholics Anonymous　285, 287-92, 297, 331, 351
アルファ思考　alpha-thinking　160-63, 168, 389
暗黙知　tacit knowing　156-60, 163, 166-67, 172, 175, 178-80, 209-12, 259, 279, 294, 301-6, 421
イアトムル文化　Iatmul culture　235-50, 406
est　332, 352-53, 360
　ウェルナー・エアハルトと～　Werner Erhard and　352-54
『イーリアス』（ホメーロス） *Iliad*（Homer）　79
異種コンテクスト横断症候群　trans-contextual syndrome　274-77, 421
一次過程　primary process　181, 183, 186, 198-99, 207-8, 212, 259, 263, 305, 328, 355-56, 363, 421-22
一神教　monotheism　78
一体化→ミメーシス　*mimesis* を見よ。
遺伝学　genetics　229, 411
色　color　215-17, 404, 411
　～とエドウィン・ランド　and Edwin Land　215-16, 403
　～とニュートン　and Newton　49-51, 217-18
　～と錬金術　and alchemy　95-97
ウェーバー、マックス　Weber, Max　44, 77, 128, 202, 225, 325, 411
渦巻原子　vortex atom　232-35, 406
嘘つきのパラドックス　Liar's Paradox →エピメニデスのパラドックス　*Epimenides' Paradox* を見よ。
右脳・左脳の認知　right and left brain cognition　202
ウバルド、グィド　Ubaldo, Guido　67
ウロボロス　ourobouros　88, 95
英国王政復古　English Restoration　140-41
英国王立協会　Royal Society of London　127, 138, 141-42
英国清教徒革命　English Civil War　108, 118, 127, 139
エイチンスタイン、ピーター　Achinstein, Peter　161, 389
エイドス　eidos　240, 406, 422
エートス　ethos　239-46, 255-57, 406-7, 421-22
エコロジー　ecology　169-70, 331-32, 346-47, 357-59, 419
エックハルト、マイスター　Eckhart, Meister　100
エッシャー、M・C　Escher, M. C. :『三つの世界』 *Three Worlds*　311
エピメニデスのパラドックス　Epimenides' Paradox　260-61, 394
エリアーデ、ミルチャ　Eliade, Mircea　62, 99, 112, 401
エリオット、T・S　Eliot, T. S.　95
『エリム』（J・S・デルメディゴ） *Elim*（J. S. Delmedigo） 114, 117, 381
エリュアール、ポール　Eluard, Paul　177
エントロピー　entropy →熱力学の第二法則　Second Law of Thermodynamics を見よ。
『オカルト哲学について』 *De occulta philosophia* →アグリッパ・フォン・ネッテスハイム　Agrippa von Nettesheim を見よ。
『オデュッセイアー』（ホメーロス） *Odyssey*（Homer）　79

カ　行

科学革命　Scientific Revolution　15, 24, 29-31, 49, 51-52, 55, 63-65, 81-82, 99, 162, 184, 193, 279
科学的方法　scientific method　32-38, 51-52, 54-57, 117-18, 164, 172-73
学習のプロセス　learning process　160, 163
　ベイトソンにおける～　in Bateson　253-60
　ポランニーにおける～　in Polanyi　156-59, 209-12
学習I　Learning I　254, 422
学習II　Learning II　254-58, 270, 275-78, 349-50, 360, 422
学習III　Learning III　257, 274-77, 285, 289, 313, 331, 336, 341, 345, 348-49, 351-57, 360, 422
影のユング的概念　shadow, Jungian concept of　99
『火工術』 *Pirotechnia* →ビリングッチオ、ヴァンノーチオ　Biringuccio, Vannocio を見よ。
カスタネダ、カルロス　Castaneda, Carlos　106, 278, 360, 379, 391
化体　transubstantiation　123, 128
形づけ　figuration　160-61, 167, 175, 422-23

本書中には、今日の人権感覚に照らしてみると差別的ととられかねない語句や表現がありますが、作品発表時の時代的背景を考え合わせ、底本どおりとしました。

デザイン　中川真吾

訳者

柴田元幸（しばた・もとゆき）

1954（昭和29）年、東京生まれ。1984年東京大学大学院英語英文学博士課程単位取得退学。
米文学者・東京大学名誉教授。翻訳家。『生半可な學者』で講談社エッセイ賞受賞。『アメリカン・ナルシス』でサントリー学芸賞受賞。トマス・ピンチョン著『メイスン&ディクスン』で日本翻訳文化賞受賞。翻訳の業績により早稲田大学坪内逍遙大賞受賞。アメリカ現代作家を精力的に翻訳するほか、著書も多数。文芸誌「MONKEY」の責任編集を務める。

デカルトからベイトソンへ　世界《せかい》の再魔術化《さいまじゅつか》

2019年7月25日　第1刷
2023年7月20日　第3刷
著　者　モリス・バーマン
訳　者　柴田元幸《しばたもとゆき》
発行者　花田朋子
発行所　株式会社　文藝春秋
東京都千代田区紀尾井町3-23（〒102-8008）
電話　03-3265-1211（代）
印刷所　光邦
製本所　加藤製本

ISBN 978-4-16-391021-5　Printed in Japan